폭풍의 언덕

에밀리 브론테 장편소설 전승희 옮김

KB192150

WUTHERING HEIGHTS
by EMILY BRONTË (1847)

이 책은 실로 꿰매어 제본하는 정통적인 사철 방식으로 만들어졌습니다.
사철 방식으로 제본된 책은 오랫동안 보관해도 손상되지 않습니다.

폭풍의 언덕

9

인물 관계도

워더링 하이츠

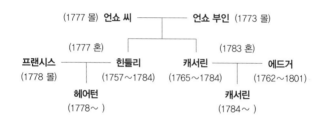

(1777 몰) **언쇼 씨** ──────── **언쇼 부인** (1773 몰)

(1777 혼)　　　　　　　　(1783 혼)

프랜시스 ──── **힌들리**　　**캐서린** ──── **에드거**
(1778 몰)　　(1757~1784)　(1765~1784)　(1762~1801)

　　헤어턴　　　　　　　**캐서린**
　　(1778~)　　　　　　　(1784~)

스러시크로스 그레인지

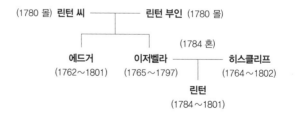

(1780 몰) **린턴 씨** ──────── **린턴 부인** (1780 몰)

　　　　　　　　　　　　(1784 혼)

에드거　　**이저벨라** ──── **히스클리프**
(1762~1801)　(1765~1797)　(1764~1802)

　　　　　린턴
　　　　(1784~1801)

1

1801년. 방금 집주인을 만나고 왔다. 내가 신경 써야 할 유일한 이웃이다. 아, 얼마나 아름다운 풍경인가! 잉글랜드 땅 전체를 다 뒤져 봐도 번잡한 사교계에서 이토록 완벽하게 동떨어진 장소는 못 찾을 것 같다. 사람을 상대하기 싫은 나 같은 사람에겐 완벽한 천국인 듯하다. 그리고 히스클리프 씨와 나는 이 고적한 풍경을 반씩 나누어 가지기에 안성맞춤인 한 쌍이다. 그는 정말 대단한 사람이다! 내가 말을 세우자 의심이 담긴 검은 눈이 눈썹 아래로 움푹 꺼지고, 내 이름을 들은 뒤에도 조끼 속의 손이 경계를 풀지 않고 안쪽으로 더 깊이 파고들었다. 내가 그런 모습을 얼마나 마음에 들어 했는지 그는 상상도 못 했을 것이다.

「히스클리프 씨인가요?」 내가 말했다.

그가 대답 대신 고개를 까딱했다.

「록우드입니다. 댁에 새로 세 든. 도착하자마자 서둘러 왔습니다. 제가 스러시크로스 그레인지를 세내 주십사 거듭 청을 드려 폐를 끼치지나 않았는지 모르겠습니다. 어제 듣자

9

하니 선생께서…….」

「스러시크로스 그레인지는 내 집이오.」 그가 얼굴을 찡그리며 말을 잘랐다. 「내키지 않으면 누가 나한테 폐를 끼치게 놓아뒀겠소? 들어오시오!」

〈들어오시오〉라는 말을 이를 악물고 했기 때문에 실제로는 〈당장 꺼져〉처럼 들렸다. 초대의 말과는 달리 그가 몸을 기대고 있던 사립문도 열리지 않았다. 그래도 정황상 들어오라는 말로 봐야 옳을 듯했다. 그리고 어찌나 무뚝뚝한지, 사회성 없기로는 나보다 더 심해 보이는 이 사람에 대한 호기심도 생겼다.

내 말이 몸통으로 사립문을 밀고 들어가려는 찰나, 히스클리프 씨가 가슴팍에 들어갔던 손을 내어 사슬을 풀고는 뚱한 표정으로 진입로를 향해 앞장서 걸어갔다. 안마당에 들어서자 그가 외쳤다.

「조지프, 록우드 씨의 말을 받아라. 그리고 포도주도 좀 내오고.」

〈저이 혼자서 안팎으로 집안일을 다 돌보는 모양이군.〉 두 가지 일을 한 사람에게 시키는 걸 보고 나는 이렇게 짐작했다. 〈그러니까 잔디가 포석 사이에 저렇게 마구 웃자라 있지. 소가 뜯어 먹지 않으면 산울타리 다듬을 사람도 없겠어.〉

조지프는 나이가 지긋해 보였다. 아니, 노인이었다. 건강하고 근육이 탄탄해 보였지만 틀림없이 나이가 꽤 많은 이였다. 「주님, 도와주소서!」 그가 말고삐를 건네받으며 짜증 섞인 어조로 중얼댔다. 어찌나 찡그린 얼굴로 날 보던지, 아마도 식후 소화를 주님께 의탁해야 하기 때문이겠지, 주님을 찾는 경건한 외침은 나의 갑작스러운 방문과는 무관하겠지, 하고 너그러이 봐줘야 했다.

워더링 하이츠는 히스클리프 씨가 살고 있는 집의 당호다. 〈워더링〉은 이 고장에선 꽤 중요한 사투리인데, 강한 폭풍우가 들이닥칠 때 휘몰아치는 대기를 묘사하는 말이다. 사실, 이 언덕은 항상 강한 바람을 맞을 수밖에 없을 것처럼 보였다. 집 근처에 심은 전나무 몇 그루가 심하게 기울어진 채 자라다 만 듯한 모습이나 앙상한 가시나무들의 가지가 따스한 햇볕이 그리운지 한쪽 방향으로만 뻗어 나간 모습을 보니 여기 몰아치는 북풍의 기세를 짐작할 수 있었다. 다행히도 선견지명 있는 건축가가 설계했는지 건물은 튼튼해 보였다. 창문은 벽 안으로 깊숙이 박혀 있었고 집 귀퉁이에는 커다란 돌들이 돌출되어 안으로 들어간 부분을 보호하고 있었다.

나는 문지방을 넘기 전 잠시 발을 멈추고, 집 정면에 붙은 지나칠 정도로 많은 기이한 부조들에 감탄하며 자세히 살펴보았다. 정문 바로 위에는 바스러져 가는 그리핀들과 외설스러운 소년들의 조각이 제멋대로 붙어 있었고, 이들 한가운데 1500년이라는 연도와 〈헤어턴 언쇼〉라는 이름이 눈에 띄었다. 평소라면 몇 마디 평을 함으로써 퉁명스러운 집주인한테서 저택의 내력을 알아내려 했겠지만, 문가에 버티고 선 그의 자세로 보아 틀림없이 어서 들어오든지 아니면 당장 꺼지라고 하는 듯하여 꾹 참았다. 집 안을 구경하기도 전에 참을성 없는 주인의 성미를 더 돋우고 싶지는 않아서 나는 잠자코 안으로 들어갔다.

현관이나 복도가 없어서 한 발짝을 떼자마자 바로 거실이 나타났다. 이 고장에서는 이런 방을 〈하우스〉라고 부르는데, 보통은 부엌과 거실이 여기 포함된다. 하지만 이 집의 경우 부엌은 더 깊숙이, 뒤쪽으로 밀려난 모양이었다. 안쪽 더 깊은 곳에서 누군가 웅얼거리는 소리와 가재도구들이 달그락거리는 소리가 들려왔기 때문이다. 그리고 거실 안의 커다란 벽난로에는 음식을 굽거나 끓이거나 빵을 만든 흔적이 보이지 않았다. 벽에도 번쩍거리는 구리 냄비나 주석 소쿠리가 매달려 있지 않았다. 거실 한쪽 벽에는 엄청나게 큰 오크 찬장이 놓여 있었다. 이 찬장 선반들에는 은제 단지와 맥주잔 등과 함께 거대한 백랍 접시가 보란 듯이 진열되어 있었는데, 천장에 닿도록 높이 쌓인 그릇들이 빛과 열을 반사해 휘황찬란했다. 천장은 애초에 반자가 없었는지 가로대 위에 놓인 귀리빵과 소고기, 양고기 다리와 햄 따위로 가려진 곳 외에는 골조가 고스란히 드러나 있었다. 벽난로 위에는 무시무시하게 생긴 각종 총과 기병 권총 두 자루가 걸려 있었고, 벽난로 선반에는 울긋불긋한 채색 차통 세 개가 장식품이라도 되는 양 놓여 있었다. 거실 바닥에는 매끄러운 흰 돌이 깔려 있었고, 이 위에 단순한 형태의 등받이 높은 초록색 의자들이 서 있었는데, 그늘진 곳에 놓인 검은색의 육중한 의자 한두 개도 어렴풋이 보였다. 찬장 아래 아치형 구조물 밑에서는 커다란 흑갈색 포인터 암놈 한 마리가 깨갱거리는 여러 마리 강아지에 둘러싸여 쉬고 있었다. 이외에도 거실 구석구석에서 몸을 숨기고 있는 개 여러 마리가 눈에 띄었다.

이는 잉글랜드 북부 지방에서 흔히 볼 수 있는, 반바지와 각반 아래 강건한 팔다리가 돋보이는 고집 센 표정의 소박한 농부에게나 어울릴 만한 방이며 가구들이었다. 이 고장에서 정찬을 마친 후 약간의 휴식을 취한 다음 적당한 시간에 찾아 나선다면, 반경 8~9킬로미터 이내에서 동그란 탁자 앞의 안락의자에 앉아 거품이 넘쳐흐르는 흑맥주 잔을 바라보고 있는 농부를 흔히 만날 수 있을 것이다. 하지만 히스클리프 씨의 모습은 거처나 이곳 농부들의 생활 방식과 전혀 딴판이라 특이해 보였다. 외모는 피부가 가무잡잡한 집시처럼 보였지만, 옷차림이나 태도는 시골 양반 정도이긴 해도 신사 같았다. 다시 말해, 조금 단정하지 않을 뿐 자세가 꼿꼿하고 인물이 훌륭해서 거친 사람 같지는 않았다. 그저 좀 침울해 보였을 뿐이다. 그 모습을 두고 격이 좀 떨어지는 사람 특유의 오만한 모습이 아닌가 의심할 수도 있겠지만 그를 이해하는 내게는 그렇게 보이지 않았다. 나는 그가 그저 감정을 드러내 보이거나 호감을 표하기를 꺼리기 때문에 말수가 적다는 것을 직감할 수 있었다. 상대방이 싫든 좋든 자신의 감정을 드러내지 않고, 상대방이 좋아하거나 싫어하는 감정을 되돌려 주는 것도 주제넘은 짓이라고 여길 것 같았다. 아니, 나는 지금 너무 앞서 나가고 있다. 나와 성격이 비슷한 상대에게 지나치게 감정을 이입해 억측을 늘어놓고 있는지도 모를 일이다. 히스클리프 씨는 나와는 전혀 다른 이유로 악수를 청하는 이에게 손을 내밀지 않는지도 모른다. 나와 같은 부류가 많지 않기를 바란다. 사랑하는 나의 모친께서는 나 같은 사람은 결코 안락한 가정을 가질 자격이 없다고 말씀하셨는데, 지난여름에 모친의 말이 옳다는 걸 나는 실로 완벽하게 증명해 보였다.

나는 한 달 동안 어느 해변에서 화창한 날씨를 즐기면서 참으로 매력적인 여성을 사귀게 되었다. 그녀가 내게 관심을 보이지 않는 동안에는 진짜 여신이라도 되는 것처럼 숭배했다. 물론 직접 〈사랑한다고 말하지는 않았다〉. 하지만 표정이 말을 할 수 있다면, 아무리 바보 천치라도 내가 그녀에게 홀딱 반했음을 알 수 있었으리라. 마침내 그녀도 내 마음을 알아주고 자기 마음을 열어 날 보는 듯했다. 그보다 더 사랑스러운 눈빛은 상상하기 힘들 것이다. 그런데 나는 어떻게 반응했던가? 수치심을 무릅쓰고 고백하지만 달팽이처럼 냉정하게 내 안으로 숨어 버렸다. 그녀의 눈길이 한 번씩 닿을 때마다 점점 더 싸늘해지고 멀리멀리 도망쳤다. 결국은 아무 죄 없는 가여운 여성이 자신의 착각을 탓하며 그런 실수를 저질렀다는 사실에 당황한 나머지 엄마를 설득해 그곳을 떠나 버렸다.

이 괴팍한 성격 때문에 나는 아주 무정한 놈이라는 오명을 얻었지만, 이것이 얼마나 부당한 평판인지 아는 사람은 나 하나뿐이다.

집주인이 벽난로 쪽으로 가자 나도 그의 맞은편으로 가서 앉았고, 침묵이 흘러 개나 쓰다듬어 주려고 손을 내밀었다. 어미 개는 강아지들을 놔둔 채 뭐라도 물어뜯고 싶은 표정으로 입술을 둥그렇게 말아 흰 이를 드러내고 침을 흘리며 내 다리 뒤쪽으로 늑대처럼 슬금슬금 다가왔다.

내 손이 제 몸에 닿자마자 녀석이 길고 낮은 소리로 으르렁대기 시작했다.

「안 건드리는 게 좋을 겁니다.」 히스클리프 씨가 비슷하게 으르렁대더니 더 사납게 굴지 못하도록 개를 걷어찼다. 「귀여움을 받는 데 익숙하지 않소. 애완용 개가 아니거든.」

이어 옆문을 향해 걸어가며 다시 〈조지프!〉 하고 불렀다.

멀리 지하 저장고 안에서 웅얼대는 소리가 들렸지만 조지프가 올라오는 기색은 없었다. 그러자 주인이 조지프를 찾아 지하로 갔고, 나 홀로 악한 같은 암캐와 덥수룩하고 침울한 표정의 목양견 한 쌍과 함께 방에 남겨졌다. 암캐와 목양견들은 서로 경쟁이라도 하듯 나의 일거수일투족을 경계의 눈초리로 주시하고 있었다.

그놈들의 송곳니에 물리고 싶은 생각이 전혀 없었기 때문에 나는 꼼짝도 하지 않았다. 하지만 소리 없이 모욕하는 건 괜찮겠지 싶어 세 마리 개를 향해 마음껏 눈살을 찌푸리며 인상을 쓴 게 문제였다. 암캐가 내 표정에 비위가 상한 모양인지 벌컥 화를 내며 내 무릎을 향해 덤볐다. 나는 재빨리 개를 밀친 뒤 탁자를 가져다 더 이상 다가오지 못하게 막았다. 하지만 이런 행동이 벌집을 쑤신 격이 되었는지 크고 작은 놈과 어리고 늙은 놈을 가리지 않고 여섯 마리쯤 되는 네발 달린 괴물들이 몸을 숨기고 있던 구석에서 일제히 방 가운데를 향해 튀어나왔다. 이어서 내 발뒤꿈치와 겉옷 자락에 공격이 집중되는 느낌이 들었다. 나는 있는 힘을 다해 부지깽이를 휘둘러 덩치 큰 녀석들을 물리치면서, 평화를 회복하기 위해 이 집안 식구들에게 살려 달라고 큰 소리로 외쳐야 했다.

히스클리프 씨와 하인이 짜증날 정도로 느리게 지하실 계단을 올라왔다. 벽난로 주위에서는 두려움 어린 나의 비명과 개들의 으르렁 소리가 요란했지만, 두 사람이 1초라도 더 서두른 것 같지는 않다.

다행히 부엌에 있던 지원군이 먼저 왔다. 웃옷을 치마 안에 밀어 넣은 채 소매를 걷어 팔을 드러낸 중년 여성이 불에 벌겋게 달아오른 얼굴을 하고 프라이팬을 휘두르며 재빨리 우리 사이에 나타난 것이다. 그리고 무기와 혀를 적절히 놀려 마법처럼 폭풍을 잠재웠고, 주인이 도착했을 땐 그녀의 몸통만이 폭풍이 몰아친 직후의 바다처럼 들썩거렸다.

「도대체 웬 소란이오?」 그가 나에게 물었는데, 그렇지 않아도 형편없는 대접에 화가 났던 참이라 나도 도저히 참을 수가 없었다.

「그러게 말입니다. 손님한테 이게 뭡니까!」 내가 볼멘소리로 말했다. 「귀신 들린 돼지 떼라도 저놈들 같지는 않을 겁니다. 차라리 호랑이 떼 한가운데 손님을 놔두시지!」

「저 녀석들은 가만있는 사람한테는 안 덤벼요.」 그가 내 앞에 술병을 놓으며 탁자를 제자리로 옮겼다. 「집을 지키는 게 저놈들의 임무잖소. 포도주 한잔 하시겠소?」

「고맙지만 괜찮습니다.」

「어디 물리진 않았소?」

「물렸으면 나도 그놈한테 부지깽이 자국이라도 찍어 줬겠죠.」

히스클리프의 표정이 누그러지더니 빙그레 미소를 띠었다.

「자, 자.」 그가 말했다. 「혼나셨군요, 록우드 씨. 이거, 포도주나 좀 드십시오. 여긴 워낙 누가 찾아오는 일이라곤 없어서 나나 저놈들이나 손님 맞는 법을 잘 모른답니다. 손님의 건강을 위해 건배할까요?」

나도 목례를 하며 건배로 답했다. 몇 마리 개가 버르장머리 없이 굴었다고 계속 뚱해 있는 게 얼마나 어리석은 일인가 싶었고, 더욱이 나를 희생시켜 집주인을 즐겁게 해줄 수는 없는 일이었다. 그가 나를 놀리며 즐기고 있는 건 사실이었으니 말이다.

하지만 주인 역시 괜찮은 세입자의 비위를 거슬러서 좋을 것은 없다고 판단했는지 앞뒤 잘라 먹은 퉁명스러운 어조가 조금 누그러졌다. 그리고 내가 흥미로워할 거라고 생각했는지 내가 선택한 은둔지인 이 고장의 장단점을 논하기 시작했다.

그는 이 주제에 대해 상당히 해박한 지식을 가지고 있었다. 그러다 보니 나도 자신감을 얻어 내 입으로 다음 날 또 오겠다는 말까지 했다.

상대는 내가 다시 침입하는 걸 원치 않는 게 틀림없었다. 그래도 나는 갈 생각이다. 그에 비하면 놀랍게도 나 자신이 사교적인 사람으로 느껴질 지경이다.

2

어젠 오후가 되자 안개가 끼면서 날씨가 으스스 추워졌었
다. 사실 히스 들판과 진흙 길을 헤치며 워더링 하이츠까지
가느니 서재의 난롯가에 머무는 편이 나을 듯했다.

정찬(참고로 나는 12시에서 1시 사이에 정찬을 즐긴다. 이
집을 세낼 때 가구처럼 딸려 온 중년의 가정부가 5시에 정찬
을 내오라는 청을 이해하지 못했기 때문, 아니 이해할 의사
가 없었기 때문이다)을 마친 후 그렇게 빈둥거릴 생각으로
2층 방으로 올라갔는데, 마침 하녀가 솔과 석탄 통 따위를 늘
어놓은 채 무릎 꿇고 앉아 잉걸불 더미의 불씨를 꺼뜨리려고
재를 쏟아붓고 있어 먼지가 자욱했다. 그 꼴을 보고는 할 수
없이 아래층으로 내려가 모자를 쓰고 히스클리프 씨 댁으로
향했다. 6킬로미터가량 걸어가 정원 입구 사립문에 다다랐
을 때 마침 깃털 같은 눈이 마구 휘날리며 폭설을 예고했다.

그렇게 황량한 언덕 꼭대기에 서니 땅은 된서리에 뒤덮여
딱딱했고, 바람은 또 어찌나 찬지 뼛속까지 시려 왔다. 문에
묶인 사슬을 풀기도 쉽지 않아서, 그냥 울타리를 뛰어넘어

가장자리에 구스베리 덤불이 듬성듬성 심긴 진입로를 재빨리 뛰어가 저택 문을 두드렸다. 하지만 손가락 마디가 따끔거리고 개가 마구 짖어 대는 소리가 들릴 때까지도 집 안에서는 아무런 반응이 없었다.

〈이놈들은 들은 척도 안 하네!〉 나는 마음속으로 외쳤다. 〈이렇게 무례하고 인정머리 없는 작자들은 인간 사회에서 영원히 추방당해야 해. 심지어 나 같은 사람도 대낮에 문을 걸어 잠그고 살지는 않는다! 네놈들이 그러거나 말거나 난 꼭 들어가고야 말 테다!〉

난 그렇게 작정하자마자 걸쇠를 붙들고 마구 흔들어 댔다. 그러자 잔뜩 인상을 찌푸린 조지프가 헛간의 동그란 창문 밖으로 머리를 내밀었다.

「뭔 볼일인가?」 그가 외쳤다. 「쥔님은 저 아래 양 우리에 계신데. 그 양반하고 할 말 있으면 헛간 끝으로 돌아가 보라고.」

「집 안에 문 열어 줄 사람이 없나?」 내가 지지 않고 큰 소리로 물었다.

「쥔아씨밖에 안 계신데 그리 끔찍한 소리를 밤중까지 내보든가. 누가 문을 열어 주나.」

「왜? 자네가 가서 내가 누구라고 말씀드리면 되지 않겠나, 조지프?」

「내가 뭐 땜에! 껴들 생각 없소.」 툴툴거리는 소리와 함께 그의 머리가 사라졌다.

눈은 더욱 맹렬한 기세로 펑펑 쏟아지기 시작했다. 내가 다시 시도해 보려고 문손잡이를 잡는 찰나에 외투도 안 입은 청년이 어깨에 쇠스랑을 메고 뒷마당 쪽에서 나타났다. 그리고 자신을 따라오라고 큰 소리로 말하더니 세탁장과 석탄 창고, 펌프, 비둘기장 등을 지나 성큼성큼 안내하며 마침내 전날 방문했던 크고 따뜻하고 유쾌한 방으로 데려다주었다.

실내는 한데 어울려 활활 타오르고 있던 석탄과 토탄, 장작 덕분에 환했고, 빛과 함께 기분 좋은 열도 발산하고 있었다. 식탁에는 푸짐한 저녁상이 차려져 있었는데, 그 옆에서 예의 〈쥔아씨〉, 나는 존재조차도 짐작하지 못했던 인물이 보여서 반가웠다.

내가 먼저 고개 숙여 인사한 뒤 자리를 권하길 기다렸지만, 그녀는 의자 등받이에 기대앉아 나를 보면서 일어서지도 않고 인사도 하지 않았다.

「날씨가 무척 험하군요!」 내가 말했다. 「히스클리프 부인, 하인들이 재빠르지 못해 대문이 망가지겠습니다. 아무리 두드려도 못 듣더군요.」

그녀는 입도 벙긋하지 않았다. 내가 바라보자 그녀 역시 나를 빤히 바라보기만 했다. 아무튼 아주 냉랭하고 나를 무시하는 태도여서 극도로 당황스럽고 불쾌했다.

「앉으시든가.」 젊은이가 퉁명스럽게 말했다. 「그 양반 곧 올 테니.」

나는 자리에 앉아 에헴, 하고 헛기침을 한 뒤 암캐 주노를 불렀는데, 이 돼먹지 않은 놈이 이번에는 날 알아보는지 꼬리 끄트머리를 너그럽게 살짝 움직였다.

「잘생긴 놈입니다!」 내가 말을 이었다. 「강아지들은 분양할 예정이신가요, 부인?」

「내 개가 아니거든.」 이 정감 가는 안주인은 히스클리프보다 더 퉁명스레 말했다.

「아, 그럼 저놈들을 더 좋아하시나 봅니다?」 내가 고양이 비슷한 무언가가 포개져 있는 그림자 진 의자를 돌아보며 말했다.

「좋아할 게 따로 있지, 별 희한한 소리를 다 듣겠네!」 그녀가 경멸하듯 말했다.

재수 없게도 의자 쿠션에 포개져 있는 것은 죽은 토끼 더미였다. 나는 헛기침을 한 번 더 한 다음 날씨가 참 험하다는 말을 되풀이하며 벽난로 쪽으로 의자를 옮겼다.

「밖에 나오질 말았어야지요.」 그녀가 자리에서 일어나 벽난로 선반 위에 놓인 두 개의 채색 차통을 향해 손을 뻗으며 말했다.

그늘 속에 있던 그녀의 자태와 얼굴이 그제야 환히 드러났다. 가냘픈 몸매에 이제 막 소녀티를 벗기 시작하는 듯했다. 자태도 훌륭하거니와, 자그마한 얼굴을 보니 세상에 둘도 없는 미인이었다. 이목구비는 오밀조밀했고, 피부는 눈부시게 하얬으며, 섬세한 목 위로 아마빛 금발 고수머리가 느슨히 찰랑대고 있었다. 눈은, 상냥한 눈빛을 보내면 누구라 할 것 없이 반해 버릴 정도였다. 하지만 나처럼 쉽게 사랑에 빠지는 사람에게는 다행스럽게도, 조소와 절망 사이를 맴도는 감정만이 담겨 있어 그토록 아름다운 외양과는 너무나 안 어울렸다.

채색 차통들이 그녀의 손이 닿을락 말락 한 데 있어서 내가 도우려고 일어서자 그녀가 날카로운 눈초리로 나를 쏘아보았다. 마치 금화를 세던 수전노가 누가 도와주려고 나설 때 던질 만한 눈길이었다.

「도와줄 필요 없어요.」 그녀가 퉁명스럽게 말했다. 「내가 집을 수 있다고.」

「실례했습니다!」 내가 서둘러 대답했다.

「다과에 초대받으신 거예요?」 그녀가 깔끔한 검정 드레스 위에 앞치마를 두르고 끈을 묶은 뒤, 찻잎을 한 숟가락 떠서 들고 주전자를 내려다보며 추궁하듯 물었다.

「한잔 주신다면 감사히 마시겠습니다.」 내가 대답했다.

「초대를 받으셨냐고요!」 그녀가 다시 추궁했다.

「아닙니다.」 내가 반쯤 미소 지으며 말했다. 「부인이 초대해 주시면 되는데요.」

그녀는 차와 숟가락을 탕 소리와 함께 치워 버리고 부루퉁한 얼굴로 다시 의자에 앉았다. 이마에 주름이 지고 빨간 아랫입술을 내민 것이 울음을 터뜨리기 직전의 어린아이 같은 표정이었다.

한편 나를 안내해 준 젊은이는 무척 허름한 웃옷을 입고 벽난로 앞에 서서 마치 철천지원수라도 되는 양 날 째려보고 있었다. 문득 그가 하인인지 아닌지 의문이 들기 시작했다. 옷차림과 말투가 모두 거칠어, 히스클리프 부부와는 달리 주인다운 모습은 전혀 보이지 않았다. 숱이 많은 갈색 고수머리도 거칠고 투박했으며 수염은 곰처럼 제멋대로 뺨 위까지 뻗쳐 있었고 손은 잡일꾼처럼 그을려 있었다. 하지만 태도에는 전혀 거리낌이 없어서 거만하다 할 정도였고, 안주인을 섬기는 하인 같은 태도는 전혀 보이지 않았다.

그의 신분을 알려 주는 명백한 증거가 보이지 않는 한 그의 기묘한 행동에 대해서는 못 본 척하는 편이 나을 터였다. 5분쯤을 그렇게 보낸 후에 히스클리프 씨가 들어왔고, 덕분에 나는 웬만큼 덜 어색해졌다.

「보세요, 약속대로 왔습니다!」 내가 짐짓 유쾌한 태도로 외쳤다. 「그런데 날씨 때문에 한 30분 신세를 져야 할 것 같습니다. 여기서 눈을 피해도 괜찮다면요.」

「30분이라고요?」 그가 자기 옷에서 하얀 눈송이를 털어 내며 말했다. 「하필이면 눈보라가 몰아치는 날씨에 돌아다닐 필요가 있소? 그러다 황야에서 길을 잃을 수도 있어요. 아무리 이 들판에 익숙한 사람이라도 이런 날 저녁엔 길을 잃기 일쑤입니다. 내 장담하건대, 당분간은 이 날씨가 안 바뀔 겁니다.」

「혹시 댁의 하인을 안내인으로 데려가서 그레인지에 묵게 하고 내일 아침 보내 드리면 어떻겠습니까?」

「그건 안 되겠소.」

「아, 그렇군요! 그렇다면 내 길눈에 의지하는 수밖에 없겠네요.」

「흥!」

「거, 차 만들 거요?」 허름한 웃옷 차림의 젊은이가 나를 향하던 사나운 눈길을 젊은 안주인 쪽으로 돌리며 따지듯 물었다.

「저 사람도 마실 건가요?」그녀가 히스클리프에게 호소하듯 물었다.

「어서 끓이기나 하라고, 알았어?」그가 어찌나 포악하게 쏘아붙이던지 내가 다 놀랄 지경이었다. 어조로 보아 천성이 아주 고약한 사람이 틀림없었다. 나는 더 이상 히스클리프를 대단한 사람이라 부르지 말아야겠다고 생각했다.

「자, 의자를 당겨 앉으시구려.」준비가 끝나자 그는 내게 차를 권했다. 이어 시골뜨기 같은 청년을 포함해 모두들 탁자 주위에 모여 앉았다. 그리고 다들 무거운 침묵을 지키며 차를 마셨다.

나 때문에 이렇게 침울한 거라면 최소한 당사자인 내가 이런 분위기를 누그러뜨리려고 노력이라도 해야 할 것 같았다. 저들도 늘 이렇게 엄숙하고 조용히 앉아 지내지는 않을 것 같았기 때문이다. 아무리 성질이 고약한 사람들이라 해도, 평소에도 한결같이 벌레 씹은 표정을 하고 있지는 않을 터였다.

차 한 잔을 다 마시고 다음 잔을 따라 주는 사이에 내가 말했다. 「참 신기하게도 우리 습관이 취향과 견해를 바꾼단 말입니다. 이렇게 세상과 완전히 단절되어 살아가는 분들도 행복할 거라고는 많은 사람들이 상상하지 못할 겁니다, 히스클리프 씨. 하지만 감히 말씀드리건대 이렇게 가족과 함께 지내시고 상냥한 부인께서 가정과 행복을 지켜 주시니……」

「상냥한 부인이라고!」 그가 거의 악마를 연상시키는 조소를 흘리며 내 말을 끊었다. 「어디 있소, 그 상냥한 부인이?」

「히스클리프 부인, 아씨 말씀입니다.」

「글쎄, 그렇긴 하군요. 그러니까 육체는 떠났더라도 영혼은 남아서 집안을 수호하는 천사, 워더링 하이츠를 지켜 주는 행운의 천사가 되었다는 뜻이로군. 맞소?」

나는 실수를 깨닫고 사태를 수습해 보려 했다. 부부간이라고 보기엔 두 사람의 나이 차가 너무 크다는 사실을 알아챘어야 했다. 히스클리프 씨는 마흔 살은 되어 보이니, 사춘기 소녀들이 사랑에 빠져 자신을 선택할 거라는 착각을 하지 않을 정도의 식견이 있을 터다. 그런 꿈은 노년의 위안거리에 불과하다. 반면 상대는 열일곱도 채 안 되어 보였다.

그러자 이런 생각이 번쩍 들었다. 〈내 옆의 어릿광대 같은 사내, 차를 대접으로 마시고 손도 안 씻고 빵을 먹는 저이가 남편이로구나. 당연히 히스클리프의 아들이겠지. 아이고, 생매장이 따로 없구먼. 이 세상에 더 나은 남자들이 있다는 사실을 모르고 저 상스러운 사내에게 인생을 맡겨 버렸구나! 슬프고도 안타까운 일이다. 그녀가 나로 인해 본인의 선택을 후회하지 않도록 조심해야겠군.〉

이 마지막 생각은 허영심의 발로로 보일 수도 있겠지만, 그렇지 않다. 내 옆에 앉은 사내는 혐오감을 일으킬 정도였으니까. 그리고 내가 나름 매력적이라는 사실은 내 경험이 증명하는 바이다.

「히스클리프 부인은 내 며느리요.」 히스클리프가 말했다.

내 추측이 맞았다. 그렇게 말하며 며느리를 향하는 히스클리프 씨의 눈길이 아주 특이했다. 눈빛에 증오가 담겨 있었다. 표정이 영혼의 언어를 통역하는 여느 사람들과 달리, 그의 얼굴 근육이 심하게 뒤틀려 있는 게 아니라면, 이는 분명 증오가 담긴 표정이었다.

「아, 당연히······ 이제 알겠습니다. 당신이야말로 이 친절하신 요정분의 선택을 받으셨군요.」 내가 옆의 사내를 향해 고개를 돌리며 말했다.

이건 아까보다 더 큰 실수였다. 청년이 얼굴을 시뻘겋게 붉히더니 주먹을 꽉 쥐는 모양이 당장이라도 날 후려칠 기세였다. 하지만 이내 침착을 되찾으며 나에게 사나운 저주를 퍼부음으로써 화를 삭이는 듯했다. 나는 못 들은 체했다.

「저런, 번번이 틀리시는군요.」 주인이 말했다. 「우리 둘 다 이 훌륭한 요정을 소유하는 특권은 누리지 못하고 있습니다. 남편은 죽었습니다. 내 며느리니까, 내 아들이 남편이었겠지요.」

「그럼 이 청년분은······.」

「당연히 내 아들이 아닙니다.」

히스클리프는 다시 미소 지었는데, 이 짐승 같은 놈을 내 자식이라고 오해하다니 농담도 지나치다고 말하는 듯한 표정이었다.

「내 이름은 헤어턴 언쇼라고.」 청년이 으르렁댔다. 「감히 무시하기만 해봐.」

「무시한 적 없습니다.」 나는 제법 엄숙하게 자신의 가문을 밝히는 그의 모습을 마음속으로 비웃으며 말했다.

그가 어찌나 오래 뚫어져라 쳐다보는지 나도 같이 마주 보다가는 그의 귀싸대기라도 한 대 치고 싶어질 것 같았고, 자칫 그를 비웃는 마음을 들킬 듯해서 고개를 돌렸다. 내가 이 유쾌한 가족 사이에 끼어든 이방인임은 점차 너무나 명백해졌다. 그들이 자아내는 음울한 분위기가 따뜻한 난롯불이 선사하는 물리적인 안락감조차 상쇄한다기보다는 아예 압도했다. 그래서 이 집 서까래 밑을 세 번째로 방문하는 일은 신중히 결정해야겠다고 마음먹었다.

먹는 일이 끝났고 기분 좋게 대화를 시도하는 사람도 없어서 나는 날씨나 알아보려고 창가로 갔다.

밖에는 참 난감한 풍경이 펼쳐지고 있었다. 서둘러 어둠이 내리고 혹독한 회오리바람과 사람을 질식시킬 것 같은 눈 속에 하늘과 언덕이 한데 엉켜 소용돌이치고 있었다.

「지금 길 안내 없이 집에 가기는 불가능할 것 같습니다.」나는 그렇게 외칠 수밖에 없었다.「벌써 땅이 눈에 완전히 덮였겠어요. 설사 안 덮인 데가 있다 해도 한 치 앞도 내다보기 힘들 것 같군요.」

「헤어턴, 양 열두 마리를 헛간 앞 현관으로 데려다 놔라. 그냥 우리에 두었다간 밤새 눈 속에 파묻히고 말 테니. 그런 다음 판자로 앞을 막아 놓아라.」

「나는 어떻게 하면 좋겠습니까?」내가 치밀어 오르는 짜증을 참으며 말했다.

대답은 없었다. 주변을 둘러보니 조지프가 개에게 주려고

양동이에 담은 죽을 들여오고 있었고, 불 위로 몸을 숙인 히스클리프 부인은 차통을 제자리에 놓다가 벽난로 선반에서 떨어뜨린 성냥 더미를 태우며 놀고 있었다.

개 먹이를 다 들이고 난 조지프는 날카로운 눈초리로 방을 둘러보더니 짜증 섞인 쉰 소리로 말했다.

「다들 일 나가고 없는데 혼자 빈둥거리고 있는 한심한 꼴이라니! 하지만 귓등으로도 안 들을 텐데 말해 봤자 뭔 소용인가. 저 버르장머리 절대 못 고칠 텐데. 지 어미처럼 곧장 악마한테나 가버리라지!」

나는 순간적으로 그가 나를 지목해 욕설을 퍼부은 것으로 오해하고 화가 머리끝까지 치밀어 이 악당 같은 노인네를 당장 쫓아낼 작정으로 그를 향해 걸어갔다. 하지만 히스클리프 부인의 대답이 내 발걸음을 붙잡았다.

「이 가증스러운 위선자 영감!」 그녀가 대답했다. 「악마의 이름을 입에 담을 때마다 당장 잡혀갈까 봐 두렵지도 않으냐? 경고하는데, 내 화 좀 돋우지 마. 안 그러면 내가 악마한테 널 잡아가 달라고 특별히 부탁할 테니까! 자! 여기 좀 봐, 조지프.」 그녀가 선반에서 길쭉하고 짙은 색 표지의 책을 하나 내리면서 말했다. 「내 흑마술 실력을 금방 보여 주마. 좀 있으면 이 집을 싹 비워 버리게 될걸. 붉은 소가 괜히 죽은 게 아니야. 그리고 네가 시달리는 류머티즘은 천벌 틈에도 못 껴!」

「오, 사악한, 사악한 것!」 노인이 숨을 헐떡댔다. 「주님, 우리를 악에서 구하소서!」

「아니, 이 타락한 작자! 신이 버린 놈, 썩 꺼져. 안 그러면 혼쭐을 내줄 테다! 다들 밀랍과 진흙 인형으로 만들어 버릴 거라고! 그리고 내가 정한 선을 감히 넘보는 놈은…… 어떻게 된다는 말은 안 하겠어! 하지만 두고 보라고! 꺼져, 너 말이야!」

이 작은 마녀는 아름다운 눈에 원한을 담은 시늉을 하였는데, 조지프는 진짜로 공포에 떨며 기도하는 한편 사악한 것이라고 중얼거리며 서둘러 방을 빠져나갔다.

나는 그녀가 워낙 따분한 나머지 장난을 치는 게 틀림없다 생각하고, 우리만 남았을 때 내가 처한 곤경에 대해 호소해 보려 했다.

「히스클리프 부인.」 내가 진지하게 말했다. 「성가시게 해 드려서 죄송합니다. 얼굴이 고운 만큼이나 마음씨도 아름다운 분이신 것 같은데요. 제가 집을 찾아갈 수 있도록 가는 길의 지형지물이라도 좀 가르쳐 주십시오. 부인께서 런던에 가는 길을 모르시듯 저도 집으로 돌아가는 길이 전혀 감이 안 잡히니까요!」

「오신 길로 돌아가세요.」 그녀가 촛불을 들고 편히 의자에 앉아 아까 꺼낸 길쭉한 책을 펼쳐 든 채 대답했다. 「간단하지만 제가 드릴 수 있는 가장 타당한 충고예요.」

「그렇다면 내일 제가 눈으로 뒤덮인 수렁이나 웅덩이에 빠져 죽은 채 발견된다 해도 양심의 가책을 못 느끼실까요? 본인 책임도 조금은 있다는 생각이 안 들까요?」

「왜요? 내가 안내해 드릴 수도 없는데. 다들 내가 농원의 담까지도 못 가게 할 텐데.」

「부인께서요! 이런 밤에 제 편리를 위해 부인께 문지방을 넘어 주십사 하는 부탁은 드리지도 않습니다.」 내가 외쳤다. 「그냥 길을 알려 주십사 하는 거지, 직접 가달라는 얘기는 아니었어요. 아니면 제게 안내자를 좀 붙여 주도록 히스클리프 씨를 설득해 주셨으면 합니다.」

「누구를 붙여요? 이 집에는 그분하고, 언쇼, 질라, 조지프, 그리고 나뿐인데. 우리 중에 누가 함께 가줬으면 좋겠다는 거예요?」

「농장에 심부름꾼이 없나요?」

「없어요, 방금 말한 이들이 전부거든요.」

「그렇다면 그냥 이 댁에 머무는 수밖에 없겠군요.」

「그 문제는 집주인하고 의논하세요. 나하고는 상관없으니까.」

「이번 일을 교훈 삼아 앞으로는 산속을 함부로 쏘다니지 마시구려.」 히스클리프 씨가 부엌 입구에서 쌀쌀맞은 목소리로 크게 말했다. 「여기 머물겠다면 손님방이 따로 없으니 헤어턴이나 조지프의 침대를 함께 써야겠소.」

「거실 의자에서 자면 됩니다.」 내가 대답했다.

「아니, 안 될 말! 돈이 있건 없건 모르는 사람은 모르는 사람이요. 내가 잠든 사이에 누구든 집 안을 맘대로 돌아다니게 둘 순 없소!」 그 무례한 작자가 말했다.

더 이상 모욕을 참을 수가 없었다. 치미는 혐오감을 억누를 수 없어서 그를 밀치고 마당으로 나갔는데 서두르다가 언쇼와 부딪혔다. 밖이 어찌나 깜깜한지 출구를 찾을 수가 없었다. 그래서 헤매고 있는데, 그러는 동안에도 그들의 말소리가 들려왔고, 이를 통해 이 사람들이 평소에 얼마나 예의 바르게 서로를 대하는지 잘 알 수 있었다.

처음에는 청년이 내 편이 되어 줄 것 같았다.

「내가 농원까지 함께 갈게요.」 그가 말했다.

「내친김에 지옥까지 동행하든지!」 그의 주인, 아니, 어떤 관계인지는 잘 모르겠지만, 히스클리프가 외쳤다. 「그러면 말은 누가 돌보느냐, 응?」

「하루 저녁 말을 돌보는 것보다는 사람 목숨이 중요하잖아요. 누가 가긴 가줘야 될 거 아녜요.」 히스클리프 부인이 의외로 친절하게 중얼거렸다.

「네가 뭔데 이래라저래라야!」 헤어턴이 대꾸했다. 「저 사람이 살아 돌아가길 원한다면 차라리 암말 안 하는 게 좋을걸.」

「네가 안 데려다주면 저 남자의 귀신이 너한테 들러지. 또 그레인지가 폐허가 될 때까지 다시는 아무도 세 들지 않고 말야.」 그녀가 날카롭게 대꾸했다.

「저런, 저런, 아주 저주를 하는구먼!」 마침 내가 가던 방향에 있던 조지프가 툴툴거렸다.

그는 사람들 말소리가 들리는 곳에 등불을 켜놓고 소젖을 짜고 있었는데, 나는 내일 돌려주겠다고 말하며 막무가내로 그의 등을 집어 들고 가장 가까운 뒷문 쪽으로 서둘러 갔다.

「쥔님, 쥔님, 저 인간이 등불을 훔쳐 가는구먼요!」 노인이 쫓아오며 외쳤다. 「야, 내셔! 야, 이 녀석! 야, 울프, 저놈 잡아라, 어서 잡아!」

샛문을 여는 참인데 털복숭이 괴물 두 마리가 내 목을 향해 덤벼들어 나는 쓰러졌으며 등불도 꺼졌다. 히스클리프와 헤어턴이 낄낄거리며 웃는 소리가 뒤섞여 들려왔고, 나는 분노와 수치심이 극에 달했다.

다행히 짐승들은 나를 산 채로 잡아먹으려 하지는 않았고 발을 뻗고 하품을 하며 꼬리만 열심히 흔들어 댔다. 하지만 그들이 나를 덮쳐 누르고 있어서 몸을 일으킬 수가 없었다. 할 수 없이 그놈들을 풀어놓은 사탄 같은 주인이 구하러 올 때까지 바닥에 쓰러진 채 기다려야 했다. 마침내 일어선 나는 모자도 쓰지 못한 채 분노에 떨며 악한들에게 내보내 달라고 요구했다. 나를 1분이라도 더 붙잡아 놓으면 성치 못할 줄 알라고, 복수를 하고야 말겠다고 두서없이 협박을 했는데 내 말에 담긴 끝없는 적의의 깊이는 리어왕과 견줄 수 있을 정도였다.

너무 분노한 탓인지 코피가 철철 쏟아졌는데, 그럼에도 불구하고 히스클리프는 웃고 있었고 나는 계속 횡설수설했다. 마침 거기에 나보다 더 이성적이고, 나를 상대하고 있던 사람들보다는 더 자애로운 사람이 하나 있었기에 망정이지 안 그랬더라면 소동이 어떻게 끝났을지 모를 일이다. 그 주인공은 도대체 웬 소동인가 하고 때마침 나타난 건장한 가정부 질라였다. 질라는 식구 중 하나가 손찌검을 했다고 오해했지만 감히 주인을 나무라지는 못하고 대신 젊은 악당에게 자신의 무기인 세 치 혀를 휘둘렀다.

「저런, 언쇼 씨.」그녀가 외쳤다. 「그러다가 뭔 일을 저지르려고 그래요? 이 집 문지방에서 살인이라도 낼 작정이에요? 내 얼른 이 집구석에서 나가야지. 저 딱한 분을 좀 봐요, 금방이라도 숨 넘어가겠네! 저런, 저런, 지금 밖에 나가시면 안 돼요. 어서 들어오세요, 제가 봐드릴 테니까. 자, 자, 가만히 있으세요.」

그렇게 말하자마자 질라는 갑자기 얼음물 한 바가지를 내 목에 끼얹은 뒤 나를 데리고 부엌으로 갔다. 히스클리프 씨도 따라왔는데, 잠깐 동안 유쾌해 보였던 표정은 어느새 사라지고 다시 평소의 침울한 표정으로 돌아가 있었다.

나는 속이 메슥거리고 현기증이 나서 쓰러질 것만 같았다. 어쩔 수 없이 그의 집 지붕 밑에서 지낼 수밖에 없었다. 그는 질라에게 브랜디를 한잔 주라고 명한 뒤 내실로 갔다. 그녀는 딱한 처지에 놓인 나를 위로해 주고, 주인의 지시대로 브랜디를 가져다주었다. 그러고는 내가 얼마간 정신을 차리자 침대로 데려다주었다.

3

질라가 위층으로 앞장서서 올라가며 내게 촛불을 가리고 발소리를 죽이라고 말했다. 나를 재울 방에 주인이 좀 유별난 애착을 가지고 있어서 아무도 못 쓰게 한다는 것이었다.

나는 이유를 물었다.

그녀는 자기도 모르며, 이 집에 산 지 자신도 한두 해밖에 안 됐는데, 워낙 희한한 일이 많이 일어나서 그것까지 궁금해할 여력이 없다고 했다.

나 역시 워낙 멍한 상태라 호기심을 느끼기도 힘들 지경이어서 일단 문을 잠근 뒤 침대가 어디 있나 하고 방을 둘러보았다. 가구라고는 의자 하나, 옷장 하나 그리고 커다란 상자 모양의 오크 장이 전부였는데, 오크 장에는 맨 윗부분에 마차의 창문을 닮은 사각형 구멍이 나 있었다.

다가가 안을 들여다보니 그것은 아주 편리하게 디자인된 특이한 구식 침상이었다. 이것만 있으면 식구들에게 따로 독방을 하나씩 내줄 필요가 없을 듯했다. 침상은 창틀 앞에 놓여 있어서 창턱이 탁자 구실을 하면서 전체가 작은 방이 되었다.

판자로 된 미닫이문을 열고 촛불을 가지고 들어가서 다시 문을 닫으니, 히스클리프를 비롯해 누구의 감시에서도 벗어난 듯하여 마음이 놓였다.

한쪽 구석에 곰팡내 나는 책들이 몇 권 쌓여 있는 창턱에 초를 내려놓았다. 창턱의 페인트칠을 한 부분에는 뭔가로 긁어 잔뜩 글자를 새겨 놓았는데, 자세히 보니 똑같은 이름을 다양한 서체와 크기로 새겨 놓은 것이었다. 먼저 〈캐서린 언쇼〉라는 이름이 보이더니, 그것이 여기저기서 〈캐서린 히스클리프〉로 바뀌었다가 다시 〈캐서린 린턴〉으로 바뀌어 있었다.

이미 지칠 대로 지치고 불안했던 나는 창문에 머리를 기댄 채 캐서린 언쇼 ― 히스클리프 ― 린턴이라고 쓰인 낙서를 읽다가 저절로 눈이 감겼다. 하지만 눈을 감은 지 채 5분도 안 돼서 하얀 글씨들이 광채를 발하며 어둠을 배경으로 유령처럼 생생히 공중으로 떠오르더니 허공에 캐서린이라는 이름이 우글거렸다. 이 이름들을 쫓아내려고 몸을 일으키다가 촛불 심지 하나가 오래된 책 쪽으로 기울어지면서 방 안이 송아지 가죽 타는 냄새로 자욱하다는 사실을 깨달았다.

촛불은 껐지만 춥고 속도 계속 울렁거려서 몸이 편치 않았기에 결국에는 일어나 앉아 촛불에 그을린 책을 무릎에 올려놓고 펼쳤다.

가는 활자체의 『신약 성서』였는데, 갈피에서는 끔찍한 곰팡내가 풍겨 나왔다. 〈캐서린 언쇼의 책〉이라는 글과 함께 사반세기 이전의 날짜가 적혀 있었다.

나는 책을 덮은 뒤 다른 책들을 하나하나 들어 거기 있던 책들을 모두 살펴보았다. 캐서린의 장서는 엄선된 도서로 이루어졌고 많이 닳은 것으로 보아 자주 이용한 듯했지만 적절한 용도로 쓰인 것은 아닌 듯했다. 인쇄공이 남겨 놓은 여백에 독자 논평(어쨌든 그렇게 보이는 글자들)이 거의 모든 면에서 발견됐다.

단문도 있었고 규칙적으로 쓴 일기로 보이는 부분도 있었는데, 아직 나름의 서체를 확립하기 전 어린아이가 끄적거린 필체 같았다. 여분의 속지(처음 이 부분을 발견했을 때는 보물을 발견한 것 같았을 터다) 위쪽에는 조지프의 캐리커처가 그려져 있었는데, 거칠지만 힘찬 손놀림으로 그린 무척 훌륭한 그림으로 보는 이의 웃음을 자아냈다.

그걸 보자마자 캐서린이라는 이 미지의 인물에 강렬한 흥미를 느끼게 되어 퇴색한 상형문자 같은 그녀의 글씨를 해독해 보기로 했다.

그 아래 문단은 〈끔찍한 일요일이다!〉라는 글로 시작됐다.

아버지가 살아 돌아오신다면 얼마나 좋을까. 아버지 대신 힌들리라니 너무나 끔찍하다. 힌들리가 히스클리프한테 얼마나 심하게 하는지. H와 난 반항할 거다. 우린 오늘 저녁에 반항을 시작했다.

종일 비가 쏟아졌다. 성당에 갈 수 없어서 대신 조지프가 우리를 다락방에 불러 모아 예배를 드리겠다고 했다. 힌들리하고 올케가 아래층에서 편안하게 난롯불을 쬐고 있는 동안 (뭘 했는지는 몰라도 단언컨대 절대 성경책을 읽지는 않았을 것이다) 히스클리프와 나, 그리고 재수 없게 걸린 농장 아이에게 기도서를 들고 다락방으로 올라가게 했다. 곡식 자루 위에 한 줄로 앉아 있었는데 신음이 절로 나오고 온몸이 덜덜 떨렸다. 그래서 조지프도 추울 테니까 본인 때문에라도 설교를 짧게 해주겠지 하고 기대했다. 하지만 어림없었다! 예배는 정확히 세 시간이 걸렸다. 그런데도 오빠는 다락방에서 내려오는 우리를 보고 아무렇지도 않게 말했다.

「뭐야, 벌써 다 끝났어?」

전에는 시끄럽게 굴지만 않으면 일요일 저녁에 놀아도 좋다고 했는데 이제는 킬킬대기만 해도 방구석에 서서 벌을 받아야 한다.

「이 집에 가장이 있다는 사실을 잊어버렸냐.」 폭군이 말한다. 「내 기분을 먼저 잡치게 하는 놈부터 작살을 내줄 테다! 부스럭 소리라도 내봐라. 저기 저! 이놈의 자식. 여보, 프랜시스, 저쪽으로 갈 때 저 자식 머리끄덩이를 뽑아 버려. 손가락으로 딱 소리를 냈다고.」

프랜시스가 그 애의 머리끄덩이를 신나게 잡아당긴 다음 오빠의 무릎에 가 앉았다. 오빠 부부는 애들처럼 입을 쪽쪽 맞추고 몇 시간이나 실없는 소리를 지껄이면서 앉아 있었다. 듣는 우리가 다 민망할 만큼 실없는 소리다.

우리는 찬장의 아치형 다리 밑으로 들어가서 최대한 편하게 자리 잡았다. 내가 우리의 앞치마를 같이 묶어서 커튼처럼 막 쳐두었을 때 마구간에서 일을 끝내고 들어온 조지프가 간신히 만든 커튼을 끌어내리고 따귀를 갈기면서 꽥꽥거렸다.

「쥔 나리를 묻은 지도 얼마 안 됐고, 안식일도 안 끝났는데, 복음의 말씀이 아직도 귀에 쟁쟁한데 어디 감히 장난질이냐! 창피한 줄을 알아야지! 이 못된 것들, 어서 앉아! 읽기만 하면 좋은 책들이 얼마나 많은데. 똑바로 앉아서 영혼이나들 걱정하라고!」

조지프는 그렇게 말하고 나무토막 같은 책을 우리한테 내밀었다. 똑바로 앉아 멀리서 비쳐 오는 흐릿한 벽난로 불빛에 의지해 읽으라는 거였다.

도무지 말도 안 되는 소리라서 꼬질꼬질한 책 뒷장을 잡아 개집에다 내던지며, 난 좋은 책이 지긋지긋하다고 말했다.

히스클리프도 개집을 향해 자기 책을 차버렸다.

당연히 한바탕 난리가 났다!

「힌들리 서방님!」 우리의 사제가 고함을 질렀다. 「서방님, 이리 와보세요! 캐시 아가씨는『구원의 투구』의 뒷장을 째고, 히스클리프는『파멸의 넓은 길』1부를 발로 찼습니다! 저런 짓을 하는데 그냥 놔두다니 말도 안 됩니다. 아이고, 쥔어른이 계셨더라면 본때를 보이셨을 텐데 돌아가 버리셨으니!」

힌들리가 벽난로 옆 천국을 박차고 달려오더니 내 덜미와 히스클리프의 팔을 잡고는 부엌 뒤편으로 우리를 내동댕이쳤다. 그러자 조지프가, 필시 악마 놈이 우리를 잡아가려고 올 거라며 저주를 퍼부었다. 히스클리프와 나는 각자 편한 대로 한구석씩 차지하고 그의 말대로 악마가 나타나기만 기다렸다.

그러다 이 책을 집어 들었다. 나는 지금 선반에서 책과 잉크를 찾아내 문을 살짝 열어 빛이 들게 해서 20분 정도 글을 쓰고 있다. 하지만 히스클리프는 외양간 여자 일꾼 망토를 슬쩍해서 뒤집어쓰고 황야로 도망가 뛰어다니자고 안달이다. 괜찮은 제안이다. 우리가 그렇게 한다면 저 심술궂은 노인네가 자기 예언이 들어맞았다고 믿을지도 모른다. 차라리 밖에서 비를 맞는 편이 낫겠다. 여기는 너무 춥고 축축하다.

다음 문장의 내용이 달라지는 것으로 보아 캐서린은 계획을 실행에 옮겼던 듯하다. 애절한 내용이 이어졌다.

힌들리가 날 이렇게 울리다니 꿈에도 생각지 못한 일이다! 머리가 너무 아파서 그냥 베개를 베고 있기도 힘들다. 그래도 눈물이 멈추지 않는다. 불쌍한 히스클리프! 이제는 힌들리가 히스클리프를 떠돌이라고 부르면서 우리와 함께 앉지도 먹지도 못하게 한다. 나와 함께 놀지도 못하게 하고, 내가 말을 안 들으면 히스클리프를 쫓아낼 거라고 협박한다.

아버지가 히스클리프한테 너무 잘해 줬다면서 아버지를 욕한다(어떻게 감히 그럴 수 있을까?). 그리고 히스클리프한테 제 분수를 알게 해주겠다며 욕을 퍼붓는다.

졸음이 쏟아지면서 책장이 흐릿해졌다. 내 시선은 여백에 쓰인 손 글씨와 활자 사이를 오락가락했다. 화려한 글씨체로 쓰인 빨간색 책 제목이 보였다. 〈일흔 곱하기 일곱, 그리고 일흔한 번째 죄의 첫 번째 죄. 기머든 서프 성당[1]에서 행한 제이버스 브랜더럼 신부의 설교〉. 비몽사몽간에 제이버스 브랜더럼이 해당 주제에 대해서 무슨 말을 했을까 궁금해하다가 침대 속으로 가라앉듯 잠이 들었다.

맙소사, 형편없는 차를 마시고 기분을 잡친 탓이다! 그게 아니라면 그날 밤 그토록 끔찍한 악몽에 시달린 이유를 설명할 길이 없다. 내가 어른다운 고통을 알게 된 이후 그보다 더 심한 고통에 시달린 적은 없는 것 같다.

여기가 어디지 하며 가물가물하다 꿈을 꾸기 시작했다. 아침이 왔고, 나는 조지프의 안내를 받아 내 집으로 갔다. 길에는 산더미 같은 눈이 쌓여 있었다. 간신히 눈길을 헤치고 가는데 조지프는 내가 순례자의 지팡이를 안 가지고 왔다며 계속 나무라고 잔소리를 하면서 괴롭혔다. 그 지팡이 없이는 절대 집에 못 들어간다면서 대가리가 무거워 보이는 몽둥이를 흔들어 대며 으스댔다. 몽둥이 이름이 그것인 듯했다.

내가 내 집에 들어가는데 그런 무기가 필요하다니 말도 안 되는 소리라는 생각이 잠깐 들었는데 갑자기 어떤 생각이 번뜩 떠올랐다. 목적지는 집이 아니라, 그 책에 있던 〈일흔 곱하기 일곱〉이라는 제목으로 그 유명한 제이버스 브랜더럼이

---

1 종교와 관련된 용어는 영국 국교회에서 기원한 종파인 우리나라 성공회의 〈성당〉, 〈신부〉, 〈부제〉 등의 표현을 사용해 옮겼다. 이하 모든 주는 옮긴이의 주이다.

설교를 하는 장소였다. 그리고 조지프와 브랜더럼, 나, 이 셋 중 한 명이 〈일흔한 번째 죄의 첫 번째〉 죄를 저질러 공개적으로 파문당할 예정이었다.

성당에 도착했다. 산책 도중 두세 번 지나친 곳이었다. 성당은 두 개의 언덕 사이 골짜기, 습지 부근 약간 높은 지대에 있었다. 습지에는 토탄이 많이 섞여 있어서 거기 버려지는 시체들이 방부 처리되는 데 딱 알맞다고들 했다. 성당 지붕은 아직은 온전했지만 보수가 연봉 20파운드와 곧 한 개로 줄어들 방 두 개짜리 집 한 채뿐인지라, 어떤 성직자도 여기 신부직을 맡으려 들지 않을 듯했다. 특히 요즘 신도들은 주머닛돈을 한 푼씩이라도 보태 신부의 살림을 돕느니 차라리 그가 굶어 죽기를 바란다는 소문이 나 있었다. 하지만 꿈속에서는 제이버스가 성당을 가득 채운 열렬한 신도들을 상대로 설교를 하고 있었다. 세상에! 참으로 대단한 설교였다. 무려 490부로 이루어져 있었는데, 각 부의 길이가 보통의 설교 하나에 해당했고, 설교 하나당 한 가지 죄를 논했다! 그것참, 어디서 그런 죄들을 다 찾아냈는지. 신부는 성경 구절을 멋대로 해석했고, 그의 말을 듣다 보면 신도들은 매번 상황에 따라 다른 죄를 저질러야 할 것 같았다.

정말 신기한 죄들, 나는 한 번도 상상해 본 적이 없는 기이한 죄들이었다.

아, 얼마나 지루했는지. 난 몸을 비비 꼬고 하품을 하며 졸았는데 가끔씩 정신이 번쩍 들었다! 내 몸을 꼬집고 찌르고, 눈을 비비고 일어섰다 다시 앉기를 반복하다가 조지프의 옆

구리를 찌르며 설교가 끝나면, 아니, 제발 끝나기라도 하면 알려 달라고 했다!

나는 설교를 끝까지 들어야만 했다. 마침내 〈일흔한 번째의 첫 번째〉를 설교하는 대목에 이르렀다. 그때 갑자기 어떤 영감이 떠올랐다. 나는 자리에서 벌떡 일어나 제이버스 브랜더럼이 기독교인이라면 절대 용서할 수 없는 죄를 저질렀다고 그를 비난했다.

「신부님.」 내가 외쳤다. 「저는 여기 이 네 벽 안에 꼼짝 못하고 갇혀서 490가지 주제에 대한 신부님의 설교를 꾹 참고 용서하며 들었습니다. 일흔 번씩 일곱 번 모자를 집어 들고 떠나고 싶었지만, 신부님은 일흔 번씩 일곱 번 터무니없이 저를 주저앉히셨습니다. 491번째라니 너무 심하십니다. 저와 함께 이 설교를 견디신 여러분, 저자를 공격합시다! 끌어 내려서 찢어발깁시다! 그래서 고향 사람도 못 알아보게 만들어 버립시다!」

「그대야말로 죄인이로다!」 엄숙한 침묵이 흐른 후 제이버스가 방석에 몸을 기대며 외쳤다. 「그대는 일흔 번씩 일곱 번 하품하며 얼굴을 찡그리고 난 일흔 번씩 일곱 번 내 영혼에 조언을 구했도다. 보라, 이것이야말로 인간의 나약함이다. 우리는 이마저도 용서해야 한다! 일흔한 번째 죄의 첫 번째 죄를 저지른 자가 왔도다. 형제들이여, 기록된 대로 저자를 심판할지라. 주님의 모든 성도들에게 영광 있으라!」

그와 같은 결론이 내려짐과 더불어 모든 회중이 손에 손에 순례자의 몽둥이를 높이 들고 한 몸이 되어 나를 에워쌌다.

자신을 방어할 무기가 없던 나는 바로 옆에서 가장 사납게 공격하고 있던 조지프에게서 몽둥이를 빼앗기 위해 몸싸움을 벌였다. 무수한 사람들의 몸이 서로 엉키며 몽둥이가 마구 부딪쳤고, 나를 치려다가 다른 사람의 머리를 때려 대곤 했다. 이윽고 몽둥이로 치고 받는 소리가 온 성당 건물을 가득 채웠다. 너 나 할 것 없이 서로 치고받았다. 브랜더럼도 가만있을 수만은 없었던지 설교단을 꽝꽝 때려 신심을 표현했는데 소리가 워낙 커서 마침내 나는 잠에서 깨어났고 이루 말할 수 없는 안도감을 느꼈다.

그런데 이 엄청난 소동이 대체 무슨 소리 때문에 일어났지? 무엇이 제이버스의 역할을 한 거지? 알고 보니 사나운 폭풍이 울부짖으며 창문의 격자를 때리고, 전나무 가지에 매달린 마른 열매들이 창문에 부딪히는 소리가 들려올 뿐이었다!

나는 긴가민가 잠시 귀를 기울이다가 소동의 진원지를 확인하고는 다시 돌아누워 잠이 들었는데, 이번에도 꿈을 꾸었다. 아까 꿈보다 더 고약하다면 고약한 악몽이었다.

이번에는 내가 오크 침상에 누워 있다는 사실을 기억하는 상태였고, 거센 폭풍 소리와 눈보라가 몰아치는 소리도 분명히 감지할 수 있었다. 또한 전나무 가지가 계속 창문을 두드려 대는 소리도 정확히 파악하고 있었다. 너무 신경에 거슬려서 이 소리의 근원을 아예 없애 버려야겠다고 결심했다. 내 기억으로는, 침대에서 일어나 창문의 걸쇠를 벗기려고 했으나 걸쇠가 꺾쇠처럼 납땜으로 고정되어 있었다. 깨어 있을 때는 알고 있었는데 자는 동안 잊어버린 거였다.

「그래도 이 소리는 없애야 해!」 이렇게 중얼대며 주먹으로 유리창을 깬 구멍을 내고 그토록 집요한 나뭇가지를 잡으려고 팔을 뻗었다. 그런데 나뭇가지가 아닌 조그맣고 얼음장처럼 찬 손가락에 내 손이 닿는 것 아닌가!

악몽에서 비롯된 강렬한 공포가 엄습했다. 팔을 도로 당기려고 해보았지만 나를 잡은 손이 계속 매달리면서 너무나 애절한 목소리로 흐느꼈다.

「들여보내 줘요. 들여보내 줘요!」

「대체 누구냐?」 내가 잡힌 손을 뿌리치려고 애쓰며 물었다.

「캐서린 린턴이에요.」 떨리는 목소리였다(왜 〈린턴〉이라 생각했을까? 〈린턴〉이 한 번 나왔으면 〈언쇼〉는 스무 번은 나왔을 텐데). 「드디어 집에 왔어요. 황야에서 길을 잃었더랬어요!」

이 말소리와 함께 창문 바깥에서 방 안을 들여다보는 어린애의 얼굴이 어렴풋이 보였다. 나는 극도의 공포심에 사로잡혀 잔인해졌다. 뿌리치려 해도 아무 소용이 없음을 깨달았기 때문에 아이의 손목을 깨진 유리 쪽으로 잡아당겨 문질러 댔다. 손목에서 흐른 피가 침대보를 물들일 정도였다. 그런데도 아이는 계속 「들여보내 주세요!」라고 울부짖으며 내 손을 놓지 않았고, 나는 공포에 사로잡혀 거의 미칠 지경이 되었다.

「그러고 있으면 어떻게 널 들여보내 주니!」 마침내 내가 말했다. 「내 손을 놔줘야지. 그래야 널 들어오게 해줄 수 있지!」

그러자 아이의 손가락에서 힘이 빠지는 게 느껴졌고, 나는 얼른 구멍 이쪽으로 손을 당긴 뒤 책을 모아 피라미드처럼 창문 앞에 쌓아 놓은 다음 아이가 애처롭게 애원하는 소리를 안 들으려고 귀를 막았다.

15분 정도 귀를 막고 있다가 손을 떼었는데 그때까지도 아이의 처량한 울음소리가 계속 들려오고 있었다!

「썩 꺼져라!」 내가 외쳤다. 「20년을 애원해 봐라. 내가 들어오게 해주나.」

「벌써 20년이 됐어요.」 애통한 목소리였다. 「20년이라고요. 20년 동안이나 떠돌아다녔단 말예요!」

이어서 바깥에서 뭘 가볍게 긁어 대는 소리가 들리기 시작했고, 쌓아 놓은 책 더미가 확 떠밀리기라도 한 것처럼 살짝 움직였다.

나는 벌떡 일어나려고 했지만 손가락 하나 까딱할 수 없었다. 그래서 공포에 질려 외마디 비명을 내질렀다.

황당하게도 이 비명 소리는 꿈에서만 지른 것이 아니었다. 방문을 향해 서둘러 다가오는 발걸음 소리가 들렸다. 이어 방문이 세게 밀려 열리면서 머리맡의 사각형 창문을 통해 불빛이 어렴풋이 보였다. 나는 계속 몸서리를 치며 일어나 앉아 이마의 땀을 닦았다. 침입자는 잠시 망설이는 듯하더니 혼자 뭐라고 중얼댔다.

그러고는 마침내 속삭이는 듯한 소리로 말했는데, 아무런 대답도 기대하지 않는 것이 분명했다,

「거기 누가 있소?」

내가 여기 있다는 사실을 자백하는 것이 최선일 듯했다. 어조로 보아 히스클리프였고 내가 가만히 있으면 방을 더 자세히 살펴볼 것 같았다.

그래서 몸을 돌려 침상 문을 열었는데, 그렇게 한 결과 일어난 일은 평생 잊지 못할 것이다.

셔츠와 바지를 입은 히스클리프가 문 옆에 서 있었다. 손가락 위로 촛농이 뚝뚝 떨어지고 있었고, 얼굴은 뒤에 있던 벽만큼이나 새하얬다. 오크 문이 내는 삐거덕 소리에 전기 충격이라도 받은 사람처럼 놀라 손에 든 초를 약 1미터 앞으로 떨어뜨렸는데, 어찌나 놀랐는지 그것을 주울 정신도 없는 듯했다.

「나는 댁의 손님입니다.」 그가 계속 겁쟁이 같은 모습을 보여 꼴이 민망해질까 봐 내가 큰 소리로 말했다. 「끔찍한 악몽을 꾸다가 본의 아니게 비명을 질렀나 봅니다. 깨워서 죄송합니다.」

「이런 망할 놈의, 록우드 씨군! 당장……」 손이 덜덜 떨리는 걸 어쩌지 못하고 초를 의자에 올려놓으며 그가 말했다.

「대체 누가 이 방에 데려다줬소?」 그가 손톱으로 자기 손바닥이라도 찌를 듯이 손을 꽉 쥐고 턱을 떨지 않으려고 이를 악물며 말을 이었다. 「누구지? 당장 쫓아내야겠군.」

「댁의 가정부 질라입니다.」 내가 침상에서 내려가 재빨리 옷을 주워 입으며 대답했다. 「마음대로 하세요, 히스클리프 씨. 그래도 싸죠. 이 댁에서 유령이 나온다는 소문을 증명하

46

려고 날 이용한 모양입니다. 유령이 나오는 게 틀림없네요. 유령과 도깨비가 우글우글하다고요! 이 방에 아무도 안 들이는 게 너무나 당연합니다. 이런 유령 소굴에서 재워 줬다고 고마워할 사람은 없을 테니까요!」

「무슨 소리를 하는 거요?」 히스클리프가 물었다. 「그리고 대체 지금 뭘 하고 있는 겁니까? 그냥 마저 주무시오. 이미 이 방에 있으니까. 하지만 제발! 그렇게 끔찍한 비명은 지르지 마시오. 누가 목이라도 따는 줄 알겠소!」

「그 꼬마 귀신이 창문으로 들어왔다면 틀림없이 내 목을 졸랐을 겁니다!」 내가 대꾸했다. 「손님을 환대하는 당신네 조상의 해코지는 더 이상 못 당하겠습니다. 제이버스 브랜더럼 신부는 외가 쪽 친척이라도 됩니까? 그리고 요망한 여자애, 캐서린 린턴인지 언쇼인지, 이름이야 뭐가 됐든, 아무튼 그 애, 틀림없이 요정이 바꿔친 아이인 모양인데, 그 요사스러운 여자애는 또 뭡니까! 20년째 지상을 떠돌아 다닌다던데. 아마도 끔찍한 죄를 지어서 죗값을 받고 있는 게 틀림없습니다!」

이렇게 말하자마자 아까 그 책에서 캐서린과 히스클리프의 이름을 함께 봤다는 사실이 생각났다. 까맣게 잊고 있었다. 실례를 한 것 같아서 얼굴을 붉혔지만, 시치미를 떼고 서둘러 덧붙였다.

「실은, 자기 전에 말입니다.」 나는 다시 말을 끊었다. 〈저 낡은 책들을 읽었어요〉라고 말하려다가, 그러면 내가 책에 인쇄된 글자뿐 아니라 손으로 쓴 것도 읽었다는 사실이 들통

날 터라 어물쩍 말을 돌렸다. 「저 창턱에 새겨진 이름들을 읽고 또 읽었어요. 그렇게 단조롭게 읽다 보면 잠이 들겠거니 하고 말이죠. 숫자를 세는 것처럼…….」

「나한테 그게 무슨 말입니까, 대체 무슨 뜻이냐고!」 히스클리프가 사납게 호통을 쳤다. 「어떻게, 감히 내 집에서 어떻게? 세상에! 그게 무슨 말이오, 미친 모양이군!」 그러더니 화가 북받쳤는지 자기 이마를 때렸다.

난 그의 태도에 분개해야 할지 계속 변명을 해야 할지 갈피를 잡을 수 없었다. 하지만 그가 너무 분노한 듯하여 안됐다 싶어서 내 꿈 얘기를 계속했다. 〈캐서린 린턴〉이라는 이름은 처음 봤지만 이 이름을 읽고 또 읽다 보니, 부풀어 오르는 상상을 통제할 수 없는 꿈속에서 이름을 보고 받은 인상을 의인화하게 된 것 같다고.

내 설명을 듣는 동안 히스클리프는 계속해서 침대의 그늘 속으로 몸을 기울이더니 마침내 앉아 버렸는지 아예 안 보이게 되었다. 하지만 끊겼다 이어졌다 하는 불규칙한 숨소리로 보아 어떤 강력한 감정을 자제하려 애쓰고 있음을 알 수 있었다.

나는 히스클리프가 겪는 내적 갈등을 모른 척하느라 좀 요란스럽게 옷을 차려입고 매무새를 가다듬은 뒤 손목시계를 들여다보며 밤도 참 길다고 혼잣말을 했다.

「아직 3시도 안 되었군! 틀림없이 6시는 됐다고 생각했는데. 이 고장에서는 시간이 천천히 가는 모양이지. 다들 잠자리에 든 시간이 분명 어젯밤 8시였던 것 같은데!」

「겨울에는 항상 9시에 자고 4시에 일어납니다.」주인이 신음 소리를 삼키며 말했다. 팔 그림자로 짐작건대 재빨리 눈물을 훔치는 것 같았다.

「록우드 씨.」그가 덧붙였다. 「내 방으로 가 있어도 좋소. 이렇게 이른 시간에 아래층으로 내려가면 방해만 될 뿐이니까. 댁의 어린애 같은 비명 때문에 나도 이제 잠자기는 틀렸고.」

「나도 마찬가집니다.」내가 대답했다. 「동이 틀 때까지 마당을 거닐다가 가겠습니다. 내가 또 찾아올까 봐 걱정할 필요는 없겠습니다. 시골에서든 런던에서든 사교 생활에서 즐거움을 찾는 것은 이제 다 포기했으니까요. 분별력 있는 사람이라면 친구는 자기 자신으로 충분한 법이지요.」

「정말 좋은 친구를 뒀구먼!」히스클리프가 중얼댔다. 「초를 들고 원하는 대로 아무 데나 가시오. 내 곧장 따라갈 테니. 하지만 마당에는 나가지 마시오. 개들을 풀어놨으니까. 그리고 거실에는, 거긴 주노가 지키고 있지. 걸어 다닐 수 있는 데라곤 계단과 복도뿐이오. 어쨌든 이 방에서 나가시오! 내가 좀 있다 따라가리다!」

그의 말대로 방을 나서기는 했다. 하지만 좁은 복도의 어느 쪽으로 가야 하는지 알 수가 없어 제자리에 서 있다가 뜻하지 않게 집주인의 합리적인 모습과는 전혀 안 어울리는 미신 같은 면모를 엿보게 됐다.

그가 침상으로 올라가 걸쇠를 뜯어내고 격자창을 열더니 격정을 못 이겨 눈물을 마구 쏟아냈던 것이다.

그리고 〈들어와! 어서 들어오라고!〉 하며 흐느꼈다. 「캐시, 어서 들어와. 제발, 들어오란 말야. 단 한 번만이라도! 아! 내 사랑 캐시! 이번만은 내 말을 좀 들어, 캐서린, 제발!」

그러나 유령은 유령답게 변덕스러웠다. 자신의 존재를 알리는 신호를 전혀 보내지 않았다. 대신 눈 폭풍이 사납게 회오리치며 지나갔고, 내가 서 있던 곳까지 불어와 들고 있던 촛불이 꺼졌다.

주인의 미친 듯한 울부짖음에 묻어 있는 비통함에서 너무나 짙은 아픔이 느껴졌다. 나는 그의 절절한 아픔에 동정심을 느껴 그처럼 어리석은 행위는 눈감아 주기로 했다. 또한 그런 장면을 목격한 자신에게 약간 화가 났고, 터무니없는 악몽을 얘기해 주는 바람에 그에게 고통을 줬다는 사실이 황당하기도 해서 자리를 피해 나왔다. 내가 해준 이야기 때문에 주인이 왜 그토록 고통스러워하는지도 전혀 알 길이 없었다.

조심스럽게 아래층으로 내려가 보니 집 뒤편 부엌이 나왔다. 잘 긁어 모아 놓은 벽난로 속의 잿더미에 불씨가 남아 있는 걸 보고 다시 초에 불을 붙였다.

움직이는 것이라곤 얼룩무늬의 회색 고양이뿐이었는데 재 속에 누워 있던 녀석이 슬그머니 기어 나오더니 마치 한판 싸워 보자는 듯한 울음 소리로 나를 맞이했다.

반원형 의자 두 개가 벽난로를 감싸듯 놓여 있어서 내가 의자 하나에 다리를 뻗으며 누우니 다른 하나에 고양이가 올라앉았다. 우리 둘 다 누구의 방해도 받지 않고 꾸벅꾸벅 잠에 빠져들었다. 그런 참인데 조지프가 나무 사다리를 타고 지붕에서 내려와 다리를 끌며 다가왔다. 그쪽으로 가면 지붕 밑 방이 나오는 모양이었다.

그는 내가 어렵사리 불을 붙여 벽난로 시렁에 올려놓은 작은 불꽃에 못마땅한 눈길을 던지더니 고양이를 밀어내고 의자에 앉아 7센티미터 길이의 파이프에 담배를 채우기 시작했다. 감히 신성한 자기 구역을 침범하다니 너무 파렴치하고 주제넘은 짓이라 탓할 가치도 없다고 여기는 것 같았다. 조지프는 파이프를 가만히 입술로 물고는 팔짱을 끼고 담배를 뻐끔댔다.

나는 조지프가 자신만의 사치를 만끽하도록 모른 체했다. 그는 연기 고리를 다 내뿜을 때까지 담배를 태우고 나서 깊은 한숨을 내쉬더니 자리에서 일어나 들어올 때와 마찬가지로 엄숙한 태도로 방을 나갔다.

다음에 방 안에 들어선 것은 좀 더 탄력 있는 걸음 소리였다. 이번에는 〈안녕하시오〉 하고 말하려고 입을 열었으나 결국 아무 말도 하지 않았다. 헤어턴 언쇼가 삽을 찾는지 구석의 장작더미를 헤치며 손에 닿는 물건마다 기도라도 하듯 낮은 목소리로 욕을 퍼붓고 있기 때문이었다. 그는 코를 벌름거리며 의자 뒤쪽을 흘긋 보았는데, 나와 함께 있던 고양이와 마찬가지로 나와도 인사를 나눌 생각이 없는 것 같았다.

그가 밖으로 나갈 채비를 하는 모습을 보고 이제 밖에 나가도 되나 싶어서 딱딱한 장의자에서 일어나 그를 따라 나가려 했다. 이를 본 헤어턴은 자리를 옮기려면 저리로 가라고 웅얼거리며 들고 있던 삽 끝으로 집 안으로 들어가는 문을 가리켰다.

문을 여니 거실이 나왔는데, 이미 여성들이 일어나 움직이고 있었다. 질라는 커다란 풀무로 불꽃을 피워 굴뚝으로 연기를 내보내고 히스클리프 부인은 벽난롯가에 무릎을 꿇고 앉아 불빛에 의지해 책을 읽고 있었다.

그녀는 손으로 눈앞을 가려 벽난로의 열을 차단한 채 독서에 몰두해 있는 것처럼 보였다. 그러다 가끔씩 불꽃이 날아온다고 질라에게 지청구를 하거나 자기 얼굴 쪽으로 코를 들이미는 개를 쫓아내거나 했다.

놀랍게도 히스클리프도 거기 있었다. 그는 나를 등진 채 벽난롯가에 서서 불쌍한 질라에게 한바탕 퍼부은 참이었다. 질라는 일하다 말고 계속 앞치마 자락으로 눈물을 닦고, 분에 못 이겨 한숨을 토해 냈다.

「그리고 너, 이 아무짝에도 쓸모없는…….」 히스클리프는 내가 들어서는 순간 며느리를 향해 돌아서며 오리나 양을 들먹이는 무해한 수식어(글에서는 말없음표로 표시하는 욕)를 욕 대신 퍼부으며 화를 내고 있었다.

「저 꼴 좀 보라지, 저, 또 저렇게 게으름을 부리고 있으니! 다들 자기 밥값은 하는데, 넌 내 자비심 덕에 살고 있는 거야! 그따위 쓰레기 같은 책 집어치우고 일거리를 찾아라. 네가 영원히 내 눈 앞에서 어른거리는 꼴을 봐야 하다니, 내 이 고역의 대가를 치르게 하고야 말 테다. 알겠느냐? 이 망할 계집애야.」

「쓰레기 같은 책은 치우지요. 내가 싫다고 해도 강제로 그렇게 하게 만들 테니까.」젊은 아씨가 책을 덮어 의자를 향해 내던지며 말했다. 「하지만 당신 주둥이가 닳도록 욕을 해도 내가 하고 싶은 일 아니면 안 해요.」

히스클리프는 손을 치켜들었고, 며느리는 평소에 묵직한 손맛을 경험했는지 재빨리 안전한 거리로 물러났다.

나는 개와 고양이의 싸움 구경을 즐기고 싶은 생각이 전혀 없었기에 빨리 불을 쬐고 싶다는 듯이, 두 사람이 언쟁 중이라는 사실을 모르는 척 성큼성큼 벽난로 쪽으로 다가갔다. 두 사람은 더 이상은 적의를 안 드러낼 정도의 예의는 있었다. 히스클리프는 한 대 치고 싶은 유혹을 자제하려는 듯이 주먹을 주머니에 찔러 넣었고, 히스클리프 부인은 입을 삐죽거리며 멀리 떨어진 방구석으로 가서 내가 있는 동안 내내 조각상처럼 꼼짝 하지 않고 서 있음으로써 자신의 다짐을 실천하고 있었다.

나는 더 오래 머물지 않았다. 아침 식사를 하고 가라는 권유를 사양하고, 동이 트자마자 밖으로 빠져나왔다. 자유로운 공기는 마치 만져지지 않는 얼음인 양 깨끗하고 차가웠다.

내가 정원을 다 빠져나오기 전에 집주인이 나를 부르더니 들판까지 함께 가주겠다고 했다. 그러길 다행이었다. 언덕 너머가 온통 하얗게 너울대는 큰 바다 같았기 때문이다. 눈의 높낮이는 실제 땅의 높낮이와 일치하지 않았다. 많은 웅덩이가 눈으로 채워져 평평해졌고, 어제 걸어올 때 마음속에 그렸던 지도 속에 있던, 폐석으로 만들어진 길잡이 돌들은 모두 자취도 없이 사라져 있었다.

어제 걸어올 때는 들길 한편에 5~6미터 간격으로 바위가 줄지어 서 있는 게 보였다. 석회칠을 한 그 바위들은 어두울 때 길을 찾기 위해, 또 지금처럼 세상이 온통 눈에 뒤덮여 있을 때 길 양쪽의 깊은 늪과 가운데의 탄탄한 길을 구별하기 위해 세워 놓은 것이었다. 하지만 여기저기 더러운 점처럼 솟은 바위 몇 개를 제외하면 길잡이 돌들은 흔적도 없이 사라져 버렸다. 내가 구불구불한 길을 제대로 따라간다고 생각하고 있을 때도 내 동행은 자주 내게 오른쪽, 왼쪽으로 방향을 틀라고 알려 주었다.

우리는 별 대화를 하지 않고 걸었는데, 스러시크로스 농원 입구에 도착하자 그가 이제부터는 잘못 갈 염려가 없다면서 발걸음을 멈추었다. 나는 고개를 숙여 서둘러 작별 인사를 하고 나름의 판단력을 발휘하며 계속 걸어갔다. 관리인 숙소에 아직 아무도 살지 않았기 때문이다.

대문에서 저택까지는 3킬로미터 거리였다. 하지만 숲에서 길을 잃고 눈 속에 목까지 빠지면서 헤매다 보니 족히 6.5킬로미터는 돌아서 온 것 같았다. 이런 고생은 아마 경험한 사람만이 짐작할 수 있을 것이다. 어쨌든, 내가 얼마를 헤매고 다녔든 간에 집에 들어가니 시계가 12시를 치고 있었다. 평소 왕래하는 거리로 치면 워더링 하이츠에서 집까지 약 1.5킬로미터당 정확히 한 시간씩 걸렸다는 사실을 알 수 있었다.

내가 세를 든 건물에 딸려 온 하녀장과 그녀의 시중꾼들이 부리나케 달려 나와 반겨 주었다. 다들 나를 완전히 포기했었다며 요란스레 떠들어 댔다. 지난밤에 내가 죽었을 거라고 생각하면서 내 시체를 어떻게 찾나 걱정하고 있었다는 것이다.

나는 이제 돌아왔으니 조용히 하라고 말한 뒤 심장까지 얼어붙어 감각이 없는 몸뚱이를 이끌고 가까스로 위층까지 올라갔다. 마른 옷으로 갈아입고 체온을 회복하려고 30~40분을 서성대다가 서재로 갔는데 아기 고양이만큼이나 기운이 없었다. 기분 좋게 따스한 불도, 내 원기를 돋우라고 가져다 준 뜨거운 김을 내뿜는 커피도 즐길 수 없을 정도였다.

4

우리는 어쩌면 이리도 헛된 풍향계 같은 존재인지! 모든 사교 활동을 중단하기로 결심하고 마침내 누구와 어울리려 해도 불가능에 가까운 고장에 도착했다고 생각하고 그 행운에 감사했건만, 나약하기 그지없던 나는 해질 무렵까지 고독하고 우울한 기분을 견디다 결국 두 손 두 발 다 들고 말았다. 그래서 상을 차리는 딘 부인에게 이곳 생활에 필요한 정보를 좀 얻고 싶다는 핑계를 대며 내가 저녁을 먹는 동안 함께 있어 달라고 부탁했다. 내심 그녀가 수다쟁이이기를 간절히 바라면서 한 부탁이었다. 이야기를 들려줘서 기분을 북돋아 주거나 아예 푹 재워 주기를 바란 것이다.

「여기 꽤 오래 살았다지요.」 내가 말을 시작했다. 「16년이라고 했던가?」

「18년입니다. 아씨 결혼하실 때 하녀로 따라왔는데, 아씨가 돌아가신 뒤에도 주인께서 계속 가정부로 지내게 해주셨습니다.」

「그렇군요.」

말이 끊어졌다. 수다쟁이가 아닌 모양이다. 자기 일이 아니라면 입을 다무는 부류. 그렇다면 이야기를 시켜 봤자 재미없겠다는 생각이 들었다.

하지만 무릎에 손을 올려놓고 얼굴을 찌푸리며 생각에 잠긴 것처럼 보이던 그녀가 불쑥 말했다.

「아, 세월이 참 많이 흘렀네요!」

「그렇지요.」내가 말했다. 「그동안 꽤 많이 변했겠네요?」

「그렇고말고요. 불행한 일도 많았죠.」그녀가 말했다.

〈아하, 집주인 애길 시켜 봐야지.〉 나는 속으로 생각했다. 〈말문을 트기 좋은 화제니까. 그런데 그 어리고 어여쁜 과부의 사연이 궁금하단 말야. 원래 이 고장 출신일까, 아니면 무뚝뚝한 이 고장 사람들과 잘 못 어울리는 외지 사람일까. 그럴 가능성이 더 많겠지…….〉

나는 그런 생각들을 하며, 히스클리프가 왜 스러시크로스 그레인지를 세주고 본인은 환경이 훨씬 나쁜 집에 사느냐고 물어봤다.

「이 집을 잘 간수할 정도의 부자는 아니라서 그런가요?」 내가 물었다.

「부자가 아니라니요!」그녀가 대답했다. 「아무도 진짜 재산이 얼마인지 모를 만큼 부자고, 심지어 해마다 늘어나고 있답니다. 그럼요. 이 집보다 더 멋있는 집에서도 너끈히 살수 있을 만큼 부자랍니다. 하지만 지독한 구두쇠죠. 만일 본인이 스러시크로스 그레인지에서 살고 싶다 해도 좋은 세입자가 있어서 몇백 파운드를 더 벌 수 있다면 그런 기회를 절

대 놓치지 않을 사람이죠. 처자식도 없는데 그렇게 욕심을
부리다니 참 신기하죠!」

「아들이 하나 있었다죠?」

「네, 하나 있었는데 죽었어요.」

「그가 그 젊은 부인, 히스클리프 부인의 남편이었고요?」

「맞습니다.」

「원래 어디 분인가요?」

「아, 어르신, 아씨는 이제 고인이 되신 서방님의 따님이십
니다. 처녀 적 이름이 캐서린 린턴이었어요. 제 손으로 안아
키웠는데, 너무 안됐어요! 전 히스클리프 씨가 이리로 이사
를 오셨으면 하고 간절히 바랐어요. 그럼 제가 다시 아씨를
모실 수 있었을 테니까요.」

「아니, 캐서린 린턴이라고요!」 내가 놀라서 외쳤다. 그러
나 잠깐 생각해 보니 내가 본 유령은 아닌 것이 분명했다.
「그렇다면.」 내가 말을 이었다. 「이 댁 원래 주인의 성함이 린
턴이었군요.」

「그렇습니다.」

「그럼 언쇼라는 이는 누군가요? 헤어턴 언쇼, 히스클리프
씨하고 살고 있는 젊은이는? 친척인가요?」

「아니에요. 돌아가신 린턴 아씨의 조카시죠.」

「그럼, 어린 부인하고는 사촌간이겠네요?」

「그렇답니다. 그리고 아씨의 남편도 아씨하고 사촌간이었
지요. 한쪽은 외사촌이고, 다른 쪽은 친사촌인 거죠. 히스클
리프가 린턴 씨의 누이동생과 결혼했으니까요.」

「워더링 하이츠의 앞문 위에 〈언쇼〉라고 새겨져 있던데, 유서 깊은 가문인가 보네요?」

「굉장히 오래된 집안입니다. 헤어턴이 마지막 자손이고요. 캐서린 아씨는 우리 집안, 그러니까 린턴 집안의 마지막 자손이세요. 워더링 하이츠에 가보셨나요? 여쭤보기 송구하지만, 아씨가 어떻게 지내시는지 궁금해서요!」

「히스클리프 부인이요? 아주 건강해 보이시던데요. 무척 아름답기도 하고. 하지만 별로 행복해 보이지는 않던데.」

「아이고, 맙소사, 당연하지요! 거기 주인 인상은 어떠시던가요?」

「좀 거친 분이더군요, 딘 부인. 원래 성격이 그런 사람 아닌가요?」

「거칠기는 톱날 같고 단단하기는 현무암 같죠! 그런 사람하고는 되도록 상종을 안 하는 게 좋지요.」

「성격이 그렇게 비뚤어지기까지 무슨 사연이 있을 테지요. 좀 아시나요?」

「그야 뻐꾸기 내력이죠. 전 다 알고 있습니다. 태어난 데가 어디고 부모는 누구고 돈은 어떻게 모으기 시작했는지 따위만 빼고요. 그리고 헤어턴은 털도 안 난 종다리 새끼처럼 제 둥지에서 쫓겨나 모든 것을 잃었어요! 그런데 자기가 어떤 짓을 당했는지 본인만 모르고 있죠. 이 교구 사람이라면 누구나 다 그 사실을 아는데 말이에요!」

「그럼, 딘 부인, 그분들에 대해 얘기를 좀 해주면 고맙겠어요. 지금은 잠도 안 올 것 같으니까. 한 시간 정도만 같이 있으면서 얘기를 해줘요.」

「네, 물론이죠! 바느질거리를 좀 가져와서 이제 됐다고 하실 때까지 얘기하겠습니다. 하지만 감기에 걸리셨잖아요. 좀 전에 보니 몸을 떠시던데, 죽이라도 좀 드셔서 감기를 쫓아내세요.」

그 성실한 가정부는 서둘러 방을 나갔고 나는 난롯가에 좀 더 가까이 다가가서 몸을 웅크렸다. 머리가 좀 뜨거운 듯했지만 몸은 추웠다. 게다가 신경과 두뇌는 마치 미친 사람처럼 너무 활발하게 움직여서 불편하진 않아도 좀 걱정스럽긴 했다. 오늘과 어제의 사태 때문에 병이라도 나면 어쩌나 싶었으니까. 사실 지금도 좀 걱정이 되긴 한다.

딘 부인은 곧 김이 모락모락 나는 죽 그릇과 바느질거리를 담은 바구니를 가지고 돌아왔다. 그리고 벽난로 시렁에 죽 그릇을 놓고 자리에 앉았다. 내가 이렇게 사교적인 사람이라는 사실에 만족스러운 듯했다. 내가 채근도 하기 전에 그녀가 말문을 열었다.

제가 이 댁에 들어와 살기 전에는 줄곧 워더링 하이츠에서 지냈습니다. 어머니가 힌들리 언쇼 도련님을 돌보셨거든요. 헤어턴의 아버지 말입니다. 그래서 저도 애들하고 노는 데 익숙했죠. 건초 묶는 일도 돕고 농장 주변 심부름이라면 뭐든 기꺼이 했고요.

어느 화창한 여름날 아침이었어요. 추수가 시작될 무렵으로 기억하는데, 주인어른인 언쇼 나리가 여행 채비를 갖추고 아래층으로 내려오셨어요. 그리고 조지프에게 그날 할 일을 지시하고는 힌들리와 캐시와 저를 향해 돌아서더니(저도 같이 죽을 먹는 중이었거든요) 아드님께 말씀하셨어요.

「자, 귀여운 우리 도련님, 오늘 아버지가 리버풀에 가는데, 뭘 사다 줄까? 뭐든 다 말해라. 대신 작은 거여야 해. 아버지가 걸어서 다녀올 거라 그렇다. 걸어서 왕복하기에 1백 킬로미터는 꽤 먼 거리란다!」

힌들리는 바이올린을 사다 달라고 했고, 주인어른은 다음에 캐시 아가씨한테 물으셨죠. 아직 여섯 살도 안 됐을 땐데, 마구간에 있는 말 중에 못 타는 말이 없었어요. 아가씨는 말채찍을 사다 달라고 했어요.

주인어른은 저도 안 잊으셨어요. 때로 엄하긴 해도 마음이 좋은 분이셨으니까요. 제게는 사과와 배를 주머니 가득 담아오겠다고 약속하고 자식들한테 입을 맞춰 주고 떠나셨어요.

돌아오실 때까지 사흘이나 걸렸는데, 아주 긴 시간이 흐른 것 같았어요. 어린 캐시 아가씨는 아버지가 언제쯤 오시느냐고 종종 물었죠. 마님은 주인어른께서 사흘째 저녁 식사 때쯤에는 돌아올 거라고 짐작하고 계셨어요. 그래서 식사를 한 시간씩 뒤로 물리면서 기다렸지만, 주인어른은 돌아오실 기미가 없었어요. 결국엔 아이들마저도 대문까지 뛰어가 보는 일에 지치게 됐지요. 그러다 날이 어두워졌어요. 평소 같으면 이미 애들을 재웠을 시간인데, 애들이 계속 기다리겠다고 하도 졸라 대니까 마님이 그냥 놔두셨어요. 드디어 11시쯤 됐을 때 문의 걸쇠를 조용히 벗기고 주인어른께서 들어오셨어요. 껄껄 웃기도 하고 끙끙 신음 소리를 내기도 하면서 의자에 털썩 주저앉더니 지금 피곤해 죽을 지경이니 모두들 다가오지 말라고 하셨어요. 영국의 세 왕국을 다 준다 해도 다시는 그렇게 먼 길을 도보로 다녀오지는 않겠다고 하셨죠.

「막판에는 정말 힘들어 죽는 줄 알았다!」 그분이 팔에 둘둘 말아 들고 있던 외투를 펼쳐 보이셨어요. 「여기 좀 봐요, 여보. 평생 날 이렇게 힘들게 한 것도 없어. 하지만 하느님의 선물이라고 생각합시다. 마치 악마의 선물처럼 시꺼멓지만.」

우리가 그분 주위에 모였는데 캐시 아가씨 머리 위로 까만 머리에 누더기를 입은 더러운 애가 보였어요. 사실 얼굴만 보면 캐서린보다 더 나이 들어 보였고 걷고 말할 정도는 돼 보였어요. 두 발로 서게 하니 주변을 살피면서 뭐라고 지껄이는데, 무슨 말인지 전혀 이해가 안 되더라고요. 전 좀 무서웠고, 주인마님은 그 애를 당장에라도 대문 밖으로 던져 버릴 기세였어요. 당신 자식만 먹이고 돌보자 해도 큰일인데 대체 무슨 속셈으로 그런 집시 애새끼를 데리고 나타났냐고 따지셨죠. 도대체 뭘 하자는 짓이냐고, 미쳤냐고요.

주인어른은 자초지종을 설명하려고는 하셨는데, 사실 너무 피로해서 기진맥진한 상태셨어요. 말 한마디 꺼내기 어려운 지경이었죠. 그래서 마님이 마구 나무라는 소리 사이로 제가 들을 수 있었던 말은, 어르신이 리버풀의 길거리에서 굶주린 데다 길을 잃고 말도 못 하는 거나 다름없는 애를 보고 직접 데리고 다니면서 보호자를 찾아보셨다는 거예요. 그런데 보호자가 누구인지 아는 사람이 없더라는 거였죠. 안 그래도 빠듯한 시간과 비용을 무한정 소모할 수는 없으니 차라리 집에 데려오는 편이 나을 것 같았대요. 절대 그냥 모른 체할 수는 없으셨으니까요.

그래서 결국은 투덜대던 마님도 진정이 되셨어요. 그러자 주인어른이 저한테 애를 씻기고 깨끗한 옷으로 갈아입혀서 당신 자식들과 함께 재우라고 하셨지요.

힌들리와 캐시는 사태가 진정될 때까지 가만히 보고 듣기만 했어요. 일단 상황이 정리된 뒤엔 둘 다 약속한 선물을 찾으려고 아버지의 외투 주머니를 뒤졌지요. 그때 힌들리는 열네 살이었지만 외투 안에서 부서진 바이올린을 꺼내 보고는 엉엉 울었지요. 캐시는 아버지가 생판 모르는 아이를 돌보다가 말채찍을 잃어버렸다는 말을 듣고는 그 멍텅구리한테 히죽거리고 침을 뱉으며 성질을 부렸어요. 그러는 바람에 딸의 버릇을 고치려는 아버지한테 매까지 맞았지요.

두 애들이 다 거지 아이를 침대에서 함께 재우는 것은 고사하고 방에도 못 들여놓는다고 우겼죠. 저도 아직 철이 없던 때라 애한테 계단참에 있으라고 해놓고, 제발 밤새 어디로 사라져 버렸으면 했어요. 그런데 우연인지 주인어른의 목소리가 들려서 그랬는지 그 애가 주인님 방 문 쪽으로 기어가는 바람에 주인어른이 방을 나서다가 보신 거예요. 그래서 애가 왜 거기 있느냐고 물어보셔서 제가 이실직고를 할 수밖에 없었어요. 그렇게 비겁하고 인정머리 없이 군 대가로 당장 집 밖으로 쫓겨났지요.

이게 히스클리프가 처음으로 나타난 날의 사연이에요. 제

63

가 완전히 쫓겨난 것은 아닐 거라 생각하고 며칠 후에 가보니 그 애를 〈히스클리프〉라고 부르고 있더군요. 원래 주인어른 댁에서 애기 적에 잃은 아들의 이름이었는데, 계속 그렇게 부르면서 결국 데려온 아이의 이름이자 성이 됐지요.

근데 캐시 아가씨는 그새 히스클리프하고 아주 친해졌더라고요. 하지만 힌들리는 여전히 히스클리프를 미워했고 솔직히 말해 저도 그 애가 싫었어요. 그래서 전 힌들리와 한 패가 돼서 계속 잘난 체하며 그 애를 괴롭혔죠. 그러면 못 쓴다는 걸 알 만큼 아직 철이 안 들었던 거죠. 그런데 주인마님께서도 우리가 못되게 구는 걸 보고는 그 애를 두둔하는 말 한마디를 안 하시더군요.

그 앤 말수가 적고 참을성이 많았어요. 학대에 익숙한 것 같더라고요. 힌들리가 때려도 인상을 쓰거나 눈물을 흘리지 않았고, 제가 꼬집어도 숨 한번 훅 들이쉰 다음 눈만 치켜뜨고 말았어요. 제 몸에 상처가 나도 다른 사람 탓이 아니라 자기 실수로 다친 것처럼요.

주인어른께서는 그 애가 당신 아들의 구박을 참기만 하는 것을 알고는 무척 화를 내셨어요. 아비 없는 불쌍한 녀석이라고 하면서요. 히스클리프 말이라면 다 믿으셨는데 사실 히스클리프가 말수도 적고 말을 할 땐 사실만을 고하긴 했어요. 아무튼 주인어른은 이상할 정도로 그얠 아주 좋아하셨어요. 워낙 장난꾸러기에 고집불통인 캐시보다 훨씬 더 편애하셨지요.

그러니까 히스클리프는 처음부터 집안 분위기를 망쳤어

요. 그 애를 데려오고 나서 2년도 되기 전에 주인마님이 돌아가셨는데, 그다음부터는 힌들리 도련님이 아버지를 자기편이라기보다 압제자로 여기게 됐고, 히스클리프를 아버지의 애정과 자신의 특권을 찬탈한 놈으로 생각했어요. 그런 상황의 부당성을 곱씹으면서 앙심만 더 키우게 됐지요.

저도 한동안은 도련님 편이었지만, 그 댁 애들이 모두 홍역을 앓게 되어 제가 간호를 하고 집안일까지 돌보면서 마음이 달라졌어요. 히스클리프는 목숨이 오락가락할 정도로 심하게 앓았고 위독할 때는 계속 저한테 머리맡을 지켜 달라고 부탁했어요. 아마 제가 많이 배려해 준다고 생각했던 것 같아요. 제가 어쩔 수 없이 간호하고 있다는 것은 짐작도 못 한거죠. 하지만 장담컨대 제가 간호한 애들 중에서 히스클리프만큼 조용한 애도 없었어요. 히스클리프하고 다른 애들의 행동이 비교가 되니까 그동안 공연히 미워하던 마음이 누그러졌어요. 캐시와 힌들리 남매는 아주 성가시게 굴었는데, 히스클리프는 새끼 양처럼 순하게 아무 불평이 없더라고요. 하지만 사실을 따져 보면 순하다기보다는 워낙 독한 성격이라서 그랬던 거예요.

히스클리프는 무사히 고비를 넘겼고, 의사 선생님은 제가 애를 많이 쓴 덕분이라고 칭찬을 해주셨어요. 그래서 전 우쭐해졌고, 그 애에 대해서도 마음이 누그러졌죠. 덕분에 칭찬을 받게 됐으니까요. 대신 힌들리는 하나밖에 안 남은 동지를 잃게 됐어요. 그래도 전 히스클리프가 그리 많이 귀엽진 않았어요. 그리고 아무리 봐도 거둬 준 것에 감사해하는 티도 안 내는 이 무례한 소년한테서 대체 뭘 보았기에 주인어른은 이렇게 이뻐하실까 궁금하더라고요. 물론 히스클리프가 주인어른께 함부로 굴거나 그러진 않았어요. 그냥 무심했죠. 하지만 자신이 그분의 마음에 꼭 들었다는 것만은 분명히 알았고, 말만 하면 집안사람들을 자기 뜻대로 움직일 수 있다는 사실도 자각하고 있었어요.

가령, 지금도 기억나는데, 한번은 주인어른께서 교구 장터에 갔다가 수망아지 두 마리를 사서 힌들리하고 히스클리프에게 한 마리씩 주셨어요. 처음엔 히스클리프가 둘 중에 더 잘생긴 놈을 차지했는데, 얼마 안 가 망아지가 다리를 절게 됐죠. 그러자 히스클리프가 힌들리에게 말했어요.

「우리 말 바꾸자. 내 말이 싫어졌거든. 안 바꿔 주면 네가 이번 주에 날 세 번이나 때렸다고 너희 아버지께 이르고 이 팔을 보여 드릴 거야. 어깨까지 다 멍 들었잖아.」

힌들리는 혀를 낼름 하며 귀싸대기를 갈겼어요.

「당장 내 말대로 하는 게 좋을걸.」 히스클리프가 현관으로 도망치면서(마구간에서 그러고 있었거든요) 계속 우기더라고요. 「결국 바꾸게 될걸. 내가 이렇게 맞은 거까지 이르면 넌 이자까지 쳐서 얻어맞을 텐데.」

「꺼져, 이 개새끼!」 힌들리가 감자와 건초의 무게를 다는 데 쓰는 쇠로 된 저울추를 들고 히스클리프를 위협하면서 말했지요.

「던져만 봐.」 히스클리프가 가만히 서서 대답했어요. 「그럼 아버지 돌아가시면 당장 날 쫓아낼 거라고 떠벌린 것도 이를 테니까. 그럼 네가 당장 쫓겨나나 안 쫓겨나나 두고 보자.」

힌들리가 저울추를 던져서 히스클리프가 가슴을 맞고 쓰러졌는데, 숨을 헐떡거리고 얼굴은 하얗게 질렸지만 바로 비틀거리며 일어나더라고요. 그때 제가 안 막았으면 당장 주인 어른을 찾아가서 맞은 자리를 보여 드리고 범인을 짐작하시게 해서 실컷 복수했을 거예요.

「좋아, 내 망아지 가져가, 이 집시 새끼야. 어서 가져가라고!」 언쇼 도련님이 말했지요. 「말에서 떨어져 모가지나 부러져 버려라. 가져, 가지라고, 이 망할 놈의 거지 같은 도둑 새끼! 그리고 우리 아버지를 꾀어 재산도 죄다 빼앗아 가라. 그런 다음에 네 정체를 밝혀, 이 마귀 새끼야. 자, 가져가라고. 그놈 발굽에 차여 골통이나 부서져라!」

힌들리가 말을 마쳤을 때 이미 히스클리프는 망아지 뒤쪽으로 가서 고삐를 풀어 마구간 자기 칸으로 옮기던 참이었어요. 그러다 히스클리프가 힌들리한테 한 방 맞고 말발굽께로 넘어졌죠. 힌들리는 자신의 의도대로 되었는지 확인하지도 않고 걸음아 나 살려라 도망갔고요.

놀랍게도 히스클리프는 아주 침착하게 일어서서 몸을 추스르고 계획한 대로 안장이며 다른 장비들을 다 바꾼 다음 건초 더미에 앉아서 세게 얻어맞아 생긴 고통을 달래고서 집으로 들어가더라고요.

전 히스클리프한테 주인님께는 말에 차여 멍이 든 거라고 말씀드리라고 했는데, 설득이 어렵진 않았어요. 일단 원하던 것을 얻게 돼서 그런지 굳이 고자질할 생각은 없더라고요. 사실 전 그 애가 학대를 받으면서도 별로 불평을 하지 않아서 뒤끝이 없는 성격인가 보다 생각했어요. 나중에 말씀드리겠지만, 제가 감쪽같이 속은 거였죠.

5

    점차 주인님의 건강이 악화되었어요. 원래는 활동적이고 건강한 분이었는데, 갑자기 기운이 없어지시더군요. 그래서 벽난로 쪽 구석에만 계시면서 걸핏하면 신경질을 부리셨어요. 아무것도 아닌 일에 화를 내고 당신의 권위에 도전한다 싶으면 특히 더 노발대발하셨지요.

    당신이 편애하던 히스클리프에게 뭘 시키거나 명령을 하면 더 심하게 화를 내셨어요. 누가 그 애한테 함부로 할까 봐 무척 신경을 쓰셨고요. 당신이 편애하니까 다른 사람들이 모두 히스클리프를 미워하고 막 대한다는 의심에 사로잡히신 것 같더라고요.

    사실 히스클리프한테도 좋을 게 없는 일이었어요. 선량한 사람들이 주인어른의 화를 돋우지 않으려고 그분의 편애를 부추기는 바람에 그 애의 자만과 옹고집만 커졌죠. 하지만 안 그럴 도리가 없었어요. 두 번인가 세 번인가 힌들리가 아버지 앞에서 히스클리프한테 함부로 굴다가 그분이 격노하신 일이 있었거든요. 주인어른이 아들을 때리려고 지팡이를 들었는데, 뜻대로 안 되니까 분노를 이기지 못하고 손을 부들부들 떠시더라고요.

마침내 우리 교구 부제님(당시엔 린턴 집안과 언쇼 집안 자제들에게 교육을 시키고 농사도 조금 직접 지어서 생계를 유지하던 부제님이 계셨거든요)이 청년이 된 도련님을 대학에 보내야 한다고 말씀드렸어요. 주인어른께서도 동의하셨지만, 그때 말씀을 돌아보면 그분 마음이 상당히 무거우셨던 것 같아요.

「힌들리는 아무짝에도 쓸모없는 놈이니 어딜 가도 절대 성공할 수 없다.」

전 이제야 평화롭게 살 수 있겠다 싶어 기뻤습니다. 주인어른께서 선행을 베풀려다가 곤란해졌다고 생각하니 마음이 안 좋았거든요. 저는 가정 불화 때문에 주인님이 늙고 병들었다고 생각했고, 주인님도 그건 같은 생각이었어요. 하지만 아시다시피 인간의 생로병사는 어쩔 수 없는 일 아니겠어요.

그래도 말썽쟁이 두 사람만 아니었으면 그럭저럭 잘 지냈을 거예요. 캐시 아가씨와 하인 조지프 말이에요. 조지프는 그 댁에 가셨을 때 보셨겠지요. 성경책에서 자기한테 유리한 구절만을 가져다가 주변 사람들에게 저주를 퍼붓는 바리사이파 같은 작자죠. 그때도 지금도 그보다 더 잘난 체하는 위선자는 아마 없을걸요. 경건하게 설교라도 하듯 말을 어찌나 잘하는지, 주인어른을 완전히 구워삶아서 그분 몸이 쇠약해지실수록 조지프의 영향력은 점점 더 커졌어요.

조지프는 주인어른의 영혼과 자식들의 훈육을 들먹거리

면서 그분을 가차 없이 몰아세웠어요. 주인님이 힌들리를 구제 불능으로 여기게 하는 데 한몫했고, 밤이면 밤마다 히스클리프와 캐서린을 욕하면서 주저리주저리 불평을 늘어놓았어요. 잘못된 행동에 대해서는 대부분 캐서린을 탓해 주인님의 편애를 부추기는 것도 잊지 않았죠.

사실 캐서린 아가씨처럼 별난 아이는 한 번도 본 적이 없었어요. 하루에도 쉰 번이 넘게 도저히 참기 힘든 장난을 쳤지요. 아침에 눈을 떠서 아래층으로 내려오는 순간부터 잠자러 가는 순간까지 쉴 새 없이 장난을 치는데, 단 1분도 안심하고 있을 수가 없었어요. 기분이 항상 최고로 좋았고, 한시도 수다를 그치지 않았지요. 노래를 하든지 웃든지, 아니면 자기 비위를 맞춰 주지 않는 사람을 모두 욕하든지. 이렇게 제멋대로 구는 말괄량이였지만 우리 교구에서 그렇게 눈이 아름답고 미소가 예쁜 아가씨는 없었고, 몸놀림도 아주 가벼웠어요. 그리고 사실 악의는 없었어요. 누구를 울렸다가도 옆에서 달래 주느라 애쓰니까 대개는 아가씨를 위해서라도 눈물을 그쳐야 했죠.

캐서린 아가씨는 히스클리프를 지나치다 싶을 만큼 좋아했어요. 아가씨를 진짜로 혼내 주고 싶으면 히스클리프한테서 떼어 놓으면 됐어요. 하지만 히스클리프 때문에 누구보다 꾸중도 많이 들었지요.

소꿉놀이를 할 때는 꼬마 안주인 노릇 하기를 무척 좋아했어요. 다른 애들을 때리거나 명령도 내리면서요. 저한테도 그랬지만, 전 맞거나 명령을 받는 것은 못 참았고, 그래서 대들었죠.

그런데 주인어른은 자식들의 장난을 이해하지 못하셨어요. 원래 늘 엄하고 진지한 편이셨지요. 그런데 캐서린은 캐서린대로 몸이 쇠약해진 아버지가 건강하실 때하고 다르게 툭하면 화내시는 걸 이해할 수 없었어요.

그분이 워낙 걸핏하면 나무라시니까 캐시 아가씨는 못된 장난꾸러기가 되어 아버지의 화를 돋우며 오히려 더 재미를 느끼게 됐죠. 식구들이 다들 꾸짖으면 오히려 더 즐거워했고, 당장 되바라지고 짓궂게 대들곤 했어요. 조지프의 종교적인 저주를 조롱하고, 제 화를 돋우고, 아버지가 가장 싫어할 짓만 골라서 했지요. 예를 들어 자신이 짐짓 오만하게 구는 게 (아버지는 그걸 진짜라고 믿으셨지만) 아버지가 다정히 대하는 것보다 히스클리프한테 더 효과가 있다는 사실을 과시했어요. 히스클리프는 자신이 시키면 뭐든지 하지만 주인어른이 말씀하시면 본인이 원할 때만 따른다는 걸 보여 줬죠.

그렇게 하루 종일 온갖 개구쟁이 짓을 하다가 저녁때가 되면 가끔씩 아버지를 포옹하며 잘못을 만회하려고 했어요.

「안 돼, 캐시.」 주인어른이 말씀하셨지요. 「그래 봤자 하나도 사랑스럽지 않다. 넌 오빠보다도 더 나쁘구나. 물러가거라. 가서 기도를 드려, 애야. 하느님께 용서를 빌어라. 네 어머니와 나한테서 너 같은 자식이 나오다니 참 속상하구나!」

캐서린은 처음에는 그런 꾸중을 들으면 울었지만 계속 그러다 보니 무뎌지더군요. 그래서 제가 어서 잘못했다고 말씀드리고 용서를 빌라고 하면 오히려 절 비웃었어요.

마침내 이 지상에서 주인어른의 고통이 끝나는 날이 왔어요. 10월 어느 날 저녁 벽난롯가의 의자에 앉은 채 고요히 돌아가셨으니까요.

집 주변에서는 세찬 바람이 회오리치고, 굴뚝에서도 바람이 으르렁댔어요. 거친 폭풍 소리가 들렸지만 날이 춥지는 않아서 모두들 거실에 모여 있었죠. 저는 벽난로에서 좀 먼데 앉아 부지런히 뜨개질을 하고 있었고, 조지프는 탁자 부근에서 성경책을 읽고 있었어요(당시엔 일이 끝나면 하인들도 보통 거실에서 함께 지냈거든요). 캐시 아가씨는 몸이 좀 안 좋아서 아버지 무릎에 기댄 채 평소보다 조용히 앉아 있었고, 히스클리프는 아가씨 무릎을 베고 마루에 누워 있었어요.

주인어른께서 잠드시기 전에 캐시 아가씨의 어여쁜 머리를 쓰다듬으시던 게 기억나요. 가끔 아가씨의 온순한 모습을 보면 무척 흐뭇해하셨으니까요. 그리고 말씀하셨죠.「늘 이렇게 착하게 굴면 얼마나 좋으냐, 캐시?」

그러자 아가씨는 아버지를 마주 보고 웃으며 말했어요.「아버지도 늘 이렇게 너그러우시면 얼마나 좋겠어요?」

하지만 그 말에 아버지가 화가 나셨음을 알고는 바로 그 손에 입을 맞추고 아주 나직하게 자장가를 부르기 시작했는데, 잠시 후에 주인어른 손가락에서 힘이 빠지면서 아가씨를 잡은 손도 풀리고 그분의 머리가 가슴께로 수그러졌어요. 그걸 보고 제가 아버지가 깨지 않도록 가만히 있으라고 아가씨한테 말했지요. 모두들 한 반 시간 동안 쥐 죽은 듯 가만히 있었어요. 조지프가 성경 한 장을 다 읽고 일어나서 기도를 드리고 주무시도록 주인어른을 깨워야 한다고 말하지 않았으면 계속 그러고 있었을 거예요. 조지프가 주인어른을 부르며 다가가서 어깨에 손을 얹었지만 그분은 미동도 안 하셨어요. 그래서 조지프가 촛불을 들고 주인어른의 모습을 살펴보았죠.

조지프가 촛불을 내려놓는 모습을 보고 뭔가 잘못되었구나 싶었어요. 그래서 제가 아이들의 팔을 하나씩 잡고 속삭였답니다. 「위층으로 올라가요. 조용히. 오늘 밤엔 각자 기도해요. 아버지께선 할 일이 있으시니까.」

「아버지한테 안녕히 주무시라고 말할래.」 캐서린이 그렇게 말하고 어르신의 목을 껴안았어요. 말릴 틈도 없었지요.

가엽게도 당장 아버지가 돌아가셨다는 사실을 알아채고 큰 소리로 외쳤지요.

「아, 아버지가 돌아가셨어, 히스클리프! 돌아가셨어!」

이어서 두 아이가 서럽게 울기 시작했어요.

저도 같이 엉엉 울었지요. 큰 소리로, 가슴 아프게. 하지만 조지프는 하늘나라의 성인이 되신 분을 두고 웬 소란이냐고 나무라더군요.

조지프가 제게 어서 망토를 걸치고 기머턴으로 뛰어가 의사 선생님과 신부님을 모셔 오라고 했어요. 왜 그분들이 오셔야 하는진 몰랐지만 비바람을 뚫고 달려서 의사 선생님을 모시러 갔어요. 신부님은 다음 날 아침에 오겠다고 했고요.

상황 설명은 조지프에게 맡기고 전 아이들 방으로 뛰어갔어요. 문이 살짝 열려 있었는데, 자정이 넘었지만 아직 침대에는 눕지도 않았더군요. 하지만 아까보다는 더 침착해 보여서 제가 달래 줄 필요는 없었어요. 어린것들은 저로서는 생각지도 못한 아름다운 이야기를 나누며 서로를 위로하고 있었어요. 이 세상의 어느 신부님도 그 애들이 그날 천진난만한 이야기로 그려 보인 천국보다 더 아름다운 하늘나라를 묘사하지는 못할 거예요. 그들의 말에 귀를 기울이며 흐느껴 우는 동안 전 우리 모두가 하늘나라에 안전하게 있다면 얼마나 좋을까 생각하지 않을 수 없었어요.

6

힌들리 서방님이 장례식에 맞춰 돌아왔어요. 근데 부인을 데려와서 우리도 놀라고 이웃들도 다들 수군거렸죠.

부인이 어느 집안, 어느 고장 출신인지는 한 번도 알려 준 적이 없어요. 아마 재산도 가문도 보잘것없었던 듯해요. 안 그랬으면 부친 몰래 결혼하진 않았겠지요.

부인은 집안을 죄다 흔들어 놓을 분은 아니었어요. 문지방을 넘는 순간부터 눈에 띄는 것마다 다 마음에 들어 하는 듯했어요. 장례식 준비와 문상객들의 존재만 빼면 말이에요.

장례식을 치르는 동안 부인의 행동을 보니까 좀 철없는 사람 같긴 했어요. 자기 방으로 뛰어 들어가서는, 아이들 옷 입는 일을 도와야 하는 절 보고 자꾸 오라고 하더라고요. 가니까 몸을 덜덜 떨면서 두 손을 모으고 앉아서 계속 이렇게 말하는 거예요.

「아직 다 안 갔어?」

그런 다음엔 히스테리 발작을 일으킨 것처럼 까만색만 보면 자기가 어떻게 되는지 설명하더군요. 그러더니 놀라고 떨기를 반복하다가 마침내는 울음을 터뜨리더라고요. 그래서 제가 왜 그러냐고 하니까 자기도 이유를 모르겠는데 죽는 게 무섭다는 거예요!

제가 보기엔 저와 마찬가지로 그분도 당장 죽을 것 같지는 않았어요. 좀 마른 편이긴 했지만 나이가 젊고 얼굴의 혈색도 화사하고 눈은 다이아몬드처럼 반짝거렸거든요. 물론 계단을 올라갈 때 숨이 무척 가빠지기는 했고, 아주 작은 소리라도 갑자기 들리면 벌벌 떨었고, 또 가끔은 기침을 좀 심하게 하기는 했어요. 하지만 그게 무슨 심각한 증상이란 생각은 안 들어서 별로 동정심이 생기진 않았어요. 이 고장 사람들은 외지인들을 별로 안 좋아하는 편이거든요, 록우드 씨. 상대방이 먼저 우리에게 정을 주기 전에는요.

젊은 서방님은 객지 생활을 3년 하고 나더니 무척 변했어요. 몸은 홀쭉해지고 혈색도 나빠졌고 말투나 옷차림도 꽤 변했어요. 그리고 집에 돌아오자마자 조지프와 저한테 이제부터는 자신이 거실을 쓸 테니 저희는 뒤쪽 부엌방을 쓰라고 명령했어요. 사실 작은 방에 카펫도 깔고 벽지도 발라서 거실로 쓰고 싶어 했지만, 부인이 거실의 흰 바닥과 따뜻하고 커다란 벽난로, 백랍 접시와 델프트 찬장, 개집 그리고 평소 앉아서 시간을 보내고 자유롭게 움직일 수 있는 넓은 공간을 워낙 좋아했어요. 그래서 부인을 위해 따로 거실을 꾸미려던 계획을 취소한 거죠.

부인은 새 식구 중에 시누이도 있다는 걸 알고 좋아하면서, 처음엔 캐서린을 데리고 재잘대고 입맞춤을 해주고 함께 다니며 선물도 많이 해주었어요. 하지만 금방 시들해졌고, 부인이 짜증이라도 낼라 치면 힌들리는 폭군이 돼버렸어요. 부인이 몇 번 히스클리프가 싫다고 하자 서방님의 묵은 증오심도 모두 되살아났죠. 그래서 히스클리프를 하인 처소로 쫓아냈고, 부제님한테서 받던 교육도 중단시키고 대신 농장에서 일하라면서 다른 젊은 일꾼들처럼 심하게 부려 먹었어요.

히스클리프는 처음엔 이런 하대를 잘 견뎌 냈어요. 캐시가 자신이 배운 것을 가르쳐 주고, 들에서 함께 일하거나 놀아 줬기 때문이죠. 힌들리는 캐시나 히스클리프가 자기 눈에 띄지만 않으면 어디 가서 무슨 짓을 하거나 말거나 아무 관심이 없었어요. 그러다간 둘 다 무지렁이로 마구 자랄 게 뻔했지요. 두 사람이 성당에 가든 말든 신경을 안 써서 조지프와 부제님이 힌들리의 무심함을 나무라면 힌들리는 히스클리프는 때리고 캐서린은 점찬이나 저녁을 굶겼어요.

둘은 아침부터 황야로 달아나서 하루 종일 쏘다녔는데 이건 둘이 가장 좋아하는 놀이였어요. 나중에는 무슨 벌을 받든 웃어넘기게 됐답니다. 부제님이 캐서린에게 아무리 많은 성경 장(章)들을 외우게 하고, 조지프가 팔이 빠져라 히스클리프에게 매질을 하더라도 둘은 다시 함께 있는 순간, 적어도 짓궂은 복수의 계획을 세우는 순간만은 모든 걸 잊었어요. 둘이 날이 갈수록 점점 더 개망나니가 되는 것을 보며 저도 참 많이 울었지요. 하지만 이 쌀쌀맞은 애들이 아직은 제 말을 조금은 들으니까, 아예 안 듣게 될까 봐 잔소리도 못 했어요.

한번은 일요일 저녁이었는데 시끄럽게 굴었다나 뭐라나, 하여간 별거 아닌 일로 둘 다 거실에서 쫓겨났어요. 저녁 식사 때가 돼서 제가 찾아 보았지만 종적이 묘연했어요.

가족이 다 나서서 온 집 안을 샅샅이 뒤지고, 마당이며 마구간도 가보았지만 머리털 하나 보이지 않았어요. 그러다가 마침내 화가 머리끝까지 치민 힌들리가 집 문을 잠가 버리라고, 돌아오더라도 문을 열어 주지 말라고 명령했어요.

집안사람들이 모두 자러 갔지만, 전 너무 걱정이 돼서 제 방의 격자 창문을 열고, 밖에 비가 오는데도 창밖으로 고개를 내밀어 귀를 기울이고 있었어요. 서방님이 들여 보내지 말라고 하셨지만 오기만 하면 문을 열어 주려고 작정하고 있었지요.

한참 후에 집으로 향하는 길을 올라오는 발걸음 소리가 들렸고 대문 사이로 등불이 어른거렸어요.

저는 머리에 숄을 두르고 노크 소리에 서방님이 깨기 전에 서둘러 대문으로 달려갔지요. 그런데 문을 열어 보니 히스클리프뿐이었어요. 덜컥 겁이 났습니다.

「아가씨는 어디 있어?」 제가 황급히 물었어요. 「무슨 사고라도 나진 않았겠지?」

「스러시크로스 그레인지에 있어.」 히스클리프가 대답했어요. 「나도 함께 있었는데, 그 사람들 예의 없게 나한테는 있으라고 하지 않더라.」

「흥, 된통 혼나려고 아주 작정을 했구나!」 제가 말했지요. 「집에서 쫓겨나야 정신을 차리겠니? 어디를 헤매다가 스러시크로스 그레인지까지 간 거야?」

「일단 젖은 옷부터 벗고 나서 다 얘기해 줄게, 넬리.」 그가 대답했지요.

저는 주인님이 깨지 않도록 조심하라고 일렀어요. 히스클리프가 젖은 옷을 벗는 동안 촛불을 끄려고 기다리고 있는데 그가 말을 이었어요.

「캐시하고 내가 세탁장을 통해 집을 빠져나간 다음 실컷 황무지를 돌아다녔거든. 그랬는데 그레인지의 불빛이 보이더라고. 그래서 린턴 집안에서도 일요일 저녁에 우리 집처럼, 어른은 식탁에 앉아서 먹고 마시고 노래하고 웃으면서 벽난로 앞에서 눈알이 타도록 불을 쬐는데 애들은 집 한구석에 덜덜 떨고 서 있나 궁금해서 알아보러 갔지. 그쪽 집 사람들도 그럴 거 같아? 아니면 설교집을 읽거나 하인의 설교를 듣거나, 대답을 잘 못하면 성경에 나오는 이름을 다 외우게 하거나?」

「안 그럴 테지.」 제가 대답했어요. 「그 댁 애들은 당연히 다들 착할 테니까 너희들처럼 못되게 굴어서 벌 받을 일이 없을 거 아냐.」

「잘난 체하지 마, 넬리.」 그가 말했어요. 「말도 안 돼! 우리는 언덕 꼭대기에서 그 집 농원까지 쉬지 않고 뛰어갔어. 캐서린이 맨발이었기 때문에 달리기는 내가 압승이었지. 내일 네가 습지에 가서 캐서린의 신발을 찾아봐야 할 거야. 우린 나무 울타리 사이로 기어들어 간 다음 더듬더듬 진입로를 따라가서 거실 창문 아래 화단으로 갔어. 불빛이 거실에서 흘러나오고 있었는데, 아직 덧창을 닫지 않았고, 커튼도 반만 내려져 있더라고. 둘이 함께 벽의 받침돌을 딛고 서서 창턱을 붙잡고 매달리니까 안이 보였어. 그런데 어땠는 줄 알아? 와! 정말 멋있었어. 진홍색 카펫이 깔려 있고, 진홍색 커버를 씌운 의자하고 탁자, 가장자리를 황금색으로 두른 새하얀 천장이 보이더라고. 천장 가운데서는 유리 방울이 은사슬에 매달려 쏟아져 내리는 것 같았고, 유리 방울 하나하나에 작은 초의 은은한 불빛이 아롱져서 정말 찬란했어. 린턴 씨 부부는 안 보였어. 에드거하고 여동생이 방을 통째로 차지하고 있더라고. 너라면 그 애들이 당연히 행복할 거라고 생각하겠지? 우리라면 천국이 따로 없다고 생각했을 거야! 근데, 네가 착하다고 한 걔들이 뭘 하고 있었게? 이저벨라는 캐시보다 한 살 어린 열한 살이라던데 마귀할멈들이 자기 몸에 시뻘겋게 달아오른 바늘이라도 찌르는 것처럼 비명을 지르면서 방 한구석에 누워 비명을 지르고 있더라. 에드거는 벽난로 앞에 서서 가만히 울고 있었는데, 탁자 한가운데 작은 개가 앉아서 앞발을 흔들면서 깨갱거리고 있었어. 걔들이 탓하는 말을 들어 보니까, 서로 그 개를 차지하려고 잡아당기다가 개를 두 토막 낼 뻔했나 보더라고. 멍청한 것들! 걔네들이 논다며 하는 짓이 그렇더라고! 따뜻한 털 뭉치를 서로 안겠다고 싸우는 꼴이라니. 그러다가 또 너나 가지라고 하면서 우는 거야. 그런 응석받이들을 보니까 웃음이 안 나올 수가 없었어. 순 바보들이더라고! 캐서린이 원하는 걸 내가 갖겠다고 고집 부린 적 있어? 아님 우리가 서로 반대쪽 구석에서 땅바닥을 구르고 고함을 지르면서 엉엉 우는 꼴을 본 적 있느냐고? 난 1천 번을 다시 태어난대도 스러시크로스 그레인지의 에드거 린턴처럼 살진 않을 거야. 조지프를 이 집 지붕 꼭대기에서 밀어 버리는 특권을 준다 해도. 힌들리의 피로 이 집 현관을 피 칠갑하게 해준다 해도!」

「쉿, 쉿!」 제가 그의 말을 끊었지요. 「아직도 말을 안 해줬잖아, 히스클리프, 어쩌다 캐시가 그 집에 남게 되었는지.」

「우리가 웃었다고 했지?」 그가 대답했어요. 「린턴 남매가 그걸 들은 거야. 둘이 함께 쏜살같이 문가로 달려 나오더라고. 잠깐 조용해지더니 개네들이 외치는 소리가 크게 들리더라. 〈엄마, 엄마! 어서요. 아빠! 어서요. 엄마, 얼른 이리 와보세요. 아빠, 어서요!〉 이런 식으로 완전히 울부짖는 거야. 그래서 우린 그 애들을 더 놀라게 해주려고 무시무시한 소리를 내다가 창턱에서 손을 놓았지. 빗장 푸는 소리가 들려서 도망치는 편이 낫겠다 싶었거든. 근데 내가 캐시의 손을 잡고 빨리 가자고 재촉을 하던 참에 갑자기 캐시가 넘어진 거야.

〈도망쳐, 히스클리프, 어서 도망가!〉 캐시가 속삭였어. 〈이 집에서 불도그를 풀어놨네. 이 녀석이 날 물고 있단 말이야!〉

그 망할 놈이 캐시의 발목을 물고 안 놔주는 거야, 넬리. 아주 흉악한 콧김을 뿜는 소리가 들리더라고. 캐시는 비명도 지르지 않았어. 당연히! 캐시는 미친 암소의 뿔에 받힌다 해도 비명을 지르는 짓은 경멸했을 테니까. 하지만 내가 고함을 쳤어. 이 세상 어떤 악마라도 도망갈 만큼 큰 소리로 저주하면서 돌멩이를 들어 개의 아가리에 넣고 있는 힘을 다해 목구멍으로 쑤셔 넣었어. 그런데 짐승 같은 하인이 마침 등불을 들고 고함을 지르며 나온 거야. 〈꽉 물고 있어라, 스컬커, 꽉 물고 있어!〉 그러면서.

하지만 스컬커가 누굴 물고 있는지 알아보고 태도가 돌변했어. 그래서 개의 목을 졸라 캐시한테서 떼어 냈는데, 커다란 자줏빛 혀가 입 밖으로 반 자나 나왔고, 처진 입술 사이로 피 섞인 침이 흘러나오고 있었지.

하인이 캐시를 일으켜 세웠어. 캐시는 하얗게 질려 있었는데, 무서워서가 아니라 아파서 그랬지. 하인이 캐시를 안고 들어갔고, 내가 따라가면서 혼잣말로 저주를 하고 복수를 다짐했지.

〈뭘 잡아 왔냐, 로버트?〉 린턴이 현관에서 외쳤어.

〈스컬커가 계집애를 하나 잡았습니다, 주인님.〉 그가 대답했어. 〈그리고 사내놈도 있습니다.〉 그가 나를 움켜잡고 덧붙였어. 〈그런데 틀림없이 나쁜 놈입니다! 아무래도 강도들이 창문으로 애들을 들여보내려고 한 것 같습니다. 다들 잘 때 애들이 문을 열면 식구들을 간단히 죽일 수 있으니까요. 더러운 아가리 닥쳐라, 이 도둑놈의 새끼야. 너! 이제 교수형을 당할 거다. 주인님, 총 들고 계십시오!〉

〈세상에, 로버트!〉 바보 같은 노인네가 말했어. 〈이 나쁜 놈들이 어제가 지대 들어오는 날인데 그걸 털어 가려고 머릴 썼구나. 들어와라. 내가 상대할 테니. 저기, 존, 사슬을 채워라. 스컬커한테 물 좀 주고, 제니. 감히 치안 판사의 집을, 심지어 일요일에 침입하다니! 이렇게 방자하고 대담한 놈들이 있나. 오, 여보, 메리. 이리 좀 와봐요! 겁낼 거 없어. 아직 애로군. 하지만 이 나쁜 놈, 저 무시무시한 인상 좀 봐. 이놈의 못된 천성이 범죄 행위로 나타나기 전에 당장 목을 매달아 버리는 것이 나라에도 보탬이 되지 않겠소?〉

노인이 날 샹들리에 밑으로 끌고 갔고, 코 위에 안경을 걸친 린턴 부인은 겁에 질려 손을 들고 떨고 있었어. 그 집의 겁쟁이 애들도 다가왔고, 이저벨라가 혀 짧은 소리로 말했어.

〈아이, 무서워요! 아빠, 쟤 지하실에 가둬요. 제가 길들인 꿩을 훔쳐 간 집시 아들하고 똑같이 생겼어요. 그렇지, 에드거?〉

식구들이 날 살펴보고 있는데 캐시가 정신을 차리고 방금 들은 말을 두고 비웃었지. 에드거 린턴은 호기심을 담은 표정으로 지켜보더니 정신이 좀 나는지 캐시를 알아봤어. 성당에서 보잖아, 너도 알다시피. 다른 데서는 볼 일이 별로 없지만.

〈언쇼 양이에요!〉 걔가 자기 어머니한테 속삭였어. 〈저기 스컬커가 문 데 좀 보세요. 발에서 피가 나요!〉

〈언쇼 양이라고? 말도 안 돼!〉 마님이 큰 소리로 말했어. 〈언쇼 양이 집시 애하고 들판을 싸돌아다니다니! 하지만, 저런, 상복을 입고 있구나. 맞는 것 같기도 하네. 그런데 저러다 평생 다리를 절게 될지도 모르는데!〉

〈동생을 저렇게 방치하다니, 정말 무책임하군! 이렇게 무신경한 오빠를 탓하지 않을 수가 없구나!〉 린턴 씨가 나한테서 시선을 거둬 캐서린을 바라보며 큰 소리로 말했어. 〈실더즈(부제님이죠) 말이 오빠가 동생을 완전히 방치해서 하느님도 모르고 자란다더니. 하지만 이건 누구지? 어디서 데려 온 애냐? 오호! 틀림없이 고인이 되신 이웃 양반이 리버풀에 갔다가 데려왔다는 수상쩍은 애구나. 인도 뱃놈, 아니면 미국이나 스페인에서 떠내려온 놈일 게다.〉

〈어쨌든 아주 나쁜 애임이 틀림없어요.〉 마님이 말했어. 〈전혀 점잖은 집 아이가 아니네요! 쟤 욕하는 거 들었어요, 여보? 우리 애들도 다 들었을 텐데, 정말 충격적이에요.〉

난 또 욕을 하기 시작했어. 화내지 마, 넬리. 그랬더니 하인인 로버트한테 날 끌어내라고 하더라고. 나는 캐시만 두고 갈 수 없다고 버텼지만 그의 손에 잡혀서 정원까지 끌려갔어. 그가 내 손에 램프를 쥐어 주면서 언쇼 씨한테 내 행실을 고해바치겠다고 하더니 당장 꺼지라며 문을 잠가 버렸어.

커튼은 여전히 한구석이 반쯤 올려져 있었어. 그래서 나는 원래 있던 자리로 가서 다시 집 안을 엿보았지. 캐서린이 나오고 싶어 하는데도 그들이 붙잡고 있다면 내가 그 집의 커다란 유리 창문을 1백만 개로 산산조각 내더라도 구해 줄 작정이었어.

캐시는 소파에 가만히 앉아 있었어. 린턴 부인이 고개를 절레절레 흔들면서 캐시를 나무라는 것 같았어. 그런 다음 우리가 집을 빠져나가기 전에 캐시가 빌려 입은 외양간 하녀의 회색 망토를 벗겼어. 캐시는 양갓집 아가씨라고 나하고는 다르게 대한 거지. 그런 다음 하녀 하나가 따뜻한 물을 한 대야 가져다가 캐서린의 발을 씻어 줬어. 그러고 나선 린턴 씨가 니거스 술을 만들어 주었고, 이저벨라는 케이크를 접시가득 담아다 캐시의 무릎에 놓아 줬어. 에드거는 멀찌감치 떨어져 선 채 입을 딱 벌리고 바라보고 있었지. 그런 다음 식구들이 나서서 캐서린의 어여쁜 머리를 말리고 빗어 주고 커다란 슬리퍼를 신기고 의자째 밀어서 벽난롯가로 데려갔어. 캐시가 명랑한 표정으로 작은 개와 스컬커에게 케이크를 나눠 주는 걸 봤어. 케이크를 먹는 스컬커의 코를 캐시가 꼬집어 주면서 즐거워하더라. 린턴 집안 사람들의 흐리멍덩한 파란 눈동자에도 생기가 돌았어. 캐서린의 매력적인 얼굴이 희미하게나마 비쳤을 테니 말야. 그걸 보고 나는 집으로 왔지. 캐서린의 모습에 그 집 식구들이 감탄하는 표정도 맹하더라. 모두들 캐시하고는 비교가 안 됐어. 하긴 이 세상 사람 누구라도 마찬가지지. 안 그래, 넬리?」

「이 일 때문에 앞으로 얼마나 많은 일들이 벌어질지 넌 짐작도 못 할 거다.」제가 대답하며 히스클리프에게 이불을 덮어 주고 불을 꺼줬어요. 「이 구제 불능아, 힌들리 서방님이 얼마나 화를 내실지, 두고 봐라.」

사실 안 그러길 바랐지만 제 말은 사실이 됐어요. 언쇼는 생각지도 못한 사태에 화가 나서 펄펄 뛰었지요. 다음 날 아침 린턴 씨가 사태를 바로잡겠노라고 집에 찾아와 젊은 주인님께 집안 다스리는 방법을 두고 얼마나 설교를 하시던지, 주인님이 정말로 집안 돌아가는 꼴을 진지하게 돌아보셨다니까요.

히스클리프는 매를 맞지는 않았지만 캐서린에게 한마디라도 말을 건네는 걸 들키면 쫓겨날 줄 알라는 경고를 받았어요. 그리고 언쇼 부인이 집에 돌아온 캐서린이 빗나가지 않게 감시하는 역할을 맡게 됐어요. 강압이 아닌 교묘한 수단을 썼지요. 강압으로는 절대 단속할 수 없었을 테니까요.

7

캐시는 크리스마스 때까지 5주 동안 스러시크로스 그레인지에서 지냈어요. 그동안 다친 발목이 다 나았고 행실도 훨씬 좋아졌지요. 그동안 마님이 자주 방문해서 고운 옷을 안기고 듣기 좋은 말로 자존심을 북돋우며 캐서린의 행실을 바로잡기 시작했어요. 캐시는 그런 것들을 기꺼이 받아들였어요. 그래서 귀가하던 날 우리 앞에 나타났을 때는 모자도 안쓴 채 무조건 집 안으로 뛰어 들어와 우리 모두를 숨도 못 쉬게 껴안는 선머슴 같은 여자애가 아니라 단정한 갈색 고수머리 위에 깃털 달린 비버 모자를 쓰고 승마용 드레스 차림으로 잘생긴 검은 말에서 내리는 무척 품위 있는 아가씨가 되어 있었어요. 의젓하게 걸어 들어오기 위해 양손으로 드레스를 들어 올리기까지 했답니다.

힌들리가 캐서린을 말에서 부축해 내려 주며 기뻐서 외쳤어요.

「와, 캐시, 너 정말 예뻐졌구나! 못 알아볼 뻔했다. 이제 숙녀가 다 됐네. 이저벨라 린턴은 네 근처에도 못 오겠다. 안 그래, 여보, 프랜시스?」

「이저벨라는 원래 그렇게 예쁜 애가 아니에요.」그의 아내가 대답했지요. 「하지만 캐서린도 이제 집에 왔다고 예전처럼 또다시 망나니처럼 굴지 않도록 조심해야 돼요. 엘런, 아가씨 외투를 벗겨 드려라. 가만히 계세요, 아가씨, 고수머리 흐트러지겠네. 내가 모자 끈을 끌러 줄게요.」

제가 외투를 벗겨 드렸는데, 안에는 멋진 체크무늬의 실크 드레스와 흰 바지를 입었고, 반짝이는 신발을 신고 있었어요. 반가워하며 뛰어나오는 개들을 보고도 눈은 기쁘게 반짝였지만, 화사한 옷을 더럽힐까 봐 쓰다듬어 주지는 못하더라고요.

제게는 가볍게 입맞춤을 해줬지요. 마침 크리스마스 케이크를 만드느라고 밀가루를 뒤집어쓰고 있었기 때문에 껴안기는 곤란했죠. 그런 다음엔 히스클리프가 있나 보려고 주변을 두리번거렸는데, 주인 부부가 걱정스럽게 지켜보고 있더군요. 이참에 두 사람을 갈라놓을 수 있으리라는 생각이 얼마나 타당한 기대인지 어느 정도 가늠할 수 있었죠.

히스클리프는 찾기가 어려웠어요. 처음에는요. 캐서린이 집을 비우기 전에도 히스클리프는 다른 사람들에게 무심했고 자신을 돌보지 않았는데 캐서린이 집을 떠나 있을 때는 그런 경향이 열 배나 더 심해졌어요.

더러우니까 일주일에 한 번은 씻으라고 말해 줄 만큼 챙겨 주는 사람도 나 말고는 없었거든요. 개 또래치고 비눗물 좋아하는 애들은 별로 없죠. 그래서 석 달 동안 진흙과 먼지 구덩이에 뒹군 옷을 입은 데다, 숱 많은 머리는 빗질을 한 적이 없어서 아주 보기 흉했어요. 얼굴과 손도 한심할 정도로 더러웠지요. 기대와는 달리 헝클어진 머리의 단짝이 아닌 환하고 우아한 아가씨가 나타나자 히스클리프는 당연히 등받이 높은 의자 뒤로 숨어 버렸죠.

「히스클리프는 집에 없나요?」 아가씨가 물었는데, 장갑을 벗자 집 안에만 머물며 아무 일도 안 해서 놀랍도록 하애진 손가락이 드러났어요.

「히스클리프, 나와도 좋다.」 힌들리 씨가 불편해하는 히스클리프의 처지를 고소해하며, 또 한편 그가 볼썽사나운 불한당 같은 꼴로 나타날 수밖에 없겠다 싶으니 기분이 좋아져서 외쳤지요. 「너도 다른 하인들처럼 이리 와서 캐서린 아가씨께 환영 인사를 드려.」

캐시는 숨어 있던 친구의 모습이 보이자마자 그를 껴안으려고 달려갔어요. 순식간에 그의 뺨에 일고여덟 번 입맞춤을 하고 나서 멈칫 하더니 뒤로 물러서서 웃음을 터뜨리며 외쳤지요.

「맙소사, 어쩜 이렇게 시꺼멓고 성질이 나 보이냐! 그리고 너무…… 너무 웃기고 무섭네! 하지만 내가 그동안 에드거와 이저벨라 린턴만 봐서 그런 거지. 암튼, 히스클리프, 나 잊어버렸어?」

캐서린이 그렇게 물어볼 만했어요. 창피함과 자존심이 얼굴에 이중으로 그늘을 드리웠고 캐서린을 보고도 아무런 반응을 안 보였거든요.

「히스클리프, 악수해도 좋다.」 언쇼 주인님이 거들먹거리며 말했어요. 「어쩌다 한 번 하는 거야 허락해 줄 수 있지.」

「싫어!」 히스클리프가 마침내 정신을 차리고 말했어요. 「난 웃음거리는 안 될 거야! 그런 건 못 참아!」

이렇게 소리친 뒤에 사람들 무리를 빠져나가려 했지만 캐시 아가씨가 다시 붙잡았어요.

「비웃으려는 거 아니었어.」 캐시가 말했죠. 「나도 모르게 웃음이 나온 거야. 악수라도 하자, 히스클리프! 뭐가 그렇게 불만이야? 네 모습이 좀 이상해서 그런 거야. 세수하고 머리를 빗으면 다 괜찮을 거야. 그렇지만 지금은 너무 더럽잖아!」

캐서린이 자신이 잡고 있던 더러운 손을 걱정스러운 표정으로 내려다본 뒤 시선을 드레스로 옮겼어요. 히스클리프의 손때가 묻었을까 봐 걱정된 거죠.

「누가 내 손 잡으래?」 히스클리프가 캐서린의 시선을 보고 얼른 자기 손을 빼내며 말했어요. 「난 내 맘대로 더럽게 살 거야. 더러운 게 좋으니까 더럽게 살 거라고.」

그러고는 방을 뛰쳐나갔는데, 주인 부부는 기뻐하는 표정이 역력했고, 캐서린은 무척 걱정을 했어요. 더럽다는 말을 했다고 그렇게 성질을 부리는 히스클리프를 이해할 수 없던 거지요.

저는 새로 오신 숙녀분의 시중을 들고 케이크를 오븐에 넣은 뒤 거실과 부엌에 불을 활활 지펴 크리스마스이브에 걸맞은 분위기를 만들었어요. 그런 다음 쉴 채비를 하며 혼자 크리스마스 캐럴을 불렀는데, 조지프는 제가 고른 신나는 캐럴이 저잣거리에서나 부르는 노래와 다르지 않다고 나무랐지만 전 신경 쓰지 않았어요.

조지프는 자기 방으로 올라가서 혼자 기도를 드렸고, 주인 부부는 린턴 집안의 친절에 감사를 표하기 위해 자제분들에게 선물하려고 사놓은 소소한 물건들을 꺼내 아가씨에게 보여 주며 관심을 독차지하고 있었어요.

주인 부부는 크리스마스를 함께 보내자며 린턴 집안 자녀들을 워더링 하이츠로 초대했어요. 린턴 남매는 초대에 응했지만, 조건이 하나 있었어요. 린턴 부인이 〈말썽꾸러기 욕쟁이 놈〉을 자기네 귀한 자식들 근처에 못 오게 해달라고 청한 거죠.

이런 상황이라 저는 계속 혼자 있었어요. 데워지는 향신료의 짙은 향 냄새를 맡으면서요. 반짝이는 조리 도구들과 호랑가시나무로 장식한 빛나는 시계, 설탕과 향신료를 넣어 데운 반주용 흑맥주를 따르려고 쟁반에 놓은 은제 잔들, 무엇보다 제가 특별히 정성을 들여 박박 문질러 닦고 열심히 비질을 한 티끌 한 점 없이 깨끗한 마루를 감상하며 흐뭇해하고 있었죠.

이런 물건 하나하나를 향해 속으로 걸맞은 칭찬을 해주고 나니 주인어른 생전에 제가 모든 것을 깔끔히 정돈하고 나면 주인께서 참 잘했다고 칭찬하시면서 동전 1실링을 크리스마스 선물로 살짝 쥐여 주시던 일이 기억났어요. 그러자니 그분이 생전에 히스클리프를 얼마나 예뻐하셨는지와 당신이 죽으면 쫓겨나지 않을까 걱정하셨던 것도 떠올랐지요. 그 애의 딱한 처지를 생각하니 노래를 부르긴커녕 울고 싶어졌어요. 하지만 이러고 있기보다는 그 애의 잘못된 행실을 조금이나마 바로잡아 주는 편이 낫겠다 싶어서 당장 마당으로 나가서 히스클리프를 찾아보았죠. 먼 데 있지는 않더라고요. 마구간에서 어린 망아지의 부드러운 털을 쓰다듬어 주며 평소처럼 꼴을 먹이고 있었어요.

「얼른 끝내, 히스클리프!」 제가 말했어요. 「부엌이 얼마나 아늑한지 몰라. 조지프는 위층으로 올라갔어. 빨리 오면 캐시 아가씨 내려오기 전에 너 깔끔하게 단장해 줄게. 그럼 아가씨랑 벽난로를 독차지하고 오래도록 수다를 떨다가 잘 수 있을 거야.」

히스클리프는 제 쪽으로는 고개도 돌리지 않고 하던 일만 계속했어요.

「어서! 올 거지?」 제가 계속 재촉했어요. 「하나씩 집어 먹을 수 있는 작은 과자도 충분히 있다고. 이제부터 씻고 옷 갈아입으려면 족히 반 시간은 걸릴 텐데.」

5분을 기다렸지만 아무런 대답이 없었어요. 캐서린은 오빠 부부와 저녁을 먹고, 저는 조지프와 편치 않은 식사를 했지요. 조지프는 나무라고 전 말대답하는 게 양념이었으니까요. 히스클리프를 위해 준비한 케이크와 치즈는 마치 요정의 몫이라도 되는 양 손을 안 대서 밤새 식탁에 그대로 남아 있었어요. 히스클리프는 저녁 9시까지 일만 했고, 아무 말도 없이 뚱한 표정으로 자기 방으로 직행했어요.

캐시는 새 친구들을 맞이할 준비를 하느라 이런저런 지시를 내리고 챙기면서 늦게까지 자지 않았어요. 한번은 부엌으로 와서 히스클리프를 찾았지만 캐시의 옛 친구는 이미 자기 방에 가고 없었지요. 캐시는 그 애가 대체 왜 그러는지 모르겠다면서 그냥 돌아갔어요.

다음 날 아침 히스클리프는 일찍 일어났지만, 마침 주일이라 뚱한 표정으로 들판으로 나가서 가족이 성당에 갈 때까지도 안 나타나더군요. 하지만 밥을 굶고 생각을 많이 하면서 기분이 좀 나아졌는지 잠시 제 주변에서 얼쩡거리다가 한껏 용기를 내서 갑자기 소리치더군요.

「넬리, 나 점잖게 보이게 해줘. 착하게 굴게.」

「잘 생각했어, 히스클리프.」제가 말했죠.「캐서린이 너 때문에 속상해하더라! 집에 왜 왔나 후회하고 있을 거다! 다들 너보다 캐서린에게 관심을 쏟는다고 네가 시기라도 하는 거 같잖아.」

히스클리프는 캐서린을 〈시기한다〉는 게 무슨 뜻인지도 모르는 듯했지만 자기가 캐서린을 속상하게 했다는 건 이해하는 것 같았어요.

「캐서린이 속상하다고 그랬어?」아주 진지하게 묻더라고요.

「오늘 아침에도 너 나가고 없다니까 울던데.」

「흠, 난 어젯밤에 울었어.」히스클리프가 대꾸했어요.「울 이유야 개보다 나한테 더 많지.」

「그래, 네가 오만에 취해 빈속으로 자러 갔을 땐 물론 이유가 있었겠지.」제가 말했어요.「오만한 사람은 없는 슬픔을 스스로 만들어 내거든. 하지만 괜히 골낸 거 후회되면 꼭 캐서린한테 사과해라. 가서 입맞춤을 해도 되냐고 묻고, 말을 해. 어떤 말로 사과해야 좋은지는 네가 제일 잘 알겠지. 캐서린이 고급스러운 옷을 입었다고 서먹서먹하게 굴지 말고 진심으로 말해. 지금은 내가 정찬을 준비해야 되지만, 좀 있다 짬을 내서 널 멋지게 만들어 줄게. 네 옆에 서면 에드거 린턴은 애들 인형처럼 보일 거다. 하긴 걔는 처음부터 그렇게 보이더라. 네가 나이는 어려도 키가 더 크고 어깨도 두 배는 더 넓을걸, 틀림없어. 에드거쯤은 단숨에 때려눕힐 수 있어. 안 그래?」

히스클리프는 얼굴이 잠시 밝아졌다가 다시 어두워지더니 한숨을 쉬었어요.

「하지만, 넬리. 내가 에드거를 스무 번 때려눕힌다 해도 걔가 나보다 못나게 되거나 내가 더 잘나게 되는 것은 아니잖아. 나도 금발에 피부가 하얗다면 좋겠어. 옷도 잘 입고 바르게 행동하고 나중에 커서 그 애처럼 부자가 될 수 있다면 좋겠어!」

「그리고 에드거는 걸핏하면 엄마를 찾잖아, 그게 뭐가 좋아.」제가 덧붙였지요. 「시골 애가 주먹만 쳐들어도 벌벌 떨고, 소나기 좀 온다고 하루 종일 집 안에 처박혀 있으면 좋겠냐? 얘, 히스클리프, 너 왜 그렇게 바보 같니! 여기 거울 앞으로 좀 와봐. 어떻게 하면 되는지 내 가르쳐 줄 테니. 미간에 주름 두 줄 보이지? 그리고 눈썹은 짙은데 아치 모양을 그리는 게 아니라 가운데에서 푹 꺼진 것 좀 봐라. 또 저 마귀같이 시꺼멓고 쑥 들어간 저 눈, 당당하게 밖을 보지 않고 숨어서 반짝이는, 악마의 첩자 같은 저 눈을 좀 보라고! 그 험악해 보이는 주름을 활짝 펴야지. 이렇게 하는 걸 배워야 해. 눈썹을 반듯이 펴고, 마귀 같은 저 눈을 자신만만하고 순진한 천사의 눈으로 만들어. 함부로 의심하거나 회의하지 않고 분명한 적이 아니라면 모든 사람을 친구로 받아들이는 천사의 눈으로 말이지. 그렇게 하는 걸 배워. 자기는 발길질을 당해 싸다는 듯이 행동하면서도, 맞은 데가 아프니까 자신을 학대한 사람뿐 아니라 온 세상을 증오하는 똥개 같은 표정은 이제 집어치우라고.」

「그러니까 에드거 린턴처럼 크고 파란 눈과 매끄러운 이마를 가져야 한다는 거잖아.」 그가 대답했어요. 「나도 그러고 싶긴 한데, 바란다고 되는 일이 아니야.」

「아이고 참, 마음만 착하게 먹으면 얼굴도 자연히 좋아진단 말야.」 제가 말을 이었지요. 「아무리 새까만 흑인이라도 얼굴이 밝아진다고. 그리고 마음을 나쁘게 먹으면 아무리 잘생긴 얼굴이라도 세상에서 가장 추한 얼굴보다 더 추해 보여. 자, 이제 세수도 하고 머리도 빗고 삐친 마음도 풀고 나니까 인물이 더 훤해 보이지? 내 보기엔 확실히 그런데. 변장한 왕자님이라 해도 믿겠다. 아버지는 중국 황제고 어머니는 인도 여왕이고, 둘 중 한 분의 일주일 치 수입만으로 워더링 하이츠와 스러시크로스 그레인지를 다 사버릴 수 있을지도 모르잖아? 사실 너는 몹쓸 선원들한테 납치당해서 영국으로 팔려 온 거라고. 나라면 내가 귀한 집 아들이라고 생각할 거다. 그렇게 생각하면 용기와 위엄을 갖추게 되어 일개 농사꾼 따위가 날 학대한다 해도 아무렇지도 않게 견딜 수 있지!」

계속 그렇게 말하니까 히스클리프 얼굴의 주름도 좀 펴지고 기분도 꽤 좋아진 것 같았어요. 그러던 중에 갑자기 진입로를 덜커덩거리며 올라와 마당으로 들어서는 마차 소리가 들려 우리는 대화를 중단했어요. 히스클리프는 창문으로, 저는 문으로 달려갔는데, 린턴 남매가 외투와 모피에 숨이 막힐 정도로 폭 싸여서 자가용 마차에서 내렸고, 언쇼 집안 어른들은 말에서 내렸지요. 겨울에는 보통 말을 타고 성당에 갔으니까요. 캐서린이 린턴 남매의 손을 하나씩 잡고 들어왔는데, 벽난로 앞에 그들을 앉히니까 창백한 얼굴에 금방 혈색이 돌더군요.

어서 가서 상냥한 모습을 보여 주라고 히스클리프의 등을 떠밀었는데, 히스클리프도 기꺼이 제 말을 따르려고 일어섰어요. 하지만 재수가 없었는지 히스클리프가 부엌문을 열려는 찰나 힌들리가 반대편에서 문을 여는 바람에 두 사람이 딱 마주친 거예요. 주인님은 깔끔하게 매무새를 갖추고 기분이 좋은 히스클리프를 보자 짜증이 났는지, 아니면 린턴 마님하고 한 약속을 꼭 지켜야 해서 그랬는지, 히스클리프를 냅다 떠밀면서 조지프한테 말했어요. 「저놈을 못 들어오게 해라. 정찬이 끝날 때까지 다락방에서 못 내려오게 해. 타르트나 과일을 둔 곳에 저놈을 단 1분이라도 두면 손가락으로 타르트를 찌르고 과일을 훔칠 거다.」

「아니에요, 서방님.」 제가 나설 수밖에 없었어요. 「왜 그런

거에 손을 대겠어요, 아니에요. 그리고 애도 별식 맛을 봐
야죠.」

「저녁때까지 아래층에서 다시 내 눈에 띄면 손맛을 보여
주겠다.」 힌들리가 외쳤어요. 「썩 꺼져, 이 부랑아 새끼야! 맙
소사! 주제에 멋쟁이 시늉을 해? 내가 그 근사한 머리를 좀
손질해 주마. 더 늘려 준다고!」

「지금도 너무 긴데요.」 린턴 도령이 문 옆에서 들여다보며
말했어요. 「머리카락이 길어서 두통이 생기지 않으려나. 눈
을 가린 게 꼭 말갈기 같네!」

모욕을 주려고 한 말은 아니었어요. 하지만 성격이 불같은
히스클리프는 그렇지 않아도 적수라 여겨 미워하던 녀석이
시건방진 소리를 하니 참을 수가 없었지요. 닥치는 대로 아
무거나 잡다 보니 뜨거운 사과소스가 담긴 그릇을 들게 됐는
데, 그걸 린턴 도령의 얼굴과 목덜미에 냅다 던진 거예요. 린
턴은 바로 울음을 터뜨렸고, 이저벨라와 캐서린도 서둘러 다
가왔지요.

언쇼 주인님은 곧장 죄인을 붙잡아 자기 방으로 데려갔다
가, 얼굴이 벌게지고 숨이 차서 돌아왔습니다. 틀림없이 죄
인의 흥분을 가라앉힌다며 독한 약을 처방한 모양이었어요.
전 집어 든 행주로 에드거의 코와 입을 박박 닦아서 화풀이
를 했어요. 쓸데없는 참견을 하더니 쌤통이다 싶었죠. 에드
거의 동생은 징징 짜면서 집에 간다고 그러고, 캐시는 너무
당황스럽고 창피해서 발만 동동 굴렀어요.

「개한테 아무 말 말았어야지!」 캐서린이 린턴 도련님을 나

무랐어요. 「그렇지 않아도 걔는 화가 나 있었는데. 다 망쳤잖아. 히스클리프가 두들겨 맞을 텐데, 난 히스클리프가 매 맞는 거 싫단 말이야! 입맛도 떨어졌어. 왜 걔한테 말을 걸고 그랬어, 에드거?」

「안 그랬단 말야.」에드거는 흐느껴 울면서 내 손길을 빠져나가 자기가 가져온 아마포 손수건을 꺼내 얼굴을 마저 닦았어요. 「걔한테는 한마디도 안 하겠다고 엄마하고 약속해서 진짜로 말 안 했단 말야!」

「아유, 울지 말아!」캐서린이 한심하다는 듯이 대꾸했어요. 「지금 누가 자길 죽인 것도 아닌데. 일을 더 키우지 말라고. 힌들리 오빠가 오고 있으니까 좀 조용히 하란 말야! 어서 그쳐, 이저벨라! 누가 널 건드리기라도 했니?」

「저런, 저런, 애들아. 식탁으로 가자!」힌들리가 서둘러 오며 외쳤어요. 「저 짐승 같은 놈을 다스리다 보니 몸이 좀 후끈해졌네. 다음에는 주먹으로 해결하세요, 에드거 도련님. 그럼 입맛도 더 당길 테니까!」

그들 무리는 맛있는 냄새가 풍기는 잔칫상을 보면서 평정을 되찾았어요. 말을 타거나 마차를 타고 오느라 시장했고, 어디 다치지도 않았으니 쉽게 진정이 된 거죠.

언쇼 주인님은 고기를 썰어서 푸짐하게 담았고, 마님은 활발한 대화로 분위기를 명랑하게 만들었어요. 전 마님의 의자 뒤에서 시중을 들었는데, 눈물 한 방울 안 흘리고 자기 앞에 놓인 거위 날갯죽지를 태연하게 자르는 캐서린을 보고 마음이 아팠어요.

〈어쩜 저리 인정머리가 없을까.〉전 생각했죠. 〈소꿉친구가 고통을 당하는데 조금도 신경을 안 쓰네. 저렇게 이기적일 줄은 상상도 못 했네.〉

그런데 고기 한 조각을 입으로 가져갔다가 다시 내려놓더군요. 그리고 빨갛게 상기된 뺨 위로 눈물이 흘러내리더라고요. 눈물을 감추려고 포크를 마룻바닥에 떨어뜨린 다음 황급히 식탁보 아래로 몸을 숙였죠. 캐서린이 인정머리 없다는 생각은 당장 사라졌어요. 종일 연옥에서나 겪을 고통을 견뎠고 혼자 있을 기회나 주인에게 감금당한 히스클리프를 찾아갈 기회만 엿보느라 지쳐 있는 게 눈에 보이더라고요. 제가 몰래 히스클리프에게 음식을 좀 가져다주려고 올라가 보니까 주인이 방에 가두고 문을 잠가 버렸더군요.

저녁에는 춤을 췄어요. 이저벨라 린턴한테 파트너가 없으니까 히스클리프를 데려오자고 캐시가 애원했지만 소용없었어요. 대신 제가 짝을 채워야 했죠.

춤을 추다 보니 생기가 돌면서 우울한 기분이 싹 사라졌어요. 그리고 가수들 말고도 트럼펫과 트롬본, 클라리넷과 바순, 프렌치 호른, 그리고 베이스 비올 연주자로 이루어진 기머턴 악단이 열다섯 명이나 와서 더욱 흥이 났지요. 이 악단은 크리스마스 때마다 지체 높은 집안을 순회하며 사례금을 받았는데, 우리는 그들의 연주를 최고의 여흥으로 여겼답니다.

악단의 반주에 맞추어 항상 부르곤 했던 캐럴이 다 끝나고 나서 다른 노래와 무반주 합창도 들려 달라고 했어요. 언쇼

마님이 무척 좋아하셨고, 그래서 연주를 꽤 많이 했죠.

캐서린도 음악을 좋아했지만, 노래 듣기는 계단 꼭대기가 제일 좋다면서 어두운 계단으로 올라가기에 저도 따라갔어요. 거실에 워낙 사람이 많았기 때문에 우리가 나간 것도 모르고 문을 닫아 버리더라고요. 캐서린은 계단 꼭대기에서도 멈추지 않고 계속 더 올라가더니 히스클리프가 갇혀 있는 다락방 앞에서 그의 이름을 불렀어요. 히스클리프는 고집을 부리며 대답을 하지 않았지만, 캐서린이 끈질기게 부르니까 마침내 판자를 사이에 두고 대화를 나눴어요.

노래가 끝날 때까지는 저도 그 불쌍한 애들이 방해받지 않고 얘기하도록 그냥 두었어요. 하지만 노래하던 사람들이 가벼운 다과를 할 시간이 와서 캐서린에게 알려 주려고 다시 올라갔지요.

그런데 캐서린이 보이지 않고 다락방 안에서 목소리가 들리는 거예요. 이 원숭이 같은 아이가 어느 다락방 천창으로 들어가서 지붕 밑을 기어 히스클리프가 있는 방 천창으로 들어갔지 뭐예요. 제가 캐서린을 구슬러 다락방을 나오게 하려고 얼마나 애를 먹었는지 몰라요.

캐서린은 결국 히스클리프도 데리고 나왔어요. 그러고는 히스클리프를 부엌으로 데려가 달라고 고집을 부리더군요. 조지프가, 그의 표현을 빌리자면, 우리 집에서 나는 〈사악한 곡조〉를 듣지 않으려고 이웃집에 가고 없었거든요.

전 그 애들의 속임수를 절대로 거들지 않겠다고 확언했지만, 죄수 히스클리프가 전날 저녁부터 음식이라곤 입에 대보지도 못했기 때문에 간수 힌들리 씨를 속이는 걸 한 번만 봐 주겠다고 했어요.

그리고 아래층으로 내려온 히스클리프를 벽난롯가에 앉히고 좋은 음식을 많이 줬어요. 하지만 속이 안 좋은지 잘 못 먹더라고요. 음식으로라도 기분을 좀 풀어 주고 싶었는데 말이죠. 히스클리프는 그냥 양 무릎에 팔꿈치를 붙이고 손으로 턱을 괸 채 말없이 생각에 잠겨 있었어요. 제가 무슨 생각을 그렇게 하느냐고 물으니까 진지하게 말하더군요.

「힌들리한테 어떻게 복수하나 생각하고 있어. 복수만 할 수 있다면 천년만년이 걸려도 상관없어. 내가 복수할 때까지 힌들리가 죽지만 않았으면 좋겠어!」

「안 돼, 히스클리프!」 내가 말했지요. 「나쁜 사람에게 벌주는 것은 하느님의 몫이야. 우린 용서하는 법을 배워야지.」

「아니, 나는 용서를 해서 하느님을 기쁘게 하지는 않을 거야.」 그 애가 대답했어요. 「뭐가 제일 좋은 방법인지만 알았으면 좋겠어! 상관 마. 내가 계획을 세워 볼 테니까. 복수할 생각을 하면 아프지도 않아.」

하지만, 록우드 씨, 이런 이야기가 재미있을 리 없다는 사실을 깜빡 잊었네요. 이렇게 무한정 수다를 떨고 있다니 참 저도 한심하지요. 죽은 식었고 어르신은 졸고 계시는데! 히스클리프의 내력이라면 어르신의 궁금증을 풀어 드리는 데는 대여섯 마디면 족했는데요.

이렇게 이야기를 중단한 가정부가 바느질거리를 치우려

고 자리에서 일어났다. 하지만 나는 벽난로 곁을 떠날 수 없을 것 같았고, 전혀 졸리지도 않았다.

「그냥 앉아 있어요, 딘 부인.」 내가 외쳤다. 「제발 30분만 더 있어 줘요! 이야기라면 이처럼 느긋하게 풀어 나가야 해. 이게 내가 좋아하는 방식이란 말이지. 이야기를 끝맺을 때까지 이렇게 해주세요. 정도의 차이는 있지만 이야기에 등장하는 인물들이 모두 흥미롭군요.」

「시계가 11시를 치고 있습니다, 어르신.」

「괜찮아요. 어차피 평소에도 이 시간엔 안 자거든. 아침 10시까지 누워 있는 사람한테는 1∼2시도 이른 시간이죠.」

「10시까지 누워 계시는 것도 좋지 않아요. 중요한 아침 시간이 다 지나간 다음에 일어나시는 거잖아요. 그날 할 일의 절반을 10시까지 마치지 못하면, 나머지 반도 못 마치기 십상이에요.」

「그래도 다시 앉아요, 딘 부인. 내일 오후까지는 밤이라고 칠 작정이니까. 아무래도 틀림없이 독감에 걸릴 것 같아, 최소한 내 느낌으로는 그래.」

「안 걸리셔야죠, 어르신. 아무튼 그때 이후 3년은 건너뛰는 게 좋겠어요. 그동안 마님은…….」

「아니, 저런. 말도 안 돼! 지금 이런 상황 아니오? 딘 부인이 혼자 자리에 앉아 어미 고양이가 바로 앞 양탄자에 앉아 새끼 고양이를 핥아 주는 모습을 유심히 보고 있는데 어미가 새끼의 귀 하나를 빼놓아서 몹시 화가 난 상황 말이야.」

「끔찍이도 한가한 상태겠네요.」

「그게 아니라, 짜증스러울 정도로 기운이 넘치는 상태지요. 지금 내 기분이 바로 그렇거든. 그러니까 계속해서 아주 자세히 얘기해 줘요. 지하 감옥에 갇힌 사람들에겐 그곳 거미가 오막살이에서 사는 사람이 보는 거미보다 더 소중하듯, 이 고장 사람들은 도시 사람들과는 달리 그런 가치를 더 잘 알겠죠. 그렇다고 오로지 관찰자의 상황에 따라 어떤 대상에 더 깊이 관심을 기울인다는 말은 아니에요. 실제로 이 고장 사람들은 도시 사람들보다 더 진지하고, 더 자신에게 충실하게 살고 있어요. 피상적인 것이나 변화하는 세상, 하찮은 것들의 영향도 덜 받고. 여기서라면 평생 한 사람만 사랑할 수도 있을 것 같다는 느낌이 듭니다. 사실 나는 누구를 사랑해도 1년을 가기 어렵다고 굳게 믿고 있었거든. 시골의 삶은 배고픈 사람이 앞에 놓인 요리 한 접시를 충분히 음미하는 것과 마찬가지지요. 바로 거기에만 입맛을 집중하니까. 반면 도시의 삶은 프랑스의 요리사 여러 명이 차린 진수성찬을 먹는 거나 같아요. 아마도 많은 음식을 즐기겠지만, 한 가지 요리가 먹는 사람의 관심과 기억에서 차지하는 비중은 미미하지.」

「아이! 이 고장 사람들도 알고 보면 다른 고장 사람들하고 똑같아요.」딘 부인이 좀 의아한 표정으로 말했다.

「글쎄, 실례지만,」내가 대꾸했다. 「나의 좋은 친구인 아주머니야말로 방금 하신 말씀을 반증하는 아주 훌륭한 사례예요. 몇 가지 사소한 면에서 시골티가 나긴 하지만, 아주머니의 행동거지는 같은 계급의 사람들에게서 볼 수 있는, 내가 잘 알고 있는 태도와 전혀 달라요. 보통 하녀들보다 훨씬 더 생각이 깊거든. 사소하고 실없는 것에 신경을 쓰고 인생을 낭비할 기회가 없었기 때문에 깊은 사고 능력이 저절로 계발된 거라고.」

딘 부인이 웃었다.

「물론 전 제가 착실하고 분별력 있는 사람이라고 생각하긴 합니다.」 그녀가 말했다. 「하지만 산골짜기에 살면서 매일매일 똑같은 사람을 만나고 똑같은 일만 했기 때문은 아닐 거예요. 고생한 덕에 지혜를 얻었고, 또 어르신께서 짐작하시는 것보다 훨씬 더 많은 책을 읽었을 겁니다. 이 댁 서재에 있는 책 중에서 안 본 책이 없다시피 하니까 뭐라도 좀 배운 거죠. 그리스어나 라틴어, 프랑스어로 된 책만 아니라면 말예요. 그런 책들도 구별은 할 줄 압니다. 가난한 집안 딸한테 그 이상을 기대하는 것은 무리지요.

하지만 제가 시시콜콜 모든 이야기를 다 해주기를 원하신다면 어서 얘기를 계속하는 게 좋겠네요. 그럼 3년을 건너뛰는 대신 이듬해 여름으로 넘어가기로 하죠. 1778년 여름, 그러니까 거의 23년 전 일이군요.」

8

그해 6월의 어느 화창한 날 제가 난생처음 돌보게 된 아기, 유서 깊은 언쇼 가문의 어여쁜 마지막 자손이 태어났어요.

마침 제가 좀 멀리 떨어진 들판에서 건초를 손질하고 있는데, 아침밥을 날라 오던 하녀 애가 평소보다 한 시간 일찍 풀밭을 가로질러 샛길을 달려오면서 제 이름을 마구 불러 댔어요.

「어머나, 애기가 어쩜 그리도 잘났는지!」 그 애가 숨을 헐떡이며 말했지요. 「이 세상에 그렇게 잘생긴 사내애는 둘도 없을걸! 하지만 의사 선생님 말씀이 아씨는 가망이 없대. 폐병에 걸리신 지 벌써 여러 달째래. 힌들리 주인님께 그렇게 말씀하시더라고. 이젠 더 버틸 힘이 없으셔서 겨울이 오기 전에 돌아가실 거래. 당장 집에 가봐. 넬리 언니가 유모래. 설탕을 우유에 타 먹이면서 밤낮으로 돌봐야 된다고. 언닌 좋겠어. 주인마님이 안 계시니까 애기를 독차지할 수 있잖아!」

「그런데 마님이 그렇게나 많이 편찮으셔?」 제가 갈퀴를 내던지고 보닛 끈을 묶으며 물었어요.

「그런가 봐. 하지만 아주 기운이 넘쳐 보이긴 하셔.」 그 아이가 대답했어요. 「애기가 장성할 때까지 살 것처럼 말씀하시거든. 너무 좋아서 정신이 나간 것 같더라. 애기가 어찌나 예쁜지! 나라면 억울해서 절대 못 죽을 거야. 케네스 선생님이야 뭐라 하든 말든 애만 한 번 봐도 병이 낫겠더라. 그분 땜에 너무 화가 나. 아처 부인이 천사 같은 애기를 주인님께 데리고 갔거든. 애기를 보고 주인님 얼굴이 아주 환해지셨는데, 그 불평쟁이 영감이 그러는 거야. 〈언쇼, 부인이 여태 살아 이 아들이라도 남겨 줄 수 있으니 그나마 다행이네. 처음 오셨을 때 보니 오래 못 사시겠더군. 듣기 싫겠지만 말은 해주어야겠네. 아무래도 겨울을 못 넘길 거야. 그렇다고 너무 상심하거나 애태우지 말게. 자네 힘으로 어쩔 수 없는 일이 아닌가. 그렇게 가냘픈 처녀를 골랐으니까, 뭐, 더 신중하게 골랐어야지!〉」

「그래서 주인님은 뭐라셨는데?」 제가 물었어요.

「욕을 하셨겠지. 하지만 난 그쪽은 신경을 안 썼어. 애기를 보느라 정신이 하나도 없었거든.」 그 애는 다시 흥분해서 아기의 모습에 대해 말하기 시작했어요. 저도 그 애만큼이나 정신이 나가서 어서 아기를 보려고 서둘러 집으로 돌아갔지요. 힌들리를 생각하면 마음이 몹시 안 좋긴 했지만. 힌들리의 가슴 속엔 두 우상이 들어갈 자리밖에 없었습니다. 바로 아내와 자기 자신이죠. 힌들리는 두 사람을 맹목적으로 사랑했고 그중 하나를 숭배했는데 그녀가 이 세상에서 사라지면 어떻게 살 수 있을지, 상상도 못 할 정도였어요.

워더링 하이츠에 도착하니까 힌들리가 현관에 서 있었어요. 문으로 들어가면서 제가 애기는 어떠냐고 물었지요.

「당장이라도 일어나 뛰어다닐 거 같아, 넬!」 그가 명랑한 미소를 지으며 대답하더라고요.

「아씨는 어떠세요?」 제가 용기를 내서 물었지요. 「의사 선생님 말로는…….」

「망할 놈의 의사!」 힌들리가 얼굴을 시뻘겋게 붉히면서 제 말을 끊더라고요. 「프랜시스는 아주 쌩쌩해. 일주일이면 싹 다 나을걸. 위층으로 올라가는 거야? 가서 프랜시스한테, 아무 말도 안 하기로 약속하면 내가 들어갈 거라고 애기 좀 해 줄래? 도무지 입을 다물지 않으려 해서 방을 나와 버렸거든. 말을 안 하고 안정을 취해야 하는데 말야. 케네스 선생님이 안정을 취하랬다고 말 좀 해줘.」

제가 언쇼 아씨께 말씀을 전했지요. 그런데 워낙 기분이 좋으셔서 그런지 아주 명랑하게 대답하시더라고요.

「엘런, 난 거의 한마디도 안 했어. 그런데도 그이가 두 번이나 울면서 뛰쳐나가지 뭐야. 아무튼 내가 말 안 하기로 약속한다고 좀 전해 줘. 하지만 그이 꼴을 보고도 웃지 않는다는 약속은 못 하지!」

불쌍한 분! 돌아가시기 일주일 전까지도 계속 그렇게 명랑하게 지냈어요. 힌들리도 아씨의 건강이 나날이 호전되고 있다고 우겼고요. 아니, 포악스러울 정도였어요. 케네스 선생님이 병이 이 단계에 이르면 약이 소용없다고, 굳이 치료비를 들일 필요도 없다고 하니까 이렇게 대꾸했지요.

「그럼, 당연히 소용없지. 저 사람은 멀쩡하니까. 이제 당신 치료 따윈 필요 없어! 폐결핵에 걸린 적도 없다고. 그냥 열병에 걸렸다가 이제 다 나은 거야. 지금은 맥박도 나처럼 천천히 잡히고, 뺨도 안 뜨겁다고.」

주인님은 아씨께도 똑같이 말했고, 아씨도 믿는 거 같았어요. 하지만 어느 날 밤 주인님 어깨에 머리를 기댄 채 내일이면 털고 일어날 수 있을 것 같다고 말하더니 발작하듯 기침을 했는데, 그리 심한 편도 아니었어요. 주인님이 안아 일으켰고, 아씨는 주인님 목을 두 손으로 끌어안았지요. 그러더니 얼굴에서 핏기가 빠지면서 그냥 숨을 거뒀어요.

하녀 애가 얘기한 대로 아기, 헤어턴은 완전히 제 차지가됐어요. 주인님은 아기가 보기에 건강하고 우는 소리만 안 내면 신경을 안 썼어요. 하지만 본인은 점점 더 절망에 빠졌지요. 슬퍼하며 비탄에 잠긴 건 아니었어요. 울지도 기도하지도 않았고, 다만 운명에 저항하며 저주했어요. 하느님도 인간도 저주했고 무절제하고 방탕한 생활에 빠졌지요.

하인들은 주인님의 포악하고 악질적인 행동을 견뎌 내지 못하게 됐고요. 그래서 조지프하고 저만 남게 된 거죠. 전 제가 맡은 아기를 버릴 만큼 모질지 못했고, 더욱이, 주인님한텐 제가 누님이나 마찬가지였거든요. 그래서 다른 사람들보다는 주인님의 처신을 더 쉽게 용서했죠.

조지프는 소작인과 일꾼 들에게 거들먹거리는 게 낙인 인간이라 남았죠. 그리고 죄악이 넘치는 소굴에서 사람들을 책망하는 게 자기 소명이라고 생각하니까요.

주인님의 나쁜 행실과 불량한 친구들이 캐서린과 히스클리프에게 좋은 본보기가 되었다곤 할 수 없죠. 히스클리프를 어찌나 심하게 구박하던지 설사 당하는 사람이 성인이라도 종국에는 악마가 될 것 같았어요. 사실, 히스클리프 본인도 마치 악령 같은 것에 사로잡힌 것처럼 보였어요. 힌들리가 구제 불능으로 타락해 가는 모습을 보면서 오히려 희희낙락했고, 무뚝뚝하고 포악하기가 날로 더 심해졌어요.

얼마나 지옥 같았는지 몰라요. 반도 다 말하기 힘들 겁니다. 부제님도 발길을 끊었고, 캐시 아가씨를 찾아오는 에드거 린턴 외엔 점잖은 사람은 얼씬도 하지 않게 됐어요. 열다섯 살의 캐서린은 이 시골에선 여왕이나 마찬가지였죠. 군계일학이었는데, 거만하고 고집 센 아가씨가 됐지요! 사실 전 다 자랐을 때의 캐서린이 별로 마음에 안 들었어요. 캐서린의 오만함을 꺾어 보려다 화만 돋운 적도 많지요. 그래도 캐서린은 절 싫어하진 않았어요. 오랜 친구에 대한 충성심은 놀라울 정도였지요. 캐서린의 우정은 히스클리프한테도 변함이 없었고, 어느 모로 보나 히스클리프보다 나았던 린턴 도련님도 캐서린에게 그만큼 깊은 애정을 불러일으키진 못했어요.

바로 그분이 제 이전 주인 나리셨어요. 벽난로 위에 걸린 저 그림이 그분의 초상화예요. 원래는 저 초상화가 이쪽에 있었고 부인의 초상화는 저쪽에 있었는데 부인의 것은 떼어 갔어요. 안 그랬다면 그분의 모습을 엿볼 수 있으셨을 텐데요. 저기 저 초상화 보이세요?

딘 부인이 촛불을 들어 올리자, 인자한 얼굴, 하이츠에 있는 젊은 아씨와 무척 닮았지만 좀 더 수심 어리고 다정해 보이는 얼굴이 나타났다. 전체적으로 온화한 인상이었다. 금발의 긴 고수머리가 이마를 살짝 덮었고, 커다란 눈은 진지했으며, 용모는 지나치게 우아하다 싶을 정도였다. 캐서린 언쇼가 이런 남자 때문에 어린 시절의 친구를 잊었다는 사실은 놀랍지 않았다. 오히려 이런 인상을 풍기는 인물이 그에 어울리는 심성을 지녔다면 어떻게 내가 이해한 캐서린 언쇼라는 인물을 좋아할 수 있었는지가 신기했다.

「아주 보기 좋은 초상화군요.」 내가 가정부에게 말했다. 「실물하고 닮은 그림인가요?」

「네.」 그녀가 대답했다. 「하지만 활기가 있으실 때는 인물이 더 나았지요. 저건 평소의 모습이셨고요. 평상시에는 좀 기운이 없으셨어요.」

린턴가에서 5주를 보내고 온 캐서린은 이후에 그 집안사람들과 교제를 계속했어요. 그분들 앞에서 거친 행동을 보일 이유도 없었고, 한결같이 잘 대해 주는 분들에게 무례를 범하는 것은 부끄러운 일이라는 것을 알 만큼의 지각은 있었습니다. 그렇게 워낙 다정한 성격이다 보니 본의 아니게 린턴가의 마님과 어르신을 속인 꼴이 됐지요. 이저벨라는 캐서린을 엄청나게 존경했고, 이저벨라의 오빠는 캐서린을 자신의 심장이자 영혼으로 여기게 됐어요. 캐서린에겐 꽤 우쭐한 일이었는데, 워낙 야심만만한 성격이었으니까요. 그래서 누구를 속일 생각은 없었지만 결국은 이러한 이중성격이 몸에 밴 거죠.

캐서린은 그들이 히스클리프를 〈상스러운 깡패〉라거나 〈짐승보다 못한 놈〉이라고 부르는 소리를 듣고 그들 앞에선 히스클리프처럼 행동하지 않으려고 노력했어요. 하지만 집에서는 예의 바르게 행동해 봤자 비웃음만 사고, 성미를 죽여 봤자 인정도 칭찬도 못 받으니 제멋대로 행동했습니다.

에드거 도련님은 공공연히 워더링 하이츠를 방문할 용기는 없었어요. 언쇼의 평판에 겁을 집어먹고 가능한 한 안 마주치려고 한 거죠. 하지만 그 댁에선 에드거 도련님이 찾아오시면 항상 예의 바르게 대하려고 최선을 다했어요. 힌들리도 그가 왜 오는지를 알고 있었기 때문에 그의 기분을 거스르지 않으려고 노력했어요. 그리고 예의 바르게 행동할 자신이 없으면 그냥 자리를 피했죠. 캐서린은 그의 방문이 좀 불편했던 것 같아요. 술수를 쓰지 못하고 아양을 떨 줄도 모르니까, 두 친구인 에드거와 히스클리프가 마주치는 게 싫었던 거죠. 히스클리프가 면전에서 린턴에 대한 경멸을 표현해도 린턴이 없을 때는 반쯤 공감해 주었지만 있을 때는 그럴 수가 없었죠. 그리고 린턴이 히스클리프에 대해 혐오감과 적대감을 드러내면 히스클리프가 없을 때는 자신의 소꿉친구가 무시당하든 말든 상관없다는 듯이 굴었지만 있을 때는 그럴 수가 없었고요.

어쩔 줄 몰라 하면서 아무 말 못 하고 끙끙대는 캐서린을 보면 꽤 우스웠어요. 캐서린은 제가 놀릴까 봐 감추려고 했지만 제 눈엔 다 보였죠. 제가 좀 심술궂었다 할 수도 있는데, 캐서린이 워낙 오만한 성격이라 고생을 좀 해서 더 겸손해진다면 모를까, 그렇게 쩔쩔 매는 모습을 보면서 안됐다는 생각은 별로 안 들었어요.

그러다 마침내 캐서린이 솔직하게 속마음을 털어놓았어요. 저 말고는 조언을 구할 사람도 없었으니까요.

어느 날 오후 힌들리 주인님이 외출하자 히스클리프는 이참에 그날 일을 제껴 버리기로 작정했어요. 아마 히스클리프가 열여섯 살 때였던 것 같은데, 그는 못생기지도 머리가 나쁘지도 않았지만 희한하게도 지금과는 달리 내적으로나 외적으로나 다 혐오스러운 느낌을 풍겼어요.

무엇보다 어린 시절에 교육을 받아서 쌓았던 교양을 다 잃어버렸기 때문이지요. 새벽부터 밤중까지 고된 노동에 시달리느라 한때 가졌던 지적 호기심, 책이나 배움에 대한 열망이 다 죽어 버린 거예요. 언쇼 어른의 편애로 어린 시절에 누릴 수 있었던 우월감도 이미 퇴색해 버렸지요. 캐서린 수준으로 공부해 보려고 오랫동안 애를 썼지만, 결국은 쓰라린 회한을 삼키며 포기할 수밖에 없었어요. 일단 그렇게 되자 히스클리프는 철저히 포기했어요. 예전 수준보다 아래로 내려갈 수밖에 없음을 깨달은 이후에는 한 단계라도 수준을 높이려는 노력은 조금도 하려 들지 않았습니다. 그렇게 공부를 포기하니까 외모도 거기 맞춰서 변하더라고요. 걸을 때도 자세가 구부정해지고 표정도 천박해졌어요. 원래도 말수가 적었는데 침울한 표정으로 사람들을 상대하질 않으니, 완전 바보 천치처럼 보였죠. 그리고 몇 명 있지도 않은 주변 사람들을 자극해서 자신을 존중하긴커녕 혐오하게 하고는 오히려 음울한 즐거움을 누렸어요.

캐서린은 히스클리프가 들에서 일을 안 할 때는 계속 함께 놀았어요. 하지만 히스클리프는 캐서린이 좋다는 말은 안 하게 됐고, 캐서린이 아이 같은 애정의 손길을 건네도 그런 건 아무 의미도 없다는 걸 아는 것처럼, 진심일 리가 없다는 듯이 화를 내고 의심을 하면서 거부했죠. 아까 말한 그날 제가 드레스 입는 캐시 아가씨를 도와주고 있는데, 히스클리프가 집 안으로 들어오더니 오늘은 일을 안 할 거라고 선언했지요. 히스클리프가 농땡이를 부릴 줄 몰랐던 캐시는 자기 혼자 집에 있을 거라고 생각하고 에드거에게 오빠가 집에 없다고 기별하고 나서 고운 옷으로 갈아입으려던 참이었어요.

「캐시, 오늘 오후에 바빠?」 히스클리프가 물었죠. 「어디 외출해?」

「아니, 비가 오잖아.」 그녀가 대답했어요.

「그럼 왜 실크 드레스를 입는데?」 그가 말했죠. 「누가 오는 거 아니지?」

「내가 알기론 올 사람 없는데.」 아가씨가 말을 더듬었어요. 「하지만 넌 지금 밭에서 일할 시간이잖아, 히스클리프. 아침 먹은 지 벌써 한 시간이나 지났는데. 벌써 나간 줄 알았어.」

「힌들리가 항상 집구석에 버티고 있어서 우리가 자유롭게 놀 수가 없었잖아.」 히스클리프가 말했죠. 「오늘은 일 그만 하고 너랑 같이 있을래.」

「아, 그렇지만 조지프가 이를 텐데.」 그녀가 말했죠. 「어서 나가 일하는 게 나을 거야!」

「조지프는 페니스턴 절벽 근처에서 석회를 싣고 있어. 날이 저물 때까지 거기서 일할 테니까 절대 모를 거야.」

히스클리프가 그렇게 말하고는 벽난로 앞에 자리를 잡았어요. 캐서린은 잠시 이마를 찌푸린 채 생각에 잠겼어요. 이제 곧 쳐들어올 손님을 위해 장애물을 치우고 길을 열어야 한다는 점을 깨달은 거죠.

「이저벨라하고 에드거 린턴이 오늘 오후에 온다고 했었어.」 1분 정도 침묵이 흐른 뒤 캐서린이 말했어요. 「비가 오니까 안 올 것 같긴 한데, 혹시 올지도 몰라. 그런데 그 애들 오면 너 공연히 야단맞잖아.」

「엘런을 통해 바쁘다고 전하면 되잖아.」 히스클리프가 계속 고집을 부렸죠. 「그렇게 딱하고 한심한 애들을 상대하려고 날 쫓아내다니 말이 되냐! 나도 그 애들을 보면 때로 너한테 불만이…… 에이, 관두자…….」

「걔네들이 어때서?」 캐서린이 불안한 표정으로 히스클리프를 바라보며 항의했어요. 「아이, 넬리!」 캐서린이 머리를 흔들어 내 손을 떨치더니 성을 내며 말했어요. 「그렇게 빗으면 어떡해? 컬이 다 펴졌잖아! 됐어, 놔둬. 걔들이 무슨 문제가 있어서 불만이야, 히스클리프?」

「아무것도 아니야. 하지만 저기 벽에 걸린 달력 좀 봐.」 히스클리프가 창문 옆에 걸린 액자 속 달력을 가리키며 말했어요. 「가위표는 네가 린턴 식구들하고 저녁을 보낸 날이고, 동그라미 표시는 나하고 보낸 날이거든, 보여? 내가 매일 표시를 했단 말야.」

「그래, 보인다. 이게 무슨 바보 짓이야. 내가 저런 데 신경 쓸 거 같아!」 캐서린이 짜증 섞인 어조로 말했지요. 「그래, 그래서 어쩌려고?」

「난 신경이 쓰이거든. 그래서 너한테 알려 주려고 그랬지.」 히스클리프가 말했지요.

「그럼 내가 항상 너하고만 놀아야 된다는 거야?」 캐서린이 점점 더 짜증을 내며 따져 물었지요. 「그런다고 나한테 뭐가 좋은데? 네가 무슨 얘길 하는데? 날 재미있게 해준답시고 네가 하는 말이나 행동이나 다 멍청하고 유치하잖아!」

「전엔 나한테 말을 못 한다느니, 나랑 있는 게 싫다느니 한 적 없잖아, 캐시!」 히스클리프가 극도로 흥분해서 소리쳤지요.

「무식하고 말도 못하는 게 무슨 친구야.」 캐시가 중얼거렸어요.

히스클리프가 자리에서 벌떡 일어섰지만, 자신의 감정을 표현할 겨를은 없었어요. 말발굽이 진입로의 돌바닥을 때리는 소리가 들렸고, 곧 문을 가볍게 두드리면서 린턴 도련님이 들어왔으니까요. 뜻밖의 초대에 기뻐서 표정이 환했어요.

한 친구가 나가고 다른 친구가 들어오는 동안 캐서린은 틀림없이 두 사람의 차이를 의식할 수밖에 없었을 거예요. 우울하고 험한 탄광 지역에서 아름답고 비옥한 골짜기로 나온 것과 비슷하다고나 할까요. 린턴의 목소리와 인사도 외양만큼이나 히스클리프하고 대조적이었어요. 그도 록우드 어르신처럼 다정하고 조용조용히 말했으니까요. 그러니까 이 고장의 보통 사람들보다 훨씬 덜 투박하고 훨씬 더 세련된 말투였지요.

「내가 너무 일찍 온 거 아니지?」 린턴 도련님이 저를 보며 말했어요. 저는 접시들을 닦으며, 도련님과 아가씨한테서 먼 쪽의 장식장 서랍을 정돈하기 시작했어요.

「아니야.」 캐서린이 대답했어요. 「뭐 해, 넬리?」

「일하잖아요, 아가씨.」 제가 대답했지요(린턴이 혼자 오면 둘만 놔두지 말라고 힌들리 씨가 제게 신신당부를 하셨죠).

캐서린은 제 뒤로 다가오더니 화난 목소리로 속삭였어요. 「행주 갖고 당장 나가! 손님이 오셨는데 하인들이 손님 계신 방에서 뭘 닦고 문지르고 그러면 안 되지!」

「주인님이 안 계시니까 지금 해두어야 한단 말예요.」 제가 큰 소리로 대답했어요. 「집에 계실 때 제가 이런 거 닦고 문지르면 안 좋아하시거든요. 에드거 도련님은 이해해 주실 거예요.」

「오빠뿐만 아니라 내가 있을 때도 그렇게 부산 떨지 말란 말이야.」 아가씨가 손님에게는 말할 기회도 주지 않고 명령이라도 하듯 소리쳤어요. 히스클리프와 다툰 직후라 아직 흥분이 가시지 않은 상태였던 거죠.

「죄송합니다, 아가씨.」 저는 그렇게 대답하고 그냥 일만 열심히 했어요.

그랬더니 캐서린이 에드거가 못 볼 거라고 생각했는지 손에서 행주를 빼앗더니 제 팔을 힘껏 꼬집더군요.

앞서도 말씀드렸지만 그때 전 캐서린을 별로 좋아하지 않았고, 가끔씩 아가씨의 허영심에 화가 나 망신 주는 행위를 즐기는 편이었어요. 더욱이 꼬집힌 자리가 워낙 아팠기 때문에 이때다 하고 자리에서 일어나며 비명을 질렀지요.

「아니, 아가씨, 정말 너무하네요! 대체 무슨 권리로 저를 꼬집는 거예요? 저도 못 참겠다고요!」

「내가 너한테 언제 손을 댔다고 그래, 이 거짓말쟁이야!」 캐서린이 또 꼬집고 싶은 걸 간신히 참고 머리끝까지 화가 치민 나머지 귀까지 시뻘게져서 외쳤어요. 원래 자신의 감정을 잘 감추지 못했고, 화가 나면 불이 난 것처럼 얼굴이 온통 붉어졌으니까요.

「그럼 이건 뭔데요?」 제가 멍 자국을 들이대며 캐서린의 말을 정면으로 반박했지요.

캐서린은 발을 구르며 잠시 망설이더니 제 성질을 이기지 못하고 있는 힘을 다해 제 뺨을 갈겼어요. 어찌나 얼얼하던지 눈물이 핑 돌더군요.

「캐서린, 왜 그래! 캐서린!」 자신의 우상이 방금 저지른 두 가지 잘못, 그러니까 거짓말과 폭력에 엄청난 충격을 받은 린턴이 끼어 들었지요.

「당장 이 방에서 나가지 못해, 엘런!」 캐서린이 온몸을 부들부들 떨며 말했어요.

어디를 가든지 저를 졸졸 따라다녔고 당시 제 발치에 앉아 있던 어린 헤어턴이 제가 우는 모습을 보고 〈캐시 고모 나빠〉

하며 울음을 터뜨렸어요. 그러자 캐시의 분노는 불운한 어린 애한테까지 미쳐서, 캐서린은 불쌍한 헤어턴의 어깨를 잡고 마구 흔들어 댔어요. 그 바람에 아이 얼굴이 시퍼렇게 질려 버렸죠. 순간 에드거가 깜짝 놀라 아이를 구해 주려고 무심결에 캐서린의 두 손을 잡았는데, 캐서린이 순식간에 한 손을 들어 장난이라고는 할 수 없을 만큼 사나운 기세로 에드거의 뺨을 후려쳤어요.

너무나 놀란 에드거가 뒷걸음질을 쳤고, 전 얼른 헤어턴을 안아 들고 부엌으로 갔지만 두 방 사이의 문은 그냥 열어 뒀어요. 두 사람의 다툼이 어떻게 끝나는지 지켜보고 싶었거든요.

에드거는 모욕을 당한 즉시 낯빛이 창백해지고 입술을 덜덜 떨면서 자신이 벗어 놓은 모자 쪽으로 걸어갔어요.

「잘됐어!」 제가 중얼거렸죠. 「딱 알맞을 때 경고를 받은 거야, 어서 가요! 캐서린의 본성을 알게 돼서 다행이다 생각하세요.」

「어딜 가는 거야?」 캐서린이 문 쪽으로 가며 따지듯 물었어요.

에드거는 그냥 캐서린 옆으로 몸을 비키면서 나가려고 했지요.

「가면 안 돼!」 그녀가 힘주어 외쳤어요.

「가야 해. 갈 거야!」 그가 낮은 목소리로 대답했어요.

「안 돼.」 캐서린이 문손잡이를 고집스레 잡으며 말했어요. 「그냥은 안 돼, 에드거 린턴, 앉아. 그렇게 화를 내고 날 두고 가버릴 순 없어. 내가 밤새도록 비참할 텐데. 너 때문에 그런 기분으로 밤을 지새울 순 없단 말야!」

「너한테 얻어맞고도 그냥 있으란 말야?」 린턴이 물었지요.

캐서린은 아무 말도 못했어요.

「네가 무섭고 창피해.」 린턴이 계속했어요. 「다신 안 올 거야!」

캐서린의 눈이 눈물 때문에 빛나고 눈꺼풀도 깜빡깜빡했어요.

「게다가 부러 거짓말까지 했어!」 그가 말했다.

「아니야!」 그녀가 다시 말문이 터져 외쳤지요. 「부러 그런 건 아니야. 그래, 가고 싶으면 가! 난 울 테니까. 울다가 병이 날 때까지 울래!」

캐서린은 의자 옆에 무릎을 꿇고 털썩 무너져 진짜로 펑펑 울기 시작했어요.

에드거는 캐서린이 그러거나 말거나 마당으로 나갔어요. 하지만 차마 마당을 떠나지 못하고 망설이더군요. 그래서 전 제가 좀 도와야겠다고 생각했어요.

「아가씨 성격이 얼마나 제멋대론지 정말 끔찍하다고요, 도련님!」 제가 큰 소리로 말했죠. 「다른 응석받이들하고 하나도 다르지 않아요. 어서 돌아가시는 게 좋을 거예요. 안 그러시면 우리 속을 상하게 하기 위해서라도 병이 날 분이라고요.」

하지만 에드거는 워낙 순둥이라 창문 안쪽을 슬금슬금 들여다보더군요. 고양이가 반쯤 죽인 쥐나 반쯤 먹은 새를 그

120

냥 두고 떠날 수 없는 것처럼, 도저히 발걸음이 떨어지지 않는 듯했어요.

아, 하고 제가 생각했지요. 구제 불능이로구나. 이건 운명이야, 딱하기도 하지!

결국 그분이 갑자기 돌아서더니 다시 서둘러 집 안으로 들어가 문을 닫으셨어요. 한참 후에 술에 만취한 언쇼 서방님이 돌아올 터라 온 집안이 발칵 뒤집힐지 모른다는 사실(만취하면 그런 분위기였죠)을 알려 드리려고 거실로 가보니, 두 사람이 다투고 나서 오히려 더 가까워졌음을 알겠더군요. 싸움을 계기로 소년, 소녀 특유의 수줍음이라는 껍질을 깨고 우정이라는 가면을 벗어 던져 서로 사랑을 고백하게 됐더라고요.

린턴은 힌들리 씨가 곧 도착한다는 소식을 듣자마자 재빨리 말을 타러 갔고, 캐서린은 제 방으로 가버렸어요. 저도 서둘러 어린 헤어턴을 감췄고, 주인의 사냥총에서 총알을 뺐어요. 술에 취해 흥분한 상태가 되면 엽총으로 장난치기를 좋아했고 누가 조금만 자극하거나 너무 자주 눈에 띄기만 해도 위협을 했으니까요. 그래서 진짜로 총을 쏘더라도 별 해가 없도록 총알을 빼버린 거죠.

9

듣기에도 끔찍한 저주를 퍼부으며 힌들리가 집 안으로 들어왔어요. 저는 그의 아들을 부엌 찬장 속에 감추다가 들키고 말았어요. 헤어턴은 아버지의 야수 같은 애정이나 미치광이 같은 분노가 자신에게 쏟아질까 봐 완전히 겁에 질려 있었고요. 전자의 경우엔 너무 꽉 껴안고 입맞춤을 해대는 통에 죽을 지경이었고, 후자의 경우엔 벽난로나 벽에 내동댕이 쳐질 위험이 있었거든요. 그래서 불쌍한 아기는 제가 어디다 감추든 아주 조용히 숨어 있었죠.

「잘됐다, 마침내 찾았구나!」 힌들리가 개 목덜미라도 되는 양 제 목뒤를 잡아당기며 외쳤어요. 「천국과 지옥에 대고 맹세하지만, 너희가 내 자식을 죽이려고 아주 작정을 했구나! 그동안 왜 항상 얘가 안 보이나 궁금했는데 이제야 이유를 알겠어. 하지만 내가 사탄의 도움을 받아서라도 네 목구멍 속에 식칼을 쑤셔 넣고야 말겠다, 넬리! 웃을 일이 아니다. 방금 케네스를 블랙호스 늪에 거꾸로 처박아 놓고 온 길이니까. 한 놈 죽이나 두 놈 죽이나 얼마나 다르겠냐. 그러지 않아도 너희들 중에 몇 놈 죽여 버리고 싶던 참이야. 죽여 버리고 나면 비로소 발 뻗고 잘 수 있을 것 같다!」

「하지만 전 식칼은 싫은데요, 힌들리 서방님.」제가 대답했죠.「훈제 청어를 썰던 칼이잖아요. 정 죽이고 싶으면 차라리 총으로 쏴주세요.」

「차라리 지옥으로 떨어지는 편이 나을걸!」그가 말했지요.「좋아, 죽여 주마. 잉글랜드에선 집안 단속하는 주인을 막는 법이 없으니까. 그런데도 우리 집은 아주 엉망진창이란 말야! 입을 벌려라.」

그가 손으로 칼을 집어 들고 내 위아래 이 사이로 칼끝을 밀어 넣었어요. 전 사실 힌들리의 엉뚱한 짓거리가 무서웠던 적은 없어요. 그때도 그냥 침을 뱉으면서 맛이 고약하다고 말했지요. 무슨 이유로든 그런 걸 먹을 수는 없다고요.

「아하!」힌들리가 저를 놓아 주며 말했어요.「저 흉측한 꼬마 악당은 헤어턴이 아니군. 미안해, 넬리. 만일 헤어턴인데 아버지를 반갑게 맞이하기는커녕 요괴라도 본 것처럼 비명을 질렀다면 산 채로 가죽을 벗겨 마땅하지. 이 이상한 짐승 새끼, 당장 이리 오너라! 너그럽고 속기도 잘 하는 아버지를 무시하면 어떻게 되는지 가르쳐 줄 테니. 그런데 이 애 귀때기를 잘라 주면 더 보기 좋지 않을까? 개는 그렇게 하면 더 사나워 보이는데, 난 사나운 놈을 좋아하거든. 가위를 가져와라. 사납고 단정한 게 좋으니까! 더욱이 귀때기를 아끼는 짓은 돼먹지 않은 허세야. 우리는 어차피 귀 따위 없어도 빌어먹을 개자식이잖아. 쉿, 아가야, 쉿! 그렇지, 내 아들이라면

123

당연히 그래야지! 저런, 눈물을 닦아라. 착하지. 아빠에게 뽀뽀하고, 뭐라고! 뽀뽀 안 한다고? 뽀뽀해, 헤어턴! 맙소사, 이런 괴물 같은 놈을 내가 키워 주나 봐라! 두고 봐, 내가 저놈의 목을 분질러 버리고야 말 테니.」

불쌍한 헤어턴은 아버지의 팔에 안긴 채 있는 힘을 다해 악을 쓰고 울고 불며 발버둥을 쳤어요. 아버지는 아이를 안고 2층으로 데려다가 층계 난간 위로 들어 올렸고, 그러자 헤어턴의 비명이 곱절로 커졌지요. 저는 애가 경기하겠다고 소리치면서 애를 구해 주려고 달려갔어요.

「누가 오는 거지?」 힌들리가 계단 아래쪽으로 다가오는 발걸음 소리를 듣고 물었어요.

듣자 하니 히스클리프의 발걸음 소리라 제가 더 가까이 오지 말라고 경고해 주려고 난간 위로 몸을 내밀었어요. 그런데 제가 눈을 뗀 순간, 아차, 발버둥을 치고 있던 헤어턴이 힌들리의 헐거운 손아귀에서 놓여났는지 층계 난간 아래로 떨어졌어요.

전 순간 공포에 사로잡혔지만, 곧 불쌍한 아이한테 아무 탈도 없다는 사실을 깨달았지요. 절체절명의 순간에 히스클리프가 난간 바로 아래서 본능적으로 떨어지는 아이를 받아 내려놓고, 누가 그런 사고를 쳤는지 확인하려고 위를 올려다보더라고요.

자신의 복권이 당첨될지를 모르고 5실링에 팔았는데, 다음 날 자신이 5천 파운드나 손해 봤다는 것을 깨달은 구두쇠의 표정도 위층에 있는 언쇼 주인님의 모습을 목격하고 히스클리프가 지은 표정보다 더 허망하지는 않았을 거예요. 제 손으로 자신의 복수를 방해했다는 깨달음에서 오는 너무나 강렬한 고통을 1백 마디 1천 마디 말보다 더 확실히 표현하는 표정이었어요. 만일 어두운 곳에 있었더라면 틀림없이 헤어턴의 머리를 계단으로 내던져서 방금 저지른 실수를 만회하려고 했을 겁니다. 하지만 우리가 아이의 구조 현장을 목격해 버린 거죠. 전 부리나케 뛰어 내려가 아기를 가슴에 꼭 품어 주었어요.

힌들리는 이제 술이 좀 깼는지 당황한 표정으로 천천히 아래층으로 내려왔어요.

「너 때문이야, 엘런.」 그가 말했어요. 「애를 내 눈에 안 띄게 했어야지. 내가 못 데리고 있게 빼앗았어야지! 어디 다친 데는 없냐?」

「다친 데가 없냐고요!」 제가 화가 나서 악을 썼지요. 「이러다간 애가 죽지 않으면 바보가 돼버리겠어요! 오! 애어머니가 주인님이 아들한테 하는 행동을 보면 무덤에서 벌떡 일어나겠네요! 예수 믿는다는 인간이 이게 다 무슨 짓이야. 자기 자식한테 누가 그렇게 하냐고요?」

무서워 울던 아이는 내 품에서 눈물을 그치고 있었는데, 그 모습을 본 힌들리가 다시 빼앗으려고 손을 내밀었어요. 하지만 아이는 아버지의 손끝이 몸에 닿자마자 더 크게 비명을 질렀고, 자지러질 것처럼 발버둥을 쳤습니다.

「애한테 손대지 마세요!」 제가 말을 이었지요. 「앤 주인님 싫어해요. 다들 주인님을 싫어한다고요. 그게 사실이에요!

참 행복도 한 가정이네요. 아주 볼만해요!」

「지금보다 더 볼만해질걸 넬리!」 그 못된 인간은 다시 매정한 사람이 되어 껄껄 웃었어요. 「일단 지금은 앨 데리고 꺼져라. 그리고 너도 들어, 히스클리프! 너도 내 눈에 안 보이고 내 귀에 소리가 안 들리는 데로 꺼져 버려. 오늘 밤은 안 죽일 테니까. 내가 집에 불이라도 싸지른다면 몰라도. 뭐 그것도 내 마음이다.」

그는 이렇게 말하는 동안에도 찬장에서 반 리터짜리 브랜디 술병 하나를 꺼내 잔에 따랐어요.

「아이, 안 돼요!」 제가 애원했지요. 「서방님, 방금 깨닫지 못했어요? 본인은 어떻게 되든 상관없다 쳐도 이 불쌍한 아기를 생각해서라도 제발 그러지 마세요!」

「누가 갤 돌보더라도 나보다는 낫겠지.」 그가 대답했어요.

「본인의 영혼도 생각해야죠!」 제가 그의 손에 있던 잔을 빼앗으려 하면서 말했어요.

「천만의 말씀! 차라리 내 영혼을 지옥으로 보내서 이딴 걸 만든 조물주를 혼내 주는 편이 훨씬 더 재미있을걸.」 그가 불경스럽게 외쳤어요. 「내 영혼의 지옥행을 위해 건배!」

그는 술을 마시며 우리에게 당장 꺼지라고 난리를 쳤어요. 나가라는 말끝에는 여기서 다시 말하거나 기억하기에도 너무 끔찍한 악담을 마구 내뱉었지요.

「죽어라 술을 퍼마시는데도 죽질 못하니 안됐어.」 문이 닫히고 나서 히스클리프가 힌들리의 저주를 이으며 중얼거렸어요. 「죽고 싶어 환장을 하는데도 체질이 안 따라 준단 말이야. 케네스 선생이 저 새끼가 기머턴 이쪽 마을에서 제일 오래 살 거라고 하더니. 백발이 될 때까지 죄를 짓다가 죽는 데 자기 암말을 걸겠다고 하더라고. 어쩌다 운이 좋아 사고라도 나면 모를까.」

저는 부엌에 가 앉아 제 어린양을 재우려고 다독였지요. 전 그때 히스클리프가 부엌을 지나 헛간 쪽으로 갔다고 생각했어요. 하지만 나중에 보니 방 저편의 나무 장의자 뒤에서 걸음을 멈췄나 봐요. 벽난로에서 먼 쪽 벽에 붙여 놓은 장의자에 털썩 누웠던 거예요.

저는 헤어턴을 무릎에 올려놓고 앞뒤로 흔들어 주면서 나직하게 자장가를 불러 주었어요.

밤이 깊어 가고 아기가 울면
땅 아래 무덤 속 엄마가 듣네.

그때 위층 자기 방에서 이런 악다구니를 다 듣고 있던 캐시 아가씨가 부엌으로 고개를 들이밀며 속삭였어요. 「혼자 있어, 넬리?」

「예, 아가씨.」제가 대답했지요.

아가씨는 부엌에 들어서더니 벽난로 쪽으로 다가왔어요. 무슨 말을 하려나 보다 싶어 고개를 들었더니 심란하고 근심에 찬 표정이더군요. 무슨 할 말이 있는지 입술이 반쯤 벌어져 있었고요. 그런데 숨을 들이쉬더니 말을 하는 게 아니라 한숨을 쉬더군요.

저는 낮에 캐시한테 당했던 일이 여전히 기억에 생생했기 때문에 그냥 모른 체하고 자장가를 다시 불렀어요.

「히스클리프는 어디 있어?」아가씨가 제 노래를 끊으며 물었어요.

「마구간에서 일하겠죠.」제가 대답했어요.

히스클리프는 아니라고 말하지 않았어요. 아마 깜빡 졸았는지도 모르지요.

그런 뒤 한참 침묵이 흘렀는데, 캐서린의 뺨에서 눈물이 방울방울 떨어지더군요.

〈아까 했던 창피스러운 행동을 사과하려는 건가?〉저는 자문했죠. 〈이런 적이 없었는데. 아무튼 그러거나 말거나. 그래도 사과를 하려면 제대로 해야지. 어쨌든 난 도와줄 생각 없어!〉

아니었어요. 아가씨는 자신의 관심사가 아니면 조금도 신경 쓰지 않았으니까요.

「아이, 참!」마침내 캐서린이 외쳤어요.「난 너무 불행해!」

「안됐네요.」제가 말했죠.「친구도 많고 딱히 걱정거리라고 할 것도 없는데 만족을 못 하니!」

「넬리, 내 비밀 좀 지켜 줄래?」아가씨가 내 옆에 무릎을 꿇고 앉아서 물었어요. 그렇게 어여쁜 눈을 들어 얘기하면 당연히 화를 내야 할 때조차도 그런 사실을 잊게 되더라고요.

「지킬 가치가 있는 비밀이에요?」제가 조금 누그러져서 물었어요.

「그럼. 그런데 마음이 너무 괴로워서 말을 해야만 하겠어! 어떻게 해야 할지 알고 싶어. 오늘 에드거 린턴이 청혼을 했고 내가 답을 했거든. 내가 어떻게 했어야 옳았던 건지 네가 먼저 이야기해 봐. 그럼 내가 승낙했는지 거절했는지 말해 줄게.」

「세상에, 아가씨, 제가 그걸 어떻게 알아요?」제가 대답했죠. 「하지만 아까 그분한테 보인 추태를 생각하면 거절하는 게 현명했을 거라고 생각해요. 그런 꼴을 당하고도 청혼을 했다면 대책 없는 멍청이이거나 무모한 바보일 테니까.」

「그런 식으로 나오면 더 말 안 할래.」캐서린이 짜증난 목소리로 대꾸하며 일어섰어요. 「내가 승낙했거든, 넬리. 내가 잘했는지 잘못했는지 빨리 말해 줘.」

「승낙했어요? 그럼 이제 와서 이러쿵저러쿵해 봐야 뭐 해요? 약속을 해서 물릴 수도 없는데.」

「그렇지만 내가 잘했는지 그렇지 않은지 말해 줘. 제발!」 캐서린이 성질난 목소리로 외쳤어요. 양손을 비비고 미간을 찌푸린 채 말예요.

「그런 질문에 올바로 대답하려면 생각할 게 아주 많아요.」 제가 훈계 조로 말했지요. 「우선, 에드거 도련님을 사랑하세요?」

「누군들 안 그럴까? 물론 사랑하지.」캐서린이 대답했어요.

그래서 저는 캐서린과 교리문답이라도 하듯 다음과 같이 대화했죠. 스물두 살 처녀치곤 제법 사려 깊은 질문을 했던 것 같아요.

「왜 사랑하는데요, 아가씨?」

「무슨 소리야, 그냥 사랑하지. 그거면 됐잖아.」

「천만에요. 이유를 말씀하셔야죠.」

「글쎄, 잘생겼고 함께 있으면 좋으니까.」

「틀렸어요.」 이것이 제 평가였어요.

「또 젊고 명랑하니까.」

「그것도 틀렸어요.」

「그리고 그 사람이 날 사랑하니까.」

「그저 그렇군요. 계속해 봐요.」

「그리고 또 그는 부자가 될 테고, 나는 인근에서 가장 지체 높은 마님이 되는 것도 괜찮아. 그런 남편이랑 살면 자랑스럽기도 할 거야.」

「최악이네요! 그럼 이제, 아가씨가 도련님을 얼마나 사랑하는지 말해 봐요.」

「다른 사람들만큼 사랑하지. 그런 바보 같은 질문이 어딨어, 넬리.」

「바보 같다니요. 제대로 대답해 봐요.」

「그이 발밑의 땅과 머리 위의 공기와 그이가 만지는 모든 것과 그이가 하는 모든 말을 사랑해. 그이의 모든 표정과 모든 행동과 그이의 전부를 사랑해. 자, 됐지!」

「그런데 왜 그렇게 사랑하죠?」

「맙소사. 지금 장난치는 거야? 진짜 못됐다! 난 심각하단 말야!」 아가씨가 얼굴을 찌푸리고 벽난로 쪽으로 고개를 돌리면서 말했어요.

「절대 장난 아니에요, 아가씨.」 제가 대답했죠. 「잘생기고 젊고 명랑하고 돈이 많고 또 아가씨를 사랑해 주니까 도련님을 사랑한다고 했잖아요. 그런데 마지막 이유는 아무런 의미도 없어요. 아마 안 그래도 사랑할걸요. 그리고 그분이 아가씨를 사랑한다고 해도, 앞의 네 가지 매력적인 조건이 없다면 아가씨는 그분을 사랑하지 않을 테고요.」

「맞아, 그렇겠지. 그냥 동정하겠지. 만일 못생기고 멍청한 사람이라면 싫어할 테고.」

「하지만 이 세상에는 잘생기고 돈 많은 젊은 남성이 아주 많아요. 그분보다 더 잘생기고 더 돈이 많은 사람도 있을 수 있죠. 그렇다면 왜 그분들은 사랑하지 않는데요?」

「그런 사람들이 더 있다 해도 내 주변엔 없잖아. 에드거 같은 사람은 한 번도 만난 적이 없다고.」

「그렇지만 앞으로 만날지도 모르잖아요. 그리고 에드거 도련님도 항상 잘생기고 젊지는 않으실 테고, 언제까지나 부자로 살 수는 없을지도 모르잖아요.」

「지금은 그렇잖아. 그리고 중요한 것은 오직 현재 상황이지. 좀 이치에 맞는 소리를 해봐.」

「글쎄요, 그럼 됐네요, 뭐. 지금만 중요하다면, 린턴 도련님과 결혼하세요.」

「넬리, 네 허락을 받겠다는 얘기가 아니잖아. 그와 결혼은 할 거라고. 하지만 내 결정이 올바른지 그렇지 않은지를 말하라는 거야.」

「아주 올바른 결정이죠. 지금 상황만 보고 결혼하는 게 옳다면. 그런데, 도대체 왜 불행하신지 말씀 좀 해보세요. 오라버니도 좋아할 텐데요. 그 댁 마님과 어르신도 반대하지 않으실 테고. 아가씨도 어수선하고 불편한 집을 떠나 지체 높고 돈 많은 댁으로 가고. 그리고 아가씨는 도련님을 사랑하고 도련님도 아가씨를 사랑하고. 만사 원만하고 순탄한데요. 도대체 뭐가 문제라는 거예요?」

「여기! 그리고 여기도!」 캐서린이 한 손으로는 이마를, 다른 손으로는 가슴을 치며 대답했어요. 「어디인지는 모르겠지만 내 영혼이 있는 곳에서, 영혼인지 마음인지 모를 곳에서 내가 잘못된 결정을 내렸다고 말하고 있어.」

「참 이상하네요! 전 이해가 안 되는데요.」

「이건 내 비밀이야. 하지만 나를 비웃지 않는다고 약속하면 내가 설명해 볼게. 정확하게 설명할 순 없지만 무슨 느낌인지는 알 수 있을 거야.」

캐서린은 다시 제 옆에 앉았지요. 표정이 점점 더 슬퍼지고 어두워졌고, 마주 잡은 손도 떨렸습니다.

「넬리, 이상한 꿈 꾼 적 없어?」 몇 분 동안 생각에 잠겨 있던 캐시가 갑자기 말했어요.

「그럼요, 가끔 꾸죠.」 제가 대답했어요.

「나도 그래. 그런 꿈은 이후에도 오랫동안 머릿속에 남아 내 생각을 바꾸어 놓았어. 물에 부은 포도주처럼 내 안에서 퍼져 나가 마음의 빛깔을 바꾸어 놓았거든. 이번 꿈도 그래. 이제 얘기해 줄게. 하지만 내 얘기를 들으면서 절대 웃으면 안 돼.」

「아이! 얘기하지 마세요, 아가씨!」 제가 외쳤지요. 「지금도 충분히 음산하잖아요. 굳이 그놈의 유령과 환상을 불러내지 않더라도 우린 지금도 충분히 음산하다고요. 자, 자, 명랑하게, 평소의 아가씨답게 생각하세요! 헤어턴 아기를 봐요. 저 애는 울적한 꿈 같은 건 아예 안 꾸잖아요. 어쩌면 저렇게 예쁘게 미소를 지으면서 잘까!」

「맞아. 그런데 쟤 아빠는 혼자 앉아서 또 얼마나 멋지게 욕을 하는지! 넬리는 기억할 테지, 오빠도 저 포동포동한 애처럼 귀여운 아기일 때가 있었다는 걸. 저 아이처럼 어리고 순진하던 때를 말야. 하지만, 넬리, 내 말을 들어 줘야 돼. 길지 않아. 오늘 밤엔 어차피 명랑한 척할 기운도 없어.」

「안 들을래요, 안 듣는다고요!」제가 황급하게 반복했어요.

저는 그때나 지금이나 꿈에 대한 미신이 있거든요. 그런데 캐서린은 그날 특히 더 어두워 보여서 이야기를 들었다간 끔찍한 재앙을 예감하게 될 것 같더라고요. 끔찍한 파국에 대한 예감 말예요.

캐서린은 좀 화가 나 보였지만, 뭐라고 하진 않았어요. 하지만 얼핏 딴소리를 하는 것처럼 곧 말을 이었어요.

「내가 천국에 간다면, 넬리, 정말 너무 비참할 거야.」

「자격이 안 되니까요.」제가 대답했죠. 「죄인들은 천국에 있으면 다 비참할 거예요.」

「하지만 꼭 그래서는 아니야. 한번은 내가 천국에 있는 꿈을 꿨거든.」

「아가씨 꿈 얘기는 안 듣는다니까요! 어서 자러 갈래요.」제가 다시 말을 막았지요.

캐서린은 웃으며 저를 붙들어 앉혔어요. 제가 의자에서 일어나려고 했거든요.

「별거 아니야.」 캐서린이 외쳤지요. 「그냥 천국이 내 집 같지가 않더라는 이야기였어. 그래서 내가 세상으로 돌아오고 싶다며 가슴이 터지도록 엉엉 울었거든. 그러니까 화가 난 천사들이 날 워더링 하이츠 꼭대기 들판 한복판으로 던져 버렸어. 난 너무 기뻐서 엉엉 울면서 깨어났지. 다른 꿈 이야기는 하지 않아도 이 꿈이 내 비밀을 설명할 수 있을 거야. 나는 천국에 살면 안 되는 사람이듯, 에드거 린턴과 결혼할 사람도 아닌 거지. 저 방에 있는 고약한 오빠가 히스클리프를 저렇게 천하게 만들지만 않았더라도 난 그런 결혼은 생각도 안 했을 거야. 이젠 내가 히스클리프하고 결혼하면 나도 천해지잖아. 그러니까 히스클리프는 내가 얼마나 자길 사랑하는지 알면 절대 안 돼. 그리고 난 히스클리프가 잘생겨서가 아니라, 넬리, 히스클리프야말로 나보다 더 나 자신이기 때문에 사랑하는 거야. 우리 영혼의 재료가 무엇인지는 모르지만, 히스클리프와 내 영혼은 같은 것으로 만들어졌어. 린턴의 영혼은 우리 영혼과는 전혀 달라. 달빛과 번개가 다르고 서리와 불이 다른 것처럼 말야.」

캐서린이 일장 연설을 마치기 전, 저는 히스클리프가 부엌에 있다는 사실을 깨달았어요. 누군가 움직이는 기척이 느껴져서 고개를 돌려 보니 장의자에서 일어난 히스클리프가 조용히 밖으로 나가고 있더라고요. 캐서린이 히스클리프와 결혼하면 자신도 천해진다고 말한 데까지만 듣고 나간 거였어요.

마룻바닥에 앉아 있던 캐서린은 높은 의자 등받이에 시야가 가려져 있어서 히스클리프가 부엌에 있었다는 것도, 밖으로 나갔다는 것도 깨닫지 못했죠. 하지만 저는 깜짝 놀라서 캐서린의 말을 막았어요.

「왜?」 캐서린이 불안하게 주위를 둘러보며 물었어요.

「조지프가 왔어요.」 때마침 길에서 조지프의 수레바퀴 소리가 들리기에 제가 대답했죠. 「히스클리프도 같이 들어올 거예요. 어쩌면 벌써 문 앞까지 왔는지도 모르죠.」

「아, 괜찮아. 문밖에선 안 들릴 테니까!」 캐서린이 말했어요. 「내가 헤어턴 봐줄 테니 저녁이나 준비해. 준비되면 나랑 같이 먹자. 난 내 불안한 양심을 속여서라도 히스클리프가 이런 내 마음을 전혀 모른다고 믿고 싶어. 그 애는 모르겠지? 사랑한다는 게 뭔지 모르겠지?」

「아가씨는 아는데 왜 히스클리프는 몰라야 한다는 거예요?」 제가 대답했죠. 「그런데 히스클리프가 아가씨를 사랑한다면 이 세상에서 그 애보다 더 불행한 사람은 없을걸요! 아가씨가 린턴 부인이 되는 순간 친구도 사랑도 다 잃을 테니까! 그렇게 헤어지면 아가씨 자신이 어떻게 견딜지, 세상에 혼자 남을 히스클리프는 또 어떻게 견뎌 낼 수 있을지 생각해 봤어요? 왜냐하면, 캐서린 아가씨……」

「히스클리프가 혼자 남고, 우리가 헤어진다니 무슨 말이야!」 캐서린이 분개하며 말했죠. 「대체 누가 감히 우리를 떼어 놓는다는 거야? 그런 작자가 있다면 밀로의 운명[2]을 맞게 될 거야! 내 목숨이 붙어 있는 한, 엘런, 누구도 우릴 떼어 놓을 순 없어. 린턴 집안의 사람이 이 세상에서 모두 녹아 없어 질 때까지 내가 히스클리프를 버리는 일은 없을 거야. 아니, 전혀 그럴 생각 없어. 그렇게 하려는 게 절대 아냐! 그런 희생 을 치러야 한다면 린턴 마님이 되지 않을 거야! 히스클리프 는 언제나 그래 왔듯이 앞으로도 계속 내 친구로 남아 있을 거야. 에드거는 아무리 히스클리프가 싫더라도 반감을 이기 고 걔를 참아 줘야 해. 히스클리프에 대한 내 진심을 안다면 그렇게 할 거야. 넬리, 이제 보니까 날 아주 이기적이고 나쁜 애라고 생각하는 거 같은데, 내가 만일 히스클리프하고 결혼 한다면 우리가 알거지가 된다는 거 생각해 봤어? 하지만 내 가 린턴하고 결혼하면 히스클리프가 잘되도록 도와주고 오 빠의 손아귀에서 벗어나게 해줄 수 있잖아.」

「남편 돈으로 그렇게 한다고요, 아가씨?」 제가 물었죠. 「에 드거라고 해서 아가씨 생각처럼 그렇게 호락호락 말을 들어 주지는 않을 겁니다. 그리고 제가 옳네 그르네 할 일은 아니 지만, 그건 아가씨가 린턴 도련님과 결혼하려는 이유 중에서 도 가장 나쁜 거라고 생각해요.」

「안 그래.」 캐서린이 반박했죠. 「가장 좋은 거야! 다른 이 유들은 그냥 내 기분에 따른 것이기도 하고 에드거를 위한 것이기도 해. 하지만 이건 에드거와 나 자신에 대한 내 감정 을 온몸으로 이해하는 사람을 위한 거란 말야. 이걸 어떻게

2 밀로는 기원전 6세기 그리스의 운동선수로, 갈라진 나무 기둥을 반으로 쪼개 자신의 힘을 자랑하려다가 손이 나무 틈새에 끼는 바람에 짐승의 밥이 되었다고 알려져 있다.

표현해야 할지 잘 모르겠어. 하지만 너도 그렇고 모든 사람은 자기를 넘어선 자기가 있을 뿐 아니라 또 있어야만 한다고 생각하잖아. 내가 이 한 몸에만 존재한다면 이 세상에 창조된 게 무슨 의미가 있겠어? 이 세상에서 내가 느끼는 가장 큰 고통은 바로 히스클리프의 고통이야. 나는 히스클리프가 느끼는 고통을 처음부터 하나하나 다 지켜보고 함께 느꼈어. 살아오면서 내가 가장 많이 생각한 대상이 히스클리프야. 모든 것이 멸망하더라도 그가 있다면 나도 여전히 사는 거야. 반면 모든 것이 남아 있더라도 히스클리프가 없어진다면, 온 세상이 막막하고 낯선 곳으로 변할 거야. 내가 이 세상의 일부라는 느낌도 들지 않을 거야. 린턴에 대한 내 사랑은 숲속의 나뭇잎 같은 거야. 시간에 따라 변하는. 겨울이 오면 나무가 변하는 것처럼 말야. 나는 그걸 잘 알고 있어. 하지만 히스클리프에 대한 내 사랑은 나무 아래 있는 영원히 변치 않는 바위 같아서, 눈에 띄는 즐거움을 주지는 않지만 꼭 필요한 거야. 넬리, 내가 바로 히스클리프야. 히스클리프는 항상, 항상 내 마음속에 있어. 내가 항상 나로 인해 즐겁지는 않듯이 히스클리프도 항상 나에게 즐거움을 주진 않지. 하지만, 그 애는 항상 나 자신으로 있어. 그러니까 다시는 우리가 헤어지느니 마느니 하지 마. 그건 있을 수 없는 일이야, 그리고……」

캐서린은 말을 멈추고 제 옷자락에 얼굴을 묻었어요. 하지만 전 그녀 얼굴을 세게 밀쳤어요. 캐서린의 어리석은 소리를 더는 참아 줄 수 없었거든요!

「아가씨가 한 터무니없는 소리를 들어 보니,」제가 말했지요. 「아무래도 아가씨가 결혼한 사람의 의무를 전혀 이해하지 못하고 있는 게 틀림없어요. 아니면 아주 부정하고 방종하기 짝이 없는 사람이거나. 하지만 저도 괴로우니 더 이상 비밀이니 어쩌니 하는 이야기는 하지 마세요. 비밀 지켜 준다고 약속 못 하겠으니까.」

「그래도 약속 지켜 주겠지?」그녀가 다짐하듯 물었어요.

「아니요, 약속 안 해요.」제가 다시 말했지요.

캐서린이 다시 제게 다짐을 시키려 하던 차에 조지프가 부엌으로 들어와서 우리 대화는 끝이 났지요. 캐서린은 한쪽 구석으로 물러나 헤어턴을 봐주었고, 전 저녁을 준비했어요.

식사가 다 준비된 다음엔 조지프와 제가 누가 힌들리 주인님께 식사를 가져갈지를 놓고 다퉜는데, 결정을 못 해서 음식이 식을 지경이었죠. 한참 동안 혼자 있던 주인님 앞에 가는 건 특히나 끔찍한 일이라서, 결국은 본인이 저녁을 내오라고 할 때까지 그냥 두기로 합의를 봤어요.

「근데 왜 들판에서 아직까지 안 오지? 뭐 하고 있는 거야, 이 게을러빠진 자식?」히스클리프가 어디 있는지 둘러보면서 조지프가 욕했어요.

「내가 가서 찾아볼게요.」제가 대답했지요. 「분명히 마구간에 있을 거예요.」

그런데 마구간에 가서 히스클리프의 이름을 불러도 아무런 대답이 없었어요. 그래서 그냥 돌아와 히스클리프가 틀림없이 그녀의 말을 상당히 많이 엿들은 거라고 캐서린에게 말해 줬지요. 오빠의 처사가 부당하다고 캐서린이 불평할 때 일어나서 부엌을 나가는 히스클리프가 보였다고요.

캐서린은 너무 놀란 나머지 헤어턴을 던지다시피 장의자에 내려놓으며 벌떡 일어났어요. 그리고 자신이 그렇게 당황한 이유나 자신의 말이 히스클리프에게 준 영향을 생각해 볼 겨를도 없이 당장 히스클리프를 찾으려고 밖으로 뛰어나갔어요.

캐서린이 아주 오랫동안 안 돌아오자 조지프는 이제 그만 기다리고 밥을 먹자고 하더군요. 조지프는 캐서린과 히스클리프가 긴 식전 기도를 안 들으려고 일부러 안 온 거라며 약삭빠르게 짐작을 했어요. 「행실이 워낙에 나쁜 애들이니깐.」 조지프가 이렇게 단언했지요. 그리고 고기 접시를 앞에 놓은 채 평소처럼 15분 기도를 한 뒤엔 그들을 위한 특별 기도까지 하더라고요. 이 기도 끝에 기도를 또 하나 덧붙이려고 하는데, 캐서린이 뛰어들어 오더니 조지프에게 어서 나가서 아무리 멀리 가게 되더라도 히스클리프를 꼭 찾아서 당장 집으로 데려오라고 지시했어요!

「나, 히스클리프와 이야기를 하기 전엔 못 자. 꼭 얘길 해야 된다고.」 아가씨가 말했죠. 「대문이 열려 있던데. 아무래도 히스클리프가 우리 목소리가 안 들리는 데 있는 게 틀림없어. 내가 축사 꼭대기로 가서 있는 힘을 다해 불렀는데도 대답이 없더라고.」

조지프는 일단 안 한다고 우겼어요. 하지만 캐서린이 워낙 막무가내라 더 버틸 수가 없었죠. 그래서 결국 모자를 쓰고 툴툴거리며 밖으로 나갔어요.

그러는 사이에도 캐서린은 복도를 오락가락 서성대며 외쳤어요. 「대체 어디 있는 거지? 대체 어디까지 간 거야? 내가 무슨 말을 했지, 넬리? 기억도 안 나. 내가 오늘 낮에 성질을 부려서 화났나? 세상에! 내가 대체 무슨 말을 했길래 그렇게 기분이 상한 걸까, 말해 줘. 히스클리프가 꼭 돌아와야 해. 꼭 돌아와야 한다고!」

「별일도 아닌데 웬 소동이에요!」 저도 좀 불안하긴 했지만 일단 그렇게 큰소리를 쳤지요. 「아주 걱정도 팔자라니까! 황야에서 달빛 아래 돌아다니든, 우리랑 말 섞기 싫어 건초 다락에 드러누워 있든, 무슨 대단한 일이라고 야단이에요. 분명히 거기 숨어 있을 거예요. 제가 가서 꼭 데려올게요!」

제가 나가서 찾아봤지만 결과는 실망스러웠고, 조지프의 수색도 마찬가지였어요.

「이놈이 점점 더 불량해지네!」 조지프가 들어오며 말했어요. 「문을 활짝 열어 놓고 나가서, 아가씨의 말이 작물을 두 이랑이나 짓밟아 버리고 목초지로 달아나 버렸다니까. 하지만 낼 쥔 나리께서 펄펄 뛰고 혼구멍을 내실 테니 두고 보라지. 그렇게 정신머리 없는 밥버러지 같은 놈을 용케도 잘 참고 계셔. 정말 참을성의 화신이시지! 하지만 인내심에도 한계가 있는 법이야. 이제 다들 두고 보라고! 저렇게 화를 돋우는데 무한정 그냥 두고 보지는 않으실 거야!」

「헛소리는 그만, 히스클리프를 찾긴 한 거야?」 캐서린이 끼어들었어요. 「내가 말한 대로 찾아봤냐고?」

「말을 찾아보는 편이 더 나을 건데.」 그가 대답했어요. 「그럼 찾을 수나 있지. 하지만 이런 밤에 사람이고 말이고 어떻게 찾는단 말야. 굴뚝처럼 시꺼먼데! 그리고 히스클리프가 내가 부른다고 오기나 하나. 아가씨가 부르면 또 몰라도!」

여름치곤 몹시 어두운 밤이었어요. 구름의 모양이 곧 천둥이라도 칠 기세였지요. 그래서 제가 모두들 차분히 앉아 기다리자고 했지요. 곧 비가 내리면 틀림없이 제풀에 지쳐 돌아올 거라고.

하지만 캐서린은 진정하지 못하고 바깥 대문과 집의 현관 사이를 계속 오락가락하고 있었어요. 불안하고 초조해 잠시도 가만있질 못하더라고요. 그러다가 결국 길가 담벼락에 딱 붙어 서서 제가 나무라는 것도, 천둥소리가 커지고 빗방울이 뿌리기 시작하는 것도 아랑곳하지 않고 그냥 히스클리프의 이름만 부르면서 귀를 기울이다가 엉엉 울기를 반복하더군요. 캐서린 아가씨가 큰 소리로 엉엉 울어 대면 헤어턴이든 누구든, 아무리 극성스러운 아기라도 댈 것이 아니었어요.

자정이 다 됐지만 우리가 자러 가지 못하고 기다리고 있는데, 요란한 굉음과 함께 폭풍우가 미친 듯이 밀어닥치더군요. 거센 바람이 휘몰아치고 커다란 천둥소리가 났는데, 바람이든 벼락이든 둘 중 하나 때문에 집 모퉁이 나무 한 그루가 쪼개졌어요. 엄청나게 큰 가지 하나가 지붕을 가로질러 떨어져 동쪽에 있던 굴뚝 일부를 무너뜨리는 바람에 부엌의 벽난로 속으로 깨진 돌과 검댕이 우르릉 쾅쾅 소리와 함께 쏟아져 내려오더라고요.

조지프는 벼락이 집 한가운데로 떨어진 줄 알고 바로 무릎을 꿇더니 주님께 이스라엘의 족장 노아와 롯을 기억하시어 그때처럼 믿음이 없는 자들은 벌하시고 의인들은 구해 달라고 기도를 드렸어요. 저에게도 그 일이 이 집안에 대한 하느님의 심판일지도 모른다는 생각이 들긴 했어요. 제 생각엔 언쇼 주인님이 요나 같다 싶어서, 아직 살아 계신지 확인하려고 서재의 손잡이를 흔들었죠. 하지만 주인님의 대답 소리가 분명하게 들리니까, 조지프는 자신 같은 성자와 주인님 같은 죄인을 분명히 구별해 달라고 더 큰 소리로 외치더군요. 하지만 그런 소동은 20분을 넘기지 않았고, 캐시를 제외하면 폭풍 때문에 다친 사람은 아무도 없었어요. 캐시는 고집을 부리며 비를 안 피했거든요. 보닛을 안 쓰고 숄도 안 걸치고 있어서 머리와 옷이 빗물에 완전히 젖어 버린 거죠.

　캐서린은 집 안으로 들어와서 흠뻑 젖은 채로 장의자에 눕더니 의자 등받이 쪽으로 누워 손으로 얼굴을 감싸더군요.

　「자, 아가씨!」 제가 아가씨 어깨에 손을 얹고 나무랐어요. 「지금 죽으려고 그러는 거 아니죠? 대체 몇 신지는 알아요? 벌써 12시 반이라고요. 빨리 오세요! 자러 가자고요. 그 어리석은 애를 뭐 하러 더 기다려요? 아무래도 기머턴에서 자나 본데. 우리가 이리 늦게까지 안 자고 기다릴 거라는 생각은 꿈에도 안 할 거예요. 지금 안 자고 있는 사람은 주인님뿐이라고 생각해서 그분이 문을 열어 주게 될까 봐 안 오고 있을 거라고요.」

　「아니지, 아니야, 기머턴에 있을 리 없어!」 조지프가 말했어요. 「그놈의 자식, 늪에 빠져 바닥에 누워 있다 해도 안 놀랍다니까. 이런 천벌이 공연히 내린 게 아니라고. 그리고 이제 봐요, 아가씨, 다음 차례는 아가씨니까. 만사에 하느님께 감사할진저! 쓰레기 가운데서 택함을 입은 사람들에게는 모든 일이 서로 작용해서 좋은 결과를 이루니! 성경에 뭐라 쓰였는진 알고 있을 테니까…….」[3]

그런 다음 조지프는 성경 구절을 몇 군데 더 인용하더니, 우리가 잘 찾을 수 있게 몇 장 몇 절인지까지 말해 줬어요.

전 고집쟁이 아가씨에게 어서 일어나 젖은 옷을 갈아입으라고 사정했지만 아무 소용도 없었어요. 그래서 조지프는 계속 설교를 할 테면 하라고 놔두고, 아가씨는 덜덜 떨든 말든 신경 쓰지 않고, 세상모르고 곤히 잠든 헤어턴을 데리고 저도 자러 갔지요.

그러고 나서도 조지프가 성경 읽는 소리가 계속 들리더군요. 잠시 후에는 느릿느릿 계단을 올라가는 그의 발걸음 소리를 들으며 저도 곧 잠이 들었지만.

평소보다 좀 늦게 내려가 보니 덧창 틈으로 들어온 햇빛을 받으며 아직도 벽난로 근처에 앉아 있는 캐서린 아가씨의 모습이 보였어요. 거실 문도 조금 열려 있었고, 닫히지 않은 창문에서도 빛이 들어왔어요. 핼쑥한 얼굴에 눈을 게슴츠레 뜨고 있는 힌들리가 부엌 벽난로 앞에 서 있었고요.

---

3 『신약 성서』, 「로마인들에게 보낸 편지」 8장 28절, 〈하느님을 사랑하는 사람들 곧 하느님의 계획에 따라 부르심을 받은 사람들에게는 모든 일이 서로 작용해서 좋은 결과를 이룬다는 것을 우리는 압니다〉를 가리킨다.

「어디 아프냐, 캐시?」제가 들어가는데 그렇게 묻고 있더군요. 「물에 빠진 강아지 새끼 꼴이네. 왜 그렇게 기운이 없고 창백한 거냐?」

「비를 맞아서 그래.」아가씨가 마지못해 대답하더군요. 「그리고 좀 추워. 그뿐이야.」

「하여튼 말썽이라니까!」주인이 비교적 맑은 정신임을 깨닫고 제가 외쳤어요. 「어제저녁에 소나기를 흠뻑 맞고 밤새도록 저기 저렇게 있었다고요. 제가 아무리 말려도 안 듣고.」

언쇼 서방님이 깜짝 놀라서 우리 쪽을 빤히 바라보았어요. 「밤새도록이라니.」그렇게 반복했죠. 「도대체 잠은 왜 안 잔거야? 천둥이 무서워서 그랬어? 천둥 그친 지가 언젠데.」

우리는 모두 히스클리프가 없다는 사실을 가능한 한 감추려고 했어요. 그래서 전 아가씨가 대체 왜 밤새도록 그러고 있었는지 모르겠다고 대답했고, 아가씨도 암말 안 했죠.

아침 공기는 상쾌하고 시원했어요. 제가 창문을 열어젖히자 방 안은 정원에서 들어온 달콤한 향기로 금세 가득 찼지요. 하지만 캐서린은 짜증스럽다는 듯 말하더군요.

「엘런, 창문 닫아. 나 추워 죽겠어!」그리고 이를 딱딱 마주치면서 잿불이 거의 다 꺼져 버린 벽난로 옆으로 가서 몸을 웅크렸어요.

「애가 아픈 모양이군그래.」힌들리가 캐서린의 손목을 짚으며 말했어요. 「그래서 못 잔 거 같은데. 맙소사! 이 집에서더는 끙끙 앓는 소리 듣고 싶지 않단 말이다. 뭐 땜에 비는 맞고 그러냐?」

144

「뭐 항상 사내놈들이나 쫓아다니니까요!」 우리가 망설이고 있는 사이에 조지프가 이때다 싶었는지 쉰 소리로 마귀 같은 혓바닥을 놀렸지요.

「제가 쥔님이라면 귀한 놈이든 천한 놈이든 면상에 대고 문을 쾅 닫아 버리겠구먼. 쥔님만 안 계시면 린턴 도령이 고양이 새끼처럼 살금살금 오지 않는 날이 없다고요. 그럼 훌륭하신 우리 넬리 양께서 부엌에서 쥔님이 언제 오시나 망을 보다가 쥔님이 한 문으로 들어오시면 그 양반을 다른 문으로 빠져나가게 한다고요. 그러고 나면 또 대단하신 우리 아가씨는 아가씨대로 연애질을 하신단 말입니다! 히스클리프, 그 끔찍한 악마 같은 집시 놈하고 자정까지 몰래 들판을 쏘다니는데, 거참 잘들 하는 짓입죠! 제가 못 보는 줄 아는가 본데, 아니죠, 절대 아닙니다! 린턴 도령이 슬쩍 다녀가는 것도 다 봤고, 쥔님의 말발굽 소리가 길에서 따각따각 울리자마자 너(저를 바라보면서), 아무짝에도 쓸모없고 칠칠치 못한 계집애가 벌떡 일어나 집으로 뛰어 들어가는 것도 다 봤다고.」

「닥쳐, 이 엿듣기나 하는 영감탱이야!」 캐서린이 외쳤지요. 「어디 감히 내 앞에서 건방지게 굴어! 에드거 린턴이 어제 우리 집에 우연히 들렀어, 힌들리. 하지만 내가 그냥 가라고 한 거야. 오빠가 어제 같은 상태로는 린턴을 만나고 싶어 하지 않을 게 뻔해서.」

「너 지금 그거 거짓말이지. 내가 다 알아, 캐시.」 힌들리 주인님이 말했지요. 「멍청하긴! 하지만 린턴 문제는 일단 제쳐 놓자. 말해 봐, 어젯밤에 히스클리프하고 있었던 거 아니냐?

자, 사실대로 말해. 내가 히스클리프를 야단칠까 봐 걱정하지 말고. 그 새끼라면 예나 지금이나 지긋지긋하지만 어제 나한테 좋은 일을 해줬으니까 양심상 모가지를 부러뜨릴 수는 없고, 저 좋은 데 가버리라고 오늘 아침에 아주 내보낼 작정이다. 하지만 그 새끼 내보내고 나면 모두 조심하는 게 좋을걸. 내가 너희들한테 더 성질을 부릴 테니까!」

「간밤에 히스클리프 구경도 못 했단 말이야.」 캐서린이 흐느끼면서 대답했어요. 「그리고 오빠가 히스클리프를 쫓아내면 나도 히스클리프하고 같이 나갈 거야. 하지만 그럴 기회도 없을 듯해. 아무래도 집을 나간 거 같아.」 캐서린은 설움을 주체하지 못하고 울음을 왈칵 터뜨렸어요. 그러고 나서 무슨 말인가를 더 했지만 잘 들리지 않았지요.

힌들리는 캐서린을 조롱하며 마구 욕했어요. 그리고 당장 네 방으로 꺼지든지, 아니면 그깟 일로 울고불고하지 말라고 윽박질렀어요. 그래서 제가 억지로 캐서린을 자기 방으로 데려갔는데, 그때 캐서린이 부린 소동은 절대 못 잊을 겁니다. 겁이 다 날 지경이었으니까요. 저러다 미쳐 버리겠다 싶어서, 조지프에게 어서 의사를 불러오라고 했어요.

아가씨는 그때 섬망의 초기 상태였어요. 케네스 선생님은 캐서린을 보자마자 꽤 위험한 상태라고 단언하셨지요. 열병에 걸린 거예요.

의사 선생님은 캐서린의 피를 뽑고는, 제게 유장(乳漿)과 묽은 죽만 먹이고 캐서린이 아래층이나 창문 밖으로 몸을 던지지 않게 잘 지키라고 당부하신 뒤 떠나셨어요. 집과 집 사이가 3~4킬로미터씩 떨어진 교구 내에서 왕진을 다니느라 바쁘셨거든요.

제가 환자를 세심하게 돌봤다고는 할 수 없고 조지프와 주인님도 저보다 나을 게 없었던 데다, 또 환자도 고집불통이라 옆 사람을 피곤하게 했지만 캐서린은 그럭저럭 열병을 견뎌 냈어요.

린턴 마님께서도 몇 번 오셔서 질서를 잡고 우리를 꾸짖고 지시를 내렸지요. 그리고 캐서린이 회복기에 접어들자 스러시크로스 그레인지로 데려가겠다고 고집하셨는데, 사실 우리로선 환자한테서 해방되는 거니까 무척 고마웠죠. 하지만 딱하게도 노부인께는 당신의 친절을 후회하실 상황이 닥쳤어요. 내외가 함께 열병이 옮아 불과 며칠이 지나지 않아 두 분 다 돌아가셨거든요.

집으로 돌아온 아가씨는 더 건방지고 고집불통에 오만한 인간이 되어 있었어요. 히스클리프에게서는 폭풍우 치던 그날 저녁 이후로 아무런 소식이 없었고요. 그러던 어느 날 제가 화가 치밀어서 히스클리프가 집을 나간 게 캐서린 때문이라고 말했죠. 물론 제 실수였어요(캐서린 본인이 잘 알듯이 그게 사실이긴 하지만요). 그 후 몇 달 동안은 캐서린이 저를 그냥 일개 하녀로만 대하고 전혀 속마음을 털어놓지 않더군요. 조지프도 같은 취급을 당했지만, 원래 속에 있는 말은 다 해버려야 직성이 풀리는 인간이라 캐서린을 어린애 취급하면서 오히려 가르치려 들었어요. 그렇지만 캐서린은 이제 자신은 어른이고 안주인이며, 더욱이 최근에 아프기까지 했으니까 우리가 자신을 위해 일해 줘야 한다고 생각하고 있더라고요. 의사 선생님도 캐서린이 화가 나거나 흥분하면 안 되니까 원하는 대로 다 해주라고 지시하셨어요. 다른 사람이 캐서린의 말에 반대하며 고집을 부리는 것은 캐서린이 보기에 살인이나 다름없는 행위였죠.

그리고 아가씨는 언쇼 주인님이나 집안 식솔들을 쌀쌀맞게 대했어요. 케네스 선생님이 당부를 하시기도 했고, 캐서린이 화를 내다가 발작이라도 하면 큰일이니까 오빠도 캐서린이 원하는 거라면 다 해주면서 동생의 불같은 성격에 부채질을 하는 일은 되도록 피했어요. 사실은 캐서린의 변덕을 지나치게 다 받아 줬던 것 같아요. 동생을 사랑해서라기보다는 자존심 때문에 그랬죠. 캐서린이 린턴 집안과 혼사를 맺어서 집안에 명예를 가져다주기를 간절히 원했던 거예요. 그래서 자신만 안 건드린다면 캐서린이 다른 식구들을 노예처럼 짓밟거나 말거나 신경도 안 썼죠!

에드거 린턴은 수많은 사람들이 그랬고 앞으로도 그럴 것처럼 사랑에 푹 빠져 있었어요. 그래서 부친이 별세한 후 3년 만에 캐서린을 기머턴 성당으로 인도하면서 자신은 이 세상에서 가장 행복한 사람이라고 생각했죠.

아가씨가 결혼한 후, 원치는 않았지만 저도 캐서린을 따라 워더링 하이츠를 떠나서 여기로 오게 됐어요. 헤어턴이 다섯 살이 되기 직전이었고, 제가 막 글자를 가르치던 무렵이었죠. 헤어턴과 저는 헤어짐이 정말 슬펐지만, 캐서린의 눈물은 우리들의 눈물보다 더 강력했어요. 제가 안 따라가겠다고 고집을 부려서 자신이 애원해도 소용없다는 게 분명해지니까 남편과 오빠를 상대로 눈물로 호소하더라고요. 서방님은 무척 후한 보수를 약속하셨고, 오빠 힌들리는 짐을 싸라고 명령했어요. 자신의 집엔 여자가 필요 없다고, 이제 안주인도 없으니까, 하고 말했죠. 헤어턴은 곧 부제님께 맡겨 교육시킬 거라면서. 그래서 저도 지시를 따를 수밖에 별도리가 없었어요. 저는 주인님께 이제 댁에서 사람다운 사람을 다 쫓아냈으니 파멸이 더욱더 가까워졌다고 한마디 해줬죠. 헤어턴에겐 작별의 입맞춤을 해주었고, 그 후론 아예 남이 되어 버렸어요. 생각하면 참 이상한데, 헤어턴은 이제 엘런 딘을 완전히 잊어버린 게 틀림없어요. 한때 우리가 온 세상과도 바꿀 수 없을 만큼 서로에게 소중한 존재였다는 사실을 까맣게 잊어버린 거예요.

이야기를 여기까지 했을 때 그녀는 벽난로 위에 걸린 시계를 흘긋 바라보았는데 시곗바늘이 1시 반을 가리키고 있는 것을 보고 화들짝 놀라더니 이제 1초도 더 해찰 부릴 수 없다고 선언했다. 사실 나도 이야기의 다음 편은 좀 미뤄서 듣고 싶던 차였다. 나는 그녀가 자러 간 뒤 한두 시간을 더 생각에 잠겨 있었는데, 머리와 팔다리가 쑤셔서 꼼짝도 하기 싫지만 이제 기운을 차려 일어나야겠다.

10

은둔 생활을 이보다 더 멋지게 시작할 수는 없으리라! 4주 동안 괴로워하고 불면에 뒤척이고 앓아눕기까지 했으니! 아, 살을 에는 듯한 바람과 음산한 북쪽 하늘, 그리고 길이 막힌 도로와 미적대는 시골 의사들! 아, 사람 꼴을 한 것은 어쩜 그리도 드물던지! 그리고 최악은 봄까지는 외출을 기대도 하지 말라는 케네스 선생의 끔찍한 선고였다!

방금 히스클리프 씨가 다녀갔다. 이레쯤 전엔 뇌조를 한 쌍 보내 줬다. 이번 사냥철의 마지막 포획물이라고 한다. 나쁜 인간 같으니! 내가 병이 난 데는 그의 탓도 있었다. 그래서 네놈 탓이라고 쏘아붙이고 싶었지만, 맙소사! 내 침대 머리맡을 꽤 오래 지키면서 물약과 알약, 물집, 피를 뽑는 거머리가 아닌 다른 얘기를 계속 들려준 사람의 비위를 어떻게 거스른단 말인가?

이제 회복기에 접어들어 다소 편안해졌다. 아직 책을 읽을 기력은 없지만, 흥미로운 무언가를 즐길 수는 있을 것 같다. 그러니 딘 부인을 불러서 이야기를 마저 해달라고 조르지 않을 이유가 어디 있을까? 이야기의 주요 사건들은 아직 기억하고 있다. 그래, 남주인공은 집을 나가서 3년 동안 전혀 소식이 없었고 여주인공은 결혼을 했지. 종을 울려야겠다. 내가 명랑하게 이야기하는 걸 보면 딘 부인도 기뻐할 터다.

딘 부인이 왔다.

「약 드시려면 아직 20분이 남았는데요, 어르신.」 그녀가 입을 열었다.

「부탁이니 약 얘긴 꺼내지도 말아요!」 내가 대답했다. 「내가 원하는 건…….」

「의사 선생님이 이제 가루약은 그만 드시라고 하셨어요.」

「물론 약은 끊어야지요! 내 말은 끊지 말아요. 이리 와서 앉아요. 그 쓰디쓴 물약병들은 신경 쓰지 말고. 주머니에서 뜨개질거리를 꺼내요. 됐어요. 이제 하다 만 히스클리프 씨 얘기를 계속해 줘요. 지난번에 이야기를 멈췄던 데부터 어떻게 지금 상황에 이르렀는지. 대륙에 가서 교육을 받고 신사가 되어 돌아온 건가요? 아니면 장학금을 받아 대학에 다녔나요? 그도 아니면 미국으로 도망가서 자기를 품어 준 동포의 피를 빨아 신분 상승을 이뤘나요? 아니면, 영국에서 노상강도가 돼서 한밑천 단단히 모은 걸까요?」

「그런 일들을 다 조금씩 했을지도 몰라요, 어르신. 하지만 저도 확실히 아는 것은 전혀 없어요. 히스클리프가 돈을 어떻게 벌었는지는 모른다고 이미 말씀드렸지요. 아무것도 모르는 무식쟁이가 어떻게 몸부림을 쳐서 지금에 이르렀는진 모르겠습니다. 하지만 괜찮으시다면, 그냥 제 방식대로 이야

151

기를 계속하겠습니다. 그렇게 해도 지루하지 않고 재미있으
시면요. 오늘 아침에는 기분이 좀 나아지셨나 봐요?」

「한결 좋아졌어요.」

「듣던 중 반가운 소식이네요.」

전 캐서린 아씨를 따라 스러시크로스 그레인지로 왔습니
다. 다행히도 아씨는 제 기대보다 훨씬 더 훌륭히 처신했어
요. 덕분에 전 기분 좋은 실망감을 맛보았다고 할까요. 린턴
서방님한테도 좀 지나치다 싶을 정도로 잘 하는 것 같았어요.
시누이한테 아주 다정하게 대해 주었고요. 물론 남매도 캐서
린을 편하게 해주려고 신경을 많이 썼어요. 사실 가시나무가
인동덩굴을 향해 구부러지기보다는 인동덩굴이 가시나무를
안아 준 셈이에요. 양쪽이 다 양보를 한 게 아니라, 한쪽은 꼿
꼿이 서 있는데 다른 쪽이 거기 맞춰 준 거였지요. 하여간 비
위를 맞춰 주고 자신을 무시하지 않는데 누가 성질을 부리거
나 심술궂게 굴겠어요?

제가 보기에 에드거 서방님은 캐서린 아씨의 심기를 거스
를까 봐 무척 겁을 내는 것 같았어요. 아씨한테는 그런 티를
안 냈지만, 제가 아씨한테 말대꾸를 하거나 다른 하인이 아
씨의 지시에 불만스러운 표정을 지으면, 무척 불쾌해하면서
인상을 찌푸렸죠. 그래서 그분 심경이 편치 않다는 사실을
알 수 있었어요. 당신 일로는 표정 한 번 구긴 적이 없었어요.
제가 건방지게 굴면 여러 차례 나무랐고, 자신이 칼로 찔리
더라도 아씨가 화난 모습을 볼 때만큼 고통스럽지는 않을 거

라고 했어요.

저도 마음씨 좋은 서방님을 슬프게 하지 않으려고 성질을 좀 죽이게 됐지요. 폭발을 일으킬 불씨가 없으니 반년 동안은 화약 불을 끄는 모래만큼이나 평온했고 무사했습니다. 가끔씩 아씨가 우울하고 말수가 적을 때가 있긴 했어요. 그럴 적이면 서방님은 원래 우울증이 없던 부인이 큰 병을 앓고나서 체질이 변한 거라면서 아무 말 없이 기분을 맞춰 줬어요. 그러다 다시 햇빛이 비치면 그분도 반가이 햇살처럼 맞이했고요. 부부의 행복이 진정으로 깊어지고 성숙해지고 있다고 단언해도 좋을 것 같았죠.

하지만 이러한 행복도 곧 끝나고 말았어요. 결국 따지고 보면 인간이란 자기 자신을 가장 먼저 챙기는 존재죠. 따뜻하고 너그러운 사람들은 독선적인 사람들보다 좀 더 정당한 사유로 자기를 챙긴다는 점이 다를 뿐이죠. 결국 부부가 다 상대방이 자신의 바람을 먼저 고려하지 않는다는 사실을 깨달으면서 화목한 관계는 끝나 버렸어요.

9월의 어느 온화한 저녁, 전 사과를 따 담은 무거운 바구니를 들고 정원에서 돌아오고 있었어요. 이미 해가 지고 어둑해져서 정원의 높은 담을 넘어 들어온 달빛이 건물 여기저기 돌출부 주변에 형체를 알기 어려운 그림자들을 만들고 있었지요. 제가 부엌으로 올라가는 계단에 사과 바구니를 내려놓고, 부드럽고 달콤한 공기를 몇 모금 들이마시면서 쉬려던 참이었어요. 부엌문을 등지고 달을 올려다보고 있는데, 뒤에서 웬 목소리가 들려오더군요. 「넬리, 맞지?」

깊은 저음에 억양이 외국인 같은 낯선 말투였어요. 하지만 제 이름을 부르는 것이 어딘가 귀에 익었죠. 저는 약간 겁에 질려 목소리의 주인공을 보려고 돌아섰어요. 대문은 닫혀 있었고 부엌까지 가는 동안 아무도 못 봤거든요.

현관 쪽에서 인기척이 있었고, 가까이 다가가니 가무잡잡한 얼굴과 까만 머리에, 검은색 옷을 입은 키 큰 사내가 보였어요. 문에 기대 선 그는 직접 문을 열려는지 손으로 걸쇠를 잡고 있더군요.

〈대체 누구지?〉 저는 생각했어요. 〈언쇼 씬가? 아니, 아니야! 목소리가 전혀 달라.〉

「한 시간은 기다렸어.」 그가 말을 이었고, 저는 빤히 쳐다보기만 했어요. 「내내 사위가 쥐 죽은 듯이 고요하더라고. 그래서 들어갈 엄두를 못 냈지. 날 몰라보겠어? 잘 봐, 모르는 사람 아니니까!」

달빛 한 줄기가 얼굴을 비추면서, 혈색이 나쁘고 검은 구레나룻으로 반쯤 덮인 뺨이 드러났어요. 눈썹 가운데가 처졌고 눈은 특이하게 움푹 들어갔고요. 눈을 보자마자 바로 상대의 정체를 알 수 있었어요.

「맙소사!」 제가 놀라서 두 손을 쳐들며 외마디 소리를 질렀지요. 그가 저승에서 온 손님인지 아닌지 확신할 수가 없었어요. 「세상에! 돌아온 거야? 정말 너 맞아? 맞는 거야?」

「맞아, 히스클리프야.」 그가 저를 향했던 눈길을 들어 스무 개 정도 되는 창문 쪽을 바라보았어요. 창문들에 달빛이 반사될 뿐 집 안에서는 어떤 빛도 새어나오지 않았어요. 「다들 집에 있어? 그 앤 어디 있지? 넬리, 나 안 반갑구나. 하지만 그렇게 걱정할 필요 없어. 그 애 여기 있는 거야? 말해 봐! 한 마디만 하고 싶어, 넬리 안주인하고 말야. 가서 전해 줘, 기머턴에서 어떤 사람이 만나러 왔다고.」

「아씨가 이 상황을 어떻게 받아들일 것 같아?」 제가 소리쳤지요. 「어떨 것 같냐고? 나도 이렇게 놀라서 정신이 없는데. 아씨라면 정신이 나가 버릴 거야! 히스클리프가 맞긴 한 거야? 하지만 달라졌네! 아니, 이해가 안 돼. 군대라도 갔다 온 거야?」

「어서 가서 내 말 좀 전해 달라니까.」 그가 조바심을 내며 제 말을 중단시켰어요. 「그러기 전까진 난 지옥에 있는 거니까!」

히스클리프가 걸쇠를 들어 문을 열었고 저는 안으로 들어갔어요. 하지만 막상 서방님과 아씨가 계신 거실 앞에 도착하니 들어갈 엄두가 안 나더군요.

마침내 저는 촛불을 켜는 게 좋을지 물어보기로 하고 이를 구실 삼아 들어가기로 했어요. 그리고 문을 열었지요.

부부는 여닫이문이 활짝 열려 있던 창가에 함께 앉아 있었어요. 창밖으로 정원의 나무들과 무성한 푸른 숲 너머 기머턴 골짜기가 보였는데, 한 가닥 긴 안개가 골짜기를 휘감다가 거의 꼭대기까지 올라가고 있었지요(눈여겨보셨을지 모르겠는데요. 성당을 지나면 습지에서 흘러나오는 도랑의 물이 그 골짜기를 돌아 흐르는 개천과 합쳐진답니다). 그 은빛 안개 위로 워더링 하이츠가 있지만 우리 옛집은 안 보였어요.

산등성이 너머 아래쪽에 자리 잡고 있으니까요.

방과 방 안에 있는 사람들, 그들이 바라보고 있던 경치가 모두 놀라울 정도로 평화로워서 전 정말 히스클리프의 말을 전하고 싶지 않았어요. 그래서 촛불을 켜드릴까 물은 다음 그냥 나가려다가, 어리석게도 돌아가서 웅얼거렸습니다.

「기머턴에서 왔다는 사람이 아씨를 뵙자고 청하는데요.」

「무슨 일인데?」 린턴 아씨가 물었어요.

「안 물어봤습니다.」 제가 대답했죠.

「그럼, 커튼을 내려 줘, 넬리.」 아씨가 말했어요. 「그리고 차를 가져다 두고. 곧 돌아올 테니.」

아씨가 방을 나가자, 에드거 서방님이 무심하게 누구냐고 물었어요.

「아씨가 짐작하지 못할 사람이에요.」 제가 대답했죠. 「그…… 히스클리프요. 기억나시죠, 어르신. 전에 언쇼 주인님 댁에 살던.」

「뭐, 그 집시, 머슴 말이냐?」 서방님이 외쳤어요. 「왜 캐서린에게 말해 주지 않았느냐?」

「쉿! 그렇게 부르시면 안 됩니다, 서방님.」 제가 말했죠. 「아씨가 들으시면 마음 아파 하실 거예요. 히스클리프가 집을 나갔을 때 무척 상심하셨더랬어요. 돌아온 거 보면 잔치하는 기분일 텐데요.」

린턴 서방님은 정원이 내려다보이는 건너편 창으로 걸어 갔어요. 그러곤 창문을 열고 고개를 내밀어 밖을 내다보더니 급히 외쳤어요. 두 사람이 바로 그 창문 아래 있었나 봐요.

「거기에 서 있지 말아요, 여보! 특별한 손님이면 함께 들어와요.」

곧이어 빗장이 달각거리는 소리가 들리더니, 캐서린 아씨가 기쁨을 다 표현할 수도 없을 만큼 흥분해서 숨이 턱에 차고 정신이 나간 표정으로 순식간에 위층으로 올라왔어요. 사실 표정으로 봐서는 끔찍한 재앙이라도 만난 사람 같았어요.

「오, 에드거, 에드거!」 아씨가 숨을 헐떡거리며 그의 목에 팔을 두르고 말했어요. 「오, 에드거, 여보! 히스클리프가 돌아왔어요, 히스클리프가!」 그러고는 남편을 꼭 껴안았지요.

「이런, 이런.」 남편이 좀 삐진 사람처럼 외쳤지요. 「그렇다고 내 목을 조르면 어떡하나! 이렇게 반길 손님은 전혀 아닌 것 같던데. 대체 왜 그렇게 미쳐 날뛰는 거예요!」

「당신이 히스클리프를 안 좋아했던 거 알아요.」 아씨가 기쁨을 조금 억누르며 대답했어요. 「하지만 이제 저를 위해 서로 사이좋게 지내야 해요. 올라오라고 할까요?」

「여기, 이 거실로?」 그가 말했어요.

「여기가 아니면 어디겠어요?」 그녀가 물었어요.

서방님은 짜증스러운 표정으로, 히스클리프에게는 부엌이 더 어울린다고 말했죠.

아씨는 격식을 따지는 남편의 까다로운 태도에 화도 나고 우습기도 해서 익살스러운 표정으로 남편을 바라봤어요.

「안 돼요.」 아씨가 조금 후에 말을 이었어요. 「부엌에서 손님을 맞을 수는 없어요. 여기 식탁을 두 개 차리도록 해, 엘런. 하나는 양반인 주인과 이저벨라 아가씨를 위해서, 그리고 또 하나는 지체가 낮은 히스클리프와 날 위해서. 이러면 괜찮겠지요? 아니면 다른 방에 불을 지피도록 할까요? 분부대로 따르지요. 내가 내려가서 손님을 붙잡아 놓을 테니. 너무 기뻐서 현실 같지가 않아요!」

캐서린이 다시 아래층으로 뛰어가려고 하는데 에드거가 붙잡았어요.

「네가 내려가서 올라오라고 해라.」제게 지시했죠. 「그리고 캐서린, 기쁜 것도 좋지만 바보같이 굴지는 말아요. 당신이 도망간 하인을 친동기간이나 되는 것처럼 맞이하는 모습을 온 집안에 구경시킬 필요는 없잖소.」

제가 내려가 보니 히스클리프가 현관에서 기다리고 있었는데, 자신이 초대받으리라 확신하는 표정이었어요. 주인 내외에게 안내하는 저를 아무 말 없이 따라왔는데, 부부가 얼굴을 붉히고 있는 것으로 보아 그사이에 격한 말다툼을 한 것 같았어요. 하지만 문간에 나타난 히스클리프를 본 아씨는 아까와는 다른 감정으로 얼굴이 상기됐죠. 얼른 뛰어와서 히스클리프의 두 손을 잡고 린턴 서방님에게 데려갔어요. 그런 다음 별로 내켜 하지 않던 서방님의 손을 잡아 히스클리프의 손에 덥석 쥐어 줬어요.

순간 히스클리프의 달라진 모습이 벽난로의 불빛과 촛불에 환하게 드러났는데, 정말 놀라웠어요. 그사이에 키가 훤칠하고 건장하며 체격이 좋은 사내가 되어, 거기 대면 우리 서방님은 무척 가냘프고 앳되어 보였어요. 자세가 똑바른 것을 보니 군대에 다녀온 게 아닌가 싶었고요. 얼굴도 서방님에 비해 표정과 윤곽이 훨씬 더 노숙해 보였어요. 지적으로 느껴졌고, 옛날의 천했던 티는 전혀 찾을 수 없었어요. 찌푸린 미간과 검은빛으로 번쩍이는 눈에는 다듬어지지 않은 광포한 성정이 여전히 숨겨져 있었지만 어느 정도는 순화된 느낌이었어요. 태도에서는 위엄까지 엿보였고, 너무 뻣뻣해서 우아하다고 하기는 어려울지 몰라도 거칠었던 모습은 전혀 보이지 않았어요.

서방님도 저 못지않게, 아니 저보다 더 놀란 것 같았어요. 좀 전에 머슴이라 불렀던 사람과 어떻게 말을 터야 할지 몰라 1분쯤 아무 말도 못 하더라고요. 히스클리프는 서방님의 연약한 손을 놓고 그가 입을 뗄 때까지 냉랭한 표정으로 가만히 바라보더군요.

「앉으시죠.」 마침내 서방님이 말했어요. 「이 사람이 옛정을 생각해서 당신을 반갑게 맞아 줬으면 하는군요. 물론 저도 아내가 기뻐할 일에는 마음이 흐뭇합니다.」

「저도 그렇습니다.」 히스클리프가 대답했어요. 「특히 조금이라도 저 때문에 기뻐할 수 있다면요. 기꺼이 한두 시간 머물겠습니다.」

히스클리프는 캐서린 맞은편에 앉았는데, 캐서린은 눈을 떼는 순간 그가 사라질까 봐 겁이라도 나는 사람처럼 그에게서 시선을 떼지 않고 있었어요. 히스클리프는 캐서린과 자주 시선을 마주치지는 않았지만, 이따금 슬쩍 바라보는 것만으로도 충분히 행복해 보였어요. 하지만 캐서린의 시선에서 감출 수 없는 기쁨을 빨아들이면서 자신도 그와 똑같은 기쁨을 뿜어냈습니다.

두 사람은 워낙 자신들의 기쁨에 취해서 거북한 분위기도 느끼지 못했어요. 서방님은 전혀 달라서, 점점 짜증이 나는지 얼굴이 창백해지더군요. 그러다 아씨가 자리에서 일어나 양탄자를 가로질러 히스클리프한테 가서 그의 손을 잡고 미친 사람처럼 웃어 대자 서방님의 짜증이 극에 달했어요.

「내일이면 이게 꿈이었다 싶을 것 같아!」 아씨가 큰 소리로 말했어요. 「다시 널 보고, 네 손을 잡고, 너와 얘기했다는 사실을 믿을 수 없을 거야. 하지만, 히스클리프, 어떻게 그렇게 잔인할 수가 있어! 넌 이렇게 환영받을 자격이 없어. 3년 동안이나 사라져서 아무 소식도 없었다니. 내 생각은 조금도 안 한 거야!」

「네가 날 생각한 거보다는 약간 더 많이 했을걸!」 히스클리프가 중얼거렸죠. 「너 결혼했다는 소식은 얼마 전에 들었어, 캐시. 저 아래 뜰에서 기다리는 동안 이렇게 마음먹고 있었어. 일단 네 얼굴을 한번 보자. 네가 놀라서 멍해 있든 반가운 척을 하든 하겠지. 그럼 난 힌들리에게 가서 복수를 해주고, 그런 다음엔 법의 심판에 앞서 나 자신에게 형을 집행하리라. 그런데 네가 환대를 해줘서 그런 생각이 다 없어졌어. 하지만 다음에 왔을 때 날 다르게 대하면 안 돼! 아니다, 다시는 날 쫓아 보내지 않겠지. 나한테 정말 미안했던 거지? 그럴 만했지. 네 목소리를 더 이상 들을 수 없게 된 후로 너무나 쓰라린 나날을 보냈어. 오직 너만을 위해서 버텼으니까 날 용서해야 해.」

「캐서린, 차를 식혀서 마실 게 아니라면, 제발 탁자로 와요.」린턴 서방님이 평소의 말투와 걸맞은 공손함을 유지하려 애쓰면서 그들의 대화를 끊었어요. 「히스클리프 씨가 오늘 밤 어디서 머무는지 모르지만 많이 걸어야 할 테고, 나도 목이 마르군.」

아씨는 찻주전자 앞에 앉았고, 이저벨라 아가씨도 종소리를 듣고 왔어요. 그래서 전 아가씨께 의자를 밀어 드리고 방을 나왔지요.

다과 시간은 채 10분도 안 돼 끝났어요. 캐서린은 먹을 수도 마실 수도 없어서 찻잔을 채우지 않았고, 에드거는 받침 위로 차를 쏟아 한 모금도 제대로 마시지 못했어요.

손님은 한 시간도 안 돼 떠났어요. 제가 기머턴으로 가느냐고 물었지요.

「아니, 워더링 하이츠로 가.」히스클리프가 대답했어요. 「내가 오늘 아침에 워더링 하이츠를 방문했더니 언쇼 씨가 초대하더라.」

언쇼 씨가 히스클리프를 초대하다니! 그리고 히스클리프가 언쇼 씨를 방문하다니! 그가 떠난 뒤에 그 문장을 고통스럽게 곱씹어 보았어요. 히스클리프가 위선자가 됐나? 신사의 탈을 쓰고 나타나서 무슨 일을 저지르려는 걸까? 그런 의문이 사라지지 않았어요. 그가 안 나타나는 편이 나았을 것 같다는 생각에 사로잡혔고요.

그날 밤 저는 아씨가 제 방에 살그머니 들어와 침대 옆에서 제 머리카락을 잡아당기는 바람에 한밤중에 깨어났어요.

「잠이 안 와, 엘런.」 아씨가 사과 대신 그렇게 말했어요. 「누구라도 나와 행복을 함께 나누었으면 좋겠어! 에드거는 내가 자기는 아무 관심 없는 사람을 보고 반가워한다며 부루퉁해 있어. 아무 말도 하기 싫다면서 속 좁고 바보 같은 잔소리만 늘어놓았어. 그렇게 몸이 아프고 졸린 자기를 붙들고 말하고 싶어 한다며 나보고 잔인하고 이기적이래. 신기하지 뭐야. 조금만 기분이 나빠도 병이 나는 거야! 내가 히스클리프를 좀 칭찬했더니, 머리가 아파 그런지, 질투가 나서 그런지 울기 시작하는 거야. 그래서 울든지 말든지 알아서 하라고 내버려두고 왔어.」

「서방님한테 히스클리프를 칭찬하는 게 말이 돼요?」 제가 대답했지요. 「어렸을 때도 서로 싫어했고, 아마 아씨가 서방님 칭찬을 하면 히스클리프도 똑같이 싫어할걸요. 사람 마음이 다 그래요. 서로 싸움 붙이려는 거 아니면 서방님한테 그런 얘기는 하지 마세요.」

「하지만 그건 큰 결점 아니야?」 그녀가 말을 이었어요. 「난 질투 따위 안 해. 이저벨라의 빛나는 금발이나 하얀 피부, 품격 있고 우아한 모습, 식구들의 사랑을 듬뿍 받는 것, 그런 걸 봐도 상처 하나 안 받아. 넬리, 너까지도 가끔 나랑 이저벨라가 다투면 그 애 편부터 들잖아. 그럼 난 어리석은 어머니처럼 무조건 양보하고, 이저벨라를 귀염둥이라고 부르고 기분을 맞춰서 풀어 주잖아. 내가 이저벨라하고 잘 지내는 걸 그이가 좋아하고, 그럼 나도 좋으니까. 하지만 가만 보면 남매가 아주 비슷하단 말야. 응석받이로 자라서 세상이 자기들

입맛대로 만들어진 줄 알아. 그러니까 나도 비위를 맞춰 주긴 하지만 좀 따끔한 맛을 봐야 철이 들지 않을까 싶어.」

「잘못 알고 계신 거예요, 아씨.」 제가 말했죠.「사실은 두 분이 아씨의 비위를 맞추고 계신 거라고요. 그분들이 안 그러면 무슨 사태가 벌어질지 전 알고 있다고요! 그분들이 평상시 아씨 원하는 바를 미리 알아서 다 맞춰 주시니까 아씨도 가끔 그분들의 변덕을 받아 주실 수 있는 거예요. 하지만 아주 중요한 문제에서 서로 부딪히면 사이가 틀어지실 수도 있어요. 그럼 응석받이라고 생각하는 그분들도 아씨만큼 완강하게 나올 수 있다고요!」

「그럼 우린 죽어라고 싸우겠네, 그렇지, 넬리?」 아씨가 웃으며 말을 받았어요.「아니야! 린턴이 나를 얼마나 사랑하는데. 설사 내가 자기를 죽인대도 꿈에도 나한테 복수할 생각 같은 건 안 할걸.」

그래서 제가 충고했죠. 서방님이 그렇게 사랑해 주시니까 그만큼 더 소중히 대해 드려야 한다고.

「나도 소중히 대하고 있어.」 아씨가 대답했어요.「하지만 사소한 일로 징징대진 않았으면 좋겠어. 유치하잖아. 히스클리프가 이제 누가 봐도 훌륭한 신사가 됐다, 이 나라에서 제일가는 신사라도 그와 친구가 되는 것을 영예로 생각할 거다, 내가 그렇게 말했더니 울고불고하더라. 사실 자기가 먼저 날 위해 그렇게 말해 주고, 나와 함께 기뻐해 줘야 되는 거 아냐? 이제 달라진 히스클리프에게 익숙해져야 하고 호감도 품을 만하잖아. 히스클리프야말로 자길 싫어할 이유가 있어도 훌륭하게 처신했잖아!」

「히스클리프가 워더링 하이츠에 간 일은 어떻게 생각하세요?」제가 물었지요. 「겉모습만 봐선 꽤 훌륭해지긴 했어요. 이제 훌륭한 기독교인이라고 봐도 될 것 같아요. 이전에 적이었던 사람들 모두에게 우정의 손길을 내밀고 있으니까!」

「히스클리프가 설명해 줬어.」아씨가 대답했어요. 「나도 너처럼 궁금했거든. 히스클리프가 그러는데, 너한테 내 소식을 물어보려고 들렀었대. 그런데 조지프가 힌들리 오빠한테 히스클리프가 왔다고 하니까, 오빠가 그동안 어떻게 지냈느냐, 뭘 하고 살았느냐 물어보더니 잠깐 들어오라고 했대. 몇몇 친구들과 둘러앉아 노름을 하고 있어서 히스클리프도 끼어들어 함께 했다고 하더라고. 오빠가 히스클리프한테 돈을 조금 잃었는데, 히스클리프가 돈이 많은 걸 보고 저녁때 또 들르라고 해서 그러마고 했다더라고. 힌들리 오빠는 신중하지 못해서 사람들을 함부로 사귀어. 자신이 야비하게 학대한 사람을 쉽게 믿으면 안 될 텐데 그런 생각조차 하길 귀찮아해. 하지만 히스클리프는 오빠가 자신을 학대했더라도 다시 관계를 맺고 싶은 이유가, 무엇보다 거기 살면 그레인지까지 걸어올 수 있어서래. 또 우리가 함께 살았던 집이니까 애착도 있고, 기머턴보다는 하이츠에 살면 나를 만날 가능성이 더 많을 것 같아서라고 그러더라고. 하이츠에서 살게 해주면 세를 후히 쳐 줄 생각인데, 오빠는 워낙 욕심이 많으니까 그러라고 할 거야. 오빠 항상 돈 욕심이 많았지. 오른손으로 잡은 걸 왼손으로 내버리기는 해도.」

「젊은 사람이 세 들어 살기 퍽이나 좋은 집이겠네요!」제가 말했지요. 「거기서 살다가 무슨 일이 벌어질지 걱정 안 돼요, 아씨?」

「히스클리프에 대해선 걱정 안 돼.」 아씨가 대답했죠. 「워낙 영리하니까 위험을 피할 수 있을 거야. 힌들리 오빠는 좀 걱정되지. 정신적으로는 막장까지 갔으니 더 타락할 수도 없을 테고 육체적으로 해가 되는 일은 내가 못 하게 막아야지. 오늘 저녁에 있었던 일 덕분에 나는 하느님과 인간을 받아들일 수 있게 되었어! 그동안 하느님의 섭리를 받아들일 수 없어서 반항했지. 아, 난 정말 지독히 쓰라린 고통을 견뎌 낸 거야, 넬리! 저 인간이 그걸 안다면 바보처럼 심술을 부려 내 기쁨에 찬물을 끼얹은 일을 부끄러워할 거야. 난 그이를 배려해서 고통을 혼자 견뎌 낸 거란 말야. 내가 시도 때도 없이 들이닥치는 격렬한 고통을 모두 털어놓았다면 그이도 나만큼이나 열렬히 내 고통이 줄어들기를 바랐을 텐데. 하지만 이젠 다 지난 일이야. 저 인간의 어리석은 행동에 보복하지는 않을 거야. 이제부터 어떤 일도 견딜 수 있어! 세상에서 가장 미천한 자가 내 뺨을 갈긴다 해도 난 나머지 뺨도 내주고 그렇게 화나게 해서 미안하다고 사과할 거야. 당장 증거를 보여 줄게. 지금 당장 그이한테 가서 화해하자고 할 거야. 잘자, 난 이제 천사가 되었어!」

캐서린은 이렇게 우쭐한 자신감에 차서 제 방을 나갔어요. 다음 날 아침에 보니 그런 결심을 성공리에 실행한 것 같더라고요. 린턴 서방님은 짜증을 가라앉혔을 뿐 아니라(활력이 넘치는 캐서린에 비하면 여전히 기분이 저조해 보였지만요) 캐서린이 그날 오후 이저벨라를 데리고 워더링 하이츠에 가겠다 하는데도 반대를 못 하셨어요. 캐서린이 보답이라도 하듯 여름날처럼 감미롭고 다정하게 굴어서 며칠 동안은 집이 천국이었지요. 주인도 하인도 따스한 햇살을 계속 즐길 수 있었어요.

히스클리프(이제 히스클리프 씨라고 불러야겠지만)는 처음에는 무척 신중하게 스러시크로스에 방문할 권리를 행사했어요. 집주인이 어느 정도나 자신이 찾아오는 걸 용인할 수 있는지 가늠하려는 것 같더라고요. 캐서린도 히스클리프가 방문할 때 지나치게 기뻐하는 것을 자제하는 편이 현명하겠다고 생각한 것 같고요. 그렇게 해서 점차 그의 방문이 당연한 일로 굳어졌지요.

히스클리프는 어렸을 때부터 말수가 적었는데, 다시 나타난 뒤에도 여전하더군요. 그래서 지나친 감정 표현을 자제했고, 서방님의 불안감도 일단 잦아들었는데, 이후에 전혀 예상치 못한 상황이 펼쳐졌어요.

서방님의 새로운 고민거리는, 자신이 마지못해 손님으로 받아들인 히스클리프에게 여동생인 이저벨라 린턴이 갑자기, 도저히 어찌할 수 없을 정도로 반해 버렸다는 사실이었어요. 전혀 예상도 못 한 불운이었지요. 이저벨라는 방년 열여덟 살의 매력적인 아가씨였어요. 태도는 어린애 같기도 했지만 기지와 감수성이 넘쳤고, 화가 나면 성질을 부렸지만 어린애나 다름없었어요. 여동생을 지극히 사랑하던 서방님은 이 터무니없는 애정에 경악하셨죠. 근본도 모르는 남자와 결혼하면 지체가 낮아지고, 자신에게 아들이 생기지 않을 경우 재산이 그에게 넘어간다는 점도 문제였지만, 더 큰 걱정거리는 히스클리프의 인성이었죠. 그분에게는 히스클리프의 본성을 꿰뚫어 볼 만큼의 분별력이 있었거든요. 히스클리프의 겉모습은 변했지만 성격은 변할 수도 없고, 변하지도 않았다는 것을 알아차렸죠. 그분한텐 히스클리프의 성격이 두렵고 끔찍했어요. 그런 사람에게 이저벨라를 맡긴다는 생각만으로도 두렵고 몸서리가 쳐지셨던 거죠.

히스클리프가 구애하지 않았는데도 여동생의 애정이 싹텄고 상대방에게서 같은 감정을 끌어내지 못했다는 것을 알았으면 아마 더 기겁했을 거예요. 하지만 그분은 여동생이 품은 감정을 알자마자 그게 히스클리프가 계략을 꾸민 탓이라고 단정했어요.

언제부턴가 아가씨가 안절부절못하고 뭔가 고민하고 있다는 사실을 모두 알 수 있었죠. 자주 짜증을 내고 다른 사람들을 피곤하게 만드는 데다, 걸핏하면 캐서린한테 쏘아붙이고 괴롭혀서 그렇지 않아도 인내심이 부족한 캐서린이 폭발 직전이었거든요. 그래도 우린 몸이 안 좋아서 그런가 보다 생각하며 대충 넘어가려고 했어요. 몸이 점점 수척해지고 쇠약해지고 있는 게 분명했으니까요. 하지만 하루는 아침상을 거절하고 온갖 불평을 늘어놓으며 다른 날보다 더 심하게 신경질을 부리더라고요. 하인들은 자기 말을 안 듣고, 캐서린은 그걸 방치하고, 오빠는 자기한테 신경도 안 쓴다는 거예요. 그리고 문이란 문은 다 열어 놔서 자기가 감기에 걸렸고, 우리가 거실의 벽난로 불이 꺼져도 그냥 놔둬서 자기 화를 돋운다는 둥 정말 사소하고 터무니없는 불평을 수백 가지나 늘어놓더라고요. 그래서 아씨가 당장 방으로 돌아가 침대에 누워 있으라면서 꾸짖었어요. 그리고 온갖 잔소리를 퍼붓더니 아무래도 의사를 불러야겠다고 겁을 줬지요.

그런데 이저벨라는 의사라는 말을 듣자마자 자신의 건강에는 아무런 문제도 없다고, 자신이 불행한 이유는 오직 캐서린이 자신을 가혹하게 대하기 때문이라고 외치더라고요.

「내가 가혹하게 대하다니 그게 대체 무슨 소리예요, 이 버르장머리 없는 아가씨?」 아씨가 터무니없는 비난에 어이없어하며 큰 소리로 따졌죠. 「정말 정신이 어떻게 된 거 아냐. 내가 대체 언제 가혹하게 대했다는 거죠? 말해 봐요.」

「어제도 그랬잖아요.」 이저벨라가 흐느껴 울며 말했지요. 「지금도 그렇고!」

「어제라니!」 캐서린이 말했지요. 「대체 어제 언제 그랬다는 거지?」

「들판을 산책할 때 언니가 히스클리프 씨와 함께 걸으면서 나한텐 아무 데나 가라고 했잖아요!」

「그래, 그게 가혹했다는 거예요?」 캐서린이 웃으며 말했지요. 「아가씨는 이제 없어도 된다는 말이 아니었어요. 우리한텐 아가씨가 곁에 있으나 없으나 마찬가지였으니까. 그냥 아가씨한테 히스클리프의 말이 별 재미가 없을 거 같아서 그랬던 거예요.」

「아니, 아니잖아요.」 이저벨라가 울면서 말했어요. 「제가 함께 있고 싶어 하는 걸 알고 일부러 쫓아낸 거잖아요!」

「우리 아가씨 지금 제정신인가?」 아씨가 호소하듯 제게 물었어요. 「우리가 한 얘기 하나도 안 빼고 다 얘기해 줄게요, 아가씨. 그중에서 아가씨한테 무엇이 재미있는지 말해 줘 봐요.」

「대화 내용이 문제가 아녜요.」 이저벨라가 대답했어요. 「그냥 그이하고 함께 있고 싶었단 말예요.」

「그이라니 누구?」 이저벨라가 대충 얼버무리는 걸 알아채고 캐서린이 말했어요.

「히스클리프 씨 말예요. 이젠 항상 그렇게 쫓겨나지는 않을 거라고요!」 이저벨라가 흥분하며 말을 이었어요. 「언니는 여물통 속의 개라고요. 남이 사랑받는 꼴을 못 보잖아요!」

「그럼 아가씬 주제넘은 꼬마 원숭이네!」 놀란 아씨가 큰 소리로 말했어요. 「대체 무슨 그런 어리석은 소리를 하지. 내 귀를 믿을 수가 없네! 아가씨가 히스클리프한테서 사랑을 받고 싶어 하고 매력을 느낀다니 무슨 말도 안 되는 소리예요! 내가 잘못 들은 거겠죠, 아가씨?」

「아니, 잘못 들은 거 아니에요.」 사랑에 눈이 먼 아가씨가 말했어요. 「난 언니가 오빠를 사랑하는 것보다 훨씬 더 히스클리프 씨를 사랑한단 말이에요. 그리고 언니만 참견 안 하면 그이도 날 사랑해 줄 수 있을 거예요!」

「그럼, 나는 왕국을 다 준다 해도 아가씨처럼 되고 싶진 않아요!」 캐서린이 단호하게 선언했어요. 정말 진지하게 말하

는 것 같더군요. 「넬리, 지금 이게 얼마나 정신 나간 소리인
지를 이저벨라가 알아듣게 좀 도와줘. 히스클리프가 어떤 사
람인지, 길들여지지 않은 사람, 세련된 구석도 교양도 없는
사람이라는 걸 아가씨한테 좀 알려 달라고. 가시금작화나 현
무암만 있는 메마른 황무지 같은 사람이라는 사실 말야. 아
가씨의 마음을 히스클리프에게 주라고 권하느니 어리디어린
카나리아를 겨울 숲속에 놓아주는 편이 낫겠네! 히스클리프
의 성격을 몰라도 너무 몰라서 그래요, 아가씨. 그래서 그토
록 터무니없는 공상을 하는 거라고요. 히스클리프의 매몰찬
외양 아래 자비심이나 애정이 깊이 숨겨져 있다고 생각하면
착각이에요. 아이고. 히스클리프는 정제되지 않은 다이아몬
드가 아니에요. 진주를 품은 조개 같은 시골뜨기가 아니라고
요. 아주 사납고 무자비한 늑대 같은 인간이에요. 난 히스클
리프에게 〈이 원수, 저 원수를 건드리지 마. 그 사람들을 해
치는 행위는 무자비하고 잔인한 짓이니까〉라는 말은 절대 안
해요. 그냥 〈나는 그 사람들 다치는 모습을 보고 싶지 않으니
까 건드리지 마〉라고 말하죠. 히스클리프는 만일 아가씨가
골치 아픈 짐이다 싶으면 아가씨를 참새 알처럼 으깨 버릴
수도 있는 사람이에요, 아가씨. 단언컨대 히스클리프는 절대
린턴 집안의 사람을 사랑할 수가 없는 인간이에요. 그럼에도
불구하고 아가씨 몫의 재산과 물려받을 유산을 탐내서 아가
씨하고 결혼할 수 있는 사람이라고요. 마음속에서 계속 탐욕
의 죄가 자라고 있단 말예요. 그게 내가 아는 히스클리프예
요. 하지만 난 그의 친구예요. 워낙 친한 친구라서 히스클리

프가 진짜로 아가씨를 낚으려고 계략을 부린다 해도 그가 쳐 놓은 함정에 아가씨가 빠지는 꼴을 아무 말 없이 지켜보기만 할 정도라고요.」

이저벨라 아가씨는 분노에 차서 새언니를 바라보았어요.

「세상에, 창피한 줄 아세요! 창피한 줄 알라고요!」 이저벨라가 노여움을 못 이겨 그렇게 반복했지요. 「언니는 스무 명의 원수를 합친 것보다도 더 나쁜 사람이에요. 친구라면서 어떻게 그렇게 중상모략을 할 수가 있어요!」

「아이고! 내 말이 안 믿겨요?」 캐서린이 말했어요. 「내가 고약한 이기주의자라 이렇게 말하는 것 같냐고요?」

「당연히 그렇죠.」 이저벨라가 반박했어요. 「생각만 해도 몸서리가 쳐지네요!」

「그럼 좋아요!」 아씨가 큰 소리로 말했어요. 「정 그렇다면 알아서 해보세요. 내 할 말은 다 했고, 아가씨처럼 건방지고 무례한 사람한테는 두 손 다 들었으니까.」

「새언니의 이기심 때문에 내가 어떤 고통을 받는지 알기나 하냐고요!」 아씨가 방을 나간 뒤 이저벨라가 흐느끼며 말했어요. 「다들, 다들 나를 훼방 놓잖아. 나한테는 유일한 낙인데 언니 때문에 망가졌어. 하지만 언니 말 다 거짓말이죠? 히스클리프 씨는 악마가 아니야. 고결하고 진실한 영혼을 가진 분이지. 안 그렇다면 어떻게 새언니를 안 잊었겠냐고요?」

「마음속에서 그 사람 지워 버리세요, 아가씨.」 제가 말했죠. 「그는 불길한 조짐을 알리는 흉조 같은 사람이란 말예요. 아가씨하곤 전혀 안 어울려요. 심하게 들리긴 해도 캐서린 아

171

씨 말씀이 제가 봐도 틀리지 않거든요. 아씨는 저보다, 실은 이 세상 누구보다도 히스클리프의 마음을 잘 아는 분이란 말예요. 그리고 절대로 실제보다 더 나쁘게 말할 리가 없는 분이에요. 정직한 사람들은 자신의 과거를 숨기지 않아요. 히스클리프가 지금까지 어떻게 살았고, 돈은 어떻게 모았는지 아세요? 워더링 하이츠에, 자기가 그렇게 증오하는 사람의 집엔 왜 살고 있고요? 사람들이 그러는데 히스클리프가 거기 살게 된 뒤로 언쇼 씨의 상태가 점점 더 나빠지고 있대요. 두 사람이 항상 밤새도록 함께 있고, 언쇼 씨는 자기 땅을 잡혀 빌린 돈으로 노름을 하고 항상 술에 절어 있다는 거예요. 바로 지난주에 기머턴에서 조지프를 만났을 때 그렇게 들었다고요. 기머턴에서 만났을 때요.

조지프가 말했어요. 〈넬리, 이제 봐. 머잖아 우리 집에 사인을 확인하러 검시관이 올 테니. 하나는 소백정이라도 되는지 자기 몸을 찌르고, 다른 하나는 그걸 막으려다가 손가락이 잘릴 뻔했다고. 하느님의 심판을 받고 싶어서 목숨을 끊겠다고 나선 이는 우리 쥔이지, 짐작하겠지만. 하느님의 심판관인 바오로도 베드로도 요한도 마태오도, 그 누구도 무서워하지 않을 양반이야. 암, 안 무서워하고말고! 도리어 그 뻔뻔한 낯짝을 들이대지 못해서 안달이라니까! 그리고 저 잘난 놈, 히스클리프 말이야, 잘 들어 두라고. 아주 대애단한 놈이야. 악마의 농지거리 정돈 이를 다 드러내고 웃어넘길 작자라니까. 우리하고 얼마나 멋들어지게 사나 그레인지에 가서 말 안 하던가? 이제 내가 다 말해 줄게. 해 질 녘이나 돼야 일

172

어나서 노름을 하고 브랜디를 마시느라고 다음 날 정오까지 덧창을 닫고 촛불을 켜놓거든. 그럼 바보 같은 패거리들이 욕을 하고 미친놈처럼 악을 쓰면서 그놈 방으로 간다니까. 점잖은 사람들은 차마 들을 수 없어서 귀를 막아야 된다고. 그럼 그 악당 놈이 와서 돈 계산을 한 다음에 먹고 자고, 이웃 집에 건너가 남의 부인네하고 수작을 부리는 거야. 그러면서 캐서린 마님한테 당신 아버지의 돈이 어떻게 자기 주머니로 들어가고 있는지, 그리고 마님 아버지의 아들이 어떻게 멸망의 큰길[4]로 곧장 가고 있는지, 자기는 또 어떻게 지옥문을 활짝 열어 주고 있는지 떠벌리는 거야.〉 그런데요, 이저벨라 아가씨, 조지프가 고약한 늙은이이긴 해도 거짓말쟁이는 아니거든요. 만일 그가 이야기한 히스클리프의 행동이 다 사실이라면, 그런 남편은 받아들이긴커녕 꿈도 꾸지 않으시겠죠, 안 그래요?」

「너도 다른 사람들과 한 패네, 엘런!」 이저벨라가 대답했어요. 「그런 중상모략은 듣고 싶지 않아. 이 세상에는 행복이 있을 수 없다고 우기니 그렇게 심술궂은 짓이 어디 있어!」

이저벨라 아가씨를 그냥 놔뒀으면 그런 공상을 극복했을지, 아니면 계속 키웠을지 알 수 없는 일이죠. 그런데 아가씨에게는 고민할 시간도 별로 없었어요. 다음 날 이웃 마을에서 재판이 열렸고, 우리 서방님께서 거기 가야 했거든요. 히

---

4 『신약 성서』, 「마태오의 복음서」 7장 13절, 〈좁은 문으로 들어가거라. 멸망에 이르는 문은 크고 또 그 길이 넓어서 그리로 가는 사람이 많지만〉을 가리킨다.

스클리프 씨는 서방님이 안 계신 것을 알고 평소보다 더 일찍 찾아왔어요.

캐서린과 이저벨라는 서로를 미워하는 마음을 품은 채 말없이 서재에 앉아 있었지요. 이저벨라는 전날 잠깐 동안 너무 흥분해서 신중하지 못하게 속마음을 다 드러낸 바람에 안절부절못했어요. 그리고 캐서린은 전날 일을 되짚어 보며 심한 모욕감을 느꼈습니다. 다음번에는 너를 웃음거리로 만들어 버리겠다, 하지만 너는 결코 웃을 수 없을걸, 이렇게 생각했을 겁니다.

캐서린 아씨는 히스클리프가 창가를 지나가는 모습을 보고 웃더군요. 저는 벽난로 재를 모으고 있었는데 아씨의 입가에 짓궂은 미소가 어리는 게 보였죠. 이저벨라 아가씨는 생각에 잠겨 있어서 그랬는지, 아니면 독서에 몰두해 있어서 그랬는지 그냥 방에 있었는데 문이 열렸어요. 아마 가능했다면 방을 빠져나갔겠지만 이미 너무 늦은 거죠.

「어서 들어와, 어서!」 안주인이 벽난로 쪽으로 의자 하나를 당기며 명랑하게 말했어요. 「우리 두 사람 사이에 감도는 냉기를 녹이려면 제3자가 꼭 필요하거든. 그런데 우리가 원하던 제3자가 여기 나타났네. 히스클리프, 널 나보다 더 사랑할 사람을 소개하게 돼서 정말 기뻐. 기분이 우쭐해질걸. 아니, 넬리 말고. 그쪽이 아니야! 가엾은 우리 아가씨가 네 육체적, 정신적 아름다움을 감상하는 것만으로도 가슴이 미어지시거든. 너만 원하면 에드거의 매제가 될 수 있어! 아니, 저런, 이저벨라, 왜 그렇게 도망을 가.」 당황하고 분개한 아가씨가 벌떡 일어나서 나가려고 하자 캐서린이 장난스레 제지하며 말을 이었어요. 「우리가 널 사이에 두고 고양이 새끼들처럼 툭탁거리고 있었다니까, 히스클리프. 그런데 아가씨의 애정과 헌신이 얼마나 지극한지 난 완전히 손들었어. 더욱이 내가 예의 있게 자리를 비켜 주기만 하면 내 라이벌인 이저벨라가(본인이 그렇다고 하더라) 네 심장을 사랑의 화살로 관통해서 널 영원히 사로잡고 내 모습은 완전한 망각의 세계로 보내 버린대!」

「캐서린.」 이저벨라가 자신을 꽉 잡고 놓아주지 않는 새언니의 손아귀에서 벗어나려고 애쓰는 것마저 경멸스럽다는 어조로 애써 품위 있게 말했어요. 「농담을 하더라도 사실만 얘기하고 터무니없는 이야기는 안 했으면 좋겠어요! 히스클리프 씨, 제발 이 친구분께 절 좀 놔달라고 말씀해 주세요. 당신과 저는 허물없는 친구 사이가 아닐뿐더러, 이게 언니에게는 재미있는 장난거리지만 제게는 이루 말할 수 없이 고통스러운 일임을 언니가 잊고 있네요.」

아무 대답도 없이 자리에 앉은 손님은 자신에 대한 이저벨라의 감정에는 전혀 관심이 없는 것처럼 보이더군요. 이를 본 아가씨는 자신을 고문하고 있던 캐서린을 향해 돌아서서 제발 손 좀 놓으라고 낮고 진지하게 말했어요.

「무슨 소리야!」 아씨가 큰 소리로 대답했죠. 「내가 다시 여물통 속의 개라는 소릴 들을 것 같아요? 여기 있어요, 있으란 말이야! 그런데, 히스클리프, 내가 이렇게 기쁜 소식을 전해 줬는데 너도 기쁜 티를 좀 내야 하지 않아? 이저벨라가 말하

175

길, 에드거에 대한 나의 사랑 따윈 너에 대한 자신의 사랑에 비하면 아무것도 아니라고 큰소리치던데. 이저벨라가 그런 뜻으로 일장 연설을 하지 않았어, 엘런? 그리고 그저께 산책 때 내가 너한테서 자길 떼어 놓았다고, 어떻게 그럴 수가 있느냐면서 너무 슬프고 억울하다고 식음을 전폐하는 중이라고.」

「내 보기엔 그건 거짓말이네.」 히스클리프가 의자에서 몸을 돌려 두 여성을 바라보며 말했어요. 「어쨌든 지금은 나하고 같은 방에 있고 싶어 하지 않잖아!」

그런 다음 화제의 대상인 이저벨라를 빤히 바라보았는데, 마치 서인도 제도의 지네처럼 괴상하고 징그러운 동물이라도 보는 것 같은 모습이더라고요. 너무 싫지만 호기심 때문에 자꾸 보게 되는 동물 말예요.

가엾은 아가씨는 그런 시선을 견디지 못했어요. 얼굴이 새하얘지다가 시뻘겋게 달아오르며 속눈썹에 눈물이 맺히더군요. 그러는 동안에도 작은 손가락에 힘을 주어 캐서린의 단단한 손아귀에서 빠져나오려고 애를 썼고요. 하지만 팔에서 손가락 하나를 떼어 내면 바로 다른 손가락이 재빨리 감기니까, 손톱으로 캐서린을 할퀴기 시작했어요. 손톱이 워낙 날카로워서 캐서린의 손에 시뻘건 초승달 무늬가 생겼지요.

「아이쿠, 암호랑이네!」 아씨가 이저벨라를 놓아주고 아파서 손을 흔들며 외쳤어요. 「나가요, 제발. 여우 같은 낯짝 꼴도 보기 싫어! 좋아하는 사람 앞에서 발톱을 세우다니 어지간히 멍청하다. 그가 뭐라고 생각하겠어요? 저것 좀 봐, 히스클리프! 저 손톱으로 사람도 잡겠어. 네 눈알도 파낼라, 조심해.」

「행여라도 위협한다면 난 저 손톱들 다 뽑아 버릴걸.」이저 벨라가 문을 닫고 나가는 순간 히스클리프가 우악스럽게 대답했어요. 「하지만 저 앨 왜 그렇게 놀렸어, 캐시? 진담 아니었지?」

「거짓말 아냐.」 그녀가 대답했죠. 「지난 몇 주 동안 너 때문에 애를 태웠다더라. 오늘 아침엔 널 칭찬하느라고 난리를 쳐서, 내가 정신 좀 차리라고 네 결점을 솔직하게 다 얘기해 줬더니 나한테 욕을 바가지로 퍼붓던데. 하지만 이 이상 신경 쓰진 마. 내가 애 버르장머리를 좀 고쳐 주려고 그런 거니까. 실은, 히스클리프, 난 이저벨라를 너무 좋아해서 너한테 통째로 잡아먹히는 꼴을 그냥 보고만 있진 않을 거야.」

「근데 난 저 애가 너무 싫기 때문에 그러지도 않을 거야.」 그가 말했지요. 「악귀처럼 저 애의 시체를 뜯어먹는다면 모를까. 내가 구역질 나는 저 밀랍 같은 면상하고 함께 산다면 아마 이상한 소문이 돌 거다. 가장 흔한 소문은 내가 매일매일, 아니면 하루 걸러, 저 희멀건 면상을 무지갯빛으로 만들고, 파란 눈을 시꺼멓게 만든다는 얘기일걸. 눈이 린턴을 꼭 닮았더라, 끔찍할 정도야.」

「끔찍이 사랑스러울 정도지.」 캐서린이 말했어요. 「비둘기의 눈, 천사의 눈이라고!」

「그 애가 제 오빠의 상속인이지, 아마?」 히스클리프가 잠시 침묵을 지키다가 물었어요.

「그런 생각은 안 하고 싶은데.」 그의 친구가 대답했습니다.

「조카들이 여섯 명 정도는 생겨서 제발 그런 일이 없어야지! 일단 그런 생각은 잊어. 넌 이웃의 재산을 너무 탐내더라. 이번에는 〈이웃집 재산〉이 내 것이라는 사실을 잊지 말란 말야.」

「내 재산이래도 역시 네 재산이니까.」 히스클리프가 말했어요. 「하지만 이저벨라 린턴이 아무리 바보라 해도 미치진 않았을 테니 네 말대로 이 이야기는 그만하자.」

그 일은 더 이상 거론되지 않았어요. 캐서린은 아마 머릿속에서 그런 생각을 깨끗이 지워 버렸을 거예요. 하지만 히스클리프는 틀림없이 저녁 내내 가끔씩 그런 생각을 한 것 같아요. 아씨가 방을 비울 때면 이를 드러내고 미소 지으며 음흉한 생각에 잠기는 것을 분명히 보았답니다.

전 히스클리프의 행동을 주시하기로 했어요. 표는 안 내도 한결같이 아씨보다는 서방님 편이었으니까요. 워낙 덕망 있고 상대방을 믿어 주고 신의가 있는 분이라서 당연한 일이었죠. 아씨로 말하자면, 딱히 정반대라곤 할 수 없었지만, 자신에게 너무 관대하다고 할까. 저로서는 아씨의 원칙을 믿을 수 없었고 감정에는 더더욱 공감할 수 없었어요. 뭔가 일이 생겨서 워더링 하이츠와 그레인지에서 더 이상 히스클리프 씨를 안 봤으면 했고 그가 나타나기 이전의 화목한 상태로 돌아가기를 마음속으로 빌었지요. 그의 방문은 저한테는 한없이 이어지는 악몽 같았어요. 그리고 내 짐작이긴 해도, 서방님 역시 마찬가지인 것 같았어요. 그가 하이츠에 살고 있다는 사실 때문에 우리는 설명하기 힘든 중압감에 시달렸어요. 하느님께서 길 잃은 양을 하이츠에 버려 놓고 악의 구렁

텅이에서 방황하게 두셨는데, 사악한 짐승이 이 길 잃은 양과 양 우리 사이를 어슬렁거리며 덤벼들어 처치할 기회만 엿보고 있는 느낌이었죠.

11

혼자 이런 생각을 하다 보면 불현듯 두려움이 엄습해서 자리를 떨치고 일어나 농장의 상태나 알아보려고 보닛을 집어들어 쓴 적도 있었어요. 남들이 수군거리는 말들을 힌들리 본인에게 알려 주는 것이 의무라고 마음을 다져 먹어도, 그래 봤자 워낙 나쁜 습관이 몸에 밴 터라 아무 도움도 안 될 거라는 생각이 들면 절망스러웠어요. 그래서 그 음산한 집을 다시 방문하기도 꺼려졌지요. 제 말을 곡해하지 않고 받아들일지도 의문이었고요.

딱 한 번 기머턴에 가다가 일부러 옛집에 발을 들인 적이 있어요. 지금 해드리는 이야기가 시작될 무렵이었는데, 활짝 갠 맑은 날이었지만 아주 싸늘하게 추웠어요. 땅은 헐벗고 길은 단단하게 메말라 있던 어느 오후였지요.

큰길을 따라가다 보면 길이 갈라지는 곳에 표지석이 서 있잖아요. 왼쪽으로 가면 황야가 펼쳐지고요. 거친 사암 기둥에 북쪽으로 가면 W.H., 동쪽으로 가면 G., 그리고 남서쪽으로 가면 T.G.라고 새겨져 있었어요. 스러시크로스 그레인지와 워더링 하이츠, 그리고 기머턴 마을로 가려면 어느 쪽으로 가야 하는지 알려 주는 표지석이었죠.

그때 마침 햇빛이 회색 돌 꼭대기를 밝게 비추어 여름 같은 느낌이 들었어요. 그리고 이유는 모르겠지만 갑자기 어린 시절에 대한 향수가 마음속에서 용솟음쳤어요. 사실 거긴 20년 전에 힌들리와 제가 즐겨 찾던 놀이터였거든요.

비바람에 마모된 그 표지석 기둥을 오랫동안 응시하다가 고개를 숙여 아래를 보니 구멍이 있었고, 어렸을 때처럼 거기에 달팽이 껍질과 조약돌이 가득 채워져 있더군요. 우리는 썩기 쉬운 것들도 함께 구멍에 넣으며 놀았었죠. 어린 시절 제 소꿉동무가 마른 잔디에 앉아 검고 네모진 머리를 숙이고 조막손으로 석판 한 조각을 들고 흙을 파던 모습이 당장의 현실처럼 눈에 선했어요.

「가엾은 힌들리!」 저도 모르게 탄식이 터져 나왔어요.

저는 흠칫 놀랐어요. 순간적으로 어린 시절의 힌들리가 고개를 들어 제 얼굴을 곧장 마주 보고 있다는 느낌이 들었거든요! 순식간에 사라진 환영이었지만. 어쨌든, 전 당장 워더링 하이츠를 방문해야겠다는 억제할 수 없는 충동을 느꼈어요. 이런 충동에 미신이 가세했어요. 힌들리가 죽었다는 뜻은 아닐까! 하는 생각이 스쳤거든요. 아직 안 죽었더라도 곧 죽는다는 뜻 아닐까! 방금 본 게 그의 죽음을 암시하는 징조는 아니었을까!

워더링 하이츠가 가까워질수록 점점 더 불안해지더군요. 마침내 그 집의 모습이 드러나자 온몸이 다 떨렸어요. 좀 전에 본 유령이 저를 앞질러 가서 문틈으로 집 밖을 내다보고 있었거든요. 곱슬머리에 밤색 눈을 한 사내애가 붉은 볼을 빗장에 대고 내다보는 모습을 보고 그렇게 착각한 거죠. 정신을 차려 보니 제가 보고 있던 아이는 헤어턴, 제 아기 헤어턴이었어요. 열 달 전 제가 떠난 뒤로 그리 많이 변하지 않았더라고요.

「주님의 은총이 너와 함께하길, 아가야!」제가 즉시 어리석은 공포심을 잊고 큰 소리로 말했어요. 「헤어턴, 나 넬리야, 넬리 유모 왔어.」

헤어턴은 제 팔이 닿지 않게 물러서면서 커다란 돌멩이를 집어 들었어요.

「아버지를 뵈러 왔어, 헤어턴.」아이의 행동을 보니 설령 그 애가 유모 넬리를 기억한다 하더라도 제가 바로 그 사람이란 사실은 알아보지 못하는 듯해서 그렇게 덧붙였죠.

헤어턴은 돌멩이를 치켜들고 절 겨냥했어요. 전 아이를 달래 보려고 입을 열었지만 헤어턴의 행동을 막지는 못했고, 아이는 돌멩이를 던져 제 보닛을 맞혔어요. 이어서 아직 말도 서툴러 더듬거리는 어린아이의 입에서 욕설이 마구 쏟아져 나오더군요. 말뜻을 알고 하는지 모르고 하는지 분간은 안 갔지만 능란하게 적절한 부분에 강조까지 하면서요. 그토록 천진한 얼굴이 악의적인 표정을 띠며 뒤틀리는 모습이 정말 충격적이었어요.

그런 모습을 보니 전 화가 나기보다도 가슴이 아팠어요, 당연히. 울고 싶은 심정으로 주머니에서 오렌지를 꺼내 건네면서 아이를 달래 보려고 했지요.

헤어턴은 잠시 망설이더니 제가 약만 올리고 오렌지를 도로 감출까 봐 그러는지 냉큼 제 손아귀에서 그걸 낚아채더군요.

저는 다시 오렌지를 하나 더 꺼내 아이의 손이 안 닿도록 치켜들었어요.

「누가 그렇게 훌륭한 말을 가르쳐 주었니, 얘야.」 제가 물었죠. 「부제님이 가르쳐 주셨어?」

「부제 놈은 지옥에나 떨어지라고 해. 그리고 너도! 그거 이리 내놔.」 아이가 대답했어요.

「누구한테 배웠는지 말해 봐. 그럼 줄 테니까.」 제가 말했지요. 「누가 네 선생님이셔?」

「악마 같은 아빠지.」 아이의 대답이었어요.

「그래, 아빠한테서 뭘 배우니?」 제가 계속 말했어요.

아이는 오렌지를 제 손에서 낚아채 보려고 껑충 뛰었어요. 전 더 높이 쳐들었지요. 「아빠가 뭘 가르쳐 주시지?」 제가 물었어요.

「아무것도 안 가르쳐 줘.」 아이가 대답했어요. 「그냥 아빠 눈에 안 띄면 돼. 내가 아빠한테 욕하니까 아빠는 내가 있는 게 싫대.」

「아! 그래, 악마가 아빠한테 욕하라고 가르쳐 주던?」 제가 말했지요.

「으응, 아아니.」 아이가 발음을 길게 끌었어요.

「그럼 누가?」

「히스클리프.」

제가 아이에게 히스클리프가 좋으냐고 물었어요.

「응!」 아이가 다시 대답했어요.

아이가 히스클리프를 좋아하는 이유를 알고 싶었지만, 그 저 짧은 답을 얻었을 뿐입니다. 「몰라. 그 아저씨가 아빠한테 나 대신 복수를 해주거든. 아빠가 나한테 욕하면 아저씨가 아빠한테 욕을 해. 그리고 내 맘대로 하래.」

「그래, 부제님은 너한테 읽고 쓰는 거 안 가르쳐 주셔?」 제 가 계속 물었어요.

「아니, 부제가 집에 발을 들여놓기만 하면 그냥 놈의······ 이빨을 몽땅 부러뜨려서 그의······ 목구멍에 처넣어야 된대.[5] 히스클리프가 그렇게 해준다고 약속했어!」

저는 아이 손에 오렌지를 쥐여 주며 아버지한테 가서 넬리 딘이라는 여자가 뵙고 싶어 한다고, 정원 문 앞에서 기다리 고 있다고 전해 드리라고 시켰어요.

아이는 진입로로 올라가 집 안으로 들어갔어요. 하지만, 현관에 나타난 사람은 힌들리가 아닌 히스클리프였어요. 전 곧장 돌아서서 표지석이 세워진 곳까지 있는 힘을 다해 쉬지 않고 달려갔어요. 마치 제가 요괴를 불러낸 기분이었거든요.

지금 말씀드린 일은 사실 이저벨라 아가씨 사태와 직접 관 련된 것은 아니지요. 다만 이 일로 인해 저는 그렇게 나쁜 영 향력이 스러시크로스 그레인지까지 퍼지는 사태는 무슨 수 를 써서라도 막아야겠다, 내가 더 부지런히 경계해야겠다,

5 넬리는 저주의 말이 들어갈 부분을 생략하고 있다.

그렇게 결심하게 됐습니다. 제가 아씨의 즐거움을 방해해서 집안이 시끄러워지더라도 그렇게 해야 된다 싶었어요.

다음에 히스클리프가 찾아왔을 땐 공교롭게 이저벨라 아가씨가 정원에서 비둘기 모이를 주고 있었어요. 아가씨는 사흘 동안 새언니와 한마디도 주고받지 않았는데, 짜증을 내거나 불평을 하지도 않았기 때문에 다들 그나마 한시름 놓고 있던 참이었죠.

히스클리프는 꼭 필요한 경우가 아니면 이저벨라 아가씨에게 인사도 제대로 안 했어요. 전 잘 알고 있었죠. 그런데, 그날은 아가씨를 보자마자 우선 집 앞을 쓱 훑어보며 신경을 쓰더라고요. 마침 부엌 창가에 있던 저는 얼른 몸을 숨겼어요. 보니까 히스클리프는 그렇게 주위를 살핀 뒤에 길을 성큼 가로질러 아가씨한테 가더니 뭐라고 말을 걸더군요. 아가씨는 당황스러워하는 것처럼 보였고 그냥 자리를 피하고 싶은 듯했어요. 하지만 히스클리프가 아가씨의 팔을 붙잡아 못 가게 막더라고요. 그리고 히스클리프가 뭐라고 묻자 아가씨가 얼굴을 피했는데, 아마도 대답하기 곤란한 질문을 받은 듯했어요. 그런데 악당 같은 놈이 다시 재빨리 집 쪽을 훑어보더니 아무도 보는 사람이 없다고 판단했는지 뻔뻔스럽게도 아가씨를 껴안는 거예요.

「유다 같은 놈! 배신자!」 저도 모르게 그런 욕설이 터져 나오더군요. 「게다가 위선자이기까지 하네? 사람을 속이기로 아주 작정을 했구나.」

「누구한테 하는 말이야, 넬리?」 캐서린의 목소리가 제 팔꿈치께에서 들렸어요. 제가 바깥의 두 사람에게 너무 정신이 팔려 있어서 캐서린이 다가온 것도 몰랐던 거예요.

「아씨의 몹쓸 친구지요!」 화가 치민 제가 대답했어요. 「저기 저 인두겁을 쓴 작자요. 아, 우릴 봤군요. 들어오네요! 아씨께 자기는 이저벨라 아가씨를 싫어한다고 말해 놓고 아가씨께 수작을 걸다니, 이제 어떤 구실을 대려나 궁금하네요.」

이저벨라가 히스클리프를 뿌리치고 정원 안으로 뛰어가는 모습은 아씨에게도 보였어요. 1분 후에 히스클리프가 문을 열고 집으로 들어오더군요.

전 너무 분개해서 한마디 쏘아 주지 않을 수 없었어요. 하지만 캐서린이 화를 내며 입 닥치라고, 감히 주제넘게 방자한 혓바닥을 놀리면 부엌에서 쫓아내겠다고 엄포를 놓더군요.

「누가 들으면 안주인이 넌 줄 알겠구나!」 캐서린이 큰 소리로 저를 나무랐죠. 「분수에 맞게 행동해야지! 히스클리프, 대체 무슨 짓이야, 왜 이런 소동을 피워? 이저벨라 가만두라고 했잖아! 제발 그러지 말란 말야, 네가 이 집에 오는 게 진절머리가 난 린턴이 문의 빗장을 지르게 하고 싶지 않으면!」

「그래 보라지, 재미없을걸!」 흉악한 악당이 대답했어요. 정말 가증스럽더군요. 「앞으로도 계속 고분고분하게 인내하며 사는 편이 신상에 좋을 거야! 나야말로 날이면 날마다 그놈을 하늘나라로 보내고 싶어서 미칠 지경이니까!」

「쉿!」 캐서린이 거실 쪽 문을 닫으며 말했지요. 「왜 날 화나게 해? 왜 내 부탁을 무시하는 거야? 이저벨라가 말을 걸었어?」

「그게 너랑 무슨 상관인데?」 그가 으르렁댔어요. 「이저벨라만 좋다면 난 입 맞출 권리가 있지만, 넌 그걸 반대할 권리가 없다고. 내가 네 남편은 아니니까. 네가 질투할 이유는 없잖아!」

「질투하는 게 아니야.」 아씨가 대답했지요. 「걱정하는 거지. 얼굴을 펴. 나한테 인상 쓰지 말고! 이저벨라가 좋으면 결혼해. 그렇지만 정말 좋아하는 거야? 정직하게 말해 봐. 히스클리프! 그것 봐, 대답 못 하잖아. 네가 이저벨라 안 좋아하는 거 다 알고 있단 말야!」

「하지만 린턴 서방님이 저런 인간하고 누이동생이 결혼하는 것을 허락하시겠어요?」 제가 물었죠.

「그이도 허락해야지.」 아씨가 단호하게 대답하셨어요.

「굳이 그놈 허락 받을 필요 없어.」 히스클리프가 말했어요. 「그가 인정 안 해줘도 나한텐 상관없다고. 그리고 너 말이야, 캐서린, 말이 나온 김에 말이지만 나 너한테도 할 말이 좀 있다. 네가 나한테 아주 끔찍한 잘못, 그보다 더 나쁠 수 없는 잘못을 저질렀다는 걸 난 알고 있으니까 그거 명심해! 알았어? 내가 모르고 있다고 착각한다면 너야말로 바보 멍청이니까. 그리고 다정한 말 몇 마디로 날 달랠 수 있다고 생각한다면 넌 정말 바보 천치야. 내가 복수 안 하고 그냥 넘어갈 줄 알아? 그거 착각이다, 곧 확실히 알게 해주마! 네 시누이의 비밀을 알려 준 것은 일단 고마워. 그걸 최대한 써먹을 작정이니까 두고 봐. 그러니까 넌 상관 말라고!」

「너한테 이런 면이 있었어?」 린턴 아씨가 놀라서 외쳤어요.「내가 너한테 끔찍한 잘못을 저질렀다니, 그래서 복수할 거라니! 어떻게 그런 소리를 할 수 있지, 이 배은망덕한 망나니 같으니! 내가 대체 무슨 끔찍한 잘못을 너한테 저질렀다는 거야?」

「너한테 복수하려는 건 아냐.」 히스클리프가 조금 누그러진 어조로 대답했어요.「내 계획은 달라. 폭군이 노예를 고문하면, 노예들은 폭군한테 반항하지 않고 아랫사람들을 짓밟지. 그러니까 넌 죽을 때까지 날 고문해도 돼. 다만 나도 그런 식으로 좀 재미를 보겠다는 거지. 그리고 날 모욕하는 짓은 최대한 자제해 줘. 내 궁전을 무너뜨려 놓고 가축우리를 집이라고 지어 준 다음 네 자비심에 감사하고 감탄하라고 하면 되겠냐? 만일 네가 진심으로 나하고 이저벨라가 결혼하기를 원한다 싶으면 차라리 목에 칼을 꽂고 죽어 버릴 거야!」

「아, 그럼 내가 질투를 안 해서 문제야?」 캐서린이 외쳤어요.「그럼 좋아, 이제 두 번 다시 신붓감을 소개하진 않을게. 그건 사탄의 품에 길 잃은 영혼을 안겨 주는 거나 마찬가지니까. 넌 사탄처럼 다른 사람을 비참하게 만들면 행복하구나. 그렇다는 사실을 몸소 보여 주고 있잖아. 에드거는 더 이상 네가 처음 왔을 때만큼 마음이 불편하지 않고, 나도 마음이 안정되고 편해지기 시작했지. 그런데 넌 우리가 평온하고 사이가 좋으면 싸움을 붙여야 직성이 풀리는 인간이야. 에드거하고 싸우고 싶으면 싸워, 히스클리프. 에드거의 동생도 속이고. 그거야말로 네가 나한테 할 수 있는 가장 효과적인 복수가 될 테니까.」

대화는 거기서 끝났어요. 아씨는 상기되고 우울한 표정으로 난롯가에 앉았어요. 그녀를 섬기던 정령을 이제 다루기 힘들어진 거죠. 더 이상 때릴 수도 복종시킬 수도 없게 됐어요. 히스클리프는 팔짱을 끼고 벽난로 앞에 선 채로 사악한 생각에 잠겨 있었고요. 저는 그들을 뒤로하고, 아래층에 간 캐서린이 왜 이리 안 올라오나 궁금해하고 있을 서방님을 찾아 위층으로 올라갔어요.

　「엘런.」 서방님이 거실로 들어간 제게 말했지요. 「아씨를 뵈었느냐?」

　「예, 부엌에 계십니다, 서방님.」 제가 대답했지요. 「히스클리프 씨의 행동 때문에 무척 상심하고 계세요. 제 생각엔 더는 히스클리프의 방문을 허락하지 말아야 할 것 같습니다. 너무 물러 보이면 당하는 수가 있으니까요. 결국 이런 일이 생긴 것이……」 그런 다음 정원에서 있었던 일과 두 사람의 말다툼 내용을 격에 어긋나지 않게 최대한 정확히 보고드렸어요. 그렇게 말씀드려도 아씨에게 불리하지는 않을 거라고 생각했었죠. 아씨가 히스클리프를 감싸느라 자신을 불리한 처지에 몰아넣지 않는다면.

　서방님은 너무 화가 나서 제 말을 끝까지 듣지도 못하시더군요. 벌써 첫 마디에 아내에게도 잘못이 있다고 여기는 마음이 드러났습니다.

　「도저히 참을 수 없는 일이군!」 그가 외쳤어요. 「그런 사람을 친구로 삼아서 나한테 받아 주라고 하다니 이렇게 수치스러울 수가 있나! 하인들 방에 가서 두 사람을 데려와라, 엘런.

더 이상 캐서린이 비열한 악당과 이러쿵저러쿵하는 꼴은 못 보겠다. 사람이 참는 데도 한도가 있는 법이다.」

주인은 아래층으로 내려가시더니 하인들을 복도에 대기시켜 놓고 저를 데리고 부엌으로 들어가셨어요. 거기 있던 두 사람은 그사이에 화가 났는지 다시 말다툼을 하고 있더군요. 적어도 아씨는 아까의 기세를 되살려 그를 나무라고 있었어요. 히스클리프는 아씨의 강한 비난에 다소 움츠러들었는지 창가에 서서 고개를 숙이고 있었고요.

히스클리프가 먼저 린턴 서방님을 알아보고, 캐서린에게 말을 멈추라고 황급히 손짓했어요. 아씨도 상황을 알아채고 말을 뚝 멈추었지요.

「이게 대체 무슨 사태요?」 서방님이 아씨에게 말했어요. 「저 불한당이 막말을 하는데도 듣고 있다니 당신 도대체 품위를 아는 거요, 모르는 거요? 워낙 평소 말버릇이 저 모양이라 당신은 아무렇지도 않은 모양이지? 당신이 그런 야비한 언행에 익숙해진 나머지 나도 익숙해질 수 있을 거라고 생각하는 모양이네!」

「당신 엿듣고 있었어요, 에드거?」 남편의 부아를 돋우려고 특별히 계산된 말투였어요. 남편이 화를 내든 말든 개의치 않고 한심하고 경멸스럽다는 태도를 보이더군요.

히스클리프는 고개를 들어 캐서린의 말을 듣더니 에드거의 주의를 자신에게 돌리려는지 일부러 그를 조소하더군요.

그의 목적은 달성됐지만, 에드거는 화를 내서 그를 만족시켜 줄 생각은 없었어요.

「지금까지 당신 행위를 참아 준 이유는,」 그가 조용히 말했지요. 「당신이 한심하고 저열한 인간임을 몰라서가 아니라, 그게 당신 책임만은 아니라고 생각해서였소. 또 캐서린이 당신과 계속 친분을 유지하고 싶어 하니까 받아 준 거요. 하지만 어리석은 짓이었지. 당신하고 함께 있으면 가장 고상한 사람도 오염될 정도로, 당신은 정신적인 독극물이니까. 그러하니 상황이 더 악화되기 전에 이제부턴 이 집에 발을 들여놓지 마시오. 즉시 나가라는 말이오. 3분 이상 지체하면 창피스럽게 강제로 끌려 나가야 할 거요.」

히스클리프는 상대방의 키와 어깨 넓이를 조소가 가득한 눈길로 재보더군요.

「캐시, 네 어린양이 자기가 황소나 되는 것처럼 날 위협하는구나!」 그가 말했어요. 「내 주먹에 골통이 부서지고 싶으신가. 세상에, 린턴 씨, 당신은 한주먹감도 못 되니, 그것이 유감이오!」

주인은 복도를 흘깃 바라보며 제게 하인들을 데리고 오라고 손짓했지요. 자신이 직접 주먹다짐을 한다는 위험한 생각은 전혀 안 했던 거죠.

저는 지시대로 했습니다. 하지만 아씨가 눈치를 채고 절 쫓아와 제가 하인들을 부르기도 전에 저를 잡아당기더니 방문을 쾅 닫고 아예 잠가 버렸어요.

「참 공평하기도 하네요!」 아씨가 분노하고 경악한 남편을 쏘아보며 그렇게 대꾸했어요. 「직접 맞서 싸울 용기가 없으면 사과를 하든지 맞든지 하세요. 그럼 더 이상 용기 있는 척

허세는 못 부리겠죠. 아니다, 당신한테 열쇠를 주느니 삼켜 버리겠어요! 제가 잘해 주니까 두 사람 다 참 지극정성으로 보답해 주네요! 한 사람한테선 유약한 천성을, 다른 사람한 테선 고약한 성격을 받아 줬더니 고마워하기는커녕 배은망덕이란 이런 거다, 자기 방식대로 과시하고 있군요! 정말 어리석다 못해 말이 안 되네. 에드거, 난 당신과 당신 집안을 지키고 있었단 말예요. 당신이 날 그렇게 나쁘게 생각하다니 히스클리프한테 곤죽이 되도록 얻어 터졌으면 좋겠네요!」

서방님이 그런 꼴이 되도록 굳이 주먹질을 할 필요도 없었어요. 서방님이 아씨한테서 열쇠를 빼앗으려고 했지만, 아씨가 절대 빼앗길 수 없다는 듯이 벽난로 불 한복판으로 던져 버렸어요. 그걸 보고 서방님의 몸이 흥분으로 부르르 떨렸고, 표정도 백지장처럼 하얘졌어요. 사력을 다해 억제했지만 감정의 발작을 다스릴 순 없었지요. 비통과 굴욕에 완전히 압도된 거예요. 그래서인지 의자 등받이에 몸을 기댄 채 두 손으로 얼굴을 감싸더군요.

「아이고, 맙소사! 옛날 같으면 이 덕분에 작위를 받았겠군요!」 린턴 아씨가 외쳤어요. 「우리가 졌어요! 항복한다고요! 쥐 떼가 활개 친다고 왕이 군대를 보내겠어요? 히스클리프도 당신 몸에 손가락 하나도 안 댈 거라고요. 기운 내요, 당신을 때리진 않을 테니까! 당신은 순한 양이 아니라 젖먹이 토끼라고요.」

「이 젖비린내 나는 겁쟁이 남편하고 참 행복하게도 살겠다, 캐시!」 그녀의 친구가 말했어요. 「네 훌륭한 취향에 존경

192

을 표한다. 나를 제치고 저렇게 침을 질질 흘리고 벌벌 떠는 남자를 선택하다니! 주먹으로는 못 치겠지만 발로 차면 기분이 꽤 좋을 것 같군. 저 녀석 우는 거냐, 아니면 겁에 질려 기절하기 직전인가?」

히스클리프가 린턴에게 다가가서 그가 앉아 있던 의자를 밀었어요. 그렇게까진 안 하는 편이 좋았겠죠. 주인이 벌떡 일어나 주먹으로 그의 목을 쳤거든요. 히스클리프가 강한 사람이라 망정이지 안 그랬으면 아마 쓰러졌을 거예요.

그 바람에 히스클리프는 잠시 숨을 못 쉬고 캑캑거렸고, 린턴 씨는 그사이에 뒷문을 통해 뜰로 나가서 다시 집의 현관으로 들어왔지요.

「거봐, 이제 우리 집에 다신 못 오게 됐잖아.」 캐서린이 외쳤지요. 「어서 가, 당장. 그이가 권총 두 자루에 하인 대여섯은 데리고 올 텐데. 저이가 진짜 우리 말을 엿들었으면 널 절대 용서하지 않을 거야. 너 정말 나한테 너무한다, 히스클리프! 하지만 가, 어서! 네가 당하는 꼴은 보고 싶지 않아, 차라리 에드거가 당하는 게 낫지.」

「그 자식 주먹을 맞고 목이 얼얼한데 내가 그냥 갈 거라고 생각해?」 히스클리프가 천둥 같은 소리로 고함을 지르더군요. 「절대로 못 가! 그 자식 갈빗대를 으스러뜨려서 썩은 개암을 만들기 전엔 이 집 문턱 못 넘는다고! 지금 못 때려눕히면 언젠간 반드시 죽여 버릴 거야. 그러니까 그 자식이 목숨 부지하기를 원한다면 지금 때려눕히게 그냥 두는 편이 나을걸!」

「서방님은 안 오세요.」제가 거짓말을 좀 섞으면서 끼어들었죠.「마부하고 정원사 두 명이 오고 있어요. 그 사람들이 길바닥에 내동댕이칠 때까지 기다릴 작정이에요? 다들 몽둥이를 들고 있고, 서방님은 거실 창문으로 명령을 잘 따르는지만 내다보고 계실 텐데.」

정원사 둘과 마부가 오고 있던 것은 사실이에요. 하지만 서방님도 함께 오고 있었지요. 일행이 마당으로 들어섰을 때, 히스클리프는 잠시 생각해 보더니 세 명의 하인들과 주먹다짐을 벌이는 일은 피하기로 작정한 것 같았어요. 그래서 부지깽이로 앞문 자물쇠를 부수고 그들이 들이닥치자마자 총총히 빠져나갔지요.

극도로 흥분한 아씨는 제게 위층까지 함께 가달라고 했어요. 아씨는 저도 이 소동에 한몫한 것은 모르고 있었는데, 전 제발 계속 모르고 계셨으면 했죠.

「미칠 것 같아, 넬리!」아씨가 소파에 털썩 몸을 던지며 외쳤어요.「대장장이 1천 명이 내 머릿속에서 망치질을 하고 있는 것 같네! 이저벨라에게 내 눈에 띄지 말라고 좀 해줘. 다 그 애 때문에 이런 소동이 벌어진 거잖아. 지금 그 애든 누구든 날 더 화나게 하면 아주 미쳐 버리고 말 거야. 그리고 넬리, 만일 오늘 저녁에 다시 에드거를 보게 되면 내가 아주 큰 병이 날 것 같다고 말해 줘. 정말 그러기나 했으면 좋겠어. 그이 때문에 너무 놀랐고 너무 속상해! 그러니까 그이도 놀라게 하고 싶어. 심지어, 오히려 자기가 나를 욕하고 독설을 퍼부어 댈지도 모르지. 그럼 나도 가만히 못 있을 게 뻔한데, 어떻게 끝장이 날지는 하느님만이 아시겠지! 그렇게 해줄래, 착한 넬리? 나 때문에 이런 사달이 난 것은 아니라는 사실을 넌 알잖아. 그이가 대체 뭐에 씌어서 우리 말을 엿들었을까? 네가 방을 나가고 나서 히스클리프가 괘씸한 소리를 하긴 했어. 그렇지만 나라면 금세 그가 이저벨라를 포기하게 할 수도 있었는데. 그리고 다른 말들은 별 뜻도 없는 소리였는데. 그이가 귀신에 씌었었나, 왜 바보처럼 자기 욕 하는 소리를 듣고 싶어 해서 일을 엉망으로 만드냐고! 에드거가 우리 대화 내용을 전혀 몰랐다고 해도 안 좋을 일은 조금도 없었는데. 정말이지, 하필이면 내가 에드거를 위해 목이 쉬도록 히스클리프를 나무란 다음에 에드거가 들이닥쳐서는 그렇게 기분 나쁘고 터무니없는 말을 한 거야. 둘이 서로 무슨 짓을 하든지 난 상관도 하기 싫었다고. 특히 이 일이 어떻게 끝나든, 얼마 동안일지는 모르지만 나와 히스클리프가 만날 수 없을 것 같았으니까! 어쨌든, 내 친구 히스클리프를 만날 수 없다면, 에드거가 질투심으로 치사하게 굴면, 난 병이 나버릴 거야. 그럼 둘 다 상심하겠지. 날 막다른 골목으로 몰아 대면 앓아눕는 것이 즉효약이지. 하지만 조금이라도 희망이 있으니 이 방법은 아껴 둬야겠어. 그런 식으로 놀라게 해서 그이에게 한 방 먹일 순 없지. 지금까진 에드거가 나의 화를 돋우지 않으려고 신중하게 행동했는데. 넬리, 에드거한테 그렇게 조심하지 않으면 얼마나 큰 위험이 닥칠지 좀 말해 줘. 그리고 잘못 건드리면 발작을 일으키는 내 격정적인 성격에 대해서도 상기시켜 주고. 그렇게 무심한 표정으로 듣지 말고,

날 위해 걱정하는 표정 좀 지어 보라고!」

그런 지시를 냉정한 표정으로 듣고 있으니 캐서린이 화가 날 만도 했죠. 본인은 정말 진지했으니까. 하지만 전 발작을 어떻게 이용할지 미리 계획할 정도의 사람이라면 발작 상황에서도 자제력을 발휘할 수 있으리라 생각했습니다. 그리고 캐서린의 이기심을 충족시키기 위해서, 그녀의 표현대로 에드거를 〈놀라게〉 하거나 더 짜증나게 하는 일은 하고 싶지 않았어요.

그래서 거실로 오는 서방님이 보였지만 전 아무 말씀도 안 드렸답니다. 하지만 부부가 또 말다툼을 하는지 궁금해서 다시 발길을 돌려 대화를 엿들었지요.

에드거가 먼저 말하기 시작했어요.

「그냥 그대로 있어요, 캐서린.」 목소리에 분노는 담겨 있지 않았지만 무척 서글프고 낙심한 티가 났어요. 「오래 얘기하지 않겠소. 싸우려고 온 것도 화해하려고 온 것도 아니오. 하지만 오늘 같은 사태가 벌어졌는데도 계속 친구로 지낼 작정이오, 그…….」

「아, 제발,」 안주인이 발을 쾅 구르며 말을 가로막았습니다. 「제발, 그 얘긴 더 이상 하지 마요! 무슨 짓을 해도 당신의 차가운 피를 끓게 할 수는 없잖아요. 당신의 혈관은 얼음물로 가득 차 있고, 내 혈관은 끓고 있으니까. 당신의 냉담한 태도를 보기만 해도 내 혈관은 마구 끓어오른다고요.」

「내가 이 방을 나가기를 원한다면 대답을 해요.」 린턴 서방님이 고집스럽게 말했어요. 「난 대답을 들어야만 하겠어. 당신이 이렇게 격렬하게 반응해도 더는 겁이 나지 않아요. 필요하다면 누구 못지않게 냉철해질 수 있다는 거 이젠 아니까. 이제부터 히스클리프를 포기할 거요, 아니면 나를 포기할 거요? 당신이 나의 친구이면서 그의 친구도 될 수는 없소. 그러니 누구를 선택할지 꼭 알아야겠어요.」

「날 혼자 있게 내버려 두란 말예요!」 캐서린이 크게 화를 내며 외쳤어요. 「나가라고요! 내가 그냥 서 있기도 힘든 것 안 보여요? 에드거, 당신, 제발 날 두고 나가라고요!」

그녀가 종을 어찌나 쳐대던지 쨍그랑 소리와 함께 종이 깨져 버리더군요. 저는 일부러 천천히 들어갔어요. 어쩜 그렇게 분별없이 미쳐 날뛰는지, 아무리 성인군자라도 화가 치밀었을 겁니다! 그런데 방에 들어가 보니 아씨가 소파에 누워 머리를 팔걸이에 쾅쾅 부딪치면서 이를 박박 갈고 있는 거예요. 저러다 이가 남아나지 않겠다 싶었습니다!

그런 모습을 보고 서방님은 불현듯 가책과 공포에 사로잡힌 나머지 제게 물을 좀 가져다 달라고 시켰지요. 캐서린은 숨이 턱에 차서 말도 못했고요.

저는 물을 가득 채운 컵을 가지고 갔어요. 그리고 캐서린이 한사코 안 마시려고 해서 그냥 얼굴에 뿌렸어요. 그랬더니 순식간에 아씨의 사지가 뻣뻣해지고 눈이 까뒤집히고 뺨이 핏기 하나 없이 납빛으로 변했어요. 꼭 시체를 보는 것 같았어요.

서방님은 완전히 겁에 질렸어요.

「괜찮을 테니 걱정 안 하셔도 돼요.」 제가 속삭였지요. 린턴 씨가 양보하지 않기를 바랐거든. 물론 속으로는 저도 좀 겁이 나긴 했어요.

「입술에 피가 나는군!」 린턴 씨가 덜덜 떨면서 말했어요.

「별거 아니에요!」 제가 매정하게 말했죠. 그리고 서방님이 오기 전에 캐서린이 미리 발작한 모습을 보여 주려고 계획하고 있었다고 고자질했지요.

제가 부주의하게 목소리를 낮추지 않아 아씨에게 들렸던 모양이었어요. 아씨가 자리에서 벌떡 일어났으니까요. 머리카락이 어깨 위로 펄럭이고, 눈빛이 불안하게 번뜩였으며, 목과 팔의 근육이 이상한 모양으로 불거져 있었어요. 전 최소한 뼈마디 몇 개는 부러지겠구나 각오했는데, 캐서린은 잠시 주변을 노려보기만 하다가 방을 뛰쳐나갔어요.

서방님이 따라가 보라고 해서 제가 아씨의 침실 문까지 갔지만, 문을 걸어 잠가서 들어가지 못했어요.

아씨는 다음 날 아침에도 식사를 하러 내려오지 않았어요. 그래서 제가 올라가서 아침 식사를 가져올까 여쭤 봤지요.

「필요 없어!」 아씨가 단호하게 대답했어요.

정찬 때도 다과 때도, 다음 날 아침에도 똑같은 질문과 똑같은 대답이 오갔어요.

린턴 씨는 린턴 씨대로 서재에 틀어박혀, 아내가 어떻게 지내는지도 묻지 않았어요. 대신 린턴 씨는 이저벨라를 불러 한 시간 동안 대화하면서 히스클리프의 구애라는 끔찍한 사태에 대해 경악스러운 감정을 느끼게 하려고 애썼지만, 애매한 대답으로 일관하는 이저벨라를 도무지 이해하지 못한 채 결국 불만족스럽게 취조를 마쳐야 했죠. 그래도 아가씨가 아무짝에도 쓸모없는 자의 구애를 부추기는 정신 나간 짓을 계속한다면 아예 의절하겠다고 엄숙한 경고를 덧붙이긴 했어요.

12

    이저벨라 아가씨가 농원과 정원에서 입을 꼭 다물고 눈물을 머금은 채 침울하게 산책하는 동안, 아가씨의 오빠는 펴 보지도 않을 책에 둘러싸여 서재에 틀어박혀 있었어요. 제 짐작이지만, 아내가 자신의 행동을 후회하며 용서를 구하고 화해를 청하러 올 거라고 막연히 기대하다 지쳐 가고 있었던 것 같아요. 반면 캐서린은 남편이 식사 때마다 아내의 빈 자리를 보고 한술도 제대로 못 뜨면서, 단지 자존심 때문에 자신의 발밑에 달려와 몸을 던지지 못하고 있다고 믿으며 고집스럽게 식사를 거부하고 있었어요. 그러는 동안 저는 이 집에 단 하나뿐인 분별력 있는 영혼은 바로 제 몸에 깃들어 있다고 확신하며 계속 가사를 돌봤지요.

    이저벨라 아가씨를 위로하는 것도, 캐서린 아씨에게 훈계하는 것도 시간과 정력을 낭비하는 일 같았습니다. 더불어 아내의 목소리조차 듣지 못하니 그 이름이라도 듣고 싶어 하는 주인의 한숨도 무시했어요.

    필요하면 알아서들 나를 찾겠지, 하고 믿으며 단호한 태도를 견지하고 있었어요. 지루할 정도로 느릿느릿한 과정을 거쳐 마침내 어느 순간 서광이 보이는 듯했어요. 적어도 처음에는 그런 줄 알고 기뻐했었지요.

사흘째 되는 날 아씨가 방문의 빗장을 열고 주전자와 유리병을 주면서 물을 다시 채워 달라고 하더군요. 그리고 이러다 죽을 것 같으니 죽도 한 사발 달라고 했어요. 제가 보기엔 그 말을 서방님께 전해 주길 바라는 것 같았어요. 저는 이러다 죽을 것 같다는 아씨 말을 믿지 않았기 때문에 아무 말도 전하지 않았죠.

차와 버터 바르지 않은 토스트를 가져다주니 아씨는 열심히 먹고 마셨어요. 그러고는 베개 위로 쓰러지면서 두 손을 꽉 쥐고 신음 소리를 내며 외쳤어요.

「아, 죽어 버릴 거야. 아무도 나를 걱정해 주지 않으니. 이 죽도 먹지 말걸 그랬나 봐.」

그런 뒤 한참 만에 다시 중얼대는 소리가 들렸어요.

「아니야, 안 죽을래. 그이는 오히려 기뻐할걸. 날 조금도 사랑하지 않나 봐. 틀림없이 날 전혀 그리워하지도 않는 거야!」

「뭐 필요한 거 있으세요, 아씨?」 안색이 너무 창백하고 태도도 기괴할 정도로 과장돼 보였지만, 제가 태연을 가장하며 물었어요.

「그 매정한 사람은 뭐 하고 있어?」 아씨가 핼쑥한 얼굴을 가린 헝클어진 머리카락 타래를 걸어 올리며 물었어요. 「혼수상태에 빠졌나, 아니면 죽기라도 했어?」

「아니에요.」제가 대답했지요. 「서방님 말씀이시라면 그런 대로 괜찮으신 것 같은데요. 너무 오래 서재에만 계시는 것은 사실이지만. 어울릴 상대가 없으니까 책에 파묻혀 계신 거겠죠.」

아씨의 진짜 상태를 알았더라면 저도 그렇게 말하지는 않았을 거예요. 하지만 전 아씨가 아픈 척 연기하고 있다는 의심을 떨쳐 버릴 수가 없었어요.

「책에 파묻혀 있다고!」캐서린이 기가 막힌지 큰 소리로 말했어요. 「내가 죽어 가고 있는데! 이미 무덤에 도착한 거나 마찬가지인데! 하느님! 내가 지금 어떤 지경에 놓였는지 알고나 있는 거야?」아씨가 반대편 벽의 거울에 비친 자신의 모습을 들여다보며 말했어요. 「이게 캐서린 린턴인가? 내가 그냥 삐져서 장난삼아 이러고 있다고 생각하나 보지. 그이한테 가서 내 상태가 정말 걱정스럽다고 말해 줄 수 없어? 넬리, 이미 너무 늦은 게 아니라면, 그이의 반응에 따라서 양단간에 결판을 내고 말 거야. 당장 굶어 죽든지, 인정머리라곤 없는 사람이라면 이건 벌 축에도 안 들겠지만, 아니면 건강을 회복해서 이 나라를 떠나든지. 그이한테 알려 주곤 있니? 잘 생각해서 대답해. 그이가 정말 내가 죽든 말든 아랑곳하지 않는단 말이야?」

「그건 아니고요, 아씨.」제가 대답했죠. 「주인께서는 아씨 정신이 오락가락한다는 것은 모르고 계세요. 그러니까 물론 굶어 돌아가실지 모른다는 걱정도 안 하고 계시죠.」

「그래? 내가 정말 그럴 것 같다고 이야기해 줄 수 없어?」

캐서린이 대답했어요. 「설득을 좀 해줘. 네 생각이 그렇다고 말씀을 드려. 내가 틀림없이 굶어 죽을 작정이라고 전하란 말야!」

「아니죠, 잊으셨나 봐요, 아씨.」 제가 말했죠. 「오늘 저녁에 음식을 맛있게 조금 드셨잖아요. 그러니 내일은 음식 효과가 나타날 거예요.」

「내가 죽으면 그이도 따라 죽고 싶어질 거라는 확신만 있다면,」 아씨가 제 말을 무시하고 말했어요. 「지금 당장이라도 그냥 죽어 버릴 텐데! 지난 사흘 동안 한숨도 못 자고 밤을 새웠어. 그리고, 아, 너무나 괴로웠어! 마치 귀신에 홀린 것 같았다니까, 넬리! 그렇지만 네가 날 좋아하지 않는 것 같다는 생각이 드네. 정말 이상해! 사람들이 자기들끼리는 서로 미워하고 경멸하더라도 나만은 꼭 사랑할 거라고 늘 믿었는데. 몇 시간 만에 모두 다 내 원수로 변했어. 사실이 그래. 확실히 알겠어. 여기 있는 사람들 모두가 다 원수가 된 거야. 모든 사람이 냉담하게 지켜보고 있는 가운데 죽는다면 얼마나 쓸쓸할까! 이저벨라는 무섭기도 하고 싫기도 해서 내 방에 들어오고 싶지 않겠지. 새언니가 죽는 모습을 지켜보다니 너무 무서워, 이럴걸. 에드거는 엄숙하게 서서 내가 죽는 광경을 지켜보며 기다릴 테고. 내가 죽으면 하느님께 우리 가정에 평화를 돌려주셔서 감사하다고 기도를 드린 뒤 다시 책 속에 파묻힐 테지! 감정이 조금이라도 있는 사람이라면 내가 죽어 가는데 어떻게 책이나 보고 있을 수가 있겠어?」

캐서린은 제가 불어넣은 생각, 즉 린턴 서방님이 달관한 체념 상태라는 생각을 견딜 수 없는 것 같았어요. 열에 들떠 미친 듯이 몸을 뒤척이다가, 정신이 완전히 나갔는지 이로 베개를 물어뜯더라고요. 그러더니 불덩이 같은 몸을 일으켜 창문을 열어 달라고 하는 거예요. 하지만 때가 한겨울인 데다, 북동풍이 강하게 불고 있어서 안 된다고 했죠.

그런데 아씨의 얼굴에 스치는 표정이나 기분의 변화를 지켜보니 저도 왈칵 겁이 났어요. 그러면서 전에 캐서린이 아팠던 일이며 그때 의사가 캐서린의 성미를 거스르면 안 된다고 한 말들이 기억났어요.

1분 전만 해도 미친 사람처럼 날뛰던 아씨는 이제 팔 하나로 몸을 지탱하며 제가 말을 안 들어 주는데도 신경을 쓰지 않고 방금 물어뜯은 베개 구멍에서 깃털을 잡아당기며 어린 애처럼 놀고 있었어요. 그런 다음엔 꺼낸 깃털을 종류별로 침대보 위에 늘어놓기 시작했지요. 그사이에 생각이 딴 데로 옮겨 간 거죠.

「저건 칠면조 깃털.」 아씨가 혼잣말로 중얼댔어요. 「그리고 이건 들오리 깃털. 그리고 이건 비둘기. 아, 베개 속에 비둘기 털을 넣다니. 내가 죽지 않은 데는 다 이유가 있었군! 눕기 전에 이걸 꼭 마룻바닥에 던져 버려야겠다. 그리고 이건 붉은 뇌조. 그리고 이건 댕기물떼새. 깃털이 천 개가 있더라도 난 알아 볼 수 있지. 어여쁜 새, 들판 가운데서 우리 머리 위를 빙빙 돌다 날아가곤 했지. 구름이 완만한 언덕에 닿으면 비가 온다는 걸 알고 둥지로 가려고 했어. 이 깃털은 히스 사이에서 주운 거구나. 총으로 잡은 새의 깃털이 아니고. 우리가 겨울에 한 둥지를 봤었는데. 그 안에 작은 새의 뼈가 가득 들어 있었지. 히스클리프가 둥지에 덫을 놓아서 엄마 아빠 새들이 감히 다가가지 못했던 거야. 그걸 보고 마음이 아파서 앞으로 댕기물떼새는 절대 쏘지 않겠다는 약속을 받아냈고, 히스클리프는 약속을 지켰지. 맞아, 여기 더 있네! 내 댕기물떼새를 히스클리프가 쏜 거야, 넬리? 빨간 깃털도 있나? 어디 보자.」

「어린애 같은 짓 그만하세요!」 아씨가 깃털을 한 줌씩 꺼내고 있던 베개를 제가 빼앗아 구멍이 난 쪽을 밑으로 돌리고 말을 막았지요. 「누워서 눈을 좀 붙이세요. 정신이 오락가락하잖아요. 이 난장판 좀 봐요! 깃털이 눈처럼 날아다니네!」

제가 여기저기 흩어진 깃털을 주워 모았어요.

「네 모습에서, 넬리……」 아씨가 꿈꾸듯 말을 이었어요. 「나이 든 여자가 보여. 흰 머리도 있고 어깨도 구부정하고. 이 침대는 페니스턴 절벽 아래 있는 요정의 동굴이야. 그리고 넌 우리 암송아지들을 해치려고 요정의 화살을 줍고 있어. 내가 근처에 있으면 양털을 줍는 척하면서 말야. 앞으로 50년이 흐르면 너도 진짜 그렇게 돼. 지금은 안 그렇지, 나도 알아. 나 지금 정신이 오락가락하는 거 아니야. 네가 오해한 거야. 진짜 오락가락했으면 널 진짜 쭈그렁바가지 노파라고 생각할 거 아냐. 그리고 난 진짜로 페니스턴 절벽 아래 있다고 생각할 테고. 난 지금이 밤이라는 것도 알아. 탁자에 초가 두 자루 있고, 저 불빛 때문에 검은색 옷장이 흑옥처럼 빛나고 있다는 것도 알고 있어.」

「검은색 옷장이라니요? 그게 어디 있어요?」 제가 물었지요. 「잠꼬대를 하시나 봐요!」

「벽 앞에 있잖아. 늘 있던 데에.」 아씨가 대답했어요. 「그런데 좀 이상하긴 해. 거기서 얼굴이 보여!」

「이 방에 옷장 따윈 없어요. 놔둔 적도 없단 말예요.」 제가 침대의 커튼을 걷어 묶어서 아씨를 지켜볼 수 있도록 해놓고 의자에 앉았어요.

「저 얼굴 안 보여?」 아씨가 뚫어져라 거울을 바라보며 물으셨어요.

그리고 아씨 얼굴이 거울에 비친 거라고 제가 아무리 얘기해도 무슨 말인지 전혀 이해를 못 하더라고요. 그래서 전 자리에서 일어나 숄을 가져다 거울을 덮어 버렸지요.

「그래 봤자 숄 뒤에 있단 말야!」 아씨가 불안한 어조로 계속 말했어요. 「그리고 움직였어. 대체 누구지? 네가 방을 나간 다음에 나오지 않았으면 좋겠다! 아이! 넬리, 이 방에서 귀신이 나오나 봐! 나 혼자 있기 싫어, 무서워!」

전 아씨의 손을 잡고 진정시키려고 했어요. 계속 몸을 덜덜 떨면서 금방이라도 경련을 일으킬 것 같았고, 거울 속을 들여다보려고 애를 쓰고 있었기 때문이었지요.

「여기 아무도 없다고요!」 제가 힘주어 말했죠. 「아까부터 보고 계신 건 아씨 자신이에요. 잘 아시면서 왜 그러세요.」

「나라고?」 아씨가 숨을 헐떡였어요. 「근데 시계가 12시를 치고 있네! 아, 그럼 그 이야기가 사실인가 보다. 정말 무서워!」

아씨가 손가락을 모아 이불을 잡고 끌어 올려 눈을 가렸어요. 아무래도 서방님을 불러야 할 것 같아서 제가 슬그머니 문 쪽으로 갔지만 아씨가 비명을 지르는 바람에 놀라서 다시 아씨한테 달려갔어요. 거울을 덮었던 숄이 떨어졌던 거예요.

「아이, 도대체 왜 그러세요?」 제가 외쳤어요. 「자, 아씨가 그렇게 겁쟁이예요? 정신 차리세요! 저건 그냥 유리, 거울이란 말예요, 아씨. 거울에 비친 아씨 본인을 보신 거란 말이에요. 옆에 저도 보이잖아요.」

아씨는 몸을 덜덜 떨며 멍한 표정으로 제게 매달렸지만, 공포에 질린 표정은 차차 사라졌어요. 그러더니 창백한 얼굴이 수치심 때문에 벌겋게 달아오르더군요.

「어머, 맙소사! 난 내가 우리 집에 있는 줄 알았어.」 아씨가 한숨을 쉬었어요. 「워더링 하이츠의 내 방에 누워 있는 줄 알았다고. 몸이 약해지니까 머릿속이 마구 뒤엉켜 나도 모르게 비명을 질렀네. 아무 말 하지 말고 그냥 함께 있어 줘. 잠드는 게 무서워. 무서운 꿈을 꾸니까.」

「한숨 푹 주무시면 오히려 괜찮으실 거예요, 아씨.」 제가 대답했죠. 「그리고 한바탕 고생을 했으니 이제 굶을 생각일랑 하지 마세요.」

「아, 우리 집 내 침대에 누워 있다면 얼마나 좋을까!」 아씨는 고통스럽게 두 손을 비틀어 쥐며 그렇게 말했어요. 「그리고 격자창 밖에서 전나무를 흔드는 저 바람, 저 바람 좀 쐬고 싶어. 황야에서 곧장 불어오고 있네. 저 바람을 한 번만 들이마시게 해줘!」

아씨를 진정시키기 위해 할 수 없이 창문을 살짝 열었지만 즉시 차디찬 강풍이 거세게 들이쳤어요. 그래서 창문을 바로 닫고 원래 있던 자리로 돌아갔지요.

아씨는 이제 가만히 누워 있었는데, 얼굴이 눈물로 흠뻑 젖어 있었어요. 몸이 약해지면서 마음도 약해졌더라고요. 성격이 불같은 캐서린이 그만 엉엉 우는 어린애가 되고 만 거죠!

「내가 방 안에 박혀 지낸 지 얼마나 됐지?」아씨가 갑자기 기운을 차리더니 물었어요.

「월요일 저녁때부터 이러고 계셨고,」제가 대답했죠. 「지금은 목요일 밤, 아니 금요일 새벽이라고 해야 맞겠네요.」

「뭐라고! 아직 일주일도 안 됐어?」아씨가 외쳤어요. 「그렇게 잠깐 동안이었다고?」

「찬물과 못된 성질머리로만 버티는 짓은 그만큼 하셨으면 됐어요.」제가 말했어요.

「설마, 진절머리가 날 만큼 긴 시간이 지난 것 같은데.」아씨가 미심쩍다는 듯이 중얼댔어요. 「틀림없이 더 오래됐을 거야. 에드거와 히스클리프가 싸운 다음에 내가 거실에 있었던 건 기억나. 그리고 에드거가 잔인한 말을 했고 난 너무 화가 나서 참을 수 없어서 이 방으로 뛰어왔었지. 들어오자마자 문에 빗장을 지르고, 눈앞이 캄캄해지면서 마룻바닥에 쓰러졌어. 에드거한테 계속 날 화나게 하면 분명히 발작을 일으키고 아예 미쳐 버릴 거라고 설명할 수가 없었지! 혀가 말을 안 듣고 머리도 제대로 돌아가지 않았거든. 그러니까 에드거는 내가 얼마나 심한 고통을 받았는지 짐작도 못 했을 거야. 에드거의 모습이 보이지 않고 목소리도 들리지 않는 곳으로 가야 했어. 그래서 정신이 하나도 없었지. 좀 의식이 돌아와서 뭐가 보이고 소리도 들리게 됐을 땐 새벽이었어. 그리고 넬리, 내가 무슨 생각을 했는지, 무엇이 내 머릿속에서 계속 맴돌아서 미칠 것 같았는지 말해 줄게. 내가 탁자 다리 쪽에 머리를 기대고 네모난 창문이 희미하게 밝아 오는 모습을 보며 누워 있는데, 꼭 우리 집 오크 침상에 있는 것 같더라. 가슴이 미어질 것 같았는데, 막 정신이 들던 참이라 이유는 기억이 안 났어. 그래서 뭣 때문에 그렇게 가슴이 아픈지 기억해 내려고 애를 썼지. 그런데 정말 이상하게 지난 7년 동안 어떻게 살았는지 전혀 기억이 안 나는 거야! 7년이란 세월을 살았다는 사실도 기억이 안 났어. 난 다시 어린아이가 돼 있었고, 아버지가 방금 땅에 묻힌 참인데, 힌들리가 나를 히스클리프와 떼어 놓아서 너무나 슬펐어. 난생처음 혼자 누워서 밤새도록 울다가, 깜박 빠져들었던 우울한 잠에서 깨어나 침상 문을 옆으로 밀려고 손을 들었는데, 내 손이 탁자에 닿더라고! 그런 다음엔 카펫이 만져지면서 갑자기 기억이 확 몰려오는 거야. 방금 느꼈던 고통은 발작 같은 절망에 삼켜졌지. 내가 왜 그렇게 미칠 듯이 참담한 기분을 느꼈는지는 모르겠어. 틀림없이 일시적인 정신 착란 상태였을 거야. 고통스러울 이유가 별로 없었으니까. 하지만 열두 살 때의 내가 워더링 하이츠와 어린 시절에 익숙하고 소유했던 모든 것들과 이별하고, 그러니까 당시 히스클리프와 같은 신세가 되고, 순식간에 낯선 사람의 아내, 스러시크로스 그레인지의 안주인인 린턴 아씨가 되어 버렸다고 상상해 봐. 내 전부였던 집에서 추방되어 이방인이 된 거야. 내가 얼마나 깊은 절망의 심연에서 허우적댔는지 짐작이 가지? 머리를 가로젓고 싶으면 실컷 저어. 넬리, 너도 내가 병이 나는 데 한몫했지! 에드거에게 잘 얘기해 줬어야지, 정말 그랬어야 했어. 날 건드리면 안 된다고 말해 줬어야지! 아, 너무 열이 나! 바깥에 나가고 싶어. 다시 제멋대로 노는 용기 있고 자유로운 아이가 됐으면 좋겠어. 상처를 받더라도 아랑곳하지 않고 웃을 수 있으면 좋겠다고! 난 왜 이렇게 변한 걸까? 왜 몇 마디 말 때문에 지옥의 소용돌이에 빠져 피가 끓게 된 걸까? 히스가 무성한 저 언덕으로 간다면 틀림없이 원래의 나 자신으로 돌아갈 것 같아. 창문을 다시 활짝 열어 줘. 열어서 고정해 줘! 빨리, 왜 안 움직여?」

「감기에 걸려서 돌아가시면 안 되니까 그렇죠.」제가 대답했지요.

「그럼 나한테 살 기회를 안 주겠다는 거야?」그녀가 부루퉁해져서 말했어요.「하지만 아직은 기운이 좀 있어. 내가 열지, 뭐.」

그러더니 제가 말릴 겨를도 없이 침대를 빠져나와 비틀비틀 방을 가로지르더니 창문을 열고 창밖으로 몸을 내밀더라고요. 차갑고 칼날같이 매서운 바람이 어깨를 후려치는데도 아랑곳하지 않고 말예요.

전 다시 침대로 가자고 애원하다가 급기야는 강제로 끌고 가려고 했어요. 하지만 착란 상태인 아씨의 기운을 당해 낼 재간이 없더라고요(아씨가 정신 착란 상태라는 점은 이어지는 헛된 행동과 헛소리에서도 확인됐지요).

하늘에 달이 없어서 바깥세상의 모든 것이 희미한 어둠 속에 놓여 있었어요. 가까운 곳에도 먼 곳에도 빛이 새어 나오는 집은 없었어요. 불이 꺼진 지도 오래됐고, 워더링 하이츠의 불빛은 원래 여기선 안 보이거든요. 하지만 아씨는 워더링 하이츠 쪽에서 불빛이 보인다고 우겨 댔어요.

「저것 좀 봐!」아씨가 열에 들뜬 목소리로 외쳤어요. 「촛불이 보이는 저곳이 내 방이야. 그 앞에서 나무가 흔들리고 있네. 그리고 저 촛불은 조지프의 다락방에 켜져 있는 거야. 조지프는 항상 늦게까지 안 자잖아? 내가 들어가면 문을 잠그려고 기다리고 있는 거야. 흠, 아직 좀 더 기다려야 할걸. 길도 험하고 내 마음도 아프니까. 그런데 거기 가려면 기머턴 성당 앞을 지나가야 해! 우린 거기서 자주 나온다는 유령이 무섭지 않았어. 무덤 사이에 서서 유령들에게 나올 테면 나오라고 외치라면서 서로를 부추겼지. 하지만 히스클리프, 지금 내가 너한테 그렇게 해보라고 하면 할 수 있겠어? 네가 한다면 나는 널 붙잡을 거야. 나 혼자 누워 있지는 않을래. 날 땅속 아주 깊이 묻고 내 무덤 위에 성당을 세운다 해도 네가 나와 함께 있을 때까진 잠들지 못할 거야, 절대로!」

아씨는 말을 멈추었다가 이상한 웃음을 짓더니 다시 말을 이어 나갔어요. 「히스클리프가 무슨 생각을 하고 있네. 차라리 나보고 오라는데! 그럼 길을 찾아봐! 성당 묘지의 사잇길은 말고. 뭘 꾸물대! 투덜대지 마, 넌 항상 내 뒤를 따라 다녔 잖아!」

저는 지금 제정신이 아닌 아씨와 말싸움을 벌여 봤자 아무 소용이 없음을 깨달았어요. 그래서 아씨를 잡고 있던 손을 놓지 않은 채 아씨 몸에 덮어 줄 것을 어떻게 가져오나 궁리 하고 있었지요. 열린 격자문 옆에 혼자 두기에는 아씨의 상 태가 안심이 안 됐으니까요. 그때 마침 방문 손잡이에서 덜 거덕 소리가 나더니 린턴 서방님이 들어오시는 거예요. 정말 깜짝 놀랐지요. 서방님도 그제야 서재에서 나와 복도를 지나 가다가 우리 말소리를 듣고 이렇게 늦은 시간에 무슨 일인가 궁금하기도 하고 걱정도 돼서 들어와 보신 거였어요.

「아이고, 서방님!」 눈앞에 펼쳐진 광경과 방 안의 냉기에 놀란 서방님이 호통을 칠 듯해서 제가 막아서며 큰 소리로 말했지요. 「가엾게도 아씨가 편찮으시네요. 그런데 전 아씨 를 전혀 못 이기겠어요. 제발, 이리 오셔서 침대로 가시라고 설득 좀 해주세요. 잠시 노여움은 거두시고요. 아씨는 당신 자신도 못 가누세요.」

「캐서린이 아픈 거야?」 서방님이 서둘러 아씨와 제가 있는 쪽으로 오셨어요. 「창문을 닫아라, 엘런! 캐서린! 이런 세 상에⋯⋯.」

그분은 말을 잇지 못했어요. 아씨의 핼쑥한 모습에 큰 충 격을 받으신 거예요. 너무 놀라고 공포에 질린 얼굴로 저와 아씨를 번갈아 보시더라고요.

「이 방에서 혼자 속을 끓이고 계셨던 거예요.」 제가 말을 이었죠. 「음식도 거의 안 드시고 아프다는 말씀도 안 하셨어요. 오늘 저녁까지 저희도 못 들어오게 하셔서, 아씨가 이런 상태이신지 모르다 보니 서방님께 말씀을 못 드렸어요. 하지만 별일 아니에요.」

말해 놓고 보니 좀 궁색했어요. 주인께선 인상을 쓰셨죠. 「별일이 아니라고, 엘런 딘?」 엄한 목소리로 그렇게 말하더군요. 「일이 이 지경이 될 때까지 도대체 왜 나한테 알리지 않은 거냐, 더 똑똑히 말해 봐라!」 그런 뒤 고통스러운 표정으로 아씨를 바라보며 팔에 안았어요.

아씨는 처음엔 서방님을 알아보지도 못했어요. 눈의 초점이 흐려서 아예 아무것도 안 보였던 거죠. 하지만, 정신 착란 상태가 지속되진 않아서 캄캄한 바깥을 물끄러미 보던 시선을 거두어 점차 서방님한테 초점을 맞추더니 누가 자신을 안고 있는지 알아보더라고요.

「아하! 이제 왔군요, 에드거 린턴?」 아씨가 분노한 목소리로 말했어요. 당신은 내가 원하지 않을 땐 나타나고 원할 땐 절대 안 나타나는 그런 사람이로군요! 이제 시도 때도 없이 곡소리가 날 거예요. 내가 알아요. 그래도 저 조그만 내 집에 가는 나를 막진 못해요. 난 봄이 다 가기 전에 저기 저 안식처로 떠날 거예요! 저기 있네요. 성당 지붕 아래 린턴가 가족들 사이 말고요, 야외의 묘석 아래 있는 곳이에요. 당신은 가족들 틈에 끼든 내 옆에 오든 마음대로 해요!」

「캐서린, 도대체 어찌된 일이오?」 서방님이 말을 시작했지요. 「난 이제 당신한테 아무것도 아니란 얘기요? 그 악당 놈을 사랑하는 거요, 히스……」

「쉿!」아씨가 외쳤어요. 「쉿, 닥쳐요! 당신이 그 이름을 입에 담으면 당장 창문 밖으로 몸을 던져서 죄다 끝장내 버릴 테니까! 지금 당신이 안고 있는 내 육신은 당신이 가져도 좋지만, 내 영혼은 당신이 다시 내 몸을 만지기 전에 저 언덕 꼭대기에 가 있을 거예요. 난 당신 필요 없어, 에드거. 나는 더이상 당신을 원하지 않는다고. 책이나 보러 돌아가요. 당신한테 위안거리가 있어서 다행이네. 당신이 가졌던 난 이제 사라지고 없으니까.」

「아씨 정신이 오락가락하십니다, 서방님.」제가 끼어들었어요. 「저녁 내내 저렇게 헛소리를 하셨어요. 하지만 차분히 잘 돌봐 드리면 기운을 차리실 거예요. 지금부터 기분을 거스르지 않도록 조심해야겠어요.」

「네 조언은 더 이상 필요 없다.」린턴 서방님이 대답했어요. 「안주인의 성격을 잘 알면서 나를 부추겨 저 사람을 힘들게 했어. 그리고 사흘 동안이나 저런 상태로 있는 걸 뻔히 알면서 나한테 안 알리다니! 어쩜 그렇게 매정할 수가 있느냐! 사람이 몇 달을 앓았다 해도 저렇게 변할 수는 없을 텐데!」

전 터무니없는 고집쟁이 때문에 야단맞는 게 억울해서 변명을 했어요.

「아씨 성격이 고집 세고 제멋대로인 것은 제가 잘 압니다.」제가 외쳤어요. 「하지만 서방님께서 아씨의 사나운 성격을 받아 줄 작정이신 줄은 몰랐습니다! 아씨의 비위를 맞춰 드리려고 히스클리프 씨의 행위를 눈감아 줘야 하는지는 몰랐다고요. 전 다만 충직한 하녀로서 제 의무를 다하기 위해 서방님께 말씀을 드렸는데, 참 걸맞은 보답을 해주시는군요! 이번에 잘 배웠으니 다음부터는 조심하겠습니다. 다음엔 서방님께서 직접 알아보세요!」

「나한테 또 고자질을 하면 그때는 널 내쫓을 거다, 엘런 딘.」 서방님이 대답했어요.

「그럼 이제부터 그런 이야기는 전혀 안 들으시겠다는 거네요, 서방님?」 제가 말했죠.「히스클리프는 아가씨께 구애를 하러 와도 좋다고 허락을 받은 거나 마찬가지고. 그리고 서방님이 안 계시면 아무 때나 찾아와서 서방님과 아씨를 떼어 놔도 좋단 말씀이신 거죠?」

캐서린은 정신이 오락가락했지만, 우리가 하는 얘기는 짐작할 수 있었던 것 같아요.

「아! 이제 보니 넬리가 배반자였구나.」 아씨가 분노해서 외쳤어요.「넬리가 내 숨은 원수였어. 이 마녀 같은 년! 그래, 네가 우릴 해치려고 요정의 화살을 찾고 있는 중이었구나! 날 놔줘요, 넬리가 자기가 한 짓을 후회하게 만들어 줄 테니! 잘못했다고 울고불고 난리치게 만들어 줄 거란 말야!」

광기 어린 분노가 아씨의 이마 아래 눈에서 번뜩였고, 아씨는 서방님의 품에서 빠져나오려고 필사적으로 몸부림을 치고 있었어요. 저는 더 이상 실랑이하고 싶지 않아서, 의사를 불러 오는 게 좋겠다고 판단하고 방을 나왔습니다.

큰길로 나가려고 정원을 지나가는데 벽에 말고삐용 고리가 박혀 있는 곳에서 뭔가 허여스름한 것이 움직이고 있었어요. 분명 바람 때문은 아니어서 상황이 급하기는 했지만 나중에 유령을 봤다고 생각하게 될까 봐 뭔지 살펴보려고 발길을 멈추었죠.

잘 안 보여 손으로 만져 봤는데, 이저벨라 아가씨의 스프링어 스패니얼종 개인 패니가 손수건에 목이 대롱대롱 매달려 숨이 넘어갈 판이더라고요. 정말 혼비백산했어요.

얼른 손수건 매듭을 풀어서 정원에 놓아주었어요. 아까 아가씨를 따라 위층 침실로 올라가던데 어떻게 밖으로 나왔을까, 어떤 나쁜 놈이 이런 해코지를 했을까 알 수가 없더군요.

제가 고리 주변의 매듭을 풀고 있을 동안 좀 떨어진 곳에서 말발굽이 다가닥거리는 소리가 계속 들려오는 것 같았어요. 하지만 워낙 머릿속이 복잡했기 때문에 별로 신경을 쓰진 못했어요. 새벽 2시에 거기서 그런 소리가 나는 게 이상하긴 했지요.

제가 케네스 선생님 댁 앞길로 들어서는데 마침 그분이 마을 환자를 보러 가려고 댁에서 나오고 계셨어요. 그리고 아씨가 편찮으시다고 말씀드렸더니 즉시 저를 따라 나섰지요.

케네스 선생님은 직설적이고 좀 거친 분이었어요. 그래서 아씨가 당신이 지시하는 바를 전보다 더 충실히 따르지 않는다면 이 두 번째 발작은 이겨 내기 어려울 거라고 아무 거리낌없이 말씀하더군요.

「넬리 딘.」 그분이 말했죠. 「이번 발병에는 특별한 이유가 있다고 생각할 수밖에 없구나. 댁에 무슨 일이 있었느냐? 좀 이상한 소문이 들리긴 하던데. 캐서린처럼 건강하고 원기 왕성한 젊은 아씨는 사소한 일로 병에 걸리지는 않는단다. 그런데 그런 사람이 한 번 병에 걸리면 또 보통 일이 아니야. 열병이나 그런 유의 병을 이겨 내기란 여간 힘들지 않지. 대체 어쩌다 이런 일이 생긴 거냐?」

「서방님께서 말씀드릴 거예요.」제가 대답했어요. 「하지만 잘 아시다시피 언쇼 집안 분들이 원래 성격이 격하잖아요. 그중에서도 아씨가 제일 심하시고요. 제가 드릴 수 있는 말씀은 이번 일이 말다툼에서 비롯됐다는 거예요. 화가 나서 펄펄 뛰시다가 발작을 일으키셨어요. 적어도 본인 설명에 따르면 그래요. 화가 머리끝까지 치밀어서 당신 방으로 뛰어 들어가시더니 문을 걸어 잠그셨거든요. 그런 다음엔 음식을 거절하시더니 지금은 헛소리를 하다가 헛것을 보다가 그러시네요. 주변 사람을 알아보기는 하는데, 머릿속에 온갖 이상한 생각과 환각이 가득 차 있으세요.」

「부인한테 무슨 일이 생기면 린턴 씨가 슬퍼하실까?」케네스 선생님이 묻듯이 말했어요.

「슬퍼하실 것 같냐고요? 아마 무슨 일이라도 일어난다면 가슴이 찢어지실 거예요!」제가 대답했죠. 「그분을 너무 놀라게 하지는 말아 주세요.」

「글쎄, 내가 조심하라고 말씀드렸었는데……」케네스 선생님이 말했어요. 「내 경고를 무시했으니 대가를 치를 수밖에! 최근에 히스클리프 씨와 가깝게 지내지 않으셨나?」

「히스클리프가 댁을 자주 찾아왔지요.」제가 대답했어요. 「서방님께서 함께 어울리길 즐기기 때문은 아니고, 아씨의 어린 시절 친구라서 받아 주신 거지요. 지금은 히스클리프가 이 댁을 방문하는 수고에서 놓여났죠. 주제넘게 이저벨라 아가씨를 넘보다가 그렇게 됐답니다. 아마 다시는 발을 못 들여놓을걸요.」

「그래, 이저벨라 린턴 아가씨는 히스클리프를 싫어하시냐?」의사 선생의 다음 질문이었지요.

「린턴 양의 속마음을 알 도리는 없죠.」이 문제에 대해 더 이야기하기가 꺼려져서 그렇게 대답했지요.

「맞아, 알 수는 없지, 좀 앙큼한 아가씨야.」그분이 고개를 설레설레 흔들며 말했어요. 「다른 사람하고 상의를 안 해! 하지만 진짜 바보야. 어젯밤엔 참 아름다웠지. 한데 그 아가씨하고 히스클리프가 간밤에 집 뒤에 있는 수목원을 두 시간이나 걸었다는 얘기를 믿을 만한 사람한테서 들었어. 그런데 히스클리프가 집에 들어가지 말고 자기 말을 타고 함께 도망가자고 졸랐다는 거야! 내게 이 이야길 전해 준 사람 말에 따르면 다음엔 준비를 해서 함께 떠나기로 굳게 약속하고서야 헤어질 수 있었다더구나. 그날이 언제인지는 못 들었다는데, 린턴 씨한테 신경을 쓰시라고 말씀드려야겠어!」

그런 소식을 들으니 새삼 더 걱정이 되더군요. 그래서 전 케네스 선생님보다 앞서서 마구 달리다시피 해서 집으로 돌아갔어요. 제가 좀 전에 풀어준 작은 개는 그때까지도 정원에서 짖고 있더라고요. 저는 개를 집 안으로 들여보내려고 문을 열고는 한동안 기다렸어요. 하지만 녀석은 곧장 현관으로 들어가지 않고 잔디밭 여기저기를 킁킁대며 오락가락했어요. 제가 안아 들고 들어가지 않았더라면 큰길로 도망쳤을지도 몰라요.

이저벨라 아가씨의 방에 올라가 보니 제가 의심한 대로 방이 텅 비어 있더군요. 몇 시간만 더 일찍 서둘렀더라도 캐서린 아씨의 발병 소식을 알려 아가씨의 경솔한 행동을 막을 수도 있었을 텐데. 하지만 이제 무슨 수가 있을까? 즉시 쫓아간다 해도 두 사람을 따라잡을 수 있을까 말까 했어요. 하지만 제가 잡으러 갈 수는 없었고, 식구들을 모두 깨워 집안을 대소동에 빠뜨리기도 꺼려지더라고요. 그렇지 않아도 당장 눈앞의 사태에 넋이 나간 서방님께 또 다른 불상사를 알려 드려 봐야 신경 쓸 경황이 전혀 없을 테니까요!

그냥 입을 다물고 일이 어떻게 흘러가는지 지켜보는 수밖에 없었어요. 이윽고 케네스 선생님이 도착해서 저는 표정 관리도 제대로 안 된 채로 서방님께 알리러 갔어요.

캐서린은 괴로운 표정으로 잠들어 있었어요. 서방님이 캐서린의 광기를 가라앉히는 데 성공했더라고요. 그러고는 아씨의 머리맡에 고개를 숙이고 앉아 고통스러울 정도로 속마음을 고스란히 내비치는 표정 변화를 면밀히 지켜보고 있었어요.

케네스 선생님은 환자의 상태를 살펴본 다음 아씨가 절대 안정을 취하도록 가족들이 최선을 다하면 좋은 결과를 기대할 수도 있다고 낙관적으로 서방님께 말했어요. 하지만 제게 가장 큰 위험은 죽음이 아니라 영구적인 정신 착란이라고 말하더군요.

그날 밤 저는 전혀 눈을 붙이지 못했고, 린턴 서방님도 마찬가지였을 거예요. 사실, 서방님이나 저나 아예 자러 가지도 못했어요. 다른 하인들도 평소보다 훨씬 일찍 일어나, 조심스레 집 안을 오가며 일을 하다 마주쳐도 목소리를 낮추어 속삭였지요. 모든 사람이 바쁘게 움직였어요. 이저벨라 아가씨만 눈에 띄지 않았고요. 그러다가 급기야는 다들 아가씨가 참 곤히도 주무신다고 말하게 됐죠. 서방님도 아가씨가 일어났는지 물어봤어요. 그리고 왜 아직도 안 일어났는지 궁금해하고 초조해하면서, 올케가 위중한데도 아가씨가 너무 무심해서 상처를 받은 것처럼 보이기도 했어요.

저는 서방님이 아가씨를 깨우러 보낼까 봐 내심 벌벌 떨며 걱정하고 있었어요. 하지만 다행히 아가씨가 집을 나갔다는 소식을 가장 먼저 전하는 고통은 면했답니다. 생각이 짧은 하녀 하나가 아침 일찍 기머턴에 심부름을 갔다가 입을 헤벌리고 숨을 헐떡이며 들어와 외쳤거든요.

「아이고, 이 일을 어째요! 이제 또 무슨 일이 있으려고 그러나! 주인님, 주인님, 아가씨께서!」

「조용히 해라!」 제가 요란스럽게 굴지 말라고 화를 내며 황급히 외쳤어요.

「목소리 낮춰라, 메리. 무슨 일이냐?」 린턴 서방님이 말했어요. 「아가씨한테 무슨 일이 있길래 그러는 거냐?」

「집을 나가셨대요, 도망치셨다고요! 그 히스클리프란 작자가 아가씨를 데리고 달아났다는데요!」 하녀가 헐떡거리며 말했어요.

「세상에!」놀란 서방님이 벌떡 일어서며 외쳤어요.「말도 안 된다. 어떻게 그런 터무니없는 소리를 하느냐? 엘런 딘, 가서 아가씨를 찾아봐라. 믿을 수 없다. 그럴 리 없어.」

서방님은 그렇게 말하는 와중에도 하녀를 문 쪽으로 데려 가더니 대체 무슨 이유로 그런 말을 하느냐고 다그쳤지요.

「글쎄, 길에서 우유 배달부 아이를 만났거든요.」하녀가 더 듬거리며 말했어요.「그런데 녀석이 그레인지에 난리가 나지 않았느냐고 물어보는 거예요. 전 아씨 병환 얘긴 줄 알고 그렇다고 대답했어. 그러니까 녀석이 〈그럼 누가 쫓아갔겠네?〉 그러는 거예. 대체 무슨 소린가 하고 빤히 쳐다보니까 그제야 제가 전혀 모르고 있단 걸 알고 신사 한 분과 숙녀 한 분이 자정이 좀 지난 시간에 기머턴에서 3킬로미터 정도 떨어진 대장간에 들러서 말밥굽에 편자를 박았다고 하더라고요! 대장장이 딸이 누군가 하고 일어났다가 단박에 알아봤다고 하던데요. 두 분 다 본 적이 있으니까요. 그리고 그 애 말이 남자분은 히스클리프가 확실하대요. 그분을 못 알아보는 사람은 없을 테니까요. 그가 자기 아버지 손에 금화 하나를 삯으로 쥐여 주더래요. 숙녀분은 망토로 얼굴을 가리고 있었지만, 물을 한 모금 달라고 해서 마시는 동안 망토가 미끄러지는 바람에 얼굴을 분명히 봤대요. 편자를 박은 다음엔 히스클리프가 고삐 두 개를 다 잡고, 마을을 피해 일부러 험한 길로 전속력으로 달려갔다고 하더라고요. 대장간 딸내미가 아버지한테는 암말도 않고 있다가 오늘 아침에 기머턴에서 동네방네 떠들고 다녔나 봐요.」

저는 내색을 않고 그냥 이저벨라 아가씨의 방으로 달려가 방 안을 살펴봤지요. 그리고 하녀의 말이 사실이라고 알려 드리려고 돌아갔어요. 린턴 서방님은 다시 침대 머리맡에 앉아 있었는데, 제가 들어가니 눈을 들어 제 막막한 표정을 보고 상황을 알아차렸어요. 제게 아무 지시도, 아무 말도 안 하고 다시 시선을 떨구더라고요.

「아가씨를 따라잡아 모셔 오도록 무슨 조치를 취해야 할까요?」제가 물었죠. 「어떻게 할까요?」

「제 발로 떠난 애다.」주인이 대답했어요. 「자기 원하는 데로 갈 권리가 있으니, 난 더 이상 신경 쓰고 싶지 않다. 이제부터 그 애와 나는 명목상으로나 남매지, 남남이나 다름없다. 내가 의절을 한 게 아니라 그 애가 나하고 의절한 거야.」

그분이 누이동생을 두고 하신 말씀은 그게 전부였어요. 이후로 단 한 번도 아가씨의 안부를 알아보려 하지 않았고, 이름을 입에 올린 적도 없었어요. 아가씨가 어디 사는지 알게 되면 아가씨 소지품을 보내 주라고 지시하셨을 뿐이지요.

13

두 도망자들한테서는 두 달 동안이나 아무런 소식도 없었어요. 그동안 아씨는 뇌막염에 걸려 사경을 헤매다가 결국 이겨 냈지요. 서방님은 하나뿐인 자식을 간호하는 어머니보다도 더 정성껏 간호를 했어요. 밤낮으로 옆에 붙어 있으면서, 아씨가 신경이 예민하고 정신이 불안정해 온갖 짜증을 내는데도 다 참을성 있게 받아 주더라고요. 케네스 선생님은 서방님이 지극정성으로 무덤에서 구해 낸 사람이 끊임없이 우환을 일으켜 이에 보답할 거라고 말했습니다. 사실, 사람 구실도 못 할 폐인을 살리기 위해 서방님이 자기 건강과 기력을 희생한 셈이었지요. 그래도 그분은 아내가 고비를 넘겼다는 진단을 받고 이루 말할 수 없이 감사하고 기뻐했어요. 그리고 아씨 곁에 몇 시간이고 앉아 기력을 회복하는 모습을 지켜보면서 아내의 정신도 차츰 균형을 되찾을 테고, 조만간 예전 상태로 회복할 거라는 지나치게 낙관적인 희망을 키우고 있었지요.

아씨가 방을 처음으로 나선 날은 이듬해 3월이 시작될 즈

음이었어요. 그날 아침 서방님은 아씨의 머리맡에 금빛 크로
커스를 한 줌 따다 놓았죠. 아씨는 잠에서 깨어나 꽃다발이
보이자 기쁘게 집어 들었는데, 오랫동안 즐거움이라곤 모르
던 아씨의 눈이 행복하게 빛나더군요.

「하이츠에서 제일 먼저 피는 꽃이야!」 아씨가 외쳤어요.
「이 꽃을 보니 만물을 녹이는 부드러운 봄바람과 따사로운
햇볕, 그리고 녹아서 물이 되어 흐르기 시작하는 눈이 생각
나. 에드거, 남풍이 불지 않아요? 그리고 눈도 거의 다 녹지
않았어요?」

「우리 집에선 눈은 이미 사라졌어요, 여보.」 서방님이 대답
했죠. 「그리고 들판 전체에서 딱 두 군데에만 눈이 남아 있지.
하늘은 푸르고 종달새가 노래하고 있소. 그리고 작은 강과
시냇물도 넘실거리고 있고. 지난봄 이맘때는 당신을 이 집에
데려오기를 고대했는데, 이제는 당신이 저 언덕 위를 2~3킬
로미터 걷기를 바라게 되는군. 바람이 참 부드럽게 불고 있
어. 이 바람을 쐬면 당신이 다 나을 것 같소.」

「난 저기 못 가요. 한 번 올라가면 돌아오지 못하니까!」 환
자가 말했어요. 「거기서 당신은 나를 두고 내려오고 나는 영
원한 쉼을 얻을 거라고요. 내년 봄에 당신은 내가 다시 이 지
붕 밑에 있었으면 하고 탄식하며 날 간절히 원하겠지. 오늘
을 돌아보며 참 행복했었다 생각할 거예요.」

서방님은 아내를 한없이 정답게 어루지고, 다정하기 짝이
없는 말로 기분을 바꿔 주려고 애썼어요. 하지만 아씨는 꽃
만 멍하니 바라봤고 그러는 동안 속눈썹에 눈물이 맺혔지요.

눈물이 계속 뺨을 따라 흘러내리는데 닦지도 않더라고요.

아씨의 건강이 정말로 호전됐기 때문에 우리는 아씨가 오래 한방에 갇혀 지내다 보니 기분이 우울해진 탓이라고 생각했어요. 그래서 우울증을 좀 완화시키기 위해서 방을 바꾸기로 했죠.

저는 주인의 지시에 따라 여러 주 동안 쓰지 않은 거실에 불을 지피고, 볕이 잘 드는 창가에 안락의자를 가져다 놓았어요. 그러자 서방님이 직접 아씨를 그리로 모셔 갔고, 아씨는 아늑한 온기를 즐기면서, 우리의 기대를 저버리지 않고 주위에 있던 여러 물건을 바라보며 생기를 되찾았어요. 익숙한 물건들이었지만 병실의 지긋지긋한 침울함을 연상시키지는 않았으니까요. 저녁때엔 아씨가 무척 피곤해했지만 무슨 말을 해도 자기 침실로 돌아가지는 않았어요. 그래서 다른 방이 준비될 때까지 임시로 거실 소파에 아씨의 잠자리를 꾸며야 했답니다.

아씨가 계단을 오르내리느라 지치지 않도록 우리는 아씨의 침실로 거실과 같은 층에 있는 방을 골라 단장했어요. 지금 록우드 씨가 쓰고 계시는 방이랍니다. 그리고 아씨는 곧 서방님의 팔에 의지해 두 방을 오갈 수 있을 만큼 기력을 되찾았어요.

아, 저는 저희의 정성스러운 보살핌 덕분에 아씨가 완전히 회복될 수도 있을 거라는 희망을 품었더랬어요. 사실 아씨의 회복을 바랄 이유가 하나 더 있었어요. 또 하나의 생명이 오로지 아씨의 생명에 의지하고 있었거든요. 조금만 기다리면

서방님이 기뻐할 일이 생길 거라고, 그분의 상속자가 태어나서 재산이 남의 손에 넘어갈 일은 없을 거라고 기대하게 됐으니까요.

참, 이저벨라가 집을 나가고 6주가 지나 히스클리프와 결혼했다는 소식을 짤막하게 보냈다는 걸 아직 말씀 안 드렸지요? 내용은 건조하고 냉랭했지만, 편지 하단에 자신이 오빠의 뜻을 어겼다면 미안하다는 막연한 사과와 함께 너그러이 기억해 달라는 부탁과 화해를 간청하는 말이 연필로 깨알같이 적혀 있었어요. 그리고 그때는 몰래 도망칠 수밖에 없었으며, 일단 결혼을 했으니 이제 엎질러진 물이라는 말도 덧붙여져 있었어요.

제가 알기로 린턴 서방님은 답장을 안 했어요. 2주 후엔 제 앞으로 긴 편지가 하나 왔지요. 신혼여행에서 갓 돌아온 신부가 쓴 편지치고는 좀 이상하더군요. 읽어 드릴게요. 아직도 가지고 있거든요. 생전에 소중했던 사람이라면 그 유품도 소중하니까요.

엘런에게(이렇게 시작해요).

간밤에 워더링 하이츠에 도착했는데, 비로소 그동안 캐서린이 아주 많이 아팠고 아직도 낫지 않았다는 소식을 들었어. 캐서린에게는 편지를 쓰면 안 될 것 같고, 오빠도 내 편지에 답장을 하기엔 너무 화가 났거나 마음고생이 심하겠지. 아무튼 나는 지금 편지를 쓰지 않으면 견딜 수 없는데, 남은 이는 엘런뿐이구나.

에드거 오빠에게 내가 오빠 얼굴을 다시 볼 수 있다면 세상 전부라도 다 주고 싶어 한다고 전해 줘. 집을 떠난 지 하루도 되기 전에 내 마음은 스러시크로스 그레인지로 돌아갔고 아직도 거기 남아 있다고, 그리고 오빠와 캐서린에 대한 사랑으로 가득 차 있다고 전해 줘! 하지만 마음은 간절한데 몸이 따라가질 못하는구나(이 문장에는 밑줄이 그어져 있어요). 그러니까 내가 찾아올 거라고 기대할 필요는 없고, 그 이유는 오빠 부부 마음대로 생각해도 좋아. 하지만 내 의지력이 약하거나 사랑이 부족한 탓은 아니야. 이건 분명히 하고 싶어.

지금부터는 엘런에게만 하는 말이야. 물어보고 싶은 것이 두 가지 있어. 우선, 이 집에서 살 때 인간 본연의 공감 능력을 어떻게 유지할 수 있었어? 난 여기 사는 사람들이 나하고 공유하는 감정이 있는지 잘 모르겠어. 아무리 애를 써도 찾을 수가 없어.

두 번째 질문은, 나한테는 정말 중요한 관심사인데, 바로 이거야.

히스클리프 씨는 사람이야? 만일 사람이라면 미친 사람이야? 만일 사람이 아니라면, 악마야? 왜 이렇게 묻는지 이유는 말하지 않을게. 하지만 내가 결혼한 이 존재의 정체가 대체 무엇인지 엘런이 알고 있다면 설명해 줬으면 좋겠어. 나를 만나러 오면 말야. 엘런, 곧 나를 만나러 와줘야 돼. 편지는 하지 말고 직접 찾아와 줘. 그리고 에드거 오빠한테서 짧은 전갈이라도 가져다줬으면 좋겠어.

이제 내가 나의 새 가정에서 어떤 대접을 받고 있는지 말해 줄게. 계속 하이츠에서 살게 될 것 같으니까 말야. 내가 육체적인 안락을 위한 물건이나 어떤 결핍을 화제 삼는 건 그게 그냥 흥밋거리여서야. 사실 그런 것은 가끔 아쉬움을 느낄 때 빼고는 생각도 안 해. 만일 오로지 몸이 편하지 않은 것만 불행할 뿐이고 나머지는 잔혹한 꿈이라면 난 기뻐서 웃으며 춤이라도 출 거야!

우리가 황야 쪽으로 들어섰을 때 그레인지 뒤로 해가 지고 있었으니까 내 짐작에 6시쯤 되었던 것 같아. 내 동반자는 약 반 시간 동안 농원과 정원을 살펴보고, 저택까지 전부 샅샅이 둘러보는 것 같더라. 그래서 우린 이미 날이 어두워진 다음에야 포석이 깔린 하이츠의 마당에 도착해 말에서 내렸어. 엘런의 옛 동료인 조지프가 집에서 만든 초를 들고 우리를 맞이했는데, 정말이지 명성에 걸맞게 우리를 맞는 태도가 참 공손하기도 하더라. 눈은 가늘게 뜨고 아랫입술은 삐죽 내민 심술궂은 표정으로 초를 내 얼굴 높이로 들어 흘겨보고 그냥 돌아섰으니까.

그런 뒤 우리 말 두 마리를 건네받아 마구간으로 끌고 갔고, 다시 나타났을 땐 마치 고성에라도 사는 사람들처럼 바깥 대문을 걸어 잠갔지.

히스클리프는 그에게 뭐라고 지시를 하느라 뒤처졌고, 나는 부엌으로 들어갔는데 정말 어두컴컴하고 지저분한 동굴 같았어. 장담컨대 엘런이 지금 여길 오면 못 알아볼 거야. 엘런이 살림을 하던 때완 아주 달라졌으니까.

벽난로 옆에는 왈패같이 생긴 애가 하나 서 있었어. 팔다리는 억세고 옷은 더러웠는데, 눈매와 입가는 캐서린을 좀 닮았더라.

〈에드거의 처조카로구나.〉 나는 생각했어. 〈그러니까 어찌 보면 내게도 조카뻘이겠네. 악수를 하고, 맞아, 뽀뽀도 해줘야겠다. 처음부터 잘 사귀어 두는 게 좋겠지.〉

내가 그 애의 통통한 손을 잡으려고 다가서면서 말했어. 「안녕, 우리 처음 보지?」

근데, 아이가 뭐라고 대답을 하긴 하는데 무슨 말인지 이해가 안 되더라고.

「우리 친구 할까, 헤어턴?」 내가 대화를 이어 보려고 그렇게 말했지.

내가 참을성 있게 노력했지만 그 애는 욕설을 하고, 내가 〈꺼지지〉 않으면 스로틀러를 풀어 덤비게 하겠다 위협했어.

「야, 스로틀러, 이리 와봐!」 꼬마 악당이 불도그 잡종인 스로틀러를 구석의 개집에서 낮은 목소리로 불러냈어. 그러고는 명령 조로 「어때, 이제 당장 꺼질래, 안 꺼질래?」 하더라.

목숨은 하나뿐이니까 난 물러날 수밖에 없었지. 그래서 부엌을 나와 문 앞에 서서 다른 식구들이 들어오기를 기다렸지만 히스클리프 씨는 종적이 묘연했어. 내가 마구간까지 찾아가 조지프에게 함께 들어가 달라고 했더니 나를 노려보데. 그리고 혼자 웅얼대더니 콧등에 주름을 잡으면서 말했어. 「아이고! 아이고! 아이고! 예수 믿는 사람이 저런 말투를 어떻게 알아들을까? 거들먹거리는 꼴 하곤! 내가 그런 말을 무슨 수로 알아듣겠어?」

「나를 집 안으로 안내해 달라고요!」 가는귀를 먹었나 싶어서 그렇게 소리를 질렀지만, 사실 그의 무례한 태도에 아주 기분이 나빴어.

「아니, 못 가겠구먼! 난 내 할 일이 있으니까.」 그렇게 대답하더니 그냥 하던 일을 계속했어. 홀쭉한 주걱턱을 계속 움직이면서 내 옷과 얼굴을 몹시 경멸하는 시선으로 찬찬히 뜯어보더라. 옷은 지나치게 화려했지만, 얼굴은 비참한 꼴이라 아마 그의 기대에 어긋나지 않았을 거야.

마당을 돌아서 쪽문으로 들어가니 문이 하나 더 있었어. 그래서 조지프보다는 더 공손한 하인이 나와 줬으면 하고 문을 두드려 봤어.

잠시 마음을 졸이며 기다리고 있는데, 키가 크고 여윈 사내가 크라바트[6]도 두르지 않고 몹시 지저분한 모습으로 문을 열어 줬어. 헝클어진 머리가 어깨까지 치렁치렁해서 얼굴은 보이지도 않았지. 눈은 캐서린의 눈에서 예쁜 부분을 모두 빼낸 것처럼 멍했어. 유령 같았지.

「무슨 용건이지?」 그가 험악한 태도로 물었어. 「댁은 누구요?」

「과거 이름은 이저벨라 린턴이었어요.」 내가 대답했어. 「전에 저 만나신 적 있잖아요. 얼마 전에 히스클리프 씨와 결혼해서 함께 왔어요. 당신 허락은 받은 것 같던데요.」

「그럼 녀석이 돌아왔다는 거야?」 은자 꼴을 한 남자가 굶

6 남성이 목에 두르는 네모난 천.

주린 늑대처럼 눈을 번뜩이며 물었어.

「네, 방금 도착했어요.」내가 말했지.「하지만 절 부엌문 옆까지 데려다주고 어디로 가버렸는데, 제가 들어가려니까 댁의 아들이 문지기 노릇을 하면서 불도그를 풀어놓더라고요.」

「지옥의 악마 같은 놈이 약속을 지켰다니 다행이군!」내미래의 집주인이 될 그가 이렇게 으르렁대며 히스클리프를 찾는지 내 뒤의 어둠을 눈으로 더듬어 살펴보더라. 그런 다음엔 혼자 욕설과 저주를 퍼붓고, 그〈악마〉가 자길 속였으면 어떻게 했을 거라는 협박을 마구 늘어놓는 거야.

내가 공연히 다른 입구를 찾아보았나 보다 후회하며, 그의 욕설이 끝나기 전에 슬쩍 빠져나가려는데, 미처 나가기도 전에 나한테 들어오라고 하더니 다시 문을 닫아걸어 버렸어.

안에서는 벽난로의 불이 활활 타고 있었는데 오직 이 불에서 나오는 빛만이 큰 방을 비춰 주고 있었어. 마루 전체가 잿빛이었고, 내가 어렸을 때 반짝거리는 광채로 눈길을 끌었던 백랍 접시들은 색이 바래고 때가 타 역시 비슷한 잿빛이 되어 있었어.

내가 하녀를 불러 침실로 안내를 받고 싶다고 말했지만 언쇼 씨는 대답을 안 했어. 손을 주머니에 찌른 채 내가 있다는 사실도 잊은 것처럼 혼자 방을 오락가락하는 거야. 워낙 깊이 생각에 잠겨 있는 것처럼 보이는 데다 온몸에서 염세적인 기운을 풍겨서 다시 말을 걸고 싶지도 않았어.

반겨 주는 사람이 아무도 없는 집의 벽난롯가에 앉아 있으려니 외로움보다 더 나쁜 감정에 사로잡혀 버렸어. 거기 앉아, 이 세상에서 내가 유일하게 사랑하는 사람들이 살고 있는 행복한 우리 집이 겨우 6~7킬로미터 떨어져 있다고 생각하니 너무나 고통스러웠어. 놀랍지 않지, 엘런? 더욱이 이젠 6~7킬로미터가 아니라 대서양만큼이나 멀어져 버려서 그걸 뛰어넘을 수 없게 되었으니까 말야!

나는 자신에게 물어봤어. 어디서 위안을 구할 수 있을까? 그렇게 따져 보니 내가 가장 슬픈 것은(에드거와 캐서린에게는 제발 말하지 말아 줘) 히스클리프에 대항해서 내 편을 들어 줄 사람도, 들어 주려 하는 사람도 없다는 사실이었어. 그리고 이런 깨달음에서 오는 절망감이라니!

내가 워더링 하이츠에 살게 된 것을 기뻐한 이유는 히스클리프와 단둘이 사는 일은 피할 수 있기 때문이었어. 하지만 히스클리프는 이 집 식구들 성향을 잘 아니까, 그들이 자기 일에 간섭하지 않으리란 사실도 알았던 거야.

나는 그렇게 서글픈 생각에 잠겨 계속 앉아 있었어. 시계가 8시, 9시 종을 쳤지만, 언쇼 씨는 고개를 가슴에 박은 채 아무 말 없이 서성대기만 했어. 그러다 가끔씩 자신도 모르게 신음 소리와 고통스러운 절규를 토하더라.

난 집 안 어디서든 여자 목소리가 들려오지 않으려나 하고 귀를 기울였는데, 그러는 동안에도 미칠 듯한 후회와 불길한 예감이 마구 몰려들어 나도 모르게 한숨과 울음이 터져 나왔어.

하지만 규칙적으로 오락가락하던 언쇼 씨가 갑자기 맞은편에 멈춰 서더니 무척 놀란 표정으로 나를 빤히 쳐다보는 거야. 나는 그제야 내가 소리 내어 울고 있다는 사실을 깨달 았어. 언쇼 씨가 마침내 내게 다시 관심을 보여 주었음을 깨 닫고 얼른 외쳤지.「긴 여행 때문에 피곤해서 자러 가고 싶어 요! 하녀는 어디 있어요? 하녀를 좀 보내 주세요. 알아서 나 타나진 않을 것 같으니까!」

「무슨 하녀?」그가 대답했어.「우리 집에선 자기 일은 자기 가 챙겨야 합니다!」

「그럼 전 어디서 자야 돼요?」내가 흐느꼈지. 너무 피곤하 고 참담해서 체면을 내세울 겨를이 없었어.

「조지프한테 히스클리프의 방으로 데려다 달라고 하시 오.」그가 말했어.「저 문을 열어 봐요, 거기 조지프가 있을 테니.」

그의 말대로 하려는데, 그가 갑자기 나를 붙잡고 너무나 기이한 어조로 덧붙였어.

「문을 꼭 잠그고 빗장을 지르시오. 잊지 말고!」

「알겠어요!」내가 말했지.「하지만 왜죠, 언쇼 씨?」나는 문 을 잠근 방 안에 히스클리프와 단둘이 있는 게 달갑지 않았 거든.

「이걸 보시오!」그가 조끼 안에서 이상한 모양의 권총을 꺼내며 대답했어. 총신에 용수철로 장착한 양날의 칼이 달려 있었어.「자포자기한 사람한테는 이것의 유혹이 굉장하거든, 안 그렇겠소? 난 매일 밤 이걸 들고 히스클리프의 방 앞에 가 서 문을 열어 보고 싶은 유혹에 저항할 수가 없소. 문이 열리 기만 하면 놈은 그대로 끝이야! 그러지 말아야 되는 이유를

1분 동안 1백 가지 정도는 꿈아 볼 수 있지만 그래도 매일 밤 그렇게 하게 되거든. 놈을 죽이면 내 계획이 수포로 돌아가 니까 이런 유혹은 아무래도 악마의 술책이겠지. 사랑을 위해 서 힘닿는 데까지 그 악마와 싸워 보시오. 그래도 때가 되면 하늘의 천사들이 모두 나서도 그를 구할 수 없을걸!」

난 호기심에 차서 그가 잡은 무기를 찬찬히 살펴보았어. 갑자기 끔찍한 생각이 엄습했지. 이런 걸 손에 넣으면 내가 얼마나 강해질까! 난 권총을 그의 손에서 빼앗아 칼날을 만 져 보았어. 그는 잠시 내 얼굴에 어린 표정을 보고 놀란 것 같 았어. 두렵다기보다 탐난다는 표정이었으니까. 그가 신중하 게 권총을 빼앗더니 칼을 접어 넣고 다시 옷 속에 감추더라.

「그놈에게 말해 주든 말든 난 상관없어.」그가 말했어.「경 고해 주고, 잘 지켜보시오. 그와 나 사이를 잘 아시는군. 그가 위험에 처해 있음을 깨닫고도 안 놀라는 걸 보니.」

「히스클리프가 당신께 무슨 짓을 했나요?」내가 물었어. 「무슨 나쁜 짓을 했기에 그토록 끔찍이 미워하는 거냐고요? 그냥 이 집에서 내보내는 편이 더 현명하지 않을까요?」

「아니!」언쇼가 벼락같이 소리쳤어.「그 새끼가 우리 집에 서 나간다고 하면 바로 죽은 목숨이야. 그러라고 설득해 봐, 그럼 당신은 살인자나 다름없으니까! 되찾을 기회도 없이 죄 다 잃으란 말야? 헤어턴을 알거지로 만들고? 오, 망할 놈! 내 가 반드시 모두 되찾고야 말 거야. 그런 다음 그 새끼 돈까지 다 빼앗아 버리겠어. 그러고 나서 아예 피를 빼앗을 거고. 그 럼 그 새끼 영혼이 지옥으로 떨어지겠지! 그런 손님이 가면 지옥이 열 배는 더 캄캄해질걸!」

옛 주인의 습관에 대해 나한테 얘기해 준 적이 있지, 엘런. 분명히 미치기 일보 직전인 것 같아. 적어도 간밤엔 그랬어. 그의 곁에 있기가 너무 무서워서 버르장머리 없는 조지프 옆에 있는 쪽이 오히려 나을 것 같았어.

힌들리가 다시 우울한 표정으로 방을 오락가락해서 난 빗장을 열고 부엌으로 피신했지.

조지프는 고개를 숙이고, 벽난로 불 위에서 흔들리고 있는 커다란 냄비를 들여다보고 있었어. 그리고 옆에 놓인 장의자에는 오트밀을 담은 나무 그릇이 놓여 있었어. 냄비가 끓기 시작하자 그가 몸을 돌려서 나무 그릇에 손을 넣으려고 하더라. 우리가 먹을 저녁 식사를 준비하는 것 같았어. 난 배가 고팠기 때문에 이왕이면 먹을 만한 음식을 만드는 게 낫겠다 싶어서 날카롭게 외쳤지. 「죽은 내가 만들게!」 그리고 나무 그릇을 조지프의 손이 안 닿는 곳으로 옮기고 모자와 승마복을 벗기 시작했어. 「언쇼 씨가 그랬어.」 내가 말을 이었지. 「내 일은 내가 알아서 챙기라고. 그렇게 할 거야. 당신들한테서 아씨 대접은 안 받는다고. 그러다간 굶어 죽기 딱 알맞으니까.」

「맙소사!」 조지프가 툴툴대며 자리에 앉더니 골이 진 양말을 신은 다리를 무릎부터 발목까지 주무르며 그러더라. 「이제 겨우 쥔 두 사람한테 맞추려는 참인데 안주인까지 나서서 명령하고 군림하려 드니 도망치는 게 상책이겠네. 워낙 오래 살다 보니 여기서 뼈를 묻겠구나 싶었는데 이젠 떠날 때가 된 모양이야!」

　나는 못 들은 체하고 곧장 음식 준비에 나섰어. 그런 모든 일이 즐거운 놀이였던 때가 생각나서 한숨이 나왔지만, 얼른 떨쳐 버려야 했지. 행복했던 때가 자꾸 떠올라 괴로워졌고, 그런데도 기억을 막을 수가 없었어. 그럴수록 막대기로 죽을 젓는 속도가 빨라지면서 얼마 안 되는 귀리 가루도 더 빨리 넣게 됐어.

　내가 요리하는 모습을 보던 조지프는 점점 더 화가 나는 것 같았어.

　「저런!」 그가 외쳤어. 「헤어턴, 우리 오늘 저녁에는 죽도 못 얻어먹겠다. 뭉친 덩어리가 내 주먹만 하니 저거 빼면 먹을 게 아무것도 안 남겠어. 또, 또! 아예 그릇까지 죄다 처넣으시지! 저기, 저 쇠냄비를 엎어야 저 짓이 끝나겠구먼. 탕, 탕! 저러다 냄비 밑바닥이나 안 빠지면 다행이겠네!」

　죽을 그릇에 붓고 보니 사실 멍울이 좀 많이 지긴 했어. 그릇 네 개에 나눠 담고, 4.5리터들이 병에 담긴 신선한 우유가 낙농장에서 왔어. 그걸 헤어턴이 받아 들고 그대로 마시기 시작하는데, 입술 옆으로 우유가 줄줄 새더라.

　난 헤어턴을 나무라면서 네 몫의 잔에 따라 주면 그때 먹으라고 말했어. 남이 입을 대서 더러워진 우유를 어떻게 마시냐고. 냉소꾼 노인네는 내 말에 기분이 상했는지 헤어턴이나 못지않게 〈잘났〉고 〈건강하다〉고 계속 야단야단을 하더라. 나보고 뭘 그렇게 잘난 체를 하는지 모르겠다는 투였어. 그러는 동안에도 어린 악당은 우유를 빨면서 우유병 속에 계속 침을 흘려 넣고는 네가 어쩔 테냐, 하는 표정으로 눈을 부라렸어.

「난 다른 방에 가서 저녁을 먹겠어.」 내가 말했지. 「거실이라고 부르는 방은 없나?」

「거실!」 조지프가 조롱하듯 내 말을 반복했어. 「거실이라니! 아니, 우리 집엔 그런 방 없습니다. 우리하고 먹기 싫으면 주인하고 먹으면 되고 주인하고 먹기 싫으면 우리하고 먹어야 된다고.」

「그럼 위층으로 가겠어.」 내가 대답했어. 「내 방으로 안내해 줘!」

난 쟁반에 죽 그릇을 올려놓고 우유를 더 가져왔지.

그 작자가 대놓고 툴툴거리며 자리에서 일어나 위층을 향해 앞장서서 갔어. 다락방이 있는 맨 위층에 도착하더니 방문을 이것저것 열어 들여다보며 지나가더라.

「여기 방이 있네.」 그가 문을 여는데 경첩이 빠질 것처럼 삐거덕 소리가 났어. 「죽을 먹으려면 이만함 됐지. 저기, 저 구석에 곡식 한 자루가 있긴 해도. 만일 비싼 실크 옷이 더러워질까 걱정되거든 손수건을 까시든가.」

그가 말한 〈방〉이란 엿기름과 곡물 냄새가 코를 찌르는 일종의 창고였어. 여러 가지 곡물 자루가 여기저기 마구 쌓여 있었고, 한가운데에만 넓고 빈 공간이 있었지.

「아니, 이것 봐!」 내가 화난 얼굴로 그를 바라보며 소리쳤어. 「여기서 어떻게 자? 침실을 보여 달란 말이야.」

「치이임실!」 그가 조롱 조로 받았어. 「치이임실을 보여 드리죠. 저게 내 침실인데.」

그가 다른 다락방을 보여 주었는데, 벽 주위에 자루가 좀 덜 쌓여 있고, 한쪽 끝에 크고 낮은 침대가 놓여 있다는 것만 달랐어. 커튼은 없었고 남색 누비이불이 깔려 있었지.

「영감 방을 내가 뭣 때문에 봐?」내가 쏘아붙였지. 「히스클리프 씨가 여기 지붕 밑 방에 세 든 것은 아닐 텐데?」

「아! 히스클리프 씨 방 말씀이오?」새삼스럽게 외쳤어. 「왜 진작 그렇게 말을 안 하셨대? 그럼 이렇게 올라올 필요도 없이 못 보여 드린다고 말씀드렸을 텐데. 자기 외에는 아무도 못 들어가게 항상 잠가 놓고 있으니까」

「퍽이나 좋은 집에 사는구나, 조지프.」난 그렇게 쏘아붙일 수밖에 없었어. 「동거인들도 정말 훌륭하고. 내가 그들의 운명과 내 운명을 엮은 날 이 세상의 광기란 광기는 다 내 머리에 모이기로 했나 보네! 하지만 이 방은 지금 내가 원하는 용도엔 안 맞아. 다른 방들도 있을 테니, 제발, 내가 쉴 수 있는 방으로 빨리 안내 좀 해줘!」내가 이렇게까지 얘기하자 그는 아무런 대답도 하지 않고 그냥 고집 센 노인의 걸음걸이로 나무 계단을 내려가 어느 방 앞에 멈춰 섰어. 그런 행동이나 갖추어진 좋은 가구로 보아 그 집에서 제일 좋은 방인 것 같더라.

방에는 카펫이 깔려 있었는데, 훌륭한 거였어. 하지만 때가 타서 무늬가 희미해져 있었지. 벽난로 위에는 종이 장식이 갈기갈기 찢긴 채 걸려 있었고, 값비싼 옷감으로 짠 커다란 현대식 진홍 커튼이 쳐진 멋진 오크 침대도 있었어. 하지만 커튼을 험하게 사용한 티가 나더라. 발랑스 커튼이 고리에서 빠져 장식용 꽃 줄처럼 늘어져 있었고, 그걸 지지하는 쇠막대가 둥글게 휘어져 천이 바닥에 끌렸어. 의자들도 망가져 있었는데, 아주 심하게 부서진 것도 많더라. 그리고 널빤지로 두른 벽도 여기저기 움푹 파인 상처투성이였지.

내가 이 방이라도 차지할까 마음먹고 있는데, 멍청한 안내자가 말했어.

「이 방은 주인 거요.」

내 음식은 이미 식었고, 식욕도 달아나고 없었지. 난 더 이상 참지 못 하고 당장 내가 쉴 곳이 어디며 어떻게 해야 하는지 알려 달라고 떼를 썼어.

「대체 어딜?」 그 독실한 노인이 말을 이었어. 「주님, 우리를 돌보소서! 주님, 용서하소서! 대체 어디로 간다고 떼를 쓰는 거지? 이 귀찮은 응석받이 생떼꾼 아씨야! 헤어턴의 쪼끄만 방 빼곤 다 봤는데. 이 집에는 몸을 누일 딴 방은 없다니까!」

난 화가 머리끝까지 치밀어 쟁반과 죽 그릇을 마룻바닥으로 동댕이치고 계단 꼭대기에 앉아 손에 얼굴을 파묻고 엉엉 울었어.

「쯧쯧!」 조지프가 외쳤지. 「잘했네, 캐시 아가씨! 잘했어, 캐시 아가씨! 하지만, 쥔님이 틀림없이 저 깨진 그릇에 발부리가 채여 넘어질 텐데 그러면 또 한 소리 듣겠네. 아무짝에도 쓸모없는 멍청한 인간이구먼! 하느님이 주신 소중한 선물을 화 좀 난다고 마룻바닥으로 내동댕이치다니, 크리스마스 때까지 굶어야 마땅해. 하지만 그 성질 오래 못 갈걸. 히스클리프가 그런 행실을 봐줄 것 같아? 그가 패악질 부리는 꼴을 꼭 봐야 할 텐데. 그럼 딱 좋겠어.」

조지프가 계속 잔소리를 늘어놓으며 초를 들고 아래층 자기 소굴로 내려가 버려서 난 어둠 속에 혼자 남았어.

그런 어리석은 짓을 저질러 놓고 곰곰 생각해 보니 자존심을 죽이고 분노를 삭이더라도 음식과 그릇 조각은 치워야 한다는 사실을 인정할 수밖에 없었어.

뜻밖에 스로틀러가 나타나서 날 도와줬지. 가만히 보니 녀석이 스컬커의 새끼더라고. 강아지 시절을 그레인지에서 보냈는데, 자란 다음에 아버지가 힌들리 씨한테 선물로 주신 거거든. 녀석이 날 알아보는 것 같더라. 인사랍시고 내 코에 자기 코를 비비더니 바닥의 죽을 게걸스럽게 먹기 시작했어. 난 계단을 하나하나 살펴서 부서진 그릇 조각을 모으고 손수건을 꺼내 난간에 튄 우유 방울을 닦았지.

우리의 작업이 끝나자마자 복도에서 언쇼의 발걸음 소리가 들리더구나. 내 조수는 꼬리를 감춘 채 벽에 붙어 섰고, 난 가장 가까운 방으로 들어가 슬쩍 피했지. 하지만 스로틀러는 언쇼를 피하지 못했어. 황급히 계단을 내려가는 소리가 요란하게 나더니 애처롭게 깨갱거리는 소리가 길게 이어지더라고. 난 녀석보다는 운이 좋았지. 언쇼가 내가 들어간 방을 그냥 지나쳐 곧장 자기 방으로 들어가 문을 닫았거든.

곧바로 조지프가 헤어턴을 데리고 재우려고 올라왔어. 내가 들어가 쉬고 있던 방이 헤어턴의 방이었는데, 노인이 나를 보더니 말했어.

「이제 이 집에 아씨가 잘난 척할 방이 생겼네. 거실이 비어 있으니까 혼자 다 차지하고 계시든가. 아씨처럼 같이 있기 힘든 사람하고도 항상 함께 해주시는 하느님하고 같이.」

나는 기꺼이 그의 제안을 받아들여 거실로 갔고, 벽난로 불 옆에 놓인 의자에 앉자마자 꾸벅꾸벅 졸다가 바로 잠이 들었어.

아주 깊고 달콤한 잠에 빠졌는데, 너무 빨리 끝나 버렸어. 히스클리프 씨 때문에 깼거든. 들어오자마자 그이답게, 퍽이나 다정한 태도로 대체 여기서 뭘 하고 있느냐고 묻더라고.

난 내가 왜 그토록 늦게까지 침대에 들어가지 못했는지를 말해 줬지. 그가 우리 방의 열쇠를 지니고 있어서 그랬다고.

히스클리프는 내가 자기 방을 우리 방이라 했다고 불같이 화를 내더라. 그 방은 우리 방이 아니고, 내 방은 더더욱 될 수 없다면서. 그리고 자신은…… 하지만 그의 말을 되풀이하거나, 평소의 처신을 굳이 묘사하지는 않을래. 그이는 내가 자신을 증오하게 만들기 위해 온갖 방법을 다 동원하는데, 전혀 지치지도 않더라! 때로 너무 놀라워서 두려움을 잊을 정도라니까. 하지만, 내 장담하건대, 호랑이도 독사도 내 마음속에 그런 공포심을 일으킬 수는 없을 거야. 그는 캐서린이 아프다는 소식을 전하면서 그게 다 우리 오빠 때문이라고 욕을 했어. 그리고 자기가 오빠를 벌줄 때까지는 내가 대신 그 고통을 감당하게 해줄 거라고 다짐하더라.

난 그가 지긋지긋해. 정말 참담하고. 내가 정말 바보였어!

하지만 그레인지에선 이런 말 하면 절대 안 돼. 매일 엘런의
방문을 고대하고 있을게. 실망시키지 말아 줘!

— 이저벨라

14

저는 편지를 다 읽자마자 서방님께 가서 누이동생이 하이츠에 도착했는데, 아씨의 병세를 걱정하고 오빠를 만나고 싶다는 편지를 보내왔다고 알렸지요. 그리고 저를 통해 하루속히 용서의 증표를 보내 줬으면 한다는 사실도 말씀드렸습니다.

「용서라니!」린턴이 말했지요.「나는 용서할 게 없어, 엘런. 워더링 하이츠에 가고 싶으면 오늘 오후에 방문해도 좋아. 그리고 나는 누이한테 화가 난 게 아니고 그냥 그 애를 잃어서 안타까울 뿐이라고 전해 줘. 그 애가 앞으로 절대 행복하게 살지 못할 거라고 믿으니 더 안타까울 뿐이지. 하지만 내가 그 애를 만나러 가는 것은 어불성설이야. 우리는 영원히 남남이 된 거야. 그리고 이저벨라가 진정으로 날 위한다면 자신과 결혼한 악당을 설득해서 이 고장을 영원히 떠나 달라고 전해 줘.」

「간단히 몇 줄이라도 써주실 생각 없으세요, 서방님?」제가 애원하듯 물었지요.

「물론이지.」 그분이 대답했어요. 「다 소용없는 일이야. 히스클리프의 집안과는 상대를 안 하면 안 할수록 좋으니까. 있을 수 없는 일이야!」

에드거 서방님의 냉담한 태도 때문에 제 마음은 극도로 무거웠습니다. 그래서 하이츠로 가는 동안 내내 그분의 말을 어떻게 전해야 조금이라도 다정하게 들릴까, 에드거가 이저벨라에게 짤막한 편지를 쓰는 것조차 거절했다는 사실을 어떻게 좀 더 부드럽게 전할까 고민했어요.

이저벨라는 제가 오나 안 오나 하며 아침부터 목이 빠지게 기다린 모양이더군요. 정원 진입로를 올라가는데 격자문 뒤에서 내다보고 있는 모습이 눈에 띄었어요. 그래서 제가 이저벨라 아씨를 향해 고갯짓을 했죠. 하지만 아씨는 누가 볼새라 두려운지 뒤로 물러서더군요.

저는 노크 없이 안으로 들어갔어요. 집은 전과는 달리 활기라곤 없고 스산하고 침울해 보였어요! 솔직히 제가 아씨의 처지였다면 적어도 벽난로 바닥의 재를 쓸어 내고 행주로 탁자라도 훔쳤을 거예요. 하지만 이저벨라 아씨는 이미 그 집을 지배하고 있던 될 대로 되라는 태도가 몸에 배어 버렸더라고요. 아름답던 얼굴은 창백해졌고 기운도 없더군요. 고수머리는 풀린 채 머리 갈래 일부가 축 늘어져 있었고, 몇몇 가닥은 머리 주변에 제멋대로 꼬여 있었어요. 자고 일어나 옷매무새도 고치지 않은 것 같았죠.

힌들리는 없었고, 히스클리프 씨가 탁자에 앉아 작은 수첩을 넘기고 있더군요. 하지만 저를 보자 자리에서 일어나 꽤 붙임성 있게 인사하며 의자에 앉기를 권했어요.

거기 있는 존재들 중에서는 히스클리프가 가장 그럴듯해 보였어요. 사실 히스클리프가 그렇게 괜찮아 보인 적도 없었던 것 같아요. 환경 때문에 부부의 처지가 정반대가 되어 버려서, 모르는 사람이 본다면 히스클리프야말로 지체 높은 집안의 신사이고 그의 아내는 나이 어린 창부라고 생각할 것 같더라고요!

이저벨라는 갈망 어린 표정으로 저를 맞이하러 나왔는데, 오빠의 편지를 기대했는지 손을 내밀더군요.

저는 고개를 가로저었어요. 아씨는 이런 암시를 무시하고 보닛을 벗어 놓으려고 찬장 쪽으로 가는 저를 따라오더니 가져온 것을 당장 내놓으라고 소근거렸어요.

히스클리프는 이저벨라가 왜 그러는지를 짐작하고 말했지요.

「이저벨라에게 뭘 가져왔나? 당연히 그랬겠지, 넬리, 지금 줘. 그런 걸 감출 필요는 없어. 우리 사이에 비밀은 없거든.」

「아, 가져온 게 없는데요.」 제가 사실대로 고하는 게 최선이다 싶어서 그렇게 말했지요. 「서방님께서는 동생분에게 편지나 방문 같은 건 기대하지 말라고 하셨어요. 사랑을 보내고 행복을 기원하며, 아씨 때문에 슬프지만 그렇게 만든 걸 용서한다고 하셨고요. 그렇지만 앞으로 이 댁과 왕래할 일은 없다고, 그래서 좋을 일이 없다고 하셨어요.」

히스클리프 부인은 입술을 바르르 떨더니 원래의 창가 자리로 돌아갔어요. 그녀 남편은 제 근처의 벽난로 앞 판석에

서서 캐서린의 상태가 어떤지 캐묻기 시작했지요.

저는 캐서린의 병에 대해 간단하게 이야기했어요. 하지만 히스클리프 씨가 계속 신문하듯 캐묻는 바람에 결국 발병 경위를 대충 다 알려 주게 됐죠.

전 캐서린이 병을 자초했다며 그녀를 탓했어요. 실제로 그랬으니까요. 그리고 린턴 씨가 본을 보였듯이 히스클리프 씨도 앞으로 좋은 일이든 나쁜 일이든 린턴 씨 가족 일에 상관하지 말았으면 좋겠다고 하며 말을 끝냈지요.

「아씨는 이제 겨우 회복 중이세요.」 제가 말했어요. 「그러나 목숨은 건졌지만 전과 같은 건강은 절대로 되찾지 못하실 거예요. 그러니 진심으로 아씨를 위하신다면 다시는 안 나타나시는 게, 아니, 이 고장에서 영원히 떠나시는 편이 좋을 겁니다. 그리고 미련이 없으시도록 말씀드립니다만, 현재의 캐서린 린턴 아씨는, 이저벨라 아씨와 제가 다른 만큼이나 당신의 옛 친구 캐서린 언쇼와 다릅니다! 겉모습도 많이 변하셨고, 성격은 더 많이 변하셨어요. 그리고 아씨의 곁을 어쩔 수 없이 지키고 계시는 서방님께서도 앞으로는 오로지 아씨의 이전 모습에 대한 추억, 그리고 인정과 의무감으로만 당신의 애정을 유지할 수 있을 겁니다!」

「그럴 수도 있겠군.」 히스클리프가 애써 담담한 척하며 말했어요. 「네 서방님이 의지할 게 인정과 의무감뿐이라는 거 말이야. 하지만 내가 캐서린을 그의 의무감과 인정에 맡겨 두겠어? 그리고 캐서린에 대한 내 감정과 그의 감정을 비교할 수 있겠냐고? 나한테 약속을 하나 해주기 전엔 널 우리 집에서 못 보내겠다. 캐서린을 만나고 싶어. 날 돕겠다고 약속해라. 네가 동의를 하든 안 하든 난 무슨 수를 써서라도 캐서린을 만나고 말 테니까! 어떻게 할래?」

「제발 부탁인데요, 히스클리프 씨.」 제가 대답했죠. 「그러시면 절대 안 됩니다. 저를 통해서 만나는 일은 절대 없으실 겁니다. 서방님과 당신이 또 맞닥뜨리신다면 캐서린 아씨는 돌아가시고 말 거예요!」

「너만 도와주면 그런 일을 피할 수 있잖아.」 그가 말을 이었어요. 「또 그런 일이 일어날 것 같으면, 그러니까 에드거가 캐서린에게 조금이라도 더 고통을 주어 병이 악화된다면, 글쎄, 내 생각엔 내가 극단적인 조처를 취하는 게 당연한 것 같다! 캐서린이 남편을 잃으면 무척 괴로워할까? 그럴까 봐 내가 지금 참고 있는 거야. 그리고 바로 그런 태도에서 에드거와 내 감정에 차이가 있는 거야. 만일 서로의 처지가 바뀐다면, 나는 그놈이 미워서 내 삶이 쓰디쓴 쓸개같이 된다 할지라도 절대 놈에게 손끝 하나 대지 않을 거다. 표정을 보니 내 말이 안 믿기는 모양인데 믿든 말든 마음대로 해! 난 캐서린이 원한다면 에드거가 캐서린을 못 만나게 하는 일은 절대로 하지 않을 거다. 캐서린의 관심이 그놈에게서 멀어지는 순간엔 즉시 그놈의 심장을 뽑아서 피를 들이마시겠지만! 하지만, 그때까지는 말이지, 내 말이 안 믿긴다면 넌 나라는 사람을 모르는 거야, 그때까지는 내 몸이 한 조각씩 죽어 가는 한이 있더라도 그놈 머리카락 한 오라기도 안 건드릴 것이다!」

「그런 사람이,」 제가 그의 말을 가로막았어요. 「캐서린이 당신을 거의 다 잊은 지금 억지로 옛 기억을 비집고 들어가 캐서린을 새로운 불화와 슬픔의 소용돌이 속에 몰아넣으려고 해요? 그렇게 하면 캐서린의 회복 가능성이 완전히 없어지는데도 전혀 망설임 없이 그럴 계획을 세우고 있잖아요.」

「캐서린이 나를 거의 다 잊었다고?」 그가 말했어요. 「아, 넬리! 그렇지 않다는 사실 잘 알면서 무슨 소리야! 캐서린이 린턴 생각을 하루 한 번 하면 내 생각은 1천 번 한다는 거 너도 잘 알고 있잖아! 살면서 가장 비참했던 시기에 나도 비슷한 생각을 한 적이 있어. 지난여름 이 고장으로 돌아온 뒤에도 그런 생각에 사로잡혀 있었지. 하지만 이젠 캐서린이 직접 그렇다고 말해 준다면 모를까, 그런 끔찍한 생각을 할 수는 없어. 캐서린이 나를 거의 다 잊었다면 린턴은 아무것도 아니야. 힌들리도, 내가 꾸었던 모든 꿈들도 다 마찬가지야. 남은 삶은 단 두 마디로 요약할 수 있어, 죽음과 지옥. 캐서린을 잃는다면 삶 자체가 지옥일 테니까.

하지만 나도 한때는 멍청하게 그녀가 에드거 린턴의 사랑을 내 사랑보다 더 소중히 여긴다고 생각했어. 실은 린턴, 그 하찮은 자가 혼신의 힘을 기울여 80년 동안 그녀를 사랑한다 해도 내가 단 하루 동안 그녀를 사랑하는 것엔 따라오지 못해. 그리고 캐서린의 가슴은 내 가슴만큼이나 깊어. 린턴이 캐서린의 사랑을 독점하는 것보다 바닷물을 말구유에 담는 게 더 쉬울걸. 말도 안 돼! 캐서린한테 린턴은 애완견이나 승마용 말보다 조금 더 소중한 정도야. 나만큼 사랑을 받을 만한 그릇이 못 돼. 린턴에게 없는 것을 캐서린이 어떻게 사랑할 수 있겠어?」

「캐서린과 에드거는 어느 부부 못지않게 서로를 사랑해요!」 이저벨라가 갑자기 기운을 차려 외쳤어요. 「그런 식으로 말할 권리는 누구에게도 없다고요. 그리고 우리 오빠를 모욕하면 가만있지 않을 거예요!」

「네 오빠는 너에 대한 사랑도 아주 대단하던데, 그렇지?」 히스클리프가 경멸 조로 말했어요. 「널 세상 밖으로 얼마나 재빨리 내치던지 아주 놀라울 지경이던데.」

「오빠는 내가 고통스럽게 산다는 거 몰라요.」 그녀가 대답했지요. 「내가 그런 얘긴 안 했으니까요.」

「그럼 다른 얘긴 했나 보지? 편지를 써서 보낸 거지, 안 그래?」

「결혼했다는 소식 전하려고 편지했어요. 당신도 봤잖아요.」

「그 후론 편지 안 보냈다고?」

「안 보냈어요.」

「우리 아씨가 결혼하신 후에 보기 딱할 정도로 얼굴이 안 좋아지셨네요.」 제가 말했어요. 「우리 아씨를 향한 누군가의 사랑은 대단치 않나 보군요, 분명히. 난 누군지 짐작이 가지만, 아무래도 입을 다무는 편이 낫겠죠.」

「내 생각엔 이저벨라의 사랑이 부족한 것 같은데.」 히스클리프가 말했어요. 「지저분하고 게으른 여자가 되고 있어! 내 마음에 들려고 노력하긴커녕 너무 쉽게 포기해 버리던데. 믿기 어렵겠지만, 결혼한 바로 다음 날 친정에 가고 싶다고 징징 짜더라고. 하지만 이 집에선 지나치게 깔끔 떨지 않는 편이 어울려. 밖에 나다니면서 나한테 창피만 주지 않으면 될 거야.」

「그런데요.」제가 대답했어요.「히스클리프 아씨께서는 누가 돌봐 주고 시중을 들어 주는 데 익숙하다는 점을 염두에 두셨으면 좋겠는데요. 자라는 동안 모두들 외동딸처럼 떠받들었다는 것도 고려해 주셨으면 하고요. 하녀를 구해서 수발을 들어 드리게 하고 히스클리프 씨도 아씨에게 자상하게 마음을 써주셔야 해요. 에드거 서방님에 대한 감정이 어떻든 이저벨라 아씨의 깊은 사랑은 의심하시면 안 되죠. 그렇지 않다면 친정의 우아하고 안락한 생활과 다정한 사람들을 다 버리고 이렇게 황량한 곳까지 기꺼이 히스클리프 씨를 따라 왔겠어요.」

「자기가 착각에 빠져 그것들을 모두 버린 거야.」히스클리프가 대답했어요.「날 로맨스의 남자 주인공이라고 착각하고 나한테서 기사도적 헌신에서 우러나오는 끝없는 너그러움을 기대했단 말야. 이런 사람을 어떻게 이성적인 존재라고 생각할 수 있겠어. 그렇게나 나에 대한 환상을 끈질기게 고집하고, 자신이 만들어 낸 허상에 따라 행동했으니. 하지만 이제 비로소 내 진면목을 알기 시작한 것 같아. 처음엔 날 바라보면서 바보처럼 히죽히죽 웃거나 인상을 찌푸려서 짜증나게 했었는데 이젠 안 그래. 그리고 처음엔 내가 자신을, 그리고 자신의 감정을 어떻게 생각하는지 진지하게 말해 줘도 알아듣지 못할 정도로 분별력이 없더니 요새는 안 그러는 것 같아. 내가 자신을 사랑하지 않는다는 사실을 깨달은 것만도 엄청난 노력 끝에 얻은 기적 같은 통찰이라고 해야겠지. 한때는 내가 무슨 짓을 해도 그런 사실을 믿지 않을 것 같다고까지 생각했다니까! 사실 아직도 온전히 깨닫지 못한 것 같아. 오늘 아침엔 무슨 끔찍한 소식이라도 전한다는 듯이 나한테 말했어. 자신이 날 증오하게 하는 데 완전히 성공했다고! 이저벨라가 나를 미워하게 되는 것은 정말 헤라클레스의 과업 못지않게 고된 일인 것 같더라! 그렇게 된다면 나로선 감사를 드려야 마땅할 지경이지. 당신이 한 그 말을 믿어도 될까, 이저벨라? 정말로 날 증오하는 거겠지? 내가 한나절 정도 내버려 두면 다시 안도의 한숨을 쉬며 다가와 아양을 떨려고 하진 않을 거지? 이저벨라는 내가 넬리 앞에서 자신한테 아주 다정하게 대하는 척해 주기를 바라고 있을걸. 진실이 드러나면 자기 허영심에 상처를 입으니까. 하지만 난 한쪽의 일방적인 감정으로 일이 이렇게 됐다는 사실을 남들이 안다고 해도 전혀 개의치 않아. 난 한 번도 이저벨라에게 거짓말을 한 적이 없거든. 이저벨라도 내가 다정한 체하며 자신을 속였다고 비난은 못 할걸. 그레인지를 나서면서 이저벨라가 처음 본 내 행동은 자기 강아지의 목을 매다는 거였다고. 강아지를 살려 달라고 애원을 하기에 내가 그랬지, 단 한 사람만 빼고 그녀와 엮인 모든 존재를 목매달고 싶다고. 아마 자기가 그 예외라고 착각했던 모양이야. 하지만 내가 어떤 잔인한 행동을 해도 싫어하질 않더라고. 소중한 자기 몸만 안 다친다면 잔인한 짓을 천성적으로 좋아하는 거 아닌가 싶던데! 그러니, 저 한심하고 비굴하고 속 좁은 년이 내가 자

251

신을 사랑할 거라고 생각했다는 게 정말 어이없고 바보 같은 일 아냐? 네 서방님한테 말씀드려, 넬리, 내가 자기 누이처럼 비굴한 인간은 평생 처음 본다고 하더라고. 린턴 가문에도 수치가 될 정도야. 저 여자가 대체 어디까지 견디나 실험을 해보다가 더 이상 다른 방법이 생각나지 않아서 때론 강도를 낮추는데, 그럼 창피도 모르고 계속 알랑거리는 거야! 하지만 린턴한테 오빠로서, 그리고 치안 판사로서 나델 생각은 하지 말라고 말해 줘. 법의 테두리를 절대 벗어나지 않도록 조심할 테니까. 지금까지도 별거의 빌미를 줄 행동은 철저히 피했지. 더욱이 우리를 갈라놓으려고 해도 저 여자가 전혀 고마워하지 않을걸. 나가고 싶으면 나가도 좋아. 데리고 있으면서 괴롭히는 재미보다 옆에 있어 귀찮은 감정이 더 큰 존재니까!」

「히스클리프 씨.」제가 말했어요. 「무슨 미친 사람 같은 소리세요? 아씨께서 당신이 미쳤다고 생각해서 그동안 참아 드린 것 같네요. 하지만 나가도 좋다고 하시니까 당연히 나가시겠지요. 설마 자진해서 저분과 계속 사실 만큼 그렇게 정신이 나가신 건 아니겠지요?」

「말조심해, 엘런!」이저벨라가 분노로 번뜩이는 눈으로 절 노려보며 대답했어요. 표정으로 봐서 자신을 증오하게 하려는 남편의 노력이 완전히 성공했다는 점에는 의심의 여지가 없었어요. 「저 인간이 하는 말은 한마디도 그냥 믿으면 안 돼. 저 사람은 거짓말쟁이 악마고 괴물이지, 인간이 아니야! 전에도 나갈 테면 나가라고 해서 나가려 해본 적이 있지만, 또 그럴 엄두는 안 나! 다만, 엘런, 저 인간의 악랄한 소리를 오빠나 캐서린에겐 한마디도 전하지 않겠다고 약속해 줘. 뭐라 말하든 간에, 저 인간이 나하고 결혼한 이유는 에드거를 분노하게 해 절박한 행동을 끌어내기 위해서였으니까. 우리 오빠를 가지고 놀려고 나와 결혼했다고 실토하더라. 그의 계획을 성공시키느니 차라리 내가 먼저 죽어 버리고 말겠어! 나는 오직 제발 저 인간이 악마 같은 조심성을 버리고 날 죽여 주길 바랄 뿐이야! 내가 상상할 수 있는 유일한 기쁨은 내가 죽거나 저 인간이 죽는 꼴을 보는 거니까!」

「저런. 일단 이 정도만 해둬!」히스클리프가 말했어요.「만일 법정에 소환된다면, 저 여자가 지금 한 말을 기억해 줘, 넬리! 저 표정도 잘 봐두고. 거의 나에게 어울리는 짝이 되어 가고 있어. 맞아, 당신은 지금 자기 권리를 행사하기에 적절한 상태가 아니야, 이저벨라. 내가 법적 보호자로서 당신을 감독해야 한다고. 아무리 지긋지긋한 책무라 해도 내가 감당해야지. 위층으로 올라가 있어. 엘런 딘하고만 할 얘기가 있으니까. 그쪽 말고, 위층으로 가라니까, 어서! 여기, 이쪽으로 가야 위층이지, 그렇지!」

그가 이저벨라를 붙잡아서 방 밖으로 쫓아냈어요. 그리고 되돌아오며 툴툴댔지요.

「동정심이 안 들어! 동정심이 안 든다고! 저 벌레가 몸부림을 칠수록 창자가 터지도록 더 밟아 버리고 싶다니까! 정신적으로 새 이가 나는 것과 같아서, 나의 고통이 커지면 커질수록 이를 더 뿌드득 갈게 되는 거라고.」

「동정심이란 말의 뜻을 알기나 하세요?」 제가 서둘러 보닛을 쓰려고 하면서 말했어요. 「살면서 한 번이라도 동정심을 느껴본 적이 있냐고요?」

「모자 내려놔!」 제가 그만 가려고 하자 이를 눈치챈 히스클리프가 가로막았어요. 「아직 못 가. 자, 이리 와, 넬리. 설득으로든 강제로든 넬리의 도움으로 캐서린을 만나야겠으니까, 당장. 맹세하지만 해를 끼치려는 뜻은 전혀 없어. 분란을 일으키고 싶지도 않고. 린턴 씨를 화나게 하거나 모욕하고 싶은 것도 아냐. 그냥 지금 상태는 어떤지, 어쩌다가 아프게 됐는지 본인 입으로 직접 듣고 싶어서 그래. 내가 도울 수 있는 일이 있는지도 알고 싶어. 간밤에 난 그레인지의 정원에서 여섯 시간을 보냈어. 그리고 오늘 밤에도 가려고 하거든. 내가 집 안으로 들어갈 기회를 잡을 때까지 밤에도 낮에도 갈 거야. 만일 에드거 린턴하고 마주친다면 내가 있는 동안만이라도 가만히 있도록 때려눕힐 거야. 하인들이 앞길을 가로막으면 이 권총으로 위협해서 쫓아낼 거고. 그렇지만 내가 하인들이나 주인을 마주치지 않는 편이 낫지 않겠어? 너라면 그렇게 해주기 어렵지 않잖아! 내가 간다고 알리면 캐서린이 혼자 있을 때 날 슬쩍 들여보내 주면 되니까. 내가 떠날 때까지 망을 봐주고 말이야. 양심에 거리낄 일은 전혀 없다고. 네가 도와주면 말썽을 막을 수 있잖아.」

저는 서방님을 배신하는 일은 할 수 없다고 고집했어요. 그리고 자신의 만족을 위해서 겨우 되찾은 아씨의 안정을 깨뜨리는 짓은 잔인하고 이기적이라고 지적했죠.

「아주 사소한 일에도 놀라고 고통스러워하신단 말이에요.」제가 말했어요.「장담하건대 신경이 워낙 예민해서 그런 충격을 견디지 못할 거예요. 제발 고집 부리지 마세요! 끝까지 그렇게 고집 부린다면 서방님께 당신 계획을 알려 드릴 수밖에 없어요. 그러면 그분이 집과 가족을 불법 침입자에게서 보호하기 위해 조처를 취하실 거고요!」

「그렇다면 나도 너를 억류하는 조처를 취하겠다, 넬리!」히스클리프가 외쳤어요.「내일 아침까지 워더링 하이츠에서 안 내보낼 거야. 나를 만나면 캐서린이 충격을 받는다니 무슨 터무니없는 소리를 하는 거냐? 그리고 놀라게 한다니, 내가 그런 걸 원할 리 없잖아. 그러니까 네가 준비를 해둬야지. 내가 가도 좋은지 물어봐. 캐서린이 내 이름을 한 번도 말한 적이 없고, 다른 사람들도 내 이야기를 안 한다고 했지? 그 집에서 내 얘기를 하는 게 금지되어 있는데 그럼 누구한테 내 이야기를 하겠냐? 너희들이 모두 남편의 첩자라고 생각하는데. 아, 그런 사람들만 우글거리니 지옥에서 사는 거나 다름없지! 아무 말도 없다는 데서 캐서린의 심정을 짐작할 수 있어. 종종 캐서린이 안절부절못하고 초조해하는 것처럼 보인다며? 마음이 평안한 사람이 왜 그러겠어? 캐서린의 정신이 불안정하다면서. 그렇게 끔찍한 고립무원 상태에서 어떻게 불안정하지 않을 수 있겠냐고? 그런데, 그렇게 비루하고 맹물 같은 자식이 의무감과 인정 때문에 캐서린을 간호해 주신다고! 동정심과 자비심 때문에! 그런 어설픈 간호로 캐서린이 다시 기운을 차리게 할 수 있겠냐? 차라리 오크 목재를

255

화분에 심고 무성하게 자라기를 바라는 게 낫지! 당장 결론을 내자. 여기 그냥 머물겠어? 그래서 내가 린턴과 하인들을 때려눕히고 캐서린을 만나러 가는 편이 나을 것 같아? 아니면 여태 그랬던 것처럼 내 친구답게 청을 들어주겠어? 결정해라! 네가 계속 고집스레 심통을 부린다면 나 역시 1분도 시간을 낭비할 이유가 없으니까!」

아이고, 록우드 씨, 저는 설득도 하고 푸념도 하면서 쉰 번쯤 단호하게 거절했어요. 하지만 별수 없이 히스클리프가 쓴 편지를 아씨에게 전해 주기로 약속하고 말았죠. 그리고 캐서린이 동의한다면 린턴 씨가 집을 비울 때, 그에게 언제 방문해도 좋을지 알려 주기로 약속했지요. 또 저도 자리를 비워 주고, 다른 하인들도 모두 딴 데로 보내겠다고도 약속했고요.

잘한 일일까요, 잘못한 일일까요? 어쩔 수 없는 방법이긴 했지만 잘한 것 같지는 않아요. 전 그의 말을 들어주면 충돌을 막을 수 있고, 캐서린이 마음의 병을 치유하는 데 도움이 될지 모른다고 생각했어요. 하지만 에드거 서방님이 제가 고자질을 하고 다닌다고 엄하게 나무라신 일이 기억났지요. 그래서 만일 이런 행동으로 신뢰를 배반했다는 가혹한 비난을 받더라도 이번 한 번은 어쩔 수 없다고, 하지만 앞으로 절대 되풀이하지 않겠다고 다짐하고 또 다짐하며 심란한 마음을 달랬어요.

아무튼 집으로 돌아갈 때의 심정은 집을 나설 때보다 더 서글펐어요. 그리고 정말 많이 걱정하고 망설이다가 결국 아씨의 손에 그의 편지를 쥐여 드렸지요.

아, 그런데 케네스 선생님이 오셨군요. 아래층으로 내려가 볼게요. 그리고 그분께 어르신이 많이 나아지셨다고 말씀드려야겠네요. 제 이야기는 이 고장 사람들 표현을 쓰자면 참말로 애달픈 사연인데, 아침에 시간이 날 때 또 해드리겠습니다.

참말로 애달프고, 우울한 이야기구나! 착한 여인이 의사를 맞이하기 위해 아래층으로 내려가는 동안 나는 이런 평가를 내렸다. 사실 기분 전환을 위해 고를 만한 이야기는 아니었다. 하지만 그런들 어떠랴! 입에는 쓴 약초 같은 딘 부인의 이야기에서 유익한 약 성분을 추출하면 되는 거지. 그리고 무엇보다 캐서린 히스클리프의 빛나는 눈에 감춰진 매력을 조심해야겠다. 내가 그 여성에게 마음을 빼앗겼는데, 만일 그녀가 자기 어머니와 판박이라면 얼마나 난감한 일일까!

15

또 한 주일이 지났다. 건강한 상태에 일주일 더 다가섰고, 봄도 그만큼 더 가까워졌다! 그동안 내 가정부가 본업인 가사를 돌보는 사이에 틈틈이 시간을 내서 해준 이야기를 통해 이제 내 이웃의 사연을 다 알게 되었다. 지금부터는 그녀가 해준 이야기를 조금 요약만 해서 기록해 나가려 한다. 무척 훌륭한 이야기꾼인 그녀보다 내가 이야기를 더 잘 풀어 나갈 수는 없을 것 같기 때문이다.

하이츠에 갔다 온 날 저녁(가정부가 이렇게 말을 시작했다) 저는 히스클리프 씨가 집 주변을 배회하고 있다는 사실을 제 눈으로 직접 보기나 한 것처럼 알 수 있었어요. 그래서 되도록 정원으로 나가려 하지 않았지요. 제 주머니에 넣어 온 그의 편지를 아씨께 전달하기 전이라 그에게 더 이상 협박이나 괴롭힘을 당하고 싶지는 않았거든요.

캐서린이 편지를 본 뒤에 어떤 반응을 보일지 알 수 없었기 때문에 전 일단 서방님이 외출할 때까지 기다리기로 했어요. 그래서 사흘이 흐른 후에야 편지를 전달할 수 있었답니다. 나흘째는 일요일이었는데, 가족이 모두 성당에 간 틈에 아씨의 방으로 편지를 가지고 갔어요.

하인 하나가 저와 함께 집을 지키고 있었고, 보통은 가족이 예배에 참석하는 동안 집의 문을 잠가 놓았지만 그날은 날씨가 따스하고 쾌적해서 제가 문을 활짝 열어 놓았어요. 누가 올지 이미 알고 있었고 또 약속을 지켜야 하니까, 아씨께서 오렌지를 무척 드시고 싶어 하니 얼른 마을에 가서 오렌지 몇 개를 외상으로 사 오라고 하인을 보냈어요. 그런 뒤 위층으로 올라갔지요.

아씨는 헐렁한 흰색 드레스 차림에 어깨에 가벼운 숄을 걸치고 평소처럼 열린 창문 앞의 벽감 쪽에 앉아 계셨어요. 숱이 많고 긴 머리는 처음 아프기 시작했을 때 약간 잘랐기 때문에 그때는 자연스럽게 빗질을 해서 이마와 목 위로 단정하게 내려뜨렸어요. 제가 히스클리프에게도 언급한 것처럼 아씨의 모습은 많이 변했지만, 평온할 때는 오히려 신비한 아름다움까지 느껴졌지요.

번득이던 두 눈은 꿈꾸듯 우수 어린 부드러운 눈매로 변했고, 이제 더 이상 주변 사물을 바라보는 것 같지도 않았어요. 항상 아주 먼 곳, 아주 아주 먼 곳, 이 세상 너머의 먼 곳을 응시하는 것 같았지요. 그리고 살이 좀 붙으면서 초췌해 보이지는 않았지만 안색이 창백했고, 불안한 정신 상태에서 비롯된 특이한 표정이 있어 보는 이가 누구든 이유를 생각해 보며 안쓰러워하고 애달파하게 만들었어요. 그리고 회복된 걸 분명히 알 수 있는데도 얼마 못 가 돌아가실 운명인 듯 보였어요. 적어도 저는 그렇게 느꼈고, 누가 봐도 마찬가지였을 것 같습니다.

아씨 앞 창턱에는 책 한 권이 펼쳐져 있었고, 아주 잔잔한 바람이 간간이 책장을 들추고 있었어요. 서방님이 펼쳐 놓은 책인 것 같았어요. 캐서린은 독서든 뭐든 하려 들지 않아서, 서방님은 아프기 전에 아씨가 즐겼던 것들에 다시 관심을 쏟게 하려고 몇 시간 동안이나 애를 썼지요.

아씨도 서방님의 의도를 알고는 기분이 좀 나을 때는 그런 수고를 차분히 받아들였어요. 하지만 그럴 때조차도 가끔씩 지친 한숨을 억눌러서 남편의 수고가 쓸모없음을 보여 주고 마침내 더할 나위 없이 슬픈 미소와 키스로 그런 노력을 막았습니다. 또 어떤 때는 뾰로통해서 돌아선 채 손바닥에 얼굴을 파묻거나 화를 내며 서방님을 밀치기도 했는데, 그러면 서방님은 자신의 노력이 전혀 도움이 안 됐음을 깨닫고 아씨가 혼자 있도록 배려했어요.

기머턴 성당의 종이 계속 울렸고 골짜기에서는 개울물이 넘실대며 위무하듯 흘렀어요. 여름이 되면 무성해진 나뭇잎이 소곤대는 소리에 아름다운 개울물 소리가 가려져 버리지요. 워더링 하이츠에서는 눈이 한꺼번에 녹거나 비가 계속 내리는 철을 보내고 조용해진 날이면 개울물 소리를 들을 수 있었어요. 캐서린은 개울물 소리에 귀를 기울이며 아마 워더링 하이츠를 생각하고 있었을 거예요. 생각을 하거나 귀를 기울일 여력이 있었다면 말이지만요. 하지만 그날은 아까 말한 대로 멍하니 어딘가 먼 곳을 바라보는 눈빛이어서 이 세상의 실제 사물을 보고 듣는 기색은 보이지 않았습니다.

「편지가 왔는데요, 아씨.」 제가 아씨 무릎에 놓인 손을 향해 편지를 살짝 내밀며 말했어요. 「답을 주셔야 하니까 지금 당장 읽으셔야 돼요. 제가 겉봉을 뜯을까요?」

「그렇게 해줘.」 아씨가 시선을 움직이지 않은 채 대답했어요.

봉인을 뜯어 보니 무척 짧은 편지였어요.

「자,」 제가 말을 이었어요. 「읽어 보세요.」

아씨가 무릎에서 손을 내리면서 편지가 바닥으로 떨어졌어요. 저는 다시 아씨의 무릎에 편지를 올려놓고 그걸 내려다보려 할 때까지 앞에 서서 기다리고 있었지요. 그러나 좀처럼 그럴 기색을 보이지 않아서 마침내 제가 다시 말했지요.

「읽어 드릴까요, 아씨? 히스클리프 씨한테서 온 편지인데요.」

아씨는 흠칫 놀라더니 무언가를 기억하는 듯이 고통스러운 눈빛을 보이며, 정신을 가다듬으려고 노력하는 것 같았어요. 그런 뒤 편지를 들고 자세히 읽는 것처럼 보이더군요. 읽어 내려가다가 시선이 서명에 이르자 한숨을 쉬더군요. 하지만 그때까지도 편지에 담긴 의미를 완전히 파악하진 못한 것 같았어요. 제가 답을 물으니, 그냥 서명을 손짓하고나서 애처롭고 무언가를 간절히 묻는 표정으로 절 바라봤거든요.

「저, 그분이 아씨를 뵙고 싶다는데요.」 편지 내용을 누군가 해석해 주어야 한다는 것을 깨닫고 제가 말했어요. 「지금 정원에서 제가 가져올 답변을 애타게 기다리고 있답니다.」

그렇게 말하는 동안 창 아래 양지바른 풀밭에 누워 있던 큰 개가 당장 짖으려고 귀를 쫑긋 세웠다가 다가오는 사람이 낯선 이가 아님을 깨닫고 꼬리를 흔들며 귀를 내리는 것 같더군요.

아씨는 고개를 숙이고 숨을 죽인 채 귀를 기울였어요. 1분 후 복도를 가로지르는 발걸음 소리가 들렸어요. 집의 문이 열려 있었기 때문에 히스클리프가 유혹을 이기지 못하고 곧장 들어온 거죠. 제가 약속을 어기는 모양이라고 단정하고 배짱 있게 밀어붙이기로 결심했을 가능성이 컸어요.

캐서린은 긴장된 표정으로 방의 문 쪽을 응시했어요. 히스클리프가 방을 바로 찾지 못하자 아씨는 그를 안내해 주라고 손짓했지만 제가 문에 도착하기도 전에 히스클리프가 방을 찾아내 한두 걸음 만에 아씨를 품에 안았지요.

한 5분 동안은 말도 하지 않고 포옹도 풀지 않은 채 아마도 평생 아씨에게 해주었던 모든 입맞춤을 합한 것보다도 더 많은 입맞춤을 퍼부어 준 듯해요. 하지만 먼저 입맞춤을 한 쪽은 아씨였고, 그는 마음이 찢어질 듯이 아픈지 아씨의 얼굴을 똑바로 바라보기조차 힘들어하더군요! 그도 아씨를 바라본 순간 저와 똑같은 확신이 들었던 거죠. 아씨가 회복할 가능성이 전혀 없다는 것, 이제 명이 다했고 곧 죽을 것이라는 확신이.

「아, 캐시! 아, 내 생명! 너 없이 내가 어떻게 살아갈 수 있을까?」 그가 굳이 절망감을 감추려고 하지도 않고 그렇게 입을 떼었어요.

그러고는 아씨의 얼굴을 어찌나 뚫어지게 바라보는지 그
토록 강렬한 눈빛 때문에라도 그의 눈에 눈물이 고일 것 같
더군요. 하지만 그의 눈은 눈물로 녹아내리는 대신 고통으로
불탔어요.

「이제 와서 어쩌라는 거야?」 캐서린이 몸을 뒤로 젖히더
니, 갑자기 이마를 찌푸리며 말했어요. 아씨의 기분은 끊임
없이 방향을 바꾸는 풍향계 같았죠. 「너와 에드거가 내 가슴
을 찢어 놓았어, 히스클리프! 그래 놓고 자신들이야말로 동
정을 받아야 할 사람인 양 날 찾아와서 애통해하고 있지. 난
널 가엽게 여기지 않을 거야, 암, 절대 안 그러지. 날 죽여 놓
고 덕분에 아주 잘 지내고 있는 것 같구나. 참 질기기도 하지!
나 죽은 다음에 얼마나 더 오래 살려고?」

한쪽 무릎을 꿇고 그녀를 껴안고 있던 히스클리프가 일어
서려고 했지만 캐서린이 머리털을 잡아 일어서지 못하게 했
어요.

「우리 둘 다 죽을 때까지,」 그녀가 비통한 목소리로 말했어
요. 「널 그냥 이렇게 붙잡고 있으면 좋겠어! 네가 아무리 고
통을 받아도 난 신경 안 쓸래. 네 고통에 대해 전혀 마음이 안
쓰여. 왜 너는 고통을 받으면 안 되는데? 난 이렇게 고통스러
운데! 날 잊어버릴 작정이야? 내가 땅속에 묻혀 있으면 넌 행
복할까? 20년 후에 〈저건 캐서린 언쇼의 무덤이다. 난 오래
전에 그녀를 사랑했었고 그녀를 잃었을 때 불행했다. 하지만
다 지난 일이다. 그 후로 더 많은 사람들을 사랑했고 지금은

내 자식들이 그녀보다 더 중요하다. 그리고 내가 죽어서 캐서린 곁으로 간다 해도 기쁘지 않을 거다. 아이들을 놔두고 떠나서 슬플 테니까!〉 그렇게 말할 거니, 히스클리프?」

「나도 너처럼 미치는 꼴을 보고 싶어서 이렇게 괴롭히는 거야?」 히스클리프가 머리를 비틀어 캐서린의 손아귀를 빠져나가더니 이를 갈며 외쳤어요.

두 사람의 모습은 냉정한 관찰자의 눈에는 괴기하고 섬뜩해 보였어요. 육신을 떠날 때 성품까지 모두 버린다면 몰라도, 캐서린은 하늘나라를 유형의 땅 정도로밖에 생각하지 않을 것 같더군요. 그녀의 창백한 뺨과 핏기 없는 입술, 그리고 불꽃이 튀길 듯한 눈에는 사나운 복수심이 어려 있었어요. 그때까지도 히스클리프의 머리카락 한 움큼을 계속 쥐고 있었고요. 한편 히스클리프로 말하자면, 한 손으로는 몸을 일으키면서도 다른 손으로는 계속 캐서린의 팔을 잡고 있었어요. 그런데 병자를 세심하게 다루어야 하는데 이런 걸 알 리가 없는 인간이라, 손을 놓으니 캐서린의 창백한 피부에 생긴 네 개의 푸른 자국이 선명하게 보이더군요.

「너 귀신에라도 씐 거야?」 그가 사납게 다그쳤어요. 「어떻게 죽어 가면서까지 나한테 그렇게 말할 수가 있어? 네 말들이 모두 내 기억에 아로새겨져 네가 죽은 뒤에도 영원히 갉아먹을 거라는 생각은 왜 못 해? 내가 너를 죽이다니, 그런 거짓말이 어딨어. 너도 잘 알 텐데. 그리고, 캐서린, 내가 나라는 존재를 잊을지언정 너를 잊지는 못한다는 거 잘 알잖아! 네가 고이 잠들었을 때 나는 지옥 같은 고통에 몸부림칠 텐데, 그래도 네 지독한 이기심이 충족되지 않는단 말이야?」

「난 절대 고이 잠들 수 없어.」 격렬하고 불규칙적인 심장 박동으로 인해 자신의 육체가 쇠잔했음이 새삼 기억난 듯이 아씨가 신음을 토하며 말했어요. 흥분한 캐서린의 심장이 어찌나 격렬하게 뛰는지 마치 눈에 보이고 귀에 들릴 지경이었지요.

캐서린은 발작이 지나갈 때까지 말을 잇지 못하더니 발작이 끝나자 더 다정히 말을 잇더군요.

「네가 나보다 더 고통을 받기를 바라진 않아, 히스클리프! 다만 너와 영원히 헤어지지 않았으면 좋겠어. 그리고 나중에 내가 한 말 때문에 슬퍼지면, 나도 땅속에서 너와 똑같은 슬픔을 느끼고 있음을 기억하고 날 용서해 줘! 이리 와서 다시 무릎을 꿇어 줘! 넌 한 번도 날 해친 적이 없어. 맞아, 너한텐 내가 토해 낸 심한 말을 기억하는 것보다 네 안의 분노를 키우는 게 더 나빠! 다시 이리 오지 않을래? 어서 와!」

히스클리프가 캐서린의 의자 뒤로 가서 내려다보았습니다. 하지만 고개를 깊이 숙이지는 않았기 때문에 그녀한테는 그의 얼굴이 보이지 않았어요. 그의 얼굴은 슬픔이 북받쳐 창백해졌습니다. 캐서린이 그를 바라보기 위해 돌아앉으려 하니 히스클리프는 얼굴을 보여 주지 않고 급하게 몸을 돌려 벽난로 쪽으로 걸어가서는 등을 진 채 말없이 섰어요.

아씨는 의심을 담은 눈으로 그의 움직임을 좇았어요. 그의 일거수일투족이 아씨의 내면에서 새로운 감정을 불러일으키고 있었어요. 잠시 후, 오랫동안 응시한 끝에 아씨가 분개와 실망을 담은 어조로 다시 저를 향해 말하기 시작했어요.

「아이, 여기 좀 봐, 넬리! 히스클리프가 마음을 좀 풀어야 무덤으로 들어갈 나를 구할 수 있을 텐데 그걸 안 해주네! 날 사랑한다면서 어떻게 그럴까! 흥, 관두라지! 저 남자는 내 히스클리프가 아니야. 나는 내 히스클리프를 사랑할 것이고 그를 데리고 무덤에 갈래. 내 히스클리프는 내 영혼 속에 있으니까. 그리고,」 아씨가 생각에 잠긴 채 덧붙였어요. 「사실 내가 제일 견딜 수 없는 건 이 부서진 감옥이야. 지쳤어, 여기 갇혀 있는 일에 지쳤다고. 어서 저 멋진 세계로 도망가서 항상 거기서 지내고 싶어. 눈물 사이로 희미하게 보거나, 아픈 마음의 벽에 갇힌 채로 동경만 하지 않고, 정말로 저 세계와 하나가 되어 그 안에서 살고 싶어. 넬리, 넌 건강하고 기운이 넘치니까 나보다 더 잘 살고 더 운이 좋다고 생각하겠지. 아마 날 불쌍하게 여기겠지. 하지만 머지않아 우리 처지가 뒤바뀔 거야. 내가 너를 불쌍히 여기게 될걸. 비할 바 없이 높고 먼 곳에 있게 될 테니까. 저 애는 나에게 가까이 오고 싶지도 않나 봐!」 그러고는 혼잣말을 했다. 「내 곁에 있고 싶어 할 거라고 생각했는데. 히스클리프, 응! 이제 심통 그만 부리고 이리 와, 히스클리프.」

워낙 간절했던지 캐서린이 의자 팔걸이에 몸을 기대며 일어났어요. 그토록 간절한 호소에 결국 히스클리프가 절망 어린 표정으로 그녀를 향해 돌아섰지요. 젖어 버린 눈은 크게 뜬 채 그녀를 바라보며 강렬한 눈빛을 번뜩였고 가슴은 발작이라도 하듯 부풀어 올랐어요. 잠시 떨어져 있던 두 사람이 어느 틈에 다시 다가섰는지 모르겠는데, 순식간에 캐서린이 그를 향해 몸을 던졌고, 히스클리프가 그녀를 받아 안았어요. 서로를 꼭 껴안고 있는 모습을 보니 캐서린이 살아서는 포옹을 벗어나지 못할 것 같더군요. 사실, 제가 보기엔 캐서린은 이미 정신을 잃은 것 같았어요. 히스클리프는 옆에 있는 의자에 털썩 주저앉았고, 아씨가 기절한 것이나 아닌지 보려고 제가 서둘러 다가가니, 미친개처럼 입에 거품을 물며 캐서린을 절대로 빼앗길 수 없다는 듯이 꼭 껴안고 저를 향해 이를 갈더군요. 그가 나와 같은 종류의 인간이라는 느낌이 안 들 정도였어요. 제가 무슨 말을 하든 알아들을 것 같지가 않아서 전 입을 다물고 좀 떨어져 선 채로 어쩔 줄 몰라 했지요.

얼마 후 캐서린 아씨가 몸을 살짝 움직여서 마음이 좀 놓였어요. 히스클리프에게 안겨 있는 동안 캐서린이 손을 들어 그의 목을 껴안고 자신의 뺨을 그의 뺨에 댔어요. 히스클리프도 미친 듯이 어루만지며 격정적으로 말을 했지요.

「지금 넌 네가 얼마나 잔인한 행동을 했는지, 잔인하고 잘못된 행동을 했는지 나한테 알려 주고 있어. 왜 나를 깔봤어? 왜 자신의 마음을 배반한 거냐고, 캐시? 난 널 위로해 줄 말이 전혀 없어. 이렇게 당해도 싸니까. 스스로 자기를 죽인 거니까. 그래, 내게 입 맞추고 울어도 좋아. 그리고 내 입맞춤과 눈물을 짜내도 좋아. 내 입맞춤과 눈물은 너를 망가뜨리고 너를 저주할 거야. 네가 사랑한 사람은 나였어. 그런데 무슨 권리로 날 버린 거야? 대답해. 린턴에게 싸구려 호감을 느껴서? 빈곤도, 신분의 하락도, 죽음도, 하느님이나 악마가 강제하는 어떤 행위도 우리를 갈라놓을 수 없었는데, 너 스스로 날 버린 거야. 네 마음을 찢어놓은 사람은 내가 아니야. 너지. 그런 행동 때문에 내 마음마저 발기발기 찢어졌다고. 내 목숨이 질긴 만큼 고통도 더 심할 거야. 내가 살고 싶겠어? 그게 대체 어떤 삶이겠어? 너라면, 오, 하느님! 너라면 무덤 속에 영혼이 묻혀 있는데 살고 싶겠냐고?」

「제발 날 그냥 내버려 둬. 그냥 내버려 두라고.」캐서린이 흐느껴 울었어요.「내가 잘못했다고 해, 그래도 난 죽고 있잖아. 그럼 된 거야! 너도 날 떠났지만 나는 널 나무라지 않을 거야! 난 너를 용서한다고. 너도 날 용서해 줘!」

「용서하기가 힘들어, 네 눈을 보고, 네 여윈 손을 만지고 있자니 용서가 안 돼.」그가 대답했어요.「다시 입 맞춰 줘. 네 눈을 나한테 보여 주지 말라고! 네가 나한테 한 일은 용서할게. 나는 날 죽인 그 사람을 사랑하니까. 하지만 널 죽인 사람! 내가 어떻게 그를 용서할 수 있겠어?」

두 사람은 말을 그쳤어요. 얼굴을 서로에게 묻고 상대방의 눈물로 자신의 얼굴을 적시고 있었죠. 적어도 제가 보기에 두 사람 다 울고 있는 것처럼 보이더군요. 히스클리프 같은 인간도 이처럼 특별한 경우엔 울 줄 아는 사람 같았어요.

그러는 사이에 저는 점점 불안해졌어요. 어느새 날이 저물고, 심부름 보냈던 하인이 돌아왔거든요. 그리고 골짜기 위에서 서쪽으로 저물어 가던 햇살에 기머턴 성당의 현관 밖으로 사람들이 몰려나오는 모습도 보였어요.

「예배가 끝났어요.」제가 말했어요.「반 시간이면 서방님이 돌아오실 거예요.」

히스클리프는 신음처럼 욕설을 내뱉으며 캐서린을 더욱 더 강하게 껴안았어요. 캐서린은 미동도 하지 않았고요.

오래지 않아 부엌으로 향하는 길을 올라오고 있는 하인들 무리가 보였어요. 린턴 씨도 조금 떨어져 오고 있었고요. 서방님은 손수 대문을 열고 여름처럼 부드러운 미풍이 부는 아름다운 오후를 즐기는지 느긋한 태도로 올라왔어요.

「벌써 집까지 다 오셨어요.」제가 외쳤어요.「제발 빨리 가요! 앞 층계로 가면 누구와도 마주치지 않을 거예요. 어서 서둘러요. 그리고 서방님이 집 안에 완전히 들어오실 때까진 정원 나무들 속에 숨어 있으세요.」

「가야 해, 캐시.」히스클리프가 캐서린의 팔에서 몸을 풀면서 말했어요.「하지만 내 목숨이 붙어 있는 한 네가 자기 전에 다시 보러 올게. 네 창문에서 5미터도 안 떨어진 곳에 있을게.」

「가지 마!」아씨가 있는 힘을 다해 그를 껴안으며 대답했어요.「보낼 수 없어.」

「한 시간만 갔다 올게.」그가 간절한 목소리로 애원했어요.

「1분도 안 돼.」그녀가 대답했어요.

「가야 해, 린턴이 곧 올라올 거야.」와락 불안해진 불청객이 계속 설득을 했어요.

그가 애초 의도대로 일어섰더라면 아씨의 손가락이 풀렸겠지만 아씨는 가쁜 숨을 쉬며 다시 다급하게 매달렸어요. 광기 어린 단호함이 내비치는 얼굴이었어요.

「안 돼!」그녀가 비명을 질렀어요.「아아, 가지 마, 가지 말란 말이야. 이게 마지막이야! 에드거도 우릴 비난하지 않을 거야. 히스클리프, 나 죽는단 말이야! 죽는다니까!」

「머저리 같은 자식. 저기 오는군.」히스클리프가 다시 의자
에 주저앉으며 외쳤어요. 「쉿, 내 사랑! 가만, 진정해, 캐서
린! 안 갈게. 린턴이 총을 쏘면 축복하며 죽어 주지.」

두 사람은 다시 서로를 껴안았어요. 서방님이 층계를 올라
오는 소리가 들렸고 제 이마에서는 식은땀이 흘렀어요. 정말
무시무시한 순간이었어요.

「아씨의 저 헛소리를 믿고 안 가겠단 말이에요?」제가 마
구 화를 내며 말했어요. 「지금 본인이 무슨 말을 하고 있는지
도 모르신단 말이에요. 자기를 추스릴 정신도 없는 분을 아
예 망쳐 버릴 작정이에요? 일어나세요! 그냥 뿌리칠 수 있잖
아요. 이렇게 악마 같은 행동은 처음 보네. 이제 다 망했어요.
서방님도, 아씨도, 하인도.」

제가 손을 꽉 마주 잡으며 외쳤어요. 린턴 씨가 웬 소란인
가 하고 서둘러 다가오는 소리가 들리더군요. 캐서린의 팔이
풀리고 고개가 떨구어진 모습이 보였어요. 사실 몹시 불안했
던 터라 정말 다행이다 싶었어요.

〈까무러쳤든지 죽었든지 하셨군.〉저는 생각했어요. 〈차라
리 다행이지. 계속 살아서 주변 사람들 모두에게 짐이 되고
그들을 불행하게 만드느니 그게 훨씬 나아.〉

에드거는 놀라고 분노해 얼굴이 새하얗게 질려서 불청객
에게 덤벼들었어요. 뭘 어떻게 할 작정이었는지는 알 수 없
지만 히스클리프가 죽은 거나 다름없어 보이는 캐서린을 그
의 팔에 즉시 안겨 주었기 때문에 더 이상 다른 행동을 할 수

는 없었지요.

「이것 봐요.」 히스클리프가 말했어요. 「당신이 악마가 아니라면 캐서린부터 돌봅시다. 그런 다음에 나하고 할 말이 있으면 하시오!」

그는 거실로 걸어가 앉았어요. 린턴 씨는 저를 불렀고 저와 함께 아주 어렵게, 온갖 방법을 다 동원해서 아씨의 의식을 되살릴 수 있었어요. 하지만 캐서린 아씨는 전혀 갈피를 못 잡고, 한숨을 쉬고 신음 소리를 내며, 아무도 알아보지 못했어요. 에드거는 아내에 대한 염려 때문에 원수 같은 아내의 친구 히스클리프는 잊어버렸어요. 저는 히스클리프를 기억하고 있었기 때문에 기회가 오자마자 그에게 캐서린이 나아졌다고 알리면서, 아침에 안부를 알려 줄 테니 어서 떠나라고 했지요.

「집 밖으로는 나갈게.」 그가 대답했어요. 「하지만 정원에 있을 거야. 그리고 넬리, 방금 한 약속은 꼭 지켜 줘야 해. 내일 아침 저 낙엽송 아래 있을 테니까. 꼭 지켜 줘! 안 그러면 린턴이 있든 없든 내가 다시 집 안으로 들어올 거야.」

그 인간은 반쯤 열린 문 사이로 재빨리 방 안을 들여다보고 제 말이 사실임을 확인한 뒤에야 재수 없는 육신을 이끌고 집 밖으로 나갔지요.

16

그날 자정 무렵에 태어난 아기가 바로 어르신이 워더링 하이츠에서 본 캐서린이에요. 아주 조그마한 칠삭둥이였지요. 그리고 두 시간 후에 아기의 어머니가 이 세상을 떠났답니다. 히스클리프를 보고 싶어 하거나, 에드거를 알아볼 만큼의 의식도 회복하지 못했지요.

캐서린을 잃은 서방님의 상심은 너무도 깊어 지금 생각해 봐도 고통스러울 정도예요. 그의 슬픔이 얼마나 깊었는지는 이후의 일로 알 수 있답니다.

제 생각으론 재산을 상속할 아들이 없다는 것이 또 하나의 큰 근심거리였어요. 어미 없는 핏덩이를 보니 그 점이 한탄스럽더라고요. 돌아가신 린턴 어른께서 당신의 재산을 손녀가 아닌 딸에게 물려주셨음을 생각하면 마음속으로 그분이 원망스럽더군요. 자기 자식을 더 사랑하는 거야 어쩔 수 없는 일이지만요.

캐서린이 낳은 불쌍한 아기는 환영받지 못했어요! 생후 몇 시간 동안은 울다 죽었다 해도 아무도 몰랐을 겁니다. 나중에 식구들이 잘 보살펴서 이때 보인 무관심을 보상하기는 했지만, 아기의 인생은 돌봐 주는 이 하나 없이 외롭게 시작됐어요. 끝날 때도 그럴지 모르죠.

다음 날 아침엔 온화한 빛이 블라인드를 통해 고요한 방으로 들어와 소파와 거기에 누운 사람을 부드럽고 다정하게 감쌌어요. 바깥은 밝고 화창했지요.

에드거 린턴 서방님은 머리를 베개에 기댄 채 눈을 감고 있었어요. 나이보다 젊어 보이는 환한 이목구비는 죽은 사람처럼 미동도 하지 않았어요. 옆에 있던 아내의 주검이나 별반 다르지 않았죠. 하지만 남편의 경우 고통으로 기운이 소진되어 진정된 상태였다면 아내는 완벽한 평화가 깃든 모습이었습니다. 이마는 부드러운 빛을 띠었고, 눈꺼풀은 감겨 있었고, 입가에는 미소가 어려 있었어요. 하늘의 천사가 무색할 정도로 아름다웠지요. 저 역시 아씨가 누리고 있던 영원한 평화를 함께 나누었어요. 거룩한 안식에 든 고요한 모습을 바라보던 그 순간만큼 제 마음이 경건했던 적은 없는 것 같아요. 전 본능적으로 아씨가 몇 시간 전에 했던 말을 반복했어요. 「비할 바 없이 높고 먼 곳에 계시는구나! 아직 지상에 머물고 계시든, 벌써 하늘에 올라가셨든 아씨의 영혼은 하느님 품 안에서 편히 쉬고 계셔!」

제가 좀 유별나서 그런지는 모르겠는데, 미칠 것 같은 절망에 빠진 애도객과 함께 있는 경우만 아니라면 망자를 모신 방에서 시신을 지키는 일이 좋더라고요. 이승도 지옥도 깨뜨릴 수 없는 안식이 있으니까요. 또한 거기 있으면 망자들이 들어간 영원의 세계, 끝도 없고 그림자도 없는 저세상이 어딘가 존재함을 확신할 수 있어요. 생명이 끝없이 지속되고 사랑은 한없는 공감을 불러일으키는 행복 충만한 세상 말예요. 그때 전 캐서린 아씨의 복된 해방을 이렇게 슬퍼하시다니 린턴 씨 같은 분의 사랑에도 큰 이기심이 깃들어 있구나 하는 생각이 들었어요!

물론, 캐서린처럼 충동을 못 이기고 제멋대로 산 사람이 평화의 안식처에서 쉴 자격이나 있을까 의심할 수도 있겠지요. 냉정히 성찰하면 그렇게 회의할 수도 있겠지만, 그녀의 주검 앞에서는 그럴 수 없었어요. 주검의 표정이 너무나 평온해 보여서 육체에 깃들었던 영혼도 평온하다고 말하는 것 같았어요.

「그런 사람들도 저세상에서 행복할 거라고 믿으세요, 어르신? 정말 궁금해요.」

나는 딘 부인의 질문이 좀 이단적이다 싶어서 대답하지 않았다. 그녀는 말을 이었다.

「캐서린 린턴의 일생을 돌이켜 보자니 저세상으로 간 아씨의 행복을 기대할 수는 없을 것 같네요. 하지만 아씨의 운명은 조물주께 맡겨 놓기로 해요.」

서방님이 주무시는 것처럼 보여서 저는 동이 튼 뒤 바로 방에서 나와 맑고 신선한 공기를 쐬러 살짝 밖으로 빠져나갔어요. 다른 하인들은 오랫동안 고인 곁을 지키던 제가 졸음을 쫓으려고 밖으로 나갔겠거니 생각했을 테지만 저는 히스클리프 씨를 만나야만 했거든요. 만일 그가 밤을 새워 낙엽송 숲속에서 기다렸다면 저택에서 일어난 소동은 전혀 몰랐을 테니까요. 기머턴에 가는 심부름꾼의 말발굽 소리나 들었겠지요. 만일 저택에 더 가까운 곳에 있었다면, 오고 가는 불빛과 바깥문이 열리고 닫히는 모습을 보고 집 안에서 무슨 일이 일어났구나 짐작했겠지요.

히스클리프를 만나려고 나가기는 했지만 두렵기도 했어요. 참담한 소식을 전해 줘야 했고, 빨리 전해 주고 싶긴 했지만 어떻게 전해야 할지는 알 수 없었어요.

히스클리프는 숲속에 있었어요. 숲 안쪽으로 적어도 몇 미터 더 들어간 곳에 있더군요. 물푸레나무 고목에 기대 있었는데, 모자를 벗고 있어서 싹튼 가지에 모여 주변으로 떨어지던 이슬에 머리가 젖어 있었어요. 오래 그렇게 서 있었던 것 같았어요. 검은지빠귀 새 한 쌍이 둥지를 트느라고 1미터도 떨어지지 않은 곳을 오갔는데, 가까이 서 있는 그를 사람이 아닌 통나무 정도로 보는 것 같더라고요. 제가 다가가니까 새들이 날아갔고, 히스클리프가 눈을 들며 말했어요.

「캐서린 죽었지!」 그가 말했어요. 「그런 소식 들으려고 기다리고 있었던 거 아니야. 손수건 따윈 치워. 내 앞에서 훌쩍거리지 마. 망할 놈의 인간들! 당신들의 눈물 따윈 캐서린에게 필요 없어!」

캐서린뿐 아니라 히스클리프를 생각하는데도 눈물이 나오더군요. 자신을 위해서든 다른 사람을 위해서든 연민을 느끼지 못하는 사람한테도 때론 안됐다는 마음이 드니까요. 그의 얼굴을 보자마자 이미 짐작이 됐어요. 그가 캐서린이 사망했음을 알고 있다는 것을요. 그가 입술을 달싹거리고 시선을 땅바닥으로 향하고 있어서 지금 마음을 가다듬고 기도를 드리고 있구나, 하고 터무니없는 생각을 했지요.

「네, 죽었어요!」 제가 울음을 참고 뺨을 훔치며 대답했어요. 「하늘나라로 갔을 거예요. 우리도 이 일에서 마땅히 교훈을 얻어 악을 버리고 선을 따르면 모두 그곳에서 캐서린을 만날 수 있을 거라고 믿어요!」

「그러니까 그 애가 무슨 교훈을 얻었다는 거야?」 히스클리프가 짐짓 조소를 띠며 물었어요. 「그 애가 성자처럼 죽기라도 했다고? 자, 실제로 어떤 일이 일어났는지 얘기해 줘. 어떻게…….」

그는 캐서린의 이름을 말하려고 안간힘을 썼지만 결국 말하지 못했어요. 입을 꽉 다문 채 말없이 마음속의 고통과 싸우고 있었지요. 그러면서도 절 사납게 노려보며 제 동정심을 받아들이지 않더군요.

「어떻게 죽은 거야?」 마침내 그가 말을 이었어요. 평소에 그렇게 강한 척하던 인간이 제대로 서지도 못하고 나무에 등을 기대더군요. 절대 지지 않겠다며 악다구니를 했는데 자기도 모르게 손끝까지 덜덜 떨더라니까요.

〈불쌍한 인간!〉 제가 생각했죠. 〈당신한테도 다른 사람들과 마찬가지로 심장과 신경이 있었구나! 그런데 왜 그렇게 감추려고 애를 쓸까? 하느님한테까지 자신의 오만을 감출 수

는 없을 텐데! 당신이 감히 하느님을 시험하면 결국은 하느님 앞에서 굴복의 비명을 지를 수밖에 없어!〉

「어린양처럼 조용히 숨을 거두셨어요!」제가 큰 소리로 대답했어요. 「잠에서 깨어나는 아기처럼 한숨을 한 번 쉬고 몸을 쭉 펴시더니 다시 잠에 빠져들었어요. 그런 다음 한 5분 만에 심장에서 작은 고동 소리가 한 번 들리더니 그대로 멎었어요!」

「그리고…… 날 한 번이라도 언급했어?」질문에 대한 대답으로 차마 듣기 힘든 상세한 이야기들을 듣게 될까 봐 두려운지 망설이며 물었어요.

「끝까지 의식을 회복하지 못하셨어요. 당신이 떠난 뒤로는 사람을 알아보지 못하셨거든요.」제가 말했어요. 「지금은 얼굴에 사랑스러운 미소를 띠고 누워 계세요. 마지막 순간에 어린 시절의 즐거운 기억이 떠올랐던 것 같아요. 정다운 꿈을 꾸면서 생을 마감하신 거예요. 부디 저세상에서 깨어날 때도 그러하시기를!」

「부디 고통 속에서 깨어나기를!」그가 갑자기 걷잡을 수 없는 격정에 사로잡혔는지 발을 구르고 신음을 하며 무서울 정도로 사납게 외쳤어요. 「맙소사, 끝까지 거짓말쟁이였어! 대체 어디 있지? 그곳은 아니야, 하늘나라는 아니라고. 아주 사라진 것도 아니야. 그렇다면 대체 어디 있는 거냐고? 아! 넌 내 괴로움은 알 바 아니라고 했어! 그래, 난 단 하나의 기도만을 할 거야. 내 혀가 굳을 때까지 그 기도를 되풀이할 거라고. 캐서린 언쇼, 내가 살아 있는 한 너도 절대 편히 쉬지 못하게 해달라고 기도할 거야! 내가 널 죽였다고 했지? 그럼 유령으로 나타나서 날 괴롭혀 줘! 살해당한 사람들은 진짜로 자신을 죽인 자에게 유령으로 나타나서 괴롭힌다고 하잖아. 유령들은 지상을 헤매고 다니잖아. 항상 나와 함께 있어 줘, 유령이든 아니든 상관없어. 날 미친 사람으로 만들어 버려도 좋아! 다만 널 볼 수 없는 이런 지옥 같은 세상에 날 버려두지 마! 아, 하느님! 도저히 살 수가 없어. 내 생명이 없는데, 내 영혼이 없는데 어떻게 살 수 있겠어!」

그는 옹이투성이의 나무 기둥에 머리를 쾅쾅 찧었어요. 그리고 눈을 치켜뜨고 울부짖는데, 인간이 아니라 칼과 창으로 살해를 당하고 있는 야수 같았어요.

나무껍질 주변에 튄 피가 몇 방울 보였고, 손과 이마도 피로 얼룩져 있었어요. 제가 그때 목격하고 있던 행동을 밤새 되풀이하고 있었던 것 같아요. 동정심보다 섬뜩한 느낌이 먼저 들더군요. 하지만 그를 그런 상태로 두고 돌아서기가 힘들었어요. 히스클리프는 제가 자기를 바라보고 있다는 사실을 깨달을 만큼 정신이 들자 당장 꺼지라고 고함을 치더군요. 그래서 돌아왔지요. 그런 상태에선 그를 위로하거나 진정시킬 능력이 저에게는 없었어요!

린턴 아씨의 장례식 날은 사후 첫 금요일로 정해졌어요. 관은 그날까지 꽃과 향기로운 잎으로 덮은 채 뚜껑을 열어 큰 거실에 놓아두었지요. 린턴 서방님이 잠도 자지 않고 밤낮으로 아씨 곁을 지켰어요. 그리고 저 말고는 아무도 모르는 사실이지만, 히스클리프도 밤이면 밤마다 린턴 서방님처럼 조금도 쉬지 않고 바깥에서 그녀 곁을 지켰지요.

저는 그와 연락을 하지는 않았지만 그가 어떻게든 몰래 들어오고 싶어 한다는 것을 알 수 있었어요. 그래서 화요일 날 어둠이 내리자 심하게 지친 서방님이 두어 시간 쉬려고 방을 비웠을 때 창문 하나를 열어 놓았어요. 히스클리프의 집념에 감동한 나머지, 그에게 자기 우상의 희미해진 모습에나마 마지막 작별 인사를 할 기회를 주고 싶어졌거든요.

그는 기회를 놓치지 않고 거실로 들어가 조심스럽고 짧게 작별을 고했어요. 어찌나 조심하던지 자신이 왔다는 것을 들킬 만한 소리는 전혀 내지 않았어요. 사실, 망자의 얼굴 주변 천이 약간 흐트러져 있었고 마룻바닥에 은실로 묶인 밝은 색 머리털이 떨어져 있다는 사실을 눈여겨보지 않았다면 그가 다녀갔다는 것도 모를 뻔했어요. 자세히 살펴보니 캐서린의 목에 걸었던 금합 목걸이에서 꺼낸 것이더군요. 히스클리프가 금합을 열어 안에 있던 내용물을 내버린 뒤 자신의 검은 머리카락을 넣어 둔 거죠. 저는 두 뭉치를 한데 엮어 다시 목걸이 속에 넣었어요.

물론 언쇼 씨에게는 동생의 장례식에 참석하라고 부고장을 보냈지만 아무런 연락조차 없었어요. 그래서 남편을 제외하면 소작인들과 하인들만 장례식에 참석했죠. 이저벨라는 부르지도 않았으니까요.

캐서린의 묘지를 보고 마을 사람들은 놀랐습니다. 묫자리가 성당도 린턴 가문의 묘석 아래도 아니고, 성당 바깥 친정 식구들이 묻힌 무덤 옆도 아니었으니까요. 성당 묘지 한구석양지바른 언덕에 묻었는데, 담이 워낙 낮아서 히스와 월귤나무들이 황야에서 넘어왔고, 담은 토탄흙에 파묻힐 지경이었지요. 지금은 부부가 함께 그곳에 누워 있답니다. 소박한 비석이 머리맡에 하나씩 서 있고, 발치에는 평범한 회색 상석이 놓여서 무덤 자리를 표시하고 있지요.

17

장례식이 치러진 금요일을 마지막으로 한 달 동안 계속되던 화창한 날씨가 끝났어요. 저녁에 날씨가 궂어지기 시작해서 남풍이 북동풍으로 바뀌더니, 처음에는 비가 내리다가 곧이어 진눈깨비와 눈이 몰아치더군요.

다음 날에는 엄청나게 추워졌어요. 그때까지 3주 동안이나 여름 같은 날씨가 계속됐다는 사실은 상상도 할 수 없을 정도였지요. 프림로즈와 크로커스는 싸락눈에 파묻혔고, 종달새는 노래를 그쳤지요. 일찍 새순이 돋았던 나무들의 어린 잎사귀들은 추운 날씨의 공격을 받아 시커멓게 변색되어 죽어 버렸어요. 그렇게 음산하고 춥고 우울한 가운데 날이 서서히 저물어 가고 있었더랍니다! 서방님은 당신 방에 틀어박혀 계셨고, 저는 휑뎅그렁한 거실을 아기 방 삼아 차지하고 있었지요. 칭얼대고 있던, 인형 같은 아기를 무릎에 놓고 흔들어 주며 커튼을 걷은 유리창 쪽으로 계속 날아와 쌓이는 눈을 보고 있었답니다. 그런데 문이 벌컥 열리더니 누군가 숨이 턱에 차 깔깔거리고 웃으며 들어왔어요!

순간이었지만 놀라기보다도 화가 났지요. 하녀인 줄 알고 제가 소리쳤어요.

「시끄럽다! 감히 여기가 어디라고 까불어! 서방님께서 들 으시면 뭐라고 하시겠느냐?」

「미안해!」대답하는 목소리가 귀에 익더라고요. 「하지만 에드거는 자기 방에 있잖아. 웃음이 터져 나와 어쩔 수가 없어.」

이렇게 말한 사람은 숨을 헐떡이며 옆구리를 손으로 잡은 채 벽난로 쪽으로 다가왔어요.

「워더링 하이츠에서부터 내내 뛰어왔어!」그녀는 잠시 말을 끊었다가 다시 이었어요. 「가끔씩은 거의 날다시피 했다고. 몇 번이나 넘어졌는지 다 셀 수도 없어. 아야, 온몸이 다 쑤셔! 놀라지 마. 한숨 돌리고 바로 얘기해 줄게. 하지만 우선은 밖으로 나가서 마부한테 날 기머턴까지 좀 데려다 달라고 해줘. 하녀한테 벽장에서 옷도 몇 벌 가져오라고 말해 주고.」

불청객은 바로 히스클리프 아씨였어요. 웃어넘길 수만은 없는 상황임이 분명해 보였고요. 어깨에 치렁치렁한 머리에서는 눈 녹은 물이 줄줄 흘러내리고 있었고, 평소에 즐겨 입는 소녀 같은 드레스는 지위보다는 나이에 더 잘 어울렸는데, 목이 깊이 파이고 소매가 짧은 드레스를 입었을 뿐 모자도 안 쓰고 목에 아무것도 안 둘렀더라고요. 얇디얇은 실크 드레스는 눈에 젖어서 몸에 찰싹 달라붙어 있었고, 발을 보호해 주는 것은 얇은 슬리퍼 한 켤레뿐이었어요. 게다가 한쪽 귀밑에 상처가 있었는데 추운 날씨가 아니었더라면 피를 철철 흘릴 만큼 깊었어요. 얼굴에도 긁히고 멍든 자국이 있었고, 기진맥진해 몸을 가누지 못할 정도더군요. 그래서 찬찬히 살펴본 뒤에도 놀란 마음이 진정되지 않았습니다.

「아이고, 아씨.」 제가 큰 소리로 말했어요. 「일단 입은 옷을 모두 벗고 마른 옷으로 갈아입으셔야겠어요. 그러시기 전엔 전 아무 데도 안 가고 아무 말도 안 듣겠어요. 그리고 이 밤에 기머턴에 가시다니 어불성설입니다. 마차는 부를 필요도 없어요.」

「가야 해.」 그녀가 말했어요. 「걸어서든 마차를 타서든. 하지만 옷은 괜찮은 것으로 갈아입을게. 아이, 이제 목까지 흘러내리네! 불을 쬐니까 더 따끔거려.」

이저벨라 아씨는 자기 지시를 따르기 전에는 털끝 하나 건드리지 말라고 고집을 부렸어요. 할 수 없이 마부에게 마차를 준비시키고 하녀에겐 필요한 옷가지를 꾸리게 했지요. 그제야 아씨의 상처를 처치하고 옷 갈아입는 일을 도와드릴 수 있었어요.

「자, 엘런.」 제가 필요한 도움을 모두 드리자 이저벨라 아씨가 벽난롯가에 있던 안락의자에 앉아 차를 한 잔 앞에 놓고 말했어요. 「맞은편으로 가 앉아. 캐서린의 아기는 내려놓고. 난 꼴도 보기 싫으니까! 내가 이 집에 들어올 때 경망스럽게 굴었다고 해서 캐서린 생각을 안 한다고 오해하면 안 돼. 나도 정말 고통스럽게 울었어. 그래, 누구보다 더 중요한 이유가 있잖아. 너도 기억할 거 아냐, 내가 언니하고 화해도 못하고 헤어졌다는 거. 그래서 나는 날 용서할 수가 없어. 하지만 그렇다 해도 그 인간하고 슬픔을 나눌 순 없었어. 짐승 같으니라고! 거기, 부지깽이 좀 이리 줘! 내가 가진 것 중에서 그가 준 물건은 이게 마지막이야.」이저벨라는 가운뎃손가락에서 금반지를 빼내 마룻바닥에 동댕이쳤어요. 「박살내 버릴 거야!」그녀가 심통 부리는 아이처럼 그것을 마구 내리치며 말을 이었어요. 「그런 다음엔 태울 거야!」 그러고는 애꿎은 반지를 집어 들어 불 속으로 던졌어요. 「됐어! 날 다시 붙잡으면 반지를 새로 사주어야겠지. 에드거의 약을 올리기 위해서라도 날 잡으러 올 테니까. 그가 그처럼 사악한 생각을 할까 봐 이 집에 머물러 있을 수가 없어! 더욱이 에드거는 나한테 잘해주지도 않았잖아, 그치? 그러니까 나도 오빠한테 도와달라고 사정하진 않을 거야. 오빠의 골칫거리가 되고 싶지도 않고. 어쩔 수 없어서 잠깐 쉬어 가는 것뿐이야. 오빠를 안 마주쳐도 된다는 사실을 알지 못했다면, 그냥 부엌에서 세수를 하고 몸을 덥힌 다음에 너한테 필요한 것을 가져다 달라고 부탁해서 바로 떠났을 거야. 어디든 그 저주받을 악귀의 화신 같은 놈이 찾지 못할 곳으로 말야! 아, 그가 어찌나 미쳐 날뛰던지! 내가 잡혔더라면 어쩔 뻔했어? 언쇼가 힘으로 그를 당해 낼 수 없어 안타까울 뿐야. 힌들리한테 기운만 있었다면, 히스클리프를 완전히 작살냈을 테고 나는 구경이나 하지, 왜 도망을 쳤겠어!」

「저런, 그렇게 빨리 말하지 마세요, 아씨!」제가 말을 끊었지요. 「그러다가 얼굴에 묶어 드린 수건이 풀어지면 상처에서 또 피가 날 텐데. 차를 좀 마시고 숨을 깊이 들이쉬시고 그만 좀 웃으세요. 친정이나 아씨의 처지나 이 모양 이 꼴인데 지금 웃음이 나와요?」

「맞는 말이긴 해.」 이저벨라 아씨가 대답했어요. 「저 아기 우는 소리 좀 들어 봐! 계속해서 울어 대네. 한 시간만 안 들으면 안 될까. 딴 방으로 좀 보내 줘, 더 이상 못 듣겠으니까.」

제가 종을 울려 하녀에게 아기를 넘겨줬어요. 그런 다음 어쩌다가 하필이면 이렇게 궂은 날 워더링 하이츠를 도망 나오게 되었는지, 그리고 친정에 머물 게 아니라면 어디로 갈 작정인지를 물었지요.

「에드거를 위로해 주고 아기를 돌보기 위해서, 또 그레인지야말로 진짜 내 집이니까.」 그녀가 대답했어요. 「내가 이 집에 있는 게 당연하고, 눌러앉고 싶기도 해. 하지만 그 인간이 날 가만두지 않을 거야! 내가 살이 오르고 명랑해지는 꼴을 그가 참을 수 있을 거 같아? 우리가 평화롭게 지내면, 거기에 독을 타버리지 않고 견딜 수 있을 거 같냐고? 다행히 이제 나는 그 인간이 내 말소리가 들리고 내 모습이 보이는 곳에 있는 일조차 못 견뎌 할 만큼 나를 증오한다는 사실을 분명히 알게 됐어. 내가 앞에 있으면 증오심 때문에 자기도 모르게 얼굴 근육이 일그러지더라고. 내가 자신을 증오할 이유가 있다는 것을 알고, 또 원래 날 싫어했기 때문에 그렇겠지. 워낙 나를 증오하니까 내가 확실히 종적을 감추면 날 찾으려고 영국 땅 구석구석을 쑤시고 다니지는 않을 거라고 확신해. 그러니까 난 확실히 종적을 감춰야 해. 처음에는 차라리 날 죽여 줬으면 했는데 이젠 아니야. 그 인간이 자살해 버리면 좋겠어! 그가 내 사랑을 말살하는 데 성공해서 나도 마음이 편해. 아직도 내가 얼마나 그를 사랑했는지는 기억이 나. 그리고 여전히 그를 사랑할지도 모른다는 생각도 어렴풋이 들기는 해. 만일…… 아니, 아니! 그가 나를 너무너무 사랑한다고 해도, 그의 악마 같은 천성은 매번 튀어나올 수밖에 없을 거야. 그를 잘 알면서도 그토록 소중히 여겼다니 캐서린 언니의 취향은 참 이상하고 끔찍해. 그 인간은 괴물이야! 그가 이 세상에서 지워지고 내 기억에서도 사라져 줬으면 좋겠어!」

「저런, 저런! 그분도 사람이에요.」제가 말했지요. 「차라리 동정해 주세요. 세상에는 더 나쁜 사람들도 있으니까요!」

「그는 사람이 아니야.」아씨가 반박했어요. 「그리고 나한테서 동정을 요구할 권리는 없고. 난 그에게 마음을 주었는데, 그는 이걸 받아 비틀어서 죽여 버린 다음 내 앞에 내동댕이친 거야. 사람들은 마음이 있어야 느끼거든, 엘런. 그런데 그가 내 마음을 죽여 버려서, 난 동정심을 느낄 능력조차 잃어버렸어. 그가 죽는 날까지 그런 사실 때문에 고통스러워하고 캐서린을 위해 피눈물을 흘린다 해도, 난 그를 동정하지 않을 거야! 그래, 절대로, 절대로 그럴 순 없어!」이저벨라 아씨는 그렇게 말하고 나서 울기 시작했어요. 하지만 이내 속눈썹에 매달린 눈물을 털어 내며 말을 이었지요.

「무슨 일이 있었기에 도망쳤느냐고? 시도해 볼 수밖에 없었어. 그가 나에게 악의보다 분노를 더 불러일으키게 하는 데 성공했거든. 시뻘겋게 달군 집게로 신경을 뽑아내려면 주먹으로 머리를 치는 것보다 더 냉정해야 하잖아. 내가 계속 약을 올리니까 너무나 화가 나서 평소에 자부하던 악마 같은 신중함까지 잊고 아예 죽이려 들더라. 그의 약을 올리는 게 정말 재미있었어. 너무나 만족스러워서 나의 자기 보존 본능이 깨어났지. 그래서 도망칠 수 있었던 거야. 내가 다시 그의 손아귀에 떨어진다면, 그가 마음껏 복수를 해도 상관없어.

어제, 알다시피, 언쇼 씨는 장례식에 참석해야 했지. 그러려고 술도 안 마시고 좀 버텼어. 평소에는 새벽 6시쯤 정신 놓고 잠자리에 들었다가 12시쯤 숙취에 찌든 채 깨어났는데, 어제는 참았던 거지. 그래서 맨정신으로 깨어나고 보니 자살을 하고 싶을 만큼 우울했나 봐. 그렇게 우울한데 무도회장이든 장례식 열리는 성당이든 갈 마음이 나겠어? 그래서 장례식에 가는 대신 벽난로 앞에 앉아서, 진인지 브랜디인지를 커다란 잔에 따라 계속 마셨어.

히스클리프는…… 아, 이름만 말해도 몸서리가 쳐진다! 그 작자는 지난 일요일부터 오늘까지 집 안에서 좀체 눈에 안 띄더라. 천사들이 먹을거리를 줬는지, 지옥의 친척들이 음식을 먹여 줬는지는 알 수 없지만, 거의 일주일 동안 집에서는 한 끼도 안 먹었어. 새벽 동틀 무렵에 들어와서 곧장 위층 자기 방에 들어가 문을 걸어 잠그더라고. 누가 자기랑 있고 싶어 하기나 할까! 감리교도처럼 줄창 기도를 하는데, 하느님 대신 먼지와 재를 찾더라고. 하느님을 부르더라도 신기하게 지옥에 있는 제 아비하고 함께 부르더라니까! 그런 기도를 날이면 날마다 목이 쉴 때까지, 목소리가 목구멍에 걸려 안 나올 때까지 하고 또 하다가 나가는 거야. 그런 다음엔 항상 그레인지로 곧장 내려가더라고! 에드거가 왜 경찰을 불러 그를 감옥에 처넣지 않았는지 모르겠어! 캐서린이 죽어 슬프긴 했지만 덕분에 나는 굴욕적인 억압에서 해방됐기 때문에, 모처럼 휴가라도 받은 것처럼 좋더라.

난 그사이에 조지프의 끝없는 잔소리를 듣고도 울지 않을 만큼 기운을 차렸고, 처음과는 달리 겁에 질려 도둑처럼 살금살금 걷지 않고 당당하게 위아래 층을 오갈 수 있게 됐어. 조지프의 잔소리를 듣고 울 것까지야 있냐 하겠지만, 조지프나 헤어턴하고 같이 있기란 정말 못 견딜 노릇이야. 〈작은 주인님〉과 그의 충복인 가증스러운 노인과 함께 있느니, 차라리 힌들리와 한방에 있으면서 그가 뱉어 내는 끔찍한 욕설을 듣는 게 낫다니까!

히스클리프가 집에 있을 때는 할 수 없이 부엌에 가서 그들과 있든지, 아니면 눅눅한 빈방에서 굶든지 했어. 이번 주처럼 히스클리프가 없으면 탁자와 의자를 벽난로 옆 구석에 놓고 언쇼 씨가 뭘 하든 신경 안 쓰고 있으면 돼. 언쇼 씨도 내가 뭘 하든 참견 안 하니까. 이제는 건드리지만 않는다면 전과는 달리 조용하게 있더라. 말수가 줄고 침울해진 데다 화도 덜 내는 편이야. 조지프는 아주 사람이 달라졌다고 큰소리를 치더라. 주님의 성령이 마음에 임하셔서 〈불에 의해〉 구원을 받았대. 내가 보기엔 사람이 나아진 것 같지는 않았지만, 내가 신경 쓸 일은 아니지.

어제저녁에는 거실 구석에 앉아서 12시가 되도록 옛날 책들을 읽고 있었는데, 위층으로 올라간다는 생각만 해도 우울하더라고. 바깥에서는 눈보라가 미친 듯이 몰아치는데, 내 생각은 계속해서 성당 묘지와 새로 생긴 무덤으로 달려가고 있는 거야! 책에서 눈을 뗄 엄두가 안 났어. 그 우울한 장면이 바로 눈앞에 떠올랐거든.

힌들리도 같은 생각을 했는지 맞은편에 앉아 손으로 턱을 괴고 있었어. 술을 마시다가 이성을 잃기 전에 중단하더니, 두세 시간 동안 움직이지도 말을 하지도 않았어. 가끔씩 창문을 흔드는 바람의 신음 소리와 석탄이 탈 때 나는 희미한 탁탁 소리, 그리고 길어진 촛불 심지를 자르는 가위의 철커덕 소리가 들릴 뿐 집 안이 너무나 괴괴했어. 헤어턴과 조지프는 자기 침대에서 깊이 잠들었을 테고. 난 너무나 서글퍼서 책을 읽으면서도 한숨이 나왔지. 이 세상 모든 기쁨이 사라지고 다신 돌아올 것 같지 않았으니까.

마침내 부엌문의 빗장이 덜거덕거리는 소리가 들리면서 그 구슬픈 정적이 깨졌어. 갑자기 눈보라가 몰아치는 바람에 히스클리프가 평소보다 일찍 밤샘 근무를 마치고 돌아온 것 같더라고.

문이 잠겨 있으니까 다른 문으로 들어오려고 돌아가는 소리가 들렸지. 내가 도저히 억누를 수 없는 감정이 입에서 흘러나오는 것을 느끼며 일어나려는데, 멍하니 문을 응시하고 있던 힌들리가 돌아서서 나를 보더라고.

〈5분 동안 저기 세워 둘 작정이오.〉 큰 소리로 그렇게 말하더라. 〈이의 없지요?〉

〈그럼요, 밤새도록 세워 둬도 괜찮아요.〉 내가 대답했지. 〈어서요! 열쇠를 꽂아 놓고 빗장을 지르세요.〉

하숙인이 현관에 도착하기 전에 언쇼가 문에 빗장을 질렀어. 그런 다음 자기 의자를 내 탁자 맞은편에 갖다 놓고 탁자에 기대앉아 자신의 눈에서 번뜩이던 종류의 불타는 증오심을 내 눈 속에서 찾으려고 하더라. 마치 자객의 눈을 보는 것 같았어. 심리 상태가 그래 보였으니까. 내 눈 속에서 자신과 똑같은 것을 찾지는 못했겠지. 하지만 뭔가 비슷한 걸 본 모양인지 이렇게 말하더라.

〈당신이나 나나 저 밖에 있는 인간한테 진 큰 빚을 갚아야 해! 만일 우리 둘 다 겁쟁이가 아니라면 서로 합심해서 갚아 줄 수 있을 거요. 당신도 오라버니처럼 나약한가? 복수 한번 못 해보고 평생 참고만 살 거요?〉

〈저도 이제 참는 데 지쳤어요.〉 내가 대답했지. 〈복수의 칼날이 저한테 되돌아오지 않으면 저도 기꺼이 보복을 하겠어요. 하지만 배반이나 폭력은 양날의 창이에요. 창을 던지는 사람들이 상대방보다 더 다친다고요.〉

〈당연히 배반에는 배반으로, 폭력에는 폭력으로 갚아 주어야지!〉 힌들리가 외쳤어요. 〈히스클리프 부인, 그냥 아무 말도 하지 말고 가만히만 앉아 있어요. 자, 말해 봐요, 그렇게 할 수 있소? 저 악마의 목숨이 끊어지는 꼴을 보는 순간 틀림없이 나 못지않게 기쁨을 맛볼 텐데. 당신이 선수를 치지 않으면 당신도 그의 손에 죽게 될걸. 난 저놈 때문에 벌써 망하게 됐고, 저주받을 악마 같으니! 벌써 자기가 이 집 주인이라도 되는 양 당당하게 문을 두드리는군! 입 다물고 가만히 있겠다고 약속하시오. 그럼 당신은 저 시계가 다시 울리기 전

에(1시가 되기까지 3분이 남았군) 자유의 몸이 될 테니!〉

그런 다음 내가 일전에 넬리한테 쓴 편지에서 말했던 무기를 품속에서 꺼내고 촛불을 끄려고 하더라. 하지만 내가 얼른 촛불을 빼앗고 그의 팔을 잡았지.

〈가만히 있을 순 없어요!〉 내가 말했어. 〈그의 몸에 손을 대선 안 돼요. 문을 잠가 놓고 그냥 가만히 있자고요!〉

〈안 돼요! 난 이미 결심했고, 하느님께 맹세컨대 반드시 실행하고야 말겠소!〉 자포자기한 사내가 외쳤어. 〈당신이 원하지 않더라도 이건 당신에게는 호의를, 헤어턴에게는 공의를 베푸는 일이야! 나 같은 죄인을 감싸려고 애쓸 것 없소. 캐서린은 죽었으니까. 내가 당장 내 목을 딴다 해도 아무도 안타까워하거나 부끄러워하지도 않을 거라고. 그러니 이제 끝장을 낼 때가 온 거요!〉

차라리 곰하고 싸우거나 미치광이를 설득하는 편이 나았을 거야. 그 순간 내가 할 수 있는 유일한 일은 격자창으로 뛰어가서 힌들리가 노리고 있던 그에게 어떤 운명이 기다리고 있는지 알려 주는 거였어.

〈오늘 밤은 다른 데 가서 자는 게 좋겠어요!〉 내가 좀 의기양양하게 소리쳤어. 〈꼭 들어올 작정이라면 조심하세요. 언쇼 씨가 총으로 쏴 죽이려고 벼르고 있으니까요.〉

〈문을 여는 편이 좋을걸, 이…….〉 내가 여기 옮기기에는 너무나 격조 높은 표현으로 날 부르며 그가 대답했어.

〈전 끼어들지 않겠어요.〉 내가 다시 쏘아붙였지. 〈총을 맞고 싶으면 들어오세요! 난 내 할 일은 다 했으니까.〉

나는 그렇게 말하고 창문을 닫았지. 그런 다음 벽난롯가의 내 자리로 돌아갔어. 내가 보유한 위선의 분량이 너무 적어 생명이 경각에 달린 위험한 상황에 처한 인간을 염려하는 척하기는 어려웠거든.

언쇼는 나한테 마구 욕설을 퍼부었어. 내가 아직도 저 악당을 사랑하고 있는 게 틀림없다며 비굴한 인간이라고 온갖 욕을 다 하더라. 나는 히스클리프가 그의 비참함에 종지부를 찍어 준다면 언쇼에게 얼마나 큰 축복일까, 그리고 언쇼가 히스클리프를 마땅히 가야 할 곳으로 보내 준다면 나에게 얼마나 복된 일일까 혼자 생각했지! 그런 생각을 하는데도 털 끝만큼도 양심의 가책이 안 느껴지더라. 그렇게 앉아 있는데 내 뒤에 있던 여닫이창이 쾅 소리와 함께 바닥으로 떨어졌어. 히스클리프가 주먹으로 쳐서 떨어뜨린 거지. 창틀 사이로 그의 흉포한 얼굴이 보였어. 그런데 창틀 사이가 너무 좁아서 어깨가 끼어 버렸지. 난 다행이다 생각하며 미소 지었어. 머리카락과 옷이 눈으로 하얗게 덮여 있었는데, 식인종처럼 날카로운 이가 추위와 분노에 휩싸여 어둠 속에서 빛나더라.

〈이저벨라, 문 열어, 안 열면 후회하게 해줄 거야!〉 그가 조지프식으로 표현하자면 〈으르렁대고〉 있었어.

〈살인 사건을 방관할 순 없어요.〉 내가 대답했지. 〈힌들리 씨가 칼이 달린 총을 장전하고 기다리고 있단 말예요.〉

〈그럼 부엌문을 열라고!〉 그가 말했어요.

〈나보다 힌들리 씨가 먼저 갈 거예요.〉 내가 대답했어. 〈눈 좀 왔다고 못 견디고 돌아온 걸 보면 당신 사랑도 별거 아니네요! 여름 달빛이 비치는 동안은 우리가 편안하게 자도록 내버려두더니 거센 겨울바람이 돌아오니까 당장 이 집구석으로 들어오는 걸 보면! 히스클리프, 내가 당신이라면, 충성스러운 개처럼 캐서린의 무덤에 엎드려 죽을 거예요. 이제 이 세상은 살 가치가 없는 곳 아니에요? 그동안 캐서린이 당신 삶의 전부라는 생각을 나한테 주입시켜 놓고 이제 캐서린을 잃고 어떻게 살겠다는 것인지 상상이 안 가네요.〉

〈그 자식 거기 있지?〉 힌들리가 창문이 떨어진 곳을 향해 서둘러 오면서 외치더라. 〈팔만 뻗으면 놈을 맞힐 수 있을 거야!〉

아무래도 엘런은 내가 아주 몹쓸 사람이라고 생각하겠지. 하지만 사정을 잘 모르면서 함부로 비난하지는 마! 난 이 세상 무엇을 준다 해도 한 인간의 생명을 앗아 가려는 시도를 돕거나 부추기진 못해. 상대가 히스클리프라도 말야. 하지만 그가 죽어 주기를 바라. 그것만은 어쩔 수 없어. 그래서 히스클리프가 필사적으로 손을 뻗어 언쇼의 손아귀에서 총을 빼앗았을 땐 정말 실망스러웠어. 내가 그의 약을 올렸기 때문에 후환도 두려웠고.

총알이 발사되었고, 칼은 튕겨져 나와 들고 있던 사람의 손목을 파고들었어. 히스클리프가 있는 힘을 다해 칼을 빼내자 칼날이 지나간 부위의 살이 찢어졌어. 그는 피가 뚝뚝 떨어지는 칼을 자기 주머니에 넣고 돌멩이를 들어 창문과 창문을 가르는 창살을 부수고 방 안으로 뛰어 들어왔어. 그를 공격했던 언쇼는 엄청난 고통 때문에, 그리고 동맥인지 대정맥

인지 모를 핏줄에서 피가 콸콸 쏟아지는 바람에 의식을 잃고
쓰러졌어.

그 악한이 언쇼 씨를 발로 차고 짓밟았고, 머리를 잡아 벽
난로 앞 판석 바닥에 마구 짓찧더라. 그러면서도 한 손으로
는 나를 꽉 잡아 내가 조지프를 부르러 가지 못하게 막았어.

언쇼를 죽여 버리고 싶지만 그런 욕망을 참느라고 정말 초
인적인 자제력을 발휘하더라고. 하지만 숨이 가빠 구타를 멈
추고는 시체처럼 축 늘어진 언쇼의 몸뚱이를 끌어다가 장의
자에 올려놓았어.

그런 다음엔 언쇼의 윗도리 소매를 뜯어서 잔인하다 싶을
정도로 거칠게 그의 상처를 동여맸는데, 그러는 동안에도 발
길질을 할 때와 같은 기세로 침을 뱉고 욕설을 퍼부었어.

난 비로소 그의 손에서 풀려나 조지프한테 갔는데, 그는
내가 다급하게 쏟아 내는 이야기를 조금씩 알아듣고 계단을
두 개씩 밟으며 헐레벌떡 내려갔어.

〈이 일을 어쩐다? 이 일을 어쩌냐고?〉

〈뭘 어째.〉 히스클리프가 벼락같이 소리치더라. 〈네 주인
은 미쳤어. 그러니 한 달이라도 더 산다면 정신 병원에 처넣
어야겠다. 그런데 넌 무슨 심보로 문을 닫아걸어 날 못 들어
오게 한 거냐, 이 이빨 빠진 사냥개 같은 놈아? 거기서 씨부
렁거리며 서 있지 말고 이리 와봐. 난 이 자식 간호할 생각 없
으니까. 저 피나 닦아 줘라. 촛불의 불똥이 안 튀게 조심하고.
그놈 피는 절반 이상이 브랜디니까!〉

〈아주 귄 양반을 죽일 작정이었네요!〉 조지프가 끔찍했는

294

지 손을 들고 하늘을 올려다보면서 외쳤어. 〈이렇게 끔찍한 꼴은 내 생전에 첨 봅니다! 주님이시여……〉

히스클리프가 피 웅덩이로 그를 떠밀어 무릎을 꿇린 뒤 수건을 던져 줬어. 하지만 그가 피를 닦는 대신 두 손을 모으고 기도를 시작했는데, 말투가 너무 이상해서 나는 웃음을 터뜨려 버렸어. 더 이상 무슨 일에도 충격을 받지 않게 돼버린 거지. 사실 난 교수대 밑에서 오히려 무모해진 악한 같은 심정이었어.

〈아 참, 널 잊고 있었네.〉 폭군이 말했어. 〈그래, 웃어라. 너도 같이 닦아. 감히 저놈하고 짜고 나한테 반항을 해, 이 독사 같은 년? 어서 가, 너한테 딱 맞는 일이다!〉

그가 어찌나 거칠게 내 몸을 흔들어 대는지 이가 딱딱 맞부딪히더라. 그런 다음 나를 조지프 옆으로 내동댕이쳤지. 조지프는 눈 하나 까딱 않고 기도를 마치고 일어서더니 당장 그레인지로 간다고 말했어. 린턴 씨가 치안 판사니까, 설사 아내가 쉰 명 죽었더라도 다 제쳐 놓고 이 사건을 조사해야 된다면서.

그가 워낙 단호하게 나오니까 히스클리프가 나한테 자초지종을 설명해 주라고 했어. 내가 마지못해 그의 질문에 대답을 하는데 히스클리프가 적의에 가득 찬 표정으로 날 노려보더라.

먼저 공격을 한 쪽이 히스클리프가 아니라는 걸 영감에게 납득시키기가 꽤 힘들었어. 특히 내가 억지로 대답을 쥐어짜는 상황이었으니까. 하지만 언쇼 씨가 곧 자신이 아직 살아 있다는 손짓을 했어. 조지프는 얼른 독한 술을 한 모금 먹였고, 덕분에 그의 주인이 다시 움직이고 의식도 되찾았어.

히스클리프는 언쇼가 정신을 잃은 동안 자신이 당한 일을 모른다는 사실을 눈치챘어. 그래서 당신은 지금 술에 취해 인사불성이라 아까 저지른 험한 짓을 나무라진 않을 테니 어서 가서 잠이나 자라고 하더라. 이렇게 잘난 척 충고를 하더니 우리만 놔두고 나가더라고. 난 너무 기뻤지. 흔들리는 벽난로 앞 판석에 큰대자로 누웠고, 나는 이토록 쉽게 곤경을 모면하다니, 신기해하면서 내 방으로 갔지.

오늘 아침 정오가 되기 약 30분 전 아래층으로 내려가 보니까 언쇼 씨가 중증 환자 꼴로 벽난롯가에 앉아 있었고, 그에게 붙어 다니는 악령도 못지않게 초췌하고 창백한 얼굴로 벽난로에 기대앉아 있더라. 둘 다 밥 먹을 생각이 없는 것 같아서 난 음식이 다 식을 때까지 기다리다가 혼자 밥을 먹기 시작했어.

맛있게 실컷 먹었어. 묵묵히 앉아 있던 두 사람에게 가끔씩 눈길을 던지면서 일종의 만족감과 우월감을 느꼈고, 양심에 거리낄 게 없어서 마음이 편했어.

식사를 다 한 다음 평소와는 달리 대담하게 벽난롯가로 갔어. 언쇼를 지나쳐 그 옆 한구석에 무릎을 꿇고 앉았지.

히스클리프는 나를 거들떠보지도 않았어. 그래서 난 그이를 똑바로 보면서 마치 그의 얼굴이 돌로 변하기라도 했다는 듯이 과감하게 뜯어보았어. 내가 한때 그토록 남자답다고 생각했던, 하지만 이제는 너무나 극악무도해 보이는 이마에 침울한 구름이 끼어 있더라. 바실리스크를 연상시키는 흉악한 눈은 잠을 못 자고 아마도 많이 울어서(그의 속눈썹이 젖어 있었으니까) 빛을 잃은 듯했어. 평소와 달리 잔인한 냉소가 가신 입술을 꽉 다물고 있었는데 형언할 수 없는 슬픔이 엿보이더라. 다른 사람이었다면 나는 그토록 비통한 모습을 차마 볼 수 없어 손으로 얼굴을 가렸을 거야. 하지만 그가 침통한 꼴을 보니까 고소했어. 그리고 쓰러진 적을 모욕하는 게 야비한 짓이긴 해도 그를 약 올릴 기회를 놓칠 수는 없었어. 그가 약할 때가 내가 악을 악으로 갚는 쾌감을 맛볼 유일한 기회니까.」

「저런, 저런, 아씨!」 제가 끼어들었죠. 「누가 들으면 아씨가 평생에 성경책이라곤 들춰 본 적도 없는 분이라고 생각하겠어요. 하느님께서 적에게 고통을 주신다면 그것으로 만족하셔야죠. 주님이 내리신 벌에 편승해 상대의 고통을 가중하는 것은 야비하고 주제넘은 일입니다!」

「나도 보통은 그렇다고 생각할 거야, 엘런.」 아씨가 말을 이었어요. 「하지만 내가 한몫 거들지 않는다면 히스클리프가 비참해하는 꼴을 본들 내 속이 시원하겠니? 히스클리프가 생각보다 덜 고통스러워하더라도 고통을 준 사람이 바로 나라는 사실을 알고 있다면 난 그쪽을 선택하겠어. 오, 난 히스클리프에게 갚아 줄 게 아주 많아. 내가 그를 용서할 수 있을까. 그럴 희망이라도 품으려면 딱 한 가지 조건이 필요해. 눈에는 눈, 이에는 이. 그가 내게 준 쓰라린 고통을 똑같이 쓰라린 고통으로 갚아 주고, 그를 나처럼 비참한 처지로 끌어내린 다음에야 용서할 수 있지. 먼저 상처를 준 쪽은 그이니까 그가 먼저 내게 용서를 구해야지. 그러면, 맞아, 그런 뒤에야, 엘런, 나도 너한테 너그러움을 보여 줄 수 있을 것 같아. 하지만 내가 복수를 하기란 불가능하니까 나는 그를 용서할 수가 없어. 힌들리가 물을 찾길래 내가 물을 한 잔 가져다준 다음 좀 어떠냐고 물었지.

〈내가 원하는 만큼 아프지는 않군.〉 그가 대답했지. 〈그런데 팔은 그렇다 치고, 마치 꼬마 도깨비 떼와 한바탕 싸우기라도 한 것처럼 온몸이 쑤시는군!〉

〈그럴 테죠.〉 내가 말했지. 〈캐서린이 오빠가 다치지 않은 것은 자기 덕이라고 자랑하곤 했으니까요. 누군가 당신을 해치고 싶어 하지만 자기가 화를 낼까 봐 그러지 못한다고요. 사람이 한 번 죽으면 무덤에서 나올 수 없어서 천만다행이에요. 캐서린이 어젯밤에 벌어진 끔찍한 광경을 봤다면! 멍도 들고 가슴과 어깨에 상처도 입지 않으셨어요?〉

〈모르겠소.〉 그가 대답했지. 〈하지만 대체 무슨 소리요? 내가 쓰러졌을 때 저놈이 감히 날 때렸단 말인가?〉

〈발로 짓밟고 차고 바닥에 내동댕이치고 그랬다고요.〉 내가 속삭였어. 〈그리고 이로 찢어발기고 싶어서 군침을 질질 흘렸단 말예요. 반쪽만 인간인가. 아니 그렇지도 않을 거예요. 그냥 짐승이지.〉

언쇼 씨가 우리 공동의 적인 그의 얼굴을 나처럼 올려다봤어. 그런데 히스클리프는 자신만의 고통에 사로잡혀서 주변에서 무슨 일이 일어나는지 전혀 모르는 것 같더라. 그리고 있으면 있을수록 그의 흉악한 마음이 표정에 더 선명하게 드러났고.

〈오, 내가 단말마의 고통을 맛보더라도 하느님께서 저놈의 목을 졸라 죽일 수 있는 힘을 주신다면 난 너무나 기쁘게 지옥에 갈 텐데.〉 언쇼가 일어서려고 안달을 하다가, 상대와 맞붙어 싸울 기운이 없음을 깨닫고 절망적으로 주저앉으며 신음하듯 말했어.

〈저이가 당신네 집안사람들 중 하나를 죽인 것만으로도 충분해요.〉 내가 큰 소리로 말했지. 〈그레인지에서는 모두들 히스클리프 씨만 아니었더라면 당신 여동생이 아직 살아 있을 거라고 한다고요. 결국 저이에게는 사랑보다 미움을 받는 쪽이 나은 거죠. 저이가 나타나기 전에 우리가, 캐서린이 얼마나 행복했는지 생각해 보면 그날이 저주스러워요.〉

말하는 사람의 기분보다 말에 담긴 진실이 히스클리프의 뇌리를 더 깊이 파고들었나 봐. 눈에서 눈물이 뚝뚝 떨어져 벽난로의 재를 적시고 있었으니까. 그가 한숨을 참으며 숨을 몰아쉬는 모습도 보였어.

난 히스클리프를 똑바로 노려보며 조소하는 것처럼 웃었어. 그랬더니 구름 낀 지옥의 창문 같던 그의 시선이 잠시 나를 향해 번쩍하더라. 하지만 평소에는 그저 창밖을 노려보고 있던 악귀의 눈이 흐릿하고 촉촉이 젖어 있어서 나는 또다시 겁도 없이 웃어 댔어.

〈일어나, 그리고 내 눈 앞에서 썩 꺼져 버려.〉 비탄에 잠겨 있던 그가 말했어.

사실 거의 들리지도 않는 목소리로 말했지만 그렇게 말하는 것 같았어.

〈미안하지만,〉 내가 대답했지. 〈저도 캐서린을 사랑했거든요. 그리고 캐서린을 생각해서라도 캐서린의 오빠를 돌봐 줘야죠. 캐서린이 죽고 없으니까 힌들리한테서 캐서린의 모습이 보이는 것 같아요. 힌들리의 눈이 캐서린의 눈과 똑같을 정도로 닮았잖아요. 당신이 저이 눈을 뽑으려고 해서 멍들고 충혈돼서 그렇지. 그리고 캐서린의……〉

〈일어나, 바보 천치 같은 년, 안 그러면 널 짓밟아서 죽여 버릴 테다!〉 히스클리프가 소리쳤어. 그가 다가서자 나 역시 물러설 수밖에 없었어.

〈하지만,〉 내가 당장이라도 도망갈 태세를 하고 말을 이었어. 〈만일 불쌍한 캐서린이 당신을 믿고, 히스클리프 부인이라는 우스꽝스럽고 한심하고 창피스러운 칭호를 택했더라면 금세 나 같은 꼴이 됐을걸! 캐서린이라면 당신의 지긋지긋한 행동을 당연히 안 참았겠지. 지긋지긋해서 넌더리를 내고 말았을 테니까.〉

장의자 등받이와 언쇼의 몸이 가로막고 있었기 때문에 히스클리프는 날 잡으려고 하는 대신 식탁에서 식사용 칼을 집어 들어 내 머리를 향해 던졌어. 그게 내 귀밑에 꽂혀서 나는 말을 끝맺지 못했지. 하지만 칼을 뽑은 뒤 문 쪽으로 도망가며 한마디 해주긴 했어. 내 말이 그의 칼보다 더 깊이 그의 심장 속에 박히기를 바랐지.

마지막으로 힐끗 보니까 그가 미치광이처럼 날뛰며 날 쫓아오고 있는데 힌들리가 그를 저지하면서 몸에 매달리는 바람에 두 사람이 함께 벽난로 앞으로 구르더라.

난 부엌을 통해 도망 나오면서 조지프에게 빨리 주인에게 가보라고 일렀지. 그리고 문간에선 의자 등받이에 강아지들을 매달며 놀고 있던 헤어턴에게 부딪혀서 아이를 넘어뜨리게 됐어. 문을 나온 다음에는 연옥에서 도망치는 영혼처럼 행복해하며 가파른 길을 달리고 뛰고 날았어. 그런 다음 구불구불한 길을 벗어나 들판을 곧장 가로질렀어. 둑을 구르듯 넘고 철버덕거리며 습지를 건너 그레인지의 등불만을 바라보며 정신없이 여기까지 온 거야. 워더링 하이츠의 지붕 아래서 하룻밤을 더 자느니 영구히 연옥에서 사는 저주를 택할 거야.」

이저벨라는 이렇게 말을 마치고 차를 한 모금 마셨어요. 그런 다음 자리에서 일어나더니 하인이 가져온 보닛을 씌워주고 커다란 숄을 입혀 달라고 하더군요. 한 시간만이라도 더 있으라고 간청했지만 들은 척을 안 하고, 의자에 올라서서 에드거와 캐서린의 초상화에 입맞춤을 하고 제게도 입맞춤을 해주고 마차를 타러 나갔어요. 옛 주인을 보고 기뻐 날뛰며 짖어 대던 패니가 마차까지 따라갔지요. 이저벨라는 그날 마차를 타고 떠난 뒤 다시는 이 고장에 돌아오지 않았어요. 그러나 어딘가에 자리를 잡은 뒤에는 제 서방님과 정기적으로 편지를 주고받았지요.

이저벨라의 새 거처는 남쪽 지방, 런던 근처였던 것 같아요. 거기서 몇 달 후 아들을 출산했어요. 이름을 린턴이라고 지었는데, 처음부터 몸이 약하고 투정이 심했다고 그러더군요.

하루는 마을에서 히스클리프 씨를 마주쳤는데, 제게 이저벨라가 어디 사느냐고 묻더군요. 저는 대답 못 한다고 했지요. 그랬더니 어디 살아도 상관없지만 오빠와 살 생각은 말라고 하더군요. 자신이 데리고 사는 한이 있더라도 오빠와 살게 하지는 않겠다면서.

저는 아무런 정보도 주지 않았지만, 결국에는 다른 하인을 통해 이저벨라가 사는 곳과 자식을 낳았다는 사실 등을 알아냈더군요. 그래도 아씨를 괴롭히지는 않았어요. 이런 관용을 베푼 이유는 워낙 아씨를 증오했기 때문이죠.

그는 저를 만날 때마다 자기 아들에 대해 물었답니다. 그리고 이름을 알려 주니까 험악한 미소를 지으며 말했어요.

「그 집 식구들은 내가 내 아들도 미워하길 바라는군?」

「아이에 대해 아무것도 모르기를 바라시는 것 같던데요.」 제가 대답했죠.

「하지만 내가 데려올 거야.」 그가 말했어요. 「내가 필요할 때. 그런 줄 알라고 해!」

다행히 아이 어머니는 그런 일이 생기기 전에 죽었어요. 캐서린이 죽고 13년쯤 후, 린턴이 열두 살 남짓일 때였죠.

뜻밖에 이저벨라 아씨가 집에 오셨을 때, 저는 다음 날까지도 서방님께 말씀드리지 못했어요. 그분이 사람들과의 대화를 피한 데다 어떤 의논도 드릴 상태가 아니었거든요. 마침내 말씀을 드렸을 땐 동생이 남편을 떠났다는 소식을 반긴다는 것을 알 수 있었어요. 서방님처럼 유한 사람이 어떻게 저럴 수 있을까 싶을 정도로 심하게 히스클리프를 증오했죠. 어찌나 깊고 민감하게 증오에 사로잡혔는지 히스클리프를 보거나 그에 대해 들을 가능성이 있는 자리라면 아예 피했어요. 아내를 잃은 슬픔과 그런 태도 때문에 완전히 세상을 등진 은자가 돼버린 거예요. 치안 판사직도 사임하고 성당에도 안 나갔어요. 무슨 일이 있어도 마을에 가지 않았고 당신 댁의 정원과 마당으로 제한된 공간에서 완벽한 은둔 생활을 했어요. 황무지를 홀로 헤매거나, 보통 아무도 외출하지 않는 저녁때나 새벽에 부인의 무덤을 찾을 뿐 도통 바깥바람을 쐬지 않았고요.

하지만 그분은 불행에만 탐닉하기에는 너무 선한 분이었어요. 캐서린의 영혼이 귀신이 되어 나타나길 기도하는 일 따윈 하지 않았지요. 시간이 흐름에 따라 체념을 하게 됐고, 일상적인 기쁨보다 더 달콤한 우수에 잠겼어요. 그래서 열렬하고도 부드러운 사랑으로 부인을 추모했고, 부인이 더 나은 세상으로 갔음을 믿어 의심치 않으며 그곳에서 다시 만나기를 고대했어요.

그리고 결국 지상에서의 위로와 애정도 누리게 됐죠. 아까도 말씀드렸듯이 며칠 동안은 고인을 이을 어린것에게 전혀 관심이 없는 듯했지만, 그런 냉정함은 4월의 눈처럼 재빨리 녹아 버렸어요. 그리고 아기는 옹알이를 하고 발을 떼기도 전에 그분의 마음속에서 전제 군주의 홀을 휘두르게 됐어요.

아기 이름을 캐서린이라고 지었지만 그분은 한 번도 그 이름으로 따님을 부르지 않았어요. 죽은 캐서린을 한 번도 캐시라는 약칭으로 부른 적이 없는 것처럼. 아마 히스클리프가 캐시라고 종종 불렀기 때문인 같아요. 그런데 딸은 항상 캐시라고 불렀어요. 그렇게 해서 아이를 어머니와 구별하면서도 서로 연결할 수 있었던 거죠. 그리고 당신 자식이기도 하지만 또 한편 부인의 자식이기 때문에 더 애착을 느꼈던 것 같아요.

서방님과 힌들리 언쇼가 비슷한 상황에 놓였을 때 왜 그렇게 정반대로 행동했는지 만족스럽게 설명이 안 돼서 저한테는 좀 당혹스러웠어요. 두 분 다 부인을 끔찍이도 사랑했고 자식도 소중히 여겼는데, 어째서 좋든 나쁘든 같은 길을 가지 않았는지 설명이 안 되더라고요. 힌들리는 겉으로는 의지력이 더 강해 보였지만, 안타깝게도 더 못나고 연약한 인간이었던 거죠. 배가 암초에 부딪치자 선장은 책임을 저버렸고, 선원들은 배를 구하기는커녕 폭동과 혼란에 빠져, 그 불운한 배에 희망이 사라졌던 거예요. 반면 린턴 서방님은 충실하고 정직한 영혼에 바탕을 둔 진정한 용기를 보였지요. 그분은 하느님을 믿었고 하느님께서는 그분을 위로해 주셨어요. 한 사람은 희망을 가졌고, 다른 사람은 절망에 빠졌지요. 두 사람 다 자기 운명을 선택했으니 마땅히 견뎌야 했죠.

하지만 제 설교가 필요하진 않으시겠지요, 록우드 씨. 이런 모든 일에 대해 저만큼 잘 판단하실 겁니다. 적어도 그렇다고 생각하실 테니, 그거나 그거나 마찬가지지요.

언쇼 씨의 최후는 예측할 수 있었어요. 여동생이 가고 나서 6개월도 지나기 전에 바짝 뒤따라 떠났죠. 그레인지에 살던 저희는 그가 죽기 전의 상태에 대해 제대로 된 설명을 들은 적이 없어요. 저 역시도 장례식 준비를 도와주러 갔을 때 들은 말이 전부예요. 케네스 선생님이 그의 사망 소식을 저희 서방님께 알려 드리러 들르셨지요.

「어이, 넬리.」 그분이 어느 날 아침 일찍 말을 타고 마당으로 들어오면서 저를 불렀어요. 워낙 이른 시간이라 나쁜 소식이구나, 하는 불길한 예감이 들지 않을 수 없었지요. 「이제 너와 내가 장례식에 참석해야겠구나. 이번에는 누가 저세상으로 내뺀 것 같으냐?」

「누군데요?」 제가 허겁지겁 물었어요.

「어디 한번 알아맞혀 봐라!」 그분이 말에서 내려 문 옆의 고리에 고삐를 걸면서 대답했어요. 「울어야 될 테니 앞치마 자락이나 들어라. 틀림없이 그게 필요할 게다.」

「히스클리프 씨는 아니겠지요, 물론?」 제가 소리쳤어요.

「뭐라고! 그를 위해 흘릴 눈물이 있어?」 의사 선생님이 말했어요. 「아니, 히스클리프는 건강한 젊은이야. 방금 봤는데 아주 원기왕성해 보이더라. 부인이 떠난 뒤로 살이 다시 빠르게 오르고 있더구나.」

「그럼 누구예요, 케네스 선생님?」 제가 조바심이 나서 다시 물었어요.

「힌들리 언쇼란다! 네 옛 친구 힌들리.」 그분이 대답했어요. 「돼먹지 않은 내 친구이기도 하고. 나도 감당하기 어려울 만큼 마구잡이로 산 지 이미 오래됐지. 그래! 내가 눈물 흘리게 될 거라고 했잖냐. 하지만 기운을 내라! 곤드레만드레 취해서 저답게 죽었으니까. 불쌍한 녀석. 나도 마음이 아프다. 옛 친구가 죽었으니 안타까울 수밖에 없지. 아무리 인간으로 서는 할 수 없는 나쁜 짓을 했더라도 말이다. 나한테도 정말 못되게 굴었어. 이제 겨우 스물일곱 살을 넘긴 것 같던데. 네 가 스물일곱 살 아니야? 너와 그 녀석이 같은 해에 태어났다 고 누가 믿겠느냐!」

솔직히 저한테는 린턴 부인의 죽음보다 이 죽음이 더 충격 적이었어요. 옛날 기억이 마음속에 떠올랐지요. 다른 하인에 게 케네스 선생님을 서방님께 안내해 드리라고 해놓고 저는 현관에 앉아서 혈육이라도 죽은 것처럼 서럽게 울었어요.

〈과연 제 명에 간 것일까?〉라는 의문이 계속 저를 떠나지 않았어요. 무슨 일을 하든 저를 따라다니며 지칠 정도로 끈 질기게 괴롭혀서, 저는 서방님의 허락을 얻어 워더링 하이츠 에 가서 고인에 대한 마지막 의무를 다해야겠다고 결심했어 요. 린턴 서방님은 좀처럼 허락하지 않으려 했지만, 제가 이 전의 주인이자 같이 젖을 먹고 자란 동기간과도 같은 힌들리 서방님이 홀로 외롭게 죽어 있으니, 린턴 서방님과 마찬가지 로 제가 돌봐야 한다고 말하며 설득했지요. 더욱이, 헤어턴 은 서방님의 처조카로서 더 가까운 친척이 없을 시에는 서방 님이 후견인이 돼주어야 할 뿐 아니라 유산이 누구에게 어떻 게 남겨졌는지도 알아보고 죽은 처남의 뒷일도 직접 챙겨야 한다는 점도 상기시켜 드렸지요.

서방님은 그런 일들을 직접 챙길 상태는 못 돼서 당신의 변호사에게 이야기하라고 제게 지시하고 마침내 워더링 하이츠에 가는 것을 허락해 주셨죠. 그분의 변호사는 힌들리 언쇼의 변호사이기도 했는데, 마을에 가서 저와 함께 워더링 하이츠로 가자고 했더니 고개를 가로저으며 히스클리프를 자극하지 말라고 충고하더군요. 실상이 알려지면 헤어턴은 알거지나 다름없다는 것을 모두 알게 될 거라면서요.

「아버지가 빚만 남기고 죽었소.」 그가 말했어요. 「온 재산이 담보로 잡혀 있었으니까, 상속인의 유일한 희망은 채권자의 동정심을 사서 너그러운 처분을 바라는 것뿐이오.」

저는 하이츠에 도착해서 장례가 집안의 격에 맞게 진행되고 있는지 보러 왔다고 말했어요. 조지프는 무척 상심한 것처럼 보였는데, 저의 방문을 반기는 듯했어요. 히스클리프 씨는 대체 왜 왔는지 모르겠지만, 원한다면 함께 장례식 준비를 도우며 머물러도 좋다고 말했어요.

「실은,」 그가 말했지요. 「그 바보 같은 자식의 주검은 장례식도 필요 없고 그냥 네거리에나 묻어야 옳아.[7] 내가 어제 오후에 딱 10분을 혼자 놔뒀더니, 그사이에 자기 방 문 두 개를 모두 닫아걸어서 못 들어오게 한 다음, 밤새도록 술을 퍼마시다 죽은 거야! 오늘 아침에 무슨 말 울음소리 같은 게 들려서 문을 부수고 들어갔더니 장의자에 널브러져 있더군. 껍질을 벗기고 머리 가죽을 벗긴대도 깨울 수는 없을 것 같더라고. 그래서 케네스를 불러 왔는데, 그가 도착했을 때 이 짐승은 벌써 썩은 고기로 변하는 중이었어. 죽어서 차디차고 뻣

---

7 영국에서는 범죄자나, 특히 자살한 사람을 네거리에 매장하는 것이 1823년까지 허용되었다.

뻣해졌더군. 살려 내겠답시고 요란 떨어 봐야 아무 소용도 없었지!」

늙은 하인 조지프가 그의 말이 사실임을 인정하면서도 중얼거렸어요.

「자기가 직접 의사한테 갔으면 좋았을 텐데! 서방님은 내가 더 잘 돌봤을 테니까. 그리고 내가 나설 땐 분명히 안 죽었다고, 그런 기미도 없었단 말야!」

저는 장례식은 예를 갖춰 치러야 한다고 우겼어요. 히스클리프 씨는 제가 원하는 대로 해도 좋은데, 돈이 다 자기 주머니에서 나온다는 사실만 기억하라고 하더군요.

히스클리프는 기뻐하지도 슬퍼하지도 않고 차갑고 무심한 태도를 유지했어요. 굳이 따지자면, 어려운 일을 성공적으로 치른 데서 오는 냉정한 만족감을 느꼈던 것 같아요. 단한 번 무척 기뻐하는 모습을 볼 수 있었어요. 사람들이 집에서 관을 내갈 때였는데, 위선적으로 애도하는 시늉만 하고 있다가, 헤어턴과 함께 따라나서기 전에 그 불쌍한 아이를 탁자에 올려놓고 기이하게 입맛을 다시며 중얼거리더라고요.

「자, 잘생긴 녀석, 이제 넌 내 거다! 똑같은 바람이 나무야 휘어져라 하고 부는데 너라는 나무는 다른 나무처럼 비뚤어지지 않고 똑바로 자라는지 한번 두고 보자꾸나!」

아이는 무슨 말인지도 모르고 좋아하며 히스클리프의 구레나룻을 가지고 장난을 치고 뺨을 쓰다듬었어요. 하지만 전무슨 말인지 알아듣고 신랄하게 쏘아붙였어요.

「도련님은 제가 스러시크로스 그레인지로 데려갈 거예요.

이 세상에서 다른 건 몰라도 이 도련님만은 당신 소유가 될 수 없어요!」

「린턴이 그렇게 말했어?」 그가 물었어요.

「물론이죠. 제게 헤어턴을 데려오라고 지시하셨단 말예요.」 제가 대답했죠.

「글쎄.」 그 악당이 말했지요. 「지금은 이 문제로 이러쿵저러쿵하지 말자. 하지만 내가 네 주인의 친척 아이를 꼭 기르고 싶거든, 그러니까 만일 이 애를 데려간다면 대신 내 아들을 데려와야지. 내가 싸워 보지도 않고 헤어턴을 보내지는 않을 테고, 내 아들을 데려오는 일은 어렵지 않을 거야! 가서 꼭 그렇게 전해라.」

그렇게 암시하는 것만으로도 우리의 손발은 확실하게 묶여 버렸지요. 귀가 후에 말을 전했는데, 애초부터 별 관심이 없던 린턴 서방님은 더 이상 개입하려 하지 않더라고요. 설령 관심이 있었다 해도 뜻하던 결과를 얻었을 것 같지도 않고요.

결국 워더링 하이츠의 손님이 주인이 되었어요. 자신이 확실한 소유자라는 사실을 변호사에게 증명해 보였고 변호사는 다시 린턴 씨에게 그 사실을 알려 주었지요. 노름 중독이었던 언쇼가 자기 땅을 모두 담보 잡히고 현금을 구했는데, 채권자가 바로 히스클리프였던 거죠.

그렇게 해서 지금 이 고장에서 제일가는 신사가 되었어야 할 헤어턴이 아버지의 철천지원수 밑에서 더부살이하는 신세가 된 거예요. 제 집에서 급료 한 푼 못 받는 하인으로 사는

데 이런 처지를 바로잡을 길이 전혀 없어요. 도와줄 친구도
없고 부당한 취급을 당하고 있다는 사실조차 모르고 있으니
까요.

18

그토록 우울한 시기를 보내고 난 이후의 12년은 제 인생에서 가장 행복한 기간이었어요(딘 부인이 이야기를 계속했다). 제일 큰 걱정거리라고 해봐야 우리 어린 아가씨가 가끔씩 잔병치레를 하는 것 정도였지요. 있는 집에서나 없는 집에서나 어린아이면 모두 경험하는 그런 것들이요.

그런 잔병 외엔 별일 없이, 처음 6개월이 지나자 낙엽송처럼 잘 자랐어요. 린턴 아씨의 무덤에서 히스가 두 번 꽃을 피우는 동안 걸음마도 하고 말도 할 줄 알게 되었지요.

아가씨는 황량한 집안에 햇살을 비춰 준 가장 매력적인 존재였어요. 얼굴이 진짜 예뻤고요. 언쇼 집안의 검고 아름다운 눈에 린턴 집안의 하얀 피부, 그리고 섬세한 이목구비와 금발의 고수머리를 물려받았지요. 활발하지만 거칠지 않았고, 자신이 애정을 쏟는 일에는 지나치리만치 섬세하고 활기찼습니다. 강렬하게 사랑하는 능력은 어머니를 연상시켰지만 어머니와는 달리 비둘기처럼 부드럽고 온화했고, 부드러운 목소리에 사려 깊은 표정을 지었어요. 화를 낼 때도 무섭게 날뛰지 않았고, 사랑도 격하다기보다는 깊고 부드러웠답니다.

그렇지만 아가씨에게도 타고난 장점을 상쇄하는 단점이 있어서 좀 건방지게 굴 때도 있었고, 성격이 좋든 나쁘든 응석받이로 자란 자식들에게서 어김없이 나타나는 외고집도 보였어요. 하인들이 말을 안 들어주면 늘 〈아빠한테 이를 거야!〉라고 말했지요. 만일 아버지가 꾸짖는 눈빛이라도 보일라 치면 가슴이 찢어진다는 듯이 행동했고요. 꾸짖는 말은 단 한 번도 들은 적이 없었던 것 같아요.

딸의 교육은 전적으로 아버지가 맡았고, 서방님은 그걸 낙으로 삼았죠. 아가씨는 다행히 호기심도 많고 머리도 좋아서 공부를 잘했지요. 빨리 배우고 열심히 배워서 가르치는 사람에게도 보람이 있었어요.

아가씨는 열세 살이 될 때까지 집의 농원 밖으로 혼자 나가 본 적이 없었어요. 린턴 서방님이 아주 가끔씩 1.5킬로미터 정도 밖으로 데리고 나갔지만 당신 아닌 누구한테도 아가씨를 맡기지 않았어요. 기머턴은 이름만 들어봤고, 집을 제외하면 지나쳐 보거나 들어가 본 건물은 성당이 유일했어요. 워더링 하이츠와 히스클리프 씨는 존재하지 않는 거나 마찬가지였고요. 세상과 완전히 담을 쌓고 살았지만 겉보기에는 완벽하게 만족스러운 생활이었답니다. 물론 때때로 아가씨가 자기 방 창문 밖을 내다보며 이렇게 말하기는 했어요.

「엘런, 나는 언제가 되어야 저 언덕 꼭대기에 오를 수 있을까? 언덕 너머에는 뭐가 있는지 궁금해. 바다가 있나?」

「아니요, 아가씨.」 제가 대답하곤 했지요. 「여기 있는 것과 똑같은 언덕들만 있답니다.」

「그리고 저기 저 황금빛 바위는 바로 아래서 보면 어떻게 보여?」 한번은 그렇게 물었어요.

아가씨는 깎아지른 듯한 페니스턴 절벽에 특별히 매력을 느꼈어요. 특히 지는 해가 절벽과 가장 높은 봉우리 위에서 빛나고 주변 풍경 전체에 그림자를 드리울 때를 좋아했지요.

전 그 절벽이 단지 커다란 바위일 뿐이고, 갈라진 틈에는 흙도 별로 없어서 나무 한 그루 제대로 자라지 못한다고 설명해 주었어요.

「그럼 여기가 캄캄해졌을 때도 거기는 왜 그렇게 오랫동안 밝게 빛나?」 아가씨가 계속 물었어요.

「여기보다 훨씬 높은 데 있으니까요.」 제가 대답했죠. 「아가씨는 올라가실 수 없는 곳이에요. 너무 높고 가파르니까요. 겨울에는 여기보다 먼저 서리가 내려 머물고, 여름이 한창일 때도 북동쪽 시커멓게 파인 곳에는 눈이 남아 있는 것을 본 적이 있답니다!」

「아, 그럼 엘런은 가본 적이 있구나!」 아가씨가 기뻐하며 소리쳤어요. 「그럼, 나도 어른이 되면 갈 수 있겠네. 아빠도 가보신 적 있어, 엘런?」

「직접 여쭤 보세요, 아가씨.」 제가 황급히 대답했죠. 「별로 가볼 만한 가치도 없어요. 아빠와 함께 가시는 들판이 훨씬 더 좋아요. 그리고 이 세상에서 스러시크로스 농원보다 더 아름다운 곳은 없어요.」

「하지만 난 농원은 잘 알지만 저기는 모르잖아.」 아가씨가 혼잣말처럼 중얼거렸어요. 「그리고 저 꼭대기에서 주변을 둘러보면 멋있을 것 같아. 내 망아지, 미니가 날 데려다줄 거야.」

그러던 차에 하녀 하나가 요정의 동굴 이야기를 해주는 바람에 캐시는 거기에 가고 싶어서 안달이 났어요. 그래서 서방님께 계속 졸라서 결국 더 자라면 꼭 데려가겠다는 약속을 받아 냈지요. 그러고 나서 아가씨는 1년이 아니라 한 달이 지날 때마다 나이를 먹는지 〈이제는 페니스턴 절벽에 갈 만큼 컸잖아요?〉 하는 질문을 입에 달고 살았답니다.

하지만 워더링 하이츠 근처를 지나야만 했기 때문에 서방님은 페니스턴 절벽 쪽으로 나서고 싶은 마음이 전혀 없었지요. 그래서 계속 딸에게 이렇게 대답했어요. 「아직은 아니다, 애야, 아직은 아니야.」

이저벨라 아씨가 남편과 헤어진 뒤 12년가량을 사셨다고 했잖아요. 원래 집안 식구들의 체질이 약했어요. 남매가 다 이 지방에서 보통 보는 사람들처럼 혈색이 좋거나 건강하지 못했어요. 아씨가 무슨 병에 걸렸는지는 저도 잘 모릅니다만, 짐작건대 남매가 다 같은 병으로 돌아가신 게 아닌가 싶어요. 일종의 열병으로, 서서히 열이 나면서 발병하는데 고질병이 되고 말기에 이르면 급격히 기력을 소진시키더라고요.

이저벨라 아씨는 오빠에게 자신이 지난 넉 달 동안 앓은 가벼운 병이 깊어져 회복하기 어려울 것 같다면서 되도록 빨리 찾아와 주었으면 좋겠다는 편지를 보냈어요. 결정할 일도 있고, 작별 인사도 해야 하고, 린턴도 안전하게 맡기고 싶다면서요. 자신이 린턴을 길렀던 것처럼, 오빠가 계속 키울 수 있기를 바라고 있었어요. 애아버지가 아들을 키우거나 교육시키는 부담을 지고 싶어 하진 않을 거라고 믿었던 것 같아요.

서방님은 조금도 주저하지 않고 이저벨라 아씨의 청을 따랐지요. 보통 일로는 집을 떠나기를 무척 꺼렸지만 그때는 서둘러 갔어요. 제게 당신 부재 중에 캐서린을 돌보는 일에 특별히 신경 쓰라고 지시하고, 저와 함께라도 농원 밖으로는 나가면 안 된다고 신신당부했죠. 캐서린이 혼자 나가리란 생각은 꿈에도 못 하셨어요.

서방님은 3주 동안 집을 비웠어요. 아가씨는 처음 하루 이틀은 너무 상심해서 책을 읽지도 놀지도 못하고 서재 한구석에 앉아 있었어요. 그렇게 가만히 있는 동안은 저도 걱정할일이 별로 없었어요. 하지만 이내 안절부절못하고 짜증을 내게 되었죠. 저는 너무 바쁘기도 했고 이미 아가씨를 위해 위아래 층으로 부지런히 오르내리지 못하는 나이가 된 터라 아가씨가 혼자 즐겁게 시간을 보낼 수 있는 방법을 생각해 냈어요.

다름 아닌 농원을 여기저기 산책하는 것이었어요. 어떤 때는 걸어서 산책을 하고, 어떤 때는 말을 타도록 했지요. 그런 다음 아가씨가 돌아오면 걷거나 말을 타고 다니며 겪은 경험이나 상상한 모험담을 참을성 있게 다 들어 주었어요.

여름 햇살이 한창 좋은 계절이었고 아가씨는 혼자 돌아다니는 일에 부쩍 재미를 붙여서 아침을 먹고 나가면 다과 시간이 되어야 돌아오는 일이 잦아졌어요. 그렇게 돌아오면 저녁에는 자기 상상을 덧붙인 이야기들을 제게 들려주었지요. 아가씨가 울타리를 넘어 밖으로 나갈까 봐 걱정되지는 않았어요. 보통 문이 잠겨 있었고, 설령 문이 열려 있다 하더라도 혼자 나갈 엄두를 내지는 못할 거라고 믿었으니까요.

불행히도, 제 생각이 틀렸어요. 하루는 아침 8시에 저한테 와서 그날은 아라비아의 상인이 되어 대상들을 이끌고 사막을 건널 예정이니까 자신과 말 한 마리, 그리고 낙타 세 마리가 먹기에 충분할 만큼의 음식을 마련해 달라고 하더라고요. 커다란 사냥개 한 마리와 포인터 두 마리가 낙타를 대신했죠.

저는 맛있는 간식을 잘 싸서 안장 옆에 달린 바구니에 넣어 주었고, 아가씨는 챙 넓은 모자와 얇은 베일로 7월 햇빛을 가린 뒤 요정처럼 가볍게 말에 올라 명랑한 웃음소리를 날리며 따각따각 길을 떠났어요. 빨리 달리지 말고 일찍 돌아오라는 주의 사항은 웃어넘겼고요.

이 개구쟁이 아가씨는 그날 다과 시간까지도 돌아오지 않았어요. 일행 중 하나, 즉 늙어서 편한 것을 좋아하는 사냥개는 일찍 돌아왔지만, 캐시도 말도 포인터 두 마리도 눈에 띄지 않았어요. 그래서 전 아가씨 일행을 찾으라고 하인들을 내보냈고, 결국은 제가 직접 아가씨를 찾아 나섰지요.

길을 가다 마침 우리 집 농원과 농장의 경계에 있던 울타리를 고치고 있던 일꾼이 눈에 띄어 아가씨를 보았느냐고 물어보았어요.

316

「아침에 뵀는데요.」 그가 대답했어요. 「저한테 개암나무 가지를 하나 꺾어 달라고 하시더니 조랑말을 탄 채로 저기 울타리가 젤로 낮은 데를 넘어서 가버리시던데요.」

이 소식을 들은 제 기분이 어땠을지는 짐작하실 수 있을 겁니다. 아가씨가 틀림없이 페니스턴 절벽으로 갔다는 생각이 퍼뜩 머리를 스쳤지요.

「이 일을 어째?」 전 외마디 소리를 지르고 일꾼이 고치고 있던 울타리 틈새를 빠져나가 곧장 큰길로 향했어요.

내기라도 하는 사람처럼 1킬로미터, 1킬로미터 걸음을 재촉해 워더링 하이츠가 보이는 곳에 도착했는데, 가까운 데서도 먼 데서도 캐서린의 모습은 보이지 않았어요.

절벽은 히스클리프 씨 집에서는 2.5킬로미터 정도, 그리고 그레인지에서는 6.5킬로미터 정도 떨어져 있어서 제가 도착하기도 전에 어두워질까 봐 걱정이 되기 시작했어요.

〈절벽을 올라가다가 떨어지기라도 했으면 어쩐다지.〉 그런 생각도 들었지요. 〈그러다 혹시 죽거나 뼈라도 부러졌으면 어쩌지?〉

너무나 불안해 안절부절못하며 급하게 농가 본채를 지나치는데 가장 사나운 포인터인 찰리가 머리는 붓고 귀에서는 피를 철철 흘리며 창 아래 앉아 있는 모습이 눈에 띄었어요. 그 모습을 보고 일단은 얼마나 기쁘고 안심이 되던지요.

저는 쪽문을 열고 달려 들어가 현관문을 쾅쾅 두드렸어요. 전에 기머턴에 살던, 안면이 있는 여자가 나오더군요. 언쇼 주인님이 돌아가신 뒤로 하녀로 지내고 있었던 거예요.

「아,」 그녀가 말했어요. 「꼬마 아가씨를 찾으러 오셨군요! 염려 마세요. 여기 안전하게 계시니까. 그래도 이 댁 주인님이 아니라서 다행이네요.」

「그럼 주인은 집에 안 계시는군요?」 제가 워낙 빠른 걸음으로 걸어왔고 놀라기도 했던 터라 가쁜 숨을 몰아쉬며 말했어요.

「네, 안 계세요.」 그녀가 대답했어요. 「주인도 조지프도 다 외출해서 집에 없고 당장 돌아올 것 같지는 않네요. 들어와서 좀 쉬세요.」

들어가 보니 길 잃은 양이 벽난로 앞에 놓인, 어머니가 어렸을 때 사용했던 조그만 흔들의자에 앉아 앞뒤로 몸을 흔들고 있었어요. 모자는 벽에 걸려 있었고, 벌써 열여덟 살의 건장한 청년이 된 헤어턴과 함께 웃고 재잘대며 자기 집인 양 편히 앉아 있더라고요. 기분도 아주 좋아 보였고요. 헤어턴은 호기심과 놀라움에 찬 표정으로 아가씨를 빤히 바라보고 있었는데, 아가씨의 혀가 쉴 새 없이 쏟아 내고 있는 말과 질문 중에 제대로 이해하는 것은 거의 없는 듯했어요.

「참 잘하셨네요, 아가씨.」 제가 기쁜 마음을 화난 표정으로 감추며 소리쳤어요. 「이제 아버지 돌아오실 때까지 말 타는 일은 생각도 하지 마세요. 다시는 집 밖으로 한 발짝도 못 넘을 줄 아시라고요, 이 말썽꾸러기 같으니.」

「어머, 엘런!」 아가씨가 벌떡 일어나 저를 향해 달려오며 명랑하게 외쳤어요. 「오늘 밤에 아주 멋진 이야기를 해줄게. 그런데 날 찾았네. 전에 이 집에 와본 적 있어?」

「저기 걸린 모자 쓰고 당장 집으로 가요.」제가 말했지요. 「저 무척 화났다고요, 캐시 아가씨, 이게 얼마나 큰 잘못인지 알기나 하세요? 입을 삐죽거리며 울어 봤자 소용없어요. 그 런다고 아가씨를 찾느라 온갖 데를 다 헤매고 다닌 제 고생 을 보상할 수 있나요? 아버님이 제게 신신당부를 하면서 아 가씨를 맡기셨는데, 그렇게 몰래 빠져나가다니. 이제 보니 아주 교활한 여우로군요. 다시는 아무도 아가씨를 믿지 않을 거라고요.」

「내가 뭘 했다고 그래?」아가씨는 금방 풀이 죽어서 흐느 끼며 말했어요. 「아빠가 나한텐 그런 말씀 안 하셨단 말야. 야단 안 치실 거야, 엘런. 아빤 절대로 엘런처럼 화내지 않으 신단 말야!」

「자, 이리 오세요!」제가 되풀이했죠. 「모자 리본을 묶어 드 릴 테니까. 이제 심술은 그만 부리자고요. 아이고, 창피한 줄 을 아세요. 열세 살이나 되신 분이 그렇게 애기처럼 굴어요!」

제가 그렇게 말한 이유는 아가씨가 모자를 집어 던지고 제 손을 피해 벽난로 쪽으로 달아났기 때문이에요.

「저런.」그 집 하녀가 말했죠. 「귀여운 아가씨를 그리 심하 게 나무라지 마세요, 딘 부인. 우리가 멈춰 세웠어요. 딘 부인 이 걱정할까 봐 말을 타고 계속 가려고 하더군요. 헤어턴이 함께 가드리겠다고 했는데, 제 생각에도 그래야 할 것 같았 거든요. 저 언덕 너머는 길이 험하니까요.」

이런 대화가 오가는 중에도 헤어턴은 너무 거북해서 말을 못 하며 주머니에 손을 찌른 채 가만히 서 있었어요. 불쑥 나타난 제가 반갑지만은 않았던 것 같아요.

「얼마나 더 기다려야 해요?」 제가 그 여자의 참견을 무시하고 말을 이었어요. 「10분이면 깜깜해질 텐데. 말은 어디다 두셨어요, 아가씨? 피닉스는 또 어디 있고요? 서두르지 않으시면 그냥 버려두고 가버릴 테니 마음대로 하세요.」

「말은 정원에 있어.」 아가씨가 대답했어요. 「피닉스는 저기 가둬 놨고. 개한테 물렸거든. 찰리도 물렸고. 나중에 다 이야기해 주려고 했는데, 그렇게 짜증을 내니 내 이야기 들을 자격도 없어.」

제가 아가씨의 모자를 집어 들고 씌우려고 다시 다가갔지만, 그 집 식구들이 다 자기편을 들어준다는 사실을 알고는 방 안을 뛰어다니며 도망치기 시작했어요. 제가 쫓아가니 생쥐처럼 가구의 위, 아래, 뒤로 요리조리 피해서, 쫓아다니는 제 꼴만 우스워졌지요.

헤어턴과 하녀가 웃음을 터뜨리자, 아가씨도 함께 웃으며 장난이 점점 더 짓궂어졌어요. 마침내 제가 짜증을 참다못해 소리쳤지요.

「이것 봐요, 아가씨! 여기가 누구 집인지 알면 빨리 떠나고 싶어서 안달이 나실 거라고요.」

「너네 아버지 댁 아니야?」 아가씨가 헤어턴을 향해 돌아서며 물었어요.

「아냐.」 그가 눈을 내리깔고 당황해서 얼굴을 붉히며 대답했어요.

헤어턴은 아가씨가 자신을 빤히 바라보자 불편해했어요.

그 눈이 자기 눈을 꼭 닮았는데도 말이에요.

「그럼, 누구 집이야, 넌 주인집에 사는 거야?」 그녀가 물었어요.

그는 이번에는 바로 전과는 다른 감정 때문에 얼굴을 더욱더 붉히며 중얼중얼 욕을 하더니 돌아섰어요.

「저 애 주인이 누군데?」 성가시기 짝이 없는 이 아가씨가 제게 물었어요. 「저 애가 〈우리 집〉, 〈우리 식구〉라고 해서 난 주인 아들인 줄 알았거든. 날 아가씨라고 한 번도 부르지 않았고. 하인이라면 그래야 하는 거 아니야?」

이 철딱서니 없는 말을 듣고 헤어턴의 얼굴이 붉으락푸르락하더니 먹구름처럼 험상궂게 변했어요. 저는 아가씨의 몸을 살짝 흔들었고, 마침내 떠날 채비를 갖추는 데 성공했어요.

「그럼, 내 말을 데려와라.」 친척인 줄도 모르고 아가씨가 그레인지의 마구간 일꾼들에게 명령하듯 말했어요. 「그리고 나와 같이 가도 좋다. 요괴 사냥꾼이 습지에서 올라온다는 곳도 보고 싶고, 네가 말한 요정깨비[8] 이야기도 듣고 싶으니까. 하지만 빨리 와! 왜 그래? 내 말 데려오라니까.」

「네 하인 노릇을 하느니 네가 지옥에 떨어지는 꼴을 볼 테다!」 청년이 으르렁댔어요.

「나 뭐 하는 거 본다고?」 캐서린이 놀라서 물었어요.

「지옥에 떨어지는 꼴, 이 못된 마귀야!」 그가 대답했어요.

「거봐요, 캐시 아가씨! 참 좋은 사람도 사귀셨네요.」 제가

8 헤어턴은 〈요정〉을 서부 요크셔 방언으로 부른다.

한마디 했지요. 「양갓집 아가씨께 참 친절하게도 말하네! 제발 저 애하고 그만 다투고, 어서 가요. 그냥 우리가 미니를 찾아서 빨리 갑시다.」

「그렇지만, 엘런.」 아가씨가 놀라서 저를 빤히 쳐다보며 소리쳤어요. 「쟤가 어떻게 감히 나한테 저런 말을 해? 내가 시키는 대로 따라야 되는 거 아냐? 이 나쁜 놈아, 내가 아빠한테 다 이를 테니 두고 봐라!」

헤어턴은 아가씨의 위협이 별로 무섭지 않은 것처럼 보였어요. 아가씨는 분해서 눈물을 글썽거렸지요. 「가서 말을 데려와라.」 하녀를 돌아보며 외쳤지요. 「내 개도 당장 풀어주고!」

「말을 좀 곱게 하세요, 아가씨.」 하녀가 대답했어요. 「예의 바르게 처신해도 잃을 게 없다고요. 저기 저 헤어턴 도령이 주인의 아들은 아니지만, 아가씨의 사촌이거든요. 그리고 전 아가씨 시중 들라고 고용된 거 아니고요.」

「쟤가 내 사촌이라고!」 캐시가 코웃음을 치며 외쳤어요.

「그럼요, 사실이에요.」 아가씨를 나무라던 하녀가 응대했어요.

「아이, 엘런! 저 사람들이 저런 말 못 하게 해줘.」 아가씨가 무척 속이 상해서 말했어요. 「사촌은 아빠가 런던에 가서 데려오신다고 했잖아. 내 사촌은 양갓집 아들인데. 저런 애가 내…….」 아가씨가 말을 잇지 못하고 그만 울음을 터뜨렸습니다. 그런 촌뜨기가 사촌이라는 생각만 해도 속이 상하는 것 같았습니다.

「그만, 그만!」제가 가만히 속삭였습니다. 「원래 사촌은 아주 많고 별의별 사람이 다 있는 거예요, 아가씨. 마음에 안 들고 나쁜 사람이면 안 어울리시면 되는 거예요. 그러니 상관하지 않아도 돼요.」

「쟤는 아냐, 내 사촌 아니란 말야, 엘런!」아가씨가 생각할수록 슬픈지 그런 생각에서 도망치듯 제 품으로 뛰어들며 말했어요.

캐시와 하녀가 둘 다 쓸데없는 소리를 하는 바람에 전 속으로 무척 당황스러웠어요. 린턴이 곧 이 고장으로 온다고 캐시가 말했으니 이 사실이 히스클리프 씨한테 알려질 게 분명했고, 캐시는 캐시대로 아버지가 도착하자마자 틀림없이 하녀가 말한 촌뜨기 사촌에 대해 여쭤볼 테니까요.

헤어턴은 하인이라는 오해를 받아 성을 냈지만 불쾌감을 떨치고 나자 캐시가 속상해하는 게 안쓰러웠던 듯해요. 그래서 조랑말을 문 앞까지 데려다주고는 잘생긴 안짱다리 테리어 강아지를 안겨 주고 나쁜 뜻은 아니었다며 캐시를 달래 줬어요.

캐서린은 일단 눈물을 거뒀지만, 경악과 공포의 눈초리로 그를 다시 살펴보더니 또 울음을 터뜨려 버렸어요.

그 불쌍한 청년에게 캐시가 그토록 반감을 드러내자 절로 웃음이 나왔어요. 헤어턴은 체격이 건장한 근육질 청년으로 얼굴도 잘생겼고 튼튼했지만 옷차림은 매일 농장에서 일하며 황야에서 토끼와 짐승을 사냥하는 사람에 걸맞은 것이었어요. 그래도 이목구비를 보면 아버지보다는 훨씬 나은 성품과 자질이 엿보이는 것 같더군요. 좋은 면모들이 잡초가 우거진 황야 가운데 감춰져 있다고나 할까요? 좋은 면모도 가꾸지 않으면 잡초가 웃자라 안 보이게 되니까요. 하지만 더 나은 환경에서라면 훌륭한 곡물을 생산할 수 있는 풍부한 토양이라는 점을 알 수 있었어요. 가만히 보니 히스클리프 씨가 그를 육체적으로 학대하지는 않은 것 같았어요. 워낙 겁이 없는 성격이라 히스클리프 씨가 겁박을 하고 싶은 유혹을 느끼지 못한 게 아닌가 싶어요. 학대를 통해 쾌감을 느끼려면 당하는 사람이 소심하고 민감해야 하는데 그런 면이 전혀 없다고 판단한 거겠지요. 히스클리프는 자신이 품은 악의를 헤어턴을 무지한 짐승처럼 기르는 데만 쏟아 낸 것 같았어요. 읽고 쓰기도 전혀 가르치지 않았고, 사육자인 자신을 짜증나게만 하지 않으면 아무리 나쁜 짓을 해도 나무라지 않은 거죠. 선을 향해서는 단 한 걸음도 인도해 주지 않았고, 악덕을 막기 위한 가르침도 전혀 주지 않았어요. 그리고 듣자 하니, 유서 깊은 가문의 장손이라는 이유만으로 헤어턴의 요구를 다 받아 주고 오냐오냐해 준 조지프의 속 좁은 편애도 그가 퇴보하는 데 단단히 한몫한 것 같더군요. 어린 시절의 캐서린 언쇼와 히스클리프의 〈몹쓸 짓〉 때문에 언쇼 씨의 인내심이 한계에 달해 술에서 위안을 찾게 되었다며 어린것들을 비난했던 것처럼, 이번에는 헤어턴의 부족한 점을 모두 그의 재산을 가로챈 히스클리프의 책임으로 돌려 버린 거예요.

조지프는 헤어턴이 욕을 해도 바로잡아 주지 않았어요. 아무리 잘못된 짓을 해도 마찬가지였고요. 오히려 헤어턴이 망가질수록 더 흡족해했던 것 같아요. 헤어턴이 이미 타락하여 그의 영혼이 지옥 불에 떨어질 것이라고 생각하면서도, 그 책임은 히스클리프가 져야 한다고 본 거죠. 하느님이 히스클리프의 손에서 헤어턴의 핏값을 찾을 것이다, 이렇게 생각하면서 무한한 위안을 받은 거예요.

헤어턴에게 이름과 가문에 대한 자부심을 불어넣어 준 사람도 조지프였어요. 감히 그럴 엄두를 낼 수만 있었다면 워더링 하이츠의 현재 주인에 대한 증오심도 키워 주었을 거예요. 하지만 히스클리프에 대한 조지프의 공포심은 거의 미신 수준이었기 때문에 아무리 밉더라도 그저 중얼중얼 욕을 하거나 욕하는 시늉을 하면서 혼자 저주하는 데 그쳤어요.

제가 워더링 하이츠의 일상을 잘 안다고 할 수는 없어요. 그냥 얻어들은 소리를 바탕으로 내린 제 판단이죠. 직접 본 적은 거의 없으니까요. 마을 사람들 말에 따르면 히스클리프 씨는 인색하고, 소작농들에게도 잔인할 정도로 냉혹한 지주 노릇을 한다고 하더라고요. 그래도 하녀가 가사를 돌보면서 집 안은 과거의 아늑한 모습을 되찾았고, 힌들리 살아생전에 흔히 벌였던 술판과 소란은 사라졌어요. 주인이 매우 침울한 성격이라 좋은 사람이고 나쁜 사람이고 간에 다른 이들과 어울리려 들지를 않았고요. 지금도 그건 마찬가지죠.

이야기가 엉뚱한 데로 흘러갔네요. 캐시 아가씨는 선물로 준 테리어를 거절하고 자기 개인 찰리와 피닉스를 데려와 달라고 했어요. 이 녀석들이 고개를 숙이고 절룩거리며 나타나는 바람에 우리 일행은 사람이고 짐승이고 간에 모두 언짢은 기분이 되어 집으로 향했어요.

아가씨한테서는 그날 사태의 자초지종을 들을 수 없었어요. 짐작한 대로 페니스턴 절벽을 목표로 삼아 길을 나섰다는 것 외에는요. 그리고 아가씨가 워더링 하이츠 농가 본채의 문 앞에 이르렀을 때 우연히 개들을 데리고 나온 헤어턴과 마주쳤고, 개들이 아가씨 일행에게 덤벼들었다는 정도만 알게 되었지요.

양쪽 개가 주인들이 미처 떼어 놓기 전에 제법 사납게 싸웠던 모양이에요. 그러다 주인끼리 첫 인사를 나눈 거지요. 캐서린이 헤어턴에게 자신을 소개하면서 목적지를 얘기하고 길 안내를 부탁했는데, 애교를 떨어 헤어턴의 동의를 얻었나 보더라고요.

그가 요정의 동굴을 비롯해 스무 군데 정도 신기한 장소에 얽힌 신비한 이야기들을 해주었다고 하더군요. 하지만 아가씨의 눈 밖에 난 저는 아가씨가 구경한 신기한 장소들에 관한 이야기를 본인에게 직접 듣는 기쁨은 누리지 못했어요.

어쨌든 아가씨가 하인이라고 불러서 헤어턴의 기분을 상하게 하고, 히스클리프의 가정부가 헤어턴을 아가씨의 사촌이라고 알려서 아가씨의 기분을 상하게 할 때까지는, 헤어턴이 아가씨의 마음에 들었던 것 같아요.

그리고 헤어턴이 욕설을 퍼부은 일도 아가씨의 마음에 상처를 입힌 것 같았어요. 그레인지에서 날마다 〈예쁜이〉니 〈귀염둥이〉니 〈공주님〉이니 〈천사〉니 하는 찬사에 익숙해 있다가 처음 만나는 사람한테 그렇게 충격적인 모욕을 당했으니! 아가씨로서는 도저히 이해할 수 없었던 거죠. 저는 아버지한테 그 사건에 대해 절대로 말하지 않겠다는 약속을 받아내느라고 정말 힘들었어요.

아버지가 하이츠에 사는 사람들을 모두 싫어할뿐더러 아가씨가 그 집에 갔다는 사실을 알면 정말 속상할 거라고 설명을 해주었어요. 무엇보다 아가씨의 말을 듣고 제가 당신의 지시를 소홀히 했다는 사실을 알게 되면 노발대발해서 저를 쫓아내실 거라고 강조했지요. 캐시 아가씨한테는 제가 쫓겨나는 사태는 생각할 수도 없는 일이었으니까요. 그래서 결국 저를 위해 굳게 약속하고 또 잘 지켜 주었어요. 무엇보다 마음씨가 아주 고운 아가씨였으니까요.

19

　서방님이 검은색으로 가장자리를 두른 편지지에 귀가 날짜를 적어 보냈어요. 이저벨라 아씨가 돌아가셨다는 소식도 전하셨지요. 딸에게는 상복을 입히고, 어린 조카를 데려갈 예정이니 방을 준비하고 필요한 것들을 두루 갖춰 놓으라고 저한테 지시했어요.

　캐서린은 아버지가 돌아온다는 소식에 기뻐 날뛰었고 〈진짜〉 사촌에겐 헤아릴 수 없이 많은 장점이 있으리라 기대하며 잔뜩 부풀었어요.

　서방님과 조카가 도착하기로 한 날 저녁이 다가왔어요. 캐시는 아침 일찍부터 자신의 작은 방을 정리하느라 바빴지요. 그리고 마침내 검은색 새 드레스를 차려입고(딱하게도 고모의 죽음이 슬프다는 마음은 그다지 들지 않았죠) 계속 조바심을 내며 아버지와 사촌을 마중하러 정원 밖 진입로까지 함께 가자고 졸라 댔어요.

　「린턴은 나보다 겨우 6개월이 어리대.」 캐시는 저와 함께 나무 아래 굴곡진 잔디밭을 한가하게 오르락내리락하며 재

328

잘됐어요.「그런 친구와 함께 놀면 얼마나 좋을까! 이저벨라 고모가 아빠한테 그 애의 고운 머리카락을 보냈었어. 내 머리카락보다 색이 더 연하고 더 금빛인데 내 머리카락처럼 아주 가늘어. 작은 유리 상자에 고이 보관하면서 이 머리카락 주인을 본다면 얼마나 좋을까, 하는 생각을 자주 했는데. 아이! 너무 좋아. 그리고 우리 아빠, 너무너무 좋으신 우리 아빠! 어서, 엘런, 우리 뛰어가자! 어서 뛰어가자니까!」

캐시는 제가 여유로운 걸음걸이로 대문에 도착할 때까지 먼저 뛰어갔다 돌아오고 다시 뛰어가기를 여러 차례 반복했어요. 그런 다음엔 길가 언덕의 풀밭에 앉아 차분히 기다리려고 해보았지만 어림도 없는 일이었지요. 단 1분도 가만히 있지 못했어요.

「참 오래 걸리네!」아가씨가 큰 소리로 말했어요.「아, 길에서 먼지가 보이네. 오고 계신가 봐! 아닌가! 언제 오시지? 우리 조금만 더 가면 안 될까? 1킬로미터만 더 가면, 엘런, 딱 1킬로미터만? 제발 그러자. 저기 저 길모퉁이 자작나무 숲까지만!」

저는 딱 잘라 거절했어요. 그러다 마침내 아가씨의 조바심에도 끝이 왔어요. 여행을 떠났던 마차가 굴러오는 모습이 시야에 들어왔거든요.

캐시 아가씨는 환호성을 지르며 창문 밖을 내다보는 아버지 얼굴이 보이자마자 팔을 뻗었어요. 아버지도 딸 못지않게 기뻐하며 서둘러 내렸지요. 부녀가 다른 사람들에게 주의를 돌릴 때까지는 상당한 시간이 걸렸답니다.

부녀가 얼싸안고 있는 동안 린턴은 어떻게 하고 있나 보려고 제가 마차 안을 들여다봤더니, 마차 구석에서 겨울이라도 되는 양 모피로 안을 댄 따뜻한 외투에 폭 싸인 채 잠들어 있더군요. 창백하고 가냘프고 아주 연약해 보이는 소년이었는데, 우리 서방님과 무척 닮아서 동생이라고 해도 믿을 정도였어요. 하지만 에드거 린턴 서방님에게는 보이지 않는 점, 즉 병약한 사람 특유의 까다로움도 눈에 띄었어요.

주인은 마차 안을 들여다보는 저와 악수를 한 다음 여행 때문에 지친 모양이니 문을 닫고 그냥 놔두라고 지시했어요.

캐시도 들여다보고 싶어 했지만, 아버지가 어서 오라고 재촉해서 정원 길로 함께 걸어 올라갔고, 저는 하인들을 준비시키기 위해 서둘러 앞장서 갔지요.

「자, 애야.」 린턴 서방님이 현관 앞 계단 밑에서 발길을 멈추며 딸에게 말했어요, 「네 사촌은 너처럼 건강하지도 명랑하지도 않단다. 그리고 너도 알다시피 엄마를 잃은 지 얼마 안 되었잖니. 그러니까 바로 너하고 놀거나 뛰어다닐 거라고 기대하면 안 된단다. 자꾸 말을 시켜서 괴롭혀서도 안 되고. 적어도 오늘 밤에는 그냥 놔둬야 해, 알겠지?」

「알겠어요, 아빠.」 캐서린이 대답했어요. 「하지만 잠깐 좀 보고 싶어요. 아직 한 번도 마차 밖으로 얼굴을 내밀지 않았잖아요.」

마차가 멈추자 린턴이 잠에서 깨어나 삼촌의 부축을 받으며 마차에서 내렸어요.

「애가 네 사촌 캐시란다, 린턴.」 주인이 그들의 작은 손을 맞잡게 해주며 말했어요.「캐시는 벌써 널 좋아하는구나. 그러니 오늘 밤엔 울지 마라. 애 마음을 아프게 할 테니. 이제 기운을 좀 내야지. 여행도 끝났으니 쉬면서 재미있게 실컷 놀면 된다.」

「그럼 가서 잘래요.」캐서린이 인사를 하자 소년이 뒷걸음질을 하며 대답했어요. 그런 다음 손가락을 눈에 대고 솟아나는 눈물을 닦더군요.

「이리 와요, 착한 도련님.」제가 데리고 들어가며 낮은 목소리로 달랬죠.「그러시면 아가씨까지 울어요. 도련님 때문에 벌써 걱정하잖아요!」

사촌 때문에 그런지는 분명치 않았지만 아가씨도 못지않게 슬픈 표정을 하고 아버지 옆으로 돌아갔어요. 셋이 함께 집 안으로 들어가서, 차를 준비해 놓은 서재로 올라갔지요.

저는 린턴의 모자와 망토를 벗기고 탁자 옆 의자에 앉혔어요. 하지만 린턴은 앉자마자 또 훌쩍거리기 시작했어요. 서방님은 어디 불편하냐고 물으셨지요.

「의자에 못 앉겠어요.」아이가 흐느껴 울었어요.

「그럼 소파로 가렴. 엘런이 차를 가져다줄 테니.」그의 외삼촌이 참을성 있게 대답했어요.

이 까다롭고 병약한 조카 때문에 후견인 노릇을 하는 서방님도 여행하는 동안 틀림없이 무척 힘들었겠다는 생각이 들더군요.

린턴은 천천히 소파로 걸어가더니 그냥 누워 버렸어요. 캐시가 발받침과 자기 찻잔을 가지고 옆으로 갔어요.

캐시는 처음에 입을 다물고 있었지만, 그런 상태로 오래 있을 수는 없었지요. 린턴을 사촌 동생이라고 부르며 귀염둥이로 삼을 작정이었거든요. 그래서 린턴의 머리카락을 어루만지고 뺨에 입을 맞추고, 자신의 잔에 차를 따라서 마치 아기라도 되는 양 먹여 줬어요. 린턴은 과연 아기나 다를 바 없는지 좋아하더군요. 눈물을 닦고 희미한 미소를 띠며 얼굴이 밝아지더라고요.

「아하, 저 애가 잘 지내는 데는 문제없겠다.」 서방님이 그들을 1분쯤 지켜보다가 말했어요. 「우리가 계속 데리고 있기만 하면, 엘런, 아주 잘 지낼 것 같다. 제 또래와 놀면 곧 활기를 찾을 테고, 그런 식으로 기운을 내려고 애쓰다 보면 체력을 키울 수 있겠지.」

〈예, 댁에서 계속 데리고 있기만 한다면요!〉 저는 속으로 생각했죠. 그리고 그럴 가능성이 별로 없을 것 같아 걱정되면서 마음이 아팠어요. 그리고 또 생각했죠. 저 연약한 애가 워더링 하이츠 같은 곳에서, 그리고 자기 아버지나 헤어턴 같은 식구들 사이에서 어떻게 버텨 낼 수 있을까? 그들이 어떻게 놀아 줄지, 대체 무엇을 가르칠지 가늠이 되지 않았어요.

우리의 염려는 곧, 제가 예상했던 것보다 훨씬 더 빨리 현실로 나타났어요. 차를 마신 뒤에 아이들을 위층으로 데려가 린턴이 잠드는 모습을 지켜본 뒤였어요. 린턴이 잠들 때까지 저를 못 떠나게 해서 머리맡을 지켰거든요. 그 후 아래층으로 내려가 복도의 탁자 옆에 서서 에드거 서방님의 침실에 가져가려고 촛불을 켜고 있는데, 하녀가 부엌에서 나오더니 히스클리프 씨 댁 하인인 조지프가 와서 주인을 뵙기를 청한 다고 하더군요.

「무슨 용건인지 내가 먼저 물어봐야겠구나.」 그러면서도 불안감 때문에 가슴이 무척 떨렸어요. 「남의 집을 방문하기엔 너무 늦은 시간인데. 그리고 장거리 여행에서 방금 돌아오셨고. 아무래도 서방님께서 만나기 힘드실 것 같아.」

제가 이렇게 말하고 있는 동안 조지프는 벌써 부엌을 지나 제 앞에 나타났어요. 일요일에 입는 외출복 차림에 평소보다 더 경건한 척하면서 심술궂은 표정을 짓고 있더군요. 한 손에는 모자를, 다른 손에는 지팡이를 든 채 깔개에 신발을 문지르고 있었어요.

「안녕하세요, 조지프.」 제가 냉랭하게 말했어요. 「이 밤에 무슨 일로 오셨나요?」

「린턴 어르신께 드릴 말씀이 있네.」 저 따위는 상대하지 않겠다는 듯이 손을 내저으며 대답했어요.

「서방님께선 주무실 시간이라 특별한 용건이 아니면 지금 안 만나 주실 텐데요.」 제가 말을 이었지요. 「일단 거기 앉아서 용건을 말해 봐요, 내가 전할 테니.」

「쥔 양반 방이 어딘가?」 그가 닫힌 문들을 훑어보면서 물었어요.

제가 용건을 전달하는 것은 절대 안 된다는 태도여서 저는 할 수 없이 서재로 올라가서 때아닌 방문객이 나타났음을 알리고, 내일 다시 오라고 하시는 게 좋겠다고 말씀드렸어요.

하지만 린턴 서방님에겐 그러라고 말씀하실 겨를도 없었어요. 조지프가 제 뒤를 바짝 쫓아와 문을 열고 서재 안으로 들어와 지팡이 꼭대기를 두 주먹으로 꽉 쥐고 탁자 반대편에 버티고 섰더라고요. 그리고 반발을 예상했는지 큰 소리로 말하기 시작했어요.

「히스클리프가 아들을 데리고 오라고 보냈습니다. 그러니까 아이를 안 데리고는 못 돌아갑니다.」

에드거 린턴은 잠시 침묵을 지키고 있었어요. 깊은 슬픔이 온 얼굴에 드리워졌지요. 아이만 생각해도 서글픈데, 더욱이 이저벨라가 아들에 대해 품었던 소망과 두려움, 근심 어린 바람, 그리고 잘 돌봐 달라던 부탁 등을 생각하니 이대로 아이를 내주기에는 너무 가슴이 아팠던 거예요. 그래서 이런 사태를 피할 방도가 없을까 마음속으로 궁리를 해보았겠지요. 하지만 아무런 묘안도 떠오르지 않았던 것 같아요. 아이를 데리고 있겠다고 하면 상대는 더 강경하게 나올 테니 순순히 넘겨주는 것 외에는 다른 도리가 없었어요. 하지만 자는 아이를 깨우고 싶지는 않았지요.

「히스클리프 씨에게 전해라.」 그분이 침착하게 대답했지요. 「내일 아침에 아들을 워더링 하이츠에 보내겠다고. 이미 잠들어 있는데 너무 지쳐서 오늘은 더 이상 먼 거리 가는 것도 무리고, 또 아이 어머니는 내가 아들을 데리고 있기를 원했다는 사실도 알려 드려라. 그리고 지금 아이 건강이 아주 좋지 않다는 것도 전해 드리고.」

「안 된다니까!」 조지프가 지팡이를 들어 마루를 쾅 내리치면서 위압적으로 말했어요. 「안 된다고요! 절대 안 될 말씀이죠. 히스클리프는 아기 어머니고 삼촌이고 상관 안 합니다. 자기 아들이니까 찾아가겠다는 겁니다. 그러니 지금 데려가겠습니다. 그리 아십시오!」

「오늘 밤에는 못 데려가네!」 린턴이 단호하게 대답했어요. 「당장 내려가라. 그리고 네 주인한테 내 말을 그대로 전해. 엘런, 저 영감을 데리고 내려가라. 가라니까……」

그런 뒤 잔뜩 성이 난 영감의 팔을 잡아 방 밖으로 쫓아내고 문을 닫아 버렸어요.

「좋아요!」 조지프가 천천히 물러나며 소리를 질렀어요. 「낼 아침엔 우리 쥔이 직접 오실 테니까, 어디 그 양반도 쫓아낼 테면 쫓아내 보시라고요!」

20

린턴 서방님은 이 늙은이의 말대로 히스클리프가 직접 찾아오는 사태를 피하기 위해 다음 날 아침 일찍 캐서린의 말에 아이를 태워 하이츠로 데려다주라고 저에게 지시했어요.

「이제 좋은 쪽이든 나쁜 쪽이든 저 아이 운명에 영향을 미칠 수 없으니 아이가 어디로 가는지 내 딸에게 말해 주지 마라. 앞으로는 교제할 일도 없을 텐데 사촌이 가까이 산다는 걸 모르는 편이 더 나을 게다. 안 그러면 안절부절못하고 하이츠를 찾아가고 싶어 할 테니까 말이다. 캐시에겐 그냥 애 아버지가 갑자기 사람을 보내 데려갔다고만 얘기해라.」

제가 새벽 5시에 린턴을 깨우니 아이는 일어나기도 무척 힘들어했고, 또 어딘가로 떠나야 한다는 말에 크게 놀랐어요. 하지만 전 그가 아버지인 히스클리프 씨와 얼마간 함께 지내야 하는데, 아버지가 몹시 보고 싶어서 여행으로 피로한 몸이 회복될 때까지 기다릴 수가 없다고 하시니 가야 한다며 달래 줬지요.

「아버지라고?」 그가 이상하다는 듯이 외쳤어요. 「엄마는

336

한 번도 아버지가 계시다는 말을 안 하셨는데. 아버지는 어디 사시지? 난 외삼촌하고 살고 싶은데.」

「그레인지에서 별로 떨어지지 않은 곳이에요.」제가 대답했지요. 「저 언덕 바로 너머데, 그리 멀지 않으니까 건강해지면 걸어서 이리로 올 수도 있어요. 그리고 집에 가서 아버지를 뵐 수 있으니 얼마나 좋아요. 어머니에게 그랬던 것처럼 아버지도 잘 따라 보세요. 그럼 아버지께서도 도련님을 사랑하게 되실 거예요.」

「하지만 엄마가 왜 아버지 얘기를 전혀 안 해주셨지?」린턴이 물었어요. 「왜 다른 사람들처럼 엄마와 아버지가 같이 살지 않으신 거야?」

「아버지는 북쪽 지방에서 일을 해야 하셨어요.」제가 대답했죠. 「그런데 어머니는 건강 때문에 남쪽 지방에서 사셔야 해서 그런 거예요.」

「그런데 왜 엄마는 나한테 아버지 얘기를 안 해주셨을까?」아이가 계속 따졌어요. 「외삼촌 얘기는 가끔 하셨거든. 그래서 아주 오래전부터 외삼촌을 좋아하게 되었는데. 지금 어떻게 아빠를 좋아할 수 있겠어? 알지도 못하는데.」

「아이, 자식들은 다 부모님을 사랑하게 돼 있어요.」제가 말했어요. 「아마 아버지 얘기를 자주 해주면 함께 살고 싶다고 할까 봐 안 하신 것 같아요. 빨리 가십시다. 이렇게 날씨가 좋은 날 아침 일찍 말을 타면 잠을 한 시간 더 자는 것보다 훨씬 더 좋아요.」

「그 애도 함께 가는 거야?」그가 물었죠. 「어제 본 여자애.」

「오늘은 아니에요.」제가 대답했어요.

「외삼촌은?」그가 계속 물었지요.

「안 가세요, 제가 모시고 갈 거예요.」제가 말했어요.

린턴은 도로 침대에 누워 골똘히 생각했어요.

「외삼촌이 같이 안 가시면 나도 안 갈래.」마침내 그가 외쳤어요. 「날 어디로 데려가는지 내가 어떻게 알아.」

전 아버지를 만나는 자리에 안 가려고 하는 것은 버릇없는 짓이라면서 타일러 보았어요. 하지만 린턴 도련님은 제가 옷을 입히지 못하게 버텼고 결국 서방님의 도움을 받아 잘 달래 침대에서 나오게 했지요.

거기서 곧 돌아올 거다, 에드거 서방님과 캐시가 찾아갈 거다, 등등 서방님이 거짓 약속을 하고 나서야 그 불쌍한 것이 제 집으로 떠나게 할 수 있었어요. 저도 가는 동안 실제로는 지키지도 못할 약속들을 시시때때로 반복해 주었고요.

얼마 후엔 히스 향이 나는 맑은 공기와 밝은 햇빛, 그리고 미니의 얌전한 걸음 덕분에 아이의 침울한 기분이 좀 걷혔어요. 그래서인지 새 집과 가족들에 대해 큰 흥미를 보이며 명랑하게 묻더군요.

「워더링 하이츠도 스러시크로스 그레인지만큼 좋은 곳이야?」아이가 가벼운 안개가 피어오르며 그 위의 하늘 가장자리에서 양털 구름이 만들어지는 골짜기를 마지막으로 돌아보며 물었어요.

「여기처럼 나무가 우거져 있지는 않고요.」제가 대답했죠. 「그레인지만큼 넓지도 않지만 사방이 탁 트여 있어 아름다운 경치를 볼 수 있어요. 공기도 더 신선하고 습기도 적어서 건강에도 좋지요. 처음엔 집이 좀 낡고 어둡다고 생각하실 수도 있지만 이 근방에서는 그레인지 다음으로 좋고 훌륭한 집이에요. 그리고 들판을 산책하면 참 좋아요! 헤어턴 언쇼라고, 캐시의 사촌이니까 도련님에게도 사촌뻘인 도련님이 좋은 데는 죄다 구경시켜 드릴 거예요. 그리고 날씨만 좋으면 푸른 골짜기를 서재 삼아 책을 가지고 나와 읽으실 수도 있어요. 가끔씩은 외삼촌과도 산책할 수 있으실 거예요. 언덕으로 자주 산책을 가시니까요.」

「그런데 우리 아버지는 어떤 분이야?」 도련님이 물었어요. 「외삼촌처럼 젊고 잘생기셨어?」

「외삼촌처럼 젊으시죠.」 제가 말했어요. 「그렇지만 머리와 눈은 까만색이고, 더 엄해 보이세요. 전체적으로 키도 더 크고, 체격도 더 좋으세요. 처음엔 그리 인자하거나 자상하지는 않다는 인상을 받을 수도 있어요. 원래 성격이 그러시니까. 하지만 항상 솔직하고 다정하게 대하시면 자연히 어떤 삼촌보다도 더 도련님을 사랑해 주실 거예요. 도련님은 당신의 아들이시니까요.」

「머리와 눈이 까만색이라고!」 린턴은 생각에 잠겼어요. 「상상이 안 돼. 그럼 난 아버지를 안 닮은 거네, 그렇지?」

「꼭 닮지는 않으셨어요.」 제가 대답하며 흰 얼굴과 가냘픈 체격, 나른해 보이는 큰 눈을 안타깝게 바라봤어요. 마음속으론 하나도 안 닮았지, 하고 생각했지요. 눈은 어머니를 똑같이 닮았지만, 가끔씩 병적인 짜증이 번뜩이는 것 말고는 어머니 특유의 반짝이는 활기는 흔적도 보이지 않았어요.

「아버지가 엄마와 날 한 번도 만나러 온 적이 없다니 참 이상해.」그가 중얼거리며 말했어요. 「날 보신 적은 있을까? 그랬다면, 애기 때였겠네. 아버지에 대해 기억나는 게 하나도 없으니까!」

「아이고, 린턴 도련님.」제가 말했지요. 「5백 킬로미터는 아주 먼 거리예요. 그리고 도련님에게는 10년이 긴 세월이지만 어른들에게는 아주 달라요. 아버지께서도 해마다 여름이면 이번에는 꼭 가야지 했다가 적당한 기회를 놓치신 거예요. 그러다 시간이 너무 흘러 버린 거죠. 그런 얘기를 해서 아버지를 불편하게 하지 마세요. 공연히 아버지 기분만 상하실 테니까.」

농가 본채의 정원 문 앞에 도착할 때까지 아이는 생각에 잠겨 있었어요. 아이가 자기 집에서 어떤 인상을 받나 보려고 가만히 지켜보았더니, 건물 정면의 부조, 완만한 눈썹 모양의 격자 창문, 제멋대로 자란 구스베리 덤불들과 휘어진 전나무들을 심각한 표정으로 자세히 살펴보고 나서 고개를 가로젓더군요. 새로 살 집의 겉모습이 전혀 마음에 들지 않은 것을 알 수 있었어요. 하지만 당장 불평을 늘어놓지 않을 정도의 분별력은 있었어요. 집 안은 더 나을 수도 있다 생각했겠지요.

도련님이 말에서 내리기 전에 제가 먼저 집으로 가서 문을 열었어요. 6시 반이었는데, 가족이 막 아침 식사를 끝냈는지 하녀가 식탁을 치우고 닦고 있더군요. 조지프는 주인의 의자 옆에 서서 절름발이 말에 대해 뭐라 말하고 있었고, 헤어턴은 건초장에 나갈 준비를 하고 있었어요.

「어서 와, 넬리!」 히스클리프 씨가 저를 보더니 큰 소리로 외쳤어요. 「내가 직접 가야만 내 것을 찾아올 수 있으려나 걱정하던 참이었는데 드디어 데려왔구나, 그렇지? 어디 쓸 만한 놈인가 좀 보자.」

그는 자리에서 일어나 문을 향해 성큼성큼 걸어왔어요. 헤어턴과 조지프도 궁금한지 입을 헤벌리고 따라왔고요. 불쌍한 린턴은 겁먹은 얼굴로 세 사람의 얼굴을 하나씩 바라보더군요.

「저런, 저런.」 조지프가 엄숙하게 살펴본 다음 말했어요. 「애를 바꿔치기했네요. 자기 딸을 대신 보냈어!」

히스클리프는 당황한 아들이 몸을 덜덜 떨 지경으로 빤히 쳐다보더니 멸시하듯 웃더군요.

「세상에! 예쁘기도 하네! 얼마나 귀엽고 매력적인 놈이야!」 그가 외쳤어요. 「그 사람들 달팽이하고 쉰 우유를 먹여 애를 키웠나 보지, 넬리? 에이, 맙소사! 생각했던 것에 한참 못 미치는군. 별 기대도 안 했지만 말야!」

저는 벌벌 떨며 어쩔 줄 모르는 아이를 말에서 내려 집 안으로 데리고 들어갔어요. 아이는 아버지가 한 말을 제대로 이해하지 못하고, 자기 이야기인지 확신하지도 못하고 있었어요. 실은 아직 얼굴에 조소를 머금은, 엄해 보이는 낯선 사내가 자기 아버지라는 것조차 알아차리지 못한 채 벌벌 떨면서 제게 매달렸지요. 히스클리프 씨가 자리에 앉아 〈이리 와〉

라고 말하자 제 어깨에 얼굴을 파묻고 울더라고요.

「쯧쯧!」 히스클리프가 손을 내밀어 아이를 거칠게 당기더니 자기 무릎 사이에 세우고 턱을 잡아 올렸지요.「웬 바보짓이냐! 우린 지금 널 해치려는 게 아냐, 린턴. 그게 네 이름이라지? 네 어머니와 판박이로구나! 내 몫은 어디 있지, 이 울보 겁쟁이야?」

그가 아이의 모자를 벗기고 숱 많고 옅은 금발 고수머리를 뒤로 넘기고는 가냘픈 팔과 조그만 손가락들을 만져 보더군요. 그러는 동안 린턴도 울음을 그치고 크고 파란 눈을 들어 자신을 점검하고 있는 어른을 살펴보았어요.

「내가 누군지 알겠느냐?」 히스클리프가 아이의 사지가 하나같이 가늘고 연약하다는 사실을 확인한 뒤 물었어요.

「아니요!」 린턴이 막연한 공포가 담긴 눈으로 그를 바라보며 대답했어요.

「설마, 내 이야기를 들은 적은 있겠지?」

「아니요.」 아이가 다시 대답했어요.

「아니라고? 아버지에 대한 효심을 가르쳐 준 적이 없다니 네 어머니는 참 도리를 모르는 여자로군! 그렇다면 내가 가르쳐 주마. 넌 내 아들이다. 아버지가 누군지도 안 가르쳐 준 네 어머니야말로 사악한 잡년이지. 자, 그렇게 얼굴을 찡그리지 말고 붉히지도 마라! 그래도 네 피가 흰색은 아니라서 다행이긴 하다만. 착하게 굴어라. 그러면 아버지가 잘해 주마. 넬리, 피곤하면 앉지그래. 아니면 돌아가든지. 지금 보고 들은 것을 그레인지에 있는 멍청이한테 보고해야겠지. 그런데 네가 어물쩡거리고 있으면 이 녀석이 마음을 잡지 못할 것 같은데.」

「그럼,」 제가 대답했지요. 「아드님께 잘해 주시기 바랍니다, 히스클리프 씨. 안 그러시면 이 세상에 오래 못 데리고 계실 테니까요. 이 넓은 세상의 유일한 혈육이잖아요. 이 점을 꼭 기억하세요.」

「아주 잘해 줄 테니 염려 마!」 그가 웃으며 말했어요. 「단, 다른 사람들은 얘한테 잘해 주면 안 돼. 난 이 아이의 사랑을 독점하고 싶으니까. 그러면 지금부터 잘해 주는 일을 시작해 볼까. 조지프! 얘한테 아침 식사를 좀 갖다줘라. 헤어턴, 이 망할 놈, 넌 어서 일하러 안 나가고 뭐 하냐.」 그들이 나간 뒤 그가 덧붙였어요. 「참, 넬리, 내 아들은 장차 네가 살고 있는 집의 주인이 될 몸이야. 그러니까 나는 그 재산을 내가 확실히 상속받게 될 때까지는 저 애가 죽기를 바라지 않아. 더욱이 얘는 내 자식이잖아. 나는 내 자손이 놈들의 땅을 차지하고 어엿한 지주 노릇을 하는 모습을 보고 싶어. 저 집안 자손들을 일꾼으로 고용해 그들이 제 조상의 땅을 갈게 하는 꼴을 보고 싶다 이거야. 그게 바로 내가 저 강아지 새끼의 존재를 참고 견디는 유일한 이유야. 꼬락서니가 한심하기도 하지만 저놈이 불러일으키는 기억은 혐오스럽기 짝이 없거든. 하지만 이 정도 보상으로도 충분해. 네 주인 못지않게 나도 내 자식인 이 아이를 정성껏 보살필 거니까. 위층에 제 방도 멋있게 꾸며 놨고, 가정 교사도 30여 킬로미터이나 떨어진 데서 일주일에 세 번씩 와서 쟤가 배우고 싶어 하는 것은 뭐든

343

지 가르치도록 다 준비해 놓았어. 헤어턴에게도 저놈이 시키는 대로 하라고 지시해 놓았고. 탁월하고 신사다운 자질을 타고났으니까 그걸 또래들보다 더 우월하게 유지할 수 있도록 만반의 준비를 다 해놨단 말이지. 하지만 그런 수고에 충분히 값을 할 인물이 못 돼서 좀 안타깝네. 이 세상 사는 동안 복 하나를 얻을 수 있다면, 자부심을 느낄 만한 아들을 가지는 거였는데, 저렇게 희멀건 얼굴에 칭얼대기나 하는 딱한 녀석이라니 실망이 여간 아닐세!」

그가 이렇게 말하는 동안, 조지프가 우유죽 한 그릇을 들고 돌아와서 린턴 앞에 놓았지요. 린턴은 역겨운 표정으로 이 소박한 먹을거리를 한번 저어 보더니 도저히 못 먹겠다고 판단한 것 같았어요.

늙은 하인도 주인처럼 소년을 경멸하는 게 분명해 보였어요. 하지만 히스클리프가 모든 하인은 자기 아들을 공손히 대해야 한다고 분명히 지시했기 때문에 그런 속내를 감히 드러내지 않았겠지요.

「못 드신다고?」 그가 린턴의 얼굴을 들여다보면서 다른 사람들에게 안 들리도록 낮은 목소리로 말했어요. 「하지만 헤어턴 도령은 어렸을 때 요것만 잡수셨는데. 헤어턴 도령이 먹을 만하면 도련님도 드실 만할 텐데요!」

「안 먹을 거야!」 린턴이 단호하게 대답했어요. 「가져가.」

조지프가 분개한 태도로 와락 그릇을 집어 들고 우리 쪽으로 왔어요.

「이 음식에 뭐가 잘못된 게 있나?」 그가 음식 쟁반을 히스클리프의 코 아래 들이밀며 묻더군요.

「왜 뭐가 문제야?」그가 말했지요.

「나 참!」조지프가 대답했어요.「까다로운 아드님이 이런 건 못 드시겠다는데요. 하긴 그럴 만도 하지. 도런님 어머니도 꼭 그랬으니까. 아씨한테 우린 당신 잡수실 빵 만들 곡식도 심을 자격 없는 종자들이었지.」

「내 앞에서 애 엄마 얘긴 하지 마라.」주인이 화를 내며 말했어요.「애가 먹을 수 있는 음식을 만들면 되잖아. 평소에 뭘 먹지, 넬리?」

제가 데운 우유나 차가 좋겠다고 했더니, 가정부에게 준비해서 내오라고 지시하더군요.

저는 생각했어요. 〈그래, 제 아버지의 이기심 덕분에 좀 편하게 지낼 수는 있겠구나. 아들이 몸이 약해서 잘 보살펴야 한다는 것 정도는 알고 있으니까. 에드거 서방님께 히스클리프의 속마음을 알려 드리면 조금은 위로가 되겠다.〉

사실 더 이상 머뭇거릴 구실도 없던 참에 린턴이 사람을 잘 따르는 목양견이 같이 놀자고 다가오자 겁을 먹고 쫓아내려고 하는 모습을 보고 살짝 빠져나왔어요. 하지만 린턴은 저한테 신경을 쓰고 있었나 봐요. 제 꼼수가 안 통했더라고요. 제가 문을 닫으니 소년이 우는 소리와 다급하게 반복해서 외치는 소리가 들려왔어요.

「날 두고 가지 마! 나 여기 있기 싫어! 나 여기 안 있을 거란 말야!」

그런 뒤 빗장이 올라갔다 내려가는 소리가 들리더군요. 린턴이 따라 나오지 못하게 빗장을 지른 거죠. 저는 미니를 올라타고 급히 달려 나왔어요. 제 보호자 노릇은 그렇게 금방 끝나 버렸답니다.

21

그날 어린 캐시를 달래기란 보통 어려운 일이 아니었어요. 사촌과 함께 놀겠다는 기대에 부풀어 일어났다가 그 애가 떠나 버렸다는 소식을 들었으니. 어찌나 눈물을 펑펑 쏟으면서 슬퍼하던지 에드거 서방님이 직접 나서서 사촌이 곧 다시 올 거라는 말로 달래야 했지요. 물론 〈내가 데려올 수만 있다면〉이라는 단서를 달았는데, 그럴 가망은 전혀 없었지요.

그런 약속으로 캐시를 달래기는 힘들었지만 세월이 약이었지요. 이따금씩 린턴이 언제 오느냐고 아버지에게 끈질기게 묻기는 했지만 결국 그의 모습은 기억 속에서 점점 희미해져서 나중에 다시 만났을 때는 알아보지도 못했지요.

저는 일 때문에 기머턴에 갔다가 워더링 하이츠의 가정부를 만나면 항상 그 도련님이 어떻게 지내는지를 물었어요. 캐서린이나 마찬가지로 은둔 생활을 해서 통 사람들 눈에 안 띄었으니까요. 가정부 말을 들어 보니까 건강이 늘 시원치 않고 돌보기도 만만찮은 소년임을 알 수 있었지요. 가정부 말에 따르면 히스클리프 씨가 애써 내색하지 않으려 하지만 아들을 점점 더 싫어하는 게 눈에 보인다더군요. 아들 목소리조차 듣기 싫어하고, 한방에서 몇 분 이상 함께 있는 것도 못 견딘다고요.

부자지간에 대화를 하는 일도 거의 없다더라고요. 린턴은 공부를 마치면 그 집에서 거실이라고 부르는 작은 방에서 저녁 시간을 보내거나, 하루 종일 침대에 누워서 지낸다는 거예요. 기침을 달고 살고 감기에 걸리거나 몸이 여기저기 아팠기 때문에 그럴 수밖에 없다더라고요.

「그렇게 심약한 아이는 처음 봐요.」 가정부가 덧붙였어요. 「그렇게까지 자기 몸을 위하는 아이도 여태껏 못 봤고요. 어쩌다 저녁때 창문을 늦게까지 열어 놓으면 잔소리가 이만저만이 아니에요. 〈아! 이러다 죽겠네, 밤바람 들어오잖아!〉 그러면서요. 한여름에도 불을 피워야 해요. 그리고 조지프가 피우는 파이프 담배는 독이라고 난리고, 노상 단것, 맛난 것을 달라 하고 언제나 〈우유, 우유〉 하면서 우유만 찾는다니까요. 우리 같은 사람들이 겨울에 얼어 죽든 말든 혼자만 털외투로 감싸고 벽난로 옆 의자에 앉아서 토스트를 손에 들고 물 따위를 시렁에 올려놓고 홀짝거리고 있다고요. 또 헤어턴이 불쌍해서 놀아 주려고 하면(헤어턴은 거칠기는 해도 마음씨는 나쁘지 않거든요) 어김없이 하나는 욕을 하고 다른 하나는 엉엉 울면서 끝이 나요. 아마 쥔도 자기 아들만 아니었으면 언쇼가 흠씬 두들겨 줘도 재미있어했을 걸요. 그리고 아들이 엄살 떠는 꼴을 반만 봤어도 집 밖으로 쫓아냈을 거라고요. 하지만 그런 생각이 들까 봐 거실에는 아예 안 들어

가고, 혹 당신 방에서 그런 난리를 치면 당장 위층으로 쫓아 보낸다고요.」

　그런 설명을 들으니 히스클리프가 원래 어렸을 때는 안 그랬는지도 모르지만, 주변에 정을 주는 사람이 전혀 없으니까 점점 더 이기적이고 밉살스러운 인간이 됐나 보다 싶더라고요. 그런 생각을 하니 저도 히스클리프 아들에 대한 관심이 점점 없어졌어요. 그 애의 처지를 생각하면 안타깝고 우리와 함께 살았더라면 훨씬 좋았을 텐데 하는 마음은 있었지만요.

　에드거 서방님은 제가 소식을 좀 알아봤으면 하셨어요. 조카 생각을 많이 하신 것 같아요. 위험이 따르더라도 좀 만나봤으면 하셨던 것 같기도 하고요. 한번은 조카가 마을에 나오는 일이 있는지 그 집 가정부에게 물어보라고까지 하셨으니까요.

　가정부한테 물어보니 린턴이 아버지하고 말을 타고 두 번 마을에 나갔는데, 두 번 다 사나흘 동안 초주검이 됐나 보더라고요.

　제 기억이 맞다면 가정부는 린턴이 그 집에서 산 지 2년 만에 떠났고, 그 후에는 제가 모르는 가정부가 와서 지금까지 살고 있지요.

　그레인지에서는 평소처럼 즐거운 나날이 흘러서 어느덧 캐시 아가씨도 열여섯 살이나 되었지요. 아가씨의 생일은 돌아가신 캐서린 아씨의 기일이기도 해서 한 번도 즐거운 생일잔치를 하지는 않았어요. 그날이 되면 서방님은 늘 혼자 서재에 계시다가 저물녘에 기머턴 성당 묘지까지 걸어가서 자

349

정이 넘도록 머물다 오곤 했죠. 그래서 캐서린은 늘 혼자 놀 방법을 찾아야 했어요.

그해 3월 20일은 화창한 봄날이었어요. 아버지가 서재로 들어가자 아가씨가 나들이옷을 차려입고 아래층으로 내려오더군요. 그리고 넬리와 함께 들판 근처까지 산책을 나가고 싶다고 하니까, 아버지가 멀리 안 가고 한 시간 안에 돌아온다면 괜찮다고 허락을 해주셨다고 하더군요.

「그러니까 서둘러, 엘런!」 아가씨가 외쳤어요. 「꼭 가보고 싶은 데가 있거든. 들판에 가면 붉은 뇌조들이 사는 곳이 있어. 둥지를 지었는지 안 지었는지 보고 싶단 말야.」

「그걸 보려면 꽤 높이 올라가야 할 텐데요.」 제가 대답했어요. 「붉은 뇌조들은 들판 가장자리에 둥지를 짓지는 않거든요.」

「아니야, 그렇게 멀지 않아.」 아가씨가 말했어요. 「아빠하고 아주 가까이까지 간 적이 있거든.」

저는 더 깊이 생각하지 않고 보닛을 쓰고 아가씨와 함께 기분 좋게 길을 나섰어요. 캐시는 새끼 그레이하운드처럼 제 앞에서 가볍게 뛰어가다가 제 옆으로 돌아오고, 그랬다가 또 뛰어가곤 했어요. 저도 처음에는 멀고 가까운 곳에서 지저귀는 종달새 소리에 귀를 기울이고, 따사로운 햇볕을 쬐며 제 귀염둥이이자 기쁨인 캐시의 모습을 바라보기도 했지요. 금빛 고수머리가 부드럽게 출렁댔고, 뺨은 활짝 핀 들장미처럼 부드럽고 새하얬으며, 눈은 해맑은 기쁨으로 빛나서 얼마나 아름다웠는지 몰라요. 그 시절에 아가씨는 걱정 하나 없이 행복한 존재, 그리고 천사였어요. 그런데 그런 상태에 만족하지 못했으니 얼마나 안타까운 일인지!

「자,」제가 말했어요.「붉은 뇌조가 어디 있는 거예요, 아가씨? 벌써 나왔어야죠. 그레인지 농원 울타리에서 아주 멀리까지 와버렸잖아요.」

「아이, 조금만 더 가. 엘런, 아주 조금만 더.」캐시는 계속 그렇게 대답하더군요.「저 언덕으로 올라가서 저 둑을 넘어 반대편에 도착하기도 전에 내가 새들을 날려 보낼 수 있을걸.」

하지만 오르고 넘어야 할 언덕과 둑이 너무 많았어요. 결국 제가 지치기 시작해서 아가씨한테 이제 그만 돌아가야 한다고 말했지요.

캐시 아가씨가 저보다 한참 멀리 가버려서 제가 소리쳐 불렀거든요. 그런데 제 목소리를 못 들었는지, 아니면 듣고도 못 들은 체하는지 그냥 계속 달려가더라고요. 할 수 없이 제가 계속 따라가야만 했어요. 마침내 아가씨가 골짜기로 사라지더니 다시 제 눈에 보이게 됐는데, 그때는 이미 우리 집보다도 워더링 하이츠에 3킬로미터나 더 가까운 지점에 도착해 있었어요. 그리고 아가씨를 두 사람이 붙잡고 있었는데, 그중 한 사람은 틀림없이 히스클리프 씨더라고요.

캐시는 뇌조의 둥지를 뒤져 알을 훔치다가 들켰든지, 아니면 적어도 둥지를 찾다가 들킨 거 같았어요.

하이츠는 히스클리프의 땅이니까, 그로서는 밀렵꾼을 붙잡아 혼을 내고 있는 셈이었죠.

「알을 훔치긴커녕 찾지도 못 했어요.」제가 지친 몸을 이끌고 간신히 다가가자 캐시가 자기 이야기를 증명하려는 듯이 손을 펴 보이며 그렇게 말하고 있더군요. 「알을 가져가려고 온 게 아니에요. 하지만 아빠가 여기 알이 많다고 해서 그냥 보고 싶었단 말이에요.」

히스클리프는 심술궂은 미소를 띠고 저를 바라봤어요. 아이가 누구의 딸인지 이미 알고 그를 증오하는 감정을 드러내는 미소였어요. 그러면서도 아가씨에게 〈아빠〉가 대체 누구냐고 묻더라고요.

「스러시크로스 그레인지의 린턴 씨예요.」캐시가 대답했지요. 「저를 모르시나 봐요. 안다면 저한테 그런 식으로 말씀하지는 않으셨을 텐데.」

「그러니까 아빠께서 무척 덕망 있고 존경받는 분이라고 생각하는군?」히스클리프가 조롱하듯 말했어요.

「그런데 아저씬 뭐 하는 분이세요?」캐서린이 호기심에 차서 그를 바라보며 물었지요. 「저 사람은 전에도 본 일이 있는데, 아저씨 아들인가요?」

캐시는 그 자리에 있던 또 한 사람, 즉 헤어턴을 가리켰어요. 헤어턴은 그사이에 두 살을 더 먹어 덩치가 더 커졌고 힘도 세졌지만, 어색하고 촌스럽기는 전과 마찬가지였어요.

「아가씨.」제가 말을 막았어요. 「산책 나온 지 한 시간이 아니라 벌써 세 시간이 다 되어 가요. 이제는 진짜 돌아가야 해요.」

「아니, 저 애는 내 아들이 아니란다.」히스클리프가 저를 밀치며 대답했어요. 「하지만 나한테도 아들이 하나 있지. 아가씨도 본 적이 있는 아이인데. 유모는 빨리 가자고 서두르지만 둘 다 좀 쉬었다 가는 게 좋을 것 같군. 여기 히스 들판을 돌아가면 우리 집인데 그리로 가는 게 어떨까? 좀 쉬고 나면 집에도 더 빨리 갈 텐데. 너를 잘 대접해 주고 싶구나.」

저는 캐서린에게 절대 초대에 응해서는 안 된다고, 있을 수 없는 일이라고 귀엣말을 했지요.

「왜?」 캐시가 큰 소리로 물었어요. 「뛰어다녔더니 피곤해. 그런데 이슬 때문에 땅이 축축해서 여기선 앉을 수도 없잖아. 가자, 엘런! 더욱이 내가 저분 아들을 만난 적이 있다잖아. 잘못 아신 것 같긴 하지만 어디 사는 분인진 알 것 같아. 페니스턴 절벽에서 오는 길에 들렀던 농가 본채야. 맞지요?」

「맞아. 어서 와, 넬리, 잔말 말고. 우리 집에 들르는 것은 아가씨에게 좋은 선물이지. 헤어턴, 아가씨와 함께 먼저 가라. 넬리는 나와 함께 걷도록 하지.」

「아니요, 아가씨는 그런 곳에 절대 안 갑니다.」 제가 히스클리프에게 잡힌 팔을 빼려고 몸을 버둥거리면서 외쳤어요. 하지만 캐시는 전속력으로 비탈길을 달려 내려가 이미 워더링 하이츠의 문가에 다다랐더라고요. 헤어턴은 아가씨를 수행하는 시늉도 하지 않고 슬금슬금 길가로 사라졌고요.

「히스클리프 씨, 이건 정말 잘못하는 거예요.」 제가 말을 이었어요. 「지금 좋은 뜻으로 이러는 거 아니잖아요. 댁에 가면 아가씨가 린턴을 만날 테고, 그러면 집으로 돌아가자마자 다 말할 텐데. 그럼 저만 야단을 맞는다고요.」

「난 캐서린이 린턴을 만났으면 하거든.」 그가 대답했어요.

「요 며칠 동안은 건강이 좀 나아 보여. 남 앞에 내놓을 만한 날이 많지 않은 놈이거든. 그리고 아이를 구슬러서 여기 왔던 일을 비밀에 부치면 되지, 대체 뭐가 문제라는 거야?」

「캐서린이 댁에 간 것을 알면 아가씨 아버지가 저를 미워하실 테니까요. 그리고 분명히 불순한 의도를 품고 캐시를 불러들이는 거잖아요.」 제가 대답했죠.

「내 속셈은 더없이 투명해. 전부 다 말해 줄게.」 그가 말했어요. 「내 생각엔 두 사촌이 사랑에 빠져서 결혼을 하면 좋을 것 같아. 네 주인에게도 아주 너그러운 계획이지. 딸자식에게 상속시킬 재산이 없잖아. 그런데 내 소망대로 한다면 즉시 린턴과 공동 상속인이 되어 생계를 보장받게 되니까.」

「만일 린턴 도련님이 죽는다면 캐서린이 상속자가 될 텐데요.」 제가 대답했지요. 「사실 얼마나 사실지 모르잖아요.」

「아니, 그렇진 않아.」 그가 말했어요. 「유언장에 그걸 보장하는 조항이 없거든. 개 재산은 내가 상속하지. 하지만 난 불필요한 재산 분쟁을 피하기 위해 두 사람이 결혼했으면 하는 거야. 꼭 그렇게 성사시키려고 해.」

「하지만 전 다시는 캐서린이 이 댁 근처에도 오지 못하게 할 거예요.」 대문 앞에 도착했을 때 제가 말했지요. 캐시 아가씨는 이미 도착해서 우리를 기다리고 있었어요.

히스클리프는 제게 입 닥치라고 하더니 앞장서서 빠른 걸음으로 진입로로 가서 문을 열었어요. 아가씨는 히스클리프가 어떤 사람인지 모르겠다 싶은지 그를 여러 번 쳐다보더군요. 하지만 히스클리프는 아가씨와 눈을 마주치니까 미소를 지었고, 말도 부드럽게 하더라고요. 그래서 전 어리석게도 그가 캐시의 어머니에 대한 옛정 때문에 아가씨에게 해코지는 안 할지도 모른다고 생각했어요.

린턴은 벽난로 앞에 서 있었어요. 밖에서 산책을 하고 돌아왔는지 모자를 쓰고 조지프를 불러 마른 신발을 가져오라고 말하고 있었어요.

몇 달 후면 열여섯 살이 되는데 나이에 비해 키가 큰 편이었어요. 얼굴은 여전히 고왔고, 눈과 안색은 제가 기억하는 것보다 더 밝았어요. 좋은 공기를 쐬고 따뜻한 햇빛을 받아 잠시 반짝인 데 지나지 않지만요.

「자, 저게 누구지?」 히스클리프 씨가 캐시를 향해 돌아서며 물었어요. 「알아보겠어?」

「아드님인가요?」 캐시가 두 사람을 번갈아 쳐다보며 미심쩍은 듯이 말했어요.

「그래, 맞았어.」 그가 대답했죠. 「하지만 지금 처음 보는 거야? 잘 생각해 봐! 이런! 기억력이 나쁘구나. 린턴이란다, 네가 보고 싶다고 늘 졸라 대던 사촌 기억나니?」

「뭐, 린턴이라고요!」 캐시가 이름을 듣자마자 뜻밖의 상봉에 기뻐 얼굴을 환히 빛내며 외쳤어요. 「이게 꼬마 린턴? 나보다도 키가 크네! 정말 린턴이야?」

소년이 앞으로 나서며 그렇다고 말하자 아가씨는 열렬히 입맞춤을 해주었고, 두 사람은 서로를 마주 보며 시간이 흘러 변한 모습에 놀라워했지요.

캐서린은 그때 이미 키가 다 자라 있었어요. 몸매는 살집이 올라 있으면서도 날씬했고, 강철처럼 탄탄한 탄력성이 있었으며, 전체적으로 건강하고 활기에 넘쳐 반짝거렸어요. 린턴은 모습과 동작이 무척 나른했고, 체구는 많이 말랐죠. 하지만 태도에 기품이 있어서 그런 결점을 벌충해 주었고, 인상이 나쁘지는 않았어요.

캐시는 린턴과 다정히 이야기를 주고받고 나서 히스클리프 씨를 향해 갔어요. 그는 문 옆에서 서성대며 안팎의 일들을 모두 살피고 있는 것처럼 보였지만, 사실 바깥을 보는 척하면서 안에서 벌어지는 일에 주목하고 있었을 거예요.

「그러면, 아저씨가 제 고모부시네요!」 캐시가 그에게 인사를 하려고 다가가며 큰 소리로 말했어요. 「처음에 화를 내시긴 했지만 그래도 좋은 분 같더라고요. 왜 린턴하고 그레인지를 방문하지 않으세요? 그동안 이렇게 가까운 데 사시면서 한 번도 우리를 방문하지 않으시다니 이상하네요. 왜 그러셨어요?」

「네가 태어나기 전에 너무 많이 갔었거든.」 그가 대답했어요. 「이런, 망할! 내게 입맞춤을 하려거든 그냥 린턴한테나 해주렴. 나한테는 해봤자 낭비란다.」

「엘런도 못됐어!」 흥분한 캐서린이 다음엔 제게 입맞춤을 퍼부으며 외쳤어요. 「아주 나빠, 엘런! 날 이 집에 들어오지도 못하게 하다니. 하지만 이제부턴 매일 아침 여기로 산책 올래요. 언제 아빠랑 와도 돼요, 고모부? 우리가 오면 좋으시겠죠?」

「물론이지!」 캐시의 고모부가 언젠가 찾아올지도 모를 두 손님에 대한 깊은 혐오감 때문에 얼굴이 절로 찡그려지는 것을 억지로 감추면서 대답했어요.「하지만 잠깐만.」그가 아가씨에게 돌아서며 말했어요.「생각해 보니 얘길 해주는 편이 좋을 것 같구나. 린턴 씨는 나에 대해 편견이 있으시단다. 예전에 우리가 기독교인답지 않게 심하게 다툰 적이 있거든. 네가 여기 온다고 말씀드리면 절대 못 오게 하실 거다. 그러니 사촌을 보지 않아도 좋다면 모르지만 보고 싶다면 말씀을 드려선 안 된단다. 오고 싶으면 와도 좋지만, 아빠에게 말씀드리면 안 돼.」

「왜 싸우셨는데요?」캐서린이 완연히 풀이 죽은 모습으로 물었어요.

「내가 네 고모와 결혼하기엔 너무 가난하다고 생각하셨지.」히스클리프가 대답했어요.「그런데도 내가 기어코 결혼을 해서 무척 속상해하셨다. 자존심이 상하신 거라 절대 용서를 못 하실 거야.」

「그건 아빠가 잘못하신 거네요!」아가씨가 말했어요.「언젠간 꼭 그렇게 말씀드리겠어요. 하지만 린턴하고 전 두 분의 싸움과는 아무 관계도 없잖아요. 그럼 제가 여기 오는 것보다는 린턴이 그레인지로 오는 편이 낫겠네요.」

「나한텐 너무 멀어요.」린턴이 낮은 소리로 중얼거리듯 말했어요.「6킬로미터 넘게 걸어가면 난 죽고 말 거예요. 안 돼요, 우리 집으로 와줘요, 캐시 양. 매일 아침은 오지 말고, 가끔씩. 일주일에 한두 번 정도만.」

그 말을 듣고 아버지가 지독한 경멸이 담긴 시선으로 아들을 보더군요.

「아무래도, 넬리, 내가 헛수고를 하는 모양이다.」 그가 낮은 목소리로 말했어요. 「저 멍청이가 부르는 호칭대로 캐서린 양께서 저 녀석의 본모습을 알게 되면 당장 지옥으로 꺼지라고 할 텐데. 어이구, 저게 헤어턴이었더라면…… 꼬락서니는 형편없어도 내가 하루에도 스무 번씩 헤어턴을 탐내는 거 알아? 걔 아비만 아니었으면 내가 정말 헤어턴을 사랑해 줬을 거야. 하지만 헤어턴은 캐서린의 사랑을 받기는 틀렸지. 저 빈약한 놈이 얼른 분발하지 않고 빌빌거리면 헤어턴하고 경쟁을 시켜야지. 내 계산이 맞다면 저 녀석은 열여덟 살까지도 못 살걸. 에이, 저 매가리 없는 놈. 제 발 말리는 데만 정신이 팔려서 여자는 쳐다보지도 않는군. 린턴!」

「예, 아버지.」 소년이 대답했어요.

「사촌한테 뭘 좀 보여 주지 그러느냐? 하다못해 토끼 굴이나 족제비 굴이라도? 신발 갈아 신기 전에 정원에 데리고 나가면 어떠니? 마구간에 가서 말도 좀 보여 주고.」

「그냥 여기 앉아 있는 게 좋지 않아요?」 린턴이 다시 밖으로 나가기 싫은 기색이 역력한 목소리로 캐시에게 물었어요.

「글쎄.」 캐시가 문을 향해 아쉬운 눈길을 던지며 대답했어요. 밖에서 뛰어 놀고 싶은 게 분명했지요.

린턴은 앉은 자세 그대로 벽난롯가까이 몸만 더 움츠렸어요.

히스클리프는 자리에서 일어나 부엌을 통해 마당으로 가더니 헤어턴을 부르더군요.

헤어턴이 대답을 했고, 곧 두 사람이 함께 들어왔어요. 헤어턴은 볼이 불그스레하고 머리카락이 젖은 것으로 보아 세수를 하다가 들어온 듯했어요.

「아참, 고모부께 여쭤봐야겠어요.」 캐시 아가씨가 전에 가정부가 했던 말이 기억났는지 외쳤어요. 「저 사람은 제 사촌 아니지요?」

「사촌이지.」 그가 대답했죠. 「네 어머니의 조카니까. 왜, 안 좋아?」 캐서린이 묘한 표정을 지었어요.

「잘생긴 청년 아니냐?」 그가 말을 이었어요.

이 발칙한 아가씨가 까치발을 하고는 히스클리프의 귀에 대고 뭐라고 속삭였어요.

히스클리프가 웃자 헤어턴의 얼굴이 어두워지더군요. 나를 조롱하는구나, 짐작하고 어렴풋이나마 자신의 열등한 처지를 의식하는 게 틀림없었어요. 하지만 그의 주인인지 보호자인지 모를 인간이 이렇게 큰 소리로 말하자 주름이 펴졌어요.

「네 인기가 가장 높을 것 같은데, 헤어턴! 얘가 그러는데, 네가, 뭐라고 했더라? 아무튼 굉장히 좋은 말을 했어. 자! 농장으로 안내해라. 그리고 신사답게 굴어야 한다, 알았지! 욕은 절대 하면 안 돼, 아가씨가 너를 바라보지 않을 때는 빤히 쳐다보지 말고, 널 쳐다보면 얼굴을 가려라. 그리고 말은 천천히 하고 손을 주머니에서 빼라. 나가 봐. 성의껏 대접하고.」

그는 두 사람이 걸어서 창가를 지나가는 모습을 바라보았는데, 헤어턴은 캐서린을 아예 외면하고 있었죠. 대신 낯익

은 경치를 마치 외지인이나 예술가라도 되는 것처럼 흥미를
품고 바라보는 척했어요.

캐서린은 감탄이라곤 거의 안 담긴 표정으로 그를 슬쩍 훔
쳐보았어요. 그리고 알아서 재밋거리를 찾기로 작정했는지
경쾌하게 발걸음을 옮기며 대화를 나누는 대신 콧노래를 흥
얼거렸어요.

「내가 저놈 입을 막아 놨어.」 히스클리프가 말했어요. 「돌
아올 때까지 한마디도 못 할걸! 넬리, 저 나이 때 나 기억하
지? 아니, 저보다는 조금 어렸을 때군. 나도 저렇게 멍청하고
조지프의 말마따나 〈미련퉁이〉로 보인 적이 있었나?」

「저보다 더했지요.」 내가 대답했지요. 「부루퉁하기까지 했
으니까.」

「저 녀석 덕분에 재미있어.」 그가 계속 속마음을 털어놓더
군요. 「기대를 저버리지 않거든. 원래 아둔하게 태어난 애라
면 지금의 반도 즐겁지 않았을 텐데 절대 바보가 아니니까.
난 저 자식 기분이 아주 잘 이해가 간다고. 내 기분이 딱 그랬
으니까. 예를 들어서 난 지금 저 자식 속이 얼마나 쓰린지 잘
알 수 있어. 하지만 이제 시작일 뿐이야. 더욱이 점점 더 상스
러워지고 무식해지는 꼴을 면할 수가 없다고. 난 저 자식의
악당 같은 아버지가 나한테 했던 것보다 더 확고하게 저 녀
석을 사로잡아서, 더 천하게 만들었어. 덕분에 저 앤 몸에 밴
비천함을 오히려 자랑스럽게 생각한다고. 내가 짐승의 본능
말고는 모두 실없고 유약한 것으로 치부하고 경멸하도록 가
르쳤거든. 힌들리가 자기 아들을 보면 자랑스러워할 거라는

생각 안 들어? 아마 내가 내 아들을 자랑스럽게 생각하는 거랑 맞먹을걸. 하지만 이런 차이는 있어. 하나는 황금인데 길을 포장하는 데 사용하는 중이고, 다른 하나는 양철인데 광을 내서 은 대신 쓰고 있는 거야. 내 물건의 값어치는 형편없지만 나는 이걸 최대한 우려먹을 거야. 그 작자 물건은 최고지만 이제는 아무짝에도 쓸모가 없고 말이지. 그냥 쓸모없는 것보다도 오히려 못할 정도야. 이건 나만 아는 일인데, 원래라면 그자는 자기 물건으로 한밑천 단단히 챙겼을 텐데 손해가 이만저만 아니지. 아무튼 나야 아쉬울 게 없어. 진짜 재미있는 게 뭔지 알아? 헤어턴이 날 무척 따른다는 거야! 그런 점에선 내가 힌들리보다 한 수 위라는 사실을 너도 인정해야 할걸. 만일 그 악당이 무덤에서 일어나 자기 자식을 부당하게 취급했다고 화를 낸다면, 그놈 아들은 이 세상에 하나뿐인 자기 친구를 감히 모욕한다며 제 아버지와 싸워서 다시 무덤으로 쫓아 보낼 거라고. 그걸 보는 일이 얼마나 재미있겠냐!」

히스클리프는 그런 말을 하며 악마처럼 킬킬 웃었어요. 제 대답을 들으려고 한 말은 아니니까 전 암말 않고 그냥 듣고만 있었지요.

그러는 동안, 우리의 대화가 안 들리는 곳에 혼자 앉아 있던 린턴이 왠지 안절부절못하는 것처럼 보였어요. 조금 피곤해지는 게 싫어서 캐서린과 함께 보낼 즐거운 기회를 스스로 차버린 일을 후회하고 있는 것 같더군요.

아들이 불안한 눈초리로 창문 쪽을 힐끔거리면서 모자를

집을까 말까 하며 손이 움찔거리는 걸 아버지가 눈치챘어요.

「일어나, 이 게으른 녀석!」그가 짐짓 쾌활한 목소리로 크게 말하더군요. 「쟤네들을 쫓아가 봐라! 이제 막 저기 모퉁이 쪽 벌집 옆으로 갔구나.」

린턴은 기운을 내서 벽난로에서 일어났어요. 밖으로 막 나갔을 때 열려 있던 격차 창문으로 캐시가 무뚝뚝한 동행자에게 문 위에 새겨진 글자에 대해서 묻는 소리가 들렸어요.

헤어턴은 고개를 들고 빤히 바라보더니 바보처럼 머리를 긁적거렸어요.

「망할 놈의 글자잖아.」그가 대답했어요. 「난 못 읽어.」

「못 읽는다고?」캐서린이 큰 소리로 말했어요. 「난 읽을 수는 있어. 영어니까. 하지만 그게 왜 저기 새겨져 있는지 궁금해서 물어본 거야.」

린턴이 킬킬댔지요. 그렇게 명랑한 모습은 처음 봤어요.

「헤어턴은 글자를 읽을 줄 몰라요.」그가 사촌에게 말했어요. 「저렇게 덩치 큰 바보가 있다니 믿겨요?」

「정신은 온전한 거야?」캐시 아가씨가 진지하게 물었어요. 「아니면 바본가? 어디가 좀 모자란 거야? 내가 벌써 두 번이나 뭘 물어봤는데, 너무 멍하니 있어서 내 말을 전혀 못 알아들었나 했어. 나도 쟤가 하는 말을 거의 못 알아듣겠고!」

린턴은 다시 웃더니 조롱하듯 힐끔 헤어턴을 보았어요. 틀림없이 헤어턴은 지금이 어떤 상황인지 이해하지 못하고 있었죠.

「그냥 게으를 뿐 잘못된 건 없어요. 안 그래, 언쇼?」그가 말했어요. 「내 사촌은 널 천치라고 생각한다, 야. 공부를 〈책상물림〉이라고 조롱하더니 꼴좋다. 캐서린, 저 애의 지독한 요크셔 사투리를 들었어요?」

「왜, 그 망할 놈의 공부가 다 무슨 소용이야?」 헤어턴이 매일 보는 식구가 더 만만했던지 린턴을 향해 대거리를 했어요. 그러고는 뭐라고 덧붙이려는 참인데, 다른 두 젊은이가 왈칵 웃음을 터뜨리며 요란하게 웃어 대는 바람에 말문이 막혔지요. 경박한 우리 아가씨는 기분이 들떠서 린턴이 헤어턴의 이상한 말투를 웃음거리로 삼는 게 재미있었던 거예요.

「거기서 〈망할 놈의〉라는 표현을 뭐 하러 쓰는 건데?」 린턴이 킥킥거리면서 말했어요. 「아빠가 욕하지 말라셨는데 넌 입만 열면 욕이잖아. 제발 신사답게 좀 굴어라, 제발!」

「네가 계집애가 아니라 사내라면 지금 당장 너를 패대기쳐 버렸을 거다, 정말. 이 뼈다귀밖에 없는 약골 놈아!」 성난 무식쟁이가 물러가며 쏘아붙였지요. 얼굴이 분노와 수치심으로 붉으락푸르락했어요. 모욕당하고 있는 것은 아는데 어떻게 갚아 주어야 할지를 몰랐던 거죠.

히스클리프 씨는 저처럼 그들의 대화를 엿듣고 있다가 헤어턴이 물러가자 미소 지었지만, 이내 문간에 서서 경박하게 재잘거리는 두 아이들 쪽으로 지독한 혐오감이 담긴 눈길을 던지더군요. 린턴은 헤어턴의 잘못된 행실과 결점 등을 읊어 대고 관련 일화를 늘어놓으며 신이 났고 캐서린은 그의 시건방지고 악의적인 말들에 담긴 야비한 의도를 알아채지 못하고 그냥 재미있게 듣고 있었으니까요. 전 린턴에 대해 동정심보다 혐오감이 들기 시작했고, 린턴의 아버지가 왜 자기 아들을 싸구려 물건으로 취급하는지 어느 정도 이해가 되더군요.

그렇게 오후까지 그 집에 있었어요. 캐시 아가씨를 데리고 나올 방도가 없었거든요. 하지만 다행히도 서방님이 당신의 방에 틀어박혀 있었기 때문에 우리가 늦도록 돌아오지 않은 것을 몰랐어요.

집으로 돌아가는 동안 저는 방금 만나고 온 사람들의 됨됨이를 아가씨에게 설명해 주려고 해봤어요. 하지만 캐시는 제가 편견을 가지고 있다고 생각하더군요.

「아하!」그녀가 큰 소리로 말했어요. 「아빠 편을 드는구나, 엘런. 그건 편견이잖아. 그렇지 않다면 린턴이 우리 집에서 아주 먼 곳에 산다면서 그렇게 여러 해 동안 날 속이진 않았을 거야. 난 정말 몹시 화가 나지만, 너무 기뻐서 표를 내지 않을 뿐이라고! 하지만 고모부에 대해선 입 다물고 있는 편이 좋겠어. 내 고모부니까, 알았지? 그리고 난 고모부하고 싸운 아빠를 혼내 줄 거야.」

캐시가 계속 그런 식이어서 전 결국 오해를 풀려는 시도를 포기할 수밖에 없었어요.

캐시는 그날 밤엔 린턴 서방님을 못 봤기 때문에 워더링 하이츠에 갔던 일을 말할 기회도 없었어요. 하지만 다음 날 모든 사실이 다 밝혀져서 제 입장이 무척 난처하게 됐어요. 하지만 다행이라는 생각도 들더군요. 저보다 린턴 서방님이 더 효과적으로 캐서린을 지도할 수 있고 주의도 강하게 줄 수도 있을 거라고 생각했으니까요. 하지만 그분은 당신 딸이 왜 하이츠 사람들을 피하기를 바라는지 만족스럽게 설명해 주는 일에 너무 소극적이었어요. 그런데 캐서린은 늘 오냐오냐하는 분위기에서 자란 터라 뭘 금지하려면 납득할 만한 이유가 있어야 했습니다.

「아빠!」 캐시가 그날 아침 인사를 한 후에 큰 소리로 말했어요. 「어제 제가 들판으로 산책을 나갔다가 누구를 만났게요? 아이, 아빠, 깜짝 놀라시네요! 아빠가 잘못하신 거 맞죠, 안 그래요? 제가 만난 사람은, 제 말을 들어 보세요. 아빠가 잘못하신 걸 어떻게 알게 됐는지 말씀드릴 테니까. 그리고 엘런은 아빠와 한편이면서, 제가 린턴이 돌아오기를 고대하다가 안 와서 실망할 때 절 엄청 동정하는 척했던 거 있죠!」

캐시는 산책을 나가서 겪은 일들을 자세히 이야기했는데, 서방님은 저를 나무라는 눈길을 여러 차례 보냈지만 캐시가 이야기를 끝낼 때까지 아무 말도 안 하더군요. 그런 다음 딸을 당겨 안으며 왜 아버지가 린턴이 이웃에 산다는 것을 감췄는지 아느냐고, 린턴과 놀아도 아무 해가 안 될 텐데 왜 그렇게 굳이 막으려 한 것 같으냐고 물었지요.

「아빠가 고모부를 싫어해서 그런 거잖아요.」 그녀가 대답했어요.

「그럼 넌 아빠가 네 기분보다 아빠 기분을 더 중시한다고 믿느냐, 캐시?」 린턴 씨가 물었어요. 「아니란다. 내가 네 고모부를 싫어하기 때문이 아니라 네 고모부가 아빠를 싫어하기 때문이지. 그리고 네 고모부가 극악무도한 사람이라 조금이라도 틈을 주면 자기가 미워하는 사람을 해치고 신세 망치게 할 사람이라서 그랬단다. 네가 사촌과 계속 왕래하면 고모부와 마주칠 수밖에 없는데, 그가 나 때문에 너까지 미워할 거라는 사실을 아빠는 알고 있었어. 그래서 너를 위해서 린턴을 만나지 않도록 미리 조심해서 조처한 거란다. 다른 이유는 없었어. 언젠가 네가 좀 더 크면 설명해 주려고 했는데, 진작 이야기를 안 해준 일이 후회되는구나!」

「하지만 고모부는 아주 다정하게 대해 주셨어요, 아빠.」캐서린이 전혀 납득이 안 간다는 표정으로 말했어요.「제가 린턴하고 만나는 것도 반대하지 않았어요. 아무 때나 댁에 와도 좋고, 아빠에게 말하지만 말라고 했어요. 아빠가 그분이랑 다퉜고, 또 그분이 이저벨라 고모랑 결혼한 일을 용서하지 않으시니까요. 정말 용서를 안 하실 거군요. 그럼 잘못하는 사람은 아빠예요. 그분은 우리가, 적어도 린턴과 저는 친구가 되어도 좋다고 그러셨는데, 아빠는 안 된다고 하시잖아요.」

서방님은 딸이 고모부의 성품이 사악하다는 당신의 말을 믿지 않는다는 사실을 깨닫고 그가 이저벨라에게 어떻게 했는지, 워더링 하이츠는 어떻게 차지하게 됐는지 등을 대충 설명해 주었어요. 그런 얘기를 오래 하는 것조차 견디기 힘들어했죠. 그동안 이야기하지 않았을 뿐, 아내의 사망 이후 마음에 남아 있던 숙적에 대한 혐오감과 공포감이 여전히 생생했던 거예요. 〈그가 아니었다면 아내는 여전히 살아 있을지도 모른다고!〉 이렇게 외치며 마음속으로 계속 원망하고 있었어요. 그의 눈에는 히스클리프가 살인자나 다름없었죠.

성미가 급하고 경솔해서 말을 약간 안 듣거나 떼를 쓰긴 했지만 다음 날이 되기도 전에 후회하곤 했던 캐시 아가씨는 나쁜 짓을 저지른 적은 없었기에, 몇 해를 두고 전혀 티 내지 않은 채 앙심을 키우고 복수를 계획하면서도 양심의 가책 없이 계획을 실행하는 흉악한 사람 이야기를 듣자 크게 놀랐지요. 그런 인간이 있을 수도 있다는 새로운 발견, 그동안 공부하고 생각하던 바와는 전혀 다른 발견에 무척 깊은 인상과 충격을 받은 것 같았어요. 그래서 에드거 서방님은 더 이상 이야기할 필요가 없다고 판단하고, 다만 이렇게 덧붙였어요.

「애야, 이제 아빠가 왜 그의 집과 가족을 멀리하라고 하는지 이해가 가겠지? 그러니 평소처럼 재미있고 유익한 일들을 하고 그들은 더 이상 생각하지 마라!」

캐서린은 아버지에게 입맞춤을 하고 평소처럼 말없이 앉아 두어 시간 동안 공부를 했어요. 그런 뒤 아버지와 함께 정원으로 나가 역시 평소처럼 하루를 보내고 저녁때 잠자리에 들기 위해 자기 방으로 갔어요. 그런데 제가 옷 갈아입는 것을 도와주러 들어가 보니 침대 옆에 무릎을 꿇고 앉아 울고 있었어요.

「아이, 저런, 무슨 바보 같은 짓이에요!」 제가 큰 소리로 말했지요. 「진짜 슬픈 일을 겪어 봐야 이깟 일에 눈물을 낭비한 것을 부끄러워하지. 지금까지 살아오면서 진짜 슬픈 일은 눈곱만큼도 안 겪어 봤잖아요, 아가씨. 예를 들어서, 아버님과 제가 죽어서 이 세상에 아가씨 혼자뿐이라고 생각해 보세요. 그때 기분이 어떠시겠어요? 지금 힘들어하는 일을 그런 경우

하고 비교해 보시라고요. 그러니까 지금 곁에 있는 친구에 대해 감사히 생각하세요. 친구가 더 있었으면 하고 욕심 부리지 말고요.」

「나 때문에 우는 게 아니야, 엘런.」그녀가 대답했어요. 「린턴 때문에 우는 거야. 내일 나를 또 만날 거라고 기대하고 있다가 얼마나 실망하겠어. 나를 기다릴 텐데, 난 못 가잖아!」

「말도 안 돼요!」제가 말했어요. 「아가씨가 도련님을 생각하는 것만큼 도련님도 아가씨를 생각할 거 같아요? 헤어턴도 곁에 있잖아요. 딱 두 번, 그것도 오후에 두 번 만난 친척을 더 못 만난다고 우는 사람은 1백 명 중에 한 명도 안 될 거예요. 린턴은 어찌 된 일인지 짐작하고 더 이상 아가씨 생각은 하지도 않을 거라고요.」

「하지만 내가 왜 못 가는지를 알리는 간단한 편지라도 써 보내면 안 될까?」아가씨가 일어서며 물었어요. 「그리고 내가 빌려주겠다고 약속한 책들만 좀 보내 주면 안 돼? 그 애 책들은 내 책들만큼 좋지가 않더라고. 내 책들이 얼마나 재미있는지 얘기해 줬더니 굉장히 읽고 싶어 했어. 그러면 안 될까, 엘런?」

「아니요, 안 되죠, 안 되고말고요!」제가 단호하게 대답했어요. 「그러시면 도련님도 아가씨한테 편지를 쓸 테고, 서로 그러다 보면 끝이 안 날 거예요. 아니요, 캐서린 아가씨, 연락을 딱 끊어야 돼요. 아빠도 그렇게 생각하고 계시고 저도 꼭 지켜볼 거예요!」

「하지만 짧은 편지 한 장 정도는…….」그녀가 애원하는 표정으로 다시 말을 시작했어요.

「그만!」 제가 말을 막았어요. 「편지 애긴 그만하고 어서 주무세요!」

캐시는 제게 무척 사나운 눈길을 보냈어요. 눈초리가 너무 고약해서 처음에는 잘 자라고 입맞춤을 해주고 싶지도 않더라고요. 그래서 무척 언짢은 기분으로 이불을 덮어 주고 문을 닫았어요. 하지만 가다가, 그래도 그러면 안 되지 싶어 조용히 돌아가 보니, 세상에! 아가씨가 작은 백지를 앞에 놓고 손에는 연필을 쥔 채 탁자 앞에 서 있는 거예요. 그리고 제가 들어오는 것을 보고 슬그머니 감추더라고요.

「편지를 쓴다 해도, 아가씨,」 제가 말했어요. 「배달할 사람을 못 구하실 겁니다. 당장 촛불을 끄겠어요.」

제가 스너퍼로 불꽃을 덮는데, 제 손등을 찰싹 때리며 「못됐어!」 하는 심통 사나운 소리가 들리더군요. 제가 다시 방을 나오자 캐시는 있는 대로 성질을 부리며 방문을 잠가 버렸어요.

그때는 몰랐지만 나중에 알고 보니 캐시가 기어코 편지를 써서 마을에서 온 우유 배달부를 통해 전달했더군요. 몇 주가 지나면서 캐시의 기분이 점차 풀리는 것 같더라고요. 자주 혼자서 슬쩍 한구석으로 가는 습관이 생기기는 했지만요. 그리고 독서를 할 때 제가 갑자기 다가가면 화들짝 놀라면서 책 위로 몸을 수그리기도 했어요. 분명 뭔가를 감추려고 했는데, 이따금 책갈피 사이로 삐져나온 종이 모서리가 눈에 띄기도 했죠.

아침 일찍 슬며시 아래층으로 내려가 뭘 기다리는 것처럼 부엌에서 서성대는 모습을 본 적도 있어요. 그리고 서재의 캐비닛에 있던 작은 서랍을 몇 시간이나 뒤적이다가 방을 나갈 때면 꼭 서랍 열쇠를 가지고 나가더라고요.

그러던 어느 날 이 서랍을 뒤지고 있는 아가씨를 보게 됐는데, 전에는 장신구나 노리개 등이 담겨 있던 곳에 접힌 종이가 가득 차 있더군요.

저는 궁금하기도 하고 수상하기도 해서 아가씨가 그토록 은밀하고 소중하게 감추고 있는 보물을 살짝 엿보아야겠다고 생각했어요. 그래서 밤에 캐시와 서방님이 함께 위층으로 올라가서 들킬 염려가 없을 때 지니고 있던 집 안 열쇠들을 모두 뒤져서 그 서랍의 열쇠를 찾아냈죠. 저는 서랍을 열고 내용물을 전부 앞치마에 쏟아 제 방으로 가져간 다음 자세히 살펴보았어요.

수상하다 여기긴 했어도 서랍의 내용물이 편지 더미라는 걸 알고 놀라지 않을 수 없었어요. 린턴 히스클리프가 거의 매일 보내온 편지였죠. 게다가 캐시가 보낸 편지에 대한 답장이었어요. 초기에 쓴 편지들은 좀 쑥스러운 투였고 짧은 편이었지만 점차 길고 내용이 풍부한 연애편지로 바뀌더군요. 편지를 보낸 사람의 나이에 맞게 유치한 내용들이었지만 군데군데 연애 경험자의 글에서 차용한 것으로 보이는 세련된 내용도 좀 들어 있었어요.

일부에서는 열정과 단조로움이 기묘하게 결합되어 있기도 했어요. 강한 열정으로 시작해서 어떤 남학생이 상상의 연인에게 쓰는 편지처럼 장황하고 가식 어린 수사로 끝을 맺었죠.

편지들이 아가씨 마음에 들었는지는 모르겠지만 제가 보기엔 아무짝에도 쓸모없는 쓰레기에 지나지 않더라고요.

웬만큼 읽어 보다가 이만하면 됐다 싶을 때 편지들을 다시 손수건으로 묶어서 따로 챙기고 빈 서랍을 다시 잠가 두었어요.

아가씨는 다음 날도 여느 때처럼 아침 일찍 일어나 부엌으로 내려갔어요. 그리고 웬 소년이 오자 문으로 가더니, 우유짜는 하녀가 소년이 가져온 통에 우유를 따라 주는 동안 소년의 웃옷 주머니에서 무언가를 꺼내고 다른 것을 찔러 주더군요.

저는 그사이에 정원으로 나가 기다리다가 전령을 붙잡았죠. 소년은 자신에게 맡겨진 것을 지키려고 용감하게 저항하다가 우유까지 엎지르고 말았어요. 어쨌든 저는 편지를 빼앗는 데 성공했습니다. 소년에게는 당장 안 돌아가면 경을 칠 거라고 을러 보내고, 담 아래 서서 캐시 아가씨가 쓴 다정한 편지를 찬찬히 읽어 봤어요. 린턴 도령이 쓴 것보다는 더 단순하면서도 설득력이 있었는데 아주 귀엽고 우스웠어요. 저는 고개를 절레절레 저으며 생각에 잠겨 집으로 들어갔지요.

그날은 비가 내려서 아가씨가 농원을 산책하며 소일할 수 없었어요. 그래서 아침 공부가 끝나자 서랍에서 위안을 구하려 했던 것 같아요. 서방님은 탁자 앞에서 독서를 하고 계셨고, 저는 뜯어진 커튼 술을 손질하는 척하며 아가씨가 뭘 하나 가만히 지켜보고 있었지요.

쩍쩍거리는 아기 새들을 가득 남겨 뒀던 둥지가 도둑맞아 텅 빈 것을 본 어미 새의 고통스러운 울부짖음과 파닥거림도, 그 순간 캐서린 아가씨의 행복했던 안색이 돌변하며 〈오!〉 하고 지른 외마디 소리보다 더 처절하고 절망적이진 못했을 거예요. 그 소리를 듣고 린턴 서방님이 얼굴을 드셨죠. 「무슨 일이냐, 애야? 어디 다쳤어?」 그분이 말했어요.

그분의 어조와 표정을 보고 캐시는 자신이 몰래 숨겨 놓은 편지를 발견한 사람이 아버지는 아니라고 판단했던 것 같아요.

「아니에요, 아빠.」 캐시가 숨이 막힌 듯한 소리로 말했어요. 「엘런! 엘런! 위층으로 좀 와줘. 나 아파!」

저는 요청을 받아들여 캐시 아가씨와 함께 방을 나갔지요.

「아이, 엘런! 내 편지들 가져갔지!」 우리끼리만 남겨지자 캐시가 바닥으로 털썩 주저앉으며 말했어요. 「제발, 돌려줘. 다시는 안 보낼게! 아빠한테는 말씀드리지 말고. 아빠한테는 말 안 했지, 엘런, 제발 안 했다고 얘기해 줘! 내가 정말 잘못 했어. 하지만 이제 그만둘게!」

제가 아주 엄한 태도로 캐시 아가씨에게 일어나라고 말했어요.

그리고 큰 소리로 말했지요. 「그래, 캐서린 아가씨, 진도가 꽤 많이 나갔던데요. 창피한 줄 아세요! 한가할 때 훌륭한 허섭스레기깨나 들여다보셨더군요. 아, 아주 책으로 내도 좋겠던데요! 그래, 그걸 아버님께 보여 드리면 뭐라고 하실까요?

아직은 안 보여 드렸지만 제가 이 우스꽝스러운 비밀을 지켜 줄 거라는 생각은 아예 접으세요. 아이고, 창피해라! 그래, 그런 어처구니없는 편지질에 앞장선 쪽은 틀림없이 아가씨죠. 그쪽 도령은 그런 생각조차 할 리가 없으니까요.」

「그런 게 아니야! 아니라고!」 캐시가 심장이라도 터질 것처럼 울면서 말했어요.「그 애를 사랑하게 될 거라는 생각은 전혀 안 했어. 그런데…….」

「사랑이라고요!」제가 최대한 경멸을 담아서 큰 소리로 그 단어를 말했어요.「사랑이라니! 누가 들을까 겁나네요! 제가 옥수수를 사러 1년에 한 번 우리 집에 오는 방앗간 주인을 사랑한다고 하는 거나 마찬가지지. 참, 굉장한 사랑이네요. 린턴을 만난 건 딱 두 번이고, 함께 보낸 시간을 다 합치더라도 네 시간이 채 못 될 텐데! 여기 그 유치한 쓰레기가 있으니 이거 들고 서재로 가서 아버지께서 이런 사랑에 대해 뭐라고 하시나 한번 들어 봅시다.」

캐시는 소중한 편지들을 빼앗아 보려고 덤볐지만 저는 머리 위로 높이 치켜들었어요. 그러자 제발 태워라도 달라고, 뭘 해도 좋으니 아버지께 보이지만 말아 달라고 정신없이 애원하며 야단이었어요. 전 이게 다 소녀다운 허영심의 발로다 싶어서 나무라기보다는 웃음이 나오려던 참이라 마침내 태도를 좀 누그러뜨리고 물었어요.

「제가 이 편지들을 태워 버리기로 약속하면 다시는 편지나 책 따위를 주고받지 않는다고 진심으로 약속할 수 있어요? 책도 보낸 거 알고 있거든요. 머리카락이나 반지, 장난감도 안 보낸다고 약속하세요.」

「장난감 같은 건 안 보내!」 자존심이 상해서 캐서린이 창피한 것도 잊고 소리쳤어요.

「그럼 아무것도 안 보내기로 약속하는 거죠, 아가씨!」 제가 말했어요. 「약속 안 하면 전 아버님께 말씀드릴 수밖에 없어요.」

「약속할게, 엘런!」 캐시가 제 옷자락에 매달리며 큰 소리로 말했어요. 「아이, 제발 그냥 불 속에 넣어 줘, 제발 부탁이야!」

하지만 제가 벽난로 안에 편지 태울 자리를 만들려고 부지깽이로 잿더미를 헤치니 아가씨는 이처럼 고통스러운 희생을 참기 힘들었는지 한두 통만이라도 남겨 달라고 간절하게 애원했어요.

「한두 통만, 엘런, 린턴을 위해서 간직하게 해줘!」

제가 손수건을 끌러 편지들을 비스듬히 떨어뜨리자 화염이 굴뚝으로 뭉게뭉게 피어올랐어요.

「한 통이라도 챙길 거야, 어쩜 그럴 수가 있어!」 캐시가 불 속에 손을 넣어 손가락을 데면서까지 반쯤 타다 만 종잇조각들을 꺼내면서 외쳤어요.

「좋아요. 그렇담 남은 것을 아빠께 가져다 보여 드려야겠군요!」 제가 나머지를 꺼내 재를 털어 꾸러미를 만들어 들고 다시 문으로 향하며 대답했지요.

캐시는 검게 그을린 조각들을 다시 불꽃 속으로 떨어뜨렸고, 나머지도 다 태우라고 손짓했어요. 이렇게 번제는 끝났습니다. 저는 재를 긁어모으고 석탄 한 삽을 퍼 넣어 매장을 했지요. 캐시는 큰 상처를 받은 표정으로 아무 말 없이 자기 방으로 들어갔고, 저는 아래층에 내려가 서방님께 아가씨가 몸이 괜찮아졌지만 조금 더 쉬는 게 좋겠다고 말씀드렸어요.

캐시는 정찬 때는 자기 방에 있었지만, 다과 시간에는 붉은 눈시울에 창백한 얼굴을 하고 내려왔어요. 그래도 겉보기에는 놀라울 정도로 침착했지요.

다음 날 아침, 저는 린턴 도령의 편지에 대한 답장으로 간단한 쪽지를 적어서 보냈어요. 〈린턴 아가씨는 히스클리프 도련님의 편지를 이제 받지 않기를 원하니, 더 이상 보내지 마시기 바랍니다〉라고. 그 후 전령을 맡았던 소년은 빈 주머니로 왔지요.

22

여름이 가고 초가을이 다가왔어요. 성 미카엘 축일[9]이 지나갔지만 그 해에는 추수가 늦어서 우리 밭도 아직 추수를 못 한 데가 몇 군데 있었지요.

린턴 서방님과 따님은 추수꾼들 사이로 자주 산책을 나갔어요. 마지막 곡식 다발을 운반한 날은 해 질 녘까지 밖에 계셨는데, 그날 유독 저녁 공기가 차고 습해서인지 주인이 독감에 걸렸다가 병이 폐로 번져 낫질 않는 바람에 겨우내 집 안에만 머무르게 되었어요.

가엾은 캐시는 짧은 로맨스를 포기한 뒤 눈에 띄게 쓸쓸하고 멍해 보였어요. 아버지는 딸이 독서를 줄이고 운동을 더 해야 한다고 하셨지만, 더 이상 당신이 함께 산책을 나갈 수 없었기 때문에 제가 최대한 시간을 내서 그 빈자리를 메우려고 노력했어요. 하지만 평소에 워낙 많은 집안일을 보고 있어

9 낮이 짧은 반년가량의 기간을 기념하는 축일로 날짜는 9월 29일이다. 추수가 끝나고 가을에 들어설 무렵이며, 보통 이날 집세 계약이 시작되고 종료된다.

서 많아 봤자 두세 시간 짬을 내는 게 고작이었기 때문에 그분을 대신하기에는 역부족이었어요. 캐시 아가씨가 저보다는 아버지와 함께 산책하기를 더 좋아하기도 했고요.

10월인가 11월 초인가, 공기가 상쾌한 물기를 머금은 어느 날 오후였어요. 잔디밭과 오솔길에 깔린 젖은 낙엽이 바스락거리고 냉기 어린 푸른 하늘이 흐려지더니, 짙은 회색 구름이 폭우를 예고하며 띠를 이루어 서쪽에서 빠른 속도로 다가왔어요. 저는 틀림없이 소나기가 뿌릴 테니 오늘은 산책을 하지 않는 편이 좋겠다고 했지만, 캐시 아가씨는 꼭 나가겠다고 고집을 부렸어요. 그래서 저도 마지못해 외투를 입고 우산을 들고 농원 끝까지만 가기로 하고 산책에 나섰어요. 이 코스는 아가씨가 평소 우울할 때 택하는 정식 산책 코스였어요. 에드거 서방님의 상태가 나빠지면 아가씨도 그렇게 우울해졌거든요. 물론 서방님 본인은 건강이 나빠졌다고 직접 말을 안 했지만 평소보다 말수가 적어지고 서글픈 표정을 지으니 아가씨나 제가 그렇게 짐작했지요.

아가씨는 계속 슬픔에 잠겨 걷더군요. 전과 달리 찬바람이 함께 달리자고 유혹해도, 달리지도 깡충깡충 뛰지도 않았어요. 종종 손을 들어 뺨을 훔치는 모습도 살짝 보였지요.

저는 아가씨의 생각을 딴 데로 돌려 볼까 하고 주변을 둘러보았어요. 길 한편에는 거칠고 높은 둔덕이 있었는데, 개암나무와 자라다 만 오크 나무 따위가 뿌리를 반쯤 드러낸 채 불안하게 서 있었어요. 흙이 너무 푸석푸석해서 오크 나무가 제대로 서 있지 못했고 몇 그루는 강한 바람에 쓰러져

거의 수평으로 누워 있더군요. 여름이면 아가씨가 나무 기둥을 타고 올라가서 땅에서 6미터나 떨어진 높은 가지에 앉아 그네라도 타듯 몸을 흔들곤 했어요. 전 아가씨의 민첩함과 경쾌함, 어린아이 같은 천진함이 좋아서 그렇게 올라갈 때마다 야단을 치긴 했지만 당장 내려올 필요는 없다는 것을 알아챌 수 있을 정도에 그쳤지요. 정찬을 마친 후 다과 시간이 되기 전까지 산들바람이 흔들어 주는 요람에 누워 옛날 노래들(어렸을 때 제가 불러 준 동요들)을 혼자 부르거나, 나무에 둥지를 친 새들이 아기 새에게 먹이를 주거나 나는 법을 가르쳐 주는 모습을 지켜보았죠. 때로는 눈을 감고 생각에 잠긴 듯 혹은 꿈꾸는 듯 말로 표현할 수 없는 행복을 즐겼고요.

「저기 좀 보세요, 아가씨!」 제가 구부러진 나무의 뿌리 아래 구석진 곳을 가리키며 큰 소리로 말했어요. 「여긴 아직 겨울이 안 왔네요. 저기 작은 꽃이 있어요. 7월에 저 잔디밭 계단을 보라색 안개가 낀 것처럼 만들던 그 많은 블루벨 중 끝물이네요. 올라가서 따다가 아빠께 드리실래요?」

캐시는 뿌리 밑 피난처에서 떨고 있던 외로운 꽃을 오래 응시하더니 마침내 대답했어요.

「아니, 그냥 놔둘래, 슬퍼 보여. 안 그래, 엘런?」

「그렇군요.」 제가 말했지요. 「기운이나 기력이 아가씨만큼이나 없어 보이네요. 아가씨 뺨에 핏기가 없으세요. 제 손을 잡고 뛰는 게 어때요? 워낙 기운이 없으시니 저도 뒤처지지 않을 것 같은데요.」

「싫어.」 아가씨는 다시 거절했어요. 그리고 계속 천천히 걸어가다가 가끔씩 쉬며 이끼가 끼거나 잔디가 죽은 곳, 그리고 갈색 나뭇잎 더미 안에서 밝은 주황색 갓을 펼친 버섯 따위를 주의 깊게 바라보았지요. 때로 저를 외면하며 손을 얼굴로 가져가기도 했고요.

「아가씨, 왜 울어요?」 제가 다가가서 어깨를 감싸며 물었어요. 「아버님이 감기 좀 걸리셨다고 울면 안 돼요. 더 나쁜 병이 아니라는 사실에 감사하셔야죠.」

캐시는 더 이상 눈물을 감추지 않았어요. 엉엉 흐느껴 울어 숨이 막힐 지경이었지요.

「하지만 틀림없이 중병이 되고 말 거야.」 아가씨가 말했어요. 「그래서 아빠하고 엘런이 다 내 곁을 떠나고 나만 남게 되면 어떡해? 엘런이 한 말을 잊을 수가 없어, 내 귀에서 항상 쟁쟁 울리고 있다고. 아빠와 엘런이 다 이 세상을 뜨면 내 삶은 어떻게 변할까? 세상은 또 얼마나 쓸쓸할까?」

「아버님이나 저보다 아가씨가 더 일찍 돌아가시지 않는다는 법도 없어요.」 제가 대답했지요. 「나쁜 일을 미리 염려하는 것은 잘못된 생각이에요. 우리 모두 오래오래 살다가 죽길 바라셔야죠. 서방님은 아직 젊으시고, 저도 튼튼하고, 아직 마흔다섯 살도 채 안 됐다고요. 우리 어머니는 여든까지 사셨는데, 평소에 아주 정정하게 지내다가 돌아가셨어요. 서방님께서 예순까지 버티신다면 아가씨가 지금까지 산 것보다도 더 오랜 세월이네요. 20년 후에 올 불행을 두고 미리 슬퍼하는 것은 어리석은 일 아니에요?」

「하지만 이저벨라 고모는 아빠보다도 젊었잖아.」 그녀가

좀 더 위로를 받기를 원하는 표정으로 절 조심스레 바라보며
말했어요.

「이저벨라 고모는 아가씨나 제가 간호를 해드릴 수 없었잖
아요.」제가 대답했어요. 「서방님처럼 행복하지도 않으셨고
요. 굳이 오래 살고 싶어 하실 이유도 아버님보다는 적으셨
어요. 아가씨가 할 일은 아버님을 잘 간호하고 명랑한 모습
을 보여서 그분이 기운을 차리게 해드리는 거예요. 그리고
걱정거리를 조금도 안 드려야죠. 이 점을 명심하세요, 아가
씨! 솔직히, 아가씨가 말 안 듣고 멋대로 굴면, 아버님을 무덤
으로 보내고 싶어 하는 자의 아들에 대해 어리석고 황당한
애정을 품고 계시면, 그래서 아버님이 반대하시는 관계를 끊
지 못해 속을 끓인 것을 아버님께서 알게 되면, 그분은 아가
씨 때문에 돌아가실 수도 있다고요.」

「난 아빠 병환 말고 다른 일 때문에 속을 끓이지는 않아.」
아가씨가 대답했지요. 「이 세상에서 아빠보다 더 사랑하는
사람은 없어. 내가 제정신인 동안은 아빠를 노엽게 할 일이
나 말은 절대로, 절대로, 정말, 절대로 안 할 거야. 난 나 자신
보다 아빠를 더 사랑한단 말야, 엘런. 그래서 매일 밤 아빠보
다 내가 더 오래 살게 해달라고 기도하지. 아빠가 불행한 것
보다는 내가 불행한 편이 나으니까. 그것만 봐도 내가 아빠
를 더 사랑하는 걸 알 수 있잖아.」

「말씀은 좋아요.」제가 대답했지요. 「하지만 행동으로도
보여 드려야죠. 그리고 아빠가 건강을 회복하신 뒤에도 지금
아빠를 걱정하며 결심한 것을 절대 잊지 말도록 하세요.」

380

그런 대화를 주고받는 사이에 길 쪽으로 난 문에 당도했고, 아가씨는 순식간에 표정이 밝아지면서 담장 위로 올라앉아 길 쪽에 그늘을 만들고 있던 들장미 나무 윗가지에 만발한 진홍색 들장미의 열매를 따려고 팔을 내밀었어요. 낮은 가지에 달린 열매는 이미 없어졌지만, 꼭대기 열매는 새들이 아닌 바에야 아가씨가 그랬던 것처럼 담장에나 올라가야 손이 닿았으니까요.

그런데 열매를 따려고 팔을 내밀다 그만 모자가 담장 너머로 떨어지고 말았어요. 문이 잠겨 있었기 때문에 아가씨는 그쪽으로 내려가서 모자를 줍겠다고 하더군요. 제가 떨어지지 않게 조심하라고 말하자, 아가씨는 재빨리 담 너머로 사라졌어요.

하지만 그 담을 다시 넘어오기란 쉽지 않더군요. 담장의 돌은 부드럽고 매끄럽게 마감되어 있었고, 장미 덩굴과 제멋대로 자란 블랙베리는 담을 타 넘는 데 아무런 도움도 안 되었고요. 제가 바보처럼 어쩔 줄 모르고 있는데, 아가씨가 웃으며 큰 소리로 말했어요.

「엘런! 열쇠를 가져와야 해. 안 그러면 내가 문지기의 오두막 쪽으로 돌아서 가야 해. 이쪽에선 이 〈성벽〉에 못 올라가겠어!」

「거기 그냥 계세요.」제가 대답했지요. 「제 주머니에 열쇠 뭉치가 있으니 잘하면 열 수도 있을 거예요. 안 되면 제가 열쇠 가지러 갔다 올게요.」

제가 커다란 열쇠를 하나하나 넣어 돌려 보는 동안 캐서린은 문 앞에서 서성대며 춤을 추면서 혼자 놀고 있었어요. 제가 가진 열쇠를 다 넣어 돌려 봤지만 맞는 게 없었지요. 그래서 다시 한번 제자리에서 그냥 기다리라고 말하고 서둘러 집으로 가는데 무언가 다가오는 소리가 들려서 발걸음을 멈추었죠. 말발굽 소리더군요. 캐시는 춤을 멈췄고, 이어서 말발굽 소리도 그쳤어요.

「누구예요?」 제가 속삭이듯 말했지요.

「엘런, 어서 문을 열 수 있으면 좋겠어.」 아가씨가 불안한 목소리로 낮게 대답했어요.

「허어, 린턴 양!」 말을 탄 사람이 저음의 큰 목소리로 말했어요. 「마침 잘 만났어요. 그렇게 서둘러 가려 하지 마요. 좀 물어보고 해명을 들을 게 있으니까.」

「고모부하고는 말하지 않겠어요!」 캐서린이 대답했어요. 「아빠가 고모부는 나쁜 사람이고, 아빠와 저를 다 미워한다고 하시던데요. 엘런도 그렇게 말하고요.」

「그건 지금 내가 물어보려는 것과는 아무 상관도 없는 얘기야.」 히스클리프(맞아요, 그였어요)가 말했어요. 「나는 내 아들을 미워하지 않아. 아들 문제로 이야기를 좀 하고 싶어. 맞아! 얼굴을 붉힐 만도 하지. 두세 달 전에 린턴에게 편지를 보내곤 하지 않았나? 연애 장난을 하면서, 응? 두 사람 다 매를 맞아도 싸! 특히 조카가 더 그래. 나이도 더 많고, 이제 보니 상처도 덜 받던데. 아가씨가 보낸 편지들은 내가 다 가지고 있어. 그러니 건방진 소리를 하면 아버지께 다 보내 버릴 거라고. 아마 싫증이 난 모양이지? 흠, 덕분에 린턴은 〈절망의 구렁텅이)에 빠졌다고. 그 애는 진심이었고 정말로 사랑했다고. 조카 때문에 죽어 가고 있는 게 틀림없단 말이야. 조카 변덕 때문에 가슴이 찢어지고 있다고. 이건 비유가 아니라 진짜야. 헤어턴이 6주 동안 줄곧 그 애를 놀려 주고, 난 따끔하게 혼을 내서 바보짓을 그만두게 하려고 애쓰고 있지만 하루가 다르게 상태가 악화되고 있어. 조카가 그 애를 도로 살려 놓지 않으면 아마 여름도 오기 전에 땅속에 묻힐 거란 말야!」

「우리 가엾은 아가씨한테 어떻게 그렇게 터무니없는 거짓말을 해요!」 제가 담 안쪽에서 큰 소리로 항의했지요. 「제발 말을 타고 가던 길로 그냥 가세요! 어떻게 그렇게 허무맹랑한 거짓말을 지어내냐고요! 캐시 아가씨, 제가 돌로 쳐서라도 이 자물쇠를 부술게요. 저 알량하고 사악한 말을 믿지 마세요. 조금만 생각해 봐도 아실 거 아니에요. 잘 모르는 사람을 사랑해서 죽는다는 게 얼마나 말이 안 되는지.」

「엿듣는 사람이 있는 줄 몰랐군.」 거짓말을 들킨 악당이 투덜댔어요. 「훌륭한 딘 아주머니, 난 당신이 좋지만 그런 식으로 표리부동한 점은 싫군.」 그가 큰 소리로 덧붙였어요. 「어떻게 내가 이 〈가엾은 아가씨〉를 미워한다는 거짓말을 그렇게 아무렇지도 않게 할 수가 있어? 또, 무시무시한 이야기를 지어내서 우리 집 근처에도 못 오게 만들고? 캐서린 린턴(이름만 들어도 마음이 따스해지는군), 귀여운 내 조카 아가씨, 난 이번 주 내내 집을 비울 거야. 그러니 내 말이 거짓말인지 아닌지 직접 가서 확인해 봐. 제발 부탁이야! 나하고 아버지의 입장을, 그리고 린턴하고 조카의 입장을 바꿔서 한번 생각해 봐. 아가씨의 아버지가 직접 호소하는데도 린턴이 조카를 위로하기 위해 한 발짝도 떼지 않으려고 한다면 그토록 매정한 연인에 대해 어떤 기분이 들지 한번 상상해 보라고. 그런 나쁜 짓은 하지 마. 몹쓸 짓이라고. 내 신의 구원을 걸고 맹세하지만, 아들이 죽어 가고 있는데 조카 말고는 그 애를 구할 사람이 없단 말야!」

마침내 자물쇠를 부수는 데 성공해서 제가 담 밖으로 나갔지요.

「맹세하지만, 린턴이 다 죽게 생겼어.」 히스클리프가 저를 노려보면서 다시 말했어요. 「슬픔과 절망이 죽음을 재촉하고 있단 말야. 넬리, 조카를 보내고 싶지 않으면 너라도 직접 가서 봐. 난 다음 주 이 시간까지 집을 비울 거니까. 네 주인도 딸이 사촌을 방문하는 것까지 반대하지는 않을 거야!」

「들어오세요.」 제가 아가씨의 팔을 잡아 반강제로 문안으로 당겼지요. 아가씨가 속셈을 감추고 정색을 한 히스클리프의 얼굴을 걱정 어린 눈으로 바라보며 망설이고 있었거든요.

그는 말을 몰아 더 가까이 다가와 캐시를 내려다보며 말했어요.

「조카, 솔직히 말해서 린턴 때문에 지쳤어. 헤어턴과 조지프는 나보다 더 심하게 지쳐 있고 말이야. 사실, 린턴 주변에 있는 사람들은 다 거칠잖아. 린턴은 사랑뿐 아니라 친절을 간절히 원하고 있거든. 조카의 친절한 말 한마디가 그 애에게 가장 좋은 약일 거야. 딘 부인의 잔인한 훈수에 신경 쓰지 말고 너그러운 마음으로 어떻게든 그 애를 좀 보러 가줘. 그 애는 매일 밤낮으로 조카만 생각하고 있어. 그리고 조카가 편지를 보내지도 보러 오지도 않는 이유가, 싫어서 그런 게 아니라고 아무리 말해 줘도 믿지를 않아.」

저는 문을 닫고 부서진 자물쇠 대신 돌멩이를 굴려다가 문을 고정시켰지요. 그리고 우산을 펼쳐서 아가씨를 그 아래로 당겼어요. 바람에 윙윙거리는 나뭇가지 사이로 비가 떨어지고 있었기 때문이죠. 더 이상 지체하면 안 된다고 경고라도 하는 것 같았습니다.

서둘러 귀가하느라 히스클리프와 마주친 일에 대해 이야기할 수는 없었어요. 하지만 이제 캐시의 마음에 드리운 먹구름이 곱절로 어두워졌음을 직감할 수 있더군요. 표정이 어찌나 슬퍼 보이던지 본인 얼굴 같지가 않더라고요. 히스클리프의 말을 모조리 사실로 여기는 것이 틀림없었어요.

서방님은 우리가 집에 도착하기 전에 이미 자러 들어갔고, 캐시가 안부를 여쭈러 살짝 방에 들어가 보니 벌써 잠들어 계셨나 봐요. 캐시 아가씨는 서재에 같이 있어 달라고 하더니, 저와 함께 차를 마신 뒤에 양탄자에 누워 피곤하니까 말을 걸지 말라고 하더군요.

제가 책을 들고 읽는 체하자, 캐시는 제가 독서에 몰두했다고 판단하고 소리 없이 울기 시작했어요. 그즈음에는 울음이 가장 좋은 기분 전환 거리가 되어 버린 듯했어요. 저는 계속 울라고 좀 지켜보다가, 히스클리프 씨가 아들을 두고 한 말을 조롱하고 비웃어 줬어요. 아가씨가 당연히 동의할 거라고 믿는 것처럼 말했지요. 정말 안타까워요! 히스클리프가 한 말의 효과를 상쇄할 만한 솜씨는 제게 없었어요. 히스클리프가 노린 대로 되어 버린 거죠.

「엘런 말이 맞을지도 몰라.」 아가씨가 대답했어요. 「하지만 진실을 확인할 때까진 절대 마음이 편하지 않을 것 같아. 그리고 내가 편지를 안 한 게 내 탓이 아니라는 사실을 린턴에게 말해 줘야 해. 그리고 내 마음은 절대 변하지 않는다고 믿게 해야 돼.」

캐시 아가씨가 어리석게도 그의 말을 쉽게 믿어 버렸는데, 제가 분노하고 나무란들 다 무슨 소용이 있었겠어요? 그날 밤 우린 다투면서 헤어졌어요. 하지만 다음 날 저는 결국 말썽꾸러기 아가씨의 조랑말을 끌고 워더링 하이츠로 갔답니다. 아가씨의 슬픈 모습, 창백하고 풀 죽은 얼굴과 퉁퉁 부은 눈을 차마 그냥 두고 볼 수가 없었어요. 그래서 마음속으로 린턴이 우리를 맞이하는 모습만 봐도 히스클리프가 한 이야기가 얼마나 터무니없는 거짓인지 알 수 있으리라 막연히 기대하며 아가씨의 청을 받아들였지요.

23

간밤에 비가 와서 아침에는 서리 반 부슬비 반인 안개가
자욱하더군요. 더욱이 고지대에서 물이 콸콸 쏟아져 생겨난
시냇물도 여러 군데 건너야 해서 발이 흠뻑 젖어 버렸어요.
실은 화가 나고 우울하기도 해서, 이런 상황이 곱절로 불편
하게 느껴졌지요.

우리는 히스클리프 씨가 진짜로 집을 비웠는지 확인하려
고 부엌문을 통해 집으로 들어갔어요. 그의 말이 별로 믿기
지 않았거든요.

들어가 보니 조지프가 불이 활활 타오르는 벽난로 옆에 마
치 천국에라도 온 듯한 표정으로 호젓이 앉아 있더군요. 짧
은 검은색 파이프를 입에 물고 있었고 탁자에는 큼지막하게
썰어 구운 귀리빵 조각들과 1리터짜리 흑맥주 한 잔이 놓여
있었어요.

캐서린은 몸을 녹이려고 벽난로를 향해 달려갔고, 저는 주
인이 나가셨는지 조지프에게 물었어요.

한참 기다려도 대답이 없어서 이 양반이 그사이에 가는귀

라도 먹었나 하고 더 큰 소리로 물었지요.

「안 계셔!」 조지프가 으르렁거리듯 대답했어요. 아니, 코로 고함을 내질렀다고 말하는 편이 더 정확할지도 모르겠어요. 「안 계셔! 온 데로 도로 가.」

「조지프!」 제가 말문을 여는 것과 동시에 집 안쪽에서 짜증에 찬 목소리가 크게 울려 나왔어요. 「몇 번이나 불러야 돼? 불이 다 꺼져 간단 말야. 조지프! 당장 이리 와봐.」

조지프는 담배 연기를 푹푹 뿜어 대며 벽난로의 쇠살창만 노려볼 뿐 부름에 응할 의사가 전혀 없어 보이더군요. 가정부나 헤어턴은 안 보였고요. 아마 가정부는 심부름을 가고, 헤어턴은 일을 하러 나갔겠지요. 린턴의 음성을 잘 알고 있는 저와 캐시는 거실로 들어갔어요.

「아이고, 다락방에서 차라리 죽어 버려라! 굶어 죽으라고.」 우리가 들어오는 소리를 들은 린턴이 게을러빠진 하인인 줄 알고 말했어요.

그러다 자신의 잘못을 깨닫고 말을 멈췄는데, 캐시가 그를 향해 번개처럼 달려갔어요.

「린턴 양 맞아?」 커다란 안락의자의 팔걸이에 기대앉아 있던 그가 고개를 들며 말했어요. 「아니, 입 맞추지 마. 숨 막히니까. 웬일이야! 어쩐지 아빠가 린턴 양이 올 거라고 그러시더니.」 미안해하는 표정을 짓는 캐서린을 옆에 세워 두고, 그녀의 포옹에서 벗어난 그가 말했어요. 「미안하지만 문 좀 닫아 줄래? 문을 열어 놨잖아. 저 인간들, 저 밉살스러운 것들은 석탄도 안 가져올 셈인가. 추워 죽겠는데!」

저는 재를 뒤적여 불을 살린 뒤 석탄을 한 통 가득 담아 가져갔어요. 환자는 재가 날려 몸이 재투성이가 되었다고 불평하더군요. 하지만 기침을 심하게 했고, 열이 있고 몸도 아파보여서, 성질 부리는 그를 나무라지는 않았어요.

「그래, 린턴.」 그의 찌푸린 이마가 펴지자 캐서린이 낮은 목소리로 물었어요. 「나 오니까 반가워? 내가 있으면 도움이 되니?」

「그동안 왜 안 왔어?」 그가 말했어요. 「편지를 보내지 말고 직접 왔어야지. 그렇게 긴 편지를 쓰느라 피곤해 죽을 지경이었다고. 말로 하는 편이 훨씬 덜 피곤했을 거야. 이젠 말도 하기 힘들고, 다른 방식으론 더 못 해. 질라는 어디 간 거야! (저를 보며) 부엌에 있나 한번 가볼래?」

불을 피워 줘도 감사 인사 한마디 안 하는 인간을 위해 이리 뛰고 저리 뛰고 할 기분이 아니라서 제가 대답했어요.

「조지프밖에 없던데요.」

「목마르단 말야.」 린턴이 짜증이 난 태도로 고개를 돌리면서 큰 소리로 말했어요. 「질라는 아빠만 안 계시면 매일 슬쩍 기머턴으로 마실을 가버려. 정말 뻔뻔한 것들! 할 수 없이 내가 아래층으로 내려와야 한다고. 위층에서 말하면 못 들은 체하기로 작정들을 했다니까.」

「아버지는 잘 보살펴 주세요, 히스클리프 도련님?」 캐서린이 다정하게 굴고 싶지만 꾹 참고 있는 모습을 보고 제가 물었어요.

「잘 보살펴 주시냐고? 저놈들이 좀 더 신경을 쓰게 만들기는 하지.」그가 큰 소리로 말했어요.「망할 놈들! 린턴 양, 짐 승 같은 헤어턴이 날 비웃는 거 알아? 미워 죽겠어. 사실 다 들 미워. 모조리 다 가증스럽다고.」

캐시는 물을 찾아 나섰다가 찬장에서 물병을 발견하고 잔 에 부어 린턴에게 가져다주었어요. 그랬더니 린턴은 탁자에 놓인 포도주병에서 포도주를 한 숟가락만 따라서 넣어 달라 고 하더군요. 그걸 한 모금 마신 뒤에야 비로소 진정되었는 지 고맙다고 인사를 했어요.

「그래, 내가 와서 반가워?」캐시가 앞서 한 질문을 되풀이 했어요. 그리고 린턴의 얼굴에 희미한 미소가 어리자 기뻐하 더군요.

「그럼, 좋지. 목소리만으로도 새로워!」린턴이 대답했어요. 「하지만 그동안 안 와서 정말 속상했어. 아빠가 다 내 탓이라 면서, 나더러 한심하고 남 탓이나 하는 아무짝에도 쓸모없는 녀석이라고 그러시더라. 그리고 네가 날 경멸한다고, 만일 아빠가 나였으면 지금쯤 벌써 그레인지의 주인이 됐을 거라 고 하셨어. 하지만 나 경멸하지 않지, 린턴 양……」

「그냥 캐서린이라고 부르든지 캐시라고 불러 줘!」아가씨 가 말을 끊으며 말했어요.「경멸하다니? 아니야! 아빠하고 엘런 다음으로 이 세상 누구보다도 더 널 사랑해. 하지만 고 모부는 싫어. 그래서 그분이 집에 돌아오시면 난 여기 올 수 없어. 여러 날 집을 비우실까?」

「여러 날은 아니야.」린턴이 대답했어요.「하지만 사냥철 이 되면 들판에 자주 가서. 그럼 아빠 안 계실 때 나하고 한두 시간은 보낼 수 있어. 제발 그렇게 해줘! 그러겠다고 약속해줘! 너하고 있으면 짜증이 안 날 것 같아. 넌 짜증나게 하지 않을뿐더러 항상 나를 도와주고 싶어 하잖아, 안 그래?」

「그럼.」캐서린이 길고 부드러운 그의 머리카락을 쓰다듬으며 말했어요. 「아빠만 허락하시면 내 시간의 절반은 너하고 보낼 거야. 귀여운 린턴! 네가 내 동생이라면 얼마나 좋을까!」

「그럼 너희 아빠만큼 날 좋아할 거야?」그가 더 명랑하게 말했어요. 「하지만 아빠가 그러시던데, 네가 내 아내가 되면 날 너희 아버지보다도, 이 세상 누구보다도 더 사랑하게 될 거라고. 그러니까 난 네가 내 아내가 됐으면 좋겠어!」

「아니! 난 아무도 아빠보다 더 사랑하진 않을 거야.」캐시가 정색을 하며 대답했어요. 「그리고 자기 아내를 미워하는 사람들도 더러 있어. 그렇지만 형제자매는 서로 안 미워한단 말야. 만일 네가 내 동생이라면 우리 집에서 같이 살 테고, 우리 아빠도 널 나만큼 사랑해 주실 거야.」

린턴은 자기 아내를 미워하는 사람이 어디 있냐고 말했어요. 하지만 캐시는 그런 사례가 있다고 아는 체하며 린턴의 아버지가 캐시의 고모를 미워했던 것을 예로 들었지요.

저는 캐시의 경솔한 입을 막으려고 했지만, 이미 캐시가 아는 이야기를 다 까발려 버린 후였어요. 린턴은 무척 짜증을 내며 캐시의 말이 거짓이라고 우겼어요.

「우리 아빠가 말씀해 주셨단 말이야. 우리 아빤 절대 거짓말 안 하신다고!」캐시가 토라져서 대답했어요.

「우리 아빠는 너희 아빠를 경멸해!」린턴이 큰 소리로 말했어요.「도둑놈에 바보라고 그러셨어!」

「너네 아빠는 나쁜 사람이야.」캐서린이 반박했어요.「그런 말을 믿다니 너도 정말 나빠. 오죽하면 이저벨라 고모가 도망을 다 갔겠어. 너희 아빤 틀림없이 나쁜 사람이잖아!」

「엄마는 도망간 게 아니야.」소년이 말했어요.「모르면 말을 마!」

「도망간 거 맞아!」아가씨가 큰 소리로 항의했지요.

「그렇담 너한테도 말해 줄 게 있어!」린턴이 말했어요.「너희 엄마는 너희 아빠를 미워했대. 알아?」

「세상에!」캐서린이 너무 화가 나서 말을 못 잇고 외마디 소리를 질렀어요.

「그리고 너희 엄마는 우리 아빠를 사랑했대!」린턴이 덧붙였어요.

「거짓말쟁이! 난 이제 너 미워.」캐시가 화가 나서 벌겋게 달아오른 얼굴로 씩씩거리며 말했어요.

「사랑했어! 사랑했어!」린턴이 노래하듯 말하면서 의자 깊숙이 몸을 파묻고 고개를 뒤로 젖히며 등 뒤에 서 있던 말다툼 상대의 흥분한 모습에 한껏 즐거워했어요.

「쉿, 도련님!」제가 말했어요.「그건 도련님 아버지가 지어 내신 이야기예요.」

「아니라니까. 넌 입 닥쳐!」그가 대답했어요.「사랑했다니까, 정말로 너희 엄마가 사랑했다고. 캐서린, 정말이야, 사실이란 말야!」

캐시가 분을 참지 못하고 의자를 확 밀치자 린턴이 팔걸이 쪽으로 쓰러졌어요. 즉시 숨이 막힐 듯한 기침이 마구 쏟아져 나와 의기양양한 기세도 수그러들었지요.

린턴의 발작 같은 기침이 워낙 오래가서 저까지 겁이 났어요. 캐시는 말도 못 하고 자신의 행동이 초래한 결과에 놀라서 엉엉 울고 있었어요.

저는 기침이 끝날 때까지 린턴을 부축해 줬는데, 그는 기침이 멎자 저를 밀쳐 내고 말없이 고개를 수그리더군요. 캐서린도 울음을 그치고 맞은편에 앉아서 심각한 표정으로 벽난로의 불을 바라보았어요.

「이제 좀 어떠세요, 히스클리프 도련님?」 제가 10분쯤 후에 물었어요.

「캐시도 나처럼 아팠으면 좋겠어.」 그가 대답했어요. 「어쩜 그렇게 심술궂고 잔인할 수가 있어! 헤어턴도 날 건드리거나 때린 적은 없어. 그리고 오늘은 좀 몸이 나았었는데, 그리고……」 그의 목소리가 울먹임으로 변했어요.

「때리진 않았어!」 캐시가 또다시 울음을 터뜨리지 않으려고 입술을 꽉 깨물며 혼잣말처럼 말했어요.

린턴은 엄청난 고통을 참고 있는 것처럼 한숨을 쉬고 신음 소리를 내더군요. 한 15분을 계속 그러고 있는 꼬락서니로 보아 캐서린을 더 속상하게 하려는 술책임이 뻔했어요. 캐시의 흐느낌이 잦아들 때마다 새삼 더 고통스럽고 구슬픈 목소리를 냈으니까요.

「아프게 해서 미안해, 린턴!」 캐시가 마침내 더 이상 괴로운 마음을 참지 못하고 말했어요. 「하지만 나라면 그렇게 살짝 밀쳤다고 아프진 않았을 거야. 그래서 네가 아플 거란 생각을 전혀 못 했어. 많이 다치진 않았지, 린턴? 널 다치게 했다고 생각하며 집에 돌아가게 하지 마. 안 그러게 해줘! 대답해, 말 좀 해줘.」

「그렇게 말할 수 없어.」 린턴이 중얼거렸어요. 「너 때문에 너무 아파서 오늘은 밤새도록 잠도 못 자고 기침만 하느라 숨이 찰 거란 말야! 너도 이런 기침병에 걸리면 내 말 이해할 텐데. 하지만 내가 힘들어하건 말건 넌 쿨쿨 자고 있겠지. 더구나 내 주변엔 아무도 없단 말야! 너라면 그렇게 끔찍한 밤들을 어떻게 보내겠어!」 그렇게 말하고 나서 린턴은 자기 연민에 빠져 큰 소리로 엉엉 울기 시작했어요.

「밤마다 끔찍한 시간을 보내신다고요?」 제가 말했죠. 「아가씨 탓은 아니겠네요. 아가씨가 오늘 안 오셨더라도 마찬가지일 테니까요. 아가씨가 찾아와서 힘들게 해드리는 일은 앞으로 두 번 다시 없을 거예요. 어쨌든 저희가 가면 좀 나아지시겠네요.」

「나 갈까?」 캐서린이 린턴의 머리 위로 고개를 숙이며 애처롭게 물었어요. 「내가 갔으면 좋겠어, 린턴?」

「이미 엎지른 물이잖아.」 그가 몸을 움츠려 캐시를 피하더니 속 좁은 티를 내며 대답했어요. 「날 또 괴롭혀서 열이 나게 한다면 더 나빠지겠지만.」

「그래, 그럼 가는 게 좋겠어?」 캐시가 다시 물었어요.

「날 좀 내버려 둬.」 린턴이 말했어요. 「네가 떠드는 거 못 견디겠어!」

제가 아무리 떠나자고 해도 캐시 아가씨는 들은 척도 않고 오랫동안 머무적거렸어요. 하지만 린턴이 다시 고개를 들지도 말을 하지도 않았기 때문에 마침내 캐시도 문으로 향했고 저도 따라나섰지요.

하지만 바로 그때 비명 소리가 들려와서 우리는 깜짝 놀라 몸을 돌렸어요. 린턴이 의자에서 미끄러져 벽난로 앞 바닥에 떨어져 발버둥을 치고 있었어요. 워낙 버릇없이 키워서 제멋대로인 아이, 주변 사람을 괴롭히려고 작정을 한 어린아이의 행동이었지요.

그런 행동만 봐도 린턴의 성격을 완전히 파악할 수 있었고, 그의 비위를 맞추려고 애를 쓰는 것은 어리석은 바보짓에 불과하다는 사실을 단박에 알겠더라고요. 하지만 캐시는 너무 놀라서 당장 뛰어가더니 무릎을 꿇고 앉아 울면서 달래고 애원했어요. 결국 린턴이 조용해지긴 했는데, 그것도 캐시 마음을 아프게 한 게 미안해서가 아니라 단지 숨이 찬 탓이었지요.

「장의자에 올려 드려야겠어요.」 제가 말했지요. 「그러면 맘대로 뒹구실 수 있으니까요. 더는 이런 소동을 구경하고 있을 수 없어요. 이제 아가씨가 도련님께 도움이 안 될뿐더러 도련님의 건강이 아가씨에 대한 사랑 때문에 나빠진 게 아니라는 사실을 아가씨도 잘 아셨을 거예요. 자, 그럼, 이제 됐어요! 어서 오세요. 저런 생떼를 받아 줄 사람이 주변에 없으면 불평하지 않고 가만히 누워 계실 거라고요!」

캐시는 린턴의 머리를 방석으로 받쳐 주고 물도 좀 갖다주었어요. 린턴은 물은 거절하고, 방석이 마치 돌멩이나 나무 토막이라도 되는 양 불편하게 몸을 뒤척이더군요.

캐시는 방석을 더 편히 놓아 주려고 시도했어요.

「이걸로는 안 돼.」 린턴이 말했어요. 「충분히 높지가 않단 말야!」

캐서린이 방석을 하나 더 가져다가 받쳐 주었어요.

「이젠 너무 높잖아!」 말썽쟁이가 투덜댔어요.

「그럼 어떻게 하면 될까?」 캐시가 어쩔 줄 몰라 하며 물었어요.

캐시 아가씨가 의자 옆에 반쯤 무릎을 꿇고 앉자 린턴이 아가씨 쪽으로 몸을 비틀더니 아가씨의 어깨를 받침대 삼아 베었어요.

「안 돼요, 그건 안 되죠!」 제가 말했어요. 「방석으로 만족하세요, 도련님! 아가씨는 여기서 이미 시간을 너무 낭비하셨다고요. 5분도 더 있으시면 안 돼요.」

「아니야, 괜찮아, 더 있을 수 있어!」 캐시가 말했지요. 「이제 린턴이 착하게 잘 참네. 내가 와서 병이 더 도지면 오늘 밤에 내가 자기보다 더 괴로울 거라는 사실을 아는 거야. 만일 진짜 그렇다면 내가 다시는 못 오지. 사실을 말해 줘, 린턴. 만일 나 때문에 네가 더 많이 아프게 되면 내가 못 오잖아.」

「와야 돼, 날 낫게 해주려면 와줘야지.」 린턴이 대답했어요. 「날 아프게 했으니까 와야지. 알잖아, 너 때문에 내가 무척 아프게 됐다는 거! 너 처음 왔을 땐 지금처럼 아프지 않았잖아, 그렇지?」

「하지만, 네가 울고 화를 내서 더 아프게 된 거잖아. 내 탓만은 아니야.」 캐서린이 말했어요. 「어쨌든 이제 화해하자. 그러니까 넌 내가 오길 바라는 거지? 가끔씩 내가 보고 싶은 거지, 정말로?」

「그렇다고 말했잖아!」 그가 성마르게 대답했어요. 「장의자에 앉아서 네 무릎을 베게 해줘. 엄마는 오후 내내 그렇게 해주셨거든. 가만히 앉아 있으면서 말은 하지 마. 하지만 노래를 부를 줄 알면 노래는 불러도 돼. 아니면 재미있고 긴 발라드를 읊어 주든지. 내게 가르쳐 준다고 약속한 것들 있잖아. 하지만 발라드가 더 좋은데. 시작해.」

캐서린은 자신이 기억하고 있는 가장 긴 발라드를 읊어 줬어요. 두 사람 다 좋아하더군요. 린턴은 다른 것도 들려 달라고 했고, 다 들은 다음엔 하나만 더 들려 달라고 했어요. 제가 계속 안 된다고 말했지만 소용이 없더라고요. 두 사람이 계속 그러는 동안 시계가 12시를 쳤고, 헤어턴이 정찬을 먹으러 돌아오는 기척이 마당에서 났어요.

「그럼 내일 또 해줘, 캐서린, 내일 또 올 거지?」 린턴이 마지못해 일어서는 캐서린의 옷자락을 움켜쥐며 물었어요.

「안 돼요!」 제가 대답했어요. 「모레도 안 되고.」 하지만 캐시 아가씨가 틀림없이 또 오겠다고 대답한 모양이었어요. 캐서린이 고개를 숙이고 린턴의 귀에 뭐라고 속삭이니까 이마의 주름이 환히 펴지더라고요.

「내일은 안 돼요, 정신 차리세요, 아가씨!」 그 집을 나오면서 제가 말했어요. 「설마 내일 또 올 작정은 아니시겠지요?」

아가씨는 미소 지었어요.

「이런, 제가 단단히 단속할 거예요!」 제가 말을 계속했어요. 「자물쇠를 고쳐 놓으면 다른 데로는 못 빠져나가니까요.」

「담을 넘어가면 돼.」 아가씨가 웃으며 말했어요. 「그레인지가 뭐 감옥이야, 엘런? 엘런이 나를 지키는 간수도 아니고, 더욱이 난 곧 열일곱 살이 된단 말이야. 어른이라고. 내가 돌봐 주면 린턴은 꼭 회복할 수 있어. 내가 나이도 많고 더 현명하고, 덜 어린애 같잖아? 그리고 린턴은 살살 달래 주면 내가 하라는 대로 잘할 거야. 착하게 굴면 아주 귀여운 애야. 내 동생이라면 정말 귀여워해 줄 텐데. 더 친해지면 절대 다투지 않을 거야, 그렇지? 그 애를 좋아하지 않아, 엘런?」

「좋아한다고요?」 제가 큰 소리로 말했죠. 「어쩌다가 열 살을 넘기고 살아남긴 했지만 골골한 아이들 중에서도 그렇게 성격이 고약한 애는 처음 봐요! 히스클리프 씨 말대로 스무 살까지도 못 살 것 같은 게 오히려 다행이지요! 사실, 봄까지라도 살 수 있을지 모르겠어요. 그리고 언제 꼴까닥한다 해도 가족이 그다지 슬퍼하지도 않을 것 같던데요. 제 아버지가 데려가서 정말 다행이에요. 잘해주면 잘해줄수록 상대를 더 괴롭히고 자기 생각만 한다고요! 저런 사람과 결혼하지 않아도 될 테니 정말 다행이에요, 아가씨!」

제 말을 들은 캐시의 표정이 굳더군요. 제가 린턴의 죽음에 대해 함부로 말해서 무척 마음이 상한 거지요.

「쟤는 나보다 어려.」 캐시 아가씨가 한참 생각에 잠겨 있다가 대답했어요. 「그러니까 제일 오래 살아야 돼. 나만큼은 살아야 돼. 꼭 그래야 한다고. 지금도 여기 북쪽 지방에 처음 왔을 때보다 더 약해지진 않았어. 틀림없어! 감기 때문에 좀 아픈 것뿐이야. 아빠하고 마찬가지야. 아빠는 나으실 거라면서 왜 린턴은 안 낫는다는 거야?」

「저런, 저런.」제가 큰 소리로 말했어요. 「아무튼 우리가 신경 쓸 일은 아니잖아요. 잘 들으세요, 아가씨. 이 약속만은 꼭 지킬 테니까요. 만일 워더링 하이츠에 또 가신다면, 절 데리고 가시든 혼자 가시든, 전 린턴 서방님께 꼭 알려 드릴 겁니다. 그리고 서방님의 허락 없이는 린턴과 가깝게 지내시면 안 됩니다.」

「이미 다시 만났는데!」캐시가 부루퉁한 표정으로 중얼거렸어요.

「앞으로는 절대 만나면 안 돼요!」제가 말했지요.

「두고 보자.」캐시는 그렇게 대답하더니 힘들게 걷는 저를 두고 말을 몰아 휑하니 가버리더군요.

아가씨와 제가 저택에 도착했을 때는 아직 정찬 전이었어요. 서방님은 우리가 농원에서 산책을 했다고 짐작하셨는지 어디를 다녀왔냐고 묻지도 않으셨지요. 저는 집에 들어가자마자 서둘러 젖은 신과 양말을 갈아 신었어요. 하지만 젖은 몸으로 하이츠에 한참 머물렀기 때문에 몸 상태가 안 좋았죠. 다음 날 아침엔 자리에서 일어나지 못했고, 집안일조차 돌보지 못한 채 3주 동안 자리보전을 했어요. 그렇게 아팠던 적은 한 번도 없었는데, 다행히 그 후에 또 그렇게 앓진 않았지요.

우리 아가씨는 천사처럼 제 시중을 들어 주고 외로움을 달래 줬어요. 침대에 갇혀 지냈기 때문에 기분이 무척 가라앉았거든요. 워낙에 항상 몸을 움직이며 살아온 터라 그런 거였을 뿐, 사실 불평할 일은 없었지만요. 캐시 아가씨는 린턴 서방님의 방을 나오자마자 제 침대 머리맡으로 달려왔어요. 아버지와 저를 간호하는 데 시간을 나눠 쓰고 자신의 오락에는 1분도 쓰지 않았어요. 먹을거리도 공부도 놀이도 다 제쳐 놓고 지극정성으로 두 환자를 돌봤지요. 아버지를 극진히 사랑하면서 저에게까지 그렇게 신경을 써준 걸 보면 정말 마음이 따뜻한 아가씨임이 틀림없어요!

　캐시가 아버지와 저를 돌보며 하루를 다 보냈다고 말씀드렸지만 서방님은 일찍 잠자리에 드셨고, 저도 보통 6시 이후에는 필요한 것이 없었어요. 그래서 저녁 시간은 아가씨 차지였지요.

　가엾은 것! 저는 다과 이후 아가씨가 뭘 하는지를 챙길 여유가 없었어요. 제게 잘 자라는 인사를 하려고 들를 때마다 볼이 발그레하고 가냘픈 손가락에 분홍빛이 도는 모습을 봤지만 추운 날씨에 말을 타고 황야를 오가느라고 그랬다고는 상상도 하지 못했어요. 그저 거실 벽난로의 열기 때문이겠거니 생각했지요.

24

저는 꼬박 3주를 앓고 나서야 제 방을 나와 집 안을 좀 돌아다닐 수 있게 됐어요. 처음으로 방 밖에서 저녁을 보낸 날, 눈이 침침하니 책을 좀 읽어 달라고 아가씨께 부탁을 했지요. 서방님은 이미 잠자리에 드셨고 우리는 서재에 있었는데, 캐서린은 응낙하긴 했지만 썩 내키지 않아 하는 것 같더군요. 제가 좋아하는 책이 아가씨의 취향과는 맞지 않아 그러나 보다 싶어서 좋아하는 책을 골라 읽어 달라고 했어요.

아가씨는 자신이 좋아하는 책 하나를 골라서 한 시간 정도 차분하게 읽더니 자꾸 묻더군요.

「엘런, 안 피곤해? 이제 그만 눕는 편이 낫지 않을까? 이렇게 오래 일어나 있으면 다시 병이 날 텐데.」

「아니, 아니에요, 아가씨, 피곤하지 않아요.」 저는 계속 그렇게 대답했지요.

제가 방으로 들어갈 의사가 없음을 안 캐시는 이제 자신이 지루해한다는 것을 보여 주려고 애를 쓰더군요. 자꾸 하품을 하고 기지개를 켜면서 이렇게 말하더라고요.

「엘런, 나 피곤해.」

「그럼 그만 읽고 얘기나 해요.」제가 대답했어요.

그랬더니 사태가 더 나빠지더군요. 캐시는 안절부절못하고 한숨을 쉬면서 시계만 쳐다보더니 8시가 되자 기다렸다는 듯이 자기 방으로 가버렸어요. 부루퉁하고 지쳐 보이는 표정과 눈을 자꾸 비비는 동작으로 보아 졸려서 견딜 수 없는 것 같더라고요.

다음 날 밤은 더 심하게 조바심을 냈어요. 그리고 사흘째에는 먼저 일어나 머리가 아프다면서 거실을 나가 버렸어요.

저는 좀 미심쩍다는 생각이 들어서 혼자 한참을 앉아 있다가 아가씨가 좀 나아졌는지 살펴보려고 아가씨 방으로 갔어요. 혼자 있지 말고 아래층으로 내려와 소파에 함께 있자고 권유할 셈이었지요.

아가씨는 위층에서도 아래층에서도 보이지 않았어요. 하인들도 못 봤다고 했고요. 에드거 서방님의 방에 있을까 하고 문에 귀를 대봤지만 아무 소리도 들리지 않더군요. 그래서 전 결국 아가씨의 방으로 돌아가서 촛불을 끄고 창가에 앉아 밖을 내다봤어요.

달이 휘영청 밝고 대지가 눈으로 살짝 덮여 있는 밤이었어요. 아가씨가 기분 전환을 하려고 정원에 산책을 나갔는지도 모르겠다 싶더군요. 실제로 누군가 농원 안쪽 담장을 따라가는 게 보였는데, 아가씨는 아니었어요. 불빛에 드러난 모습으로 보아 마부들 중 하나더군요.

그는 오랫동안 저택 안에 있는 마찻길을 바라보고 서 있다

402

가 무언가를 발견한 듯 재빨리 마중을 갔어요. 조금 후 다시 나타났는데, 아가씨의 말을 끌고 있었고, 방금 말에서 내린 아가씨가 그와 나란히 걷고 있더군요.

하인은 말을 끌고 잔디밭을 가로질러 슬그머니 마구간 쪽으로 갔어요. 아가씨는 거실의 여닫이창을 열고 들어와서 자기 방을 향해 조용히 올라왔지요. 제가 기다리고 있다는 것은 꿈에도 생각하지 못하고요.

문을 살그머니 여닫고 방에 들어온 아가씨는 눈에 젖은 신발을 벗고 모자 끈을 푼 뒤, 제가 몰래 지켜보고 있다는 사실은 모른 채 망토를 벗으려고 벽난로 쪽으로 다가왔어요. 그때 제가 불쑥 일어나 모습을 드러내니 너무 놀라서 알지 못할 외마디 소리를 지르고는 한동안 몸이 화석처럼 굳은 채 그냥 가만히 서 있더라고요.

「사랑하는 캐서린 아가씨.」 최근에 아가씨가 따뜻하게 보살펴 주어 감명을 받았던 터라 차마 곧장 나무라지는 못하고 그렇게 말을 시작했어요. 「이 시간에 말을 타고 어딜 다녀오세요? 그리고 왜 저한테 거짓말을 하셨어요? 어디 갔다 오신 거냐고요? 말씀해 보세요!」

「농원 끝까지 갔다 왔어.」 캐시가 더듬대며 말했어요. 「거짓말을 한 건 아니야.」

「그럼 딴 덴 안 가셨어요?」 제가 추궁했지요.

「으응.」 아가씨가 기어들어가는 소리로 대답했어요.

「오, 캐서린 아가씨.」 제가 슬픈 목소리로 크게 외쳤지요. 「잘못한 거 본인도 아시죠? 안 그러셨다면 제게 거짓말까지

하지는 않으셨을 거예요. 정말 슬프네요. 지어낸 거짓말을 듣느니 석 달을 앓아눕는 게 나아요.」

캐시 아가씨는 제게 달려와 와락 껴안더니 눈물을 왈칵 터뜨리며 팔로 목을 끌어안았어요.

「아아, 엘런, 나는 엘런이 화내는 거 정말 무서워.」캐시가 말했어요.「화 안 낸다고 약속해 줘. 그럼 사실대로 다 말할게. 나도 감추기는 싫어.」

우리는 창가 자리에 함께 앉았어요. 전 아가씨에게 무슨 비밀을 털어놓든 나무라지 않겠다고 약속했어요. 물론 비밀의 내용은 짐작할 수 있었지요. 아가씨가 말을 시작했어요.

「그동안 계속 워더링 하이츠에 갔어, 엘런. 엘런이 병이 난 뒤에 거의 하루도 거르지 않았어. 엘런이 앓아누웠을 때 세 번, 그 후 엘런이 방에서 나왔을 때 두 번만 못 갔어. 마이클에게 책과 그림을 주면서 매일 저녁 미니를 준비시켰고, 내가 다녀온 뒤에 마구간에 다시 넣으라고 했지. 마이클도 나무라면 안 돼, 절대. 6시 반쯤 워더링 하이츠에 가서 보통 8시 반까지 있다가 다시 말을 타고 돌아왔지. 내가 재미있으려고 간 게 아니야. 거기 있는 동안 대개는 기분이 참담했어. 일주일에 한 번 정도는 행복하기도 했지. 처음엔 내가 린턴에게 약속한 대로 다음 날 또 가려면 엘런을 설득해야 하는데 힘들겠구나 하고 생각했어. 하지만 다음 날 엘런이 앓아눕게 되어 그럴 필요도 없었지. 그냥 오후에 농원 문의 자물쇠를 고치는 마이클을 보고 나한테 열쇠를 달라고 했어. 사촌이 아픈데 그레인지에 올 수 없기 때문에 내가 가주길 바란다고,

그런데 아빠가 반대하신다고 했지. 그러고 나서 내 말을 돌보는 일을 두고 교섭을 했어. 마이클은 책 읽기를 좋아하는데 우리 집을 떠나 결혼할 계획이라, 서재에 있는 책들을 빌려준다면 부탁을 들어주겠다고 했어. 내가 내 책을 주니까 마이클이 더 좋아하더라고.

내가 두 번째 갔을 때는 린턴의 기분이 좋아 보였어. 그리고 가정부인 질라가 방을 치우고 벽난로 불을 피워 주면서, 조지프는 기도회에 갔고 헤어턴 언쇼는 개들을 데리고 나갔으니(나중에 보니까 우리 숲에서 꿩을 밀렵한 거였어) 우리 하고 싶은 대로 하라고 했어.

질라가 따스한 포도주와 생강쿠키를 갖다주었는데 아주 친절한 사람 같았어. 그리고 린턴은 안락의자에 앉고 나는 벽난로 앞에 놓인 작은 흔들의자에 앉아서 웃고 떠들며 정말 즐거운 시간을 보냈어. 할 얘기가 아주 많았거든. 여름에 함께 어디로 가서 무엇을 할지 계획을 세웠어. 엘런이 어리석다고 할 테니까 우리 계획을 다 얘기하지는 않을게.

하지만 한번은 싸울 뻔했어. 린턴이 더운 7월 하루를 보내는 가장 즐거운 방법은 들판 한가운데 히스가 만발한 둑에서 아침부터 저녁까지 꽃들에 둘러싸여 누워 있는 거라고 했거든. 주변에선 벌들이 활짝 핀 꽃들 사이에서 꿈꾸듯 웅웅거리고 종달새가 하늘 높은 데서 노래하는 가운데, 구름 한 점 없는 푸른 하늘에서 내리쬐는 밝은 햇볕을 받으면서 말야. 그거야말로 린턴이 생각하는 완벽한 천국의 행복이라고 하더라. 내 생각에 가장 좋은 것은 서풍이 몰려와서 머리 위에

서 밝고 흰 구름이 재빨리 지나가고, 종달새와 개똥지빠귀,
찌르레기, 홍방울새, 뻐꾸기가 사방에서 노랫소리를 쏟아 낼
때 바스락거리는 초록빛 나무 가지 위에 걸터앉아 앞뒤로 몸
을 흔들면서 멀리 보이는 들판이 서늘하고 어두운 골짜기로
이어지는 풍경을 보는 거야. 그리고 가까이에서 긴 풀은 미
풍에 파도치듯 흔들리고, 숲이 보이고, 시냇물은 졸졸 흐르
고, 온 세상이 깨어나 기쁨에 넘치는 거야. 린턴은 모든 것이
평화로운 황홀경에 취해 누워 있기를 원했고, 나는 만물이
휘황찬란한 축제 속에서 춤추는 게 더 좋았어.

　내가 린턴의 천국은 반쪽짜리라고 했더니, 린턴이 내 천국
은 술에 취해 있을 거라고 하더라. 그래서 내가 나라면 린턴
의 천국에 가도 금방 잠들어 버릴 거라고 했지. 그랬더니 린
턴이 자기는 내 천국에서는 숨도 못 쉴 거라면서 막 화를 냈
어. 결국 날씨가 좋아지면 둘 다 해보기로 하고 입맞춤으로
다시 친구가 됐지. 한 시간 동안 가만히 앉아 있다가, 커다란
방의 바닥이 매끄럽고 카펫도 안 깔려 있어서 탁자를 없애면
참 재미있게 놀 수 있을 것 같더라. 그래서 린턴한테 질라를
불러 우리를 도와 달라고 해서 잡기 놀이를 하자고 했어. 질
라가 눈을 가리고 우리를 잡는 놀이지. 엘런이랑 전에 그런
놀이를 자주 했잖아. 그런데 린턴이 재미없을 거라고 싫다는
거야. 하지만 공놀이는 괜찮다고 해서 우리는 벽장을 뒤져
옛날 장난감들 사이에서 공 두 개를 찾아냈어. 벽장 안에는
팽이랑 굴렁쇠, 배틀도어 채,[10] 그리고 셔틀콕 따위도 있었어.
하나에는 C라고 쓰여 있었고, 다른 것에는 H라고 쓰여 있어

서 내가 캐서린이니까 C를 갖고 H는 히스클리프의 머리글자니까 린턴 네가 가지라고 했지. 그런데 H라고 쓰인 공에서 겨가 삐져나와서 린턴이 싫어했어.

내가 계속 이기니까 린턴이 또 심통을 부리더니 기침이 나와 자기 의자로 돌아갔지. 하지만 그날 밤엔 린턴의 기분이 금세 다시 나아졌어. 엘런이 가르쳐 준 고운 노래 두세 가지를 불러 주니까 굉장히 좋아했거든. 헤어질 때 다음 날 저녁에도 또 와달라고 하길래 내가 그러마고 약속했지.

미니하고 난 바람처럼 가볍게 달려 집으로 왔고, 그날 밤 나는 꿈속에서 워더링 하이츠와 내 다정하고 귀여운 사촌을 계속 봤어.

다음 날은 슬펐어. 엘런은 아팠고, 또 내가 사촌한테 놀러 가는 걸 아빠가 알고 허락해 주면 얼마나 좋을까 하는 생각이 들어서. 하지만 다과를 즐긴 후엔 달빛이 정말 아름다워서, 말을 타고 사촌에게 가는 동안 우울한 기분도 사라졌어.

오늘 저녁도 정말 행복할 거야, 하는 생각이 들었고 내 귀여운 린턴도 행복해할 거라고 기대하니 더 기뻤어.

내가 말을 타고 정원 길을 올라가서 집 뒤로 돌아가니까 언쇼가 나타나서 말고삐를 잡더니 앞문으로 들어가라고 하더라. 미니의 목을 두드려 주고, 귀여운 녀석이라고 말하면서, 내가 자기한테 말을 걸어 주기를 바라는 것 같았지. 하지만 난 내 말 건드리지 말라고, 안 그러면 말이 발로 차버릴지도 모른다고 그랬지.

10 배드민턴의 기원이 된 영국의 놀이.

407

그랬더니 천한 말투로 대꾸를 하더라.

〈그래 봤자 난 별로 안 아플걸.〉 그러곤 실실거리며 미니의 다리를 살펴보는 거야.

난 어디 맛 좀 봐라 하는 생각이 슬그머니 들었지만, 그 애는 문으로 다가가서 빗장을 올리더니 문 위에 새겨진 글씨를 보며 멋쩍으면서도 우쭐한 표정으로 어벙하게 말했어.

〈캐서린 양! 인제 나도 저거 읽을 수 있어요.〉

〈굉장하네.〉 내가 큰 소리로 말했지. 〈읽어 봐. 더 똑똑해졌나 보네!〉

그가 철자를 하나하나 읽고 나서 자기 이름을 한 음절씩 느릿하게 발음했어.

〈헤어턴 언쇼.〉

〈그럼 저 숫자는 뭐야?〉 그가 더 이상 읽지 못하자 내가 격려하듯 큰 소리로 말했어.

〈그건 아직 못 읽어.〉 그가 대답했어.

〈아이고, 바보 같으니!〉 내가 실컷 웃어 그를 놀려 주면서 말했어.

그 바보는 자기도 웃을지 말지 망설이면서 입으로는 미소를 띠고 눈가는 찌푸린 채 날 빤히 쳐다보는 거야. 내가 친밀감을 느껴서 웃는지 아니면 비웃는지를(물론 후자였지) 잘 모르는 것 같더라고.

그래서 정색을 하고 〈난 네가 아니라 린턴을 만나러 왔으니까 비켜 달라〉고 말해서 그의 의심을 풀어 주었지.

달빛에 그가 얼굴을 붉히는 모습이 보이더라. 손을 빗장에서 떨구더니 뚱한 표정으로 슬금슬금 물러갔어. 잘난 척하다가 망신을 당한 거지. 자기가 린턴처럼 똑똑해졌다고 생각했나 봐. 겨우 자기 이름 정도를 쓸 줄 알면서. 내가 그렇게 생각하지 않는다는 사실을 알고 굉장히 당황한 거야, 참 나.」

「잠깐, 캐서린 아가씨, 잠깐만요!」 제가 말을 끊었어요. 「제가 나무라지는 않겠지만 그런 처신은 마음에 안 드네요. 헤어턴도 린턴 도령처럼 사촌임을 기억하신다면 그게 얼마나 부적절한 행동인지 아실 텐데요. 헤어턴이 린턴만큼 똑똑해지고 싶어 한다면 칭찬받아 마땅해요. 그리고 그렇게 공부한 게 아마 잘난 체하기 위해서만은 아니었을 거예요. 전에 만났을 때 아가씨 때문에 헤어턴이 자신의 무지를 부끄럽게 생각하게 됐잖아요. 자기 딴에는 글을 배워서 아가씨를 기쁘게 해주려고 한 것 같은데. 노력이 충분하지 않았다고 조롱하는 것은 아주 교양 없는 태도예요. 아가씨도 그런 환경에서 자랐다면 그만큼 무식하지 않았을까요? 헤어턴도 아기 때는 아가씨처럼 아주 똑똑하고 영민했다고요. 그런데 야비한 히스클리프에게 부당한 대우를 당해 이젠 아가씨한테까지 경멸을 받게 되다니 제 마음이 다 아프군요.」

「그래도, 엘런, 그거 때문에 우는 거야?」 제가 진지한 태도로 말하자 놀라서 캐시가 큰 소리로 물었어요. 「하지만, 잠깐, 헤어턴이 진짜로 날 기쁘게 해주려고 A, B, C를 외웠는지 아니면 다른 이유가 있었는지, 그리고 그 짐승 같은 애한테 예의 바르게 대할 가치가 정말 있는지 없는지 이제 곧 알게 될 거야. 내가 안으로 들어갔더니 린턴이 장의자에 누워 있다가 날 맞이하려고 몸을 반쯤 일으켰어.

〈오늘은 몸이 안 좋아, 캐서린.〉린턴이 말했어. 〈그러니까 네가 나한테 얘기를 들려줘야 해. 어서 옆으로 와서 앉아. 네가 약속을 꼭 지킬 줄 알았어. 오늘도 약속을 해주고 가야 해.〉

나는 린턴이 아프니까 그를 귀찮게 하면 안 되겠구나 생각했어. 그래서 말을 조용조용히 하고 질문도 안 하고 린턴이 짜증나지 않도록 신경을 썼어. 린턴이 나한테 책을 좀 읽어 달라고 해서 마침 제일 재미있는 책을 가져 갔기 때문에 그걸 읽으려고 하는데, 언쇼가 문을 확 열고 들어오더라. 가만히 생각해 보니 무척 화가 났는지 우리 쪽으로 곧장 오더니 린턴의 팔을 잡고 확 비틀어서 린턴이 의자에서 떨어져 버렸어.

〈네 방으로 썩 꺼져!〉헤어턴이 화가 잔뜩 나서는 알아듣기도 힘든 소리로 그렇게 말했어. 얼굴은 부은 것 같았고 표정도 험상궂었어. 〈널 보러 왔다니까 저 여자도 데리고 가. 네가 뭔데 나를 이 방에서 쫓아내. 썩 꺼지라고, 너희 둘 다!〉

그렇게 우리를 향해 마구 욕설을 퍼붓더니 대답할 틈도 주지 않고 린턴을 부엌으로 내던지다시피 하는 거야. 내가 린턴을 따라가는데, 주먹을 움켜쥔 본새가 한 대 칠 기세였어. 순간 너무 무서워서 손에서 책을 떨어뜨리니까 나한테 꽉 차더니, 우리가 나가니까 문을 꽝 닫아 버렸어.

벽난로 쪽에서 캑캑거리는 악마 같은 웃음소리가 나서 돌아보니까 글쎄 밉살스러운 조지프가 뼈마디가 튀어나온 손을 비벼대며 몸까지 다 떨면서 웃고 있더라니까.

〈내 저 도령한테 혼날 줄 알았다! 참 대단한 청년이야! 기백이 쟁쟁하다니깐! 도령도 알고 있지. 맞아, 도령도 나처럼 이 집 쥔이 누구신지 자알 알고 있는 거야. 캑캑캑! 아주 제대로 쫓아냈군! 캑캑캑!〉

〈우리 어디로 가야 돼?〉 내가 악마 같은 노인의 조롱을 무시하며 린턴한테 물었어.

린턴은 얼굴이 창백해져서 몸을 부들부들 떨고 있었어. 조금도 귀여워 보이지 않았어, 엘런. 아, 아니! 아주 끔찍한 모습이었어! 얼굴은 비쩍 마르고 커다란 눈에서는 아무것도 할 수 없어서 미칠 것 같은 사람의 분노가 엿보이더라. 린턴이 문손잡이를 잡고 흔드는데, 문은 안에서 잠겨 있었어.

〈이 문 안 열어 주면 죽여 버릴 거야! 안 열어 주면 죽여 버릴 거라고!〉 말을 하는 게 아니라 비명을 지르는 것 같았어. 〈이 악마, 이 악마 같은 놈아! 죽여 버릴 거라고, 죽여 버릴 거란 말야!〉

조지프가 다시 캑캑거리며 웃었어.

〈옳거니, 그 아비에 그 아들이구먼!〉 조지프가 큰 소리로 말했어. 〈그 아비에 그 아들이야! 아무래도 부모를 닮게 마련이니까. 이거 봐, 헤어턴 도령, 겁낼 것 없어, 겁낼 것 없다고. 저 녀석이 감히 어쩌는 못할 거야!〉

내가 린턴의 두 손을 잡고 끌어당겼는데, 어찌나 끔찍한 비명을 지르던지 그만 포기했어. 그러다 마침내 발작하듯 끔찍한 기침을 하면서 비명을 그치더니 입에서 피를 콸콸 쏟으면서 마룻바닥으로 쓰러져 버렸어.

난 너무 무서워서 마당으로 뛰어나가 있는 힘을 다해 질라를 불렀어. 그랬더니 질라가 헛간 뒤 외양간에서 우유를 짜고 있다가 바로 무슨 일이냐며 서둘러 오더라.

　나는 너무 숨이 차서 설명도 못 하고 그냥 린턴에게 데려가려고 질라를 잡아끌면서 주변을 살펴보았지. 언쇼가 무슨 일이 벌어졌나 보려고 밖으로 나왔다가 가엾은 린턴을 안아서 위층에 올려다 놓고 있더라고. 질라와 내가 뒤따라가 보니 언쇼가 계단 꼭대기에서 나를 막아세우고 린턴 방에는 못 들어간다고, 그냥 집으로 가라고 그러는 거야.

　그래서 나는 언쇼가 린턴을 죽였다고 소리를 지르면서, 꼭 이 방에 들어가고야 말겠다고 우겼지.

　그랬더니 조지프가 문을 잠그면서 〈그런 짓거리〉 좀 하지 말라고 하더니 〈너도 린턴처럼 미쳤냐〉고 묻는 거야.

　내가 그 자리에 서서 울고 있는데 가정부가 다시 와서 린턴은 곧 괜찮아질 테니까 그렇게 울고불고 난리를 치지 말라고, 그러면 린턴한테도 안 좋다고 그랬어. 그러고는 날 들다시피 해서 거실로 데려갔지.

　엘런, 나는 머리털을 다 쥐어뜯고 싶은 심정이었어! 눈이 퉁퉁 부을 정도로 엉엉 울어서 앞이 안 보일 지경이었다고. 엘런이 그렇게 동정하는 악당 녀석은 가끔씩 주제넘게 〈쉿〉 소리를 내며 린턴이 그러는 게 자기 잘못이 아니라고 말했어. 그러다가 내가 아빠한테 일러서, 널 감옥에 보내 교수형을 받게 할 거라고 하니까 그제야 겁에 질려서 울더라. 그리고 겁쟁이처럼 덜덜 떠는 모습은 들키기 싫었는지 막 서둘러 나가 버렸어.

하지만 그걸로 끝이 아니었어, 녀석을 또다시 마주쳐야 했거든. 마침내 그 집 사람들한테 떠밀려서 집을 나와 몇백 미터 정도 갔을 때였어. 그런데 갑자기 길가 컴컴한 데서 언쇼가 뛰어 나오더니 미니를 세우고 날 붙잡더라고.

〈캐서린 양, 저도 속상하다고요.〉 그가 말을 시작했어. 〈하지만 그래도 나한테⋯⋯.〉

아무래도 날 죽이려는 것 같아서 채찍으로 한 대 갈겼더니 날 잡았던 손을 놓고 평소처럼 끔찍한 욕을 퍼붓더라. 나는 반쯤은 정신이 나간 채로 말을 마구 달려 집으로 돌아왔지.

그날 저녁엔 엘런에게 잘 자라는 인사도 못 했고, 다음 날은 워더링 하이츠에도 안 갔어. 무척 가보고 싶기는 했지만 마음이 진정되지 않았고 린턴이 죽었을까 봐 겁도 났거든. 그리고 헤어턴을 마주칠 생각을 하면 가끔씩 몸서리도 쳐졌어.

사흘째에는 용기를 좀 냈어. 불안한 상태로 전전긍긍하다 더 이상 견딜 수가 없어 다시 한번 살짝 집을 빠져나갔지. 5시쯤 하이츠를 향해 걸어갔어. 집으로 조용히 들어가서 몰래 린턴의 방까지 가려고 했는데, 개들이 알아채 버렸어. 질라가 나를 맞이하더니 〈도련님은 차차 나아지고 계세요〉라며 양탄자가 깔린 작고 깔끔한 방으로 안내해 줬어. 들어가보니 린턴이 작은 소파에 앉아 내 책을 읽고 있더라. 정말 말로 다 할 수 없을 만큼 기뻤어. 하지만 린턴은 한 시간 동안이나 말을 걸지도 바라보지도 않았어, 엘런. 성격이 그렇게 못

됐더라고. 너무 황당했던 게, 린턴이 마침내 입을 열고 한다는 소리가 헤어턴한테는 아무 잘못도 없고 나 때문에 온갖 소동이 일어났다는 거야. 어쩜 그렇게 터무니없는 소리를 하는지!

대답을 하자니 화를 낼 수밖에 없을 것 같아서 그냥 일어나서 방을 나왔어. 그랬더니 린턴이 가냘픈 목소리로 〈캐서린!〉 하고 부르더라. 내가 그렇게 나올지 몰랐겠지만 나는 돌아서지 않았어. 그리고 다음 날 두 번째로 방문을 걸었어. 사실 이제 다신 찾아가지 않겠다고 결심할 뻔했지.

하지만 린턴의 안부를 모른 채 자고 일어나니까 너무 마음이 안 좋았어. 그래서 내 결심은 굳어지기도 전에 녹아 버렸지. 전에는 그 집에 가는 게 잘못인 듯했는데, 이젠 안 가는 게 잘못인 것 같았어. 마침 마이클이 와서 미니한테 안장을 얹을까 물어보길래 〈그래〉라고 대답했지. 미니를 타고 언덕을 넘어가자니까 내가 마땅히 해야 할 일을 하고 있다는 느낌이 들더라.

몰래 들어가려고 해봤자 소용없는 일이었지. 안마당으로 가려면 창문 앞을 지나가야 하기 때문이야.

〈도련님은 거실에 계세요.〉 거실로 가는 나를 보고 질라가 말했어.

거실에 들어가니 언쇼도 있었는데, 날 보더니 바로 방에서 나가 버리더라. 린턴은 커다란 안락의자에 앉아서 반쯤 잠들어 있었어. 나는 벽난로 쪽으로 다가가며 진지하게 말하기 시작했어. 어느 정도는 진심으로 한 말들이었지.

〈린턴, 너는 날 좋아하지 않고, 내가 올 때마다 너를 괴롭히기만 한다고 하니까 더는 널 만나러 오지 않을 거야. 오늘이 마지막이야. 이제 작별 인사를 하자. 고모부께 더 이상 날 보고 싶은 마음 없다고 말씀드려 줘. 이런 일로 굳이 거짓말하시지 말라고.〉

〈앉아서 모자 벗어, 캐서린.〉 린턴이 대답했어. 〈넌 나보다 훨씬 행복하니까 나보다 더 착하게 굴어야지. 아빠가 항상 내 결점만 지적하고 경멸하시니까 난 자신감을 잃을 수밖에 없잖아. 나는 아빠 말마따나 정말 아무짝에도 쓸모가 없는 존재가 아닐까 하는 의심이 자주 들어. 그런 생각을 하고 나면 너무 화가 나고 속상해서 이 세상 사람들이 다 밉단 말이야! 난 아무짝에도 쓸모가 없고 성격도 못됐고 우울하고, 거의 항상 그렇잖아. 그러니까 만일 네가 원한다면 작별 인사를 해도 좋아. 그럼 넌 귀찮은 존재를 이제 안 봐도 되겠지. 다만, 캐서린, 이것만은 분명히 하자. 내가 너처럼 다정하고 친절하고 착할 수만 있다면 난 그렇게 할 거야. 너만큼 행복하고 건강한 것도 좋지만 너처럼 다정하고 친절하고 착했으면 더 좋겠어. 그리고 나는 비록 자격은 없지만 네 친절한 마음씨 때문에 널 더욱 깊이 사랑하게 됐어. 비록 지금까지 못된 성질을 부렸고 앞으로도 계속 그러겠지만, 그래도 후회하고 뉘우치고 있어. 죽을 때까지 계속 그럴 거야. 믿어 줘!〉

린턴의 말이 진심임을 가슴으로 알 수 있었어. 그래서 린턴을 용서해야 한다고 생각했어. 비록 다음 순간 또 다투더라도 또다시 용서해야 한다는 생각도 들었고. 둘이 화해는

415

했지만 거기 있는 동안 우리는 내내 함께 울었어. 슬프기도
했지만, 린턴의 성격이 그렇게 뒤틀려 버렸다는 게 가슴 아
팠거든. 린턴은 친구들의 마음을 편하게 해주지도 못하고 자
기 마음도 절대 편하지 못할 애야!

그날 저녁부터는 항상 작은 방으로 가서 린턴을 만났어.
고모부가 다음 날 돌아오셨으니까. 첫날 저녁처럼 즐겁고 희
망에 찬 시간을 보낸 건 세 번 정도고 나머지는 모두 우울하
고 힘들었어. 린턴이 자기 생각만 하고 심술궂게 굴어서이기
도 했고, 몸이 아픈 탓이기도 했어. 하지만 난 린턴이 성질을
부릴 때도 몸이 아플 때만큼이나 화내지 않고 참는 데 익숙
해졌어.

고모부는 일부러 나를 피하는지, 그분은 거의 못 봤어. 지
난 일요일에는 평소보다 좀 일찍 갔다가 고모부가 가엾은 린
턴이 전날 밤 한 행동을 두고 욕을 하면서 정말 잔인하게 야
단치는 소리를 들었어. 전날 밤에 우리 대화를 엿들으신 것
같아. 린턴이 진짜로 날 화나게 했었거든. 하지만 이건 우리
두 사람의 문제지 남이 상관할 바가 아니잖아. 그래서 내가
방으로 들어가서 그렇게 말하면서 고모부의 설교를 중단시
켰지. 그랬더니 그분이 웃음을 터뜨리면서 내 생각이 그렇다
니 다행이라고 하면서 나가시더라. 난 린턴한테 다음부턴 화
가 나더라도 작은 소리로 말하라고 했지.

자, 엘런, 이게 다야. 날 워더링 하이츠에 못 가게 하면 두
사람이 불행해져. 하지만 엘런이 아빠께 말씀드리지만 않으
면 내가 거길 간다고 해서 불편한 사람은 없잖아. 말 안 할 거

지? 만일 아버지께 이른다면 그건 정말 잔인한 짓이야.」

「내일까지 결정할게요, 아가씨.」 제가 대답했어요. 「일단 좀 쉬세요. 전 가서 생각을 좀 해볼 테니.」

물론 전 깊이 생각한 끝에 서방님 앞에 가서 힘주어 말했어요. 아가씨의 방에서 나오자마자 서방님 방으로 가서 모든 이야기를 다 해드렸거든요. 아가씨와 사촌의 대화, 그리고 헤어턴에 대한 부분만 빼고요.

린턴 서방님은 내색을 안 하려고 애썼지만 무척 놀라고 슬퍼하더군요. 캐서린 아가씨는 다음 날 아침에 제가 자신의 신뢰를 저버렸으며 그리하여 비밀 외출도 끝장났다는 사실을 알게 되었고요.

아가씨는 몸부림을 치고 울면서 린턴이 불쌍하니 제발 방문 금지령을 취소해 달라고 애원했어요. 딸을 달래기 위해 아버지는 린턴에게 편지를 써서 그가 원한다면 그레인지 방문을 허락하겠다고 약속했죠. 물론, 캐서린의 워더링 하이츠 방문은 더 이상 기대하지 말라는 충고와 함께요. 그분이 조카의 성격과 건강 상태를 알았다면 아마도 그렇게 작은 위로마저 안 해주는 쪽이 옳다고 여겼을 거예요.

25

「이게 다 지난겨울에 일어난 일이랍니다.」딘 부인이 말했다. 「1년도 채 안 됐네요. 그때만 해도 저는 열두 달 뒤에 이 가족과 아무런 상관도 없는 분께 심심풀이로 이런 이야기를 해드릴 거라곤 상상도 못 했어요! 하지만 어르신이 계속 모르는 분으로 계실지는 또 알 수 없는 일 아니겠어요? 계속 독신으로 지내기에는 너무 젊으시고 캐서린 린턴을 만난 사람 치고 사랑에 빠지지 않을 사람도 없겠다 싶으니까요. 웃어넘기려 하시지만, 그럼 제가 캐서린 아씨 이야기를 할 때면 왜 그토록 생기가 돌고 관심을 표하시는데요? 그리고 벽난로 위에 캐서린의 초상화를 걸어 놓으란 말은 왜 하셨어요? 그리고 또 왜…….」

「그만하세요, 아주머니!」내가 외쳤다. 「물론 내가 캐서린 아씨를 사랑하는 일이 일어날 수도 있겠지요. 하지만 캐서린이 왜 날 사랑하겠어요? 그럴 가능성이 희박하니까 나도 굳이 그런 유혹에 빠져서 평화로운 생활을 깨뜨리는 모험을 하고 싶지는 않아요. 그리고 난 이 고장에 살 사람이 아니잖아요.

바쁜 도시가 더 잘 맞는 사람이라 그리로 돌아갈 거예요. 이야기나 계속해 봐요. 캐서린이 아버지의 명령에 복종했나요?」

「그랬지요.」 가정부가 말을 이었다. 「아가씨한테는 아버지에 대한 사랑이 여전히 가장 소중한 감정이었고, 아버지도 화를 내지 않고 말했어요. 당신의 보물을 수많은 위험들과 적들 사이에 두고 떠나야 했기 때문에 아주 깊은 애정을 담아 말했지요. 당신이 남긴 말씀에 대한 기억만이 따님을 인도해 줄 안내자로 남을 거라고 생각했으니까요.」

며칠 후 그분이 제게 말했어요.

「조카애가 편지를 쓰든지 찾아와 준다면 좋겠구나, 엘런. 그 애를 어떻게 생각하는지 진지하게 말해 다오. 전보다 더 나아졌더냐? 아니면 어른이 되면서 더 나아질 가능성이라도 있어 보이더냐?」

「몸이 무척 약합니다, 어르신.」 제가 대답했지요. 「어른이 될 때까지 살아 있을 가능성이 별로 없어 보여요. 그렇지만 아버지를 닮지는 않았더군요. 만일 캐서린 아가씨가 그와 결혼하는 불행한 사태가 발생한다 하더라도 어리석게 그를 떠받들지만 않으면 아가씨의 말을 잘 따를 거라고 생각해요. 하지만, 서방님, 직접 도련님을 만나서 성품이 어떤지 또 아가씨께 좋은 배필이 될지 어떨지 서서히 판단하셔도 될 겁니다. 그 도련님이 성인이 되려면 4년이 좀 넘게 남았으니까요.」

에드거 서방님은 한숨을 짓더니 창가로 가서 기머턴 성당 쪽을 바라보았어요. 안개 긴 오후였지만 2월의 해가 아직 희미하게 빛나고 있어서 성당 마당에 서 있는 전나무 두 그루와 여기저기 흩어진 비석이 보였어요.

「내가 자주 기도를 드렸지.」 그분이 혼잣말처럼 말했어요. 「지금 내게 다가오고 있는 죽음이 어서 오기를 말이야. 그렇지만 이제는 그걸 피하고 싶고 무서워지는구나. 내가 신랑이 되어 저 산골짜기를 내려오던 기억보다도, 몇 달, 아니 몇 주 안에 같은 길을 거꾸로 올라가 외로운 무덤에 묻히기를 기대하는 쪽이 더 달콤할 거라고 생각했어! 엘런, 나는 귀여운 캐시 덕분에 무척 행복했어. 그 애는 겨울밤에도 여름낮에도 내 곁에 있어 준, 살아 있는 희망이었어. 하지만 저 오래된 성당 마당의 묘비들 가운데서 나 혼자 생각에 잠겨 있을 때도 그에 못지않게 행복했지. 긴긴 6월 저녁에 캐시 엄마 무덤의 푸른 봉분에 누워 내가 그 아래 누울 날이 오기만을 간절히 고대했으니까. 캐시를 위해서 내가 무슨 일을 할 수 있을까? 그 아이를 두고 어떻게 떠나지? 린턴이 히스클리프의 아들이라는 점은 신경이 안 쓰인다. 그 애가 나한테서 캐시를 빼앗아 가도 괜찮아. 만일 캐시가 날 잃었을 때 그 애를 위로해 줄 수만 있다면. 히스클리프가 목적을 달성하고 내 마지막 축복을 빼앗아 간대도 상관없어! 하지만 린턴에게 내 딸의 배필이 될 자격이 없다면, 의지력이 약해서 아비의 꼭두각시 노릇이나 한다면 그런 녀석한테 캐시를 맡길 수는 없어! 캐시의 들뜬 마음을 억누르기가 고통스럽기는 해도 내 목숨이 붙어 있는 한 계속 그렇게 할 수밖에 없어. 캐시를 외롭게 남겨 놓고 죽을 수밖에 없지. 내 사랑하는 딸! 차라리 하느님께 맡기는 편이 나아. 나보다 먼저 그 애를 묻는 한이 있어도.」

「아가씨는 지금처럼 하느님께 맡기세요, 서방님.」 제가 대답했죠. 「그리고 저희가 하느님 뜻에 따라 서방님을 먼저 잃게 된다면(그런 일이 없기를 빕니다!) 제가 언제까지나 친구이자 조언자로 남아 아가씨를 지키겠습니다. 캐서린 아가씨는 심성이 착하니까 일부러 나쁜 길로 빠질 거라는 걱정은 들지 않습니다. 그리고 자기 도리를 다 하는 사람들은 결국 하늘의 상급을 받기 마련이지요.」

봄이 왔고, 서방님은 다시 따님과 정원을 거닐기는 했지만 건강을 완전히 회복하지는 못했어요. 환자를 돌본 경험이 거의 없는 아가씨는 아버지가 회복되고 있다고 생각했죠. 종종 그분의 뺨에 화색이 돌고 눈이 빛나셨거든요. 그걸 보고 아버지가 회복되고 있다고 확신한 거죠.

아가씨의 열일곱 살 생일날 서방님은 성당 묘지에 가지 않으셨어요. 비가 내리고 있어서 제가 말했죠.

「오늘 밤은 당연히 안 나가시겠지요, 서방님?」

그분이 대답했어요.

「그래, 올해는 좀 나중으로 미뤄야겠다.」

그분은 다시 린턴에게 편지를 보내 꼭 만나 보고 싶다고 했어요. 제 생각엔 린턴을 남 앞에 내보일 정도가 됐다면 그 애 아버지가 틀림없이 가보라고 허락했을 거예요. 하지만 린턴의 꼴이 어지간히 처참했는지, 히스클리프가 아들에게, 아버지가 허락하지 않아 그레인지를 방문할 수 없다는 답장을 쓰게 한 것 같더군요. 그리고 외삼촌이 자상하게도 자신을 기억해 줘서 고맙고, 산책 중에라도 한번 만나기를 바라며, 사촌과 오랫동안 못 만나는 일이 없게 해달라고도 썼더군요.

이 대목은 간결했고, 아마 본인의 심정을 있는 그대로 적은 듯했어요. 캐서린을 보고 싶다는 말 정도는 린턴 혼자서도 충분히 잘 적을 수 있다는 것을 히스클리프가 알았던 거지요.

린턴의 편지는 이렇게 이어졌습니다. 〈캐시가 저희 집을 방문하도록 허락해 달라고 말씀드리지는 않겠습니다. 하지만 저희 아버지는 저를, 외삼촌께서는 캐시를 붙잡아 상호 방문을 금하시니, 전 영영 캐시를 못 만나야 합니까? 가끔 캐서린과 함께 말을 타고 하이츠 쪽으로 와주십시오. 그래서 저희가 외삼촌 앞에서 몇 마디 말이라도 서로 주고받게 해주십시오! 저희가 이렇게 만나지도 못할 정도로 큰 잘못을 저지른 것은 아니지 않습니까? 외삼촌도 저 때문에 화가 나신 것은 아니고요. 저를 싫어하실 이유가 없다고 직접 말씀하셨잖아요. 사랑하는 외삼촌! 내일 제게 너그러운 편지를 보내 주십시오. 스러시크로스 그레인지만 아니라면 어디든 외삼촌이 만남을 허락하는 곳으로 가겠습니다. 저를 만나시면 저는 아버지와는 다르다는 것을 아실 겁니다. 아버지도 제가 자신보다는 외삼촌을 더 많이 닮았다고 하셨습니다. 그리고 제게 결점이 많아 캐서린의 짝이 될 자격이 부족하지만 캐서린이 너그럽게 봐주니, 외삼촌께서도 캐서린을 생각해서라도 너그럽게 봐주셨으면 합니다. 제 건강에 대해서 물어보셨죠. 좀 나아지기는 했습니다. 하지만 모든 희망이 끊긴 채 영원히 고독하게 살 운명, 저를 조금도 좋아하지 않고 앞으로도 그럴 가망이라곤 없는 사람들과 살아야 할 운명이 저를 기다리고 있는데, 제가 어떻게 기분이 나아지고 건강이 좋아질 수 있겠습니까?〉

서방님은 린턴 도령의 상황이 딱하다고 여겼지만 그의 부탁을 들어줄 수는 없었어요. 실은 당신의 건강 상태가 캐시와 함께 산책을 나갈 정도가 못 됐거든요.

주인은 어쩌면 여름에는 만날 수 있을지도 모른다며 그때까지는 가끔 편지를 주고받자고 했어요. 그리고 린턴이 집 안에서 처한 어려운 처지를 잘 알고 있으니 충고와 위로를 아끼지 않겠노라고 약속했지요.

린턴은 그 말을 받아들였어요. 그냥 제멋대로 하라고 됐다면 편지마다 불평과 한탄을 늘어놓아 일을 망쳤을지도 모르죠. 하지만 아버지가 철저히 감시했고, 당연히 서방님이 보낸 편지를 모조리 보여 달라고 강요했을 겁니다. 그래서 언제나 머릿속을 채우고 있는 자신의 고통과 슬픔에 대해서는 함구하는 대신 친구이자 연인인 캐서린과 헤어져 있어야 하는 가혹한 상황에 대한 한탄만 주저리주저리 늘어놓았어요. 그리고 외삼촌이 곧 그들의 만남을 허락하지 않는다면 빈말로 자신을 속이신 게 아닌지 의심할 수밖에 없다고 점잖게 적었습니다.

캐시는 집 안에 있던 그의 강력한 우방이었지요. 두 사람은 서방님을 끈질기게 설득해 제가 후견인으로 입회한다는 전제하에 일주일에 한 번 정도는 그레인지에서 가장 가까운 들판에서 만나 함께 말을 타거나 산책을 해도 좋다는 허락을

받아 냈어요. 6월이 되어도 그분의 건강이 계속 안 좋았거든
요. 그리고 당신의 수입 일부를 해마다 아가씨 몫으로 떼어
놓기는 했지만, 대대로 내려오던 저택을 계속 소유하거나 아
니면 따님이 결혼을 하더라도 곧 저택으로 돌아오기를 바란
거지요. 그 유일한 방법은 딸 캐서린을 당신의 상속자와 결
혼시키는 것이라고 믿었고요. 서방님은 그 상속자 역시 빠르
게 건강이 악화되고 있다는 사실을 전혀 몰랐으니까요. 사실
아무도 모르고 있었어요. 의사가 하이츠를 방문한 일도 없고,
다른 누가 린턴의 상태를 보고 우리에게 와서 알려 준 일도
없었으니까요.

저는 저대로 린턴의 건강에 대한 걱정이 기우였나 보다 생
각했어요. 린턴 도령이 들판에서 말을 타고 또 산책도 하겠
다고 하는 등 캐서린 아가씨를 만나려고 진지하게 애쓰는 모
습을 보고 실제로 건강을 회복하고 있나 보다 생각했던 거죠.

린턴이 그처럼 열성을 보인 이유가 히스클리프의 강요 때
문이었다는 사실은 나중에 알게 됐어요. 당시엔 아버지라는
사람이 죽어 가는 아들을 그렇게 잔인하게 학대할 수도 있다
는 생각은 미처 못 했어요. 알고 보니 린턴이 머지않아 죽을
것 같아 더욱더 다급하게 아들을 다그친 거였더라고요. 아들
이 죽으면 자신이 세워 놓은 탐욕스럽고 잔인한 계획이 다
물거품이 될 테니까요.

26

에드거 서방님이 두 젊은이들의 애원에 마지못해 양보를 해서 캐서린과 제가 린턴을 만나기 위해 처음 나선 건 어느 늦여름이었어요.

후덥지근하고 무더운 날이었는데, 햇빛은 없었지만 구름이 여기저기 끼고 안개가 자욱해 비마저 올 것 같지는 않더 군요. 이정표가 있는 교차로 옆에서 만나기로 했는데 도착해보니 어린 목동이 심부름을 와서 말했어요.

「린턴 도련님이 바로 저기 하이츠 쪽에 계시는데요. 그쪽으로 조금만 더 와주시면 정말 감사하시겠대요.」

「그렇다면 린턴 도련님이 외삼촌이 말씀하신 가장 중요한 조건을 잊으셨나 보구나.」 제가 말했지요. 「그레인지의 땅 밖으로 나가면 안 된다고 하셨거든. 우린 여기 있을 테니까 어서 가서 그리 전해라.」

「그럼, 린턴이 있는 데까지 갔다가 말머리를 이쪽으로 돌리자.」 캐서린 아가씨가 말했어요. 「거기서 우리 집 쪽으로 오면 되잖아.」

하지만 막상 린턴 도령이 있는 곳에 도착해 보니 자기 집에서 4백 미터도 안 떨어진 장소였던 데다, 말도 타고 나오지 않았더라고요. 그래서 아가씨와 저도 말에서 내려 말들에게 풀을 뜯게 했어요.

린턴은 히스 들판에 누워 우리가 다가오기를 기다리고 있었는데, 우리가 바로 몇 미터 앞에 도착할 때까지 일어나지도 않더군요. 일어난 뒤에도 어쩜 그리 매가리 없이 걷는지, 얼굴은 또 어찌나 창백해 보이는지, 제가 즉시 큰 소리로 말했지요.

「아이고, 저런. 도련님, 오늘 아침엔 산책을 못 하시겠네요. 많이 편찮아 보이세요!」

캐서린 아가씨도 놀라고 상심한 표정으로 린턴의 모습을 찬찬히 뜯어보았어요. 기쁨의 환성을 터뜨리려던 입술에서 놀라움의 탄성이 나왔고, 오랜만의 만남을 기뻐하는 인사를 전하는 대신 건강이 악화된 거나 아닌지를 걱정스럽게 묻게 됐어요.

「아니야, 더 나아졌어, 더 나아졌다고!」 린턴은 부들부들 떨면서 캐시 아가씨의 손을 꼭 쥐고 숨을 헐떡이며 말했어요. 아가씨의 손에 의지하지 않으면 서 있지도 못할 것처럼 보이더군요. 크고 푸른 눈이 조심스럽게 아가씨의 표정을 살폈는데, 전에는 그냥 나른해 보였던 눈이 이제는 퀭하니 들어가 초췌하면서도 사나워 보였어요.

「무슨 소리야, 전보다 더 나빠졌는데.」 캐시 아가씨가 말했어요. 「전에 봤을 때보다 더 안 좋아 보여. 더 여위었고…….」

「나 피곤해서 그래.」린턴 도령이 서둘러 말을 막았어요. 「너무 더우니까 걷지 말고 여기서 쉬자. 그리고 아침에는 몸 상태가 안 좋을 때가 많아. 아빠 말이 내가 너무 빨리 자라서 그렇대.」

캐시 아가씨가 전혀 납득이 안 된다는 표정으로 앉자, 린턴 도령이 옆에 누웠어요.

「지금 여긴 네가 천국이라고 생각하는 곳과 비슷하네.」캐시 아가씨가 애써 명랑함을 가장하며 말했어요. 「우리가 서로 제일 좋다고 생각하는 곳에서 가장 기분 좋게 하루씩 보내기로 한 거 기억하지? 지금 여기가 네가 바라던 장소와 아주 비슷해. 구름이 좀 끼긴 했지만 말야. 그래도 저 구름은 정말 부드럽고 그윽해서 햇빛이 내리쬘 때보다 오히려 낫다. 다음 주엔 네가 괜찮으면 그레인지 농원에서 함께 말을 달리면서 내 천국을 경험해 보자.」

린턴 도령은 캐시 아가씨가 하는 이야기를 기억도 못 하는 것처럼 보였어요. 그리고 어떤 대화를 하든 계속 이어 가기를 무척 힘들어하는 티가 역력했어요. 린턴 도령이 캐시 아가씨의 이야기에 관심이 없고 또 아가씨를 즐겁게 해줄 기력이 없다는 게 워낙 분명해서 아가씨는 실망한 기색을 감출 길이 없었어요. 그의 신체와 태도가 전반적으로 바뀌었어요. 어떻게 바뀌었는지 정확히 설명하긴 어렵지만요. 전에는 잘 토라지긴 했지만 살살 달래 주면 다정해지기도 했는데, 이제는 축 늘어져 무감각해져 있더라고요. 달래 주길 바라면서 공연히 짜증을 내고 심술을 부리던 어린애 같은 성격도 보이지 않았고, 늘 고질병에 시달리는 환자처럼 침울한 기색에 자기밖에 모르는 사람이 돼 있었어요. 그래서 다른 사람이 위로를 해주어도 거부했고 좋은 뜻으로 웃는데도 모욕으로 받아들이는 것 같더군요.

린턴 도령이 우리와 함께 있기를 좋아하기보다 일종의 형벌로 여기며 고통스러워한다는 것은 저뿐 아니라 캐서린 아가씨가 보기에도 분명했어요. 그래서 아가씨는 곧 주저 없이 작별을 고했지요.

그런데 캐서린 아가씨가 그렇게 말하자마자 뜻밖에도 린턴 도령이 무감각한 상태에서 깨어나더니 묘하게 흥분하더군요. 겁먹은 표정으로 자기 집을 바라보고는 적어도 반 시간 정도는 자신과 더 같이 있어 줘야 한다고 애원 조로 말하더라고요.

「하지만, 내가 보기엔,」캐시 아가씨가 말했죠. 「넌 여기 앉아 있는 것보다 집에서 쉬는 편이 나을 것 같아. 오늘은 내가 옛날이야기를 해주거나 노래를 부르거나 수다를 떨어도 재미있어할 것 같지도 않고. 지난 여섯 달 동안 네가 나보다 더 어른스러워졌나 봐. 이젠 내 장난이 재미없어진 거겠지. 하지만 나로 인해 네가 즐거울 수 있다면 물론 기꺼이 함께 있을게.」

「너도 같이 쉬자.」린턴 도령이 대답했어요. 「그리고 캐서린, 내 몸이 굉장히 안 좋다고 생각하지 마. 그렇게 말하지도 말고. 내가 이렇게 기운이 없는 이유는 날씨가 후덥지근하고 너무 더워서 그래. 네가 도착하기 전에 나로서는 좀 많이 걸었거든. 외삼촌께는 내 건강이 괜찮다고 말씀드려 줘, 알았지?」

「네가 그렇게 말한다고 전할게, 린턴. 정말로 건강해 보이진 않지만.」 린턴이 왜 거짓을 전해 달라고 고집을 피우는지 의아해하며 아가씨가 말했어요.

「그리고 다음 주 목요일에도 와줘.」 린턴 도령이 의아해하는 캐서린 아가씨의 눈길을 피하며 덧붙였어요. 「외삼촌께 널 보내 주셔서 감사하다는 말씀도 드려 주고. 진심으로 감사드린다고, 캐서린. 그리고 혹시라도 우리 아버지를 만나게 되면 잘 이야기해 주길 바라. 내가 말도 없이 멍청하게 시간을 보냈다고 생각하시면 나를 가만두지 않을 거야. 슬프거나 실망한 표정을 짓지 말아 줘. 지금 네가 그렇게 보이니까 하는 말이야. 그럼 우리 아버지가 화내실 거야.」

「너희 아버지가 화를 내시거나 말거나 난 상관없어.」 자신에게 화를 낸다는 뜻인 줄 알고 캐시 아가씨가 큰 소리로 말했어요.

「하지만 난 상관이 있거든.」 린턴 도령이 몸서리를 치며 말했어요. 「아버지가 나한테 화내게 하지 말아 줘, 캐서린. 우리 아버지는 무척 엄하시니까.」

「아버지가 도련님께 심하게 하세요?」 제가 물었어요. 「응석을 받아 주는 데 지쳐서 이제 은근히가 아니라 대놓고 미워하시나요?」

린턴 도령은 저를 바라보았지만 대답은 하지 않았어요. 아가씨가 곁에 앉아 있는데도 졸리는지 고개를 푹 숙였고, 피로 탓인지 고통 때문인지 신음 소리만 조금씩 낼 뿐 아무 말도 하지 않더군요. 캐시 아가씨는 10분쯤 지나자 월귤나무를 찾아 열매를 따서 제게 나눠 주며 무료함을 달랬어요. 린턴 도령에게 말을 시켜 봐야 피로를 가중시키고 짜증만 불러온다는 사실을 알았기 때문에 그에게는 권하지 않았지요.

「이제 30분 됐어, 엘런?」 캐시 아가씨가 마침내 제 귀에 속삭였어요. 「여기 왜 더 있어야 하는지 모르겠어. 린턴은 잠들었고 아빠도 우리를 기다리실 텐데.」

「글쎄요, 잠든 사람을 그냥 두고 갈 수는 없겠지요.」 제가 대답했어요. 「깨어날 때까지 참을성 있게 기다리세요. 오고 싶어서 그렇게 안달을 하시더니 가엾은 린턴 도령을 보고 싶던 마음이 벌써 사라지셨네요!」

「린턴이 대체 왜 날 보고 싶어 했을까?」 캐서린이 대답했어요. 「전에는 린턴이 막 짜증을 내긴 했지만 지금처럼 이상하게 구는 것보다는 훨씬 좋았어. 지금은 강제로 무슨 숙제를 하는 것 같아. 아버지한테 혼날까 봐 무서워서 날 억지로 만나는 것 같잖아. 고모부가 린턴한테 이런 고역을 치르게 하는 이유는 모르지만, 고모부의 비위를 맞추려고 린턴을 만나고 싶진 않아. 그리고 건강이 나아져 다행이지만 이렇게 재미도 없고, 다정하게 대하지도 않아서 슬퍼. 지난번에는 훨씬 더 다정했잖아.」

「린턴 도령의 건강이 진짜로 더 나아진 것 같으세요?」 제가 물었어요.

「응.」 그녀가 대답했어요. 「항상 힘들다고 무척 요란을 떨었잖아. 아빠한테 말하라고 한 것처럼 다 괜찮아지진 않았다 해도 전보다 더 나아지긴 한 것 같아.」

「그럼 저랑은 생각이 다르시네요, 아가씨.」제가 말했지요. 「제가 보기엔 훨씬 더 나빠지신 것 같은데.」

이때 린턴 도령이 선잠에서 깨어나 소스라치게 놀라면서 누가 자기 이름을 부르지 않았느냐고 물었어요.

「아니.」캐서린 아가씨가 말했어요. 「꿈속에서 들었나 봐. 넌 대체 어떻게 아침부터 집 밖에서 잠이 들 수 있니.」

「아버지가 부르시는 소리가 들리는 것 같았는데.」그가 찡 그린 하늘을 흘깃 올려다보더니 숨을 헐떡이면서 말했어요. 「아무도 날 안 부른 게 확실해?」

「물론이지.」캐서린 아가씨가 대답했어요. 「그냥 엘런하고 내가 네 건강을 두고 옥신각신하고 있었어. 지난겨울에 봤을 때보다 진짜로 더 건강해진 거야, 린턴? 분명 날 좋아하는 마음은 강해지지 않은 것 같지만…… 말해 봐, 맞지?」

린턴 도령이 눈물을 펑펑 쏟으며 대답했어요.

「아니야, 더 강해졌어, 정말이야!」

그러고는 여전히 상상 속의 목소리에 사로잡혀 그것의 주인공을 찾기 위해 두리번거렸어요.

캐시 아가씨가 일어섰지요.

「오늘은 이만 헤어져야겠어.」아가씨가 말했어요. 「그리고 솔직히 오늘 만남은 실망스럽고 슬펐어. 다른 사람한테는 이야기하지 않을 거지만, 고모부가 무서워서 그러는 것은 아니야.」

「쉿.」린턴 도령이 낮은 목소리로 말했어요. 「제발, 조용히 좀 해! 아버지가 오고 계셔.」 그러고는 캐서린 아가씨가 못 떠나게 하려고 팔을 붙들고 매달렸어요. 하지만 거의 동시에 캐서린 아가씨가 재빨리 그를 뿌리치고 휘파람을 불어 미니를 불렀어요. 미니는 강아지처럼 곧장 달려왔지요.

「다음 주 목요일에 또 올게.」 캐서린 아가씨가 안장 위로 몸을 성큼 올리며 큰 소리로 말했어요. 「잘 있어. 빨리 가자, 엘런!」

우리가 린턴을 뿌리치고 떠났는데, 그는 아버지가 올까 봐 벌벌 떠느라 우리가 떠나는 것도 온전히 의식하지 못하고 있더군요.

우리가 집에 도착하기도 전에 아까의 불쾌감은 사라지고 캐서린 아가씨는 동정심과 후회, 당혹스러운 감정을 느끼고 있었어요. 린턴 도련님의 실제 건강 상태와 처한 환경이나 조건을 생각하고는 막연한 불안과 의구심에 사로잡힌 것 같았지요. 저도 비슷한 느낌이 들기는 했지만 캐서린 아가씨에게는 다음에 만나면 더 잘 판단할 수 있을 테니 아버지께 너무 많은 말씀을 드리지 마시라고 충고했어요.

서방님이 우리 외출에 대해 알고 싶어 하셔서, 조카의 감사 인사를 전하고 나머지는 캐시 아가씨가 대충만 말씀드렸어요. 저 또한 그분이 궁금해하시는 것들에 속 시원히 답을 드리지 못했습니다. 무엇을 숨기고 무엇을 말씀드려야 할지 판단하기가 어렵더라고요.

27

일주일이 빠르게 흘러갔고, 에드거 린턴 서방님의 건강은 하루가 다르게 악화되고 있었어요. 불과 몇 시간 동안 악화된 정도가 지난 몇 달에 걸쳐 악화된 정도에 맞먹었습니다.

우리는 캐서린 아가씨가 계속 모르고 있기를 바랐지만 워낙 영민한 아가씨라 더 이상 속지 않았어요. 캐서린은 끔찍한 가능성이 점차 현실로 바뀌고 있음을 깨닫고 깊은 생각에 잠기곤 했어요.

목요일이 되었지만 캐서린 아가씨는 린턴 도련과 만나기로 약속했다고 아버지께 말씀드릴 용기를 못 냈어요. 아가씨를 대신해 제가 말씀을 드려 외출을 허락받았지요. 그동안은 아버지가 매일 잠깐씩(일어나 계실 수 있던 짧은 시간 동안) 머물던 서재와 아버지의 침실이 캐서린 아가씨에게는 세상의 전부였어요. 침대 곁에 앉아 아버지를 내려다보거나 아버지 의자 곁에 앉아 있지 않는 시간은 일분일초도 아까워했어요. 밤새워 간호하고 애를 태우다 보니 얼굴이 헬쑥해져서, 서방님은 들판에 나가 사촌을 만나면 기분 전환이 될 거라 생각하여 기꺼이 허락했지요. 당신이 이 세상을 떠나더라도 딸이 천애 고아로 혼자 남겨지진 않을 거라는 기대도 위안이 됐고요.

서방님이 가끔씩 제게 하신 말씀으로 미루어, 그분은 조카가 당신의 외모를 닮았으니 성격도 비슷할 거라고 생각하셨던 것 같아요. 린턴의 편지에서는 그의 성격적 결함이 거의, 아니 전혀 드러나지 않았으니까요. 저도 어쩔 수 없이 마음이 약해졌기 때문에 그런 오해를 바로잡고 싶지 않았어요. 돌아가실 날이 얼마 안 남은 분께, 그분이 개입할 힘도 기회도 없을 일에 대해 알려 드려 봤자 괴롭기만 하지 무슨 소용이 있겠나 했어요.

아가씨와 나는 들판 나들이를 오후, 8월의 황금빛 오후로 미뤘어요. 아아, 언덕에서 불어오는 바람이 어찌나 생기로 충만한지 죽어 가는 사람도 살릴 것 같았습니다.

캐서린 아가씨의 얼굴은 주변 풍경과 똑같았어요. 그림자와 햇빛이 재빨리 스쳐 지나갔으니까요. 그런데 그림자들은 오래 머물고, 햇빛은 금세 지나가더군요. 가엾은 아가씨는 자신이 잠시라도 근심을 잊었다는 사실도 자책하고 있었어요.

들판에 가보니 린턴 도련이 지난번과 같은 장소에서 기다리고 있더군요. 아가씨는 말에서 내리면서 잠깐만 있다가 돌아갈 테니 저는 내리지 말고 자기 말의 고삐를 쥐고 있으라고 했어요. 하지만 전 반대했지요. 아가씨를 맡은 이상 잠시라도 제 시야를 벗어나게 할 수는 없었거든요. 그래서 아가씨와 함께 히스가 핀 언덕으로 올라갔어요.

그날은 우리를 맞이하는 히스클리프 도령의 태도가 무척 활기에 넘쳤어요. 하지만 기분이 좋거나 기쁘다기보다는 공포에 질려 있는 것 같았어요.

「늦었네!」 린턴 도령이 숨 가쁜 목소리로 힘들게 말하더군요. 「아버지께서 무척 편찮으시지 않아? 못 오나 했어.」

「왜 솔직히 말하지 않아?」 캐서린 아가씨가 인사를 하려다 말고 큰 소리로 물었어요. 「왜 날 보고 싶지 않다고 말하지 않는 거야? 이상하잖아, 린턴. 이렇게 만나 봐야 우리 둘 다 괴로울 게 뻔한데 왜 굳이 날 여기까지 오게 한 거니?」

린턴 도령은 몸을 덜덜 떨면서 반은 애원하는 표정으로 또 반은 창피해하는 표정으로 캐서린을 바라보았지만, 아가씨에게는 그의 수수께끼 같은 행동을 참아 줄 만한 인내심이 없었어요.

「아버지가 진짜로 무척 편찮으시단 말야.」 아가씨가 말했어요. 「그런데 왜 내가 아버지의 침대 옆을 지키지 못하고 널 만나러 와야 하냐고! 속으로는 내가 약속을 안 지켜 주길 바라면서 왜 사람을 보내서 오지 말라고 알려 주지 않은 거야? 말해 봐! 설명해 보라고. 나 지금 놀거나 장난칠 기분 전혀 아니니까. 네 겉치레 장단에 맞춰 춤을 출 순 없단 말야.」

「내 겉치레 장단이라고?」 린턴 도령이 낮은 목소리로 말했어요. 「무슨 소리야? 제발, 캐서린, 그렇게 화내지 마! 날 경멸하고 싶으면 경멸해도 좋아. 난 아무 가치도 없는 비겁하고 딱한 놈이니까. 심한 경멸을 당해도 싸! 하지만 네가 화내는 것은 견딜 수 없어. 우리 아버지만 미워하고 난 경멸만 해줘!」

「대체 무슨 소리야!」 캐서린 아씨가 흥분한 목소리로 외쳤어요. 「바보 멍청이 같으니라고! 저것 좀 봐! 내가 진짜 때리기라도 할 것처럼 벌벌 떨고 있잖아! 굳이 경멸해 달라고 말할 필요도 없어, 린턴. 누구든 네 소원대로 저절로 널 경멸하게 될 테니까. 가라고! 난 돌아갈 테니까. 널 벽난로 앞에서 끌어내다니 참 딱하다. 그래서 마치…… 도대체 무슨 시늉을 하고 있는 거니? 내 옷 봐! 네가 울고 있고, 겁에 질려 있는 듯해서 널 동정한다면, 너는 그런 동정은 거부해야 돼. 엘런, 이런 식으로 행동하는 게 얼마나 수치스러운 짓인지 린턴한테 제발 얘기 좀 해줘. 일어나. 그리고 도마뱀처럼 비굴한 인간이 되지 마. 제발 그러지 말란 말야.」

린턴 도련은 고통에 일그러진 표정으로 눈물을 철철 흘리며 기운이라곤 하나도 없는 몸을 땅바닥에 내던지더군요. 너무 무서운 나머지 발작을 일으킨 것 같았어요.

「아!」 린턴 도련이 흐느껴 울며 말했어요. 「견딜 수가 없어! 캐서린, 캐서린, 난 배반자이기도 해. 하지만 너한테 그걸 말해 줄 순 없어! 그렇지만 네가 날 버리고 가면 난 죽을 거란 말야! 사랑하는 캐서린, 내 목숨은 너한테 달려 있어. 너 날 사랑한다고 했잖아. 만일 진짜로 날 사랑한다면 그게 너한테 해가 되진 않을 거야. 그럼, 안 가는 거지? 친절하고 다정하고 착한 캐서린! 그럼 네가 승낙해 줄지도 모르겠네. 그럼 아버지가 나를 네 옆에서 죽게 해줄 거야!」

아가씨는 린턴 도령이 엄청나게 고통스러워하자 그를 일으켜 주려고 몸을 굽혔어요. 전처럼 너그러운 사랑의 감정이 되살아나 화가 누그러졌고, 걱정이 되고 겁이 나기 시작했던 것 같아요.

「뭘 승낙한다는 거야?」 그녀가 물었어요. 「너하고 여기 함께 있는 거? 왜 그렇게 이상한 말을 하는지 설명을 해봐. 그러면 승낙할게. 앞뒤가 안 맞는 소리를 하니까 알아들을 수가 없잖아! 진심으로 솔직하게 말해 봐. 그리고 지금 왜 그렇게 고통스러워하는지도 당장 얘기해. 날 해치려는 건 아니지, 린턴? 네 힘으로 가능하다면 어떤 적도 나를 해치지 못하게 할 거지? 네가 너 자신의 문제에는 겁쟁이라고 해도, 가장 좋은 친구를 배신하는 비겁자는 아닐 거라고 믿어.」

「그렇지만 아버지가 날 협박해.」 소년이 몹시 여윈 손가락을 마주 잡으며 숨을 헐떡거렸어요. 「아버지가 정말 무서워. 너무 무섭단 말이야! 그래서 감히 말 못 하겠어!」

「그래, 좋아!」 캐서린이 딱하지만 한심하다는 듯이 말했어요. 「비밀을 지켜, 난 겁쟁이가 아니니까. 너는 네 아버지가 마치 저승사자 같겠지. 하지만 난 무섭지 않아!」

캐서린 아가씨의 너그러운 말에 린턴 도령이 눈물을 터뜨리더군요. 그리고 자신을 부축하고 있는 캐서린의 손에 입을 맞추며 엉엉 울었지만, 여전히 모든 일을 솔직하게 털어놓을 용기는 내지 못했어요.

저는 대체 무슨 비밀이 있길래 저러지 궁금해하면서, 린턴을 비롯해 상대가 누구든 캐서린 아가씨가 누군가를 도와주려다 해를 입는 사태는 절대 방관하지 않으리라 결심했어요. 그때 히스 들판에서 바스락 소리가 들려와서 고개를 들었는데 하이츠를 나온 히스클리프 씨가 거기까지 내려와 있더군요. 그는 린턴의 흐느끼는 소리가 들릴 정도로 가까이 있으면서도 함께 있던 두 젊은이들은 거들떠보지도 않고 저를 향해 무척 반가운 듯 인사를 했어요. 저 말고 다른 사람에게 그렇게 반가운 태도를 보인 적은 없는 것 같은데, 속셈이 무엇인지 의심할 수밖에 없었습니다.

「우리 집에서 이렇게 가까운 데서 만나니 참 반갑군, 넬리! 그레인지에선 다들 별일 없나? 얘기 좀 해줘! 소문이 들리던데.」 그가 속삭이듯 덧붙였어요. 「에드거 린턴이 다 죽게 생겼다고. 아무래도 병세를 과장한 거겠지?」

「아니요, 서방님께서 곧 돌아가실 것 같습니다.」 제가 대답했죠. 「사실이에요. 남은 사람들에게는 무척 슬픈 일이지만, 그분에게는 복이라고 봐야겠죠!」

「얼마나 남은 것 같아?」 그가 물었어요.

「모르죠.」 제가 말했지요.

「왜냐하면,」 자기 시선 아래 굳어 버린 두 젊은이들을 보며 그가 말을 이었어요. 린턴 도령은 움직이거나 고개를 들 엄두도 못 내는 것 같았고, 캐서린 아가씨도 덩달아 꼼짝을 못 하더군요. 「저기 저 녀석이 내 계획을 망쳐 버릴 것 같단 말야. 그러니 저 녀석 외삼촌이 먼저 떠나 주면 고맙겠는데. 저런! 저 녀석 계속 저러고 있었나? 제발 울고 짜고 징징거리지 좀 말라고 단단히 일러 놨는데. 린턴 양하고 제법 활기 있게

438

애기했나?」

「활기라고요? 천만에요. 아주 힘들어하던데요.」제가 대답했지요. 「제가 보기에는 사랑하는 연인과 언덕을 산책할 때가 아니라 자리보전하고 의사의 돌봄을 받아야 할 때 같더군요.」

「하루나 이틀 후엔 그럴 작정이야.」히스클리프가 중얼거리듯 말했어요. 「하지만 지금은…… 당장 일어나거라, 린턴! 당장 일어나라고!」그가 외쳤어요. 「그렇게 땅바닥을 기고 그러지 말고. 당장 일어나라니까!」

린턴 도령은 아버지의 시선 때문인지 다시 축 늘어져 버렸어요. 무기력한 육신으로 공포에 사로잡혀 발작을 일으킨 거죠. 아니라면 그렇게 수치스러운 꼴을 보일 까닭이 없었으니까요. 그는 아버지의 말대로 일어나 보려고 몇 번이나 기를 썼지만, 그나마 남아 있던 기력도 완전히 소진되었나 보더라고요. 신음 소리를 내며 다시 쓰러지고 말았으니까요.

그러자 히스클리프 씨가 아들에게 다가가서 부축해 일으키더니 잔디밭 둔덕에 기대앉히더군요.

「자,」히스클리프가 사납게 쏘아붙이고 싶은 걸 참으며 말했어요. 「이제는 슬슬 화가 난다. 만일 네가 약해 빠진 기운이나마 내지 않고 계속 빌빌거리면…… 망할 놈! 어서 일어나라!」

「일어날게요, 아버지!」아들이 숨을 몰아쉬며 말했어요. 「잠깐만 기다려 주세요. 안 그러면 기절할 거 같아요! 분명히 아버지 원하시는 대로 했어요. 캐서린이 다 말씀드릴 거예요,

제가, 제가 명랑하게 행동했다고. 아! 옆에 있어 줘, 캐서린. 손 좀 이리 줘.」

「내 손을 잡아라.」히스클리프가 말했어요.「네 발로 일어서라! 자, 자, 캐서린이 손을 내밀어 주는구나. 그렇지, 캐서린을 봐라. 저 녀석이 나 때문에 이렇게 무서워 벌벌 떠는 걸 보고, 린턴 양, 내가 악마인 줄 알겠네요. 부탁이니 저 애하고 집까지만 같이 좀 걸어가 주겠어? 내 손이 닿기라도 하면 저 녀석이 몸서리를 치니까.」

「저런, 린턴!」캐서린 아가씨가 속삭였어요.「난 워더링 하이츠에 가면 안 돼. 아빠가 그러지 말라고 하셨어. 네 아버지께서 널 해치시기야 하겠니? 왜 그렇게 무서워해?」

「난 집에 못 들어간단 말야.」린턴 도령이 대답했어요.「너하고 함께 가지 않으면 못 들어가게 한다고 하셨어!」

「그만해라!」히스클리프가 외쳤어요.「캐서린이 아버지의 말씀에 순종하기 위해 우리 집에 못 간다고 하니 가자고 해선 안 되지. 넬리, 저 애를 우리 집으로 좀 데려가 줘. 그럼 네 충고에 따라 당장 의사를 부르러 보낼게.」

「그러시는 게 좋겠군요.」제가 대답했지요.「하지만 전 아가씨와 함께 있어야 합니다. 제 의무는 댁의 아드님을 돌보는 게 아니니까요.」

「참 뻣뻣한 사람이구먼!」히스클리프가 말했어요.「그거야 나도 알지. 할 수 없지. 애를 꼬집어 비명을 지르게 해야겠다. 그래야 네 동정심이 살아날 테니까. 좋아, 그럼, 우리 도련님. 아버지가 부축해 줄 테니 집으로 가자.」

그가 다시 아들 옆으로 가서 연약한 몸을 잡아 주는 시늉을 했어요. 그러자 린턴 도령이 몸을 움츠리면서 캐시 아가씨에게 매달리더군요. 발버둥을 치며 함께 가달라고 애원을 하는데, 도저히 거절하기 힘들 정도더라고요.

절대 용납할 수 없었지만 아가씨가 함께 가는 것을 막을 길은 없었어요. 사실 그렇게 매달리는 도령을 어떻게 뿌리치겠어요? 왜 그렇게 무서워하며 벌벌 떠는지 알 수는 없었지만 무서워 질린 모습으로 보아 공포심이 조금이라도 더 커지면 충격 때문에 완전히 백치가 되어 버릴 것 같더라고요.

집 문간에 도착해서 아가씨는 안으로 들어가고 저는 아가씨가 환자를 앉혀 놓은 뒤 바로 나올 거라고 기대하며 밖에서 기다리고 있는데, 히스클리프 씨가 저를 집 안으로 떠밀면서 큰 소리로 말했어요.

「역병이 든 집도 아닌데 왜 그래, 넬리? 그리고 난 오늘 손님들을 잘 대접해 주고 싶은데. 어서 앉아. 문을 닫을 거니까.」

그가 문을 닫은 뒤 자물쇠까지 채웠어요. 전 깜짝 놀랐지요.

「차라도 한잔 마시고 가야지.」 그가 덧붙였어요. 「오늘은 나 혼자 있어. 헤어턴은 소를 몰고 목장에 갔고, 질라와 조지프는 마실을 나갔어. 나야 혼자 있는 데 익숙하지만, 가능하다면 좋아하는 사람들과 함께 있는 편이 더 낫잖아. 린턴 양, 그 애 옆에 앉아요. 내가 가진 걸 줄 테니. 받을 가치도 별로 없는 선물이긴 하지만, 그래도 내가 가진 거라곤 이거뿐이니까. 린턴을 주겠다, 이거요. 왜 그리 빤히 노려보실까? 난 이상하게 누가 날 무서워하는 것 같으면 꼭 잔인하게 대하고 싶단 말이야! 내가 법이 덜 엄하고, 취향이 덜 고상한 데서 태어났더라면 저 두 사람의 몸을 산 채로 천천히 해부하며 저녁 시간의 오락거리로 삼았을 텐데.」

그가 숨을 들이쉬더니 탁자를 탁 치고 나서 혼잣말로 욕을 했어요.

「망할 것들! 밉살스럽기 짝이 없군.」

「전 고모부 안 무서워요.」캐서린 아가씨가 마지막에 한 말은 못 듣고 큰 소리로 말했지요.

그러고는 그의 곁으로 바짝 다가섰어요. 검은 눈이 분노와 결의로 반짝거리고 있었죠.

「열쇠 주세요. 내놓으라고요!」아가씨가 말했어요. 「굶어 죽는 한이 있어도 여기서 먹고 마시지는 않을 테니까.」

히스클리프는 탁자에 있던 열쇠를 손에 쥐었어요. 고개를 들었는데 캐서린 아가씨의 대담성에 놀란 것처럼 보이더군요. 아니면 아가씨의 목소리와 시선에서 그런 특징들을 물려준 어머니가 기억났을 수도 있어요.

아가씨가 달려들어 열쇠를 낚아채면서, 히스클리프의 손가락이 풀려 열쇠가 반쯤 아가씨의 손아귀에 들어갔어요. 하지만 히스클리프가 정신을 차리면서 열쇠를 얼른 움켜쥐더군요.

「자, 캐서린 린턴.」그가 말했어요. 「비켜. 안 비키면 때려 눕힐 테니까. 그럼 딘 부인이 미치광이처럼 날뛰겠지.」

경고를 받았음에도 불구하고 아가씨는 다시 그의 손과 열쇠를 붙잡았어요.

「가고야 말 거예요!」 캐서린 아가씨는 강철 같은 그의 손근육을 풀어 보려고 젖 먹던 힘까지 쥐어짜 내며 말했지요. 그리고 손톱으로 할퀴어도 아무런 효과가 없자 그의 손을 이로 꽉 깨물었어요.

히스클리프가 무서운 눈으로 저를 노려봐서 전 잠시 끼어들지 못하고 주춤했어요. 아가씨는 그의 손가락에만 신경을 쓰고 있던 터라 그의 표정은 눈여겨보지 못했는데, 그가 갑자기 손을 펴서 문제의 열쇠를 내주더군요. 하지만 아가씨가 미처 열쇠를 빼앗기도 전에 풀린 손으로 아가씨를 무릎 꿇게 하더니 양쪽 뺨을 무섭게 갈겼어요. 아가씨가 서 있었다면 아마 한 대 맞을 때마다 그가 협박한 대로 쓰러졌을 겁니다.

이 악마 같은 짓에 제가 미친 듯이 히스클리프에게 덤벼들었지요.

「이 악당 놈아!」 제가 외치기 시작했어요. 「이런 악당 같은 놈!」

그때 가슴이 가볍게 떠밀렸을 뿐인데 저는 말문이 막혀 버렸어요. 살이 찐 편이라 금방 숨이 찼던 데다 격한 분노가 치미니 현기증을 느끼며 비틀비틀 뒷걸음질 치게 됐어요. 당장 숨이 막히든지 혈관이 터져 버릴 것만 같더라고요.

소동은 2분 만에 끝났어요. 그의 손아귀에서 놓여난 아가씨는 두 손을 관자놀이에 대고 자신의 귀가 떨어졌는지 붙어 있는지 잘 모르겠다는 표정이더라고요. 그리고 사시나무 떨

443

듯 떨고 있었지요, 가엾은 것. 전 탁자에 기댄 채 망연자실 서 있었고요.

「난 아이들을 어떻게 혼내 주어야 하는지 잘 알고 있거든.」 악당이 몸을 굽히고 바닥에 떨어진 열쇠를 집어 들면서 단호한 표정으로 말했어요. 「이제 내가 시킨 대로 린턴 옆으로 가서 실컷 울어라! 내일이면 내가 네 시아버지가 되고, 며칠 후면 네 유일한 아버지가 될 거다. 그때 실컷 패주마. 넌 약골이 아니니까 잘 견뎌 내겠지. 또다시 눈을 부라리고 대들면 매일매일 맛을 보여 주겠다!」

캐시 아가씨는 린턴 도령이 아니라 저를 향해 달려와서 무릎을 꿇고 앉아 화끈거리는 뺨을 제 무릎에 대고 엉엉 울었어요. 린턴은 장의자 한구석에 쪼그린 채 쥐새끼처럼 조용히 앉아 있더군요. 매를 맞은 게 자신이 아니라 다른 사람이어서 다행이라고 여기는 것 같았어요.

다들 망연자실해 있는 동안 히스클리프 씨가 자리에서 일어나 재빨리 차를 탔어요. 그리고 이미 준비돼 있던 잔에 차를 따라 건네주더군요.

「차 한잔 마시고 울화를 씻어 내지 그래.」 그가 말했어요. 「그런 다음 네 버릇없는 귀염둥이하고 내 말썽쟁이한테도 좀 줘라. 내가 탔지만 독 같은 것은 안 넣었으니까. 난 나가서 두 사람의 말을 찾아와야겠군.」

그가 나가자 아가씨와 나는 우선 집을 빠져나갈 방도를 궁리해 봤어요. 부엌문을 살펴보았지만 바깥에서 잠겨 있었고, 창문을 보니 너무 좁아서 캐시처럼 몸매가 가냘픈 사람도 못 빠져나가겠더군요.

「린턴 도련님.」 꼼짝없이 갇혔다는 사실을 깨닫고 제가 큰 소리로 말했어요. 「도련님의 악마 같은 아버지가 뭘 원하는 지 알고 계실 테니 당장 말해 주세요. 안 그러면 도련님 아버 지가 아가씨에게 한 것처럼 저도 도련님 따귀를 때릴 테니.」

「맞아, 린턴, 얘기해 줘야 해.」 캐서린이 말했어요. 「나는 널 위해서 여기 온 거잖아. 그런데 네가 말을 안 해준다면 배 은망덕한 일이야.」

「차 좀 줘. 목이 마르니까. 차 한 모금 마시고 나서 얘기해 줄게.」 그가 대답했어요. 「딘 부인, 좀 비켜요. 그렇게 날 내려 다보고 있는 거 싫으니까. 아이, 캐서린, 네 눈물이 내 차 속 으로 떨어지잖아! 이거 못 마시니까 새로 따라 줘.」

캐서린 아가씨는 눈물을 닦으며 그에게 다른 잔을 밀어 줬 어요. 그 비열한 녀석이 두려운 존재가 없어지니까 침착해진 모습을 보니 정말 역겨웠어요. 워더링 하이츠에 들어서자마 자 들판에서 보였던 극심한 고통이 사라져 버렸더라고요. 그 런 행동으로 봐서 우리를 집으로 유인하지 못하면 크게 혼날 거라고 협박을 당했던 것 같아요. 일단 임무를 완수했으니 이제 더 이상 겁날 게 없었던 거죠.

「아빠는 너하고 내가 결혼하기를 바라셔.」 그가 차를 몇 모 금 홀짝거린 뒤에 말을 이었어요. 「그런데 너희 아빠가 당장 널 결혼시킬 생각이 없다는 사실을 알고 계시거든. 하지만 시간을 끌면 내가 죽어 버릴 수도 있으니까 걱정하시는 거지. 그러니까 우린 내일 아침에 결혼해야 돼. 그러려면 넌 오늘

445

밤을 우리 집에서 보내야 하고. 아빠가 원하시는 대로만 하면 넌 내일 집으로 돌아갈 수 있을 거야. 그리고 날 데리고 가야 돼.」

「너같이 한심한 종자를 데려간다고?」 제가 큰 소리로 말했지요. 「네가 결혼을 해? 세상에, 네 아버지가 미쳤거나 우리를 바보로 아는 거지. 그래, 우리 어여쁜 아가씨, 저 건강하고 쾌활한 아가씨가 너처럼 다 죽어 가는 원숭이 새끼하고 왜 결혼을 하겠어? 우리 아가씨는 고사하고, 애초에 어떤 사람이 너를 남편으로 맞겠냐고? 비겁하게 징징대며 우리를 속여서 이 집으로 끌어들인 것만으로도 매타작을 해도 시원치 않아. 그리고 그렇게 모르쇠 하지 마라! 비열하게 배신한 것으로 모자라 천치같이 잘난 척을 하고 있는 꼴을 보니 한바탕 흔들어 주고 싶으니까.」

제가 진짜로 린턴 도령의 몸을 붙잡고 좀 흔들었는데, 도령이 기침을 하면서 평소처럼 신음과 울음을 동원하더군요. 그 꼴을 보고 아가씨가 절 나무라며 말렸죠.

「오늘 밤을 여기서 보내다니? 말도 안 돼!」 캐서린 아가씨가 방 안을 천천히 둘러보며 말했어요. 「엘런, 난 저 문을 태워 버리더라도 나갈 거야.」

아가씨는 즉각 자신이 한 말을 실천에 옮기려고 일어섰으나, 린턴 도령이 행여나 자신이 다칠까 봐 벌떡 일어나더군요. 그리고 가냘픈 두 팔로 아가씨를 껴안고 엉엉 우는 거예요.

「나하고 결혼해서 날 구해 줘. 안 그럴 거야? 날 그레인지

446

로 데리고 가주지 않을 거란 말야? 오! 사랑하는 캐서린! 그 냥 가면 안 돼. 제발 날 버리고 가지 마. 우리 아버지 말씀대로 해야 돼. 꼭 그렇게 좀 해줘!」

「난 우리 아버지 말씀에 순종해야 돼.」아가씨가 대답했어요. 「아버지가 애태우며 기다리실 텐데 이게 무슨 잔인한 짓이야. 여기서 밤을 보내라니! 우리 아버지가 얼마나 힘들게 별별 생각을 다 하시겠어? 벌써 걱정하고 계실 텐데. 난 이 집을 부수거나 다 태워 버려야 한다 해도 나갈 거야. 조용히 해! 널 해치려는 게 아니니까. 하지만, 네가 내 길을 가로막는다면…… 린턴, 난 너보다 아빠를 더 사랑해!」

히스클리프 씨의 분노를 예상하며 겁에 질린 린턴 도령은 비겁한 자의 무기인 웅변술을 되찾았어요. 캐서린은 정신이 나갈 지경이었지만 그래도 집에 가야 한다고 주장했지요. 이 번에는 아가씨가 린턴에게 너만 힘들다고 엄살 부리지 말라고 설득하며 애원했어요.

두 사람이 이렇게 다투고 있는 동안 우리들의 간수가 다시 돌아왔어요.

「말들이 그냥 가버렸더군.」그가 말했어요. 「그런데, 아이고, 린턴! 또 징징대고 있느냐? 저 애가 못되게 굴더냐? 자, 자, 그만하고 가서 자라. 한두 달만 있으면, 이 녀석아, 기운을 좀 차려서 저 애가 못되게 군 것을 호된 손질로 갚아 줄 수 있을 거다. 넌 지금 순수한 사랑을 애타게 원하고 있지? 이 세상에서 오직 그것만을 원하지 않느냐? 그러니까 저 애와 짝을 지어 주마! 자, 가서 자라! 오늘 밤에는 질라가 안 돌아올 테니까 옷은 직접 갈아입도록 해라. 쉿! 쓸데없는 소리는 그만하고! 일단 네 방으로 자러 가면 아빠는 얼씬도 안 하겠다. 겁낼 거 없다. 그래도 부여받은 임무는 웬만큼 해냈구나. 나머지는 아버지가 알아서 처리하마.」

그는 이렇게 말하며 아들이 지나가도록 문을 열고는 잡고 서 있었어요. 아들은 눈치를 한껏 보면서 방을 나갔는데, 마치 주인이 심술궂게 자기 목을 조르기라도 할까 봐 의심하는 스패니얼 개 꼴이더군요.

히스클리프는 방문에 다시 자물쇠를 채운 뒤 아가씨와 제가 서 있던 벽난로 쪽으로 다가왔어요. 캐서린은 그를 올려다보며 본능적으로 뺨에 손을 댔어요. 그가 다가오는 모습을 보며 고통이 되살아난 거죠. 그처럼 어린애 같은 행동을 보면서도 험악하게 을러댈 인간은 그자밖에 없을 거예요. 하지만 그는 인상을 확 쓰며 아가씨를 향해 투덜대더군요.

「그래, 내가 안 무섭다고? 용기를 아주 잘 숨기고 있나 보네. 무지하게 무서워하는 것 같아 보이는데!」

「이제 무서워요.」 그녀가 대답했지요. 「제가 여기 있으면 아빠가 무척 걱정하실 테니까요. 어떻게 아빠한테 그런 걱정을 끼칠 수가 있겠어요? 더구나, 아빠가, 아빠가…… 고모부, 제발 저를 보내 주세요! 린턴하고 꼭 결혼하겠다고 약속할게요. 그건 아빠도 원하시는 일이고, 저도 린턴을 사랑하니까요. 제가 즐겁게 하고 싶은 일을 군이 강요하시는 이유가 대체 뭐예요?」

「강요해 보라고 하세요!」 제가 큰 소리로 말했지요. 「우리

448

가 외딴곳에 살고 있기는 해도 우리 나라엔 법이라는 게 있다고요. 하느님 감사합니다. 법이 있단 말이에요! 당신이 내 아들이라 해도 난 고발할 거예요. 그리고 이건 성직자 면책 특권도 적용이 안 되는 흉악 범죄라고요!」

「조용히 해!」 그 악한이 말했어요. 「그만 떠들지 못하겠느냐! 너 따위가 하는 말 듣고 싶지 않으니까. 린턴 양, 난 아가씨 아버지가 노심초사하리라 생각하면 기분이 무척 좋아. 너무 기뻐서 잠도 안 오겠어. 그걸 알게 됐으니, 난 지금부터 스물네 시간 동안 무슨 일이 있어도 아가씨를 우리 집 지붕 아래 잡아 놓을 거야. 린턴하고 결혼하겠다고 약속했으니, 꼭 약속을 지키도록 챙겨 줄게. 약속을 지킬 때까지는 이 집을 떠날 수 없어.」

「엘런이라도 보내 주세요. 그럼 아빠한테 제가 무사하다고 알려 드릴 수는 있잖아요!」 캐서린이 엉엉 울며 외쳤어요. 「아니면 당장 결혼을 시켜 주든가. 불쌍한 아빠! 엘런, 아빠 우리가 길을 잃은 줄 아실 거야. 이제 어떻게 해?」

「아니지! 아가씨가 아버지 간호에 싫증이 나서 좀 놀러 나갔다고 생각하실걸.」 히스클리프가 대답했어요. 「아버지가 가지 말라고 했는데도 자발적으로 지시를 어기고 우리 집에 왔다는 사실을 부인할 수 없을 거야. 그 나이에 놀고 싶은 거야 아주 자연스러운 일이지. 그리고 환자를, 그저 아버지일 뿐인 환자를 간호하는 데 싫증이 나는 것도 당연한 일이야. 캐서린, 아가씨가 태어났을 때 아버지의 행복은 이미 끝났어. 아마 아버진 아가씨의 탄생을 저주했을걸, 적어도 난 그랬어.

그러니 이 세상을 떠나는 날 딸을 저주한다면 이 역시 나쁘지 않아. 나도 동참하겠어. 난 널 사랑하지 않아! 그럴 이유가 어디 있어? 실컷 울어. 내 보기엔 이제부터 그게 너의 주된 소일거리가 될 것 같군. 잃을 게 많은데 그것들을 린턴이 보충해 주지 않는다면 말이지. 선견지명 있는 네 아버지는 그걸 기대하는 모양이더구나. 네 아버지가 린턴에게 보낸 충고와 위로의 편지들을 읽는데 아주 재미있더라. 지난번 편지에선 내 보배에게 자기 보배를 잘 돌봐 주고, 결혼한 뒤에는 다정하게 대해 주라고 했던데. 잘 돌봐 주고 다정하게 대해 줘라. 아버지다운 말씀이더구나! 하지만 린턴은 제 몸뚱이 하나 잘 돌봐 주고 다정하게 대해 줄 사람만 필요하거든. 야비한 폭군 노릇이라면 아주 잘할 수 있어. 이빨을 뽑고 발톱을 자른 고양이라면 몇 마리고 고문할 수도 있을걸. 내 장담하지만 집에 돌아가면 그가 한 다정한 행동에 대해 그 애의 외삼촌한테 멋진 이야기들을 해드릴 수 있을 거다.」

「옳은 말씀이네요!」 제가 말했죠. 「아드님의 성격을 아주 잘 설명했어요. 아드님이 얼마나 당신을 닮았는지 다 얘기하지 그래요. 그럼 캐시 아가씨가 그런 독사 같은 애를 남편으로 맞기 전에 한 번 더 생각할 테니!」

「이젠 아들놈의 싹싹한 성격에 대해서 말하기가 별로 꺼려지지 않는군.」 그가 대답했어요. 「캐서린은 그 애를 남편으로 맞든지, 아니면 여기 계속 갇혀 있든지 해야 되니까. 그리고 넬리 너도, 주인이 돌아가실 때까지 함께 있어야지. 너희 두 사람쯤 여기 감쪽같이 가둬 둘 수 있어. 내 말이 안 믿기면,

캐서린한테 결혼한다는 약속을 철회하라고 해봐. 그럼 어떻게 되나 직접 알 수 있을 테니까!」

「약속은 철회하지 않을 거예요.」 캐서린이 말했어요. 「결혼한 다음에 스러시크로스 그레인지에만 갈 수 있다면 지금 당장 결혼하겠어요. 고모부, 고모부는 잔인하지만 악마는 아니시잖아요. 그러니 단지 악의 때문에 제 모든 행복을 돌이킬 수 없이 파괴해 버리지는 않으실 거라고 생각해요. 만일 아빠가, 제가 일부러 당신을 버리고 나갔다고 생각하시고, 제가 돌아가기 전에 임종하신다면, 제가 어떻게 그런 고통을 견디며 살아갈 수 있겠어요? 이제 울지 않을 거예요. 하지만 여기 고모부 앞에 무릎을 꿇고 일어나지 않겠어요. 저를 똑바로 마주 보실 때까지 고모부 얼굴에서 제 눈을 떼지 않을 거예요! 그러지 마세요, 외면하지 마시라고요! 저를 똑바로 보시란 말예요! 고모부를 화나게 할 만한 행동은 안 했어요. 고모부를 미워하지 않아요. 절 때렸지만 화나지도 않아요. 평생 아무도 사랑해 본 적이 없으세요, 고모부? 단 한 번도요? 아! 단 한 번이라도 절 봐주세요. 전 너무 슬퍼요. 저를 보신다면 안타깝고 불쌍하다고 생각할 수밖에 없을 거예요.」

「그 도마뱀 같은 손가락 치우고 당장 비켜라. 걷어차 버리기 전에!」 히스클리프가 캐서린 아가씨를 잔인하게 밀치면서 외쳤어요. 「차라리 뱀에게 칭칭 감기는 편이 낫지. 감히 나한테 알랑거리려고 해? 징그러운 것 같으니!」

그는 어깨를 움찔했어요. 그리고 혐오감 때문에 돋아난 소름을 털어 버리려는 것처럼 몸서리를 치면서 의자를 뒤로 밀

451

쳤어요. 저는 한바탕 욕설을 퍼부으려고 벌떡 일어섰지만, 문장 하나도 끝맺지 못했어요. 히스클리프가 한마디만 더 하면 절 혼자 방에 가둬 버리겠다고 협박을 했거든요.

날이 저물어 가고 있는데, 정원의 문 쪽에서 사람들이 웅성거리는 듯한 소리가 들렸어요. 히스클리프가 얼른 뛰어나가더군요. 그는 눈치 빠르게 문제를 해결했지만 우리는 그러지 못했지요. 2~3분 동안 대화하는 소리가 들리더니 그가 혼자 돌아왔어요.

「아가씨의 사촌 헤어턴이 아닐까 했는데.」제가 캐서린 아가씨에게 말했지요. 「헤어턴이 오면 좋겠네요! 우리 편을 들어 줄지도 모르잖아요?」

「그레인지에서 너희들을 찾으러 하인을 세 명 보냈더구나.」제 말을 엿들은 히스클리프가 말했어요. 「격자 창문을 열고 소리라도 치지 그랬어. 하지만 저 계집애는 네가 그러지 않아서 다행이라고 생각했을 거다. 여기 억지로라도 있게 돼서 기뻐하고 있는 게 틀림없으니까.」

아가씨와 저는 좋은 기회를 놓쳤음을 깨닫고 걷잡을 수 없이 눈물이 흘러 흐느껴 울었어요. 그는 9시까지 우리가 실컷 울도록 놓아두더니 부엌을 통해서 위층 질라의 방으로 가고 했어요. 그래서 저는 아가씨에게 그 말을 따르자고 속삭였지요. 창문을 통해서 빠져나가든지, 아니면 다락방으로 올라가 천창을 통해서라도 밖으로 나갈 수 있지 않을까 했거든요.

하지만 창문은 아래층과 마찬가지로 좁았어요. 그리고 다락방으로는 올라갈 방법이 없었어요. 그가 우리를 방에 가두고 다시 문을 잠가 버렸기 때문이죠.

우리는 둘 다 눕지 않고 밤을 새웠어요. 아가씨는 격자 창문 옆에 서서 애타게 아침을 기다렸고, 제가 좀 자둬야 한다고 자주 말했지만 그저 깊은 한숨만 내쉬더군요.

저는 흔들의자에 앉아서 제가 책무를 소홀히 한 일들을 모두 꼽아 보며 심한 자책감에 시달렸어요. 그러고 있으니까 제가 모신 주인님들의 불행이 모두 다 제 잘못 때문인 것 같더군요. 사실은 그렇지 않다는 걸 알고 있었지만, 끔찍한 그날 밤엔 정말 그렇게 생각이 됐고 심지어는 히스클리프보다 제 잘못이 더 크다는 생각까지 들었어요.

아침 7시가 되자 히스클리프가 와서 린턴 아가씨가 일어났느냐고 물었어요.

아가씨는 즉시 문으로 뛰어가서 대답했어요.

「네.」

「자, 가자.」 그가 문을 열어 아가씨를 끌어내며 말했어요.

저도 일어나 따라가려고 했지만 그가 문을 다시 잠가 버렸어요. 저는 열어 달라고 요구했지요.

「기다려라.」 그가 대답했어요. 「좀 있다 아침 식사를 올려 보낼 테니.」

저는 화가 나서 벽을 때리고 방문의 빗장을 마구 흔들었어요. 아가씨가 왜 넬리를 계속 가둬 두느냐고 따지니까, 그가 한 시간만 더 참으면 된다면서 아가씨만 데리고 가버렸어요.

저는 그 상태로 두세 시간을 더 견뎠는데 마침내 발걸음 소리가 들렸지만 히스클리프는 아니었어요.

「먹을거리를 좀 갖고 왔어.」목소리가 들렸어요. 「문 좀 열어 봐!」

얼른 문을 열어 보니 헤어턴이 제가 하루 종일 먹어도 좋을 만큼 많은 음식을 들고 서 있더군요.

「받아.」쟁반을 건네주며 그렇게 말하더라고요.

「잠깐만 있어 줘.」제가 말을 시작했지요.

「안 돼!」그가 외치고 물러났어요. 붙들어 보려고 아무리 사정해도 소용이 없더군요.

전 그렇게 갇힌 채 하루 낮과 밤을 보내고, 다음 날도 그다음 날도 계속 갇혀 있었어요. 다 해서 닷새 밤과 나흘 낮을 매일 아침 한 번씩 보는 헤어턴 외에는 아무도 보지 못한 채 감금되어 있었죠. 헤어턴은 정말 모범적인 간수였어요. 간절히 호소해 동정심과 정의감을 불러일으키려 했지만 뚱한 표정으로 입을 다문 채 귀를 틀어막았으니까요.

28

닷새째 되던 날 아침, 아니 오후에, 조금 다른 발걸음 소리, 더 가볍고 잰 발걸음 소리가 들리더니 누군가 방 안으로 들어왔어요. 진홍색 숄을 걸치고 검은 실크 보닛을 쓴 질라가 고리버들 바구니를 팔에 걸고 있더라고요.

「원, 세상에, 딘 부인!」 그녀가 큰 소리로 외쳤어요. 「맙소사! 기머턴에 아주머니 소문이 쫙 났어요. 블랙호스 늪에 아주머니와 아가씨가 함께 빠져 죽었다고들 해서 그런 줄 알았더니 주인께서 두 분을 찾아서 여기 모셔 놨다고 하시더라고요! 원, 발 디딜 땅이 있었나 봐요? 그래, 얼마나 그렇게 있었대요? 우리 주인이 구해 주셨나 봐요, 딘 부인? 하지만 그리 여위지도 않았네. 아주 못 지내지는 않았나 봐?」

「이 집 주인만 한 악당이 세상에 어디 있겠어!」 제가 대답했지요. 「하지만 이 사태에 대한 책임을 지게 될 거예요. 그런 거짓말을 뭐 하러 지어내나? 금세 모두 알게 될 텐데!」

「무슨 말이에요?」 질라가 물었어요. 「주인이 꾸며 낸 얘기가 아니에요. 동네에서 도는 소문이지. 늪에서 길을 잃었다는 거 말예요. 그래서 내가 집에 돌아와서 언쇼한테 말했어요.

〈참 별일이 다 있었네요. 헤어턴 도령하고 제가 집을 비운 사이에 그 어여쁜 아가씨와 기운 좋은 넬리 딘한테 그런 일이 있었다니 정말 안됐어요.〉

그랬더니 헤어턴 도령이 멍청하게 날 쳐다보더라고요. 그래서 소문을 못 들었나 보다 하고는 얘기를 해줬어요.

쥔이 그런 소문이 났다는 얘기를 들으시더니 혼자 빙그레 웃으면서 이렇게 말하시더라고요…….

〈늪에 빠졌더라도 이젠 나왔어, 질라. 넬리 딘은 지금 아주머니 방에 있으니까 올라가서 얼른 가도 된다고 얘기하게나. 열쇠 여기 있어. 늪의 물이 머리에 찼는지 집에 미친 듯이 뛰어가려고 하더라고. 그래서 내가 정신을 차릴 때까지 여기 있으라고 했거든. 이제 갈 수만 있으면 당장이라도 돌아가도 된다고 얘기해 줘라. 그리고 아씨가 이 지역 유지의 장례식에 참석하기 위해 곧 따라갈 거라 내가 말하더라고 전해라.〉」

「에드거 서방님이 돌아가신 건 아니지?」 제가 놀라 말했어요. 「아! 질라, 질라!」

「아니, 아니 앉으세요, 좀, 아주머니.」 그녀가 대답했어요. 「아주머니는 아직 몸이 많이 안 좋으신 것 같네요. 아직 돌아가시지는 않았어요. 케네스 선생님이 하루 정도는 더 사실 것 같다고 하더라고요. 오는 길에 내가 뵙고 물어봤거든요.」

저는 앉는 대신 옷가지 따위를 챙겨 들고 서둘러 아래층으로 내려갔어요. 문이 잠긴 데는 없더군요.

거실로 나갔을 때는 캐서린 소식을 알아볼까 하고 주변을 둘러보았어요.

햇빛이 환하게 들어왔고, 문이 활짝 열려 있었지만, 아무도 안 보였어요.

제가 그냥 집으로 돌아가야 할지, 아니면 다시 집 안으로 들어가서 아가씨를 찾아봐야 할지 망설이고 있는데, 벽난로 쪽에서 낮은 기침 소리가 들려왔어요.

린턴이 장의자에 누운 채 거실을 독차지하고 있더군요. 막대 사탕을 빨면서 멍한 눈으로 제 거동을 좇고 있었어요.

「캐서린 아가씨는 어디 계세요?」마침 혼자 있으니 겁을 줘서 소식을 알아내려고 엄한 얼굴로 그렇게 물어봤어요.

린턴은 어린아이처럼 계속 사탕만 빨더라고요.

「아가씨는 집에 가셨나요?」제가 물었어요.

「아니야.」린턴이 대답했지요. 「위층에 있어. 집엔 못 가. 안 보내 줄 거니까.」

「안 보내 준다고, 이 바보 천치 같은 놈아!」제가 고함을 쳤어요. 「당장 어느 방인지 말해. 안 그러면 비명을 지르게 해줄 테니까.」

「거기 가려고 하면 아빠가 네 입에서 비명이 나오게 해줄걸.」그가 대답했어요. 「아빠가 나한테 캐서린한테 잘해 주면 안 된다고 하셨어. 캐서린은 내 아내인데 날 두고 가다니 괘씸한 짓이야! 아빠 말씀이 캐서린은 날 미워하고 내가 죽기를 바란대. 내 돈을 자기가 차지하려고 그러지만, 절대 안 될 말이래. 그러니까 집에는 못 보내! 절대 못 보낸다고! 울든지 아파하든지 상관없어!」

457

그는 다시 자려는지 눈을 감고 사탕을 계속 빨았어요.

「도련님.」 제가 설득했어요. 「캐서린이 도련님한테 잘해 드린 건 다 잊어버렸어요? 아가씨를 사랑한다고 했던 지난겨울에 책도 빌려주고 노래도 해주고 바람과 눈을 무릅쓰고 도련님을 만나러 왔는데 다 잊어버렸냐고요? 어느 날 저녁에는 캐서린이 여기 오지 못하게 되어서 도련님이 실망한다고 울기도 했다고요. 그때는 도련님도 아가씨가 본인보다 백배는 더 낫다고 생각하셨잖아요. 그런데 이제 와서 도련님 아버지가 하는 거짓말을 믿는 거예요? 그분이 도련님과 아가씨를 둘 다 미워하는 거 잘 알잖아요! 그런데도 그분하고 한 패가 되어서 아가씨를 괴롭히다니, 참, 은혜를 그렇게 갚는 사람이 어디 있대요?」

린턴은 시무룩하니 입꼬리를 내리더니 입에서 사탕을 빼더군요.

「아가씨가 도련님이 싫었으면 워더링 하이츠에 왔겠어요?」 제가 말을 계속했지요. 「한번 잘 생각해 보라고요! 도련님은 돈 얘기를 하지만, 아가씨는 도련님한테 돈이 있다는 것도 몰라요. 그리고 아가씨가 아프다면서요. 그런데 그냥 낯선 집 위층에 혼자 놔둘 거예요? 도련님, 아플 때 아무도 돌봐 주지 않으면 어떤 기분이 드는지 잘 알잖아요! 본인은 그렇게 힘들다고 투정하더니 안타까워하던 아가씨 처지는 조금도 생각을 안 하네요, 얼마나 괴롭겠어요! 나이 먹은 하녀에 지나지 않는 저도 눈물이 나는데, 도련님은 그렇게나 아가씨를 사랑한다고 했고, 아가씨를 숭배해도 모자랄 판인데, 본인 일이 아니라고 눈물 한 방울 안 흘리고 그냥 편히 누워 있군요. 아! 정말 무정하고 이기적입니다!」

「캐시하고 함께 있을 수가 없단 말야.」 그가 화난 목소리로 대답했어요. 「그 애하고 같이 못 있겠다고. 어찌나 울어 대는지 견딜 수가 없어. 내가 우리 아버지를 부른다고 해도 포기를 안 하는 거야. 한번은 진짜로 아버지를 불렀더니, 아버지가 조용히 안 하면 캐서린의 목을 졸라 버리겠다고 그러셨어. 그렇지만 아버지가 나가시자마자 또 울기 시작하더니 밤새도록 끙끙거리고 슬프게 우는 거야. 내가 못 자겠다고 화를 내고 고함을 쳐도 소용없었단 말야.」

「아버님은 외출 중이세요?」 제가 이 형편없는 물건이 사촌의 정신적 고통에 공감할 능력이 전혀 없다는 사실을 깨닫고 물었어요.

「마당에 계셔.」 그가 대답했어요. 「케네스 선생님하고 얘기하는 중이야. 케네스 선생님 말이 외삼촌이 드디어 진짜로 돌아가실 것 같대. 잘됐어. 그럼 그레인지는 내 차지니까. 캐서린은 항상 거기가 자기 집이라고 했거든. 하지만 그렇지 않아! 내 집이지. 아빠 말씀이, 캐서린 거는 뭐든 다 내 거래. 캐서린의 좋은 책들도 다 내 거야. 캐서린이 그러는데, 내가 우리 방 열쇠를 찾아서 자기한테 주면 그 책들하고 예쁜 새들하고 자기 말 미니를 나한테 주겠대. 그래서 내가 캐서린한테는 나한테 줄 게 하나도 없다고 말해 줬지. 캐서린 거는 다, 모조리 다 내 거니까. 그러니까 울면서 목에서 작은 초상화를 꺼내서 가지라고 내미는 거야. 금합에 초상화 두 개가 나란히 있었는데, 하나는 자기 어머니고, 다른 하나는 내 외삼촌이었어. 젊었을 때 초상화더라. 어제 그러길래, 내가 이 초상화들도 다 내 거라고 말하면서 빼앗으려고 했더니, 화가 나서 안 주려고 하더라. 나를 밀쳐서 내가 아프다고 고래고래 소리를 지르니까 캐서린이 겁이 났나 봐. 아빠가 오시는 소리가 들리니까 접철을 떼어서 금합을 반으로 가른 다음 나한테 자기 어머니의 초상화를 주고 자기 아버지 초상화는 숨기려고 했어. 하지만 아빠가 무슨 일이냐고 해서 내가 설명을 했더니, 아빠가 내 것은 가져가고 캐서린한테 나머지도 나한테 주라고 했어. 캐서린이 싫다고 하니까 아빠가, 아빠가 캐서린을 때리고 금합을 목걸이 줄에서 비틀어 빼서 짓밟아 버리셨어.」

「그래, 아가씨가 맞는 것을 보니 기분이 좋던가요?」 내가 말을 계속 시키려고 물었어요.

「못 본 척했어.」 그가 대답했어요. 「아버지가 개나 말을 때릴 때도 못 본 척하거든. 아주 세게 때리니까. 하지만 처음에는 기분이 좋았어. 나를 밀쳤으니까 캐서린은 당연히 벌을 받아야지. 그런데 아빠가 간 다음에 캐서린이 나한테 창가로 오라고 하더니 볼 안쪽이 이에 부딪쳐서 터지고 입안에 피가 고여 있는 걸 보여 줬어. 그런 다음엔 찢긴 초상화를 집어 들고 방 한구석으로 가서 벽을 바라보고 앉더니 나한테는 말을 한마디도 안 하는 거야. 그래서 아파서 말을 못 하나 보다 생각했어. 나도 그렇게 생각하면 마음이 안 좋지만 계속 울기만 하다니 아주 못됐잖아. 얼굴도 너무 창백하고 사나워 보이고, 난 캐서린이 무서워!」

「그럼 맘만 먹으면 열쇠를 찾을 수는 있어요?」제가 물었지요.

「2층에 가면 찾을 순 있어.」그가 대답했지요. 「하지만 난 이제 위층까지 걸어갈 수가 없어.」

「어느 방에 있는데요?」제가 물었지요.

「아,」그가 외쳤어요. 「어디 있는지는 안 가르쳐 줄 거야! 그건 아버지와 나만 아는 비밀이거든. 아무도, 헤어턴도 질라도 알면 안 돼. 이제 그만! 너 때문에 피곤해. 그러니까 이제 가, 그만 가보라고!」그러고 나서 얼굴을 팔에 기대더니 다시 눈을 감아 버리더군요.

전 히스클리프 씨를 마주치지 않고 그레인지로 돌아가서 사람들을 데려와 아가씨를 구해 드리는 것 말고는 방법이 없다고 판단했어요.

그레인지에 도착하니, 다른 하인들이 저를 보고 놀라며 무척 기뻐했어요. 그리고 아가씨가 안전하다는 소식을 듣고 두세 명의 하인이 서둘러 위층으로 올라가 에드거 서방님에게 가서 소식을 전했죠. 저도 서방님의 침실로 가서 직접 전했고요.

며칠 사이에 서방님의 모습이 얼마나 많이 변했던지요! 그야말로 슬픔과 체념의 화신이라고 할까요. 그저 누워서 저세상 갈 날만 기다리고 계시더라고요. 아, 그런데 얼마나 젊어 보이던지요. 실제 나이는 서른아홉이었지만 적어도 열 살은 더 젊어 보이는 것 같았어요. 따님을 생각하고 계셨는지, 따님의 이름을 부르고 계시더라고요. 제가 그분의 손을 잡으면서 말했어요.

「따님이 오실 거예요, 소중한 서방님!」 제가 속삭였어요. 「아가씨는 살아 계시고 건강하세요. 오늘 밤엔 오실 수 있을 것 같아요.」

이 소식에 서방님이 바로 보이는 반응을 보고 저는 걱정으로 몸이 떨렸어요. 서방님이 몸을 반쯤 일으키고 방 안을 열심히 둘러보다가 기절해서 쓰러졌거든요.

서방님이 정신을 차리자마자 전 우리가 하이츠에 억지로 끌려가서 감금되어 있었다는 사실을 이야기해 드렸어요. 히스클리프가 집 안에 강제로 들어가게 했다고 말씀드렸지만 정확한 사실은 아니었죠. 린턴에 대해서는 나쁜 말을 최소한으로 줄였어요. 그리고 히스클리프가 폭행한 일도 말하지 않았어요. 그분이 든 고통의 잔이 이미 넘치는데 거기에 쓰라림을 더 보태지는 않으려고 저 나름으로 최대한 노력했죠.

그분은 당신의 원수인 히스클리프의 목적 중 하나가 아들을 위해, 아니 본인을 위해 부동산뿐 아니라 동산까지 모두 가로채는 것임을 깨달았어요. 하지만 왜 당신이 돌아가실 때까지 기다리지 않았는지는 이해하지 못하셨지요. 자신과 조카가 앞서거니 뒤서거니 이승을 떠날 운명이었음을 전혀 모르고 계셨으니까요.

하지만, 당신의 유언장은 수정하는 것이 좋겠다고 판단하셨어요. 따님에게 자기 몫의 재산에 대한 처분권을 주는 대신 따님 생전에는 신탁 관리인들이 따님을 위해 쓰게 하고,

462

따님 사후에는 자식이 생길 경우 자식에게 물려주기로 결정한 거죠. 그렇게 하면 린턴이 죽더라도 재산이 히스클리프의 손아귀에 들어가지는 않을 테니까요.

저는 그분의 지시에 따라 하인 하나를 변호사에게 보냈고, 다른 하인 네 명에게는 무기로 쓸 만한 도구를 들려 아가씨를 구해 오도록 보냈어요. 양쪽 다 무척 늦게까지 돌아오지 않더군요. 마침내 변호사에게 보낸 하인이 먼저 돌아왔어요.

하인은 변호사 그린 씨 댁에 가보니 외출 중이어서 두 시간을 기다렸다고 하더군요. 귀가한 그린 씨가 마을에서 급히 처리할 일이 있으니 다음 날 조반 전까지 스러시크로스 그레인지에 들르겠다고 했다더군요.

네 명의 하인도 자기들끼리만 돌아왔어요. 캐서린 아가씨가 너무 아파서 방을 떠날 수가 없다며 히스클리프가 아가씨를 못 만나게 했다는 소식만 가지고 왔답니다.

전 어리석게 그런 거짓말에 속아 넘어간 하인들을 단단히 나무랐지만, 주인께 그 소식을 전하지는 않았어요. 대신 새벽에 하인들을 워더링 하이츠에 몰고 가서 아가씨를 순순히 내놓지 않으면 문자 그대로 그 집을 쑥대밭으로 만들려고 생각하고 있었지요.

어르신께 따님을 꼭 보게 해드리고 말겠어, 저는 그렇게 맹세를 하고 또 했어요. 악마 같은 놈이 방해한다면 자기 집 문지방돌에 쳐서 죽이는 한이 있더라도!

다행히 제가 거기 가서 그런 고역을 치를 필요는 없게 되었어요.

제가 새벽 3시에 아래층으로 내려가서 물을 한 단지 들고 복도를 지나가는데 앞문에서 절박한 노크 소리가 들리더라고요. 저는 소스라치게 놀랐어요.

「아하! 그린 씨로구나.」 제가 마음을 진정하며 혼잣말을 했지요. 「그래, 그린 씨일 거야.」 그래서 하인을 보내 문을 열어 드려야지 하고는 제 갈 길을 가는데 노크 소리가 다시 들리더군요. 소리는 크지 않았지만 끈덕졌어요.

전 단지를 계단 난간에 내려놓고 서둘러 문을 열러 갔어요. 밖에서는 가을의 보름달이 밝게 비치고 있었는데, 문 앞에 서 있는 사람은 변호사가 아니었어요. 다정한 우리 캐서린 아가씨가 제 목에 매달리며 흐느꼈어요.

「엘런! 엘런! 아빠 아직 살아 계셔?」

「그럼요!」 제가 큰 소리로 말했어요. 「네, 우리 천사님, 아버님은 아직 살아 계십니다! 하느님 감사합니다, 무사히 돌아오셨네요!」

캐서린 아가씨는 숨이 턱에 차 있으면서도 당장 아버님 방을 향해 올라가려고 했어요. 하지만 제가 일단 의자에 앉히고 물을 마시게 한 다음 창백한 얼굴을 씻어 주고, 제 앞치마로 얼굴을 문질러 희미하나마 혈색이 돌게 해줬지요. 그런 다음 제가 먼저 가서 따님이 돌아왔다고 말씀드리는 게 좋겠다고 말했어요. 그리고 아가씨에게는 히스클리프 도령과 행복하게 살 거라 말씀드려야 한다고 알아듣게 얘기했어요. 아가씨는 저를 빤히 바라보더니 제가 거짓말을 시키는 이유를 즉시 알아차리고, 나쁜 얘기는 하지 않겠다고 다짐했어요.

부녀가 상봉하는 자리에는 차마 못 있겠더군요. 방문 바깥에 15분 정도 서 있었지만, 침대 근처까지는 갈 엄두를 못 냈어요.

하지만 두 분 모두 침착했어요. 절망 속에서도 캐서린의 표정은 기쁨에 찬 아버지만큼이나 평온해 보였지요. 겉으로 보기에는 침착한 태도로 아버지를 부축해 드렸고, 아버지는 환희에 차 더 커진 눈을 들어서 딸의 얼굴을 바라봤어요.

그분은 행복하게 돌아가셨어요, 록우드 씨. 그렇게 운명하셨답니다. 딸의 뺨에 입맞춤을 하면서 속삭였지요,

「나는 이제 네 엄마 곁으로 간다. 그리고 너, 귀염둥이 내딸도 언젠가 우리와 함께하겠지.」 그런 뒤 다시 움직이지도 말하지도 못했지만 그렇게 황홀하고 밝은 시선으로 계속 바라보다가 어느새 맥박이 끊기고, 영혼이 이승을 떠났지요. 죽음에 저항하는 몸부림이 없었기 때문에 그분이 정확히 언제 돌아가셨는지는 알 수 없었어요.

캐서린 아가씨는 눈물이 말라 버렸는지, 아니면 슬픔이 너무 커서 눈물조차 나오지 않았는지, 동이 틀 때까지 마른 눈으로 그냥 앉아 있었어요. 점심때까지도 계속 그렇게 앉아 있었고, 아마 좀 쉬라고 억지로 끌어내지 않았더라면 계속 그렇게 침대만 내려다보고 있었을 거예요.

캐서린 아가씨를 내보낸 것은 잘한 일이었어요. 정찬 때쯤 변호사가 워더링 하이츠에 들러 지시를 받은 후에 나타났으니까요. 실은 이미 히스클리프 씨한테 매수당해서 서방님의 호출을 받고도 바로 오지 않았던 거예요. 따님이 돌아온 뒤로

주인이 이승 일에 더 이상 신경 쓰지 않아도 돼서 그나마 다행이었지요.

그린 씨는 모든 집안일과 사람들에 대해서 지시를 내렸어요. 저를 제외한 모든 하인들에게 해고를 통보했죠. 위임받은 권한을 어찌나 신나게 휘두르던지, 어르신을 아내 곁에 묻지 말고 성당에 있는 가문 묘지에 묻으라고 고집을 부릴 정도였어요. 하지만 유언장이 있어서 그렇게 하지는 못했어요. 저도 유언을 위반하는 조치는 안 된다고 큰 소리로 항의했지요.

장례식은 서둘러 치러졌어요. 이제 린턴 히스클리프 부인이 된 캐서린은 아버지의 유해가 그레인지를 떠날 때까지 그곳에 머물러도 좋다는 허락을 받았어요.

캐서린의 말을 들어 보니, 자신이 워낙 고통스러워하니까 마침내 린턴이 위험을 무릅쓰고 캐서린을 풀어 주었더군요. 제가 보낸 하인들이 문전에서 다투는 소리가 들려왔고, 히스클리프의 답변도 짐작이 갔답니다. 그래서 무슨 수를 써서라도 집에 오려고 제가 떠나고 곧 작은 거실로 자리를 옮긴 린턴에게 겁을 줘서 그의 아버지가 돌아오기 전에 열쇠를 가져오게 만들었던 거죠.

린턴이 꾀를 내서, 문을 완전히 닫지 않은 상태에서 열쇠를 잠갔다고 해요. 그리고 잘 시간이 되었을 때 헤어턴과 함께 자고 싶다고 졸라서 이번만은 그렇게 해도 좋다는 허락을 받았다더군요.

캐서린 아씨는 날이 밝기 전에 집을 살짝 빠져나왔대요. 개들이 짖을까 봐 문으로 나오지 않고 빈방으로 가서 창문을 살펴보았는데, 운 좋게 어머니가 옛날에 썼던 방 격자 창문으로 쉽게 빠져나왔고, 가까이에 있던 전나무를 타고 땅으로 내려올 수 있었다고 해요. 캐서린의 공범은 소심한 꾀를 냈음에도 불구하고 그녀를 도왔다고 해서 크게 벌을 받았다지요.

29

장례식을 치른 날 저녁 캐서린 아씨와 전 서재에 함께 앉아 있었어요. 슬픈 마음으로, 둘 중 하나는 절망스러운 마음으로 돌아가신 분을 애도했지요. 우리는 닥쳐올 암울한 미래를 이리저리 짐작해 보았습니다.

아씨와 저는 그나마 최선은 린턴이 살아 있을 때만이라도 그레인지에 계속 살아도 좋다는 허락을 받는 거라고 생각했어요. 린턴이 캐서린과 함께 그레인지에 살고, 제가 계속 가정부로 일한다면요. 실현 가능성이 거의 없는 바람이었지만, 그래도 희망을 가졌어요. 이 집에 살면서 늘 하던 일을 계속하고, 무엇보다 제가 사랑하는 아씨와 계속 살아간다는 기대로 기운이 나려던 참이었죠. 해고를 당했지만 아직 떠나지 않은 하인이 급히 뛰어오면서 〈악마 같은 히스클리프〉가 마당을 가로질러 오고 있다며, 빗장을 질러 못 들어오게 할까 묻더군요.

저희가 그러라고 할 만큼 제정신이 아니었다 하더라도 그런 조처를 취할 시간조차 없었어요. 히스클리프는 문을 두드리거나, 격식을 차려 방문을 알리는 일 따위는 하지 않았어요. 아무 말도 없이 곧장 들어오는 주인의 특권을 행사했죠.

우리에게 소식을 전한 하인의 목소리를 뒤따라 서재로 들어오더니 하인을 손짓으로 내보내고 문을 닫더군요.

18년 전에 손님으로 찾아온 그를 데려갔던 바로 그 방이었어요. 그날처럼 창문으로 달빛이 들어왔고 창밖의 가을 경치도 꼭 그때 같았어요. 아직 촛불은 켜지 않았지만 방 안의 모든 것이, 벽에 있는 초상화(린턴 부인의 멋진 얼굴과 남편의 우아한 얼굴)까지도 다 잘 보이더라고요.

히스클리프는 벽난로 쪽으로 걸어갔어요. 오랜 세월이 흘렀지만 그의 모습도 별로 변하지 않았어요. 그때와 똑같은 그 남자가 검은 얼굴이 좀 누레졌을 뿐 전보다 더 침착한 표정으로 서 있었어요. 체중은 좀 늘었겠지만, 다른 점은 거의 없었어요.

캐서린은 그의 모습이 보이자 당장 뛰어나가려고 벌떡 일어섰어요.

「가만있거라!」 그가 캐서린의 팔을 붙들며 말했어요. 「더 이상은 도망 못 간다! 대체 어디로 갈 셈이야? 널 집에 데려가려고 왔다. 이제부터 효성스러운 며느리가 되어서 더 이상 내 아들이 아비 말을 거역하게 꼬드기지 말기를 바란다. 그 녀석이 이런 짓에 가담하다니 도대체 어떻게 벌을 줘야 할지 모르겠더라. 꼬집기만 해도 숨통이 끊겨 버릴 거미줄같이 약해 빠진 놈이라서 말이야. 하지만 녀석 꼴을 보면 타당한 벌을 받았음을 알게 될 테지! 그저께 저녁에 아래층으로 데려가서는 손도 대지 않고 그냥 의자에 앉혀 놓기만 했거든. 헤 어턴을 내보내고 나하고 단둘이 있었지. 두 시간 동안 그렇 게 있다가 조지프를 불러서 위층으로 올려 보냈는데, 그다음 부터 나하고 한자리에 있기만 해도 귀신을 본 것처럼 벌벌 떨더구나. 그리고 내가 없어도 날 자주 보는 모양이더라. 헤 어턴이 그러는데, 밤에 한 시간 간격으로 비명을 지르며 깨 서 나한테서 자기를 보호해 달라고 너를 부른다더군. 어쨌든 넌 네 소중한 남편이 좋든 싫든 집으로 와야지. 그 녀석은 이 제 네 책임이니까. 그 애에 대해서는 다 너한테 일임하겠다.」

「캐서린을 여기 그냥 살게 하지 그래요?」 제가 애원했어 요. 「린턴을 이리로 보내면 되잖아요. 두 사람 다 미우니까 보고 싶지도 않을 텐데요. 당신같이 비정상적인 사람에게는 매일 두 사람을 보는 것이 고역일 거라고요.」

「그레인지는 세놓을 거야.」 그가 대답했어요. 「그리고 내 자식들은 나하고 함께 살아야지, 암. 더욱이 애도 자기 밥값 은 해야 하니까. 제 아버지가 죽은 뒤까지 호사스럽고 한가 하게 살도록 놔둘 생각은 없어. 어서 갈 준비를 해라. 억지로 끌고 가게 하지 말고.」

「갈 거예요.」 캐서린이 말했어요. 「이 세상에서 제가 사랑 할 사람은 린턴밖에 없으니까요. 제가 린턴을 미워하고 린턴 이 저를 미워하게 하려고 고모부가 온갖 방법을 다 쓰셨지만, 우리를 서로 미워하게 하지는 못하셨어요! 제 앞에서 린턴을 괴롭히기만 해보세요. 저 고모부 무섭지 않아요.」

「꽤 잘난 체하는 보호자로구나!」 히스클리프가 대답했어요.「하지만 너 좋으라고 그 녀석을 괴롭힐 생각은 없어. 그러지 않아도 개가 살아 있는 동안은 녀석 때문에 충분히 힘들 거다. 내가 너한테 그 녀석을 미워하게 만드는 게 아니야. 녀석의 성품이 참으로 다정해서 네가 알아서 미워하게 될 거다. 네가 자기를 버리고 가서 벌을 받게 됐다고 원한이 쓸개즙처럼 쓰더라. 네 고귀한 헌신을 그 녀석이 고마워할 거라는 기대는 하지 마라. 질라를 데리고서 자기가 나만큼 힘이 세다면 널 어떻게 해버렸을 거라고, 유쾌한 상상을 펼치더구나. 내가 다 엿들었지. 널 괴롭히고 싶은데 그럴 힘이 없으니 아마 완력을 대신해서 꾀를 내겠지.」

「린턴의 성격이 못됐다는 거 잘 알고 있어요.」캐서린이 말했어요.「고모부 아들이니까 어련하겠어요. 하지만 다행히도 제 성격이 그 애보다는 좋아서 전 용서해 줄 거예요. 그리고 린턴이 절 사랑한다는 것을 알고, 그래서 저도 린턴을 사랑해요. 고모부, 고모부는 사랑해 주는 사람이 아무도 없어요. 아무리 고모부가 우리를 비참하게 해도, 저는 고모부 자신이 너무 비참해서 다른 사람을 잔인하게 대한다는 사실을 이미 알 거든요. 저한테는 그것만으로도 복수가 돼요! 고모부는 아주 비참하죠, 안 그래요? 악마처럼 외롭고, 악마처럼 질투가 나지요? 고모부를 사랑하는 사람은 아무도 없어요. 고모부가 돌아가셔도 아무도 고모부를 위해 울지 않을 거라고요! 전 절대로 고모부 같은 사람은 되고 싶지 않아요!」

캐서린 아씨는 의기양양하게 말했지만 태도가 좀 우울했어요. 벌써 시댁 분위기에 젖어 원수의 슬픔을 자신의 기쁨

471

으로 삼기로 작정한 듯했지요.

「곧 네가 너 같은 사람이라서 슬프게 될 거다.」 아씨의 시아버지가 말했어요. 「1분만 더 그렇게 서 있어 봐라. 못된 년, 어서 가서 짐이나 싸지 못해.」

캐서린 아씨는 경멸의 표정을 띠고 물러났어요.

캐서린이 짐을 싸는 동안 저는 질라가 그레인지로 오고 제가 질라 대신 하이츠로 가면 안 되겠느냐고 사정을 하기 시작했어요. 하지만 히스클리프에겐 부탁을 들어줄 의사가 전혀 없어 보이더군요. 입 다물라고 하더니 비로소 여유 있게 방을 둘러보다가 초상화들을 찬찬히 살폈어요. 그리고 린턴 부인의 초상화를 들여다보더니 말했어요.

「저 초상화는 내가 가져가야겠다. 꼭 필요하진 않지만…….」

그는 갑자기 벽난로를 향해 돌아서더니 미소라는 단어 외에는 달리 표현할 길이 없는 어떤 표정을 띠고 말을 이었어요.

「내가 어제 뭘 했는지 말해 줄게! 린턴의 묘를 파고 있던 성당지기한테 캐서린의 관에서 흙을 털어 내라고 시킨 다음 관 뚜껑을 열었지. 캐서린의 얼굴을 다시 보니(얼굴이 여전했어) 나도 거기 함께 있고 싶더라고. 성당지기 녀석, 날 일어나게 하느라고 애 좀 썼지. 하지만 녀석이 공기가 들어가면 얼굴이 변한다고 해서, 내가 관의 한쪽 면을 쳐서 좀 헐겁게 만든 다음 흙으로 덮었지. 린턴 쪽 면은 아니고. 망할 놈! 린턴의 관을 납땜으로 봉해 버렸더라면 좋았을 텐데. 그리고 성당지기에게 돈을 찔러 주면서, 내가 옆에 묻히게 되면 그 애 관에서 헐거운 판자를 빼내고 내 관도 똑같이 해달라고

했어. 내 관을 짤 때부터 그렇게 만들 거야. 그럼 린턴의 영혼이 와도 누가 누군지 못 알아볼 테지!」

「참 못됐네요, 히스클리프 씨!」 제가 큰 소리로 말했어요. 「망자의 안식을 깨뜨리면서 창피하지도 않았어요?」

「난 누구의 안식도 깨뜨리지 않았어, 넬리.」 그가 대답했지요. 「그냥 내 마음에 평화를 조금 선사했을 뿐이지. 이제 훨씬 더 평화로워질 거야. 내가 죽은 다음에 조용히 묻혀 있을 가능성이 많아졌다고. 캐서린의 안식을 깨뜨린다고? 아니지! 지난 18년 동안 밤낮으로 나의 안식을 깨뜨린 존재가 바로 캐서린이야. 쉬지도 않고, 당당하게, 어젯밤까지 말야. 난 지난밤에야 드디어 마음의 평화를 얻었어. 꿈을 꾸었지. 내 심장이 멈춘 뒤에 차디찬 내 뺨을 잠든 캐서린의 뺨에 대고 그녀 곁에서 마지막 잠을 자는 꿈이었어.」

「그래, 만일 캐서린이 이미 흙으로 돌아갔거나 그보다 더 나쁜 상태가 되어 있었다면, 무슨 꿈을 꾸었을까요?」 제가 물었지요.

「캐서린하고 함께 썩으면서 더욱더 행복해지는 꿈을 꾸었겠지!」 그가 대답했어요. 「내가 그런 변화를 조금이라도 두려워할 거라고 생각해? 이미 관 뚜껑을 열 때 그렇게 됐을지도 모른다고 각오했었어. 그런 변화는 내가 함께 묻힐 때 시작될 것 같아서 더 행복해. 더욱이 캐서린의 초연한 얼굴을 또렷이 보지 못했다면 그처럼 이상한 느낌을 떨칠 수 없었을 거야. 그 이상한 느낌은 묘하게 시작됐지. 너도 알다시피 캐서린이 죽은 다음에 나는 미칠 것 같았고, 영원히, 새벽에서

473

새벽까지 캐서린이 돌아오기를, 영혼이라도 돌아오기를 빌고 또 빌었어. 난 분명히 유령이 있다고 믿으니까. 유령들이 우리들 가운데 머물 수도 있고, 또 실제로 그러고 있다고 확신해!

캐서린이 묻힌 날은 눈이 왔지. 그날 저녁 나는 성당 묘지에 갔어. 한겨울처럼 음산한 바람이 몰아쳤고 사방이 고요했지. 멍청이 같은 캐서린의 남편이 그렇게 늦은 시간에 그 골짜기로 올 염려는 할 필요가 없었고, 다른 올 사람이라곤 아무도 없었어.

나 혼자 호젓이 있는데 나와 캐서린 사이를 가로막고 있는 것은 2미터 정도의 단단히 다져지지 않은 흙뿐이라서 혼잣말을 했어.

〈다시 안아 줘야지! 캐서린의 몸이 찬 건 이 북풍 때문이라 생각하고 안 움직이는 건 자고 있기 때문이라 생각하자.〉

그래서 연장 창고에서 삽을 꺼내 있는 힘을 다해 땅을 파기 시작했어. 삽이 관 뚜껑에 긁히는 소리가 들리기에 그때부턴 맨손으로 팠어. 관 뚜껑의 나사 박은 자리가 벌어지면서 관이 열리려는 참이었는데 내 머리 위 무덤 가장자리에서 한숨 쉬는 소리가 들리더라. 내가 몸을 앞으로 굽히면서 중얼거렸지. 〈이것만 열면 되겠는데. 그리고 누가 우리를 함께 묻은 뒤 흙으로 덮어 줬으면 좋겠군!〉 그런 뒤 정말 죽기 살기로 뚜껑을 열려고 했어. 그런데 귓가에서 또 한숨 소리가 들리더라. 진눈깨비 섞인 바람 대신 따스한 입김이 닿는 것 같았어. 분명 내 곁에 살이 붙고 피가 흐르는 존재는 아무도 없었거든. 하지만 캄캄한 데서 누가 다가와 내 옆을 지나가면 보이지는 않아도 느낄 수 있듯이 확실히, 나는 땅 밑이 아니라 땅 위에서 캐서린의 존재를 느낄 수가 있었어.

갑자기 안도감이 심장에서 사지를 향해 퍼져 나가더군. 난 고통스러운 육체노동을 멈추고 즉시 위로를, 말로 다 할 수 없을 만큼 큰 위로를 받으면서 돌아섰어. 캐시가 내 곁에 있었어. 내가 흙을 다시 덮는 동안에도 나와 함께 있었고, 내가 집으로 가는 동안에도 날 인도해 갔어. 웃고 싶으면 웃어. 하지만 집에 가면 캐시를 보리라 확신할 수 있었어. 틀림없이 캐시가 내 곁에 있어서 말을 건넬 수밖에 없을 정도였거든.

하이츠에 도착했을 때 급히 문으로 뛰어갔어. 그런데 잠겨 있더군. 지금도 기억나는데, 망할 놈의 언쇼와 내 마누라가 나를 못 들어오게 한 거야. 난 숨통이 막힐 때까지 언쇼를 발로 차고 서둘러 위층에 있는 나와 캐시의 방으로 갔어. 급히 주변을 둘러보는 동안에도 캐시가 옆에 있는 게 느껴졌어. 거의 보일 것 같았지만 실제로 보이지는 않았어! 비통할 정도로 그리워서, 단 한 번이라도 보고 싶으니 나타나 달라고 얼마나 애원했는지 몰라. 나는 아마 땀이 아닌 피를 흘렸을 거야! 하지만 단 한 번도 캐시를 못 보았어. 캐서린은 살아 있을 때처럼 죽어서도 악마 같은 짓을 한 거야! 그 후, 캐시는 내게 견디기 힘든 고문을 했는데, 어떤 때는 더 심하고 어떤 때는 덜 심했지! 지옥이나 다름없었어. 신경 줄을 어찌나 잡아당겼는지, 내 신경이 양이나 말의 창자를 꼬아 만든 악기의 현처럼 질기기에 망정이지, 안 그랬더라면 오래전에 늘어져서 린턴처럼 흐물흐물해졌을 거야.

집에 헤어턴과 앉아 있을 때면 밖에 나가서 그녀를 만날수 있을 것 같았어. 들판을 걷다 보면, 집에 돌아가서 그녀가문으로 들어오는 모습을 볼 수 있을 것 같았지. 외출을 하면서둘러 귀가했어. 캐시가 꼭 하이츠 어딘가에 있을 것만 같아서! 그리고 그녀의 방에서 자면(이제 더 이상 그럴 수 없게됐지만) 그냥 누워 있을 수가 없었어. 내가 눈을 감자마자 캐시가 창밖에 나타나거나 미닫이문을 열거나, 방으로 들어오거나, 심지어는 그 귀여운 머리를 어렸을 때처럼 베개에 눕히곤 했거든. 그럼 나는 캐시를 보려고 눈을 떠야만 했지. 항상 실망으로 끝났지만! 정말 고문이었어! 내가 종종 신음 소리를 냈으니 악당 같은 노인네 조지프는 내가 양심의 가책때문에 벌을 받고 있다고 확신하고 있을걸.

이제 캐시를 보고 나니까 마음이 편해, 조금은. 참 이상한방법으로 날 죽였어. 18년 동안 희망이라는 유령으로 홀려서한 번에 2~3센티미터도 아니고 머리털 한 올만큼씩만 죽였다니까!」

히스클리프 씨는 말을 멈추고 이마의 땀을 닦았어요. 머리카락이 땀에 젖어 이마에 달라붙어 있었거든요. 눈은 벽난로불 속의 붉은 잉걸에 고정되어 있었어요. 눈썹을 찌푸리지않고 관자놀이 근처로 치켜올려 표정이 덜 사나워 보이긴 했어요. 하지만 독특한 고뇌의 표정, 단 한 가지 일에 몰입한 정신의 긴장에서 비롯된 고통의 표정이 보였어요. 꼭 제가 들으라고 하는 말이라기보다 혼잣말에 가까운 소리였기에 전 잠자코 있었습니다. 그의 이야기를 듣는 일은 하나도 즐겁지 않았으니까요!

그는 잠시 후 초상화를 다시 보며 생각에 잠겼어요. 이윽고 초상화를 벽에서 떼어 내려서 더 잘 보려는 듯이 소파에 기대 세웠어요. 그러는 동안 캐서린 아가씨가 들어와 떠날 준비가 다 돼서 말에 안장만 얹으면 된다고 말했어요.

「내일 저 그림을 보내 줘.」 히스클리프가 그렇게 말하고 며느리를 향해 돌아서며 덧붙였어요. 「말은 필요 없다. 오늘 저녁은 날씨도 좋고, 워더링 하이츠에서는 말이 필요 없으니까. 어딜 가든 걸어 다니면 된다. 어서 가자.」

「잘 있어, 엘런!」 제 소중한 아씨가 속삭였어요. 제게 입맞춤을 하는 데 입술이 얼음장처럼 차가웠어요. 「날 보러 와 줘, 엘런, 잊지 말고.」

「그런 짓 절대 하지 말도록 해, 딘 부인!」 캐서린의 시아버지가 말하더군요. 「너한테 볼 일이 있으면 내가 이리로 오겠어. 우리 집에 찾아와 염탐질하지 마라!」

히스클리프가 며느리에게 손짓을 해서 앞장서라고 지시했어요. 캐서린은 시아버지의 지시에 순종했어요. 저를 돌아보는 아씨의 애처로운 눈길에 가슴이 찢어질 것 같았답니다.

저는 창가에 서서 히스클리프와 캐서린이 정원을 걸어 내려가는 모습을 바라보았어요. 히스클리프가 저항하는 그녀의 팔을 억지로 당겨 자기 팔에 끼고 가더군요. 성큼성큼 빠른 걸음으로 오솔길 쪽으로 끌고 갔는데, 두 사람의 모습은 곧 주변의 나무들 뒤로 사라졌답니다.

30

그 후 저는 딱 한 번 하이츠를 방문했지만 캐서린을 만나지는 못했어요. 제가 아씨의 안부를 묻자 조지프가 손으로 문을 잡고 입구를 가로막은 채 들여보내 주지 않더군요. 린턴 부인은 〈바쁘고〉 주인은 안 계시다고 했어요. 그들이 어떻게 지내는지 질라한테 조금 들었기에 망정이지 안 그랬으면 누가 죽고 누가 살았는지조차 몰랐을 거예요.

말하는 태도로 보아 질라는 캐서린이 오만하다고 생각해서 별로 좋아하지 않는 것 같았어요. 아씨가 처음 도착했을 때 질라에게 뭘 좀 도와 달라고 했는데, 히스클리프 씨가 질라에게 넌 자기 일이나 하고, 며느리가 제 일을 알아서 하도록 놔두라고 했다는군요. 질라는 원래 속이 좁고 이기적인 인간이라 얼씨구나 하고 지시를 따른 거지요. 캐서린은 이같은 홀대에 화가 나 어린애처럼 토라져 멸시로 앙갚음을 한 모양이더군요. 그리고 질라는 캐서린이 무슨 큰 잘못이라도 저지른 것처럼 그녀를 철천지원수 명단에 올려 버린 거지요.

한 6주 전에, 그러니까 어르신이 오시기 조금 전 제가 들판에서 질라를 마주쳐서, 오랫동안 이야기를 나누게 되었어요. 그때 질라가 해준 이야기는 이래요.

「아씨는 하이츠에 도착하자마자 나나 조지프한테 잘 있었냐는 인사도 없이 다짜고짜 위층으로 달려가더군요. 린턴 서방님의 방에 들어가 문을 걸어 잠그고 아침까지 코빼기도 내밀지 않았어요. 그러더니 주인과 언쇼가 아침 식사를 하고 있는데, 거실로 내려와서 몸을 덜덜 떨면서 사촌이 몹시 아프니까 의사를 불러 달라고 하더군요.

〈우리도 알고 있다!〉 히스클리프가 대답했지요. 〈하지만 그 자식의 목숨은 한 푼의 값어치도 없어. 그러니까 개한테는 동전 한 개도 쓸 생각 없다.〉

〈그렇지만 어떻게 해야 할지 모르겠단 말예요.〉 아씨가 말했어요. 〈아무도 안 도와주면 린턴은 죽어 버릴 거라고요!〉

〈이 방에서 당장 나가라!〉 주인이 고함을 쳤어요. 〈그 자식 이야기는 한마디도 더 듣고 싶지 않으니까! 이 집에는 그 자식이 어떻게 되든 말든 걱정하는 사람이 하나도 없단 말이다. 정 걱정이 되거든 네가 간호를 해주든지. 걱정이 안 되면 그냥 가둬 놓고 신경 쓰지 마.〉

그다음엔 날 졸라 대기에, 나는 그 피곤한 물건한테 이미 시달릴 만큼 시달렸다고 말해 줬지요. 다들 자기 할 일이 있고 린턴 서방 간호는 아씨의 몫이니까, 히스클리프 씨가 아씨한테 맡겨 두라고 했다고요.

둘이서 어떻게 지냈는지는 모르겠어요. 린턴은 엄청 보채고 밤낮없이 끙끙 앓았을 테고, 아씨는 핼쑥한 얼굴에 눈이 흐리멍덩해서 잠을 한숨도 못 자는 것 같더군요. 어떤 때는 어쩔 줄 모르는 표정으로 부엌에 와서 도와 달라고 부탁하고 싶은 눈치였어요. 하지만 난 쥔 말씀을 거역할 생각은 없었거든요. 실은 감히 거역할 엄두도 못 내요, 딘 부인. 그리고 케네스 씨를 불러오지 않는 거야 잘못이라고 생각했지만 내 주제에 충고하거나 불평을 늘어놓을 수는 없으니까요. 난 절대로 남의 일에 참견 따윈 안 해요.

한두 번은 자려고 이부자리를 편 뒤에 우연히 방문을 열었다가, 계단 꼭대기에 앉아서 울고 있는 아씨를 봤어요. 마음이 약해져서 참견하게 될까 봐 얼른 문을 닫아 버렸지요. 딘 부인도 알다시피, 안됐다는 생각이 들긴 했지만 일자리를 잃을 수는 없으니까요!

결국, 어느 날 밤에 아씨가 다짜고짜 내 방에 들어와서 이렇게 말을 하는 바람에 내가 아주 혼비백산해 버렸지요.

〈히스클리프 씨한테 가서 아들이 죽기 직전이라고 전해. 이번에는 틀림없다고. 당장 일어나서 그렇게 전하란 말야!〉

그렇게 말하고 다시 나가 버렸어요. 난 한 15분 동안 몸을 와들와들 떨면서 가만히 귀를 기울였어요. 아무 소리도 안 들리고 집 안이 괴괴하더라고요.

〈잘못 안 거야.〉 그렇게 혼잣말을 했죠. 〈고비를 넘겼나 보다. 굳이 식구들을 깨우지는 말자.〉 그러곤 깜빡 잠들려는 참인데 종소리가 요란하게 나면서 다시 한번 잠에서 깨어났어요. 우리 집에 딱 하나 있는 종인데, 린턴 때문에 마련한 거예요. 그러자 쥔이 날 불러서 무슨 일인지 가보고, 다시는 시끄럽게 종을 울리지 말라고 전하라고 하시더라고요.

그래서 내가 캐서린 아씨의 말을 전하니까 혼잣말로 욕을 하더니 금세 촛불을 켜 들고 아들 방으로 가시더군요. 내가 따라가 보니까 아씨가 무릎 위에 손을 포갠 채 침대 옆에 앉아 있었어요. 시아버지가 가까이 가서 린턴 서방의 얼굴에 촛불을 비추고 들여다보고 만져 보더니 아씨를 향해 돌아섰어요.

〈자, 캐서린.〉 쥔 양반이 말했어요. 〈기분이 어떠냐?〉

아씨는 아무 말도 없었어요.

〈기분이 어떠냐니까, 캐서린?〉 그분이 다시 물었어요.

〈저이는 이제 안전한 곳으로 갔고, 저는 자유로운 몸이 됐어요.〉 아씨가 대답했지요. 〈기분이 좋아야 마땅한데,〉 아씨가 비통함을 감추지 못하고 말을 이었어요. 〈고모부가 너무 오랫동안 절 죽음과 혼자 싸우게 해서 이젠 죽음 말고는 무엇도 느끼거나 보지 못하겠어요! 제가 죽은 것 같아요!〉

사실 아씨는 죽은 사람처럼 보였어요! 그래서 내가 포도주를 조금 가져다드렸지요. 헤어턴과 조지프도 종소리와 발소리에 깨어서 문밖에서 우리 말소리를 듣고 방 안으로 들어왔어요. 조지프는 망자가 잘 죽었다고 생각하는 것 같았고, 헤어턴은 좀 마음이 안 좋아 보였어요. 린턴 생각을 해서라기보다 캐서린 아씨를 쳐다보는 데 더 정신이 팔려 있었지만요. 하지만 쥔이 헤어턴에게 도울 일은 없으니까 가서 잠이나 자라고 하더라고요. 그런 다음 조지프한테 시체를 자기 방으로 옮기라고 하고, 나한테도 내 방으로 돌아가라고 했어요. 부인 혼자 방에 남겨졌지요.

아침이 오니까 쥔이 며느리한테 날 보내 아침을 먹으러 내려오라고 했어요. 아씨는 옷을 갈아입고 자려는 모양이었는데, 몸이 아프다고 하더라고요. 당연한 일이다 싶었지요. 히스클리프 씨에게 전하니까 이렇게 대답하더라고요.

〈좋아, 장례식 치를 때까지만 봐주자. 가끔 들여다보고 필요한 것을 가져다줘라. 그리고 몸이 좀 나아진 듯하면, 당장 내게 알려라.〉

질라의 말에 따르면 캐시 아씨는 위층에서 2주를 머물렀대요. 질라는 하루에 두 번 찾아갔는데, 좀 친절하게 대하고 싶기도 했지만, 아씨가 즉각 오만한 태도로 거부했다고 하더군요.

히스클리프는 딱 한 번 아씨의 방에 가서 린턴의 유서를 보여 줬대요. 린턴 서방은 자기 재산 전부와 캐시의 소유였던 동산까지 모두 아버지에게 상속했어요. 그 딱한 것이 외삼촌이 돌아가셔서 캐서린이 자리를 비운 일주일 동안 협박과 회유에 못 이겨 그리했겠지요. 토지는 린턴이 아직 미성년자였기 때문에 마음대로 처리할 수 없었어요. 히스클리프 씨가 아내와 자신의 권리를 주장해서 토지를 점유했는데, 아마 법적으로 처리했겠죠. 어쨌든 돈도 도와줄 친구도 없는 캐서린은 그의 소유권을 두고 이의를 제기할 수 없었어요.

「그때 외에는 나 말고 아무도,」 질라가 계속 말했어요. 「아씨의 방문 근처에도 가지 않았어요. 그리고 아씨의 안부를 물은 사람도 없었고요. 아씨가 마침내 거실로 내려온 건 어느 일요일 오후였어요.

　내가 정찬을 가지고 올라갔더니 추워서 더 이상 견딜 수 없다고 소리를 지르더군요. 그래서 내가 쥔은 스러시크로스 그레인지에 가실 테고, 언쇼와 난 아씨가 아래층으로 내려와도 아무 상관 없다고 했지요. 히스클리프 씨의 말이 따각따각 멀어져 가는 소리가 나자마자 아씨는 거실로 내려왔어요. 검은색 상복을 입고, 고수머리 금발은 퀘이커교도처럼 소박하게 귀 뒤로 빗어 넘겼더군요.[11] 빗질을 했지만 고수머리를 펴지는 못했던 모양이에요.

　조지프와 난 일요일에는 보통 예배당에 가거든요(〈알다시피 교구 성당에는 지금 신부님이 안 계시고, 기머턴에서는 감리교인지 침례교인지 모르겠지만 예배 보는 곳을 교회라고 불러요〉라고 딘 부인이 설명했다).[12] 「그날도 조지프는 교회에 갔지요.」 그녀가 말을 계속했어요. 「하지만 난 집에 있는 게 옳겠다 싶었어요. 젊은 사람들은 늘 나이 든 사람의 감독을 받아야 하니까요. 그리고 헤어턴은 숫기는 없는데 품행이 방정한 편도 못 되니까요. 내가 헤어턴한테 사촌이 아래층에 함께 있을 것 같은데, 주일 잘 지키는 집안에서 자랐으니까 사촌이 있을 때는 총을 치우고 실내에서 일도 안 하는 게 좋겠다고 말해 줬어요.

　헤어턴은 그 말을 듣고 얼굴을 붉히면서 자기 손과 옷을 흘깃 바라보더니 고래 기름과 화약을 즉시 눈에 안 띄는 데

11 기독교의 한 종파인 퀘이커교도들은 소박하고 검소한 차림을 선호한다.
12 영국 국교회에 반대해서 분리된 비국교도들이 예배를 보는 곳.

로 치우더군요. 아씨하고 어울려 보려는 헤어턴의 심사를 알수 있었어요. 나름 그럴듯하게 보이려고 노력하는 것 같더라고요. 그래서 웃으면서 내가 도와주랴 하고 물어보며 허둥거리는 꼴을 놀려 줬지요. 주인이 계시면 감히 웃지도 못하는데 말이죠. 아, 그랬더니 금세 뚱해져서 욕을 하더군요.

그런데요, 딘 부인(질라가 못마땅해하는 제 표정을 보고말을 이었어요), 귀한 아씨가 헤어턴 도령과 상대나 되느냐고 생각하시는 모양인데, 사실 그렇긴 해요. 하지만, 솔직히, 캐서린도 자존심을 좀 낮춰야 된다고요. 지금 와서 이제껏 받은 교육이며 교양이 다 무슨 소용이게요? 아주머니나 나처럼 가난한데. 사실은 우리보다도 더 가난하다고요. 아주머니도 돈을 좀 모으고 계시고, 나도 하는 데까진 모으고 있는데.」

헤어턴은 도와주겠다는 제안을 받아들였고, 질라는 듣기 좋은 말로 기분을 북돋아 준 모양이더라고요. 그래서 캐서린 아씨가 거실로 들어왔을 때, 전에 모욕당한 일은 웬만큼 잊어버리고, 잘해주려고 했다더군요.

「아씨가 걸어 들어오는데,」질라가 말했지요. 「차갑기는 고드름 같고, 오만하기는 공주님 같더라고요. 내가 일어나서 앉아 있던 안락의자를 권했더니, 웬걸, 공손하게 대하는 사람한테 코만 높이 쳐들더라고요. 헤어턴도 일어나서 벽난롯가 장의자로 와서 앉으라고 했어요. 얼마나 힘들겠냐고 하면서요.

〈힘든 지 한 달도 넘었어.〉 캐서린 아씨가 한껏 경멸하듯 헤어턴의 말을 받더라고요.

그런 다음 의자를 들어다 우리 두 사람한테서 멀찌감치 떼어 놓고 앉았어요.

　몸이 녹을 때까지 앉아 있다가 방을 둘러보는 중에 장 속에 있던 책 몇 권이 눈에 띄었나 봐요. 일어서서 꺼내려고 하는데 너무 높이 있어서 키가 안 닿더라고요.

　애쓰는 모습을 조금 지켜보던 사촌이 마침내 용기를 내서 도와줬어요. 캐서린 아씨가 드레스를 펼치자 언쇼가 거기다 먼저 꺼낸 책들을 놓아 줬지요.

　언쇼로서는 큰일을 해준 셈이었는데, 아씨는 고맙다는 말 한마디 없었어요. 하지만 언쇼는 아씨가 자기 도움을 받아들였다는 데 만족하고, 아씨가 책들을 보는 동안 용기를 내 뒤에 서서 고개를 수그리며 책에 실린 옛날 그림 중에서 마음에 드는 것을 손으로 가리키기도 했어요. 아씨가 오만하게 책을 홱 잡아당겨 손이 책장에 닿지 않게 하는데도 아랑곳하지 않고 조금 뒤로 물러서서 책 대신 아씨를 바라보고 있더라고요.

　아씨는 책을 읽는지 아님 읽을 데를 찾는지 계속 책을 들여다보고 있었어요. 언쇼는 점차 아씨의 숱 많고 부드러운 고수머리에 이끌리는 것 같았어요. 헤어턴에게 아씨 얼굴은 보이지 않았고, 아씨도 언쇼가 보이지 않았지요. 그래서 언쇼도 보는 데 그치지 않고 아씨의 머리를 만져 보려고 했던 것 같아요. 자신도 모르게 촛불에 이끌린 어린아이처럼요. 손을 내밀어 고수머리 한 가닥을 마치 새라도 쓰다듬어 주듯 부드럽게 쓸어내렸는데, 아씨가 어찌나 깜짝 놀라 홱 돌아보던지 목에 칼날이라도 들어온 사람 같았어요.

〈당장 비켜! 어떻게 감히 나한테 손을 대? 왜 거기 서 있는 거야?〉 아씨가 끔찍하다는 듯이 소리쳤어요. 〈소름 끼친단 말야! 또 옆에 오면 도로 위층으로 올라가 버릴 거야.〉

헤어턴 도령은 아주 멍청한 표정으로 물러났어요. 아무 말도 못 하고 장의자에 앉아 있었고, 아씨는 반 시간 정도 더 책장을 넘기고 있었죠. 마침내 언쇼가 나한테 와서 낮은 목소리로 말했어요.

〈책 좀 읽어 달라고 할래, 질라? 아무것도 안 하고 있으니까 심심해. 그리고 난 책 읽어 주는 소리를 들으면 좋을 것 같아! 내가 그랬다고 하지 말고 네가 듣고 싶다고 해줘.〉

〈헤어턴 도령이 아씨께서 책을 읽어 주셨으면 하는데요.〉 내가 즉시 말했지요. 〈그래 주시면 정말 고맙겠다고, 아주 감사하겠다고 하네요.〉

아씨가 인상을 쓰며 고개를 들고 대답했어요.

〈헤어턴 도련님과 이 집 식구들 모두 친절한 척 위선을 떠는데, 내가 죄다 거절하는 걸 아무쪼록 이해해 줄 바라! 난 당신네들이 모두 경멸스럽고, 누구한테도 할 말 없어! 내가 친절한 말 한마디만 해줬으면, 당신네들 얼굴이라도 보았으면 하고 간절히 원할 때 다들 날 모른 체했잖아. 하지만 불평할 생각 없어! 난 추워서 어쩔 수 없이 이 방에 왔지, 당신네들을 즐겁게 해주거나 함께 있고 싶어서 온 게 아니야.〉

〈내가 뭘 어떻게 했다고 그러는 거야?〉 언쇼가 말을 시작했어요. 〈내가 무슨 잘못을 했냐고?〉

〈아! 넌 예외야.〉 아씨가 대답했어요. 〈너 따위의 도움이

필요한 적은 없었으니까.〉

〈하지만 난 여러 번 부탁했단 말이야.〉 캐서린 아씨의 매몰찬 태도에 화가 난 헤어턴이 말했어요. 〈히스클리프 씨한테 너 대신 밤에 간호하게 해달라고 말했다고…….〉

〈입 닥쳐! 네 불쾌한 목소리를 듣느니 밖이든 어디든 아무 데라도 가버릴 테야!〉 아씨가 말했지요.

헤어턴은 그럼 지옥에라도 가든가 하고 투덜거린 뒤 벽에서 총을 다시 내리더군요. 주일을 지켜야 할 이유가 사라진 거지요.

헤어턴은 이제 자기 하고 싶은 대로 떠들어 댔고, 아씨는 혼자 있고 싶었는지 위층으로 올라가 버렸어요. 하지만 서리가 내린 뒤로는 아씨도 자존심을 굽히고 거실로 내려와 우리와 더 많은 시간을 함께 보내야 했어요. 하지만 난 더 이상 잘해 주고 욕 먹는 일은 안 당하기로 했답니다. 그래서 이후 줄곧 아씨만큼이나 나도 냉랭하게 대했지요. 우린 아무도 아씨를 귀여워하거나 사랑스러워하지 않고 좋아하지도 않아요. 그럴 자격이 없으니까요. 누구한테든 무슨 말 한마디만 해도 고마워하는 게 아니라 마구 덤벼드니까요! 쥔한테도 말대꾸를 하고 때릴 테면 때리라고 대드는 식이거든요. 당하면 당할수록 독이 오르는 것 같아요.」

질라한테서 그런 소식을 들으니 당장 하던 일을 때려치우고 오두막을 구해서 아씨를 데려다 살아야겠다 싶었어요. 하지만 히스클리프 씨는 그걸 허락하느니 차라리 헤어턴한테 집을 내줄 사람이지요. 결국 아씨가 재혼을 하기 전에는 당분간 아무런 대책이 없겠더라고요. 근데 아씨의 결혼은 제가 어떻게 할 수 있는 문제가 아니잖아요.

딘 부인의 이야기가 그렇게 끝났다. 나는 의사의 예측보다 더 빨리 건강을 회복해, 아직 1월의 둘째 주밖에 안 되었지만 내일이나 모레는 말을 타고 워더링 하이츠로 가려 한다. 주인에게 런던에 가서 6개월을 머물 예정이라고 알리고, 원한다면 10월 이후 세 들 사람을 구하라고 말할 작정이다. 억만금을 준다 해도 여기서 다시 겨울을 날 생각은 없으니까 말이다.

31

어제는 하늘이 맑고 바람 한 점 없이 잔잔했지만 추위는 매서웠다. 작정한 대로 하이츠에 갔는데, 딘 부인이 아씨에게 쪽지를 전해 달라고 부탁해서 거절하지 않았다. 그 훌륭한 부인네가 거리낄 게 없다고 생각하는 부탁이었으니까.

현관문은 열려 있었지만, 경계가 삼엄한 정문은 지난번 방문 때와 마찬가지로 잠겨 있었다. 내가 노크를 하자 정원에 있던 언쇼가 소리를 듣고 문을 열어 줘서 들어갈 수 있었다. 언쇼는 시골뜨기치곤 아주 잘생긴 청년이었다. 이번에는 주의 깊게 보았는데, 그는 잘생긴 외모를 감추려고 안간힘을 다하는 사람처럼 보였다.

내가 히스클리프 씨 계시냐고 물어보니, 안 계시지만 정찬 때 귀가한다는 대답이 돌아왔다. 오전 11시였기 때문에 집 안에 들어가서 기다리겠다고 했더니, 즉시 손에 들고 있던 연장을 내던지고 함께 들어가 주었다. 주인 노릇을 대신 하려는 것은 아니고 집을 지키는 충직한 개의 역할을 하기 위해서였다.

둘이서 함께 들어가자, 집 안에는 캐서린이 있었다. 식사 준비를 하며 채소를 다듬고 부엌일을 거드는 중이었다. 처음 봤을 때보다 더 시무룩하고 기운이 없어 보였다. 사람이 들어가는데 눈길도 주지 않는 듯했고, 전처럼 예의를 차리려는 시늉조차 하지 않고 그냥 하던 일만 계속했다. 내가 안녕하시냐고 인사를 했지만 아는 체도 하지 않았다.

〈별로 상냥한 성격은 아닌 것 같아.〉 나는 생각했다. 〈딘 부인 말하고는 달라. 미인이긴 해도 천사는 아니야.〉

언쇼가 퉁명스러운 어조로 다듬던 것들을 부엌으로 가지고 가라고 말했다.

「네가 치워.」 그녀가 다듬는 일을 마치자마자 일감을 밀쳐 버리고 창가에 있는 높은 의자로 가면서 말했다. 거기 앉아 순무 껍질과 조각 따위를 치마폭에 놓고 새나 짐승의 모양을 새기기 시작했다.

나는 정원을 보는 척하며 그녀 쪽으로 갔다. 그리고 딘 부인이 보낸 쪽지를 치마폭에 조심스럽게 떨어뜨렸다. 내 딴에는 헤어턴 몰래 전해 주려 한 것이었다. 하지만 그녀가 큰 소리로 물었다.

「이게 뭐죠?」 그러더니 쪽지를 내팽개쳤다.

「당신의 옛 친구인 그레인지의 가정부가 보낸 편지입니다.」 내가 호의로 한 행동을 폭로한 게 짜증도 나고, 내가 쓴 편지라고 오해할까 봐 걱정도 돼서 얼른 대답했다.

내 말을 들은 그녀가 반가이 편지를 집으려 했지만 헤어턴의 동작이 더 빨랐다. 히스클리프 씨가 먼저 봐야 한다며 편지를 자신의 조끼 안에 집어넣었다.

그러자 캐서린이 조용히 고개를 돌리더니 살그머니 손수건을 꺼내 자신의 눈에 가져다 대었다. 그녀의 사촌은 약해지는 마음을 다잡으려고 한참 노력하더니, 결국 편지를 꺼내 한껏 무뚝뚝하게 그녀가 있는 쪽 마룻바닥에 내팽개쳤다.

캐서린은 편지를 집어 들고 다급하게 읽었다. 그러더니 내게 친정 식구들과 짐승들에 대한 소식을 간단히 묻고 먼 산을 바라보며 혼자 중얼거렸다.

「저 아래서 미니를 탔으면 좋겠다! 저 위로 올라가 보고도 싶고. 아! 피곤해. 난 지쳐 버렸어, 헤어턴!」

그러고 나서 하품인지 한숨인지를 토해 내고는 우리가 보든 말든 아랑곳하지 않고, 아니 알지도 못하고서는 예쁜 머리를 창턱에 기댄 채 멍하니 슬픔에 잠겼다.

「히스클리프 부인.」 내가 잠시 침묵을 지키다가 말했다. 「제가 부인에 대해 잘 알고 있다는 거 모르시죠? 워낙 잘 알고 있어서 부인이 말을 안 걸어 주시는 게 이상하게 느껴질 정도입니다. 가정부가 지치지도 않고 부인 얘기를 하고 칭찬을 하더군요. 만일 제가 부인이 편지만 받고 아무 대답도 안 하셨다고 전한다면 여간 실망하지 않을 겁니다!」

그녀는 의아한 표정으로 물었다.

「엘런이 선생님을 좋아하나요?」

「네, 아주 좋아하지요.」 내가 망설이지 않고 대답했다.

「그럼 꼭 전해 주세요.」 그녀가 말을 이었다. 「저는 답장을 하고 싶지만 글을 쓸 방법이 없다고요. 저한테는 종이를 뜯어낼 수 있는 책 한 권조차 없거든요.」

「책이 없다니요!」 내가 외쳤다. 「외람되게 여쭤봐도 되는지 모르겠습니다만, 이런 곳에서 어떻게 책도 없이 지내신단 말입니까? 그레인지에는 서가에 책이 가득 있는데도 지루할 때가 많던데. 저한테서 책을 빼앗는다면 전 깊이 절망할 겁니다!」

「저도 책이 있을 때는 늘 읽었지요.」 캐서린이 말했어요. 「그런데 히스클리프 씨는 절대 책을 안 읽어요. 제 책을 다 없애기로 작정을 했더라고요. 몇 주째 책이라곤 그림자도 구경 못 했어요. 딱 한 번 조지프의 종교 서적을 뒤졌더니 조지프가 어찌나 짜증을 내던지. 그리고 한번은, 헤어턴, 네가 방에 감춰 놓은 책 다 봤어. 라틴어인지 그리스어인지, 그런 언어로 쓰인 책하고 이야기책들과 시집들인데, 모두 내 옛 친구들이에요. 이야기책하고 시집은 내가 전에 가지고 왔던 것들이죠. 헤어턴, 넌 까치가 은수저를 모으듯이 훔치는 재미로 그 책들을 모았더구나! 너한테는 아무 소용도 없는 것들이잖아. 아니면 자기가 못 읽으니까 남도 못 읽게 하려는 심보로 감췄든지. 네가 질투심 때문에 내 보물들을 빼앗으라고 히스클리프 씨를 부추겼어? 하지만 거의 모든 책을 내 머릿속에 적어 놓고 내 가슴속에 새겨 놓았으니까 그건 못 빼앗아!」

언쇼는 자신이 몰래 책을 모았다는 사실을 사촌이 폭로하자 분개해서 얼굴이 시뻘겋게 됐어요. 그리고 말을 더듬으며 반박했죠.

「헤어턴 씨가 공부를 더 하고 싶어서 그러셨겠지요.」내가 그를 두둔하며 말했다. 「부인의 해박함을 질투하는 게 아니라 선망하는 거겠지요. 몇 년 안에 훌륭한 독서가가 되실 거예요!」

「그때까지 전 바보가 되라는 거죠.」캐서린이 대답했다. 「그래요, 혼자서 철자를 외우고 글을 읽으려고 애쓰는 모습 봤는데 실수가 참 볼만하던데요! 어제처럼 체비 체이스[13] 한 번 읊어 보렴. 정말 웃겼어! 너 읽는 거 다 들었거든. 어려운 단어를 찾으려고 사전을 뒤지다가 설명이 이해가 안 되니까 욕을 하더라. 내가 다 들었단 말이야!」

청년은 무식하다고 조롱을 당하고, 무식을 면하려고 노력한 것 또한 조롱을 받았으니 너무나 억울할 게 분명했다. 나 역시 공감이 갔고, 또 그가 불우한 환경에서 몸에 밴 무지를 벗어나 보려고 노력한 일화를 딘 부인한테 듣기도 했기에 그녀에게 이렇게 말했다.

「하지만 히스클리프 부인, 누구나 시작을 해야 배울 수 있고, 시작부터 잘하는 사람은 없잖아요. 처음에는 다 배움의 문턱에 걸려 넘어지기도 하고 비틀거리기도 하지요. 그럴 때 선생님들이 우리를 도와주는 대신 비웃었다면 우린 여전히 계속 넘어지고 비틀거리고 있을 겁니다.」

「아!」그녀가 대답했다. 「쟤가 공부하는 걸 막고 싶지는 않아요. 하지만 내 책을 빼앗아 가서 틀린 발음과 어이없는 실수로 우스꽝스럽게 만들 권리는 없다고요! 그 책들, 이야기

13 퍼시가와 더글러스가의 오토번 전투를 소재로 한 15세기 영국 민요.

책들과 시집들은 저한테는 특별한 사연이 있어 더 소중한데, 그의 입을 거치면서 천해지고 욕보는 게 싫은 거예요! 더욱이 딴 책들은 다 놔두고 제가 가장 좋아하고 즐겨 읽는 작품들만 골랐더라고요. 일부러 심술을 부리려는 것처럼요.」

한동안 헤어턴의 가슴이 들썩거렸다. 수치심과 분노가 거세게 일어 억누르기가 쉽지 않은 것 같았다.

나는 신사답게 그의 난처함을 덜어 주려고 자리에서 일어나 문가로 가서 바깥을 바라보았다.

헤어턴도 나를 따라 일어나 방을 나갔지만, 손에 대여섯 권의 책을 들고 다시 나타나 캐서린의 치마폭을 향해 내던지며 소리쳤다.

「가져가! 다시는 이걸 읽지도 듣지도 생각하고 싶지도 않으니까!」

「이젠 싫어!」 그녀가 대답했다. 「이 책들을 보면 네 생각이 나서 기분이 나쁠 테니까.」

그녀는 틀림없이 자주 읽어 보았을 책 한 권을 펼쳐 들고 이제 막 글을 배우기 시작한 사람처럼 느릿느릿 읽더니 웃으며 내던졌다.

「이것도 들어 봐!」 그녀는 약을 올리려는 듯 옛 발라드 하나를 같은 방식으로 읽기 시작했다.

하지만 자존심이 상한 헤어턴은 더 이상 그런 고문을 견디지 못했다. 그녀의 짓궂은 혓바닥 놀림을 막으려고 손으로 제재를 가하는 소리가 들렸는데, 그렇게 당해도 어쩔 수 없다는 생각이 들었다. 고약한 아가씨가 거칠기는 해도 민감한 사촌의 자존심에 커다란 상처를 입혔는데, 그가 이를 되갚을 유일한 방법은 완력이었으니까 말이다.

그러고 나서 헤어턴은 책들을 모두 주워 모아 벽난로 속으로 집어 던졌다. 그의 표정을 보니 자존심이 상해 책을 태우고는 있으나 너무나 고통스러운 희생을 치르고 있음을 알 수 있었다. 책들이 타는 동안 자신이 독서를 하면서 느꼈던 즐거움을 회상하고, 앞으로 읽어 나가며 점점 커졌을 성취감을 더는 느낄 수 없을 거라 아쉬워하는 것처럼 보였다. 그가 그토록 은밀하게 공부를 하게 된 이유도 짐작이 갈 듯했다. 캐서린이 나타날 때까지는 매일 일과가 된 노동과 거친 동물적 즐거움에 만족하고 살았을 것이다. 그녀에게서 멸시를 당한 뒤 느낀 수치심과 인정받고자 하는 희망이 더 고상한 즐거움을 추구하게 된 자극제였던 것이다. 그런데 자신을 향상시켜 보려고 노력했건만 캐서린은 인정해 주긴커녕 여전히 멸시하고 있었다. 그러니까 정반대 결과를 낳았던 것이다.

「맞아, 너 같은 짐승은 책을 땔감으로나 쓸 줄 알 뿐이지!」 캐서린이 상처 입은 입술을 빠는 한편 분노에 찬 눈초리로 타오르는 책을 바라보면서 외쳤다.

「그만 입 닥치는 게 좋을걸!」 그가 사납게 대답했다.

그러고는 극도로 화가 치민 나머지 더 이상 말을 잇지 못하고 서둘러 문 쪽으로 오기에 나는 지나가라고 길을 비켜 주었다. 그가 문 앞의 섬돌을 넘기도 전에 진입로로 올라오던 히스클리프 씨가 그를 보고 어깨를 잡으며 물었다.

「뭐 하는 거냐, 이 녀석아?」

「아무것도 안 해, 아무것도 안 한다고!」 언쇼가 이렇게 말하면서 슬픔과 분노를 혼자 삭이려는 듯이 그의 손길을 뿌리치고 가버렸다.

히스클리프는 그의 뒷모습을 지켜보더니 한숨을 쉬었다.

「내 계획을 내가 방해하다니 이상한 일이야!」 내가 등 뒤에 있음을 의식하지 못한 그가 혼자 중얼댔다. 「하지만 제 아비 얼굴을 찾으려고 저 녀석 얼굴을 보면 볼수록 하루가 다르게 그녀의 얼굴만 보인단 말이야! 어떻게 저렇게 닮았지? 저 녀석을 보기가 견디기 힘드니.」

그는 눈길을 떨구고 생각에 잠겨 걸어왔다. 얼굴에서는 전에 한 번도 본 적이 없는 초조하고 근심 어린 표정이 보였다. 몸도 훨씬 야위어 있었다.

그의 며느리는 창문을 통해 시아버지가 다가오는 모습을 보고 재빨리 부엌으로 도망쳤고, 거실에는 나 혼자 남겨졌다.

「다시 바깥출입을 하신 걸 보니 반갑군요, 록우드 씨.」 그가 내 인사를 받았다. 「얼마간은 이기적인 이유로 반갑게 느껴지긴 합니다. 이 황량한 고장에서 당신 같은 분을 잃으면 세입자를 구하기가 쉽지 않으니까요. 대체 어떤 연유로 이런 곳까지 오셨을까 의아하기도 했습니다.」

「이유 없는 변덕 탓인 것 같습니다.」 내가 대답했다. 「이번에도 이유 없는 변덕이 끓어 이 고장을 떠나려고 합니다. 다음 주에 런던에 갈 예정입니다. 예정했던 12개월 이상 스러시크로스 그레인지를 빌릴 계획은 없다고 미리 고지해 드립니다. 여기서 더 이상 머물지는 않을 것 같습니다.」

「아, 그렇군요! 유형 생활에 싫증이 나셨군요?」 그가 말했다. 「하지만 집을 비우는 기간의 세를 면제해 달라고 오셨다면 헛걸음하셨습니다. 저는 받을 것은 누구한테서든 꼭 받는 사람이거든요.」

「그런 부탁을 드리러 온 것은 절대 아닙니다!」 나는 무척 기분이 나빠서 큰 소리로 말했다. 「원하신다면 지금이라도 집세를 다 내겠습니다.」 그러면서 수표책을 주머니에서 꺼냈다.

「아니, 아니.」 그가 냉정하게 대꾸했다. 「안 돌아오시더라도 남겨 둔 물건들로 충분히 충당할 수 있지요. 급할 건 없습니다. 우리하고 함께 식사를 하시지요. 다시 안 올 손님은 대개 환영받는 법이지요. 캐서린! 음식을 차려 와라. 어디 있는 거냐?」

캐서린이 칼과 포크가 놓인 쟁반을 들고 나타났다.

「넌 조지프하고 먹어라.」 히스클리프가 그녀에게 낮은 목소리로 말했다. 「그리고 손님이 갈 때까지는 부엌에 있어.」

캐서린은 군말 없이 따랐다. 거스르고 싶은 유혹조차 안 느끼는 듯했다. 바보 같은 자들과 염세적인 인간들 사이에 살다 보니 그들보다 더 나은 사람을 만나도 알아보지 못하게 된 것 같았다.

나는 침울하고 무뚝뚝한 히스클리프 씨와 입을 꽉 다문 헤어턴 사이에서 재미라곤 없는 식사를 하고 얼른 작별을 고했다. 부엌으로 나가면서 마지막으로 캐서린을 한 번 더 보고 조지프 노인의 짜증도 돋우고 싶었지만, 주인이 헤어턴에게 내 말을 끌고 오라고 지시한 다음 문까지 직접 배웅하는 바람에 실행에 옮길 수 없었다.

〈저런 집에서 살다니 얼마나 쓸쓸할까!〉 나는 말을 타고 길을 내려오며 생각했다. 〈린턴 히스클리프 부인의 착한 유모가 원하던 대로 그녀가 나를 사랑하게 돼서 분주한 런던으로 함께 이사했다면 그녀에게는 동화보다 더 낭만적인 일이 됐을 텐데!〉

32

1802년. 9월에 한 친구가 북쪽 지방에 있는 자기 소유의 사냥터에서 신나게 사냥하자며 날 초대했다. 그의 집을 찾아가는 길에 뜻하지 않게 기머턴에서 25킬로미터 정도 떨어진 곳을 지나가게 되었다. 길가 선술집에서 마부가 내 말의 목을 축이려고 물동이를 들고 있다가, 방금 추수한 새파란 귀리를 가득 싣고 지나가는 마차를 보고 이렇게 말을 건넸다.

「기머턴에서 오는구먼! 거기 사람들은 항시 딴 데보다 추수를 3주 늦게 하지.」

「기머턴이라?」 내가 말했다. 거기서 지낸 날들의 기억은 이미 꿈결처럼 희미해져 있었다. 「아! 나도 아는 곳이네! 여기서 얼마나 가면 되는가?」

「저 언덕을 넘어 22킬로미터 정도 가면 되는데 길이 험합니다.」 그가 대답했다.

나는 순간 스러시크로스 그레인지를 방문하고 싶다는 충동에 사로잡혔다. 정오가 채 안 되었고, 여관보다는 내 집에서 머무르는 편이 낫겠다 싶기도 했다. 더욱이 하루만 시간을 내면 집주인과의 볼일을 다 끝내고 이 지역을 다시 찾아오지 않아도 될 터였다.

나는 잠시 쉰 뒤에 하인에게 마을로 가는 길을 알아보라고 지시했다. 그리고 말들을 몹시 힘들게 한 끝에 세 시간쯤 지나 그곳에 도착했다.

나는 하인을 마을에 남겨 두고 혼자서 골짜기로 내려갔다. 성당 건물은 회색이 더 짙어졌고, 성당 묘지는 전보다 더 쓸쓸해 보였다. 황야에 놓아먹이는 양이 무덤의 짧은 잔디를 뜯어 먹는 모습도 보였다. 기분 좋게 따사로운 날씨였다. 여행하기에는 상당히 더웠지만 아래위로 펼쳐진 유쾌한 경치를 즐기지 못할 정도는 아니었다. 만일 8월에 더 가까운 시기였다면 분명히 이 호젓한 곳에서 한 달가량 쉬고 싶은 유혹을 느꼈을 것이다. 겨울에는 이보다 더 우울한 곳도 없지만, 여름에는 언덕에 둘러싸인 계곡과 깎아지른 듯한 절벽, 그리고 파도치는 히스 들판이 그야말로 절경을 선사하기 때문이다.

해 지기 전에 그레인지에 도착해서 문을 두드렸지만 대답이 없었다. 그런데 부엌 굴뚝에서 푸른 연기가 가늘게 몽실몽실 올라가고 있는 모습으로 보아, 사람들이 모두 뒷방에 물러나 있어 문 두드리는 소리가 안 들리는 듯했다.

말을 몰아 안뜰로 들어갔다. 현관 앞에서는 아홉 살이나 열 살쯤 되어 보이는 여자애가 쪼그리고 앉아 무언가를 짜고 있었고, 웬 노파가 말을 탈 때 사용하는 발판에 기대앉아 생각에 잠긴 듯 파이프 담배를 피우고 있었다.

「딘 부인 안에 있소?」 내가 그녀에게 물었다.

「딘 부인요? 없는데요!」 그녀가 대답했다. 「여기 안 살아요. 저 위 하이츠에 살아요.」

「그럼 당신이 여기 가정부인가?」 내가 계속해서 물었다.

「맞아요, 내가 이 집을 관리하고 있어요.」 그녀가 대답했다.

「그렇군, 내가 록우드요. 이 집의 세 든 주인. 내가 묵을 방이 있을까? 오늘 밤 여기서 묵고 가려는데.」

「주인님이시라고요!」 그녀가 놀라서 외쳤다. 「맙소사, 누가 쥔님 오시는 걸 알았나요? 미리 기별이라도 주셨어야죠. 방이 다 눅눅하고 챙겨 놓은 게 없는데요. 아이고, 하나도 없는데!」

그녀는 담뱃대를 내던지고 부산하게 안으로 들어갔다. 여자애도 뒤를 따랐고 나도 함께 들어갔다. 곧 그녀의 말이 사실임을 확인할 수 있었고, 더욱이 내가 갑자기 나타난 터라 이 가정부가 거의 제정신이 아니라는 사실을 알 수 있었다.

나는 그녀에게 우선 진정하라고 말했다. 산책을 나갈 테니 그동안 거실 한구석을 치워 식탁을 차리고 침실에 잠자리만 준비해 달라고 했다. 쓸고 털고 할 필요는 없고, 불을 잘 피워 놓고 마른 시트만 준비하면 된다고 덧붙였다.

그녀는 가능한 한 정성껏 주인을 맞으려고 애를 쓰는 듯했다. 부지깽이인 줄 알고 벽난로용 솔로 쇠살창 재받이를 쑤시고, 다른 청소 도구도 혼동하긴 했지만 내가 돌아올 때까지 쉴 곳은 준비해 놓을 듯해서 안심하고 집을 나섰다.

산책 목적지는 워더링 하이츠였다. 하지만 마당을 나서려다가 혹시나 해서 다시 집 안으로 들어갔다.

「하이츠에는 다 별일 없나요?」내가 가정부에게 물었다.

「그런가 보더구먼요!」그녀가 빨간 잉걸을 담은 판을 급히 들고 가면서 대답했다.

딘 부인이 그레인지를 떠난 이유를 묻고는 싶었지만 뜻하지 않은 위기를 맞은 노파를 붙잡고 있어서는 안 될 듯하여 그냥 돌아서서 집을 나섰다. 뒤에서는 붉은 석양빛이 비치고 앞에서는 막 솟아오르는 달의 부드러운 빛이 맞아 주는 길을 여유롭게 걸었다. 농원을 나와 히스클리프 씨의 집으로 갈라져 들어가는 자갈 깔린 샛길을 올라가는데, 석양빛은 점차 사라지고 달빛은 더욱더 밝아졌다.

하이츠가 시야에 들어오기 전에 벌써 해가 져서 서쪽 하늘 가장자리를 따라 어렴풋한 호박색 빛만 남았다. 하지만 휘영청 달이 밝아서 자갈 하나, 풀포기 하나까지 다 잘 보였다.

이번에는 담을 넘거나 문을 두드릴 필요가 없었다. 손으로 밀었더니 그냥 열렸던 것이다.

〈이건 개선됐네!〉나는 생각했다. 그리고 후각의 도움을 받아 개선 사항이 하나 더 있다는 것도 알 수 있었다. 흔한 과일나무 가운데서 스톡과 십자화의 향기가 퍼져 나왔기 때문이다.

현관문도 격자문도 다 열려 있었다. 또 한편 석탄을 캐는 광산 지역에서 흔히 보듯 활활 타오르는 빨간 불빛이 벽난로를 밝히고 있었다. 불빛의 아름다움을 보는 맛에 뜨거운 열기를 참는 것이다. 더욱이 워더링 하이츠는 거실이 워낙 커서 벽난로의 열을 피해 떨어져 있을 공간이 충분하다. 그래서 이 집 식구들은 창가 쪽에 한데 모여 있었다. 들어가기 전에 모습이 보였고 말하는 소리도 들렸기 때문에 호기심과 부러움이 섞인 기분으로 보고 듣고 있는데, 그러는 도중 부러운 감정이 더 커졌다.

「컨-트러리!」 은방울 같은 목소리가 말했다. 「벌써 세 번째야, 이 바보야! 더 이상 안 가르쳐 줄 거야. 기억을 해야지. 못하면, 네 머리카락을 뽑아 버릴 테야!」

「컨트러리, 이제 됐지.」 또 다른 목소리가 깊고 부드러운 어조로 대답했다. 「그럼 이제, 잘 기억했으니까 입맞춤해 줘야지.」

「안 돼, 실수하지 말고 처음부터 끝까지 정확히 읽어야지.」

글을 읽는 남자 목소리가 들려왔다. 신사답게 차려입은 젊은이가 책을 앞에 놓고 탁자 앞에 앉아 있었다. 잘생긴 얼굴이 기쁨으로 빛났고, 책갈피에 두던 눈길은 자기 어깨에 놓인 작고 하얀 손으로 조급하게 자꾸 옮겨 갔다. 하지만 손의 주인은 남자가 산만한 태도를 보일 때마다 뺨을 한 대씩 때려서 그를 긴장시키고 있었다.

손의 주인은 뒤에 서 있었다. 그녀가 공부를 감독하려고 고개를 숙이면 가끔씩 윤기 나는 금발 고수머리가 남자의 갈색 머리카락과 얽혔다. 그리고 그녀의 얼굴은…… 남자가 그녀의 얼굴을 볼 수 없어서 다행이었다. 보고 있었다면 그렇게 침착하게 공부를 계속할 수는 없었으리라. 나는 그녀의 얼굴을 볼 수 있었고, 넋을 잃을 정도의 미모를 이렇게 바라만 보지 않고 적극적으로 다가설 기회를 차버린 나 자신에게 화가 나 입술을 깨물었다.

학생은 실수를 더 하긴 했지만 할 일을 다 해냈고, 상을 달라고 해서 적어도 다섯 번의 입맞춤을 받아 냈는데, 받은 것이상으로 넉넉히 갚아 주었다. 그러고 나서 두 사람이 문을 향해 걸어왔는데, 대화를 듣자 하니 바로 밖으로 나가서 들판을 거닐 예정인 것 같았다. 순간, 헤어턴 언쇼 옆에 불운한 나의 모습을 드러내면 그가 입 밖으로 무슨 소리를 내지는 않더라도 마음속으로 지옥의 맨 밑바닥으로 떨어지라는 저주를 쏟아 낼 것 같았다. 그래서 심술도 나고 짐짓 악의를 느끼면서도 피난처를 찾아 슬금슬금 부엌으로 향했다.

　부엌으로 들어가는 데도 아무런 장애물이 없었다. 문가에 옛 친구 넬리 딘이 앉아 바느질을 하면서 노래를 부르고 있었는데, 부엌 안에서 음악적인 것과는 무관한, 경멸과 옹졸함을 담은 험한 소리가 들려와 종종 방해를 받고 있었다.

　「그런 소릴 듣느니 아침부터 밤까지 저 인간들이 씨불이는 욕설을 듣는 편이 낫겠어!」 부엌을 점유하고 있던 사람이, 내게는 안 들렸지만, 넬리의 말에 대한 대답으로 말했다. 「내가 축복받은 성경을 펼치기만 하면 불경스러운 노랠 부르고 온 세상 사악한 얘기들을 다 노래로 읊어 대니 지랄맞게 창피스러운 일이구먼! 아이고! 너도 너지만 저 여자는 더해. 저 가 없는 도령은 너 같은 인간들 틈바구니에서 망해 버리겠구먼!」 그가 끙 소리와 함께 덧붙였다. 「도령한테 저주가 내렸어, 틀림없다고! 오, 주여, 저들에게 심판을 내려 주옵소서, 이 세상을 지배하는 자들은 법도 정의도 없사옵니다!」

　「맞아요! 만약 있었다면 우리는 모두 불타는 장작단 위에 앉아 있을 테니까.」노래하던 넬리가 쏘아붙였다. 「하지만 영감님, 기독교인답게 성경책을 읽으세요. 그리고 남의 일에 참견하지 말고요. 이건 〈요정 애니의 결혼식〉이라는 예쁜 노래예요. 춤추기 좋은 곡이라고요.」

막 다시 노래를 부르려던 딘 부인이 방으로 들어서는 나를 보고 벌떡 일어나 큰 소리로 말했다.

「세상에나, 이게 웬일이세요, 록우드 씨! 여긴 어떻게 오신 거예요? 스러시크로스 그레인지는 모두 잠가 놓았는데. 미리 연락을 주지 그러셨어요!」

「거기서 하룻밤 묵을 수 있게만 해달라고 말해 놓고 왔어요.」내가 대답했다. 「내일 다시 떠나니까. 그런데 어떻게 해서 여기서 살게 됐나요, 딘 부인? 이야기 좀 들어 봅시다.」

「어르신이 런던으로 떠나신 지 얼마 안 돼서 질라가 그만뒀거든요. 그래서 히스클리프 씨가 어르신이 돌아오실 때까지 저에게 여기 와 있으라고 했던 거예요. 아니, 어서 들어오세요! 오늘 기머턴에서 여기까지 걸어오신 거예요?」

「그레인지에서 온 거예요.」내가 대답했다. 「내가 묵을 수 있게 준비하는 동안 여기 주인하고 용건이나 처리할까 하고 왔어요. 당분간 여기 또 올 일은 없을 것 같아서.」

「무슨 용건이신데요, 어르신?」넬리가 거실로 나를 안내하며 물었다. 「주인은 지금 나가셨고 금방 돌아오지는 않으실 것 같아요.」

「집세 건이에요.」내가 대답했다.

「오! 그럼 캐서린 아씨와 처리하시면 돼요.」그녀가 말했다. 「아니면 그냥 저하고 이야기하시든가요. 아직 아씨가 경험이 없어서 제가 대신 처리하고 있거든요. 아무도 할 사람이 없으니까요.」

나는 깜짝 놀랐다.

「아! 히스클리프 씨가 죽었다는 소식을 못 들으셨군요!」 그녀가 말을 이었다.

「히스클리프 씨가 죽다니요?」 내가 놀라서 외쳤다. 「언제요?」

「석 달 됐어요. 그건 그렇고 일단 앉으세요. 그리고 모자를 이리 주세요. 다 말씀드릴게요. 잠깐, 아직 식전이시죠?」

「저녁 생각은 없어요. 집에서 먹으려고 준비시켜 놨어요. 아주머니도 앉으세요. 히스클리프 씨가 죽다니 꿈에도 생각해 보지 못했어요! 사연이나 좀 들어 봅시다. 곧 돌아오지 않을 것 같다고 했지요? 젊은이들 말예요.」

「예. 늦게까지 쏘다닌다고 제가 저녁마다 나무라는데도 말을 안 듣네요. 일단 묵은 흑맥주라도 한잔 하세요. 기운이 나실 거예요. 피곤해 보이시는데.」

그녀는 내가 사양할 틈도 주지 않고 서둘러 흑맥주를 가지러 갔다. 그러자 조지프가 기다렸다는 듯이 비난하는 소리가 들려왔다. 「저 나이에 사내를 끌어들이다니, 하이고, 남세스러워라. 게다가 주인의 지하 창고에서 흑맥주까지 꺼내 주다니! 가만히 앉아서 저 꼴을 보자니 창피스러워 견딜 수가 없네.」

그녀는 쓸데없이 말대꾸하지 않고 곧장 지하 창고로 가서

506

거품이 이는 은제 맥주잔을 들고 돌아왔는데, 나도 장단을 맞춰 열렬히 맥주 맛을 찬양했다. 그러고 나서 넬리가 히스클리프 이야기의 속편을 전해 주었다. 그녀의 표현에 따르면 그는 〈괴이한〉 최후를 맞았다.

제가 워더링 하이츠로 불려 온 것은 어르신이 떠나고 2주 후였어요. 전 캐서린 아씨를 위해 기꺼이 지시에 따랐지요.

처음 아씨를 만났을 땐 몹시 슬펐고 큰 충격을 받았어요! 못 보는 사이에 아주 딴사람이 되어 있더라고요. 히스클리프 씨는 저를 부른 이유를 말하지 않았어요. 그냥 제가 왔으면 좋겠다고, 캐서린을 보기가 지겨워 죽겠다고만 했지요. 저에게 작은 방을 거실 삼아 아씨를 데리고 있으라고 했어요. 자기는 아씨를 하루에 한두 번 보는 것으로 족하다면서.

아씨는 그렇게 돼서 기쁜 것 같았어요. 더욱이 제가 그레인지에서 책을 비롯해 아씨의 오락거리들을 조금씩 슬그머니 가져와서 그런대로 편히 지내게 된 것 같았어요.

그런데 착각은 오래가지 않았어요. 처음에는 만족했던 아씨가 곧 짜증을 부리고 안절부절못하더라고요. 무엇보다 정원 밖 출입이 금지되어 있었는데, 봄이 다가오니 좁은 공간에 갇혀 지내는 걸 견딜 수 없어진 거지요. 또 제가 집안일을 돌봐야 해서 아씨를 혼자 두는 일이 많아졌는데, 그러면 심심하다고 불평을 했어요. 혼자 가만히 있느니 부엌에서 조지프와 싸우는 편이 낫다고까지 하더라고요.

두 사람이 다투는 거야 별로 신경 쓰이지 않았어요. 하지만 주인이 혼자 있고 싶어 할 땐 헤어턴도 종종 부엌에 있어야 했거든요. 처음에는 아씨도 헤어턴이 오는 소리가 들리면 말없이 부엌을 떠나거나, 내 일을 조용히 거들면서 그에게 말을 걸지도, 그가 무얼 하든 참견하지도 않았습니다. 헤어턴도 항상 무뚝뚝했고 되도록 말도 섞지 않으려 했지만, 시간이 지나면서 아씨의 태도가 변하기 시작했어요. 헤어턴을 가만 놔두지 못하고, 말을 걸거나, 멍청하다느니 게으르다느니 잔소리를 늘어놓기도 했어요. 어떻게 그런 식으로 살 수가 있느냐, 어떻게 저녁 내내 벽난로 불을 바라보면서 졸기만 하느냐, 타박을 하고는 했지요.

「개나 마찬가지야, 안 그래, 엘런?」한번은 제게 그렇게 말하더군요. 「아니면 수레를 끄는 말인가? 일을 하고 밥을 먹고 잠을 자고 영원히 그렇게만 사는 거야! 머릿속이 텅 비었을 테니 얼마나 따분할까? 헤어턴, 꿈은 꿔봤어? 꿈을 꾼다면 무슨 꿈을 꿔? 하지만 나한텐 말 못 하지!」

그런 다음 헤어턴을 바라보았지만 그는 결코 입을 열지도 쳐다보지도 않았어요.

「지금 꿈을 꾸고 있나 봐.」그녀가 말을 이었어요. 「주노가 움찔거릴 때처럼 방금 어깨를 움찔했잖아. 한번 물어봐, 엘런.」

「아씨가 얌전히 굴지 않으면 헤어턴 도련님이 주인께 말씀드려서 아씨를 위층으로 보내 버릴 거예요!」제가 말했어요. 헤어턴은 어깨를 움찔했을 뿐만 아니라 주먹도 불끈 쥐었어요. 당장이라도 한 대 칠 기세였죠.

「내가 부엌에 있으면 헤어턴이 왜 절대 말을 안 하는지 알아?」어느 날 아씨가 큰 소리로 그렇게 말하더군요. 「내가 비웃을까 봐 겁나는 거야. 엘런, 어떻게 생각해? 혼자서 읽기 연습을 하다가 내가 비웃었다고 책을 태워 버리고 다 때려치웠어. 바보 아냐?」

「그거 아주 못된 짓 아니에요?」제가 그렇게 물었지요. 「대답해 봐요.」

「못된 짓이었는지도 몰라.」아씨가 말을 이었어요. 「하지만 그렇게 어리석게 굴 줄은 몰랐단 말야. 헤어턴, 내가 지금 책을 주면 받을래? 한번 시험해 보자!」

아씨가 읽던 책을 쥐여 주자 헤어턴이 내동댕이치면서 그만하지 않으면 모가지를 부러뜨려 버리겠다고 으르렁거렸어요.

「좋아, 그럼 여기다 놔둘게.」아씨가 말했어요. 「여기 탁자 서랍 속에 두고 자러 갈게.」

그런 다음 아씨는 헤어턴이 책에 손을 대는지 잘 봐달라고 속삭이고 방을 나갔어요. 하지만 헤어턴은 서랍 근처에도 가지 않았고, 저는 다음 날 그렇게 전해 줬지요. 아씨가 무척 실망하더군요. 그가 계속 침울하고 게으르게 지내는 모습을 보고 마음이 안 좋다는 것을 알 수 있었어요. 자신을 향상시키려 애쓰던 사람이 아씨 때문에 포기했다는 사실에 양심이 찔렸던 거지요. 아주 완벽하게 중단시켰으니까요.

하지만 아씨는 자신의 잘못을 바로잡기 위해 꾀를 짜내고 있었어요. 제가 다림질을 하거나, 거실에 앉아서 할 수 없는 다른 일들을 하고 있으면 재미있는 책을 찾아다 큰 소리로 읽어 주었어요. 헤어턴이 함께 있으면 흥미진진한 부분을 읽다 말고 책을 두고 나갔지요. 그런 일을 여러 차례 되풀이했는데도 헤어턴은 노새처럼 고집불통이었어요. 아씨가 던진 미끼를 물지 않은 거지요. 비 오는 날에는 조지프와 함께 벽난로 양쪽에 자동인형처럼 앉아서 담배를 피웠는데, 노인네는 귀가 먹어서 그녀가 읽어 주는 망측하고 허튼 이야기가 안 들렸고, 젊은 쪽은 아씨가 하는 일을 애써 무시하는 척하고 있었어요. 저녁때 날씨가 좋으면 헤어턴은 사냥을 하러 나갔고, 캐서린은 하품을 하고 한숨을 쉬면서 제게 이야기를 해달라고 조르다가, 제가 이야기를 시작하면 안뜰이나 대정원으로 뛰쳐나갔어요. 그러더니 급기야는 사는 게 지겹고, 자기 인생은 아무 쓸모도 없다고 울며 탄식하더군요.

히스클리프 씨는 사람 만나기를 점점 더 싫어하게 돼서, 언쇼마저 자기 방에 거의 들어오지 못하게 했어요. 그러던 중 언쇼가 3월 초에 사고를 당해서 얼마 동안 부엌에 붙박여 지내게 되었어요. 혼자 언덕에 사냥을 나갔다가 총이 파열되는 바람에 파편이 튀어 팔에 상처를 입고 피를 무척 많이 흘리면서 집에 도착했던 거예요. 결국 다시 일어날 수 있을 때까지 도리 없이 벽난롯가에 누워서 안정을 취해야 했지요.

캐서린 아씨는 헤어턴이 거기 그렇게 있는 게 좋았나 봐요. 어쨌든 위층의 우리 방에 있지 않고 거기서 지내려고 하더라고요. 저에게 아래에서 자꾸 일거리를 찾아보라고 채근하더군요. 아래층으로 따라 내려올 생각이었죠.

부활절 다음 월요일에는 조지프가 소 몇 마리를 몰고 기머턴 장에 갔어요. 저는 오후에 부엌에서 침대보 따위를 개느라고 바빴고요. 언쇼는 평소처럼 침울한 표정으로 벽난로 옆에 앉아 있었고, 아씨는 심심함을 달래려고 유리창에 그림을 그리다 가끔씩 나직이 노래를 부르고 혼잣말을 하기도 했어요. 그리고 담배만 피우며 끈질기게 벽난로 안 쇠살창만 들여다보고 있던 사촌 쪽으로 짜증과 조바심이 섞인 시선을 재빨리 보내곤 했지요.

제가 계속 불빛을 가리면 일을 못 한다고 했더니 아씨가 벽난로 쪽으로 갔어요. 전 아씨가 뭘 하는지 별로 신경도 안 쓰고 있었는데, 곧 아씨 목소리가 들리더군요

「헤어턴, 난 네가 내 사촌이길 바라고 또 그래서 기쁘다는 걸 이제 알게 되었어. 네가 내 사촌이라서 좋아. 네가 나한테 그렇게 화내거나 무뚝뚝하게 굴지만 않으면.」

헤어턴은 대답하지 않았어요.

「헤어턴, 헤어턴, 헤어턴! 내 말 듣고 있어?」 아씨가 말을 이었어요.

「당장 꺼져!」 헤어턴이 무뚝뚝한 태도를 전혀 누그러뜨리지 않고 퉁명스럽게 말했어요.

「파이프 좀 줘봐.」 그녀가 조심스럽게 손을 내밀어 그의 입에서 파이프를 빼버렸어요.

그가 파이프를 다시 빼앗으려고 움직이기도 전에 아씨가 그걸 부러뜨린 다음 벽난로 불 속에 던져 버렸어요. 헤어턴이 아씨에게 욕을 하면서 다른 파이프를 집었어요.

「그만해!」 그녀가 외쳤어요. 「먼저 내 말 좀 들어 봐. 담배

연기가 내 얼굴 앞으로 구름처럼 떠다니면 내가 말을 못 하잖아.」

「결딴나고 싶냐!」 그가 사납게 고함을 쳤어요. 「날 그냥 놔두라고!」

「싫어.」 아씨가 고집스럽게 말했어요. 「그렇게 못 해. 어떻게 해야 네가 나하고 말을 할지 모르겠어. 너는 내 말은 안 들으려고 작정하고 있잖아. 널 바보라고 불렀지만 진심은 아니었어. 널 멸시해서 그런 게 아니야. 어서, 날 좀 봐, 헤어턴. 넌 내 사촌이잖아. 그러니까 날 사촌으로 받아들여 달라고.」

「너하고 엮이고 싶지 않다니까. 더럽게 잘난 체하고 사람을 놀리고 못되게 구는데 내가 너랑 엮이고 싶겠냐!」 그가 대답했어요. 「다시 너한테 곁눈질이라도 하느니 몸이고 영혼이고 지옥으로 먼저 가겠다! 당장 내 앞에서 비키라니까! 비켜!」

캐서린 아씨는 얼굴을 찡그리더니 입술을 깨물며 창가로 돌아갔어요. 울음이 나오려는 걸 감추려고 이상한 노래를 흥얼거리면서 말이죠.

「사촌인데 잘해 줘야죠, 헤어턴 도련님.」 제가 끼어들었어요. 「아씨가 건방지게 굴었던 걸 인정하고 잘못했다고 그러잖아요! 아씨와 친구로 지내면 도련님께도 훨씬 좋을 거예요. 지금보다 훨씬 나은 사람이 될 수도 있어요.」

「친구라니 무슨 소리야!」 헤어턴이 외쳤어요. 「저 애는 날 싫어하고 난 자기 신발 닦을 자격도 없다고 생각하잖아! 날 왕으로 만들어 준다고 해도 잘해 준 다음에 놀림감으로 삼는 짓은 사절이야.」

「내가 널 싫어하는 게 아니고 네가 날 싫어하잖아!」캐시 아씨가 속상한 마음을 더는 감추지 못하고 울음을 터뜨리면서 말했어요. 「너도 히스클리프 씨만큼 날 미워하잖아. 아니, 오히려 더해.」

「이런 싸가지 없는 거짓말쟁이 같으니.」언쇼가 말을 시작했어요. 「그럼 왜 내가 네 편을 들다가 히스클리프 씨 부아를 돋웠겠냐, 골백번이나? 심지어 네가 날 조롱하고 경멸할 때조차. 계속 날 귀찮게 하기만 해봐. 거실에 가서 히스클리프 씨한테 네가 날 귀찮게 해서 부엌에 못 있겠다고 일러바칠 거다!」

「네가 내 편을 들어 줬단 걸 내가 몰랐잖아.」캐서린 아씨가 눈물을 닦으면서 대답했어요. 「난 너무 불행해서 사람들이 다 원망스러웠단 말야. 하지만 인제 고맙다고 하면서 용서해 달라고 하잖아. 뭘 더 해야 되는데?」

아씨가 벽난롯가로 돌아가서 단도직입적으로 손을 내밀었어요.

그는 먹구름처럼 안색이 어두워지고 인상을 쓰더니 결연하게 주먹을 불끈 쥔 채로 시선을 마룻바닥에 고정하고 있었어요.

아씨는 헤어턴이 완강한 태도를 보이는 이유가 자신이 싫어서가 아니라 외고집 때문임을 본능적으로 알아차린 게 틀림없었어요. 잠깐 망설이더니 고개를 숙이고 헤어턴의 뺨에 다정하게 입맞춤을 해주었거든요.

제가 못 보았다고 생각했는지 그 말썽꾼은 돌아서서 점잔을 빼며 창가 자리로 돌아갔어요.

제가 나무라듯이 고개를 가로저었더니 아씨가 얼굴을 붉히고 제게 속삭였어요.

「아이, 안 그러면 어떻게 해, 엘런? 악수도 하기 싫다 하고 나를 쳐다보지도 않는데. 내가 자기를 좋아하고 친구로 지내고 싶다는 사실을 꼭 보여 주고 싶어서 그랬어.」

입맞춤 덕분에 헤어턴이 설득됐는지는 알 수 없어요. 몇 분 동안은 아주 조심스럽게 표정을 감추더라고요. 그러다가 마침내 얼굴을 들었을 땐, 딱하게도 눈을 어디에 두어야 할지 몰라 허둥지둥하더군요.

캐서린 아씨는 근사한 책 한 권을 흰 종이로 깔끔하게 싸서 리본으로 묶더니, 〈헤어턴 언쇼 씨께〉라고 적고 그 선물을 대신 전해 달라고 제게 부탁했어요.

「헤어턴한테 이 선물을 받아 준다면 내가 제대로 읽는 법을 가르쳐 주겠다고 전해 줘.」 아씨가 말했어요. 「만일 안 받아 주면 내가 위층으로 올라가서 다시는 귀찮게 하지 않겠다고 말해 주고.」

캐서린 아씨가 조바심에 차서 바라보는 동안 제가 책을 들고 가서 아씨의 말을 전했어요. 헤어턴이 주먹을 펴려고 하지 않아서 책을 무릎에 놔주었지요. 책을 밀쳐 버리지는 않더라고요. 전 다시 하던 일을 계속했고 아씨는 머리와 두 팔을 탁자에 기대고 있다가 포장을 풀 때 나는 부스럭 소리를 듣고 슬그머니 사촌 곁으로 가서 말없이 앉았어요. 헤어턴은 몸을 떨고 있었고 얼굴이 달아올랐어요. 무례하고 퉁명스럽고 사나운 태도가 모두 사라졌답니다. 처음에는 캐묻는 듯한 캐서린 아씨의 시선과 속삭이는 애원에 대답할 용기를 내지 못하더군요.

「용서해 준다고 말해 줘, 헤어턴, 부탁이야! 이 말만 해주면 난 너무 행복할 거야.」

그가 뭐라고 속삭였지만 제겐 안 들렸어요.

「그리고 내 친구가 돼줄 거지?」 캐서린 아씨가 따지듯이 덧붙였어요.

「안 돼! 매일매일 날 창피하게 생각할 거잖아.」 그가 대답했어요. 「날 알면 알수록 더 그럴 거잖아. 난 그걸 참을 수가 없단 말야.」

「그래서, 친구가 되어 주지 않을 거야?」 그녀가 꿀처럼 달콤한 미소를 지으며 살짝 더 가까이 다가앉아 말했어요.

그들의 대화는 더 이상 제 귀에 들리지 않았지만, 다시 바라보니 헤어턴이 선물받은 책을 밝은 얼굴 한 쌍이 들여다보고 있었어요. 두 사람 사이에 상호 조약이 체결됐고 덕분에 예전의 원수가 동지로 맺어진 거지요.

두 사람이 들여다보던 책에는 귀한 그림이 많았어요. 좋은 그림들을 함께 보며 앉아 있어 좋았는지 두 사람은 조지프가 올 때까지 그 자리에서 움직이지 않았어요. 그 불쌍한 인간은 캐서린 아씨가 헤어턴 언쇼와 한자리에 앉아 그의 어깨에 손을 올려놓고 있는 광경에 질려 버렸어요. 자신이 아끼던 도련님이 캐서린 아씨와 다정하게 앉아 있는 모습이 워낙 당황스럽고 충격적이어서 그날 밤은 아무 말도 못 하는 것 같더라고요. 다만 커다란 성경책을 탁자에 엄숙한 태도로 펴놓고 소를 팔아서 챙긴 때 묻은 지폐를 지갑에서 꺼내 올려놓으며 크게 한숨을 쉬는 모습으로만 그의 감정을 짐작할 수 있었어요. 그가 마침내 헤어턴을 불러 말했어요.

「이걸 쉔께 갖다드리고,」 그가 말했어요. 「그 방에 그냥 있어. 난 내 방으로 갈 테니까. 이 방은 우리 같은 사람들한텐 적당치도 마땅치도 않구먼. 나가서 딴 데를 찾아봐야겠다니까!」

「이리 와보세요, 캐서린 아씨.」 제가 말했어요. 「우리도 나가야겠어요. 다림질이 다 끝났는데, 아씨도 다른 일 없으시죠?」

「아직 8시도 안 됐는데!」 그녀가 마지못해 일어서며 대답했어요. 「헤어턴, 이 책을 벽난로 선반에 놔둘게. 그리고 내일은 다른 책도 가져올게.」

「무슨 책이든 여기 놔두면 내가 다 거실로 가져갈 거요.」 조지프가 말했어요. 「다시 볼 생각이 없으면 마음대로 하시든가!」

캐시 아씨는 자기 책을 없애면 조지프의 책도 가만 안 놔둘 거라고 위협했어요. 그리고 헤어턴 곁을 지날 때 미소를 짓더니, 노래를 흥얼거리며 위층으로 올라갔어요. 린턴을 방문하러 왔던 옛날을 제외하면 아마 이 집으로 들어와 그렇게 쾌활했던 적이 없었을 거예요.

이렇게 시작된 친구 관계는 급속도로 진전됐어요. 잠시 장

애에 부딪히기도 했지만요. 언쇼는 원한다고 당장 교양 있는 사람이 되지는 않았고, 아씨도 현자나 참을성 많은 인간의 대표 격은 아니었으니까요. 하지만 두 사람의 마음은 같은 목표를 향해 가고 있었어요. 한 사람은 사랑을 주면서 상대방을 인정해 주려고 마음먹었고, 다른 사람은 사랑을 주면서 인정을 받으려 하고 있었으니까요. 그래서 결국 목표에 도달했지요.

그것 봐요, 록우드 씨. 히스클리프 부인의 마음을 얻기는 아주 쉬운 일이었잖아요. 하지만 이제는 어르신이 시도를 안 하셔서 다행이라고 생각해요. 제가 지금 가장 바라는 것은 이 두 사람이 맺어지는 거예요. 두 사람이 결혼식을 올리기만 하면 전 이 세상에서 아무도 부럽지 않을 거예요. 잉글랜드 땅 전체를 통틀어 저보다 더 행복한 사람은 없을 겁니다!

33

　월요일에 그러고 나서 그다음 날, 언쇼는 평소에 하던 일을 할 수 없어서 집 안팎에서 소일했고, 저는 곧 아씨를 계속 제 옆에 둘 수 없음을 알게 되었어요.

　아씨는 저보다 먼저 아래층으로 내려가 뜰에서 뭔가 간단한 일을 하고 있는 사촌을 발견하고 밖으로 나갔어요. 그들에게 아침 먹으러 들어오라고 말하려고 나가 보니 아씨의 부탁으로 언쇼가 까치밥나무와 구스베리 덤불을 치우고 넓은 공간을 만들었더군요. 그러고는 거기에 심을 나무를 그레인지에서 언제 어떻게 가져올지 의논하느라 분주했어요.

　저는 불과 반 시간 동안에 벌어진 상황을 보고 겁에 질렸어요. 조지프가 애지중지하던 양까막까치밥나무를 치워 버리고, 하필이면 거기에 아씨 화단을 만들기로 했으니까요!

　「맙소사! 조지프가 이걸 보면 주인님께 일러바칠 텐데.」제가 외쳤지요. 「정원을 이렇게 제멋대로 파헤쳐 놓고 뭐라고 변명할 거예요? 아주 난리가 나겠는데. 두고 보라고요! 헤어턴 도령, 아씨가 부탁한다고 이렇게 난장판을 만들어 놓다니, 대체 무슨 생각이에요?」

「이게 조지프 나무라는 거 잊고 있었어.」 언쇼가 좀 당혹스러워하며 대답했어요. 「내가 직접 조지프한테 사정을 설명할게.」

우리는 항상 히스클리프 씨하고 함께 식사를 했어요. 차를 우리고 고기를 써는 등의 안주인 노릇을 도맡은 저는 식탁에 꼭 필요한 사람이었고요. 캐서린 아씨는 보통 제 옆에 앉아 있었는데, 그날은 슬그머니 헤어턴 옆에 가 앉더라고요. 가만히 보니 아씨는 적의를 드러낼 때만큼이나 친밀감을 표현하는 데도 전혀 거리낌이 없더군요.

「아씨, 사촌하고 말을 너무 많이 하거나 친한 티를 내지 않도록 조심하세요.」 제가 방으로 들어가면서 귓속말로 일렀어요. 「분명히 히스클리프 씨 신경을 건드릴 텐데, 두 사람 모두에게 화를 내실 거라고요.」

「알았어.」 아씨가 대답했어요.

하지만 금세 옆걸음으로 헤어턴한테 가서 죽 그릇에 프림로즈를 꽂아 주더군요.

헤어턴은 식사하는 동안엔 아씨한테 말을 걸거나 쳐다볼 엄두도 내지 못했어요. 하지만 아씨가 계속 집적거리니까 두 번이나 웃음을 터뜨릴 뻔하더군요. 그 꼴을 보고 제가 인상을 쓰니까 캐서린이 주인 쪽을 흘깃 보았는데, 표정으로 보아 주인은 딴 데 정신이 팔려 있었어요. 이를 본 캐서린은 잠시 진지한 표정을 지으며 그를 신중히 뜯어보았지만, 잠시 후엔 다시 몸을 돌려 장난을 치기 시작했어요. 결국은 헤어턴이 쿡쿡 숨죽인 웃음을 터뜨리고 말았고요.

히스클리프 씨는 깜짝 놀라 우리 얼굴을 재빨리 훑어보더 군요. 캐서린 아씨는 평소처럼 불안해하면서도 도전적인 표 정으로 마주 보았어요. 히스클리프 씨가 질색하는 표정이었 지요.

「잘도 내 손이 안 닿는 데 앉았구나.」 그가 소리쳤어요. 「무 슨 악귀에 사로잡혔기에 그 독기 어린 눈을 까뒤집고 계속 나를 노려보는 거냐? 눈 깔지 못해! 다시는 네가 여기 있다는 것을 떠올리게 하지 마라. 낄낄 웃는 버릇을 완전히 고쳐 놓 은 줄 알았더니!」

「웃은 쪽은 전데요.」 헤어턴이 낮은 목소리로 중얼거리듯 말했어요.

「뭐라고?」 주인이 따지듯 물었어요.

헤어턴은 방금 한 말을 되풀이하지는 않고 접시만 내려다 봤어요.

히스클리프 씨는 잠시 그를 보더니 다시 생각에 잠겨 말없 이 식사를 계속했어요.

식사가 거의 끝났고, 두 젊은이는 좀 더 신중하게 떨어져 앉았어요. 그래서 더 이상 소동이 벌어지진 않겠거니 하던 참이었는데 조지프가 문간에 나타났어요. 입술이 떨리고 눈 이 분노로 번득이는 걸 보니. 자신이 애지중지하는 나무들에 무슨 일이 생겼다는 걸 알아차린 게 틀림없었어요.

캐시와 언쇼가 정원에 함께 있었으니 주의 깊게 살펴봤겠 지요. 음식을 되새김질하는 소처럼 턱을 움직여서 그의 말을 알아듣기는 힘들었지만, 이렇게 말하더군요.

「이제 월급이나 받고 떠나렵니다! 이 댁에서 60년 동안이나 일했으니 그냥 여기에 뼈를 묻으려고 그랬는데 말이죠. 그래서 저이들한테 부엌도 내주고 내 책하고 물건을 모두 다락으로 가져다 놨단 말이오, 분란을 안 일으키려고. 벽난로 옆자리를 포기하기도 힘들었지만 그것까지는 참을 수 있다고 생각했다고! 그런데, 안 되겠네, 저 여자가 내 화단까지 빼앗아 버렸으니까. 원, 주인 나리, 나도 더는 못 참겠소! 몸 구부려 멍에를 메는 건 알아서들 하는 거라지만, 나는 이런 멍에 질 수도 없고 늙은이라 새 짐에 익숙해질 수도 없겠소. 차라리 길바닥에 나가 막일하면서 하루 벌어 하루 사는 편이 낫지.」

「이런, 이런, 멍청한 영감!」 히스클리프가 그의 말을 막았어요. 「요점만 말해! 뭐가 불만이야? 난 너하고 넬리 다툼에 끼어들 생각 없어. 넬리가 널 석탄 구덩이에 처박아도 상관 안 한다고.」

「넬리 때문이 아니라고요!」 조지프가 대답했어요. 「넬리 때문이라면 내가 나갈 리가 있나? 저 별 볼 일 없는 여자가 아무리 고약하고 사악하다고 해도 그럴 일은 없지. 천만다행히도 저 여자는 다른 사람 혼을 빼지는 않는다고요! 저 여자가 홀려서 한눈을 팔 만큼 인물이 좋지는 않으니까. 눈웃음을 치고 아양을 떨어서 우리 도련님을 홀린 건 저 버르장머리 없는 몹쓸 여왕님이라고요. 세상에! 내 가슴이 미어지네! 내가 도련님을 위해 주고 길러 준 공을 다 잊어버리고 정원에 나가서 까치밥나무를 몽땅 뽑아 버렸다니까.」 이야기가 여기에 이르자 조지프는 언쇼의 배은망덕한 짓과 위태로운 처지가 원통하고 걱정이 되었는지, 사내다움이고 뭐고 다 집어치우고 아예 내놓고 엉엉 울더군요.

「저 멍청한 영감이 술에 취했나?」 히스클리프 씨가 물었어요. 「헤어턴, 저 영감이 지금 너 때문에 야단법석이냐?」

「내가 까치밥나무 두어 그루를 뽑았거든요.」 젊은이가 대답했지요. 「하지만 다시 심을 거예요.」

「그럴 거면 왜 뽑았냐?」 주인이 물었어요.

캐서린 아씨가 아는 체하며 끼어들었어요.

「거기 꽃나무를 좀 심으려고요.」 그녀가 외쳤어요. 「제가 헤어턴에게 그런 부탁을 했으니, 잘못한 사람은 저예요.」

「그래, 대체 누가 너한테 이 집 물건에 손을 대도 좋다고 했냐?」 시아버지가 크게 놀라서 물었어요. 「그리고 대체 누가 너한테 저 애 말을 들어주라고 했어?」 그가 헤어턴을 돌아보며 덧붙였어요.

헤어턴이 아무 말도 못 하자 그의 사촌이 대답했어요.

「내 땅을 모조리 빼앗은 주제에 내가 꽃밭 좀 만들자고 땅 한 뙈기 쓰는 것까지 아까워하면 안 되죠!」

「네 땅이라고, 이 건방진 년! 네가 언제 땅을 가졌어?」 히스클리프가 말했어요.

「내 돈도 다 빼앗았잖아요.」 캐서린 아씨가 시아버지의 분노에 찬 눈길을 되받으며 말했어요. 그러는 동안에도 아침 식사에서 남은 빵 껍질 조각을 씹어 먹고 있었고요.

「입 닥쳐!」 그가 소리쳤어요. 「어서 처먹고 썩 꺼져라!」

「그리고 헤어턴의 땅과 돈도 다 빼앗았잖아요.」 캐서린 아씨가 무모하게 계속 따지더군요. 「이제 헤어턴하고 난 친구예요. 내가 헤어턴한테 당신이 한 짓을 다 얘기해 줄 거라고요!」

주인은 순간적으로 당황한 것 같더니 얼굴이 새하얘졌고, 지독한 증오심이 담긴 눈으로 캐서린을 노려보며 일어섰어요.

「절 때리기만 해보세요. 헤어턴이 당신을 때려 줄 테니까!」 아씨가 말했어요. 「그러니까 가만히 앉아 있는 게 좋을 거예요.」

「헤어턴이 널 이 방에서 쫓아내지 않으면 내가 저놈을 때려 지옥으로 보내 버리겠다.」 히스클리프가 벼락처럼 고함을 지르더군요. 「망할 요물 같으니라고! 감히 저놈을 꾀어서 나한테 반항하게 해? 저년을 쫓아내! 내 말 안 들려? 부엌으로 던져 버리란 말이야! 저년이 다시 내 눈 앞에 나타나게 하면, 엘런 딘, 내가 저년을 죽여 버릴 테니 그리 알아라!」

헤어턴은 낮은 목소리로 캐서린 아씨에게 방을 나가라고 설득했어요.

「저년을 끌어내!」 히스클리프가 미친 사람처럼 고함을 질렀어요. 「여기서 주둥이만 놀리고 있을 참이야?」 그러고는 자기가 지시한 바를 직접 실행에 옮기려고 며느리 쪽으로 움직였어요.

「헤어턴은 당신 같은 악당의 명령을 더 이상 듣지 않는다고요!」캐서린 아씨가 말했어요. 「그리고 이제 곧 저처럼 당신을 증오하게 될 거예요!」

「쉿! 그만!」헤어턴이 나무라는 투로 나지막하게 말했어요. 「아저씨한테 그렇게 말하면 안 되지. 그만해!」

「하지만 날 때리면 가만있진 않을 거지?」아씨가 외쳤어요.

「이제 됐으니 그만해!」그가 진지하게 속삭였지요.

하지만 너무 늦었어요. 캐서린 아씨가 이미 히스클리프의 손아귀에 잡혔거든요.

「자, 너는 비켜!」그가 언쇼에게 말했어요. 「저주받을 마귀년! 안 그래도 심사가 사나워 도저히 참을 수 없는데 부아를 돋우다니! 영원히 후회하게 해주겠다!」

그가 아씨의 머리채를 잡았고, 헤어턴이 한 번만 봐달라면서 머리채를 놓게 하려고 애썼어요. 하지만 히스클리프의 까만 눈에서 불이 번뜩이는 것이 아씨를 아주 발기발기 찢을 기세였어요. 그걸 보고 저도 위험을 무릅쓰고 아씨를 구하려고 덤빌 참인데, 갑자기 히스클리프의 손이 풀리면서 아씨의 머리채를 놓고 팔을 잡더니 얼굴을 가만히 들여다보더군요. 그러다가 손으로 자신의 두 눈을 가리고 마음을 진정시키려는 듯이 잠시 서 있다가 다시 아씨를 돌아보며 침착을 가장하고 말했어요.

「내 화를 돋우지 마라. 안 그러면 언젠가 내 손에 죽는 수가 있으니까! 나가서 딘 부인하고 같이 있어. 건방진 소리는 딘 부인한테나 하고. 그리고 헤어턴 언쇼 녀석이 네 말을 듣는 꼴이 또 눈에 띄면 당장 내쫓을 거다. 어디 가서 거렁뱅이로 살라지! 네년의 사랑을 받아 주면 헤어턴은 버림받아 거지가 될 거라고. 넬리, 저 애를 데리고 나가라. 그리고 다들 나가! 당장 나가라고!」

전 아씨를 데리고 방을 나갔지요. 아씨는 험한 꼴을 모면해 다행이다 싶었는지 더 버티진 않았어요. 헤어턴도 따라나왔고, 히스클리프 씨는 정찬 때까지 거실에 혼자 있었어요.

제가 아씨께 점심을 위층으로 가져가라고 충고했는데, 히스클리프는 아씨의 자리가 비어 있자 당장 아씨를 불러오라고 했어요. 식탁에서는 말도 안 하고 음식에도 거의 손을 대지 않더니, 식사를 마치고는 저녁때나 되어야 돌아온다면서 바로 외출하더군요.

그동안 새 친구 두 사람은 거실에서 소일했는데, 아씨가 자기 시아버지가 헤어턴의 아버지에게 한 짓에 대해 얘기해 주겠다고 하니, 헤어턴이 정색을 하고 말을 막더군요.

히스클리프에 대한 욕은 한마디도 듣고 싶지 않고, 그가 설사 악마라고 해도 자신은 그의 편을 들 거라고 했어요. 심지어 히스클리프 씨 욕은 하지 말고 차라리 전처럼 자기한테 욕을 하라고 하더라고요.

캐서린은 슬그머니 화가 났지만, 헤어턴이 자기가 아씨의 아버지 욕을 하면 기분이 어떻겠느냐고 묻자 입을 다물었어요. 아씨는 언쇼가 주인의 명예를 자기 명예와 동일시하고 있으며, 이성으로는 끊을 수 없는 깊은 연대감을 그와 공유하고 있다는 사실을 비로소 깨달았어요. 긴 세월 동안 습관이라는 고리로 형성된 사슬이라 이를 끊는 것은 잔인한 일이겠구나, 하고 깨달은 거죠.

이후 아씨는 히스클리프에 대해 불평하거나 적의를 드러내지 않으려 하며 착한 마음씨를 보여 주었고, 제게 히스클리프와 헤어턴을 이간질하려 했던 일을 후회한다고 솔직히 말했어요. 실제로 헤어턴이 듣는 데서는 자신을 박해하는 자에 대해 단 한 마디도 나쁜 말을 한 적이 없다고 제가 장담할 수 있어요.

이런 가벼운 다툼을 잘 넘기고 나서 두 사람은 다시 무척 가까워졌고 학생과 선생으로 몇 가지 과제를 함께 하며 바쁘게 지냈어요. 저는 일이 끝나면 항상 그들과 같이 있었는데 두 사람의 모습을 보면 어찌나 흐뭇하고 기분이 좋던지 시간이 어찌 흘러가는지도 모르겠더라고요. 둘 다 어떤 면에서는 제 자식들 같았으니까요. 하나는 오랫동안 제 자랑거리였고, 이제 또 하나 역시 틀림없이 자랑거리가 되겠다 싶었어요. 헤어턴은 워낙 정직하고 다정한 성격에 머리도 좋았기 때문에 불우한 성장 과정을 거치는 동안 몸에 밴 무지와 비천함의 구름을 재빨리 걷어 버렸어요. 아씨도 진심으로 칭찬을 해주어서 언쇼가 더욱 부지런히 공부하는 데 도움이 됐지요. 정신이 밝아지니 표정도 밝아져서 외모에도 활기와 품위가 더해졌어요. 요즈음 헤어턴은 절벽 탐험에 나선 아씨를 찾아 제가 워더링 하이츠에 들렀던 날 본 사람하고는 동일인이라고 보기 힘들 정도입니다.

두 사람이 열심히 가르치고 배우는 모습을 흐뭇하게 지켜보는 동안 날이 저물고 주인이 돌아왔지요. 앞문으로 불시에 들이닥쳤기 때문에, 우리가 고개를 들어 그를 바라보았을 땐 이미 우리 세 사람의 모습을 살펴본 뒤였어요.

저는 생각했어요. 〈흠, 이보다 더 보기 좋고 천진한 광경도 없을걸. 그러니 이들에게 성질을 부린다면 말도 안 되게 창피스러운 일일 거야.〉 벌겋게 타오르는 벽난로 불빛이 두 사람의 귀여운 머리 쪽을 비추면서 어린애처럼 강렬한 호기심에 휩싸여 활기가 도는 둘의 얼굴을 보여 주고 있었어요. 헤어턴은 스물세 살이고 캐서린 아씨는 열여덟 살이었지만 새로운 것을 배우고 느낄 것이 가득해서인지, 냉담하고 대수롭지 않아 하는 어른의 분위기는 풍기지 않았습니다.

두 사람이 동시에 눈을 들어 히스클리프 씨와 눈길이 마주쳤어요. 아마 어르신은 알아채지 못할 수도 있는데, 두 사람 눈은 캐서린 언쇼의 눈을 꼭 닮았답니다. 캐서린 아씨는 눈을 제외하면 이마가 넓고 콧등이 약간 높아서 본인 의사와는 무관하게 오만해 보인다는 점 빼고는 엄마를 닮은 데가 없는데, 헤어턴은 훨씬 더 닮은 데가 많았어요. 언제나 눈에 띄는 특징이었는데, 지금은 더 두드러진답니다. 감각이 예민해졌고, 평소에 안 하던 공부를 해서 지적인 능력까지 깨어났으니까요.

두 사람의 모습이 캐서린 언쇼를 너무 닮았기 때문에 히스클리프 씨가 힘을 못 쓴 것 같아요. 좀 흥분된 태도로 벽난로를 향해 걸어갔지만 헤어턴을 보면서 금세 진정되는 것 같더라고요. 어쩌면 흥분의 성격이 바뀌었다고 해야 옳을지도 모르겠네요.

히스클리프는 헤어턴의 손에서 책을 빼앗아 펼쳐진 책장을 쓱 보더니만, 아무 말 없이 돌려주며 캐서린에게 나가라는 신호를 보내더군요. 헤어턴도 곧 방을 나갔고, 저도 나가려는데 그가 그냥 있으라는 뜻으로 손짓을 했어요.

　「결말이 참 한심하지?」 방금 목격한 장면에 대해 좀 생각해 보더니 말했어요. 「내가 죽기 살기로 덤벼든 일이 이렇게 어처구니없이 끝나 버리다니? 난 두 집안을 무너뜨리려고 지렛대와 곡괭이를 장만하고 헤라클레스처럼 괴력을 발휘하려고 힘을 길렀어. 그래서 모든 준비가 끝나고 이제 완전히 결딴을 낼 수 있게 되었는데, 둘 중 어느 한 집 지붕의 기왓장 하나도 들고 싶지가 않아. 의지가 완전히 사라져 버렸어! 내 원수들은 나를 이기지 못했고, 드디어 내가 그들의 후손한테 복수할 기회가 왔어. 나한테 그럴 능력도 있을뿐더러 누구도 나를 막을 수 없게 됐어. 하지만 무슨 소용이 있나? 난 때리고 싶지 않아. 굳이 힘들여 내 손을 쳐들고 싶지가 않아! 마치 내가 이제 와서 아량의 미덕을 보이려고 그 난리를 친 것처럼 들릴지 모르겠어. 하지만 전혀 그런 뜻이 아니었거든. 그들을 파멸로 몰아넣는 일에 더는 즐거움을 느끼지 않게 되었고, 무작정 파멸시키기엔 너무나 나태해진 거야.

　넬리, 이상한 변화가 다가오고 있어. 사실 이미 변화의 그림자가 내 몸에 드리워져 있지. 이제 일상생활에 전혀 관심이 안 가서 먹고 마셔야 한다는 것도 기억이 안 날 지경이야. 내가 실재감을 느끼는 대상은 방금 이 방을 나간 두 아이뿐인데, 난 그들 모습을 보기가 고통스럽거든, 견딜 수 없을 만큼. 캐서린에 대해서는 말하기도 생각하기도 싫어. 그냥 내 눈앞에서 안 보였으면 정말 좋겠어. 그 애가 있으면 미칠 것만 같거든. 헤어턴에 대해서는 전혀 다른 느낌이야. 하지만 내가 미친 것처럼 보이겠지만, 그 애도 두 번 다시 보고 싶지 않아! 넌 아마 내가 미쳐 가는 중인가 보다 생각할 거다.」 그가 억지로 미소 지으며 덧붙였어요. 「헤어턴을 보면 떠오르는 수많은 기억들이나 생각들을 일일이 다 얘기해 준다면 말야. 하지만 넬리는 다른 사람한테 내 말을 하진 않겠지. 내 마음은 영원히 고립되어 있었지만 요새는 다른 사람에게 얘기하고 싶은 유혹을 느끼게 된 거야.

좀 전에 헤어턴을 보면서 그 애가 별개의 인간이 아니라 젊은 시절 나 자신의 화신이라는 느낌이 들었어. 워낙 복잡한 감정에 사로잡혀 있었기에 그 애에게 무슨 말을 해도 조리 있게 들리진 않았을 거야.

우선 그 애를 보면 무섭도록 캐서린이 연상돼. 정말 놀라울 정도로 닮았지. 그런 면이 내 상상력을 가장 강력하게 사로잡을 거라고 짐작하겠지만 실은 그건 가장 사소한 면이야. 따져 보면, 나한테 캐서린과 연결되지 않은 게 무엇이 있어? 캐서린을 연상시키지 않는 것은 또 뭐고? 이 마룻바닥을 내려다보면 바닥 돌에서 그녀의 모습이 보여! 이 세상 모든 구름, 모든 나무에서 그녀의 모습이 보인다고. 밤에는 공기를 모두 채우고, 낮에는 온갖 물건 하나하나에서 보이고, 난 항상 캐서린의 모습에 둘러싸여 있다고! 평범한 남녀의 얼굴에서도, 심지어 내 얼굴에서도, 그녀를 닮은 부분들이 날 조롱하고 있어. 온 세상이, 그녀가 이 세상에 존재했고 나는 그녀를 잃었다는 사실을 상기시켜 주는 것을 죄다 모아 놓은 끔찍한 전시장이란 말야!

그래, 헤어턴의 모습은 내 영원한 사랑의 환영, 내 권리를 주장하려던 미친 듯한 노력들, 내 수모, 내 자존심, 내 행복, 그리고 내 고통, 이 모든 것의 환영이었어.

하지만 너한테 이런 얘기를 하는 것도 미친 짓이지. 다만 내가 왜 혼자 있기 싫어하면서도 헤어턴과 함께 있는 게 힘든지, 왜 오히려 고문당하는 것처럼 힘든지를 네가 이해할 수는 있겠지. 그게 헤어턴과 캐서린이 함께 어울리는 걸 보고도 신경을 안 쓰는 이유이기도 해. 난 더 이상 그 애들에게 신경을 쓸 수가 없어.」

「하지만 변화라니 무슨 말씀이에요, 히스클리프 씨?」 그가 미치거나 죽어 가는 것 같아 보이지는 않았지만 이런 태도가 무척 놀랍기는 해서 제가 물었어요. 제 눈엔 히스클리프가 아주 튼튼하고 건강해 보였거든요. 그리고 정신 상태를 얘기하자면 워낙 어린 시절부터 어두운 것을 생각하고 엉뚱한 상상을 즐기는 사람이었으니까요. 저세상 사람이 된 그의 우상에 대한 편집증이 있기야 했지만 다른 문제에 관해서라면 저 못지않게 정신이 온전했거든요.

「변화가 실제로 닥칠 때까지는 나도 모르지.」 그가 대답했어요. 「지금은 절반 정도만 알 것 같아.」

「어디 아픈 건 아니죠?」 제가 물었지요.

「아니, 넬리, 아프진 않아.」 그가 대답했어요.

「그럼 죽음이 두려운가요?」제가 계속 물었어요.

「무섭냐고? 아니!」그가 대답했어요. 「난 죽음이 무섭지도 않고 그것을 예감하거나 바라지도 않아. 왜 그래야 해? 체질도 튼튼하고 생활도 절도 있게 하고 위험한 일은 안 하니까 검은 머리가 파뿌리 될 때까지 지상에 있어야 하고 실제로 그럴 거야. 그렇지만 이런 상태로는 계속 살 수가 없어! 숨을 쉬어야 한다고 자신에게 상기시켜 줘야 돼. 내 심장한테 뛰라고 알려 줘야 할 정도거든! 그런데 그게 뻣뻣한 스프링을 거꾸로 구부리는 거나 마찬가지 일이야. 나는 단 한 가지 관심사만 가지고 있어서 이와 무관하다면 아무리 사소한 일이라도 억지로 해야 돼. 온 우주를 지배하는 한 가지 관심사와 관계가 없는 일이라면, 산 것이든 죽은 것이든 나는 억지로 주목해야 된다고. 내게는 오직 한 가지 소망만 있고, 내 온몸과 기능은 그것만을 간절히 원하고 있어. 너무나 오랫동안 너무나 확고하게 이 한 가지만 간절히 원했기 때문에 난 이를 얻고야 말 거라고, 곧 그렇게 되리라고 믿고 있어. 이 소망이 나라는 존재를 통째로 삼켜 버렸으니까. 난 이 소망의 성취에 대한 기대에 잡아먹히고 있는 중이라고.

이렇게 털어놓아도 마음이 가벼워지지는 않지만 나의 변화와 관련한 넬리의 궁금증을 얼마간 해소할 수는 있을 것 같군. 오, 하느님! 참으로 오랜 싸움이었습니다. 이제 놓여나고 싶습니다!」

그가 끔찍한 말을 혼자 중얼거리며 방 안을 오락가락하기 시작했어요. 그런 모습을 보니 양심의 가책 때문에 히스클리프의 마음이 생지옥으로 변한 것 같다던 조지프의 말이 사실 인가 싶더군요. 결말이 어떻게 될지 참 궁금해졌어요.

평소에는 그가 자기 마음을 표정으로도 드러낸 적이 없었 지만 평소의 심리 상태가 그랬으리라고 확신해요. 자신도 그 렇게 말했고요. 하지만 평상시에 그의 태도를 보고는 아무도 그걸 짐작할 수 없었어요. 록우드 씨도 전에 히스클리프를 보고 그 내면을 짐작하지 못하셨잖아요. 그런데 지금 말씀드 리는 그 무렵에 록우드 씨가 만났을 때와 똑같았거든요. 그 때보다 혼자 있는 것을 조금 더 좋아하고 사람들과 함께 있 을 때 말수도 좀 줄기는 했지만요.

34

그날 저녁 이후 며칠 동안 히스클리프 씨는 식사 시간에 식구들과 마주치는 것을 피하더군요. 그렇지만 헤어턴과 캐시 아씨를 아예 내쫓지는 않았어요. 자신의 감정에 완전히 굴복하고 싶지 않아서 그냥 식사 자리에 안 나타나기로 한 것 같더군요. 하루 한 끼만 먹어도 충분히 버틸 수 있는 것처럼 보였어요.

그러던 어느 날 밤 식구들이 모두 잠자리에 든 뒤에 히스클리프가 아래층으로 내려가더니 앞문으로 나가는 소리가 들리더군요. 그런데 그날 밤에 다시 들어오는 소리가 안 들렸고, 아침에도 계속 모습이 안 보였어요.

그때가 4월이었지요. 날씨는 온화하고 따스했고, 봄비와 햇빛을 받은 초록 잔디가 비할 데 없이 파릇파릇해졌고, 남쪽 담 근처에 있던 키 작은 사과나무 두 그루는 꽃이 만발해 있었어요.

아침을 먹은 후 캐서린은 제게 일감을 가지고 집의 맞은편 끝 전나무 아래로 가서 의자를 놓고 일하자고 졸랐어요. 그리고 상처가 완전히 아문 헤어턴을 꾀어 땅을 파고 작은 화단을 꾸몄지요. 조지프의 불평 때문에 그쪽 구석으로 위치를 옮겼더랬죠.

저는 봄 내음을 한껏 들이쉬며 아름다운 연하늘색 창공 아래 편히 앉아 있었어요. 그런데 화단 가장자리에 심을 요량으로 프림로즈를 캐러 대문 쪽으로 갔던 아씨가 꽃을 반만캐 가지고 돌아와서 히스클리프 씨가 귀가했다고 알려 줬어요.

「그런데 나한테 말을 걸더라.」 아씨가 뭔가 이상하다는 표정으로 덧붙였어요.

「뭐라고 그러셨는데?」 헤어턴이 물었어요.

「당장 꺼져 버리래.」 아씨가 대답했어요. 「하지만 평소하고 표정이 너무 달라서 그냥 우두커니 바라볼 수밖에 없더라니까.」

「어떻게 달랐어?」 그가 물었어요.

「글쎄, 아주 밝고 명랑하다고 할까. 아니, 그 정도가 아니라, 몹시 들뜨고 미칠 듯이 기뻐하는 표정이더라고!」 그녀가 대답했어요.

「밤에 산책을 하고 나서 기분이 좋아졌나 보죠.」 제가 별일 아니라는 듯이 말했어요. 하지만 사실은 저도 아씨만큼이나 놀라서, 정말로 그런지를 알아보려고 적당한 구실을 대서 집 안으로 들어갔지요. 히스클리프의 기분이 좋아 보인다, 이건 흔한 일이 아니니까요.

히스클리프는 열린 문 옆에 서 있었어요. 얼굴이 백지장 같

534

고 몸을 떨고 있었지만 분명 눈에는 기이하게 기쁜 빛이 반짝이고 있어서 얼굴에서 풍기는 인상이 평소와 다르더군요.

「아침 식사를 좀 하셔야죠?」 제가 말했지요. 「밤새 쏘다니셨으니 시장하실 텐데요!」

그가 어디를 돌아다녔는지 궁금하긴 했지만 대놓고 물어보기가 좀 꺼려졌어요.

「아니, 배 안 고파.」 자신의 기분이 좋은 이유를 알아내려는 제 의도를 간파했는지 저를 외면하면서 좀 경멸하듯 대답했어요.

참 혼란스럽더군요. 지청구를 해줘야 할지 어째야 할지 알수가 없더라고요.

「밤잠을 안 자고,」 제가 말했어요. 「쏘다니는 게 잘하는 일같지는 않은데요. 뭐니 뭐니 해도 요새처럼 습한 계절에는 현명한 일이 아니에요. 틀림없이 독감이나 열병에 걸릴 텐데. 지금 어딘가 아픈 거라고요!」

「견딜 만해.」 히스클리프가 대답했어요. 「그리고 너만 날 성가시게 하지 않으면 얼씨구나 춤도 추겠다. 어서 들어가. 날 귀찮게 하지 말고.」

저는 그의 지시를 따랐지요. 그런데 집 안으로 들어가면서 보니까 히스클리프가 고양이처럼 가쁘게 숨을 쉬고 있더라고요.

〈맞네!〉 제가 속으로 생각했죠. 〈저러다 심하게 앓아눕겠어. 도대체 뭘 하고 다녔는지 모르겠네!〉

그날 점심때는 히스클리프가 식구들과 함께 식탁에 앉아

서 그때까지 굶은 걸 보상이라도 하려는지 음식이 가득 담긴 접시를 제 손에서 받아 들었어요.

「난 감기에도 열병에도 걸리지 않았어, 넬리.」아침에 내가 한 말이 마음에 걸렸는지 그렇게 말하더군요. 「그러니까 네가 준비한 이 음식 잘 먹을 거라고.」

그는 칼과 포크를 들어 음식을 먹으려고 했지만 갑자기 식욕이 사라진 것 같았어요. 칼과 포크를 식탁에 내려놓고 창문 쪽을 유심히 바라보더니 자리에서 일어나 밖으로 나가 버리더라고요.

그러고는 우리가 점심을 끝낼 때까지 정원에서 오락가락 하더군요. 그러자 언쇼가 왜 식사를 안 하는지 물어보려고 나섰어요. 뭔지는 몰라도 우리 때문에 기분이 상했나 싶어 걱정이 된 거죠.

「그래, 들어온대?」 사촌이 돌아오자 캐서린 아씨가 물었어요.

「아니.」 그가 대답했어요. 「하지만 화가 나진 않으셨고, 기분은 굉장히 좋으신 것 같아. 내가 두 번씩이나 말을 걸었다고 좀 짜증을 내긴 했지만. 그러더니 그냥 너한테나 가보라고 하더라. 내가 너 말고 딴 사람하고 같이 있으려고 하는 게 이해가 안 간다고 하시면서.」

전 그가 먹을 음식을 따뜻하게 보관하려고 난로 앞 시렁에 올려놓았어요. 그는 식탁을 다 치우고 한두 시간이 지난 뒤에야 다시 집 안으로 들어왔는데 여전히 상기된 얼굴이었어요. 검은 눈썹 아래 여전히 부자연스러운, 정말로 부자연스러운 환희에 찬 표정을 짓고 있었어요. 얼굴도 여전히 창백했는데 가끔씩 미소를 짓는 것처럼 이를 드러냈고요. 몸이 떨렸지만 추위나 질병 때문이 아니었어요. 팽팽하게 긴장된 줄이 떨리는 것과 비슷한 상태였지요. 덜덜 떤다기보다는 전율하고 있는 상태였다고 할 수 있겠네요.

전 도대체 웬일이냐고 물어보기로 마음먹었어요. 저 아니면 누가 물어볼 수 있겠냐 싶었죠. 그래서 큰 소리로 말했어요.

「좋은 소식이라도 들은 거예요, 히스클리프 씨? 유난히 기운차 보이는데요.」

「나한테 어디서 좋은 소식이 오겠냐?」 그가 말했어요. 「허기 때문에 기운이 나네. 그러니 아무래도 단식이 유익한가 보다.」

「식사를 여기 두었는데요.」 제가 대답했지요. 「좀 드시지 그래요?」

「지금은 생각이 없어.」 그가 서둘러 대답하더군요. 「저녁때까지 기다릴래. 그리고 넬리, 마지막으로 부탁하는데, 헤어턴하고 사촌 애하고 내 눈앞에 나타나지 말라고 주의를 좀 줘. 아무한테도 신경 쓰고 싶지 않으니까. 여기 나 혼자 있고 싶다고.」

「새삼 이렇게 다 못 오게 하는 이유가 뭐예요?」 제가 물었지요. 「왜 그렇게 이상하게 구는지 말 좀 해줘요, 히스클리프 씨. 간밤엔 어딜 가셨던 거예요? 단순히 궁금해서 물어보는 게 아니라고요…….」

「너는 단순히 궁금해서 묻는 거야.」그가 제 말을 끊으면서 웃더군요. 「그래도 대답해 줄게. 지난밤에는 지옥 문턱까지 갔었어. 그런데 오늘은 천국이 보여. 지금 내 눈에 천국이 보인다고. 나한테서 1미터도 안 떨어져 있어! 자, 이제 이 방에서 나가라. 네가 참견만 안 하면 나도 너한테 겁을 주는 행동이나 말은 안 할 테니까.」

전 벽난로를 청소하고 식탁을 치운 뒤 나왔지만 대체 무슨 일인지 더 궁금해졌어요.

히스클리프는 그날 오후에 다시 외출하지 않았고, 모두들 행동을 조심해 그가 거실에 혼자 있도록 했지요. 8시가 되자 저는 그가 부르지는 않았지만 촛불과 저녁 식사는 가져다주어야 좋을 것 같아서 거실로 들어갔어요.

히스클리프는 열려 있는 격자창의 창턱에 몸을 기댄 채 서 있었지만 밖을 내다보고 있지는 않았어요. 대신 어두운 실내를 바라보고 있더군요. 벽난로 불은 사그라져 재가 되어 있었고요. 방 안은 흐린 날 저녁의 후텁지근한 공기로 가득했어요. 그리고 어찌나 조용한지 시냇물이 기머턴 쪽으로 흘러가며 내는 졸졸 소리뿐 아니라, 자갈 위를 지나는 소리인지 물 위로 솟은 큰 돌 틈으로 콸콸거리며 빠져나가는 소리인지 다 구별이 될 정도였어요.

저는 불 꺼진 벽난로를 보고 불만 어린 탄식을 하고는, 여닫이창을 하나씩 닫으면서 히스클리프가 서 있는 자리까지 가게 됐죠.

「이 창문도 닫을까요?」그가 전혀 움직이지 않아서 비키게 하려고 그렇게 물었어요.

그렇게 말하는 순간 갑자기 불빛이 그의 얼굴을 비추더군요. 오, 록우드 씨, 그 순간 히스클리프의 모습을 보고 제가 얼마나 놀랐는지는 말로 형용할 수 없어요! 푹 들어간 검은 눈! 미소, 그리고 유령처럼 창백한 얼굴! 제가 보고 있는 게 히스클리프 씨가 아니라 요괴 같더라고요. 너무나 겁에 질린 나머지 촛불을 벽 쪽으로 넘어뜨려서 방 안이 완전히 캄캄해졌어요.

「그래, 닫아.」 귀에 익은 목소리로 그가 대답했어요. 「저런, 웬 호들갑이야! 촛불은 왜 똑바로 안 들고 서 있어? 어서 가서 다른 촛불을 가져와.」

겁에 질려 혼이 빠진 저는 서둘러 방 밖으로 나가 조지프에게 말했어요.

「주인님이 촛불을 좀 가져오고 불도 새로 지피래요.」 다시 그 방에 들어갈 엄두가 안 나더라고요.

조지프가 덜거덕 소리를 내며 불붙은 석탄을 삽으로 퍼 가지고 거실로 들어갔다가 즉시 도로 가지고 나왔어요. 그리고 비었던 다른 손에 저녁 식사로 놓아 뒀던 음식 쟁반까지 들고 나와서는 말하길, 히스클리프 씨가 잠자리에 들 텐데 아침까지 아무것도 먹고 싶지 않다고 했다는 거예요.

곧이어 히스클리프가 계단을 올라가는 소리가 들려왔어요. 그런데 평소처럼 자기 방으로 가지 않고 판자 미닫이가 달린 침상이 있는 방으로 가더라고요. 전에도 말한 것처럼 누구든 밖으로 빠져나갈 수 있을 만큼 큰 창문이 있는 방이에요. 그래서 전 히스클리프가 우리 몰래 또 한밤중에 산책을 나갈 셈인가 보다 하고 생각했어요.

〈시체를 파먹는 귀신이나 흡혈귀인가?〉 심지어 그런 생각까지 했지요. 그런 끔찍한 악귀들이 인간의 탈을 쓰고 나타난다는 얘기를 읽은 적이 있거든요. 하지만 바로 마음을 진정시켰습니다. 저는 히스클리프의 어린 시절부터 청년 시절까지 지켜보았고 그동안 어떻게 살아왔는지 거의 다 아니까요. 그렇게 무서워하다니 스스로 어이가 없었지요.

「하지만 대체 어디서 그렇게 새까만 아기가 나타나서 그훌륭한 분의 골칫거리가 된 거지?」 꾸벅꾸벅 졸다가 미신의세계에 슬쩍 들어선 것처럼 중얼거렸어요. 그러다 비몽사몽간에 히스클리프의 부모는 대체 누구일까 지칠 때까지 상상해 보았죠. 그리고 깨어 있을 때 했던 생각을 떠올려 히스클리프의 삶의 궤적을 다시 돌아봤어요. 주로 어두운 면에 초점을 맞춰서요. 급기야는 그의 죽음과 장례식에까지 상상이이르렀는데, 묘비명을 어떻게 쓰나, 하고 무척 고심하다가성당지기와 상의한 일이 기억나요. 성이 따로 없고 정확한나이도 모르니까 그냥 〈히스클리프〉라고 딱 한 단어만 적을수밖에 없었어요. 결국 실제로 그렇게 되었지요. 다른 방법이 없었으니까요. 성당 묘지에 가보시면, 비석에서 이름과 사망 날짜만 읽게 되실 거예요.

새벽이 오면서 전 다시 상식의 세계로 돌아왔어요. 사물을볼 수 있을 만큼 동이 트자마자 정원으로 가서 그가 잤던 방의 창문 아래 발자국이 있나 없나 확인해 봤는데 보이지 않앉어요.

〈집에 있었구나.〉 그렇게 생각했지요. 〈그럼 오늘은 별일 없겠다.〉

평소처럼 아침 식사를 준비했으나 주인이 늦게까지 안 내려오기에 헤어턴과 캐서린에게 먼저 먹으라고 했어요. 두 사람이 마당의 나무 아래서 먹고 싶어 해서 거기에 작은 식탁을 차려 줬지요.

다시 집 안으로 들어가 보니 히스클리프 씨가 아래층에 내려와서 조지프하고 농사 이야기를 하고 있더군요. 명료하고 상세하게 지시를 하긴 했지만 말이 빨랐고 고개를 계속 옆으로 돌리는 데다 전날처럼 흥분한 표정이었는데 그 정도가 더 심해 보였어요.

조지프가 거실을 나가자 히스클리프가 평소의 자리에 앉더군요. 그래서 커피를 가져다 앞에 놓아 주었어요. 그는 잔을 가까이 당기기는 했지만, 팔을 식탁에 괴고 반대편 벽을 바라보고 있더군요. 벽의 한 지점 위로 불안하게 번뜩이는 시선이 오르락내리락하는데 어찌나 열심히 눈을 움직이는지 한 30초쯤 숨을 멈추기까지 하더라고요.

「어서 드세요.」 제가 그의 손을 향해 빵을 밀어 주면서 큰 소리로 말했어요. 「뜨거울 때 드세요. 벌써 한 시간이나 손도 안 대고 있네요.」

그는 내 말은 들은 척도 하지 않았지만 미소는 지었어요. 그런데 그런 미소를 짓느니 차라리 이를 가는 편이 나을 것 같아 보였어요.

「히스클리프 씨! 주인님!」 내가 외쳤어요. 「그러지 마세요, 제발! 무슨 유령이라도 보는 것처럼 멍하니 쳐다보지 좀 마세요.」

「부탁이니, 그렇게 소리 좀 지르지 마.」 그가 대답했어요. 「둘러보고 한번 말해 봐. 지금 이 방에 우리 두 사람뿐이지?」

「물론이죠.」 제가 대답했어요. 「물론 우리 둘뿐이에요!」

그러면서도 확신이 안 가서 저도 모르게 방을 한 바퀴 둘러보았어요.

히스클리프 씨는 제가 아침으로 차려 낸 먹을거리를 손으로 밀쳐서 빈자리를 만들더니 거기에 몸을 기대 더 편한 자세로 앞을 바라보더군요.

그때 알아챘지만, 그가 멍하니 바라보고 있는 것은 벽이 아니었어요. 주의 깊게 살펴보았더니 그가 딱 2미터 정도 떨어진 데 있는 무언가를 골똘히 쳐다보고 있음을 알 수 있었어요. 그리고 무엇을 바라보든, 그로 인해 극도의 쾌감과 고통을 느끼고 있다는 것도 분명했어요. 적어도 그의 얼굴에 드러난 고통스럽고도 황홀한 표정을 볼 때 틀림없이 그랬어요.

그 상상의 무언가는 가만히 있지도 않더군요. 그의 눈은 지치지 않고 부지런히 그것을 쫓았고 히스클리프는 저한테 말을 할 때조차도 거기서 눈을 떼지 않았어요.

주인이 너무 오랫동안 물도 음식도 손에 대지 않았음을 제가 상기시켜 줬지만 소용이 없었어요. 제 간청에 응해서 빵한 조각을 집으려고 손을 뻗다가도, 빵에 닿기도 전에 손가락이 오므라지더니 식탁에 그냥 올려놓고 말더라고요. 자신이 손을 뻗은 이유를 잊어버린 거죠.

저는 참을성의 화신인 양 함께 앉아 있으면서 대체 무엇인지는 몰라도 넋을 잃고 바라보는 것에서 그의 주의를 돌려보려고 노력했어요. 그는 짜증을 내며 일어서더니 왜 자기 먹고 싶을 때 먹도록 그냥 놔두지 않느냐고 화를 내더군요. 그리고 다음부터는 자기가 먹기를 기다리지 말고 그냥 음식을 놓고 나가라고 했어요.

히스클리프는 그렇게 말한 뒤 집 밖으로 나가더니 정원의 오솔길을 어슬렁거리다가 대문 밖으로 사라져 버렸어요.

걱정스러운 시간이 흘렀고 저녁이 다시 왔지요. 저는 늦게까지 잠자리에 들지 못하다 자러 갔지만 결국 잠들지는 못했어요. 히스클리프는 자정이 넘어 귀가했는데 자기 방 침대로 가는 대신 아래층 방에 들어가 문을 걸어 잠갔어요. 저는 바깥 소리에 귀를 기울이며 몸을 뒤척이다가 결국은 옷을 갈아입고 아래층으로 내려갔지요. 그냥 제 방에 누워 있으면서 이런저런 걱정에 시달리는 게 너무 힘들었거든요.

히스클리프 씨가 안절부절못하고 마룻바닥을 오가는 소리가 들려왔어요. 자주 신음을 토하듯 깊은 한숨을 쉬어 침묵을 깨뜨리기도 했고, 느닷없이 외마디 소리를 지르기도 했어요. 제가 알아들을 수 있었던 유일한 단어는 캐서린의 이름이었는데, 격정적인 사랑과 고통의 말을 동반하고 있었어요. 마치 함께 있는 사람과 얘기하듯 낮고 진지한 어조로, 그리고 영혼 깊은 데서 짜낸 것 같은 목소리로 말했지요.

저는 방으로 곧장 들어갈 용기는 없었지만 그의 주의를 딴데로 돌려 백일몽에서 깨어나게 하고 싶었어요. 그래서 부엌의 벽난로 불을 공연히 건드려서 휘젓다가 재를 박박 긁기 시작했어요. 덕분에 제가 기대했던 것보다 더 빨리 그가 나타났어요. 그 소리가 나자마자 부엌문을 열고 말했으니까요.

「넬리, 이리 와봐. 아침인가? 촛불을 가지고 들어와.」

「시계가 4시를 치고 있네요.」제가 대답했죠.「침실로 가시려면 촛불이 필요하겠군요. 이 불로 하나 켜면 되겠어요.」

「아니, 침실로 가고 싶지 않아.」그가 대답했어요.「이 방으로 들어와서 불을 지펴 줘. 그리고 아무 일이든 하고 있어.」

「불을 지피려면 우선 석탄에 불을 붙여야 돼요.」제가 의자와 풀무를 가지고 가면서 대답했어요.

제가 그러는 동안 히스클리프는 좀 산만하게 오락가락하더군요. 워낙 무거운 한숨을 계속 토해 내느라 편안하게 숨을 쉬지도 못했어요.

「날이 밝으면 사람을 보내 그린을 오라고 해야겠다.」그가 말했어요.「내가 법적인 문제를 생각할 정신이 있고 차분한 결정을 내릴 수 있을 때 그런 문제에 대해서 물어봐야겠어. 아직 유언장을 쓰지 않았는데 재산을 어떻게 처리할지 결정을 못 했거든! 이 지상에서 모조리 사라지게 할 수 있다면 좋겠어.」

「그런 말씀 하지 마세요, 히스클리프 씨.」제가 참견을 했죠.「유언장에 대해선 당분간 신경 쓰지 마세요. 그동안 해온 잘못을 참회할 시간은 있을 거예요! 쥔님의 신경이 약해질 거라고는 한 번도 생각한 적이 없어서 놀랍네요. 지금 상당히 약해졌어요. 다 본인 잘못이죠. 지난 사흘처럼 지내다간 티탄처럼 강한 사람도 쓰러지겠어요. 먹을 것부터 좀 드시고 잠을 자두세요. 거울을 한 번만 들여다봐도 이 두 가지가 필요하다는 것을 아실 거예요. 볼이 움푹 파였고, 눈에는 핏발이 서 있다고요. 굶어 죽어 가는 데다 잠까지 못 자서 눈이 먼 것 같은 사람 꼴이에요.」

「먹지도 잠들지도 못하는 것은 내 탓이 아니야.」 그가 대답했어요. 「절대 일부러 그러는 게 아니거든. 먹고 잘 수 있게 되면 바로 그럴 거라고. 하지만 네 말은 물속에서 허우적대며 간신히 버티는 사람한테 뭍에 닿으려면 아주 조금만 더 헤엄치면 되니 좀 쉬었다 가라고 하는 거나 마찬가지야! 일단 뭍에 도착을 해야지 쉴 수 있잖아. 그럼, 그린 씨는 부르지 마. 나보고 잘못을 참회하라고 하는 모양인데, 난 잘못이 없으니까 참회할 일도 없어. 난 지나치게 행복하면서도 충분히 행복하지가 않아. 지극히 행복한 내 영혼은 내 몸을 파괴하면서도 만족을 못 하고 있고.」

「행복하다고요, 주인님?」 제가 외쳤어요. 「거참 이상한 행복이네요! 제 말을 듣고 화를 안 내면 더 행복해질 수 있도록 충고를 해드릴 수 있을 텐데요.

「무슨 얘긴데?」 그가 물었어요. 「말해 봐.」

「본인도 알고 있을 텐데요, 히스클리프 씨.」 제가 말했어요. 「열세 살 때부터 이기적이고 기독교의 가르침과 동떨어진 삶을 살아왔잖아요. 그 후엔 성경책을 손에 쥐어 본 적도 없을걸요. 성경에 뭐가 적혀 있는지도 틀림없이 다 잊어버렸을 테고 지금 성경책을 들춰 볼 여유도 없겠죠. 어떤 교파라도 상관없으니 성직자를 불러서 성경의 내용을 설명해 달라고 하고, 쥔님이 성경의 가르침에서 얼마나 먼 삶을 살았는지 깨닫고 또 죽기 전에 마음을 고쳐먹지 않으면 천국에 갈 자격이 없다는 것을 배운다면, 어쨌거나 해가 될 일은 없지 않겠어요?」

「화가 나진 않고 고맙네, 넬리.」 그가 말했어요. 「덕분에 내 시체를 어떻게 묻으라고 해야 할지가 기억났으니까. 저녁에 성당 묘지로 운반하는데 네가 내킨다면 너와 헤어턴이 함께 가주어도 좋겠지. 그리고 성당지기가 두 개의 관에 대해 내가 지시한 사항을 꼭 지키도록 잘 감독해 줬으면 좋겠어! 성직자는 필요 없고, 무슨 추도사를 읊을 필요도 없어. 다시 말하지만 나는 이미 나의 천국에 거의 다 가 있거든. 그리고 다른 사람의 천국은 중요하지도 부럽지도 않아!」

「그런데 이렇게 고집을 부리고 굶다 죽었다고 성당 묘지에 안 묻어 주면 어떻게 해요?」 하느님에 대한 무관심에 놀라 제가 말했지요. 「그래도 좋겠어요?」

「그렇게는 못 할 거야.」 그가 대답했어요. 「만일 그러면 넬리가 몰래 날 옮겨 줘야 돼. 내 말대로 안 해주면, 넌 사람이 죽어도 완전히 소멸하지 않고 무덤을 나와 떠돈다는 사실을 알게 될 거야!」

다른 가족들이 깨어나 움직이는 소리가 들리자마자 그는 자기 방으로 들어갔고, 전 비로소 안도의 한숨을 쉬었지요.

하지만 오후가 되어 조지프와 헤어턴이 밖에서 일을 하고 있는 동안 그가 다시 부엌에 오더니, 아주 무서운 얼굴을 하고는 거실에 와 함께 있어 달라고 했어요. 누가 옆에 있어 줘야 된다는 거였어요.

저는 싫다고 했어요. 그의 언행이 너무 이상해서 무서웠기에, 단둘이 앉아 말동무를 해줄 용기도 의사도 없다고 솔직히 말해 줬어요.

「틀림없이 넬리는 날 악마라고 생각하는구나!」 그가 침울하게 웃으며 말했어요. 「점잖은 집안에서 살기에는 너무 끔찍한 존재라고!」

그런 다음 저와 함께 있다가 그가 다가오자 제 뒤로 숨는 캐서린을 보며 약간 비웃는 것처럼 덧붙였어요.

「네가 오겠니, 애야? 널 해칠 생각은 없단다. 아냐! 하긴 너한테 악마보다 더 심하게 굴었지. 흠, 도망가지 않고 동무를 해줄 사람이 하나 있긴 있지! 그런데 세상에! 그녀는 인정사정이 없어. 아이고, 맙소사! 살과 피를 가진 보통 사람은, 아니 나조차도 당해 내기 힘들구나.」

그는 더 이상 다른 사람에게 함께 있자고 권하지 않았고, 땅거미가 질 무렵 자기 방으로 들어갔어요. 밤새도록, 그리고 아침이 밝아 오도록 끙끙대며 혼잣말을 하는 소리가 들려왔고요. 헤어턴이 그의 방으로 들어가 봐야 한다고 했지만 제가 케네스 씨를 모셔 오라고 보냈어요. 의사 선생님이 봐야 할 상태다 싶었으니까요.

케네스 씨가 왔기에 제가 히스클리프의 방에 들어가 봐야겠다고 말하면서 문을 열려고 했지만 안에서 잠겨 있었어요. 히스클리프는 욕설을 퍼부으며 자기 몸이 나아졌고 혼자 있고 싶다고 그러더라고요. 의사 선생님은 할 수 없이 그냥 돌아가야 했지요.

다음 날 밤에는 비가 많이 왔고, 새벽까지도 계속 쏟아졌어요. 아침에 제가 집 주변을 산책하는데, 주인 방의 창문이 흔들려 열리며 비가 들이치는 것이 보이더군요.

침대에 있지는 않은 모양이다, 저는 그렇게 생각했죠. 침대에 누워 있다면 비에 완전히 젖어 버릴 테니까! 일어나 있든지 밖에 나갔든지 한 거다. 그러니 혼자 속 끓이지 말고 그냥 과감하게 들어가 봐야겠다.

여분의 열쇠를 사용해서 방에 들어가는 데 성공했는데, 비어 있더군요. 그래서 달려가 재빨리 오크 침상의 문을 열고 안을 들여다보았어요. 히스클리프 씨가 똑바로 누워 있더군요. 날카롭고 사납게 쏘아보는 눈길에 깜짝 놀랐는데, 다시 보니 미소를 지은 표정 같기도 했어요.

그가 죽었다는 생각은 떠오르지도 않았어요. 하지만 얼굴과 목덜미가 비에 흠뻑 젖고, 침대보에서도 물이 뚝뚝 떨어지는데, 그는 꼼짝도 하지 않았어요. 앞뒤로 흔들거리며 삐거덕거리던 격자문이 창틀에 놓인 그의 손 하나를 긁었지만 긁힌 부위에서 피가 나지 않더라고요. 제 손가락으로 상처를 만져보니 더 이상 의심의 여지가 없었어요. 이미 죽어서 뻣뻣하게 굳은 시체였죠!

전 창문을 닫아 걸쇠를 걸고, 이마를 덮은 검고 긴 머리카락을 뒤로 쓸어 넘겼어요. 가능하다면 누가 보기 전에 기뻐서 어쩔 줄 모르는 듯한, 살아 있는 사람 같은 그의 무시무시한 눈빛을 없애 보려고 눈을 감겨 봤는데 안 되더라고요. 망자의 눈빛이며 열린 입, 날카롭고 하얀 이도 저를 비웃는 것처럼 보였어요! 전 다시 겁이 나서 큰 소리로 조지프를 불렀어요. 조지프는 발을 끌며 와서 소란을 떨었지만 시체에 손대는 것은 단호하게 거부했어요.

「악마가 서둘러서 혼을 빼 갔구먼.」 그가 큰 소리로 말했어요. 「몸뚱이도 갖고 갔으면 오죽 좋았을까. 하지만 내가 알게 뭐야! 아이고! 죽음을 비웃으면서 죽다니 참 사악한 인간이로군!」 그러더니 이 죄받을 노인네는 이를 드러내고 조소하기까지 하더군요.

노인네는 침대 주위를 돌며 신나게 춤이라도 출 것처럼 보였어요. 그러다 갑자기 정신을 차렸는지 무릎을 꿇고 두 손을 모아 감사 기도를 올리더군요. 합법적인 주인과 유서 깊은 가문이 제 권리를 되찾게 됐다면서요.

전 그 끔찍한 사건에 얼이 빠졌고, 또 한편 가슴이 먹먹해지면서 저도 모르게 지난 시간들이 떠올랐지요. 하지만 가장 부당한 취급을 당했던 가엾은 헤어턴은 그의 죽음에 진정으로 가슴 아파 했어요. 시체 옆에서 밤을 새우며 서럽게 울더라고요. 시체의 손을 꼭 잡고 다른 사람들은 쳐다보기조차 꺼리는 냉소적이고 험악한 얼굴에 입맞춤을 했어요. 그리고 담금질된 강철처럼 강하면서도 너그러운 마음에서 우러나오는 깊은 슬픔에 잠겨 그의 죽음을 애도했지요.

케네스는 히스클리프의 사인을 판단하기 어려워했어요. 제가 공연히 곤란한 사태가 벌어질까 봐 그가 나흘 동안이나 곡기를 끊었다는 사실을 말하지 않았거든요. 그가 일부러 아무 음식도 안 먹은 것은 아닌 것 같기도 했고요. 이상한 병에 걸려서 안 먹은 것이지, 안 먹어서 이상한 병에 걸린 것은 아니다 싶었죠.

마을 사람들이 이러쿵저러쿵 소란하게 말을 얹는 가운데, 우리는 생전에 그가 원했던 대로 장례를 치렀어요. 참석자는 언쇼와 저, 성당지기와 관을 운반한 여섯 명의 인부가 전부였지요.

인부 여섯이 묘소에 관을 내려놓고 떠났고, 우리는 관이 흙에 덮이는 것을 지켜보았어요. 헤어턴이 눈물을 줄줄 흘리며 초록색 잔디를 떠다가 흙빛 봉분에 얹어 주더군요. 그 봉분은 이제 다른 봉분들처럼 파릇파릇하고 부드럽게 뗏장이 입혀져 있답니다. 그도 무덤 안에서 고이 잠들었으면 좋겠습니다. 하지만 이 고장 사람들은, 물어보면 아시겠지만, 그가 유령이 되어 나타난다고 성경에 걸고 맹세한답니다. 성당 근처나 황야에서 그의 유령을 만났다거나, 심지어는 우리 집에서 보았다는 사람들도 있어요. 부질없는 소리라고 하시겠지요. 저도 그렇게 생각합니다. 하지만, 부엌 벽난로 옆에 앉아 있는 저 노인네만 해도 히스클리프가 죽은 다음부터 비 내리는 날 밤이면 언제나 그의 방 창문에서 밖을 내다보는 두 사람을 봤다고 우겨요. 한 달 전엔 저한테도 좀 이상한 일이 있었고요.

어느 날 저녁 저는 그레인지로 가고 있었어요. 하늘이 어두 웠고 곧 천둥 번개가 내려칠 듯했지요. 하이츠를 막 돌아 나 서다가 어미 양 한 마리와 어린양 두 마리를 앞세운 어린 소 년을 마주쳤어요. 아이가 엉엉 울고 있어서 전 어린양들이 말을 안 듣고 제멋대로 굴어서 그러나 보다 하고 짐작했지요.

「무슨 일이냐, 얘야?」제가 물었어요.

「저기 언덕배기 아래에 히스클리프하고 웬 여자가 있어요.」 그가 울먹이며 말했어요. 「무서워서 지나갈 수가 없어요.」

저한테는 아무것도 보이지 않았지만 양들도 아이도 그리 로 가려 하지 않아서 제가 아래쪽 길로 돌아가라고 해줬어요.

아마 아이가 부모나 이웃들이 입에 올리는 터무니없는 소 문을 들은 뒤 혼자 들판을 지나가려다가 헛것을 보았을 가능 성이 높겠죠. 그래도 요새는 저 또한 어두울 때 밖에 나가기 가 꺼려져요. 그리고 이 황량한 집에 혼자 있기도 싫답니다. 뭐 어쩔 수 없는 일이지요. 어서 이 집을 떠나 그레인지로 이 사하면 좋겠어요!

「그럼, 그레인지로 옮겨 가실 건가요?」내가 물었다.

「네.」딘 부인이 대답했다. 「아씨가 결혼을 하시면 바로 이 사할 예정이에요. 결혼식은 새해 첫날에 올리려고 하고요.」

「그러면 여기선 누가 사나요?」

「그야 조지프가 돌보겠지요. 아마도 젊은 애 하나 정도는 데 리고 있겠죠. 부엌 쪽에서 지내고 나머지 방은 다 잠가 둘 거 예요.」

「그럼 거긴 살려고 오는 유령들 차지가 되겠네요.」내가 말했다.

「아니에요, 록우드 씨.」넬리가 고개를 저으며 말했다. 「고인들은 이제 고이 잠들었다고 생각해요. 그들을 두고 농담하는 것은 옳지 않아요.」

그때 정원 쪽 문이 활짝 열리고 산책을 나갔던 두 젊은이가 돌아왔다.

「저분들은 두려울 게 없어 보입니다.」그들이 함께 오는 모습을 창문 너머로 지켜보며 내가 말했다. 「둘이 합심해서 악마와 그가 거느린 부대까지 전부 무찌를 기세인데요.」

그들이 현관 앞 섬돌에 올라서서 마지막으로 다시 한번 달을 보려고, 아니 더 정확히 말하면, 달빛에 비치는 서로의 모습을 보려고 멈춰 섰다. 순간 나는 다시 한번 자리를 피해 주는 것이 옳겠다는 느낌에 강하게 사로잡혔다. 그래서 딘 부인의 손에 돈을 얼마간 쥐여 주고, 주인을 안 만나고 가다니 실례라는 훈계도 무시한 채 두 사람이 거실 문을 여는 순간 부엌을 통해 빠져나왔다. 조지프가 그의 발아래 내가 떨어뜨린 기분 좋은 금화 소리로 날 점잖은 신사라 여겼기에 망정이지, 안 그랬더라면 딘 부인이 무분별하고 경박하게 처신한다는 평소 생각을 더욱 굳혔을 것이다.

성당 쪽으로 빙 돌아 귀가했기 때문에 갈 때보다 시간이 더 걸렸다. 성당 담 밑에 도착해 보니 그사이에 겨우 일곱 달이 지났을 뿐인데 성당이 꽤 쇠락해 있었다. 여기저기 창문 유리가 빠져서 빈자리가 검게 보였고 기왓장이 마구 비어져 나와 필경 다가오는 가을 폭풍우에 떨어져 나갈 것 같았다.

비석을 찾으려고 주위를 둘러보니 황야 인근의 비탈에 있는 비석 세 개가 쉽게 눈에 띄었다. 중간에 있는 회색 비석은 히스에 반쯤 묻혀 있었고, 에드거 린턴의 비석은 잔디와 밑동을 타고 올라오는 이끼와 조화를 이루었으며, 히스클리프의 비석은 아직 벌거벗은 상태였다.

나는 온화한 하늘 아래서 무덤 주변을 서성댔다. 히스와 헤어벨 가운데서 퍼덕이며 날고 있는 나방들을 지켜보고, 풀잎을 스치던 부드러운 바람 소리에 귀를 기울였다. 그러고 있자니 이 고요한 대지에 묻힌 사람들이 잠들지 못하고 떠도는 모습을 대체 누가 상상할 수 있으랴 싶었다.

주요 사건 연표

1757년 9월 이전, 힌들리 언쇼 출생.

1762년 9월 이전, 에드거 린턴 출생.

1764년 히스클리프 출생(추정).

1765년 여름, 캐서린 언쇼 출생.
연말, 이저벨라 린턴 출생.(6장, 10장)

1771년 9월, 추수 개시, 언쇼 씨가 거리의 미아인 히스클리프를 집으로
데려옴.(4장)

1773년 봄~초여름, 언쇼 부인 사망.(4장)

1774년 10월, 힌들리 언쇼 대학 진학.(5장)

1777년 9월 중순 이전, 힌들리 언쇼 비밀 결혼.(5장)
10월 어느날 저녁, 언쇼 씨 사망으로(5장) 힌들리가 하이츠의
주인이 됨.(6장)
11월 19일 일요일, 캐서린과 히스클리프가 안식일 교육과 처
벌에 반항하고(3장) 스러시크로스 그레인지를 몰래 들여다
보다가 붙잡힘.(6장)
12월 25일 월요일, 린턴 남매가 하이츠 방문. 이날 열린 크리
스마스 파티에서 히스클리프 배제.(7장)

1778년 6월, 헤어턴 언쇼 출생.

연말, 혹은 1779년 초, 프랜시스 언쇼 사망.(8장)

1780년 초여름의 이틀과 보름, 에드거 린턴이 방문한 날 히스클리프가 사라지고, 캐서린이 열병에 걸림.(8~9장)

가을, 스러시크로스 그레인지에서 병구완을 받던 캐서린이 열병에서 회복했으나 에드거의 부모인 린턴 부부가 같은 열병에 걸려 사망.(9장)

1783년 봄, 혹은 초여름, 에드거와 캐서린 결혼, 엘런이 캐서린 따라 이사.(9장)

9월 11일 목요일, 보름, 히스클리프 귀환.(10장)

10월, 이저벨라가 히스클리프에게 반함.(10장)

12월~다음 해 1월 초, 엘런이 헤어턴을 만남, 히스클리프가 이저벨라 유혹.(11장)

1784년 1월 9일 월요일, 에드거와 히스클리프의 싸움, 캐서린이 방문을 걸어 잠근 채 식음 전폐.(11장)

1월 13일 금요일, 캐서린이 정신 착란 증세 보임, 새벽 2시에 이저벨라와 히스클리프 야반도주.(12장)

3월 13일 월요일, 히스클리프와 이저벨라가 결혼해 하이츠로 돌아옴.(13장)

3월 15일 수요일, 엘런이 하이츠에서 캐서린에게 보내는 편지 전달.(13장)

3월 19일 일요일, 히스클리프의 캐서린 방문. 이후 두 사람의 열정적인 작별.(15장)

3월 20일 월요일, 캐서린이 자정 무렵 딸 캐서린을 낳은 후 새벽 2시경 사망.(16장, 21장)

3월 21일 화요일 춘분, 히스클리프가 자기 머리카락을 잘라 캐서린의 로켓에 넣음.(16장)

3월 24일 금요일, 캐서린 장례.(16장) 힌들리의 히스클리프 살해 시도.(17장)

3월 25일 토요일, 이저벨라가 히스클리프 몰래 도망.(17장)

9월, 부모의 결혼 약 8개월 만에 린턴 히스클리프 출생.(17장, 19장) 힌들리 언쇼가 사망하고 히스클리프가 하이츠를 소유하게 됨.(17장, 19장)

1797년 7월, 캐서린 린턴과 헤어턴 조우, 헤어턴이 페니스턴 절벽 근처를 안내.(18장)

8월초, 이저벨라의 사망 직후 에드거가 조카인 린턴 히스클리프를 집으로 데려옴, 히스클리프가 린턴을 하이츠로 데려감.(19장, 20장)

1800년 3월 20일, 캐서린 린턴과 엘런이 헤어턴을 만나고, 린턴 히스클리프를 만나러 하이츠에 감, 에드거가 캐서린과 린턴의 서신 교환을 금지시킴.(21장)

10월 30일 화요일, 캐서린이 린턴을 만나러 하이츠에 오도록 히스클리프가 유인.(22장)

10월 31일 수요일, 캐서린과 엘런이 린턴 방문, 비를 맞은 엘런이 몸져 병석에 누움.(23장)

11월 1일~2일 목요일~금요일, 캐서린이 에드거의 말을 거역하고 하이츠에서 린턴을 만남.(29장)

11월 3일 토요일 보름, 헤어턴이 하이츠 입구 위 명문을 읽음.(29장)

11월 21일 수요일, 엘런 회복.(24장)

11월 25일 일요일, 밤 9시경 하이츠에서 돌아오던 캐서린이 엘런에게 발각됨.(24장)

1801년 2월~6월, 에드거의 건강 악화.(25장)

3월 20일, 에드거의 건강 악화로 캐서린의 무덤에서 연례적으로 하던 추도 밤샘 못 함.(25장)

8월 23일 목요일, 캐서린과 엘런이 린턴을 만남.(26장)

8월 30일 목요일, 캐서린과 엘런이 린턴을 다시 만남, 히스클리프가 캐서린과 엘런을 하이츠에 감금.(27장)

8월 31일 금요일, 캐서린과 린턴의 결혼.(27장)

9월 4일 화요일, 풀려난 엘런이 에드거의 죽음이 임박한 스러시크로스 그레인지로 귀가.(28장)

9월 5일 수요일 새벽, 몰래 탈출한 캐서린이 스러시크로스 그레인지에 도착, 에드거 임종.(28장)

9월, 장례식 이후, 어느 날 저녁 히스클리프가 캐서린을 하이츠로 데려감.(29장) 린턴 히스클리프 사망.(30장)

10월 10일, 록우드가 스러시크로스 그레인지 임차.(1장)

11월, 록우드가 하이츠 방문.(1장)

11월, 다음 날, 록우드가 재방문한 뒤 폭설로 하이츠에서 밤을 지냄.(2장, 3장)

11월, 다음 날, 록우드가 몸져눕고, 엘런 딘이 이야기를 시작.(4장)

12월 10일경, 히스클리프가 록우드에게 그 계절의 마지막 뇌조를 보냄.(10장)

12월, 다음 주, 히스클리프 방문.(10장)

1802년 1월, 다음 주, 록우드가 엘런의 이야기를 계속 들음.(15장)

1월, 제2주, 록우드가 출발을 일주일 앞두고 하이츠 방문.(31장)

2월 초, 엘런이 하이츠로 이사.(32장)

3월 초, 헤어턴이 사냥 사고로 집에 묶임.(32장)

3월 27일, 월요일 캐서린과 헤어턴 가까워짐.(32장)

3월 28일 화요일, 히스클리프가 〈이상한 변화가 다가오는〉 경험을 함.(33장)

4월 초, 히스클리프가 나흘 동안 식음 전폐.(34장)

4월 15일 이전, 히스클리프가 폭풍이 요란한 밤에 사망해 캐서린 곁에 묻힘.(34장)

9월 16일 토요일, 록우드가 돌아오고 엘런이 그간 있었던 일들을 알려 줌.(32~34장)

10월 9일, 록우드가 스러시크로스 그레인지에 세입자로 머무는 마지막 날.(32장)

1803년 1월 1일, 캐서린과 헤어턴 결혼 예정.(34장)

세계의 위선에 저항하는 사랑

전 세계 고전의 반열에 당당히 이름을 올린『폭풍의 언덕 *Wuthering Heights*』(1847)의 저자 에밀리 브론테(1818~1848) 는 잉글랜드 북부의 산업 도시 브래드퍼드 근처 시골 마을에서 북아일랜드 출신의 영국 국교회 신부 패트릭 브론테(1777~1861)와 콘월 지방의 부유한 상인 집안 딸이었던 마리아 브랜웰 브론테(1783~1821) 사이의 넷째 딸로 태어났다. 형제자매로는 어린 나이에 병으로 사망한 마리아(1814~1825)와 엘리자베스(1815~1825), 나중에『제인 에어 *Jane Eyre*』로 유명해진 샬럿(1816~1855), 세 언니가 있고, 에밀리와 나이 차가 가장 적어 단짝으로 알려진 오빠 브랜웰(1817~1848)과 여동생 앤(1820~1849)이 있었다. 그나마 39세까지 살며 다수의 작품을 발표했던 샬럿을 제외한 다른 이들은 다 요절을 했고, 에밀리도 예외가 아니어서 30세의 나이로 사망했을 때는『폭풍의 언덕』단 한 권의 소설 그리고 언니인 샬럿과 동생인 앤과 함께 낸 단 한 권의 시집만을 남겼을 뿐이었다.

오늘날『폭풍의 언덕』이 누리는 성가에 비추어 보면 의외

일 수도 있지만, 엘리스 벨Ellis Bell이라는 성별이 애매한 필명으로 발표된 이 소설은 발표 당시에는 그다지 주목을 받지 못했고, 발표 직후에 나온 서평들도 대개는 부정적이었다. 신화적이라 할 만큼 단순한 배경에 과장된 성격의 인물을 등장시킨 다소 거칠어 보이는 작품인 데다 작가의 정체도 불분명했기 때문이다. 이 작품이 비평적 주목의 대상이 된 것은 같은 해 조금 먼저 나와 인기를 누린『제인 에어』의 작가인 샬럿 브론테의 습작이라는 의심을 산 탓이 컸다. 샬럿 브론테의 적극적인 해명으로 에밀리의 존재가 밝혀지고 난 뒤에도 이 작품은 20세기 중반까지 근 한 세기 동안 진지한 관심의 대상이 되지 못했다. 당시 많은 사람들이『폭풍의 언덕』을 천재적이긴 해도 가난한 시골 신부의 딸로 태어나 제대로 교육을 못 받은 작가가 쓴 서투른 작품이라고 보았기 때문이다. 정규 교육이라고 할 만한 것을 받은 기간은 통틀어도 1년이 될까 말까 한 데다, 교양 계층과의 교제를 즐기지 않았거나 그럴 수 없었으니, 그가 당시 문단에서 편견의 대상이 됐던 것은 어쩌면 당연했을지 모르겠다.

그렇다면『폭풍의 언덕』이 교육이나 교양이 부족한 천재적인 작가의 우연한 산물이라는 평가는 작품의 실제와 어느 정도 부합할까? 역사적인 자료들을 통해 브론테 집안의 자녀들이 당시 어떤 환경에서 어떤 교육을 받고 자랐는지를 살펴보면, 에밀리보다는 더 사교적이었고 작가로서의 인기도 더 많이 누렸던 언니 샬럿은 물론이려니와 에밀리의 경우도 그 문학적 성과가 결코 우연의 산물이 아님을 알 수 있다. 신부로서 소액의 고정 수입밖에 없었던 아버지와 자기 몫의 독립적이지만 적은 수입밖에 없던 어머니에게서 태어난 브론테가의 자녀들은 영국 사회의 주도 계급으로 새로 부상한 시민 계급에 속했으나 경제적으로 독립된 생활을 보장할 유산은 가지고 있지 않았다. 『제인 에어』를 비롯한 당대의 여러 소설들에서 알 수 있듯이 이런 계층의 여성들은 재산이 보장된 남자에게 시집을 가거나 가정 교사가 되는 것 외에는 부모 사후에 생계 대책이 없었다. 그런 사정으로 인해 그들의 아버지는 아주 어린 시절부터 중상류층의 가정 교사로서 살아가야 할 미래에 대비시키기 위해 딸들을 적극적으로, 심지어 직접 교육한 것으로 알려져 있다.

그런데 너그럽고 자상한 것으로도 알려진 아버지가 주도한 딸들의 교육은 예사 가정에서의 교육과는 사뭇 달랐다. 북아일랜드 농업 노동자 집안의 장남으로 태어난 패트릭 브론테는 어린 시절에 대장장이와 직조공의 도제였고, 도제 훈련 중에도 독학으로 약관 16세의 나이에 마을 학교의 교사가 되어, 지역 성직자의 추천과 도움으로 케임브리지의 슨트존스 칼리지를 졸업한 입지전적인 인물이다. 이렇게 순전히 자신의 능력과 남다른 노력으로 인생을 개척한 그는 케임브리지 시절 브런티라는, 촌스러운 냄새가 물씬 풍기는 아일랜드계 성을 천둥이라는 뜻을 지닌 그리스어 단어 브론테로 바꾸고, 1807년에 영국 국교회 신부로 서품을 받아 영국 신사 계급의 밑자락에 합류했다. 하지만, 특별한 배경이나 연줄이 없었기 때문에 케임브리지 대학을 졸업한 뒤 잉글랜드 북부의 비교적 한지라고 볼 수 있는 요크셔 지방의 부제를 거친 후에야 비로소 같은 지역의 신부로 승진했다. 콘월 지방의 유복한 집안 출신으로 요크셔 지방을 방문 중이던 마리아 브랜웰과 결혼한 것도 이때인데, 기록과 경력에 따르면 두 사람 모두 남다른 지성과 열정, 활동력의 소유자였다. 패트릭이 종교, 사회, 정치 문제에 열정적으로 간여한 저술가이자 활동가이며 인기 있는 설교자였다면, 아내인 마리아는 미발표 논문도 남긴 바 있는 독서가였고, 유머 감각이 넘치는 사교적이고 총명한 여성이었다고 한다. 다시 말해 부모 모두 지적인 능력과 활발한 행동력이 결합된, 그런 면에서 당시 새로 부상하던 시민 계급의 활력을 체현한 인물들이었던 셈이다.

이런 배경에 걸맞게, 패트릭은 자식들의 고전과 교양 도서 읽기를 직접 지도하면서 어릴 때부터 공공 정책, 문학 평론 등 다양한 분야에 대해 어른과 다름없는 토론 훈련을 시켰다고 한다. 아울러, 자신이 직접 가르칠 수 없는 내용을 교육시키기 위해 얼마 없는 수입을 쪼개 딸들을 가난한 성직자의 딸들을 위한 작은 기숙 학교에 보내기도 했다. 이 시도는 불운하게도 큰딸과 작은딸의 병과 사망을 통해 기숙 학교에서의 교육이 아동 학대나 다름없었던 것으로 드러나면서 샬럿과 에밀리를 집으로 데려오는 것으로 끝났다. 하지만 그런 뒤에도 패트릭은 가정 교사를 고용해 자신이 가르치지 못하는 부분을 보충했다. 6남매의 어머니인 마리아는 안타깝게도 막내인 앤을 낳은 지 얼마 되지 않아 암으로 세상을 떠났지만, 상을 당한 가족을 도와주러 왔다가 눌러앉아 평생 살림을 주관한 큰이모 엘리자베스 역시 자기 몫의 재산을 보태 줌으로써 조카들의 교육과 활동을 적극적으로 지원했다. 가령 가정 교사를 지낸 샬럿과 앤이 주도해서 세 자매가 함께 기숙 여학교의 설립을 기획했을 때, 샬럿과 에밀리가 이 일을 준비하기 위해 브뤼셀의 에제 기숙 학교에 다니는 것을 재정적으로 지원했고, 이후 기숙 여학교 설립을 시도할 때도 재정적으로 그들을 도왔다. 즉 브론테 집안에서의 자녀 교육은 당시 신사 계급 자녀들의 전형적인 교육 형태와는 조금 차이가 있을지라도 실제 교육 내용과 질에서는 그에 뒤지지 않거나 그를 뛰어넘는 수준이었을 가능성이 크다.

그럼에도 불구하고, 브론테 집안의 자녀들 중에서도 가장 〈수줍은〉 것으로 알려진 에밀리의 교육이 주로 집 안에서 이루어졌다는 것은 부인할 수 없는 사실이다. 하지만 그렇다고 해서 에밀리의 교육이 부실했다거나 교양이나 사회적 지식이 부족했다고 볼 근거는 없다. 에밀리가 아주 어렸을 때부터 글쓰기를 좋아해 샬럿과 브랜웰이 지어낸 앵그리아 왕국 이야기와 짝을 이루는 곤달 왕국 이야기를 동생인 앤과 함께 이어 나간 것은 비교적 잘 알려져 있는 사실이다. 불운하게도 원고의 많은 부분이 유실된 이 두 이야기는 당시 제국들의 식민지 개척 이야기와 흡사한 것으로 알려져 있는데, 이 점만 보더라도 에밀리가 한적한 시골에 살았다고 해서 당시 시대상에 대한 지식이나 이해가 뒤떨어졌다고는 보기 힘들다. 사실 브론테 가족이 살던 하워스는 영국 산업 혁명의 중심지인 리즈, 맨체스터, 리버풀 등에서 그리 멀지 않은 곳에 위치해, 어려서부터 사회적인 현안에 대해 아버지와 토론했던 에밀리가 벽지의 은자라는 세간의 오해와는 거리가 먼 삶을 살았으리라고 짐작하기는 어렵지 않다. 그리고 그런 사실은 『폭풍의 언덕』에 그려진 다소 복잡해 보이는 재산 상속의 상황이 당시의 상속법 변천에 대한 정확한 이해에 기초했다는 것을 밝혀 준 현대 법률학자의 논문에서도 증명된다.

문학적으로도 브론테 가족은 유수의 문학잡지들을 구독하고 관련 내용에 대해 토론하는 등, 당대 최고의 작가로 일컬어졌던 스콧이나 바이런, 셸리 등의 작품에 대해 익숙하게 알고 있었다. 또한 브뤼셀의 에제 기숙 학교의 교수가 에밀리의 남다른 지적 능력에 대해 높이 평가한 기록이 오늘날까지 전해 내려오고 있고, 에밀리의 경우 피아노 실력도 뛰어나서 해당 학교의 음악 교사가 될 뻔했으나 때마침 돌아가신 이모의 장례식 참석을 위해 귀국한 뒤 포기한 것으로 알려져 있다. 에밀리의 〈수줍은〉 성격으로 말하자면, 주변에 교류할 만한 사람이 별로 없었을 환경을 고려할 때 단순한 사회성 문제만은 아니었을 것으로 보이며, 기록에 따르면 에밀리의 사회성 여부와는 별개로 사회적인 관계망, 인간관계에 대한 지식은 풍부했던 것으로 보인다. 브론테 집안에서 수십 년 동안 함께 생활하며, 두 언니가 죽고 난 뒤 에밀리에게 가족적 온기를 느끼게 해주었던 존재로 알려진 하녀 태비에 따르면, 에밀리는 하녀나 주변 인물이 들려주던 가십을 통해 지역 사람들의 시시콜콜한 생활상을 속속들이 꿰고 있었다고 한다.

에밀리의 성장 배경을 살펴보면 이렇듯 교육이나 교양, 세련된 사회와는 담을 쌓고 산, 다듬어지지 않은 천재라는 인상은 신화에 불과하다. 실제로『폭풍의 언덕』은 끊임없는 독서와 학습, 날카로운 관찰력으로 갈고닦은 지적 능력과 일상적으로 꾸준히 진행한 오랜 세월 동안의 습작의 산물이며, 비록 구상에서 출간까지 1년밖에 소요되지 않았지만, 서투른 작품이라는 피상적인 인상과는 달리 정교하게 잘 짜인 일관성 있는 이야기를 담고 있다. 이 작품이 거칠게 쓰였다는 인상을 주는 것은 무엇보다 부모와 친척의 이름을 딴 작중 인물들의 이름이 야기하는 혼동, 두 명의 일인칭 서술자의 존재, 시간을 건너뛰거나 거슬러 가는 복잡한 작품 구조 때문일 것이다. 그중 인물에 관련된 혼동은 1세대와 2세대의 연결과 차이를 알려 주려는 작가의 의도에 따른 결과일 가능성이 크고, 부록에 포함된 인물 관계도에서 일목요연하게 정리되듯 작품을 주의 깊게 읽기만 한다면 피할 수 있는 혼동이기도 하다. 시간적인 혼동이나 서술자가 초래하는 혼란스러운 인상도 이 책에 붙인 부록의 연표에서 보듯 미성숙한 작가의 서투른 솜씨와는 무관하다. 서술자들 간의 혼동도 없고 시간적으로 모순된 부분도 없기 때문에, 이제 살펴보려고 하듯, 이런 점은 오히려 작품의 독특한 성격에 대한 저자의 치밀한 고려에 따른 서사 전략의 산물이라고 보는 것이 타당할 듯하다.

그렇다면 저자에게 복잡한 서술 구조라는 전략을 선택하게 한, 이 작품의 독특한 성격이란 무엇일까? 우선 잉글랜드 북부 지방에서도 외진 산간 지방이라는 이 작품의 무대가 당대의 많은 소설과는 다르다. 하지만 더 중요한 것은 초기의 평자들이 지적했듯 히스클리프나 캐서린 같은 이 작품의 주인공들이 당시 세련된 교양 사회 구성원의 입장에서 보면 결코 주인공답지 못하다는 사실이다. 작품에 길게 등장하지는 않더라도 주인공다운 비중을 가진 캐서린은 이미 다른 사람의 아내가 된 뒤에 어린 시절의 친구를 영혼의 동반자라 부르며, 친구로 지내게 해달라는 자신의 요구를 남편이 거절하자 〈단식 투쟁〉을 벌이다 딸을 조산하고 죽는다. 남주인공인 히스클리프는 오로지 자신을 배신한 사람들을 괴롭히기 위해 사랑하지도 않는 여자와 결혼을 하고 자신의 아들을 이용해 연적의 재산을 탈취하며 자신의 며느리인 적의 딸과, 자신을 멸시하고 괴롭힌 사람의 아들을 학대하는 등 잔인한 복수 행각을 벌인다. 즉 이 작품의 주인공은 주인공이라기보다는 반영웅anti-hero에 더 적합한 인물들이다. 반면 그들의 자녀 세대로 성격적으로는 그들보다 더 주인공답다고도 볼 수 있는 딸 캐서린이나 헤어턴의 작중 비중은 그들에 훨씬 못 미친다.

이런 점을 고려해 보면 『폭풍의 언덕』의 서사를 끌고 가는 두 명의 화자는 작품의 무대와 주인공들의 예외성이나 그들의 성격과 행동이 보이는 극단성을 충분히 의식한 저자가 그들에 대한 독자들의 반감을 중화하기 위해 동원한 장치가 아닐까 하는 추정이 가능하다. 두 화자 중 넬리는 워더링 하이츠 하녀의 딸로 어린 시절부터 그 집안의 세 아이들과 함께 친구처럼 놀며 지낸 사이이고, 캐서린의 결혼 후에는 그를 따라 그레인지로, 캐서린 사후에는 그 딸을 따라 하이츠로 옮겨 다니며 그들을 가까이서 지켜본 인물이다. 그리고 하녀 이기는 하지만 무조건 주인에게 충성을 다하기보다 현실적인 관점에서 그들을 비판하거나 비난하기도 하는 상식적인 인물이다. 즉 넬리는 주인공들과 가까이 지내며 그들을 관찰했기 때문에 모든 사건의 내막을 속속들이 알고 있되, 그들과 공감할 때조차도 객관적 시각을 견지하고 있어서 주인공에 대한 독자의 반감을 중화시키고 독자의 대리자 역할을 하기에 적합하다. 또한 넬리의 이야기를 독자에게 옮기는 최종 화자인 록우드는 상식적인 세계관을 가졌다고는 해도 시골 하녀에 불과한 넬리의 이야기를 점잖은 교양인의 시각으로 한 번 더 거름으로써 작중 이야기에 대한 교양층 독자의 거부감을 중화시켜 준다. 넬리의 서사가 캐서린의 아름다운 딸에게는 매력을 느끼고 교양인다운 면모가 엿보이는 히스클리프에게는 양가적인 호기심을 느끼는 신사의 시각을 통해 전달되기 때문이다.

『폭풍의 언덕』의 복잡한 시간 구조 역시 반영웅에 가까운 주인공들에 대한 독자의 공감을 이끌어내기 위한, 적어도 그들에 대한 부정적인 판단을 어느 정도 유보하도록 하는 장치다. 한 마을의 두 가문, 두 세대를 다룬 이 작품은 작품의 핵심 사건이라 할 히스클리프와 캐서린의 비극적 사랑 이야기가 이미 펼쳐진 뒤, 그리고 캐서린이나 에드거, 힌들리, 이저벨라 등 첫 세대의 주역들과 자녀 세대의 한 인물인 린턴도 이미 죽은 뒤에 시작된다. 작품의 서두에서는 런던의 사교계에 염증을 느껴 벽지를 찾아온 록우드가 집주인인 히스클리프의 집을 방문했다가 히스클리프와 그의 며느리인 과부 캐서린, 지난날 히스클리프를 학대한 힌들리의 아들인 헤어턴, 과거에 히스클리프를 학대했고 지금은 하인인 조지프가 기묘한 동거를 하는 모습과 마주친다. 록우드는 그들의 관계에 대해 처음엔 멋도 모르고 이런저런 추측을 하지만, 그 사람들은 록우드의 추측이 하나도 들어맞지 않을 만큼 예외적이고 기묘한 집단이다. 그럼에도 신사처럼 보이는 히스클리프와 불손하지만 아름다운 캐서린이 그의 관심과 눈길을 끌고, 따라서 독자도 그들의 이야기에 호기심을 느끼며 끌려들지 않을 수 없다. 여기에 한밤중에 캐서린의 유령을 애절하게 부르는 히스클리프의 모습을 록우드가 목격하는 장면까지 거치게 되면 독자는 가치 판단을 유보할 마음의 준비가 완료된 상태로 이어 나올 히스클리프와 캐서린이라는 두 주인공들의 비상식적인 이야기를 맞이하게 된다.

그렇다면 저자는 왜 이렇게 복잡한 장치들까지 동원해 거칠고 무책임하거나 더러 사악하기까지 한 두 주인공의 이야기에 대한 공감을 독자들에게 요구하는가? 과연 무엇이 그들의 비상식적이고 때로 잔인한 행위에도 불구하고 그들의 이야기를 운명적이고 비극적인 사랑 이야기로 만드는 것일까? 오늘날 우리는 왜『폭풍의 언덕』의 이야기에 감동하고 평론가들은 이 작품을 걸작이라고 평가하는가? 이 질문에 대답하기 위해서는 이 작품에 대해 최근의 평자들이 주목한 몇 가지 측면, 특히 캐서린과 히스클리프의 사랑과 배신이 내포한 의미를 고려할 필요가 있겠다.

20세기 후반 이후 여러 평자들이 지적해 왔듯 두 주인공, 캐서린과 히스클리프는 비교적 전근대적인 인간관계를 유지하고 있던 자영농 중심의 워더링 하이츠의 질서에서 남다른 우애를 키우며 자랐다. 워더링 하이츠 역시 주인과 하인, 하녀가 있는 계급 사회이지만, 그들 사이의 경계를 수시로 넘나드는 일이 가능한 비교적 수평적이고 인간적인 세계다. 주인인 언쇼 씨는 엄격한 주인이지만 하인인 조지프가 때때로 주인의 말에 토를 다는 것은 허용된다. 넬리도 하녀의 딸이지만 주인집 아들, 딸과 친구처럼 지내며 필요하면 나무라기도 하며 자란다. 언쇼 씨는 근본도 모르는 버려진 아이이자 비백인인 히스클리프를 데려와서 죽은 아들의 이름을 붙여주고, 비록 아들로 입적시키거나 재산을 물려주진 않았어도, 외아들인 힌들리보다도 편애하며 키운다. 캐서린과 히스클리프는 아무리 신분이 낮더라도 인격적 멸시를 덜 받는 이런 환경에서 자연과 가깝게 지내며 남매처럼 자라고, 자유분방한 기질도 비슷하다. 더욱이 언쇼 씨 사후에 그보다 더 엄격한 가부장이 된 힌들리와 때로 그의 대리자 역할을 하던 광신적인 기독교인 조지프의 박해에 함께 저항하며 친남매보다 더한 애정으로 결속된 채 자라게 된다.

하지만 힌들리와 조지프의 괴롭힘을 피하려던 두 사람은 어느 날 더 엄격한 계급 질서 속에 살고 있는 스러시크로스 그레인지의 세계와 마주하게 되는데, 두 사람의 분리에 쐐기를 박은 이 조우야말로 이 작품의 전체 이야기를 추동하는 핵심적인 사건이다. 두 아이 모두 남의 집을 몰래 들여다보다 들켰지만 스러시크로스 쪽 집안에서는 처음부터, 그리고 앞뒤를 살필 겨를도 없이 두 사람을 정반대로 대우한다. 언쇼 씨 생전에 그의 친자식들과 동등한 대접을 받았던 히스클리프는 〈언쇼 양이 집시 애하고 들판을 싸돌아다니다니!〉라는 한탄이 터져 나오는 가운데 감옥에 보낸다는 위협과 함께 쫓겨나는 반면, 똑같이 부랑아로 오인됐던 캐서린은 신사 집안의 딸인 것을 알자마자 집 안으로 초대되어 극진한 대접을 받는다. 똑같이 꾀죄죄한 행색이었을 두 아이들 중에서 히스클리프는 근본을 모르는 비백인이라는 이유로 즉시 죄인 취급을 받고 멸시의 대상이 되지만, 신사 집안의 딸인 캐서린은 그런 신분만으로 존중의 대상이 되는 것이다.

워더링 하이츠의 비교적 평등했던 세계를 벗어나 두 사람이 맞닥뜨린 이 현실은 두 사람 사이를 결정적으로 갈라놓은 비극적인 사건이다. 물론 히스클리프는 이미 언쇼 씨 사후에 하루아침에 하인으로 전락하고 교육 기회도 박탈당한 바 있다. 그럼에도 스러시크로스 그레인지의 세계와의 조우 이전에는 캐서린이 함께 공부해 주고 친구가 되어 주어서 버틸 수 있었던 데 반해 그레인지 세계와의 조우는 두 사람의 관계에 근본적인 변화를 가져온다. 힌들리의 박해를 받을 때 그들이 몸담은 세계의 위선에 함께 저항하며 동료가 되었던 캐서린이 더 이상 이 세계가 제공할 부와 권력과 안락한 삶이 약속된 미래에 대한 유혹에 저항하지 못하기 때문이다. 계급이동이 가능한 세계에 살기는 하지만 비백인인 데다 재산도 교육도 배경도 없는 히스클리프와의 미래가 암담하다는 의미에서 에드거의 손을 잡은 캐서린의 선택은 현실적으로 불가피한 것이었다. 하지만 인간적으로나 공감도에서나 히스클리프와는 비교도 안 되는 에드거의 청혼을 받아들인 후 넬리에게 고백하듯, 캐서린은 그런 선택을 강요하는 사회 질서의 위선과 부당함도, 그것을 선택하는 자신의 모순도 함께 느끼고 있다. 그런 상황에서 캐서린은 재산과 교양과 힘을 갖춘 에드거와 함께할 미래는 그 자체로도 매력적일 뿐 아니라, 히스클리프에게도 도움이 될 수 있다는, 불가능한 꿈을 통해 스스로의 선택을 정당화한다.

그런데 문제는 에드거의 집안이나 히스클리프에 대한 에드거의 행동을 보면 이미 결혼 전부터도 그 꿈이 캐서린의 자기기만적인 착각이었음이 분명하다는 것이다. 따라서 그런 질서의 수혜자인 캐서린과는 달리 피해자인 히스클리프는 처음부터 사실을 정확히 꿰뚫어 보고 언쇼가를 떠나 그들에 대한 복수를 기획한다. 그리고 『폭풍의 언덕』의 대부분은 작품 서사에서 공백으로 남겨진 4년여의 기간 만에 무슨 수를 썼는지 교양과 재산을 모두 갖추고 돌아온 히스클리프의 복수 행각으로 채워져 있다. 히스클리프가 돌아온 뒤 캐서린은 더 이상 자기 선택의 자기기만성을 외면할 수 없는 현실과 마주친다. 히스클리프와 남편이 사이좋게 친구로 지내기를 원했으나 이런 바람이 두 남자 중 어느 쪽도 받아들일 수 없는 한갓 꿈에 지나지 않았기 때문이다. 캐서린의 단식은 스스로의 인간성에 대한 포기일 수 있는 상황을 받아들이기는 불가능했던 캐서린의 자기 파괴적 저항의 몸짓이고, 캐서린을 사랑한다면서도 그런 그녀를 외면하는 에드거의 고집은 당대의 가부장적인 계급 질서가 얼마나 강고한 것인지를 보여 준다.

좀 거칠지만 이렇게 요약해 놓고 보면 히스클리프와 캐서린의 이야기는 영혼의 단짝이라고 부를 수 있을 만큼 가까운 두 사람 사이를 잔인하게 갈라놓는 사회의 인종적, 계급적 질서에 대한 통렬한 비판의 이야기다. 캐서린의 순진한 자기 기만적 믿음과 그것에 대한 자각에 이은 광기 어린 자기 파괴나 히스클리프의 잔인한 복수 행각은 모두 지나치리만큼 극단적이고 예외적이다. 일부의 인간에게서 인간의 존엄성을 박탈함으로써 계급의 경계를 뛰어넘는 사랑을 현실적으로 불가능하게 하는 사회 구조 속에서 그것을 진정으로 뛰어넘기를 원하는 사람들의 삶은 어떤 식으로든 망가지기 십상이기 때문이다. 그런 의미에서 『폭풍의 언덕』의 이야기는 인종이나 재산, 계급 등을 축으로 차별과 착취를 자행하던 당대 사회 질서에 대한 근본적 비판이고, 나아가 바로 그런 질서를 바탕으로 제국 경영을 하던 영국 사회에 대한 통렬한 비판이다. 이렇게 급진적인 메시지를 담고 있기 때문에 작가는 두 명의 화자로 겹겹이 보호막을 쳐서 이 작품의 중심 서사를 제시했고, 당대 영국의 교양 계층은 그럼에도 불구하고 이 작품에 거부감을 느낄 수밖에 없었던 것이다.

그럼에도 헤어턴과 딸 캐서린이 사랑을 키워 결혼을 앞두고 있는 작품의 결말은 거의 동화적이라 할 만큼 행복하다. 자신의 인간다운 권리를 부인한 사회에 대한 히스클리프의 분노는 이해할 만한 것이지만, 그가 선택한 복수의 방법은 자신을 차별하고 억압한 사회가 자행한 것과 똑같은 방식이었다. 따라서 복수에 성공한 히스클리프는 그 대상이었던 헤어턴과 캐서린 사이에 싹트는 사랑을 바라보며 가해자의 논리를 똑같이 적용한 자신의 복수가 허망하다는 것을 깨달을 수밖에 없다. 그가 그런 깨달음과 동시에 두 사람의 사랑을 축복하는 말을 남기며 식음을 전폐해 죽는 것은 그 때문이다. 물론 헤어턴은 교육을 받지 못해 머슴이 되기는 했어도 히스클리프 같은 비백인은 아니고 본래 신사 집안의 아들인 반면, 린턴의 딸인 캐서린은 교육도 받은 숙녀이고 자기 몫의 재산도 있지만 부당하게 빼앗겼을 뿐이다. 그렇다 하더라도 히스클리프도 인정하듯 헤어턴과 딸 캐서린의 관계는 사회적 지위라는 면에서 전 세대의 히스클리프와 캐서린의 관계를 연상시킨다. 그런 두 사람이 부모 세대와는 달리 영혼의 단짝으로 출발한 것은 아니지만 결국 사회적 지위나 계급의 차이를 뛰어넘는 사랑을 키운 것이다. 그렇다면 이런 행복한 결말을 통해 에밀리 브론테는 무엇을 말하고 싶었을까? 두 사람의 관계를 히스클리프와 캐서린의 관계에 그대로 대입하기는 어렵고, 그런 의미에서 전대에 불가능했던 일이 다음 세대에 가능해졌다는 일반론을 펼치는 것은 무리일 것이다. 하지만 그들을 통해 계급이나 편견을 뛰어넘은 예외적 사랑의 모습을 제시함으로써 작가가 독자들에게 그런 현실도 있을 수 있다고, 꿈꾼다면 이루어질 수도 있다고 말하고 싶었던 것은 아닐까 하고 짐작은 할 수 있을 것 같다.

1847년에 발표됐지만 20세기에 들어서야 인정을 받은 『폭풍의 언덕』은 그 후로 꾸준히 독자의 사랑을 누리고 있다. 1933년 명배우 로런스 올리비에 경이 주연한 영화가 나온 이후 21세기에 접어든 오늘날까지도 영화화가 계속되고 있으며 2022년에는 에밀리 브론테의 전기에 기반한 영화 「에밀리」가 나와서 세간의 주목을 받기도 했다. 21세기를 살고 있는 우리의 인종이나 계급에 대한 태도가 이 작품의 배경인 18세기 말, 19세기 초와는 거리가 있다 해도 불행하게도 아직은 우리가 인종적, 종교적 편견이나 부나 권력에 기반한 차별에서 자유롭지 못하다는 사실도 이런 인기와 관련이 없지는 않을 것 같다. 계급이 공식적으로 없어진 지 한 세기도 훨씬 넘었고, 식민지를 벗어난 지도 80년이 되어 가는 오늘날의 우리 사회에서도 이것은 결코 낯선 문제가 아니다. 단일 민족이라는 믿음이 애초에 신화였음이 분명하거니와 우리 사회 자체가 점점 다인종 사회가 되어 가는 데 비해서도 인종을 비롯한 다양한 소수자에 대한 우리 사회의 태도는 많이 낙후되어 있다. 재산과 부에 바탕을 둔 계급 구조가 오히려 더 공고화되고 있다는 연구 결과도 심심치 않게 나오고 있다. 그러니, 『폭풍의 언덕』의 강렬한 이야기가 21세기 우리에게도 감동을 주고 자성을 촉구하지 않을 도리가 있을까.

역자는 『폭풍의 언덕』을 10대에 처음 읽었고 그때만 해도 그 서사의 강렬함에 깊은 인상을 받았지만 히스클리프의 지

574

나치게 잔인해 보이는 복수 행각의 의미는 충분히 이해하지 못했던 것 같다. 차별과 학대와 상처의 대물림에 대한 이해가 생긴 대학원 시절에 다시 읽고서야 작품의 깊은 심리적 통찰에 진심으로 탄복했던 기억이 있다. 이 작품의 번역은 우리나라에서 이미 수없이 시도된 바 있지만, 모든 언어가 그렇듯 우리 언어도 시대에 따라 변화하고 있고, 같은 내용도 다른 시대의 독자에게 전달하려면 언어 또한 달라질 수밖에 없다. 『폭풍의 언덕』의 경우는 특히 원본 텍스트가 지속적으로 변화해 왔기 때문에라도 번역 역시 주기적으로 갱신될 필요가 있을 것 같다. 1847년 에밀리 생전에 나온 초판본도, 에밀리 사후 샬럿이 수정, 가필한 1850년의 재판본도 수많은 실수와 오류에서 자유롭지 않기 때문이다. 특히 1850년의 개정본에서는 샬럿이 런던 교양 계층 독자를 염두에 두고 지나치게 가필을 한 부분이 있어서 1847년의 초반본의 오류를 시정하면서도 샬럿의 가필을 어느 정도까지 받아들일 것인지, 또 다른 오류는 없는지, 고심을 거쳐 20세기 중반 이래 조금씩 다른 판본들이 여러 차례 나왔다. 이 번역을 위해서는 1847년의 초판본과, 1976년의 클래런던 판본, 그리고 1963년과 2019년의 노턴 크리티컬 에디션 판본을 함께 참고했다.

마지막으로 이 작품의 번역과 관련해 한 가지 독자의 이해를 구하고자 한다. 『폭풍의 언덕』의 번역에서 부딪힌 가장 큰 문제는 요크셔 지방 사투리였다. 원작은 두 명의 화자가 하는 이야기를 따옴표 안에 넣어서 전달하는 형식을 취했는데, 인물들의 대화에서는 그들의 생생한 언어가 살아 있는 반면 록우드의 어투와 심지어 넬리의 언어까지도 지식인의 것에 가깝다. 모든 부분에서 원작의 어투를 살리려고 최선을 다했으나 요크셔 지방 사투리의 경우는 적절한 방법을 찾기가 어려웠다. 특히 조지프가 심한 사투리를 써서 런던내기인 록우드가 그의 말을 이해하지 못할 때도 제법 있는데, 그의 말을 우리말 사투리로 옮기는 것은 영국과 우리나라의 역사나 지방의 차이로 볼 때 오히려 엄청난 왜곡을 야기할 가능성이 높다고 판단됐다. 물론 표준어로 번역할 경우에는 작중 인물인 록우드나 당대 독자들이 느꼈을 생소한 느낌을 직접 전달할 길이 없지만, 우리나라의 여러 지방 사투리에 대한 다양한 편견을 피하기 위해서 어쩔 수 없이 이러한 선택을 했다는 점에 대해 독자 제현의 너그러운 이해를 부탁드린다. 이 번역을 통해 원작을 읽으면서 역자가 느꼈던 감동을 독자들과 나누고, 우리 시대를 살아가는 우리 모두의 지혜에 보탬이 되기를 기원한다.

2024년 4월
보스턴에서
전승희

에밀리 브론테 연보

1818년 출생 7월 30일 아일랜드 출신인 패트릭 브론테와 마리아 브랜웰 브론테의 1남 5녀 중 4녀로 잉글랜드 북부 요크셔 브래드퍼드 근교 손턴에서 출생. 위로 언니 마리아(1814), 엘리자베스(1815), 샬럿(1816)과 오빠 브랜웰(1817)이 있고, 1820년에 여동생 앤이 태어남.

1820년 2세 아버지가 하워스의 교구 신부로 부임하면서 하워스의 사제관으로 이사.

1821년 3세 어머니 마리아가 암으로 사망하고, 그 후 이모인 엘리자베스가 가족의 살림을 돌보게 됨.

1824년 6세 11월 25일에 세 언니들이 다니고 있던, 카원브리지 소재 성직자의 딸들을 위한 학교에 입학. 학교 성적부에 5년 9개월 시점의 에밀리에 대해 〈무척 예쁘게 읽고 공부도 조금 함. 1825년 6월 1일에 퇴교. 이후 직업은 가정 교사〉라고 적혀 있음.

1825년 7세 에밀리의 두 언니, 마리아와 엘리자베스가 기숙 학교에서 결핵에 걸려 귀가했으나 차례로 사망하고, 샬럿과 에밀리는 자퇴함. 이후 아버지와 이모의 교육으로 당대 유수 잡지 중 하나인 『블랙우즈 매거진』과 스콧, 바이런, 셸리의 시와 소설 등을 읽으며 교양을 쌓게 됨.

1831년 13세 1825년부터 샬럿과 브랜웰이 주도하는 가운데 가상의 앵그리아 왕국Kingdom of Angria 이야기를 함께 써오다가 에밀리와 앤이 곤달 왕국Kingdom of Gondal 이야기를 따로 쓰기 시작함.

1835년 [17세] 샬럿이 교사로 있던 로헤드의 미스 울러 학교에 잠시 다니다 향수병으로 곧 퇴교함. 이후 2년 동안 하워스에서 지내며 오빠인 브랜웰과 많은 시간을 보냄. 독서와 시작(詩作)에 몰두하고 프랑스어와 독일어를 배움.

1836년 [18세] 10월에 핼리팩스 근처 로힐의 패칫 자매가 약 마흔 명의 학생을 가르치고 있던 학교에 교사로 취직함. 샬럿에 따르면 에밀리한테서 〈새벽 6시에서 저녁 11시경까지 중노동을 하는 것이 자신의 임무라는 끔찍한 내용〉의 편지를 받았고 그래서 동생이 견뎌 내지 못할 것을 염려했다고 함. 에밀리는 6개월 후 그 직장을 떠나 귀가해서 집안 살림을 돌보며 독학으로 독일어 공부를 계속하고 피아노를 연습함.

1842년 [24세] 2월부터 에밀리와 샬럿이 벨기에 브뤼셀의 에제 기숙 학교에서 고급 프랑스어와 독일어를 익히며 영어를 가르침. 두 사람은 이모의 부음을 듣고 11월에 하워스로 돌아가며, 이후 샬럿은 브뤼셀로 돌아가 1844년까지 지내지만 에밀리는 집에 남음.

1844년 [26세] 자매는 집에서 여학교를 열어 보려 하나 워낙 벽지라서 학생들을 모집하는 데 실패함.

1846년 [28세] 에밀리의 시선(詩選)이 『커러, 엘리스, 액턴 벨의 시*Poems by Currer, Ellis, and Acton Bell*』라는 시집에 실려 출간됨.

1847년 [29세] 샬럿의 『제인 에어*Jane Eyre*』가 스미스 엘더 출판사에서 출간되고 두 달 뒤 12월에 『폭풍의 언덕*Wuthering Heights*』과 앤의 『애그니스 그레이*Agnes Grey*』가 토머스 뉴비에 의해 함께 출간됨.

1848년 [사망] 스미스 엘더 출판사가 시집 『커러, 엘리스, 액턴 벨의 시』를 재출간. 미국에서 세 자매의 소설이 해적판으로 나와 저자의 신원에 대한 독자들의 혼란을 가중시킴. 브랜웰이 9월 24일 사망하고 에밀리가 12월 19일에 사망함.

1848년 앤이 5월 28일 사망함.

1850년   에밀리의『폭풍의 언덕』과 앤의『애그니스 그레이』를 스미스 엘더 출판사판에 포함시키기 위해 샬럿이『폭풍의 언덕』과 에밀리의 시선을 교정보고 전기적 소묘와 서문을 덧붙여 출간함.

열린책들 세계문학 289 폭풍의 언덕

옮긴이 전승희 서울대학교에서 영문학 박사 학위를, 하버드 대학교에서 비교 문학 박사 학위를 받고 현재 보스턴 칼리지의 한국학 교수로 재직하고 있다. 전쟁 트라우마와 기억, 탈식민주의, 탈자본주의, 탈인간 중심주의적 문학, 문학과 소수자, 번역과 비교 문화에 관심을 가지고 글을 써왔으며 계간지 『아시아』와 아시아 출판사에서 나온 「바이링궐 에디션 한국 대표 소설 시리즈」의 편집 위원으로 일했다. 우리말 번역서로 『오만과 편견』(공역), 『에드거 앨런 포 단편선』, 『설득』, 『환락의 집』, 『여자를 위한 나라는 없다』, 『수영장 도서관』, 『사소한 일』, 영어 번역서로 『김대중 자서전』, 『랍스터를 먹는 시간』, 『회복하는 인간』 등이 있다. 풀브라이트 기금, 국제 교류 재단 기금, 대산 재단 번역 기금 등을 수혜했다.

지은이 에밀리 브론테 옮긴이 전승희 발행인 홍예빈
발행처 주식회사 열린책들 주소 경기도 파주시 문발로 253 파주출판도시
전화 031-955-4000 **팩스** 031-955-4004
홈페이지 www.openbooks.co.kr 이메일 literature@openbooks.co.kr
Copyright (C) 주식회사 열린책들, 2024, *Printed in Korea.*
ISBN 978-89-329-1289-9 04840 **ISBN** 978-89-329-1499-2 (세트)
발행일 2024년 4월 25일 세계문학판 1쇄 2024년 12월 30일 세계문학판 2쇄

열린책들 세계문학
Open Books World Literature

윤혜 미술놀